◎山东省社科理论重点研究基地齐文化研究基地重大项目

淄博古代文献丛刊
王志民　主编

杨梦衮集

（明）杨梦衮　撰
王培峰　武　冕　整理

山东大学出版社
SHANDONG UNIVERSITY PRESS
·济南·

图书在版编目（CIP）数据

杨梦衮集 /（明）杨梦衮撰；王培峰，武晃整理
. -- 济南：山东大学出版社，2024.1
（淄博古代文献丛刊 / 王志民主编）
ISBN 978-7-5607-7970-6

Ⅰ. ①杨… Ⅱ. ①杨… ②王… ③武… Ⅲ. ①中国文学—古典文学—作品综合集—明代 Ⅳ. ① I214.82

中国国家版本馆 CIP 数据核字（2023）第 203209 号

责任编辑　肖世伟
封面设计　张　荔

杨梦衮集
YANG MENGGUN JI

出版发行　山东大学出版社
社　　址　山东省济南市山大南路 20 号
邮政编码　250100
发行热线　（0531）88363008
经　　销　新华书店
印　　刷　山东蓝海文化科技有限公司
规　　格　710 毫米 ×1000 毫米　1/16
　　　　　34 印张　640 千字
版　　次　2024 年 1 月第 1 版
印　　次　2024 年 1 月第 1 次印刷
定　　价　137.00 元

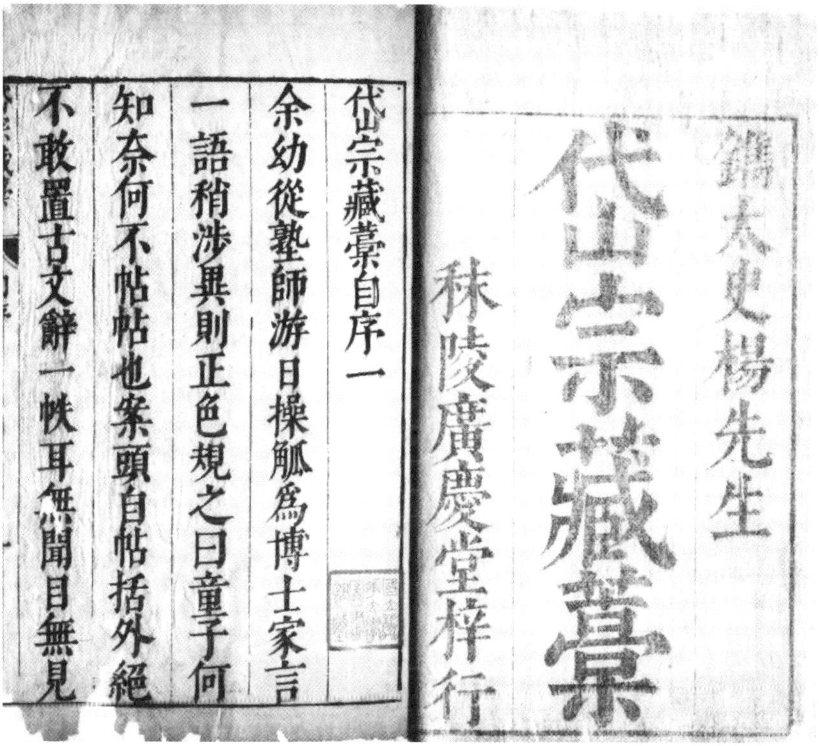

岱宗藏稾自序一
余幼從塾師游日操觚爲博士家言
一語稍涉異則正色規之曰童子何
知奈何不帖帖也案頭自帖括外絕
不敢置古文辭一帙耳無聞目無見

明天启刻本《岱宗藏稿》书影

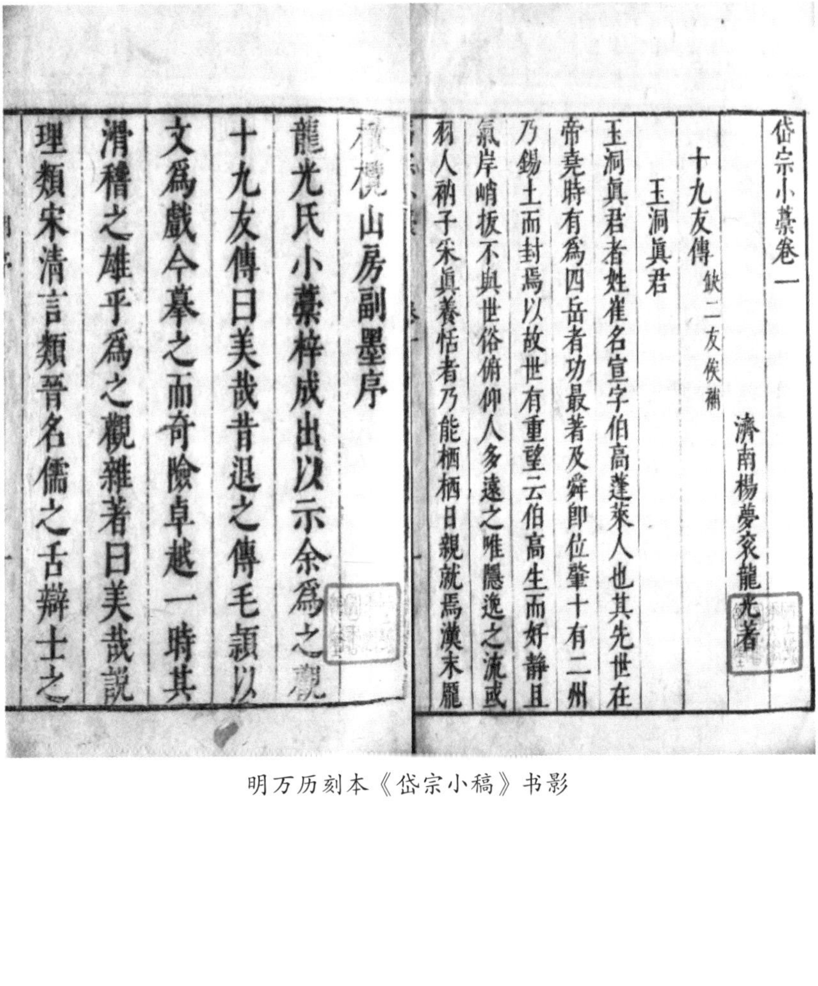

岱宗小藳卷一

濟南楊夢衮龍光著

十九友傳 缺二友俟補

玉洞眞君

玉洞眞君者姓崔名宣字伯高蓬萊人也其先世在帝堯時有爲四岳者功最著及舜卽位肇十有二州乃錫土而封焉以故世有重望云伯高生而好靜且氣岸峭𢯱不與世俗俯仰人多遠之唯隱逸之流或羽人衲子采眞養恬者乃能栖栖日親就焉漢末罹

[illegible]槐山房副墨序

龍光氏小藳梓成出以示余爲之覯十九友傳曰美哉昔退之傳毛頴以文爲戲今摹之而奇險卓越一時其滑稽之雄乎爲之覯雜著曰美哉説理類宋清言類晉名儒之舌辯士之

明万历刻本《岱宗小稿》书影

《淄博古代文献丛刊》编委会

总 序

淄博是齐文化的发祥地，有着源远流长的著述传统。先秦时期，齐地沃土孕育了诸多文化经典，包括我国第一部手工业技术专著《考工记》、齐文化的百科全书《管子》、“无传记之名，实传记之祖”的《晏子春秋》、兵学圣典《孙子兵法》以及《孙膑兵法》《司马法》《六韬》等兵学著作，还有《慎子》《尹文子》《鲁仲连子》等稷下诸子文献。战国秦汉间，齐人在经学方面成就突出，《易》《书》《诗》《春秋》今文经学的传承，均与齐人有密切关系。魏晋以后，淄博文献众多，有史书方志、科技著作、笔记杂著、戏曲小说、诗集文集等，各呈风采。西晋左思《三都赋》曾令洛阳纸贵，北魏崔鸿《十六国春秋》是研究魏晋南北朝历史的重要著作，贾思勰《齐民要术》标志着古代农书的成熟，唐代段成式《酉阳杂俎》和宋代王辟之《渑水燕谈录》是唐宋史料笔记中的代表性作品，元末明初贾仲明的杂剧“骈俪工巧，有非他人之所能及者”[①]。特别需要注意的是，明清时期，淄博文风兴盛，涌现出了众多文化名人，留下了大量的文献著述，其中很多被收入《四库全书》，如毕自严《石隐园藏稿》、薛凤祚《两河清汇》、孙廷铨《颜山杂记》、王士禛《居易录》《池北偶谈》《香祖笔记》《古夫于亭杂录》《分甘余话》《精华录》《渔洋诗话》《衍波词》等，而蒲松龄《聊斋志异》被誉为“短篇小说之王”，成为淄博文化发展史上耀眼的风景。

古籍文献是中华优秀传统文化的重要载体。淄博古代文献不仅是研究淄博地区历史文化的珍贵史料，也是中华优秀传统文化的宝贵遗产。党的十八大以来，传承、弘扬中华优秀传统文化成为国家重大文化战略。2017年1月，中共中央办公厅、国务院办公厅印发《关于实施中华优秀传统文化传承发展工程的意见》，要求“加强中华文化典籍整理编纂出版工作”。2022年4月，中共中央办公厅、国务院办公厅印发了《关于推进新时代古籍工作的意见》，指出：“做好古籍工作，把祖国宝贵的文化遗产保护好、传承好、发展好，对赓续中华文脉、弘扬民族精神、增强国家文化软实力、建设社会主义文化强国具有重要意义。”为发掘保护淄博文献资源，传承弘

---

① 无名氏：《录鬼簿续编》，《中国古典戏曲论著集成》（二），中国戏剧出版社1959年版，第292页。

扬优秀传统文化，推动中华优秀传统文化创造性转化、创新性发展，助力淄博文化强市建设，山东理工大学和淄博市政协决定联合编辑出版《淄博古代文献丛刊》(以下简称《丛刊》)。山东理工大学党委和行政领导高度重视，给予了多方面的关照与支持。淄博市政协专门召开党组会研究，将《丛刊》列为市政协文史工作重点项目；张廷延主席、朱正林副主席非常关心该项目的实施和进展，提出了许多推动措施和指导意见。山东理工大学齐文化研究院和淄博市政协文化文史和学习委员会具体负责项目实施。

淄博历代文献数量宏富，根据《中国古籍总目》《山东文献书目》《山东文献书目续编》等书目及各类方志资料，今天保存下来的淄博古代文献就有近1000种。《丛刊》的收录原则，一是水平高，具有重要文化、学术价值；二是未经过点校整理，或虽有整理但不够规范系统。根据这两项原则，在充分调查的基础上，《丛刊》选取了淄博古代23位文人著述进行整理，共16册(部分文人著述篇幅较小，进行了合并)，总计700余万字。

《丛刊》项目酝酿于数年前。张宇声教授提出编纂整理《明清淄博文人别集丛刊》的建议被采纳，经过专家研讨，根据实际选目，后改为《淄博古代文献丛刊》。为做好整理工作，我们组建了四个编纂小组，分别由山东理工大学张宇声教授、巩曰国教授、上海交通大学朱丽霞教授、山东师范大学王培峰副教授担任组长，张宇声负责《孙廷铨集》《赵进美集》《张笃庆集》《高珩集》《王培荀集》，巩曰国负责《王象晋集》《王象艮集 王象明集 王与玟集》《王象春集》，朱丽霞负责《王教集 袁藩集》《刘一相集》《刘鸿训集》《毕自严集》，王培峰负责《段氏三代诗文汇编》《杨梦衮集》《何世璂集 王祖昌集》《张象津集》，延请上海交通大学、中国海洋大学、山东师范大学、重庆师范大学、山东理工大学、西安航空学院、商洛学院等高校相关学者组成了一支水平较高的整理队伍。《丛刊》编纂日常工作由山东理工大学齐文化研究院执行院长巩曰国教授负责。

整理过程中，我们统筹组织，多次召开会议，制定具体措施，严把质量关。各集整理者广泛搜集各种版本，科学选定底本与校本，严格执行整理体例和古籍整理规范。初稿完成后，各组成员之间对书稿进行了互审，各组组长对所负责的书稿进行了通审并提出修改意见，我们审阅了书稿并对各集的前言进行了统一审稿，逐一提出修改意见。各集整理者根据各家意见对书稿进行了修改完善，2022年8月，《丛刊》书稿交付山东大学出版社。山东大学出版社对《丛刊》的出版非常重视，王贻社总编、刘旭东副社长、刘森文主任统筹协调，精心组织编校，保证了《丛刊》的出版质量。

《丛刊》学术价值主要有以下几个方面：

其一，首次对淄博古代文献特别是明清时期淄博文人著述进行了较大规模的整理，填补了学术空白。文献整理是文化建设的基础工作，历来为人所重视。省一级的文献整理，前有《畿辅丛书》《云南丛书》，今有《齐鲁文库》《荆楚全书》《湖湘文库》《江苏文库》等。近些年来，地市一级的文献整理也不断推出，如《金陵全书》《苏州文献丛书》《金华丛书》等。淄博文化底蕴深厚，文献资源丰富，古代文献虽有整理，如《管子》《晏子春秋》《考工记》等先秦齐文化典籍，左思、王士禛、蒲松龄、赵执信、徐夜等文人的著述以及部分方志，但零散不成系统。《丛刊》作为第一种淄博古代文献整理丛书，弥补了淄博文化建设的这一缺憾。《丛刊》16册中，有11册的全部内容均为尘封数百年后首次整理面世。

其二，注重规范、全面挖掘整理，为淄博地方历史文化研究提供了详实资料。《丛刊》各集，对原著者的各类著述尽可能全面收录，如《张笃庆集》，不仅收录其诗集《昆仑山房郢中集》《昆仑山房诗集》，还收录传记类著作《先相国少保公年谱》《两汉高士赞》以及史评类著作《班范肪截》《五代史肪截》。每一种集子，书前都有前言，介绍作者的生平、著述及贡献，书后附录详列相关传记材料、诗文唱和、诸家评论、著录题跋、诗文辑佚以及作者年谱（年表）。这样一册在手，即可全面了解其生平、著述及各方面贡献。文献作者均为淄博人，他们有关当时历史地理、风土民情、名人掌故、名胜古迹的记述，是研究淄博历史文化的宝贵资料。如《张象津集》中《新城水利四议》包含了小清河、孝妇河、郑潢沟、乌河等河流的诸多信息，是研究淄博历史地理的重要文献。《孙廷铨集》中的《颜山杂记·琉璃志》全面、系统地记述了当时中国北方美术琉璃生产中心颜神镇（今博山）的琉璃生产工艺，包括烧造琉璃的原料、呈色、火候、配色、产品、做工、工具、吹制等，对研究名闻中外的“淄博陶琉”具有重要史料价值。

其三，整理发掘诗文、戏曲创作资料，有补于中国古代文学研究。《丛刊》的文献作者均为富有才情的文人，有很多在诗文、戏曲创作方面卓有建树。如王象春是公认的晚明山左诗坛巨擘，主张“重开诗世界，一洗俗肝肠”，推动了山左诗风的转变以及“济南诗派”在清代的繁荣；张笃庆诗歌创作不拘一格，各体兼擅，《四库全书总目》称其“才藻富有，洋洋洒洒，动辄千言，风发泉涌”；毕自严博通经史，雅好文学，高珩誉其文章可比韩愈和苏轼，《四库全书总目》认为“虽乡曲之言，未免稍溢，而以经济兼文章，则自严要不愧也”；赵进美是明末清初诗坛上由“前后七子”的格调说至王渔洋神韵说之间的一位重要诗人，同时也有《瑶台梦》《立地成佛》等戏曲作品；高珩诗文丰富，其诗“近元、白《长庆集》体”，又有通俗弹词

《醒梦戏曲》。《丛刊》各集，全面呈现相关作家的诗文、戏曲创作成果，其中包含了一些稀见的稿本、抄本，为丰富拓展古代文学特别是明清时期山左文坛的研究，提供了重要的文献依据。

需要指出的是，《丛刊》文献的作者多出自文化世家，与国内著名文学家、政治家广泛交游，其活动与当时全国的政治局势、文化创造颇有关联，其意义不局限于淄博一地。像毕自严是关涉明末政局的人物，王象春、高珩、赵进美的文学活动都与明末清初文坛发展有很大关系，段成式家族在唐代全国的地位更具代表性。因此，《丛刊》的出版不仅有益于淄博地方文化建设，对于推动山东乃至全国的文史研究和文化建设，也有积极的学术意义。

整理古代文献，弘扬中华优秀传统文化，是我们的历史使命。《丛刊》首次对淄博古代文献进行较大规模的整理，我们深知责任重大。整理中，我们尽管力求严格学术规范，严把学术质量，但校书如扫落叶，疏误在所难免，且《丛刊》是集体项目，出自众人之手，各卷质量不尽相同，恭请专家读者批评指正。

王志民

2023 年 10 月 16 日

定稿于山东理工大学齐文化研究院

前　言

一

杨梦衮（1574—1632），字岱宗。明万历二年（1574），生于济南府青城县（治今山东省淄博市高青县高城镇）徐霞寨。曾祖廷相为明正德十二年（1518）举人，曾至陕西汉中、河南怀庆等地游仕。祖永祉、父余庆皆无功名，生平微茫。

杨梦衮聪敏好学，少有文名，十七岁中秀才。万历三十年（1602），参与纂修《青城县志》。万历四十六年（1618），参加秋试，名列"乡魁"。次年，中二甲进士，选入翰林院，授庶吉士，编修国史。天启四年（1624），出补兵部给事中。以杨琏、左光斗、魏大忠等为首的"东林党"反对阉党，上疏弹劾魏忠贤结党营私，专断国政，杨梦衮参与了相关的弹劾联名，被罚俸三月。后来，杨梦衮以兵部给事中之职，监督太和殿、中和殿、保和殿三大殿修复工程。为了避免涉贪罹祸，"自掌职之外，杜门谢客，一切事俱皆谢绝，凡权势利名所在之处，望而远避"。天启五年（1625）九月，加太常寺少卿。十一月，以殿工加恩，升太仆寺卿。天启六年（1626）十月，加升工部尚书。天启七年（1627）八月，加太子太保。这几年杨梦衮仕途之顺利，超出常人。

天启六年六月，妻王氏卒，杨梦衮多次告假还乡安葬，未能获允。七年末，崇祯帝即位，获允免职返乡安葬亡妻。崇祯元年（1628）二月，江西道御史张镛上言弹劾魏党，列举各类依附魏忠贤的人员，杨梦衮赫然在列："其一等梯荣干进之夫，彼见株守者循资而积俸，何如径趋者一岁而九迁？遂不惜以枉尺之谋，为直寻之阶，如杨梦衮、李养德等是也。"遂被削籍，"下法司勘"（《崇祯实录》）。杨梦衮遂长年隐居长白山（今山东邹平南部），自号"长白山樵"。崇祯五年（1632）卒，遗嘱不入先人墓地，遂葬于长白山麓，后迁葬于青城县城西北二里处。

二

杨梦衮著作甚丰，生前也有刊刻。但他晚年失意，"将死，或请广其传，樵尽取焚毁”(《(乾隆)青城县志》卷十一《艺文志》),所以存世著作并不是很多。其中,较为重要的有《岱宗小稿》十六卷、《岱宗藏稿》五十卷、《吏隐盟》十卷、《双清》三卷、《晋麈》一卷等。

《岱宗小稿》十六卷是杨梦衮诗文较早一次编集成书。据《贩书偶记》载:“《岱宗小稿》十六卷,明济南杨梦衮撰。无刻书年月,约天启间刊。又名《橄榄山房副墨》。”此书刻于万历四十七年(1619),今上海图书馆、清华大学图书馆、日本尊经阁文库等有藏本。

《岱宗藏稿》五十卷较完整地保存了杨梦衮天启四年以前的诗文作品。此书传世的刻本有明天启秣陵广庆堂刻本,今天津图书馆、清华大学图书馆等有藏本。国家图书馆出版社2017年影印了河北保定图书馆藏本,将其收入《中国古籍珍本丛刊·保定市图书馆卷》第21册至第24册。此外,山东博物馆、邹平图书馆各藏《岱宗藏稿》抄本一部。《岱宗藏稿》卷一至卷十一是诗歌作品,收录古乐府、五言古诗、七言古诗、五言律诗、七言律诗、五言排律、六言排律、七言排律、五言绝句、六言绝句、七言绝句等各体诗歌各一卷。由于是按诗体分卷,所以各卷篇幅差距较大。卷十二至卷四十一以文章为主,收录序、题辞、引、跋、记、志论、碑、传、墓志铭、墓表、行状、祭文、赞、铭、读史、读子集、法书跋、名画跋、议、说、辩、论、策、表、启、词、奏记、疏、书牍等二十余类文章,每类文章数量不一。分卷情况,则是或一类文体两三卷,或两三类文体一卷,各有差别。卷四十二到卷五十以杂著类为主,如《同袍约》是杨梦衮考中进士之后,“事冗如猬,人聚如蚁”,为了提高修养不陷于人事之中而撰写的。卷四十三《法语》是为人处世的格言集。卷四十四《续娑罗馆清言》是模仿屠隆著《娑罗馆清言》而作。[①] 屠隆著《娑罗馆清言》以佛教的思想观念来阐释人生哲理,杨梦衮续作的思想倾向与之大致相类。卷四十五、四十六为《草玄亭漫语》,也是格言集。卷四十七、四十八《清福》是按照类书的顺序编写。卷四十九《清史》仅罗列名目。卷五十《山居纂》记录他为诸生时在长白山读书时的情境。书前有三篇自序,分别撰于万历四十三年(1615)、天启三年(1623)、天启四年,所以此书收录的诗文,也截止于天启四年。此后近十年的作品,则极为罕见,这是非常遗憾的。

《双清》三卷,有杨梦衮明万历四十八年自刻本,国家图书馆等有藏本。

---

① 万历十五年(1587)前后,屠隆从浙江宁波阿育王舍利殿前移植了一棵娑罗树,故自名书斋为“娑罗馆”,后作《娑罗馆清言》《续娑罗馆清言》两书。杨梦衮《续娑罗馆清言》与屠隆所著是异书同名。

据卷首序言称，是《岱宗藏稿》中的《清言》《清福》两篇。据整理者核对，与今本《岱宗藏稿》卷四十四《续婆罗馆清言》，卷四十七、卷四十八《清福》内容相近，但文字、条目有些差异，应该是天启年间刻印《岱宗藏稿》时有所修改。

《晋麈》一卷，明天启六年闵景贤编《快书五十种》收入其中，后被收入《丛书集成续编》。其书名之下小注云："《双清》删本。"经整理者核对，《晋麈》确实是万历本《双清》的删节本。

此外，《中国古籍总目》子部著录明刻本《吏隐盟》十卷，藏于中国科学院图书馆。

三

杨梦衮一生的经历较为简单。中举之前，乡居读书漫游，有隐逸之情；四十二岁中举之后的八九年间，一直在京城为官，交游甚广；被革职之后，隐居长白山，自称"长白山樵"，直到去世。前两个阶段的诗文作品，内容非常丰富，文体类型也较为全面，包括游历各地的诗文、师友交好的信函、墓志碑传、读书笔记、书画题跋以及各种应用文字。他人生最后几年，失意落魄，诗文没有重新编集，大多已经散佚。杨梦衮自称诗文师法李攀龙、王世贞，为明后七子之余绪。

乡居读书漫游期间，杨梦衮往往以隐者自居，创作了大量山水田园诗，且多组诗。此类诗歌中，有一部分是作者亲历所得，多是组诗。如《岱宗藏稿》卷二五言古诗《山居十首》写洞云、涧溜、萝月、松风、岩花、谷鸟、禅房、樵径、烟林、磐石，《湖居十首》写莲塘、芦岸、柳堤、竹坡、画船、板桥、渔浦、鹭沙、钓矶、棹歌，《历下十首》写华不注、千佛山、文昌阁、趵突泉、白雪楼、大明湖、小淇园、舜皇庙、鹊华桥、江家池，等等；又如《岱宗藏稿》卷九五绝《隐居二十首》《历下赵司徒园亭二十首》《长白山小咏二十首》《风木园三十绝》等。写作这些诗歌时，杨梦衮是以隐者自居的，正如《山居十首》小序所说："余受性僻一丘一壑，雅爱山居。尘网牵人，忽忽不乐。譬诸孤云野鹤，自是与城市不宜。于是抽毫濡墨，备写幽胜，以当卧游。"可以看出，他受陶渊明的影响是非常大的。此外，杨梦衮创作的游历山水的诗歌，有一些其实是未到其地，仅依据地方志等文献资料而创作的。如《覃怀八首》就是因为他的"先曾大父"曾在覃怀（今河南沁阳、温县一带）为官，杨梦衮根据覃怀地方志八景创作而成。

杨梦衮中举之后，也写了一些山水园林诗。如《岱宗藏稿》卷九五绝

《陈秋涛太史园居杂咏二十二首》，就是写他的同年进士陈子壮的庄园及其闲适生活。其中，《借读窗》云："吾不窥二酉，焉能知借读。只有渊明诗，闲窗时寓目。"《沸雪寮》云："《离骚》一两行，月出枫林迥。汲得中泠泉，手自烹苦茗。"陈子壮，字秋涛，广东南海人，与杨梦衮是同年进士，天启间因为弹劾魏忠贤被削籍归里，此后与杨梦衮不再有交集，所以此诗应作于陈子壮中举之后、罢官之前，写他公余读书、品茗的闲适生活。

与此相关的，是杨梦衮根据个人游历写作的游记文章。这些游记文章有写山水园林的，也有写都市风俗的。写山水园林的，如《岱宗藏稿》卷十五《游华不注山记》《游千佛山记》《游女郎山记》《游长白山记》《游小淇园记》等，都是篇幅较长的记游散文。写都市风俗的，有《游都门记》二十篇，是杨梦衮万历四十三年（1615）下第后，应朋友之邀，"北涉无棣之墟，历幽燕之境。凡古所称瀛州、滹沱、涿鹿诸形胜，十历八九。虽不获观风问俗，登高作赋，亦稍稍粗得其概矣"。其中，《庙集记》《灯市集》《技艺记》《燕姬记》《狡童记》《缁黄记》《长班记》《丐子记》《风俗记》等篇，从游览者的角度，记录了当地的社会风俗，具有很重要的史料价值。如《狡童记》云："缙绅宴会多用狡童，此辈多出吴越间，北方亦有之，清源、河间、吴桥居半。自官妓之禁严，而此辈傅粉施朱，婉转取怜。士大夫亦有匿之者。"明代自明宣宗始禁官娼，遂致男色繁盛，此篇所记，正印证了燕赵之地亦有此风。

杨梦衮诗歌中还有一些咏史怀古诗。如《岱宗藏稿》卷十中六言诗《咏古诗一百首》，对从先秦到宋代的人物史事，皆有吟咏。如其三云："史颂秦皇迈德，人传汉武雄才。才德尽如二帝，黎民亦如殆哉。"对秦皇、汉武的雄才大略提出了异议，认为他们给百姓带来了苦难。又如其九十六云："汉高不事《诗》《书》，光武只知图谶。嗟嗟作用者谁？恨杀坑儒谬甚。"对汉高祖不重视《诗》《书》，光武帝只重视图谶提出了批评。明清时期，咏史组诗创作非常盛行，但大多是五七言诗，像《咏古诗一百首》这样规模的六言咏史组诗，是较为稀见的。

《岱宗藏稿》卷十九至卷二十四是杨梦衮创作的碑传墓志类文章。其中，碑文、墓志铭、墓表等，多为应酬之作；列女传则是记录当地的节妇烈女，类似地方志中的列女传。而卷二十二的《十九友传》共收录传记十九篇，以寓言之体，遍写他所认为隐逸生活中不可或缺的朋友，如以山为玉洞真君，以水为烟波钓叟，以风为蘋末散人，以月为纤阿素士，以诗为锦囊奚童，以酒为桑落狂生，以琴为冰弦道侣等，此体始于韩愈《毛颖传》，多用拟人、隐喻的手法，艺术价值较高。

《岱宗藏稿》还收录了大量杨梦衮的读书笔记、书信以及各类应酬、应用文字，此处不一一赘述。值得一提的是，明代出现了一类被称为“清言”的著作形式，多以警句的形式表达作者对为人处世的看法，杨梦衮《法语》《续娑罗馆清言》《草玄亭漫语》等，都是具有这种性质的作品。①

由于杨梦衮生前焚毁自己的文稿，已刊著作书板亦俱毁掉（道光《青城县志》），所以其著作为世所稀见。即便如此，其幸存的著作也有较大的篇幅，在数量和质量上在明代山东作家中都是非常突出的，值得进一步搜集与研究。

四

本书的整理，以《岱宗藏稿》明天启年间刻本为底本，参校了明万历本《岱宗小稿》十六卷、明万历本《双清》三卷及明天启六年闵景贤编《快书五十种》本《晋麈》一卷。由于《岱宗藏稿》刻印较晚，杨梦衮对相关文字有较多修改，故仅对价值较大的异文进行出校，不一一赘录。本来计划以山东博物馆、邹平图书馆收藏的抄本对校，因相关藏书单位在查阅方面有着特殊的要求，多次联络，未能如愿，只能对整理计划做了调整。底本目录与正文有不少不合之处，这次整理根据正文重编目录，底本目录有价值的异文，在正文此篇诗文的标题下出校。武冕在参与本书点校的过程中编纂了《杨梦衮简谱》，并辑录了多篇《岱宗藏稿》中未收录的文章，一并附录于正文之后，供读者参考。

在本书的整理过程中，山东理工大学齐文化研究院王志民教授、巩曰国教授，山东师范大学历史文化学院燕生东教授、文学院刘洪强教授等人给予了极大的帮助，山东师范大学硕士生郭之瑾、刘军秀、范文欣、王雪童、郭文琪校对了部分书稿，谨致谢忱。

王培峰

2023 年 4 月

---

① 日本学者合山究选编《明清文人清言集》选了《草玄亭漫语》八则，附录《心灵的中药——〈明代清言〉解说》云：“aphorism 就是用简洁的语句表现深刻哲理的箴言或警句，明代人把这类文字称为清言、清语、冰语、韵语、冷语、隽语、嘉言、警语、法语、格言、语录等等，它们的意思与箴言（警句）并无多大区别。”参见[日] 合山究选编，陈西中、张明高注释：《明清文人清言集》，上海科技文献出版社 2018 年版。

目　录

岱宗藏稿自序一

余幼从塾师游，日操觚为博士家言。一语稍涉异，则正色规之，曰："童子何知，奈何不帖帖也。"案头自帖括外，绝不敢置古文辞一帙。耳无闻，目无见也。

弱冠，甲午秋，应试历下。坐书肆中，偶见《弇州山人四部稿》，洒然异之，曰："宇宙间乃有闳览博物君子如元美者哉！"元美不可一世，士每见其心折于鳞，于鳞谁氏耶？余复购于鳞集读之。其文乃秦汉以上文，其人则余里闬间人也。当是时，余始知李、王为嘉隆间文章宗匠，前此不知也。二公名满海内，学士大夫莫不津津侈谈之，顾强半出于耳食，若余则孤陋无似。初不识于鳞、元美作何状，偶于蠹编中自得之，神相遇而已。每恨生也晚，不及与二公缔莫逆。

秋窗夜静，兀坐焚膏，取二集展玩。左于鳞，右元美，浊醪佐之。酒酣，恍惚见二公立吾前也。霁月耶？长虹耶？元美耶？磊磊乎孤峰，落落乎野鹤，于鳞哉。余与二公神交二十余年，而人不知也。

近日颇有攻击于鳞者，举黄金白雪以为诟病。夫诗句之雷同，文字之艰涩，于鳞诚有之。顾其骨气神采，敻然不群，海内成一家言似此公者，宁有几人？余执鞭一念，终不肯移。生平疏拙，不善治家人产，独昵就曲蘖、膏肓泉石、游戏翰墨三事，差有微长引领。二公虽不能至，心向往之。乃缙绅先生所期许余者，则以时艺。

余沉苦海中，业已不遇于时。视尺幅中语，心窃薄之，于是退而修古。呜呼！造物厄我以遇，将投我以闲，即优游卒岁，岂曰不适。乃日夜仰屋梁著书，凿七窍而亡混沌。弃闲就冗，造物得无笑乎？夫藏书名山，是古作者事。余何人斯而乞灵于岱宗乎？多见其不知量也。

万历四十三年，岁次乙卯季冬，长白山人杨梦衮题。

岱宗藏稿自序二

往余为诸生，好窥二酉之藏，不甚留心经生艺。虽无日不操觚，而意甚薄之，曰："区区帖括语，不出十年，刍狗弃之矣。"以故用力浮而收效浅，久滞苦海，则亦卤莽之报也。

余既不遇于时，则退而修古。凡当代之作者，如历下、弇州辈，神交者几三十年。然性虽好之，非能肖也。居恒小诗遣兴，小文销日，大都自适。其适闲旷萧散之意多，关切宏巨之用少。而先达及辇上诸君子乃或过听人言，征及雕虫，种种应酬之端开矣。当是时，功令束之于前，世网牵之于后，极厌苦之思，欲谢去铅椠而无由。于是取经生业，研精殚思，背城一战，而始出苦海也。素性甚懒，诸事愦愦，惟读书为文小有会心。顷身罹变故，方寸灰冷，并读书为文亦复愦愦矣。回视敝帚，几欲付之祖龙，而世谬以余之读中秘书也，每欲见其武库。噫嘻，当代之作者如林，区区敝帚将焉用之。

李明府名家也，过为余计不朽。顾余言何能不朽，亦唯是。明府实为玄晏先生，庶几哉能不朽我耳。拙稿大都为诸生日作，午未后才十之一二。

天启三年，岁次癸亥孟秋之望，长白山人杨梦衮题。

岱宗藏稿自序三

余以万历之壬子秋下第，郁郁不乐，忽得危症。是时先慈在堂，儿暹十三岁矣，念有一线之息，书香当不匮绝。造物息我以死，即浩然长往不惮也。唯是生平好为古文辞，恨儿幼无能代余料理耳。大都士大夫一生精神，只在数篇文字，须自家收拾补缀，早广其传。若身后变成一幅故纸，妇人孺子、仆隶下人及蠹鱼虫鼠，尽得而戮辱之矣。古人往矣，而千载犹如生者，以言存也。言不存，即孔孟之骨亦当立朽，况琐琐者乎？盖一日而九回者久之。已而病瘳，未几儿暹夭折。身在矣，自后事依然无人料理也。

年来敝帚之积愈多，每欲付杀青氏，就正海内作者，而力绵无能为。乙卯冬间抵京师，欲托友人某为之，不果。后有相知者官留都，又欲托为之，复不果。至戊午叨贤书，乃取诗集付书林某寄留都梓之，而某乃无信行人也，遂化为乌有。己未叨一第，稍稍出小诗小文付剞劂，而全集固未之及也。无何，入读中秘书，敝帚不患不传矣。而先慈之变突出意外。及襄事暇中，乃稍加编次。癸亥春，李明府每为余计不朽，欲梓之浙中，复不果。秋间抵都门，复入读中秘。甲子春，授谏垣，人事渐冗，古文辞行且弃掷，而以白简从事矣。春夏间，幸未补官，乃于驹隙尽搜箧中之藏，致之留都灾木。傥片语不朽，精神便常留天地间。余老矣，即旦夕填沟壑，固无身后虑也。

天启四年，岁次甲子孟夏，长白山人杨梦衮题。

岱宗藏稿卷一

济南杨梦衮龙光著

古乐府

玉阶怨

宫花照彩槛，雨过如新沐。蛱蝶双双来，空庭飞相逐。

其二

白昼长门静，落花慵不扫。金铺兽啮环，幽径长芳草。

其三

熏风来殿阁，枕簟凉如玉。纤手理冰弦，漫奏求凰曲。

其四

入夜笙歌发，君王将进酒。遥望避暑宫，罘罳挂星斗。

其五

清钟断长乐，萧瑟霜天白。无语倚栏杆，月明吹玉笛。

其六

凉飙天末起，玉砌下丹叶。纨扇苦非时，朝来贮深箧。

其七

遥夜寒不寐，空庭飘雪霰。金壶漏迢迢，屈指数更箭。

其八

未央月初吐，银钩卷珠箔。梅花何参差，影向氍毹落。

子夜春歌

郎来玉漏短，郎去玉漏长。阴阴桃李夜，明月照回廊。

其二

澹荡东风来，莺簧调碧柳。间间复关关，睍睆如求友。

其三

陌头杨柳色，楼上依依见。柳色何所似，似妾黄金钏。

其四

双双紫燕飞，尽日卷珠箔。呢喃语无端，时复衔泥落。

其五

昨日鸣仓庚，今日鸣鶗鴂。一片桃花飞，满庭飘绛雪。

子夜夏歌

碧纱透熏风，纤纤闲玉指。膝上按丝桐，一曲牧犊子。

其二

朱李荐雕盘，篆烟销宝鸭。待郎郎不来，月砌花阴匝。

其三

庭际空濛色，开窗纳微凉。荷塘风雨细，对对浴鸳鸯。

其四

团团轻罗扇，日日不离手。去去薄情郎，日日不离口。

其五

妾爱游仙枕，枕上梦幽欢。妾恼金鸾镜，镜中形影单。

子夜秋歌

拂晓梧桐树，一叶下金井。呵手制寒衣，谁问剪刀冷。

其二

萋萋庭际草。哀蛩吟不绝。倚槛悄无言，玉笛吹明月。

其三

青荷擎露华，走盘珠万斛。收来掌上看，鲛人泪一掬。

其四

晓来不成眠，雁声何嘹唳。夜来不成眠，砧声何迢递。

其五

殷勤谢西风，与妾情不薄。遥夜意相亲，时来穿绣幕。

子夜冬歌

瑶阶照欲明，银灯寒欲灭。晓来卷珠帘，门外一尺雪。

其二

愿妾化作梅，愿郎化作雪。为待岁寒时，清光共明月。

其三

自郎之出矣，幽径绝行迹。残雪扫无人，遮莫琼瑶积。

其四

寒檐挂水澌，往往玉筋同。妾亦有玉筋，比之色更红。

其五

皎皎天边月，盈盈隔云汉。人生非参商，举首不相见。

上之回

上之回，自郊坛。黄琮收，绛蜡残。纤阿净，万松寒。老叟孺婴夹道看，冲冲圣明九旒冠。抚瑶图，御金銮。上帝洋洋，百灵欣欢。

战城南

战城南，走城北。烽火红，妖氛黑。青莲花，杳消息。白额虎，陡生翼。东鲁流丹西天墨，大纛高牙惨失色。

将进酒

将进酒，世间万事君知否？么麽鸥鹭盟，龌龊牛马走。镜里当年似渥丹，顾影俄然成老丑。手操不律看屋梁，其人与骨俱已朽。不如倒载高阳池，陶陶径入无何有。

君马黄

君马黄矫矫，飞龙历八荒。夕饮咸池朝扶桑，瞬息万里逐流光。羲和揽辔凌苍苍，时乘六龙骖翱翔，忽然停策卧天阊。天子穆穆侯皇皇，居中称朕寿无疆。

有所思

有所思，乃在太行之山。左瞰齐门，右窥秦关。俯仰寥廓，泪血潸潸。瞻彼白云，飞碧落间，飘风荡之，去何时还？我发既以素，我衣不复斑。三复《陟岵》章，惨哉游子颜。

圣人出

圣人出，黄河清；四灵至，万汇荣。五色披离文彩呈，何物九苞仰天鸣？朝饮瑶池，夕食琅玕。翩然而来，谁知其端？跄跄汭汭滨，浩浩天地宽。

临高台

临高台，眺城郭。但见华栋入云，跨之以朱栏，围之以绣幕。内有冠裳士，不绳而自缚。朝田园，夕囊橐，左靡曼，右绰约。惜哉明珠，日日把之弹雀。垤封蚁，秋至鹤，一黄壤，一碧落，尔曹其知天地之寥廓？

思归引

思归引，归岱东。载尚父，梦周公。朝游杏坛，暮宿雪宫。囊何有峄阳桐？橐何有舞雩风？掷去进贤冠，愿以素臣终。尺一书，不须通。

空城雀

雀何为而噪空城？城中之人安在哉？城中之人，皆翻万卷之贝叶，生九品之莲台。瞿昙氏垂手而接引，一一西天去不回。血肉付乌鸢，肝脑委青苔，红巾猖獗，白骨雀巍。一世都成佛，空城遍九垓。

董逃行

陌上蓬，水中凫，飘飘泛泛何为乎？道旁老翁携妻孥，白雪秋霜满头颅。岁欲暮，日将晡，逢人长跪乞青蚨，七尺何托曰浮图。何不归来？田园荒芜。今有仁人长者，新来分符。

门有车马客行

门有车，兼有马，我问车马何为者？劝我行，恋不舍。游趁春，眠趁夏，秋趁金波冬玉斝。双鬟集，小游冶，四韵成，小骚雅。谡谡松风，偃仰其下。尔庄严，我疏野，懒朝参，长官骂。

公无渡河

公无渡河，公无渡河，河上朝来风涛多。前有蛟龙后鼋鼍，浊浪掀天卷长波。飞鸟彷徨不敢过，有叟颓然两鬓皤，行行不止当奈何？

岱宗藏稿卷二

济南杨梦衮龙光著

五言古诗

拟十九首

步出城东门，行行八里余。旷野无人行，萧条见烟墟。高柳参天长，下有野人居。我昔披图史，此地杂樵渔。卸我头上冠，驻我驷马车。慨焉长太息，薄暮尚踌躇。

其二

郁郁原上松，皎皎云间月。潺潺涧下水，黯黯垄头碣。下有百年人，回首精华歇。岂无盘中餐？杳不知芳洁。亦有郁金香，何时到泉穴？去去匆复云，襟期满啼血。

其三

遥望终南山，山中多瑶草。何来餐霞翁？方瞳颜色好。问尔年几何？能后地天老。默然无一言，待我自幽讨。簪绂良误人，寸阴以为宝。

其四

上山采蕨薇，道逢严居子。眉宇何皎然，落落绝尘滓。伫立颇移时，问君何能尔？世事浩无端，利名塞朝市。安能相征逐，云卧聊复耳。

其五

峨峨山上石，谡谡石上松。苦无艳阳质，寂然历秋冬。百卉非不华，严霜杀蒙茸。安知磊落姿，不化为虬龙。

其六

夜深不能寐，披衣步前庭。仰见银河间，盈盈渡双星。牛女有佳期，我生何伶仃。日居而月诸，雪霜忽以零。安所得仓庚，聊以娱颓龄。

其七

束发观奇书，亦欲营千秋。壮士有烈心，往往招愆尤。吾道直如弦，焉能变为钩。方枘而圆凿，行行君且休。

其八

客从南方来，遗我一壶酒。对客注玻璃，吾将为客寿。一石安足辞，何况于五斗？世事良多端，往往掣其肘。独醒空尔为，陶然且濡首。

其九

杖策出郊扃，东风摇百草。万木吐菁华，令我襟期好。一夜风雨来，郊原顿如扫。四时相代谢，春光可常保。人生非松乔，行乐苦不早。

其十

荆山亦有玉，合浦亦有珠。珠纇损连城，玉玷亏璠玙。翩翩青云士，结发事《诗》《书》。顾影却自怜，而乃好邪趋。寄言爱景光，葆此七尺躯。

十一

炎炎朱夏日，白露忽以溥。人生如隙驹，日月跳双凡。昔与群儿嬉，颜色如渥丹。俯仰几何时，皤然步蹒跚。有酒聊复斟，有瑟聊复弹。哀响杂清歌，与君暂交欢。玉绳渐以低，银缸渐以残。劝君且高枕，永夜何漫漫。

十二

西北有浮云，阴阴蔽京华。双阙造太清，无日不风沙。游子欲何之，昼夜念其家。客从都门来，寄得都门字。前半及起居，后半及时事。我非栋梁材，劝驾何造次。息君尘中鞅，谢君手中贽。有酒尽今夕，明朝行吾志。

十三

良夜掩重门，万籁何阒寂。寒雨西北来，潇潇阶下滴。孤衾不成眠，搔首向空壁。百忧纷然集，无端抱戚戚。人生天地间，倏忽如过客。有酒且高歌，聊以娱今夕。何为虑来兹？兼复及畴昔。浮名与虚华，碌碌头颅白。

十四

晶晶檐上霜，粲粲阶下菊。赋性一何迟，秋来转蓁馥。采之怀袖中，聊以佐幽独。忽忆素心人，十载滞空谷。欲以往遗之，永言敦薖轴。

十五

昂昂千里驹，逸足蹑浮云。朝发雁门关，夕逾楚江濆。饶有汗血姿，矫矫谁能群？齿壮而不御，摧颓何足云。下车而剪拂，安得伯乐氏？六辔调如组，瞬息致千里。历览周八极，皇路平如砥。

十六

东望蓬莱山，隐隐隔沧海。内有金银阙，辉光何皑皑。仙者五六人，尔来几千载。闻说溟渤流，屡作桑田改。纵有五色芝，阒其无人采。搰搰炼药翁，迄无一人在。我欲齐彭殇，旷达将何待。与君醉美酝，茫茫付真宰。

十七

今日天气佳，行乐当及时。开樽延故人，急管夹哀丝。一酌心神畅，再酌不复辞。吴越有娇娃，其名曰西施。长袖既善舞，捧心复多姿。芳容何皎然，亭亭玉树枝。有酒而不醉，空为达者嗤。

十八

肃驾之海隅，彷徨渺无津。披衣中夜起，形影自相亲。亦有朱丝弦，钟期掩黄尘。埙篪非不佳，欲致杳无因。出户徒踟蹰，入户徒酸辛。蹙蹙眉间愁，耿耿心中事。人生复何求，自苦乃如是。我欲为君陈，君岂诚察此。

十九

我年亦云迈，二毛纷种种。七尺亦赘疣，况复邀光宠。与君结绸缪，引身抱田垅。好爵何当捐，聊以免忧悚。嗟嗟调鼎人，墓木亦已拱。

感兴十首

栖栖岩居子，日夜穷典坟。素手持尺幅，落笔如烟云。当其谈性命，洙泗尚龂龂。开口引唐虞，将以致吾君。一朝登天府，紫绶耀清芬。溪壑不可满，薄书何纷纭。众人已自醉，来者更复醺。遂令千载下，刍狗笑其文。

其二

我闻古人言，牛羊求刍牧。伟哉青云士，朱轮与华毂。从者纷如云，前后风雨簇。朝来下一令，夕即闻鞭扑。嗟嗟进贤冠，所至千家哭。

其三

古人不可见，千载有清风。天知地复知，凛凛暮夜中。梁上悬者鱼，拔葵何匆匆。沧桑日以变，十万神可通。玄黄耀朝霞，灿烂夺天工。明珠与大贝，不胫走西东。呜呼尘甑士，白首哭途穷。

其四

孤松挂绝壁，百尺何夭矫。纵有丝与萝，颇亦嫌其扰。泾浊而渭清，胸中自了了。乌用结绸缪，亲如比翼鸟。门户才一立，宇宙日觉小。甘陵南北部，流祸知多少。蜀洛亦何为，纷然不可晓。

其五

昔人有月旦，聊以见权衡。锱铢苟不爽，物各得其平。何来含沙口，贝锦纵复横。东西既易面，听者亦为荧。凛凛霜台笔，舌剑墨为兵。西施变无盐，嫫母忽倾城。异哉青云客，而乃好吠声。

其六

倜傥鲁朱家，其人颇亦伟。关说动天听，听之自亹亹。郭解者何人，毒蜇同蛇虺。睚眦转眼报，疑神复疑鬼。家自为盗薮，夫岂曰瑰玮。马迁爱游侠，识者固不韪。

其七

洙泗何汤汤，天地与同流。关闽与濂洛，一一溯源头。彼自阐微言，于世亦何求。递及千载下，人人自尼丘。扬眉谈性命，风谊凌高秋。抠衣问道者，何但由与求。鲁国儒一人，儒今满九州。问其衮影间，决裂不能收。

其八

桓桓者貔貅，雕戈耀霜日。万灶屯神京，来如风雨疾。转饷困三吴，九空而十室。问彼脱巾者，一何无纪律。龙钟与孱弱，杂然隶尺一。忽闻金鼓声，辄复为股栗。见豺战以兢，虎皮而羊质。养此无用物，岂云师中吉。边隅日多事，胡不核名实。

其九

班生入玉门，马援标铜柱。丈夫建高牙，志在吞强虏。瀚海与天山，尺寸皆王土。努力保金阳，讵肯甘予侮？马鸣风萧萧，手自操桴鼓。勒绩燕然上，归来报明主。一片许国心，非图十万户。李陵者何人，草草不堪数。

其十

鼎鼐自重器，烹调擅其能。盐梅既以和，风度端且凝。有物断如斧，有道直如绳。群枉迎刃剖，海内乃兢兢。包荒岂不伟，无奈玩相仍。古人所诮者，政自谓摸稜。

游长白山二首

弱冠弄柔翰，意气何扬扬。偶然窥二酉，挟策干岩廊。沉沦三十载，丰城埋剑光。不问家人产，田园半已荒。里中多酒徒，日夜飞羽觞。颇嫌城市闹，红尘点冠裳。长啸出门去，鸿鹄任高翔。南望长白山，云树郁苍茫。古人曾画粥，至今垂芬芳。后有布金田，前有读书堂。开卷对层岑，紫翠翻夕阳。松风冉冉来，披襟一徜徉。空山寂无人，清磬出禅房。平生颇好奇，扪萝窥天阊。迢遥万里目，嶙峋千仞岗。而我不知疲，疏身践羊肠。有友五六人，流汗喘且僵。履齿信所之，樵者笑其狂。潺潺涧下溜，其声中宫商。闲来濯吾缨，素手掬琼浆。水云何澹荡，悠然与之忘。驽马恋刍豆，丈夫志四方。薜萝亦可衣，何必缣与缃。鹿豕亦可游，何必姬与姜。箕踞长松下，啸傲凌羲皇。

其二

英英贾长沙，落落李青莲。二子岂不伟？词林笔如椽。志大材则疏，千载受人怜。嗟子落魄人，儒冠误青年。学书苦不成，二毛满华颠。无复尘世想，载酒来醴泉。岩花西子妆，涧水伯牙弦。对之开口笑，镇日相留连。席地罗壶觞，醉枕磐石眠。山风送爽籁，山月垂婵娟。泠然万虑空，振袂意仙仙。醉墨何淋漓，龙蛇走云烟。道逢羽衣子，相邀游八埏。赠我青玉案，兼之白云篇。瑶草生丹丘，孤鹤翔青田。聊结汗漫期，携手阆风巅。

闻邻姬哭子有感

灼灼园中花，春来发青葱。凉飙一夕至，丹萼逐秋蓬。人生天地间，荣枯亦其恒。松龄与蕣华，浮云过太空。戚戚者谁氏，而乃怨天公。

其二

十年顾复恩，一旦归北邙。念之岂不酸，并刀割柔肠。有声彻苍天，有泪滴玄堂。死者了不闻，生者徒自伤。生死隔幽明，千秋雨茫茫。委形一以蜕，那复恋爷娘。浮生梦中梦，心血漫沾裳。

其三

四大亦何有，厥初皆尘缘。偶然成形质，恩爱相牵缠。想当未生时，无爱亦无牵。君看水中泡，不规而自圆。倏起倏自灭，幻化在眼前。嗟嗟掌上珠，何不付之天。

其四

日余滞苦海，彷徨渺无津。刺促人间事，二毛苦相侵。即有长生诀，弃之如灰尘。我以生为赘，生亦何足珍。自身且不恋，况复身外身。曾读《南华经》，吾欲返吾真。

阳丘胡怀老小歇亭次韵

高人恋丘壑，霞卧苦不早。朝簪一日抽，野筑千峰抱。松风北窗凉，萝月东山好。我闻古人言，出则为小草。山公饶启事，海内逊品藻。倏然赋《遂初》，杖策恣幽讨。座上玉麈挥，花下金樽倒。只虑抱膝人，未许隆中老。

山居十首

余受性僻一丘一壑，雅爱山居，尘网牵人，忽忽不乐，譬诸孤云野鹤，自是与城市不宜。于是抽毫濡墨，备写幽胜以当卧游。宗少文抚琴动操，欲令众山皆响，余亦云云。

洞云

卜筑南山下，夫谁与为群。步入松萝内，一径通氤氲。窈窕古洞中，日夕屯寒云。仙人不可见，岚翠何纷纷。孤鹤翔空来，翩翻凌紫氛。终日坐磐石，澹然对斜曛。人生宇宙间，所贵在清棻。缁尘涴素衣，京洛胡足云。茫茫一气运，鸿濛了不分。屯膏何必恚，作霖何必欣。卷舒任自然，天和有谁焚。

涧溜

崎岖山下路，巉岩山上石。涓涓石罅中，玉髓滴朝夕。六月冰壶冷，渟泓不盈尺。遥从千仞落，飞瀑溅苍壁。游鱼粲可数，强半藏石隙。磈磊横中流，珠玑竞激射。山僧颇好事，引来注香积。恍如挽银河，倒泻喷几席。汲之归茶灶，月映雪花白。尘鞅那可言，忽然照寒碧。山灵解笑人，去去红尘客。

萝月

空庭无一物，古木盘龙虬。上有青罗带，纷然结绸缪。晚天碧于水，一片金波流。何来玉蟾蜍，倒挂珊瑚钩。清辉映素襟，万籁寂已收。寥寥人境外，旷然豁吟眸。谁人吹玉笛，风气飒如秋。

松风

披襟者何人，高卧华阳洞。攫拏虬龙枝，不爱为梁栋。白鹤巢其颠，云影时飞动。何物起青苹，天籁飘相送。隔水泠泠来，为我清午梦。三尺峄阳桐，忽作梅花弄。

岩花

东风啼百鸟，唤醒幽人眠。揽衣步中庭，岩阿何烂然。山花不知名，但爱颜色鲜。裁锦剪丹霞，妆点阆风巅。吾闻洛阳春，车马何喧阗。姚黄与魏紫，日荐绮罗筵。空谷有兰蕙，岂必为人妍？所贵在幽芳，采采不忍捐。

谷鸟

结屋红尘外，兴来欣独往。空谷不逢人，但闻清磬响。招提隔云萝，浮图何虚敞。鹤鹳盘天风，望之心神爽。岩花开复落，鸟雀依林莽。喧啾竟何言，如喜桑麻长。瞻彼山梁雉，饮啄恣偃仰。悠悠大块中，飘然脱尘网。夕阳欲西下，山色忽傥恍。寒鸦带白云，三三复两两。矫首望长空，天际真人想。异哉樊笼客，铩羽徒劳攘。

禅房

云林有精舍，乃在山之阿。一尘飞不到，花雨散烟萝。我闻清磬声，杖藜时一过。庞眉四五人，见客称弥陀。邀我坐南轩，挥尘演恒河。澹然五蕴空，战退百万魔。茶灶晚烟碧，风篁影婆娑。悠悠大块中，霁色流金波。

樵径

秀绝千仞峰，青霭纷如簇。鸟道挂悬崖，萦纡接山麓。林深不见人，丁丁日伐木。烟岚翠欲滴，染我薜萝服。长林丰草间，偃息同麋鹿。晔晔商山芝，采采动盈掬。苟可疗吾饥，何必千钟禄？湖上逢渔翁，双鲤烹且熟。斗酒坐相邀，长啸震空谷。

烟林

入林恐不深，所志在知希。漠漠寒山坞，日夕锁烟霏。中有薖轴人，结茅住翠微。古木攫苍龙，时见白鹤飞。潺湲涧下水，上有松十围。山灵为呵护，傲雪含清辉。梁栋夭天年，何必壮黄扉。有客曳藜杖，身衣薜萝衣。独来复独往，行歌赋《采薇》。

磐石

我爱山中石，累累卧苍藓。开辟几千秋，不随沧桑变。抱酒坐其上，翘首观绝巘。有叟鬓皤然，棋局日消遣。磊落自天性，尔心不可转。我欲披羊裘，箕踞钓清浅。缅怀金华子，烟霄任舒卷。群羊满山阿，恍恍谁能辨。仙人久已去，空山恣偃蹇。

湖居十首

余往来湖上者数矣，凡湖中所有，吾目得而有之，凡目中所有，吾胸得而有之，凡胸中所有，管城子、楮先生得而有之也。

莲塘

澄湖有佳色，迤逦城之隈。无数翠芙蓉，冉冉镜中开。疑藉并州刀，细将朝霞裁。寒香吹不断，左右清风来。画鹢谁家女，流影自徘徊。恍若许飞琼，飘然出蓬莱。纤手撷玉蕊，水云何悠哉。扰扰紫陌尘，我马久虺隤。争如弄潺湲，铁笛吹落梅。四明有狂客，皓首故乡回。君王赐鉴湖，鸥鹭能无猜。

芦岸

洲渚渺无际，人家四面绕。蒹葭郁苍苍，一半杂红蓼。月出东城隅，山高玉魄小。渔歌何处起，扁舟凌浩淼。宛在水中央，望之不了了。万籁夜萧然，芦花宿飞鸟。天淡银河垂，冰轮一何皎。醉拥青蓑衣，风露知多少。

柳堤

湖堤何蜿蜒，处处垂青丝。柔条谁可似，张绪少年时。我爱泛兰舟，手把白玉卮。濯濯月中态，四面来青飔。上有如簧鸟，玉管调参差。翠烟浓复淡，袅娜舞腰肢。清阴杂涟漪，微风忽荡之。解缆任夷犹，摩诘画中诗。

竹坡

长坡带远汀，结屋大如斗。百尺青琅玕，纷披欲盈亩。阶下罗磐石，时有围棋叟。泠泠峄阳桐，兼之兰阳酒。而我对此君，邀月成三友。翠烟扑眉睫，清吟信吾口。天风终夜起，湖波半欲吼。忽闻敲玉声，珊珊彻户牖。

画船

湖上弄兰桡，清漪碧涓涓。藻荇粲可数，微飔荡沦涟。一片空明中，四顾何澄然。有客坐船头，皓魄当空悬。笙歌断复续，望之如登仙。临风吹玉笛，惊起骊龙眠。我欲探其珠，沙际弄婵娟。

板桥

溪流净于练，宛转通城市。青沙白石间，粼粼清且驶。何物垂纶叟，柳条贯双鲤。薄暮独归来，垂虹自隐起。侨也亦何为，乘舆济溱洧。君看杨柳风，人行图画里。昨夜春雨涨，桃花三尺水。散发弄扁舟，欲学鸱夷子。

渔浦

一径入丛薄，夹路皆垂杨。湖波清见底，菡萏风生香。中有鼓枻人，云水恣徜徉。游鲦出复没，乐哉此濠梁。秋色满蒹葭，白露凝为霜。世事有荣枯，人生亦何常。袅袅芦花风，吹我薜萝裳。木叶渐以下，鸿雁东南翔。三闾楚大夫，泽畔徒悲伤。

鹭沙

幽境日迟迟，寂不闻人语。晴沙粲于玉，流水清如许。何处一片雪，忽然落洲渚。偏与寒汀宜，终日独容与。皎皎一镜中，透迤带岛屿。两岸树阴森，深林不受暑。我行水之湄，衣袂风中举。鱼鸟来亲人，便是同心侣。

钓矶

散发弄烟波，白为一何驯。羊裘者谁氏，终日坐垂纶。得鱼即沽酒，宁复知吾贫。彼美金闺彦，图像在麒麟。岂曰不显荣，而我非其人。世路饶风波，宁独水之滨。飘飘一竿丝，芳饵备为陈。君看咫尺间，重渊出游鳞。嗟嗟千钟禄，贪者殉以身。

棹歌

云散天色青，高山吐片月。扣舷者何人，清响彻林樾。欸乃有遗音，湘君遗恨没。悠悠想太古，清菜尚未歇。冰轮何皎皎，粲可数毛发。照见蓑笠翁，沧浪作钓筏。惊起凌波步，峭寒生罗袜。兴来奏清商，神魂忽飞跃。彇傲五湖长，其能怀魏阙。

历下十咏

余幼读太白《姑孰十咏》，爱其峻洁，因作《历下十咏》拟之。虽音响仿佛一二，恐不及优孟之抵掌也。

华不注

一峰拔地起，斗削何奇绝。鸟道细穿云，龙湫寒喷雪。彩毫插帝座，雄剑倚天阙。中有餐霞人，吾将问真诀。

千佛山

一径入松萝，梵宫挂绝壁。潭窅天光幽，序空云气白。禅房出清磬，鹫岭隐香积。对此万虑消，昙花落讲席。

文昌阁

飞阁倚悬崖，凭高眼空旷。晴检白云篇，夜燃青藜杖。钩帘滴空翠，拄笏纷叠嶂。日落星斗垂，累累栏干上。

趵突泉

泺水自何来，崆峥彻林麓。白雪涌三花，明珠喷万斛。先涵竹坞冷，势挟松涛簇。石上濯吾缨，尘襟净于沐。

白雪楼

矫矫于鳞氏，高楼入寥廓。郢雪洒缥缃，岱云飞珠箔。坐怀霞外客，凭看秋空鹤。啸傲陈元龙，风微宛如昨。

大明湖

澄澄一镜中，兰桡弄云水。鹭影沙边来，渔歌天外起。蒹葭围两岸，菡萏开十里。时有浣纱人，香风散罗绮。

小淇园

萧森水竹居，一径通蓬岛。磐石垂钓丝，锦囊贮诗稿。林深有鸟呼，花落无人扫。何日谢红尘，菟裘吾将老。

舜皇庙

历山虞帝庙，紫极黄金阙。二女娱英皇，百官待稷契。松含雷泽雨，竹洒潇湘雪。我欲理孤桐，南熏调已绝。

鹊华桥

飞梁跨绿水，藜杖聊容与。镜里出渔蓑，花间杂鸟语。阴连杨柳岸，香散芙蓉渚。斜倚玉栏干，垂虹长几许。

江家池

寒塘素练浮，人在清虚境。宝鉴涌天光，冰壶沁云影。凭栏鱼可数，伏枕魂偏冷。安得吸澄波，胸中贮万顷。

覃怀八咏

先曾大父曾宦覃怀，中州之佳山水萃焉。诸胜备载郡志中，蔚如也。操觚之暇，按图题咏，复得八首，虽足迹邈不相及，神已倏然往矣。

太行叠翠

太行秀可餐，崒嵂几千尺。绝壁插天青，孤云出岫白。僧敲王屋月，鹤睡天坛夕。李愿者何人，结茅卧泉石。

济水拖蓝

济水日汤汤，其源出王屋。伏见殊百川，朝宗列四渎。涛声卷雪去，帆影共云逐。万折势必东，潜流穿地轴。

金坛夕照

金坛日欲夕，坐看斜晖敛。云净兔一钩，林疏鸦万点。青空天似洗，紫翠峰如染。隔水奏笙簧，松风何冉冉。

宝塔晨烟

净土有奇观，崚嶒插几级。海月清光悬，晨烟瑞霭集。佛光幻缥缈，天籁通呼吸。绝顶凌苍苍，俯身视原隰。

兴隆避暑

孤刹绝炎蒸，逍遥信可适。地是水晶宫，人如藐姑射。石床经一卷，宝匣剑三尺。梧竹何阴森，高僧闲对弈。

水峪藏春

窈窕水石际，垂虹跨清浅。扶杖穿绿萝，题诗扫苍藓。千寻木合抱，万片霞舒卷。闻道白云中，仙家有鸡犬。

许良竹坞

竹坞净无尘，琅玕意萧爽。月白弄瑶琴，天青卷绣幌。葛陂惊幻化，嶰谷流清响。长啸对此君，磐石悠偃仰。

明月柏林

寒林纤月上，清辉共回薄。一镜挂秋空，千章抱云壑。蟾明发可数，虬奋势将攫。天籁萧然生，银钩卷珠箔。

岱宗藏稿卷三

济南杨梦衮龙光著

七言古诗

画葡萄歌寿邹平张封君

君不见，汉家天子多神武，武帝威灵只千古。鞭挞四夷歘雷电，梯航万国簇风雨。方物纷纭难具陈，一朝不胫走天府。博望高乘海上槎，烟雾苍茫浪花舞。归来稽首朝未央，大宛神驹如龙翔。兼有骊珠数万斛，玲珑磊落堆尚方。玉碗擎来炯夺目，金盘捧出烂生光。天颜一笑不释手，左右黄门尽回首。累累青丸星斗垂，纷纷翠蔓龙蛇走。珍味移来绝域根，琼浆酿作新丰酒。谁将此物入画图，神品千秋垂不朽。

张翁鹤发双瞳方，敢以此图为翁寿。我翁原是谪仙人，百岁逍遥春复春。葳蕤兰桂生庭际，钟鸣鼎食列重裀。雨露叠沾紫泥诰，烟霞坐拥白纶巾。迩来学道得秘诀，不是熊经即鸟伸。渥丹不改桃花色，晔晔朱颜镜里新。

我今寿翁无龟鹤，唯有一幅紫玉青油幕。水晶流润沁瑶台，琥珀生寒映湘箔。头陀诵罢《华严经》，数珠一串交相错。我翁对此清兴发，掀髯箕踞恣欢谑。茯苓松下懒自锄，蓂荚阶前从他落。玉母蟠桃知有无，枉向天边望青雀。争如年年酒一瓢，坐对葡萄架下酌。

金水梅花歌

庾岭琼瑶罗浮玉，季伦移得来金谷。清殊风韵暗生香，闪烁精光惊耀日。似是登临郭隗台，恍如贮在阿娇屋。依然南国一枝春，历落横斜不染尘。羞共园桃争妩媚，爱同篱菊斗精神。价高和氏一双璧，色夺瞿昙丈六身。斜倚栏干吹铁笛，满庭霜月何岑寂。江头霞彩秀可餐，云际星辉烂堪摘。蝶板拍时乍欲迷，莺簧调处谁能觅。聊将此物寄陇头，荏苒年华可自由。几树高槐花竞吐，千条弱柳色初柔。何来窈窕披云锦，突见婵娟挂月钩。一种孤芳照冰雪，须知此物原清绝。纵然带得黄金姿，不改生成白玉节。既从大冶铸冲融，还向孤山挺高洁。

斜控湘帘清昼长，江南风景入华堂。竹篱茅舍横疏影，纸帐孤衾对淡妆。粲粲丹青擅妙手，铮铮铁石负刚肠。负刚肠，擅妙手，片幅缣缃垂不朽。岁晚兼缔三友盟，春初独占百花首。一朝倘若作和羹，皇家鼎鼐为君有。

双凫行寿邹平王明府

闻道王乔有仙骨，家在青霞云水窟。天边双阙自岧峣，海上三山何突兀。双凫翩翩自北来，西临泰岱东蓬莱。瑞雾遥连苍玉佩，香风争绕紫霞杯。三尺丝桐净如玉，闲来坐鼓南薰曲。碧落无云沆瀣清，昼屏有水潇湘绿。维岳降神生甫申，我侯天台石麒麟。洞里蟠桃花不谢，阶前蓂荚叶常新。腊雪纷纷天际落，玉龙偃蹇飞鸾鹤。庾岭梅舒霜月孤，隋堤柳软春冰薄。喜当此际开华筵，青鸟衔书玉窗前。南极老人星乍见，东方循吏弧初悬。咫尺青云致身早，在在口碑传父老。雨露沾濡遍九垓，烟霞啸傲凌三岛。壶有琼浆烛有花，醉来四座歌天保。

南华仙人歌

万历庚戌八月，抱病伏枕，作二歌自遣。呜呼，苦海沉沦，大梦颠倒，一朝先露，七尺之躯，电光泡影，宜达人依皈于无生也。

南华仙人化蝴蝶，梦中栩栩凭谁说。人生历历皆幻景，蝼蚁王侯同一穴。少年努力取华簪，转眼头颅生白雪。君看斜阳返照时，往往荒丘埋断碣。我今行年三十七，蹉跎半世精力竭。光阴似驰隙中驹，功名如捉波心月。迩来万事无意绪，惟羡北邙地佳绝。人生蚤晚数有尽，大椿朝菌虚分别。二竖胡为苦见侵，令我郁郁颜不悦。傥能导我蒿里游，归欤不爱长生诀。

邯郸道中歌

茫茫一枕邯郸道，人世回头苦不蚤。嗟哉至人达变化，片时能使英雄老。历尽荣枯如转毂，觉来枕上黄粱熟。试将人世比邯郸，那论山丘与华屋。

拟杜少陵同谷七歌

庚戌八月，身负沉疴，辗转往事，情见乎辞，拟杜七歌，聊舒幽悰。每一展读，血泪未尝不沾衣也。

有客有客三十七，颠毛种种身多疾。雕虫小技不足数，六赴秋闱六被黜。

忆昔少年负意气，谓拾青紫可指日。如今埋没同蒿草，一领荷衣万事毕。呜呼一歌兮歌欲绝，抱瑟齐门泪垂血。

其二

四十年来无一就，家难漂零日奔走。骨肉耽耽化为虎，门庭扰扰无非寇。家无担石不自存，户外催租转相诟。呜呼二歌兮歌声哀，我生之辰安在哉？

其三

呜呼我父何孤耸，与世不谐耕于陇。老去望儿登贤书，病来赍恨埋荒垄。当时屡说赋命薄，不图禄养图光宠。悠悠此意竟不遂，一朝先露空擗踊。呜呼三歌兮歌思幽，何时华表鹤来游。

其四

堂上有母今白头，终日拮据不得休。世人动称五鼎养，我今翻为四壁愁。家道凉薄甘旨缺，仰视苍苍涕泗流。呜呼四歌兮歌四转，此恨绵绵何日遣。

其五

有妻有妻贫家女，半世糟糠抱机杼。当时谓我富春秋，我今头颅已如许。夫也落魄妇伶仃，头上簪珥尽皆鬻。呜呼五歌兮歌五停，劝我夺锦空叮咛。

其六

有子有子名仙奴，三载提携掌上珠。语言含糊可意会，行步踉跄借手扶。一朝殇痘辞我去，纸钱引送山之隅。昨日箧中见双履，遗迹宛然人也无。呜呼六歌兮歌渐高，我欲仰天一长号。

其七

迂儒旦夕填沟壑，万卷蠹鱼无下落。功名蹭蹬心已灰，颜色憔悴形如削。柴门隔断青云路，依旧空山采藜藿。呜呼七歌兮歌已休，白日西飞水东流。

阳丘张明府奏最承恩长歌为赠

君不见丰城紫气干牛斗，太阿出匣风雷吼。又不见渥洼神驹冀北空，霜蹄逐电追长风。张侯雅号神明宰，凫舄翩翩下东海。十二河山竹马迎，倒悬处处须君解。割鸡聊露脱颖奇，佩犊顿觉颓风改。宫袍掩映河阳花，满城桃李蒸红霞。乔木莺迁增气色，康庄骥展羡才华。孤琴一曲何清绝，抚字心劳催科拙。登阁闲看岱岳云，卷帘朗啸蓬莱月。四郊蔼蔼暖生春，三尺棱棱寒飞雪。

我公原是人中龙，江南秀气盘心胸。麈尾倒吞彭蠡泽，雄标屹立匡庐峰。挥毫曾贵洛阳纸，待漏兼闻长乐钟。人世惊传霹雳手，节错根盘亦何有？肺石高悬狴犴虚，赫蹄挥洒龙蛇走。素质由来不染尘，梅花一树挂冰轮。风谣具有阳春却，遗馈曾无暮夜人。

迩来旱魃苦为虐，嗟嗟尘甑无藜藿。几将云汉轸萧条，切望桑林动寥郭。德政真成空谷音，风猷大似鸡群鹤。绣衣使者乘青骢，荐章飞上甘泉宫。买牛卖剑声籍甚，饮马投钱事足风。北阙岧峣天尺五，戴星三载良多苦。谁从汉代羡龚黄，我向明时逢卓鲁。九重天上锡龙章，芝函捧出日争光。恩波浩荡金茎露，奎藻纷纭御墨香。父老扶杖手加额，相对欣欣有喜色。

祥鸾拥帔照东方，彩凤衔书来北极。堂上萱荣春昼迟，庭前桂茂秋香剧。姓字只今在御屏，朝绅击节眼俱青。长空万里悬列宿，济上千家颂福星。云路迢遥隔下土，夭矫神龙谁与伍。一旦飞腾到日边，八荒处处沾霖雨。

海岳吟寿阳丘赵翁

岱有峰兮海有屋，云涛滚滚喷万斛。缥缈可望不可攀，中有仙人骑白鹿。赵翁自是谪仙人，偶来尘世被儒服。只知彩凤翥丹霄，岂料冥鸿在林麓？老去镜中华发生，醒来枕上黄粱熟。幡然长啸谢青云，一任白驹滞空谷。园种东陵坡上瓜，庭栽彭泽篱边菊。蚁酿盈樽且自斟，蠹编插架不须读。桃花流水青春深，处处山村鸣布谷。呼儿耕破陇头云，柳阴草软眠黄犊。楼对山光秀可餐，窗开树色森如簇。一局棋罢换沧桑，懒向长安看除日。阶前芳桂渐森森，岭上乔松更矗矗。薰风五月自南来，澹荡尘襟净于沐。万里长庚气郁葱，一轮皓月天清淑。珠履盈门青鸟集，为翁同效华封祝。

日观峰歌

高峰直上三千尺，一片青天湛空碧。大海东涵水一杯，望之隐隐在几席。夜宿峰头风露凉，玉蟾流影桂花白。何处天鸡咿喔声？扶桑一线红霞明。姮娥收去白榆树，烛龙衔出紫金钲。霓旌万道射天阙，光彩翻腾景奇绝。晓雾初开露未晞，缥缈秦松与汉碣。羲和整辔飞九天，玉帝楼前照欲彻。群仙谒帝紫微宫，片片朝霞拥绛节。大叫一声吹长笛，沧波鼎沸山石裂。

蓬莱阁行

六鳌戴山戏沧海，一片青螺纷翠霭。溟渤涛飞浪蹴天，扶桑日出霞翻彩。万丈层峰万顷波，上有蛟龙下鼋鼍。垂天鹏翼空中去，鞭石神人镜里过。落红满地无人扫，几树蟠桃花正好。鹅卵森森弹子窝，蜃楼冉冉沙门岛。手持一卷《南华经》，扶摇坐见东风溟。长风万里堪破浪，高阁千寻可摘星。清歌漫向沧洲发，忘却秋霜满华发。山中抱膝老纶巾，水上凌波咏罗袜。

蜃楼篇

吾闻海上灵仙之宅窟，鲲鹏变化龙出没。水晶宫阙迥无尘，金支翠旗何恍惚。万顷银涛拥三岛，琉璃之中翠黛扫。忽有层楼卷复舒，幻态纷纷惊欲倒。百尺罘罳挂玉绳，千岩翡翠杂瑶草。艳艳花开王母桃，离离树缀安期枣。桥驾双虹曳宝幡，台高九级悬皂纛。楼上仙人六铢衣，先天而生后天老。我欲从之餐紫霞，安能尘世歌鱼藻。

趵突泉歌

万斛骊珠日吞吐，潇洒人寰开洞府。苍龙乱带片虹飞，白鹤争衔素珠舞。镜里寒涛雪作堆，水晶楼阁玉华台。弄珠神女随波去，解佩仙妃逐梦来。我携斗酒楼头倚，白石青莎喷玉髓。竹边洒洒挥彩毫，松下泠泠奏绿绮。萧然清兴满濠梁，杨柳栏干薜荔墙。金鳞浅濑千层锦，玉鹭晴沙一片霜。飘飘两袂风中举，尘世菟裘吾与汝。不作麒麟阁上人，犹然鸥鹭盟中侣。

金山寺歌

世上奇观那有此，水晶宫里黛眉紫。千层云浪卷银绡，万丈雪岩削玉垒。招提隐隐隔烟波，清梵泠泠远朝市。幡影朝飞沧海云，钟声夜渡秦淮水。一双白鹤对听经，万丈红霞争散绮。布帆遥白镜中来，铁笛忽从天际起。老僧添篆开瑶函，天女散花飘玉蕊。澄澄皓魄月三更，渺渺长江天万里。云物晴函竹叶中，斗牛夜挂藤萝里。席边迦叶拈青莲，波上琴高乘赤鲤。我来振袂凌丹梯，极目鸿濛游太始。安得携来绝世奇，琅琊之王历下李。雕镂万象烁三光，万斛骊珠动盈纸。丈夫碌碌老尘埃，五斗婆娑安足齿。

牛渚矶谣

乾坤大矣浩然端，千奇万怪生江干。牛渚矶头激风湍，天色沉沉夜漫漫。此中闻有蛟龙蟠，天吴紫气翻波澜。罗刹不衣更不冠，魍魉魑魅互盘桓。深窟鼋鼍步蹒跚，阳侯水宿复风餐。神女霞衣珮珊珊，或跨狻猊或乘鸾。从者如雪颜渥丹，手持火齐与木难。鲛人冰绡烂可观，挂之珠箔白玉栏。忽然万炬耀巑岏，然犀者谁坐相看。苍苍禹鼎龙文残，嗟尔神奸渺莫殚。《夷坚》《齐谐》垂不刊，山海之经宁可删。末学往往肆讥弹，蠛蠓焉知天地宽。山有樗兮江有兰，幽人无梦到金銮。博雅谁登作者坛，闲搜象罔聊为欢。我欲矶头把钓竿，冰轮满空云满滩。

濠梁吟

南华仙人游广莫，碧柳朱栏跨飞壑。鲦鱼出游何从容，俯首濠梁知鱼乐。惠子前来漫致词，吾有一语聊相谑。子也非鱼安知鱼？无乃私揣而妄度。人生肝胆分胡越，而况人禽隔一膜。南华仙人曰不然，尔之所言一何左。我也非鱼不知鱼，子也非我安知我？惠子闻之投袂起，吾子何不衷于理？尔臭如兰我断金，子且谓我不知子，况彼扬鬐鼓鬣之游鳞，吾子何由知也已？庄惠纷纷相矛盾，南华仙人请循本。解却天弢象帝先，冥搜象罔凿浑沌。兀然心若灰，嗒然形若丧。子固知我而问我，我即知之于濠上。

杨子来游眺绿波，斗酒闲听欸乃歌。汪洋万顷中，变化一何多。大鹏之翼与天摩，六鳌戴山郁嵯峨。河伯海若相喽啰，井蛙宁复知其他。南华之口如悬河，我欲辩之可奈何。据梧而瞑侧弁哦，大嚼一斗醉颜酡。

东山吟

晋代风流谢安石，萧散烟霞意自适。东山月出漫开樽，北阙云飞频侧席。行来山翠染衣浓，卧看湖阴入座碧。乱飘红雨桃千株，飞带白云鹤一只。笑拥轻盈萼绿华，颜如绰约藐姑射。丝竹声含涧水清，胭脂色夺榴花赤。座上金罍尽日欢，手中玉麈何时释。松影筛时玉满枰，茶烟起处琼飞液。淝水功名业已空，东山风月浑如昔。我寻古迹一掀髯，啸对斜晖聊岸帻。山水吟残白雪歌，风尘老却青云客。

乌衣巷咏

江左风流首王谢，朱轮华毂沙堤下。宝马朝嘶紫陌风，铜龙晚出金吾夜。绅笏累累欲满床，王家世业问青箱。赐来玉屑金茎湿，宣罢黄麻御墨香。星斗昭回烟缭绕，麈尾翩翩拥英妙。逸气遥凌沧海霞，高情漫发苏门啸。怅望瑶台玉树枝，秋风回首几何时。堂前燕去烟迷径，门外乌啼客咏诗。

雨花台曲

雨花台下尘苍茫，雨花台上花芬芳。花芬芳兮台岧峣，水月风幡影动摇。珠光函里动，香篆座中飘。六根业净天如洗，皎镜澄潭清见底。花霏霏，波弥弥，缤纷玉蕊风迢递。坐对山窗检上乘，浮图鹫岭郁崚嶒。广寒仙子玉为镜，天竺先生金作绳。云在天，水在瓶，篱有梅花壶有冰。蒲团之上坐高僧，我欲从之问传灯。

太湖歌

太湖之中两洞庭，风涛万顷天冥冥。七十二峰黛色青，玉洞瑶房夜不扃。中有灵文万卷经，丹书宝笈护六丁。倒薤杂以蝌蚪形，恍如流霞映飞星。有一丈夫立亭亭，星冠羽衣白玉鞓。腰悬湛卢珮玎玎，御风骑气乘云軿。号曰灵威肃仪刑，尔来千年龟鹤龄。穷极窈窱探沧溟，俯视黄龙犹蝘蜓。怪石玲珑敞玉屏，忽然罗刹忽娉婷。狻猊虎豹眼悬铃，惊心骇目神不宁。销夏湾前水泠泠，烟树千章带远汀。白云弄影鹤梳翎，蛟龙瀺灂风雨腥。包山古刹何伶仃，老僧松下劚茯苓。橘柚煌煌复荧荧，金丸累累垂阶廷。人生浪迹水中萍，且向沧洲一扬舲。兴来啸傲倒玉瓶，遥看飞瀑如建瓴。彩笔花笺手不停，霏霏玉屑散流萤。冯夷诵诗神女听，醉枕青篸梦未醒。

虎丘行

姑苏风景天下绝，虎丘山麓停车辙。吴主台倾锁片云，真娘墓圮埋残碣。乱蕊蒸霞树郁葱，飞流漱玉泉清冽。衲子闲将苦茗煎，山童漫把乔松折。彩毫到处便生花，玉麈挥来竞霏屑。清谈坐对高人倾，苛礼宁因吾辈设。扫壁题诗一醉吟，寻幽吊古空悲咽。飘飘范蠡竟鸱夷，矫矫专诸何侠烈。吴越英雄垅首荒，汉唐题咏碑文缺。已知身世等醯鸡，尽把风光付啼鴂。湖中渔火对寂寥，殿上佛灯半明灭。山椒徙倚日沉西，挥手聊将老衲别。

西湖歌

武林之西山万叠，中有玻璃与山接。随风杨柳护朱栏，映日芙蓉迷桂楫。湖上亭亭两高峰，浮屠秀插金芙蓉。游人笑拾山间翠，衲子行穿涧下松。树色苍苍映飞阁，栏干到处悬珠箔。积翠遥从峰上来，流霞半向湖中落。几簇楼台几缕烟，桃花竞媚柳争妍。苏堤春色骄罗绮，葛岭风光拂管弦。扣舷一曲声相答，锦袍坐拥湘裙杂。楚客清吟展彩笺，吴娃半醉烧红蜡。海上姮娥冉冉来，水晶宫阙白云堆。冰轮万顷横新桂，玉笛一声弄落梅。龙女吹箫冯夷舞，慷慨悲歌怅今古。苏小坟头宿草深，逋仙庐外寒香吐。世事茫茫枉断肠，兴来且进九霞觞。紫骝缓整花间辔，画鹢闲看镜里妆。

孤山吟

和靖先生韵清绝，结庐独伴孤山雪。窗外疏篱半吐花，座中佳句时霏屑。三尺孤桐一小舟，湖山到处得淹留。客来幽境花谁扫，鹤带白云影未收。薜荔为衣藜作杖，飘然身在烟霄上。且将疏影散幽香，何必长风破巨浪。路入柴扉一径斜，焚香扫石坐烹茶。彩毫题遍苍苔壁，一任山僧护碧纱。

九里松吟

郁郁霜姿挂空碧，萧瑟秋风悲日夕。石封苍藓虬千株，巢带白云鹤一只。涧水潺潺韵泠然，恍如清梵杂哀弦。步虚声在烟霞外，环佩身归玉帝前。幽香满地无人扫，对坐者谁商山老。飞尽湖边桃李花，傲残江上芝兰草。亭亭高节凌霜孤，人世繁华入眼无。不栽夏后千秋社，犹胜秦家五大夫。

禹穴篇

执玉帛者纷万国，山灵亦且为生色。南尽衡阳西流沙，重奠洪荒开粒食。依然凿井复耕田，老农尔岂知帝力。一自垂髯堕鼎湖，江汉东流窆石孤。龙门马颊空相望，洛水神龟更有无。我来会稽探窈窱，玉书金检辉炑照。竹箭凌云凤尾翻，梅梁锁雾猿声啸。江上黄龙去不归，浮生如寄真堪吊。

兰亭记[①]

山阴胜地知多少，路入兰亭何窈窕。琅玕矗矗万竿清，翠黛层层四面绕。晋代风流王右军，彩毫落纸散烟云。流觞到处诗千首，曲水归来酒半醺。东南高会宁能再，寂寞诸贤不我待。尽把衣冠成古丘，空将文墨追前代。

① 记，底本目录作“曲”。

镜湖歌

东南饶有佳山水，一镜天开清且美。佛寺层层树集鸦，渔舟点点条穿鲤。条穿双鲤泛渔舟，枫叶芦花相对愁。冰壶占断三秋月，铁笛吹残万顷秋。万顷高秋吹铁笛，翠蛟起舞山岑寂。幽人鼓枻泛中流，骚客凭栏倚绝壁。绝壁骚人漫倚栏，山光水色镜中看。红叶花发韶光媚，白苎歌翻子夜阑。子夜清歌翻白苧，南国佳人杂笑语。丽日偏宜翡翠裙，香风乍散芙蓉渚。芙蓉渚上散香风，人人身在画图中。笔床茶灶疏帘卷，菱叶荷花小径通。小径荷花通菱叶，四明狂客理归楫。镜里朱颜久已销，鬓边华发谁能镊。

钓台歌

子陵光武之故人，帝也东京陵富春。富春之江有钓台，水渟泓兮山崔嵬。一片寒云镜里来，客星万古留江隈。白水真人安在哉？我观古人之钓钓不同，一一取之为折衷，任公钓六鳌，太公钓非熊。子陵所钓者，山间之明月，江上之清风。翠崖百丈波千尺，梅花落处吹长笛。涤荡人间浩荡愁，销磨世上英雄魄。日月光开汉阙春，烟霞色锁桐江夕。只知洗耳爱清波，那肯折腰来紫陌。帝座云霄且自高，渔家烟火还堪适。纵使骊山起劫灰，红尘不到羊裘客。

赤城霞歌

玉帝端居何穆穆，天孙为织衮龙服。轧轧云汉弄机柚，一片红绡惊耀目。忽然裁得千万幅，挂向赤城之高麓。赤城迢迢横石梁，上有瀑布百尺长。翠色插天黛色秀，白云满地松花香。涧水粼粼清且美，水上胡麻去复止。仙家应是住翠微，而我何为恋朝市。坐看明霞秀可餐，归欤归欤赋考槃。刘晨且觅天台路，李白空歌《蜀道难》。

庐山瀑布歌

庐山山上青冥裂，飞下银河挂天阙。练影争翻合浦珠，浪花乱舞蛾眉雪。吞吐訇訇到处闻，一片青天鞭缺列。白虹倒垂青松嶂，寒光冷翠何奇绝。有客纶巾拥布袍，坐眺苍崖喷玉屑。涧水泠泠绝点埃，白鹤双双韵高洁。洗净人间紫陌尘，扫清宦海丹田热。道书项上聚三花，仙人杖下生九节。吾将结屋住云萝，五老峰头问真诀。

鄱阳湖歌

茫茫元气涵彭蠡，万派奔流一镜里。西接南昌东饶州，吞天浴日风涛起。风涛起，何处可寻鸱夷子？向来散发弄扁舟，回首滔滔天下是。滔滔其如天下何？且向沧洲老一簑。芦花渚上雁排陈，蓼花滩头渔唱歌。蓼花滩，芦花渚，人生到处堪容与。不论英雄对青梅，聊携窈窕歌白苎。歌白苎，风飘飘，木摇落兮天泬廖。银蟾飞挂三秋镜，铁骑奔腾八月潮。烟开兮帆影落，风定兮浪花消。浪花消，龙战当年岁月遥。鬼火阴磷风怒号，长鲸授首百灵朝。

岣嵝峰歌

七十二峰何峰高，岣嵝之巅郁岧峣。飞泉百尺挂翠黛，古木千寻凌赤霄。玄夷使者白玉冠，手持金简许谁看。飘然飞来立巑岏，神禹稽首开琼函。玄圭告成功不刊，古碑剥落蛟龙蟠。蛟龙盘处倒薤垂，苍苍苔藓霞纷披。鸾漂凤泊天风吹，一片琅玕光陆离。冥冥之中护者谁，划然一啸风萧瑟。湘波凝渌席边出，万里丹霄夕照来，青霞夜夜对石室。

潇湘吟

清波展镜暮山紫，袅袅秋风动兰芷。日落猿声两岸闻，愁绝湘君怀帝子。湘波千尺�千竿，上有啼痕泪未干。人生离别恨多少，试向湘江竹上看。何处渔歌愡鼓楫，濯缨一曲韵清绝。三闾大夫自独醒，糟安可餔醨可啜。籁萧萧兮水泠泠，相传鼓瑟是湘灵。凌波罗袜无人见，一片芙蓉江上青。

岳阳楼歌

南有潇湘北巫峡，栏杆十二晴空插。镜光闪闪游金鳞，篆影霏霏爇宝鸭。坐对青天翠黛高，洞庭秋水泛渔舠。金风冷浸双茎露，雪浪晴翻八月涛。忽见仙人吹玉笛，袖有青蛇面白皙。水中红蓼漫悠悠，天上白榆何历历。楚王台榭日斜曛，一片寒流一片云。郢雪千年怜宋玉，斑痕万古吊湘君。

巫山十二峰歌

翠云缥缈十二峰，中有仙人何从容。欲前不前淡且浓，翻若惊鸿宛游龙。

楚王梦里蹑仙踪，恍如掌上开芙蓉。朝云飞尽月溶溶，万壑空闻梵宇钟。道入徐步拄长筇，片片烟霞欲荡胸。虽则如云何彼秾，尔如新花我如松。高唐神女笑语喁，东望稽首朝岱宗。先生不来秋复冬，洞门终日白云封。

云梦泽歌

南风劲兮楚氛恶，万顷洪涛日喷薄。云梦斜连汉水头，浊浪排空雪花落。楚王台上啸雄风，旌旗蔽日云满空。骕骦电掣重围合，十万军声指顾中。忽见云中一片白，宛转长空坠六翮。臂上苍鹰健入云，平芜洒血垂天坼。回首兰台迹已墟，当年问鼎意何如。屈平宋玉无消息，漫有凌云赋《子虚》。

玉虚宫行①

玉虚之宫祠玄武，翠黛去天尺有五。空中楼阁势如悬，树杪巉岩翻似怒。瀑布晴奔万壑雷，寒云夜散千峰雨。勾陈迥迥逼天家，太乙森森罗洞府。庄严妙相灿金光，潇洒清谈挥玉麈。青羊涧底长虹垂，紫盖峰头片月吐。俯窥江水接东瀛，遥见衡云飞南浦。箫声断续彩凤吟，幡影飘扬翠蛟舞。斗来仙篆垂苍崖，杯大明星挂朱户。庞眉道者神何清，碧眼胡僧相颇古。浮生碌碌苦海中，我欲依皈老净土。

桃花源行

武陵源头人迹绝，落英满地飞红雪。山深水曲寂不哗，草软花香境自别。何物渔郎棹小舟，一簑一笠来寻幽。苔藓苍苍通小径，桑麻密密匝平畴。忽有老翁垂鹤发，藜杖青鞋与布袜。只知豹隐了生平，那晓龙争多战伐。殷勤鸡黍一交欢，月轮飞上黄金盘。仙家忽向壶中得，人世翻从梦里看。长啸一声漫回首，人世荣华亦何有？不结湖山鸥鹭盟，定是尘埃牛马走。

习家池曲

闻道习池富山水，白石青莎涵玉髓。竹树深深莺乱啼，楼台隐隐霞争起。镜中菡萏艳红妆，天上婵娟窥绿绮。有客朝朝对杯酒，玉斝金罍不离手。奇气

① 行，底本目录作“歌”。

不吐，荆轲贯日虹雄辩，不开驺衍谈天口。颓然一笑入醉乡，广莫之中无何有。此公去世几千秋，习家池上少风流。水碧沙空天漠漠，烟斜雾散夜悠悠。丈夫达则为夔龙，穷则为巢由。非穷非达谁与俦？唯有杜康可解忧。太白曾有言，千金马，五花裘，呼儿将出沽美酒，与尔同销万古愁。

武夷九曲溪歌

清溪九曲清如玉，潺潺流出山之曲。黛色千峰倒影青，波纹万叠随风绿。扁舟对月听渔歌，幽涧眠云看鹭浴。何来道者眉苍苍，杖藜一曲歌沧浪。画鹢平分风月夕，白鸥占断水云乡。寻幽历险耽奇胜，云树凄迷纷不定。忽从岭树见人烟，又隔溪桥闻梵磬。燕尾双流抱远村，羊肠九折通幽径。萧然人在镜中行，锦囊处处高诗兴。

大庾岭歌

冯夷剪碎冰无数，纷纷缀在瑶台树。寒香半沁玉壶清，疏影争将皓魄妒。望来洞府锁苍茫，老尽乾坤归太素。何处笛声忽悲咽？霏霏吹落千林月。坐见银虬岭上蟠，浑如玉蜃眸中结。萼绿华凌阆苑风，藐姑射对蛾眉雪。历落亭亭万玉斜，竹篱茅舍护烟霞。村中白堕瓶沽酒，户外青烟灶煮茶。洛阳富贵不必羡，广陵风流何足夸。金谷主人归寂寞，辟疆春色掩繁华。唯余一片冰霜骨，常伴孤山处士家。

龙门歌

君不见，黄河之水天上来，银涛滚滚奔万雷。有山当中何崔嵬？两岸屹如魏阙开。昆仑九折势莫回，浊浪掀天山欲摧。忽有巨鳞声喧豗，扬鬐鼓鬣山之隈。一声霹雳震九垓，飞上青冥何壮哉？宁有神龙忧曝腮，须臾变化不可猜。我涉长途心已灰，欲进不进马虺隤。西访蛾眉东蓬莱，布衣空自惹尘埃。漫云子建八斗才，吊古怀今赋《七哀》。世上已无黄金台，丈夫漂零酒一杯。禹迹茫茫首空回，古碑剥落生莓苔。

五台山歌

我闻五台一名曰清凉，是为文殊菩萨之道场。舍利时时放宝光，金绳引路渡慈航。老僧钵底蛟龙藏，花雨纷纷杂天香。古松百尺何郁苍，虬龙怒攫鹤飞扬。

傲雪凌烟耸栋梁，茯苓琥珀沦高冈。衲子挥斤刃若霜，竹炉茶灶青烟翔。绝顶高寒不可当，六月披裘习为常。六花满地如银装，一尘不到白云乡。人在冰壶卧石床，冷然沆瀣沁肝肠。头陀苦志开缥缃，清梵悠悠月满廊。银璈玉管声琳琅，听之如在钧天傍。我欲斋心礼空王，蒲团之上屏姬姜。木叶为衣果为粮，手爇旃檀芬且芳。《法华》《楞严》与《金刚》，收拾彩毫古锦囊。

二室行

岧峣二室五丁凿，一片烟霞天外落。缑岭常闻月下笙，嵩岑时下秋空鹤。王乔先迹白云深，汉武雄风晓露薄。不见当时万岁人，松风涧水空寂寞。玉洞门前萝月秋，桂花开遍碧山头。捣衣玉女今何在，应住三山十二楼。

林虑山歌

林虑山水深又深，道人拄杖散幽襟。万壑层层开画幛，五丁处处削云岑。满涧桃花飞万片，夹路长松高十寻。环佩声声出空谷，一泓流水清如玉。梵月敲残南涧钟，樵云踏破西山麓。双门犹自号鲁班，千仞曾经栖夏馥。挂镜台西避暑宫，半天飞雪玉玲珑。回首高欢今不见，黄华依旧笑西风。

竹林歌

琅玕矗矗何萧爽，淇园一望平如掌。凤尾离披翠玉流，虬须拳曲华堂广。一片凉飙报早秋，珊珊灵籁碧云头。青葱半映湘帘影，苍翠遥连杜若洲。有客琴樽坐磐石，左手持螯右浮白。荷锸已空浮世尘，绝交肯向长安陌。步兵落落白眼人，山公洒洒青云客。山阳笛里动西风，回首乾坤往事空。淇园夜雨无人问，万玉萧萧感慨中。

夷门行

魏家公子信陵君，翩翩高谊凌秋云。门前珠履宾初集，座上金樽酒半醺。似水轩车何涌涌，如云冠盖总纷纷。公子忽然倒屣迎，七十者谁曰侯生。玉辔亲调五花马，琼筵高捧九霞觥。一时宾客皆虚左，四座仓皇迁下坐。麈谈卓尔压管弦，鹤发皤然对灯火。惊传十万出函关，赵家宗社累卵间。平原羽檄空傍午，晋鄙兵符更自悭。闻道如姬思报德，铜虎来从卧榻侧。袖里铁椎力绝伦，帐下金符祸不测。邯郸一夜走秦师，吾将剪此后朝食。白首风期照汗青，丹心侠烈光文墨。千古夷门月色孤，凛凛地下犹生色。

轵里行

天下英雄到处有，魏家公子访屠狗。知君鹤发在高堂，跪进千金寿其母。母在此身难许人，母亡以身报吾友。韩相门前衙如云，一人横行挥匕首。歘然如入无人境，堂堂相国落吾手。抉肠剥面欲何为，应为同胞灭其口。姊也长号不顾身，肯惜浮生恋箕帚。吾弟英名此日销，其人与骨俱已朽。巾帼吐气欲成虹，豪侠剖胆大如斗。世上几多阘阘人，厌厌地下牛马走。轵里雄风激古今，炉头啸对一杯酒。

金谷园歌

洛阳春色冠天下，金谷园中更潇洒。雕栏宝砌翠云翘，玉勒金羁紫骝马。池边映日罗群芳，树杪连云飞大厦。主人四座拥金貂，楼上声声品玉箫。珊瑚七尺堂前列，锦幛千重云外飘。昨夜姚黄开华萼，银烛金樽卷珠箔。仙葩馥馥万斛香，玉女飘飘六铢薄。主人留客欲尽欢，侍妾持觞恣为乐。东风冉冉摇垂杨，枝上流莺啼断肠。一自堕楼人去后，铜驼荆棘日荒凉。

九河故道歌

燕之东南齐西北，何物蜿蜒曲复直。土岭蟠来似率然，九河故道人不识。黄河之水来天稷，昆仑星宿渺莫测。又闻葱岭与于阗，合流九折入中国。神禹玄圭久已湮，汉家白马难为力。束身枳石龙门间，万顷汹汹苦逼侧。两岸崇闳石嵯峨，吞吐澎湃泻不得。入我齐鲁之平原，浩然奔放谁能域。譬如出柙之虎启蛰龙，纵横飞腾有喜色。大禹因之分为九，此物宜疏不宜塞。迩来转折几千年，流祸东南无终极。以淮受之民为鱼，徐兖朝夕亦孔棘。且闻时时啮皇陵，天子宵衣而旰食。漕河水浅更可虞，九边将士多啾唧。故道苍茫不可寻，居人一半种黍稷。此物原为天地脉，脉理如人察虚实。疏则为治塞则病，所以禹兴鲧也殛。千秋遗迹尚依然，岂比金销与石泐？国家河工日纷纷，徘徊故道三叹息。

漕运歌

国家咽喉寄一线，帆影摩空如匹练。舳舻衔尾日夜来，幸逢宇内多清晏。迩来水浅舟欲胶，捎揹丁夫畚插倦。德济清源扼要地，万货鳞次盗所羡。一夫大呼万樯停，吾恐食之不下咽。自古为国有四要，曰兵曰饷曰守战。守坚战胜兵复精，枵腹其何以御变。即有支吾那借术，画饼充饥征诸谚。海运如舍筑道傍，或称不便或称便。藜藿敢与肉食谋，未雨彻桑空缱绻。

天坛歌

帝都之南为天坛，厥地爽垲高且寒。岁当乙卯十一月，薄游入都兴未阑。呼朋拉友共联辔，崎岖宛转路漫漫。俄有松柏森无数，其上郁郁巢青鸾。羽客丹房颇窈窕，星冠霞衣珮珊珊。迓我下马坐其室，北城兵马馈盘餐。饭罢肃容谒圜丘，瑶台玉宇何巑岏。玉皇阁上无人到，金碧闪烁青冥看。珍羞罗列纷且旨，累累火齐与木难。茧栗白于银麒麟，盛以玻璃水晶盘。蟠柴之处红尘绝，中有沉香及紫檀。龙管凤笙莫可识，钧天广乐迭更端。呜呼，上帝之尊谁可干，荐我馨香一寸丹。卓哉高皇功不刊，万古配享帝心欢。天子穆穆居金銮，帝降南郊空长叹。

梳妆楼歌

辽后妆楼高百尺，千载茫茫有陈迹。筑土为台屹于山，一半老树一半石。雕栏玉柱不复支，幽砌荒苔渐欲坼。太湖磊落更玲珑，嵌空夺得西山碧。宛转竦身践巉岩，恍如石磴天门辟。万水萧森不计年，寒烟冷月锁朝夕。我登其上望皇州，陆海沉沉渺不测。琼楼绛殿起青冥，碧瓦朱阑罗紫陌。我朝物力岂云乏？无此高台壮庭掖。艮岳崚嶒势插天，转眼阙下指长戟。亦有祖龙筑阿房，楚人一炬三月赤。嗟嗟萧后为何人，作此杰楼荐枕席。国家借尔垂箴铭，非徒留待谢公屐。

灯市行

繁华久矣闻灯市，天下之春尽于此。丙辰元宵恣薄游，其中光景可屈指。大都巨万波斯胡，明珠大贝与文绮。描金箱子螺蛔床，填街塞巷数十里。罕有儒家稀世珍，龙尾鼠须蚕茧纸。名琴古画如晨星，何楼赝鼎而已矣。貂珰往往夸其富，挥霍千金小者耳。楼上管弦声不停，或为商贩或举子。珠帘垂处不可窥，仿佛明眸与皓齿。入夜灯光太寥落，归路天工忽剪水。天街昏惨杳无人，片片鹅毛飘玉蕊。吾闻广陵之灯冠天下，非独万点星球美。银花火树翠云翘，令人魂飞且色喜。落梅歌尽不思归，天上婵娟映秾李。争似红尘紫陌中，逐逐驵侩混尘滓。

西山歌

吾闻西山不亚西湖上，翠黛回环拥叠嶂。梵刹层层金碧辉，香台矗矗风幡扬。红泉挂壁泻方池，翠竹干霄拂彩仗。玲珑点缀有佳趣，宛转高低背复向。京洛缁尘浣素衣，唯有此地堪疏放。欣然携友欲一往，友曰春寒萧索无佳况。请待二月山有花，是时吾辈一酣畅。迁延数日不肯行，坐使高怀委尘鞅。老去难割山水癖，生来原带烟霞相。疏襟朗韵颇潇洒，非学巢由作高尚。人生浮华了不关，只爱登临身无恙。十年缅怀此山奇，咫尺睽违多惆怅。回首山灵应笑人，一番好事轻相让。

计吏歌

纷纷计吏集神京，孰为黜幽孰陟明。冠盖杂沓塞衢巷，轩车似学流水声。祥鸾瑞凤人所羡，其中往往有长鲸。倒吞百海吸万壑，齿牙如山纵复横。蛟龙与之狎溟渤，彼此相安不复争？响湿濡沫忘其丑，此物居然渐长成。腥风怪雨恣簸弄，厥状种种不可名。韩愈驱鳄鱼，千古气英英。周处戮白额，亦复惬舆情。鸣呼，雷霆之威日月明，可容此物祸群生。

太平鼓歌

太平鼓，太平鼓，终日轰轰恣轩舞。何物儿童嬉辇下，翘首去天尺有五。吾闻鼓声以宣阳，八音之中久与金石伍。堂堂八门五花阵，人持铦锋与强弩。万士衔枚不敢动，两军对垒猛于虎。忽闻填然一鼓之，杀气飞腾一何怒。寂寂上苍何所言，覆帱之恩如恃怙。青冥白日起雷霆，撼动八荒惊下土。人传雷鼓驾雷车，但闻其声形不睹。此物偏能激神龙，往往劈山遗其斧。人主为阳又为龙，一潜一跃日当午。若使终年隔九阍，嗟嗟下民恐予侮。太平鼓，太平鼓，问尔太平在何许？东土大饥靡孑遗，北边孔棘多强虏。自古杞人好忧天，谁将此意达明主？

长白山房醉后放歌

白驹皎皎在空谷，烟岚染却薜萝服。何限孤踪寄泉石，俯仰乾坤抱幽独。生平肮脏负道气，耻与红尘相征逐。嗟嗟卞和刖者三，何不席珍韫诸匮。长安回首在日边，此中行径不曾熟。拂衣归作长白游，划然一啸咏薖轴。龌龊世事何足云？塞上之马蕉中鹿。左手持螯右持酒，纵有陈编不堪读。山月婵娟照幽人，清光半落杯中醁。纵口谈天四座惊，悬河滚滚珠万斛。醉卧石床海日高，那管羲和迟与速。

长白山人歌自嘲

长白山人不可晓，不爱燃藜爱谏草。此日掀翻阆苑觞，当年误入蓬莱岛。壮夫岂肯困雕虫？依人应不作飞鸟。大叫阊阖手排云，群仙见之皆绝倒。群仙且莫喧，世事反覆良不少。休代长白山人喜，休代长白山人恼。冈上九苞何翩翩，仗下五花亦矫矫。此物不鸣鸣惊人，国之祥瑞家之宝。君不见唐家一时二伟人，陆贽阳城也都好。

遣闷戏作短歌行三首柬丁天行

峼华桥边湛空碧，船头玉碗倾琥珀。醉倚西施双眼白，长安车马日纷纷。覆手为雨翻手云，那能容得灌将军？

其二

两两三三社中友，行来信步谈信口。日边不见空回首，半春懒作故乡书。不知故乡事何如，归欤归欤复归欤。

其三

巽二朝朝扑人面，上林吹落霞千片。可惜春光疾于电，床头尚有酒一壶。自斟自饮聊自娱，风霾愁杀天模糊。

岱宗藏稿卷四

济南杨梦衮龙光著

五言律诗

万历壬寅正月三日试笔

潦倒身仍健，相看又一年。尽教门似水，漫说笔如椽。八斗才难尽，《三都赋》竞传。乾坤烟景在，莫惜杖头钱。

其二

烂漫东郊外，年光去复来。诗吟青玉案，寿献紫霞杯。沙塞初归雁，江天竞放梅。只愁驹过隙，华发暗相催。

其三

老去成何事，星星鬓有霜。西山沉落照，北阙际重光。鹤发恩难报，龙颜梦未忘。客岁皇太子册立，大母捐舍。浮生同草木，断却九回肠。

其四

何物青衿子，朱颜镜里徂。题桥淹壮志，伏枥老穷途。放浪诗千首，酕醄酒一壶。区区留绪论，异日见潜夫。

其五

六出缤纷落，千家静掩扉。寒光凌柏酒，素影点荷衣。律逐东风转，花兼上苑飞。阳春虽有曲，属和向来稀。

山行

不是烟岚色，谁将醉眼开。幽人乘月去，老鹤带云来。壁峭堪题句，篱疏可种梅。何年随鹿豕，结屋碧山隈。

侠客

笑解吴钩处，相逢意气亲。黄金酬国士，白刃剚仇人。骏马长安陌，胡姬酒肆春。一朝按剑起，塞上净风尘。

七夕

七夕今宵是，银河共鹊桥。佳期容易再，幽意暂相邀。底事经年别，相思一水遥。夜阑人未寐，台上漫吹箫。

宫怨

金井梧桐树，西风落叶深。千家河影淡，双阙漏声沉。皎皎长安月，凄凄上苑砧。愁来无可道，独坐白头吟。

拟李白宫中行乐词八首

天阙临黄道，仙家住翠微。风花随凤辇，烟月媚龙衣。步欲凌波去，诗应夺锦归。上林春似海，不许落红飞。

其二

霞泻玻璃色，风飘菡萏香。金屏开孔雀，渌水戏鸳鸯。尘敢侵罗袜，云争护绣房。晚来莺啭处，御柳弄斜阳。

其三

窈窕凌飞阁，婵娟绝后宫。海棠春带雨，玉树晚临风。垂手金钗溜，扬蛾宝镜空。只应倾国貌，唯有画堪同。

其四

春色皇都早，风光上苑多。花迎仙仗发，鸟拂翠华过。彩笔留词赋，银灯拥笑歌。牡丹开几许？夜半问宫娥。

其五

北阙烟光媚，东风雨露新。雕栏同待月，翠辇共临春。怪得金为屋，悬知玉作人。嫣然才一笑，色授意相亲。

其六

最爱瑶台上，偏宜玉辇游。宫妆斜倚槛，御幄正当楼。风送天香袅，花逢国色羞。蛾眉谁可似？新月淡如钩。

其七

罗绮当春试，笙歌载月归。帘开空翠入，阶静落红飞。天外瑶环佩，风前度羽衣。建章宫漏晚，银烛烂交辉。

其八

月皎闲吹笛，春深漫倚楼。葱茏鳷鹊观，缥缈凤麟洲。宝帐悬云母，名花列绣球。大平无一事，秉烛夜须游。

张澄源明府奏最

福星何历历，济上映铜章。制锦霞连峤，鸣琴月满堂。龙光偏赫奕，骥足任康庄。卓鲁千秋绝，于今接雁行。

其二

清标松上雪，谡谡绝纤埃。舄与仙凫去，纶从彩凤来。阳春生岱麓，雨露被燕台。翻恐征书下，攀辕怅莫回。

其三

喜得天颜近，云霄尺五看。甘棠留济上，谏草赴朝端。遇主良非偶，忧时倍觉难。几人翘首处，海内有祥鸾。

其四

古人有遗爱，舍此欲何之。潘岳花千树，张堪麦两岐。勋名承主眷，心事许天知。不是冰壶月，谁当照素丝。

其五

籍甚西京吏，风流让令君。御屏劳记忆，彤管播清棻。名副东山望，材空冀北群。九阍应不远，天语定重闻。

其六

报道征循吏，除书出建章。绶沾仙掌露，纶带御炉香。人望原山斗，君材自栋梁。相期何限意，可但似龚黄。

题张太公暨杜孺人墓表太公号瀛川即张明府尊人也殁而受赠

瀛海留高躅，风徽尚宛然。鹤归华表月，人咏《柏舟》篇。德自生前种，经从逝后传。圣明恩不薄，纶绋贲高阡。

其二

不忍言风木，千秋玉筯垂。白云空复望，流水竟何之。庭忆频趋处，机怀乍断时。劬劳无可报，欲废《蓼莪》诗。

其三

伯鸾何卓荦，德曜更麟凰。刻鹄言犹在，丸熊志已偿。五花争日彩，四桂散秋香。葱郁玄宫色，今朝倍宠光。

其四

谢氏庭森玉，潘郎县种花。恒山分夕秀，沧海绚朝霞。凤自生丹穴，驹仍出渥洼。幽灵如不昧，含笑五云车。

其五

考槃聊在涧，回首见青云。冀北空群足，瀛东旧隐君。鸾孤慵舞镜，豹变蔚斑文。怅望西山际，苍苍日已曛。

其六

感慨悲歌士，由来燕赵多。余生甘草莽，垂老坼松萝。弓冶良非偶，杯圈恸若何。悬知张氏里，世世拥鸣珂。

夏日园林二十首

竹树娟娟净，幽人独立时。披襟天籁爽，倚杖夕阳迟。壁旧饶蜗篆，园荒蔓菟丝。萧然临眺罢，对酒有新诗。

其二

西北来阴雨，风回怒卷沙。蝉声凄欲咽，燕影却还斜。翠湿新丰柳，红飘上苑花。只愁云蔽日，无处望京华。

其三

结屋红尘外，烟萝一径通。焚香披竹素，脱帽卧松风。世事安吾拙，词章任客工。羲皇何处是？咫尺北窗中。

其四

不进杯中物，其如两鬓霜。乾坤生是寄，日月醉为乡。景霁临花榭，云深卧草堂。兴来还荷锸，笑杀竹林狂。

其五

伏雨来何骤，声如八月涛。溟濛烟树合，喷薄浪花高。电掣金蛇烂，风回铁骑鏖。双龙飞动处，长啸看吴刀。

其六

落落风尘里，由来意气疏。孤云闲自卷，老鹤竟焉如。事业吟《梁甫》，文章奏《子虚》。丈夫躯七尺，肯叹食无鱼。

其七

何以销长夏？园林事事幽。石床闲梦蝶，沙渚静盟鸥。树密烟如织，苔深翠欲流。晚来天色霁，新月在楼头。

其八

石上焚香罢，开窗对碧岑。座中无俗物，囊里有孤琴。江月流空白，天风入夜吟。不是钟期子，谁当识此心。

其九

不爱千钟禄，何须谒帝颜？栖迟丘壑里，放浪水云间。谁可酬龙性，宁劳蔚豹斑。坐看萝薜月，寂寞似禅关。

其十

去去人间世，蓬瀛老岁华。朝骑玄圃鹤，夜卧赤城霞。缥缈支机石，苍茫犯斗槎。归来逢羽客，授我枣如瓜。

十一

颇爱东山好，年来卧谢安。孤亭云一片，高枕日三竿。句偶微醺得，花应带笑看。绿萝轩外月，夜夜挂栏干。

十二

穷巷轩车绝，苍苔一望平。庭虚幽鸟下，树匝乱蝉鸣。无复题桥意，空存闭户名。烟村人语静，画角起孤城。

十三

返照溪边尽，幽人立未回。潇潇数点雨，隐隐一声雷。野渡横舟去，孤亭载酒来。樽前青眼客，相对亦悠哉。

十四

门径蓬蒿合，经旬客到稀。苦吟耽竹叶，多病怯荷衣。篱落庬儿吠，池塘燕子飞。此生何偃蹇，蚤晚买渔矶。

十五

长往吾何敢，其如小隐心。卞和三献玉，杨震四知金。家世流风远，行藏慨叹声。划然舒一啸，白雪任盈簪。

十六

帘幕深垂地，虚堂夜不扃。黄昏飞蝙蝠，绿霭聚蜻蜓。何处寻同调，斯人抱独醒。案头无所有，一卷《太玄经》。

十七

种竹当千个，栽花更万枝。风来摇翡翠，雨过湿胭脂。箕踞开诗卷，掀髯对酒卮。古人如可作，达者是吾师。

十八

那有红尘到，呼童半掩门。壁间悬绿绮，溪上对青樽。花弄风前影，苔骄雨后痕。北窗聊一枕，世事不须论。

十九

雨过山如画，娟娟翠满帘。高台舒眼界，虚室贮牙签。树色杯中落，花枝镜里拈。平生不好客，也有水晶鉴。

二十

不尽舒慵意，吾将付曲肱。残编藜杖火，小簟玉壶冰。松老宜巢鹤，云闲欲访僧。何时五湖上，舴艋对渔灯。

新城卧病

何限人间事，儒冠误此身。采薪忧狗马，画阁谢麒麟。袖有和生璧，囊无季子金。萍踪徒扰扰，伏枕一长吟。

其二

旅馆秋风动，孤城画角哀。身危亲药饵，兴尽罢樽罍。问字无人到，缄书有雁来。今宵思故里，归梦杳难裁。

其三

弹铗非吾愿，风尘鬓有丝。苕华今已矣，蓬累竟何之。君不知杨震，人空说项斯。客窗无七发，觅纸一题诗。

王孝子庐墓孝子名如愚

寂寞荒原上，萧然土一丘。天知风木恨，烟锁夜台愁。高塚麒麟卧，深山鹿豕游。白云何处是？掩泪对松楸。

其二

华表空闻鹤，归来未有期。斑衣心欲烬，素幔鬓成丝。客子多悬剑，门人半废诗。寒宵清不寐，月照杜鹃枝。

其三

白玉楼成后，高阡寄此身。频年唯枕块，何日不沾巾。形影徒相吊，音容苦未真。至今汧水上，过客总伤神。

其四

四野悲风起，玄堂夜不扃。垅头秋月向，苫次晚山青。蝶化应难觅，猿啼未忍听。遥知魂梦里，犹自忆趋庭。

胡节妇

节妇，楚之黄梅人。及笄适诸生倪朝端，以貌寝被出。节妇块处一室，虽周亲罕见其面。翁姑以次卒，节妇奔丧，持服一如妇礼。久之，抑郁成疾，两目尽瞽，阖邑冤之。学使者闻而褫去朝端章服，节妇弟孝廉君如颖为之立传，士大夫竞以诗歌系为。

桃夭才咏罢，玉筋倍沾裳。老去期同穴，生前已下堂。无家偕伉俪，有梦奉姑嫜。一种烦冤意，堪飞六月霜。

其二

何限齐眉意，持之报所天。一逢轻薄子，翻作恶因缘。沧海沉精卫，空林叫杜鹃。只应天上月，偏照别人圆。

刘节妇

节妇，楚之孝感人，诸生刘应麟妻也。夫殁，以身殉之。叔应遇孝廉君，为之立传。

良人游岱去，蓬鬓日飘萧。有泪沾鸾镜，无心望鹊桥。红颜翻自掷，青史倍难销。飒飒英魂在，巫咸不用招。

其二

青郊埋玉处，客子泪沾襟。双剑延津合，千竿湘水深。抚弦成别调，遗带怅同心。璀璨瑶编字，还能照古今。

赠云从龙山人

望望南村路，悠然去不回。才名怜下榻，旅况怯登台。洒鬓松风过，钩帘桂魄来。遥知清兴发，斗酒玉山颓。

其二

君多山水癖，策杖叩岩扉。一径苍苔滑，双流素练飞。诗成题峭壁，酒尽典春衣。欲傍孤峰下，临溪买钓矶。

其三

壮游何可定？聊以醉为乡。卿相邀珠履，奚奴负锦囊。轻狂嵇叔夜，高雅贺知章。我有加餐字，凭谁寄八行。

其四

冥鸿心万里，弋者复何求？对景聊挥翰，怀人漫倚楼。花光红欲醉，山色翠将流。但有杯中物，浮云任去留。

其五

彩笔花相似，飘然意欲仙。衔杯思捉月，锻羽枉垂天。世态沧桑改，才名海岳悬。只今歌伏枥，骥齿有谁怜。

其六

风尘聊混迹，回首惜居诸。樽满贤人酒，门多长者车。孤琴天籁爽，一剑夜堂虚。留得兰亭迹，千秋购法书。

其七

浮生何必问？有发老头陀。缓颊聊扪虱，挥毫欲换鹅。梦回巫峡雨，泪洒洞庭波。我亦多离怨，因君发浩歌。

其八

洒洒南州彦，芳年任陆沉。识荆原自借，泛梗到于今。海岱绨袍意，濠梁尺素心。相逢殊感慨，为尔一沾襟。

其九

足迹中原遍，吾侪若问奇。临池残兔颖，浮海号鸱夷。兴以青帘发，心惟绿绮知。请君弹一曲，世自有钟期。

其十

长夏人无事，科头绿野堂。南山寻绮皓，北牖卧羲皇。对弈松阴合，煎茶竹影凉。知君多逸兴，一笑倚龙阳。

阳丘漫兴

何物萧萧雨，虚堂夜半声。怀人翻不寐，归梦杳难成。隔绝双鱼讯，分飞一雁鸣。悄然魂欲绝，画角伴残更。

其二

老去犹铅椠，青云首漫回。泪痕沾楚璞，骏骨滞燕台。疏放琴三弄，漂零酒一杯。南山聊骋望，豹雾几时开。

其三

扰扰风尘客，萍踪不暂闲。囊中余绿绮，镜里损朱颜。明月空相共，浮云若未还。玄经谁可识，草罢掩重关。

其四

我昔游长白，山空寂不哗。高眠忘岁月，长啸带烟霞。瀑溅千珠碎，林穿一径斜。只今清夜梦，常绕醴泉花。

其五

蓬累真无定，年来作浪游。才名惭吐凤，世事任呼牛。寂历重门静，缤纷落叶稠。晚来星月上，王粲欲登楼。

其六

五岳游何壮，悠然忆少文。鸿濛堪独往，汗漫有谁群。猿叫千峰月，僧穿万壑云。芒鞋青竹杖，来访武夷君。

其七

不尽藏书处，思将二酉探。玄夷通禹穴，鸿宝秘淮南。好古从人笑，耽奇转自酣。只应藜杖火，为我照风檐。

其八

俯仰成今古，儒冠好误人。二毛空老大，六翮转沉沦。酒载沧州月，诗题锦里春。唾壶铁如意，相对漫伤神。

其九

缥缈西湖上，频从梦里过。风花随鹢首，烟水混渔蓑。座拥红妆杂，山连翠黛多。六桥杨柳色，处处挂金波。

其十

颇自耽幽胜，安能住市朝？松阴秋枕石，花渚夜停桡。对衲青精饭，寻仙碧玉萧。一枝君莫笑，吾意在鷦鷯。

十一

旧是高阳侣，杯行到手狂。湖山供醉墨，烟月佐飞觞。烂漫篱边菊，妖娆镜里妆。独醒何不达？千载吊潇湘。

十二

潦倒三春过，高眠日又西。胸吞云梦泽，句逼浣花溪。骥齿今何长，羊肠乍欲迷。他年逢伯乐，应下数行啼。

十三

诸事疏慵甚，寻幽兴未阑。山青宜载酒，水碧好乘竿。幔对晴空卷，花从两后看。故园何处是，终日倚栏干。

十四

落落千秋事，吾侪易断魂。抗歌飞郢雪，操瑟立齐门。才以盐车老，名非醴酒尊。欲知杨伯起，暮夜可轻论。

十五

不结清朝绶，南山一老农。才华同隐豹，豪气似元龙。流水凭谁奏，凌云杳未逢。相传秋色里，江上有芙蓉。

十六

东去三山近，任公欲钓鳌。扶桑红日出，若木碧云高。鹏振垂天翼，鲲翻驾海涛。奇观谁与共？一笑付香醪。

十七

侠烈吾何敢？其如有壮怀。青藜天禄阁，白马洛阳街。斗自天边犯，轮从阙下埋。更思游五岳，翠雾染芒鞋。

十八

屈指光阴过，金乌不暂停。闲看《高士传》，甘作少微星。山翠朝堪拾，松涛夜可听。斗间多紫气，片片起芙蓉。

十九

少壮抛人去，愁来鬓有丝。世情今可见，吾道竟何之？寥落青云气，缤纷白雪词。浮生驹过隙，真自负良时。

二十

矫首长空外，孤鸿一片飞。我来开绛帐，谁去舞斑衣？画角频惊梦，寒灯独掩扉。相知如问讯，吾已减腰围。

阳丘夜酌

夜阑仍剪烛，檐外挂星河。醴为狂生设，车从长者过。草玄吾计拙，浮白客颜酡。潦倒双蓬鬓，樽前且啸歌。

其二

斋头清不寐，良夜一樽同。酿熟怜浮蚁，书稀怨去鸿。郢歌原寡和，齐瑟竟徒工。怅望千秋事，都归荷锸中。

其三

醉乡何处是？咫尺在樽罍。倚马凭君擅，骑鲸任我来。罚依金谷数，笑看玉山颓。一枕三竿日，蘧蘧蝶梦回。

壬子秋下第十首

尺幅浑无用，秋风又一年。蹉跎成皓首，寂寞掩朱弦。伯乐应难过，刘蕡亦可怜。山中薇蕨在，枕石且高眠。

其二

回首西风里，萧萧雁影孤。世人皆按剑，而我暗投珠。白雪看前辈，青云笑老儒。囊中阿堵物，趣付酒家胡。

其三

咫尺云霄上，仙凡路自分。支离三寸管，黯淡五花文。野渡秋风起，长途夕日曛。酒阑人不醉，落叶正纷纷。

其四

海内无知己，空劳古战场。鸥盟从此始，豹隐亦何妨？匣闭青萍剑，樽开绿野堂。灵均兰可佩，不必月中香。

其五

去去东门道，相逢漫自惭。空群轮冀北，招隐忆淮南。白有何人敌，玄应我辈耽。雄心今已矣，一衲老茅庵。

其六

望望秋围棘，频年去复来。玉仍疑楚璞，金枉筑燕台。捷足夸先德，寒华怅晚开。一声孤雁过，愁绪渺难裁。

其七

试问逢年者，当今却是谁？好竿翻更甚，操瑟亦何为？名落孙山外，秋生宋玉悲。穷通应有数，涕泗不须垂。

其八

四壁还依旧，闲门可雀罗。聊弹齐客铗，休唱郢人歌。髀肉今如此，颠毛奈若何。孤琴和斗酒，归老碧山阿。

其九

皓首何为者？风尘不惮劳。霞光收彩笔，秋色满绨袍。杖策枫林回，衔杯桂影高。升沉君莫问，有手且持螯。

其十

蹭蹬宁无数，浮生枉自愁。涓人空买骏，飞将不封侯。江上芙蓉晚，洲边杜若秋。烟霞容啸傲，大块日悠悠。

壬子秋卧病十首

不作青云客，几成白玉楼。年光随蟋蟀，身世等蜉蝣。已破书千卷，何妨土一丘。漆园真傲吏，生死任浮休。

其二

咫尺仍观化，升沉转盼中。驹留空冀北，鹤任向辽东。别去聊先露，归来已御风。此行殊不恶，命驾待天公。

其三

二竖来何晚？归心久浩然。羊肠空却步，鸡肋枉垂涎。彩笔还司命，金章付少年。长辞天壤内，羽化意仙仙。

其四

堂上萱何瘁，阶前桂未荣。断机难报德，跨灶重含情。岁月延衰白，云霄学老成。宗祊如不替，瞑目卧佳城。

其五

亲旧时相过，床头为我宽。吉人当勿药，达者且加餐。谊自班荆笃，心因易箦酸。殷勤情不极，何以谢金兰？

其六

生死寻常事，何劳洒泪痕？红英须有谢，白日岂五昏？跨鹤归三岛，携仙谒九阍。飘然天外去，宋玉勿招魂。

其七

归去何匆猝，文章惜未传。三都空卓尔，四壁只依然。有句堪凌白，无经不入玄。寥寥千载下，谁识笔如椽。

其八

一枕邯郸道，茫茫去路遥。堂前收戏彩，台上罢吹箫。恍惚鹃啼树，仓皇鹿覆蕉。此身原是幻，枉恋圣明朝。

其九

碌碌红尘里，空添两鬓霜。杏林无国手，蒿里有仙香。七尺蝉将蜕，千山鹤任翔。回头看别业，烟树郁苍茫。

其十

有病身为赘，无身病已捐。外人虞后事，内子割前缘。母且收双泪，儿当手一编。缁黄吾不信，齐醮枉徒然。

哭亡子暹十首

住世十三载，匆匆不忍言。秋风何处起？朝露暂时繁。兰萎余空砌，芜荒锁故园。已知身是寄，其奈泪潺湲。

其二

我向阳丘去，终年聚首稀。未投班氏笔，空负老莱衣。雁与秋云渺，人同晓露晞。恩情仍不断，几度梦依依。

其三

聪慧原天性，毫端物态生。有桥皆立马，无树不啼莺。惆怅烟霞迥，凄凉水石清。当时三寸管，曾负出蓝声。

其四

尔已幡然去，吾何住世为？庭前无鲤过，枝上有鹃随。寂寂空堂彩，纷纷满镜丝。余生终是尽，蚤晚问归期。

其五

庚子冬之亥，初旬十日前。蓬孤今已矣，萱荚亦徒然。永日销杯酒，良辰裂纸钱。苍苍无可问，赍恨向重泉。

其六

揞揞攻草句，遗编尚自存。尔书才一见，吾泪辄双痕。东海空流恨，西河枉断魂。白头形影独，潦倒任乾坤。

其七

咫尺幽明隔，归来更几时。人生空有恨，天道岂无知。水任漂萍梗，霜偏妒桂枝。从今尘世事，泛泛欲何之。

其八

苦海何时晚，生前悔作人。称觞红泪下，举翠案眉颦。机与肠俱断，斑同烬共尘。何如游汗漫，免得血沾巾。

其九

万籁何萧瑟，荒原日欲曛。坐捐怀里玉，送入陇头云。客散茫无际，儿啼杳不闻。钟情如我辈，愁绪苦纷纷。

其十

衰祚凭谁振，韶华不我留。清风陪杖屦，逝水等箕裘。枕上醒还梦，樽前醉即休。乾坤回首处，江汉日东流。

新城漫兴十首

萍水真无定，飘飘信所之。霞裁囊里句，雪满镜中丝。逸兴琴三美，愁怀酒一卮。子云今老大，玄草竟何施？

其二

一见还青眼，襟期把臂中。相如仍壁立，阮籍竟途穷。拥肿山间栎，焦枯爨后桐。云霄君莫问，天际有冥鸿。

其三

如许青云器，朝朝问字来。鲁鱼堪自笑，亥豕渺难裁。醴酒凭君设，愁颜为我开。陈编何足道，一斗玉山颓。

其四

搔首谁能寐，天高玉宇澄。关河随旅雁，风月作良朋。琴韵秋空籁，诗怀雪夜水。白榆何历历，争绕子云亭。

其五

一鼓无前处，谁当逆雁行。主盟齐小白，作赋《鲁灵光》。 且隐山中雾，从添镜里霜。兴来挥彩笔，漫欲吊潇湘。

其六

客去人危坐，冰轮夜挂檐。玄经今尚白，墨突不曾黔。豹变雄心诎，龙钟老态添。如今西子在，刻画笑无盐。

其七

矫首秋空里，星河粲可扪。西山爽气近，东海大风存。柱笏聊舒啸，凭栏欲断魂。征鸿天际起，流水绕孤村。

其八

佳节愁中度，飘蓬不计年。开残篱外菊，费尽杖头钱。老骥仍千里，孤鸿自一天。夜阑人未寐，诗满薛涛笺。

其九

落落生平意，疏狂漫自嗟。绝交嵇叔夜，流涕贾长沙。薄宦存三径，空言满五车。古人吾不让，一笑卧烟霞。

其十

游子他乡远，鳞鸿抵万金。倚闾劳望眼，弹铗动归心。花外青藜杖，松间绿绮琴。家园何处时，梦里有幽情。

挽张鹿苹孝廉十首

一别阳丘道，三年怅望中。忽闻华表鹤，不见曲江公。翰墨春云散，壶觞夜月空。与君情莫逆，洒泪对西风。

其二

咫尺云霄路，西风动客愁。一毡原故物，二竖竟何仇。浮蚁懵腾醉，骑鲸汗漫游。人生多幻景，无处觅丹丘。

其三

盈盈衣带水，乖隔且三年。忽化周为蝶，俄传鹤是仙。玄经从此罢，绛帐已空悬。尺牍犹存箧，临风一怅然。

其四

大梦谁呼得，惊闻奠两楹。盖棺今日事，投辖去年情。蓂荚空阶落，松楸宿草平。浮生真是寄，夜半杜鹃声。

其五

磊落青云士，相逢未二毛。寸心凭月旦，斗酒擅风骚。季布非难近，元龙故自豪。九京何可作，江汉日滔滔。

其六

笛声何处起，强半是山阳。剑挂新阡树，琴归旧草堂。君身朝作露，吾鬓夜添霜。一片冰轮色，犹疑照屋梁。

其七

相传多傲骨，一见眼还青。华表归何晚，邯郸梦不醒。萧疏彭泽柳，寂寞子云亭。薄暮秋风起，松涛讵忍听。

其八

握手飞扬甚，华筵酒半醺。君如陶靖节，我作灌将军。南浦流萍聚，西风落叶分。人生宜荷锸，万事等浮云。

其九

风谊何人及，吾侪掩泪痕。画眉京兆去，舞剑大娘存。竹里收棋局，花前罢酒樽。只疑槎上客，万里觅河源。

其十

万斛秋香发，烟霄致此身。白眉须尔辈，黄耇竟何人。庭际俄飞鹏，郊原漫泣麟。暮云春树杳，惆怅总伤神。

参禅二十首

达磨曾面壁，习静得真诠。古洞何人到，空山片月圆。身闲才是福，境寂便为禅。扰扰风尘客，奔驰几许年。

其二

行脚今何若，年来已白头。只宜收杖钵，归去卧林丘。云外星三点，天边月一钩。夜中聊俯仰，清梦独悠悠。

其三

道意原岑寂，诸魔奈搅人。休将空逐色，聊以影随身。松下偏宜月，花间自有春。嗒然成一笑，回首隔红尘。

其四

欲觅金绳路，当开贝叶文。寂喧凭万籁，聚散等浮云。对酒乘春兴，观书坐夜分。天花何处落，四座乱纷纷。

其五

禅家须要悟，不悟不成禅。风起江吹浪，云消月满天。醉人为酒美，色鬼被情牵。勘破诸魔障，西方在眼前。

其六

樊龙良自苦，解脱有何难。世路休弹铗，风尘早挂冠。高僧知昼永，野鹤觉天宽。不见羊裘客，江湖一钓竿。

其七

蒲团人寂寂，萝薜月依依。白发无能镊，青山有梦归。炉烟消竹榻，琴韵澹松扉。一片缁尘色，何曾上素衣。

其八

禅心凉似水，秋月照江干。然火膏须烬，抽薪釜自寒。杀人非挺刃，缚我是衣冠。一片青莲色，凭君仔细看。

其九

慧眼偏能照，人间照不曾。黑风应有鬼，暗室苦无灯。蚁穴长堤溃，鲸波古岸崩。神光如可借，试问佛图澄。

其十

恩深成苦海，业重乃囚山。泪没鲸波里，崎岖鸟道间。黛螺原是祟，钟鼎竟何官。种种秾华态，禅心了不关。

十一

精卫曾填海，夸娥亦负山。藉地如许力，为我破愁颜。海竭蛟龙遁，山夷虎豹闲。此身潇洒甚，笙月度仙关。

十二

喜嗔愁怨想，老病死生缘。役役殊无谓，昏昏亦可怜。空花何处蒂，幻泡暂时圆。扫尽浮云色，俄成自在天。

十三

三春能有几，百岁得无稀。漫喜花争笑，闲看鸟自飞。青阳何造次，红雨送芳菲。好趁晴和日，枝头晒衲衣。

十四

才大成何用，名高亦枉然。藏山存旧稿，闭户息诸缘。风月宁须买，烟霞且自眠。斋头茶灶好，素手汲山泉。

十五

风禽千仞上，线索手中持。操纵原由我，升沉却问谁。猿声清啸月，蟾影澹窥池。万籁萧然静，于今息坐驰。

十六

有官皆要地，无客不侯门。谁识形骸假，争言组绶尊。逢场提傀儡，入袋弄猢狲。冷眼从旁看，呵呵尚足论。

十七

问君何伎俩？自得每沾沾。造化宁容巧，天功未可贪。虱心凭尔贯，蛇足却谁添。混沌今安在，南华定是嫌。

十八

白璧宁为贵，黄金枉用多。纵如南面乐，其若北邙何？芥子藏洪洞，莲花出碧波。一声清磬罢，听我演恒河。

十九

禅机原自妙，针芥巧相投。隐约风生尘，依稀石点头。假如飘鬼国，请与割鸿沟。留得真如偈，聊从惠远游。

二十

万事须知足，何人眼界高。甘为牛马走，苦虑凤凰毛。五蕴空如许，三生转自劳。禅机参欲透，一笑付香醪。

题胡怀老水云居

何处多幽意，江村一钓竿。镜中亭榭出，画里水云宽。岸帻临风啸，披襟坐夜阑。客星千古在，占断子陵滩。

其二

一片玻璃色，澄鲜不受嚣。沙平时下鹭，径细只通樵。韦曲曾相忆，濠梁讵待招？座中青眼客，对话竹萧萧。

其三

苛礼全除却，风亭纳晚凉。池荷翻露白，垅麦割云黄。鸡黍交情见，渔竿隐意长。对君论出处，吾道亦沧浪。

其四

双屐凭孤往，阴阴破绿苔。桃源谁可入，柳市我频来。梦蝶随高枕，持螯共一杯。须知分袂后，马上首重回。

其五

何必江南丽？红妆唱采莲。人眠花里月，鸟度镜中天。胜事同濠濮，高名自辋川。兴来拈彩笔，挥尽薛涛笺。

其六

避暑无如此，江干五月秋。萧萧杨柳岸，漠漠藕花洲。夜静蟾窥户，天空客倚楼。世梦吾已厌，雅欲觅菟裘。

其七

泽国多佳致，能如此地清。片山连树迴，一水接阶平。窈窕堪寻壑，潺湲欲濯缨。北窗聊偃仰，端不让渊明。

其八

历历晴川树，山青抱郭斜。香风生菡萏，凉色满蒹葭。远道深离索，沧江老岁华。别来无驿使，何日寄梅花？

端阳饮刘竹潭溪亭四首

午日寻幽胜，江干啸咏高。遗风思竞渡，乐事失观濠。我自工齐瑟，谁当擅楚骚。独醒何足问？夜半尚持螯。

其二

何以醉佳节，君其问醉乡。挥毫摇五岳，载酒吊三湘。裙妒榴花艳，樽饶竹叶香。溪亭归去晚，烟树郁苍苍。

其三

池上轩车绝，千竿竹色青。人高徐孺榻，地接子云亭。筒酒聊相劝，兰汤亦自馨。怀沙缘底事，惆怅问山灵。

其四

斜日清溪曲，相将到竹林。主人频置酒，客子任高吟。雄倚青萍剑，闲挥绿绮琴。沧浪无玉漏，酩酊夜沉沉。

集句[①]三十二首

案头有李于鳞诗数卷，每一讽咏，齿颊泠然，作风霜气。回环把玩，情境凑泊。句集之，得五言律三十二首。噫嘻，白雪楼中一片冰绡，信手割裂，鲛人得无恚乎？

春日漫兴八首

何限同袍意，兰亭禊事修。百年常药裹，一日且沧洲。僻性终难狎，时名久自休。醉来双白眼，湖上长悠悠。

其二

寒食孤城外，青山拥蓟门。风尘无燕息，休沐有殊恩。莫蹋王孙草，能销客子魂。汉宫多贵幸，交态老难论。

---

① 集句，底本目录作“集于鳞句”。

其三

飞塔标龙藏，谈诗出上乘。开樽黄鸟至，倚杖白云层。霜绝千寻锁，春回万井灯。礼非因我设，扪虱对山僧。

其四

小岭将遥集，苕荛望里分。松杉回朔气，翰墨染春云。流俗终违性，人间已厌闻。论交三十载，能不忆离群。

其五

客有燕山至，青云王霸才。言寻韦杜曲，作赋柏梁台。岳雪三花秀，春光万里来。主恩无可报，华省日徘徊。

其六

病酒仍耽句，相传片字工。故园春草后，寒食雨声中。气色高题柱，生涯见转蓬。百年浑绿醑，吾醉任鸿濛。

其七

久客疏归计，依然四壁贫。思家明月夜，卧病上林春。寥落文章事，风流我辈人。一逢杨得意，汉主忆词臣。

其八

莫惜重投辖，佯狂信有之。贴屏皆彩胜，拂简映新诗。似得冥鸿意，宁求国士知。向来燕市饮，不顾尚书期。

夏日漫兴八首

暑避藤萝浅，空庭日啸歌。呼童携枕簟，把酒出星河。髀肉看如此，扁舟意若何。十年称病客，吾道本严阿。

其二

忽就投湘赋，栖栖意不欢。十年湖上别，五月镜中寒。贫病他乡老，风尘此道难。彩丝还令节，谁作楚臣看。

其三

此日南溪约，嬉游到夏偏。开函回白雪，把酒望青天。杯动沧波色，花生彩笔前。不逢渔父问，谁复病相怜。

其四

无处堪逃暑，摊经祇树傍。慈灯悬广劫，孤磬散清凉。草疏回天力，披花带雨香。青莲乘彩笔，此意独飞扬。

其五

岚影浮斜照，南讹大火天。更惭清思减，欲就绿阴眠。奉使谈经日，甘心养拙年。诗才堪自见，写任故人传。

其六

落日维舟好，江湖问岁星。自甘成独往，非是敢沉冥。明月留仙佩，斜阳倒玉瓶。人间空竞渡，哀鹤未堪听。

其七

门外金羁影，幽期暑亦过。时逢黄鸟住，自爱白云多。纨扇含冰彩，长裾曳芰荷。风尘朋好在，玉树倚蹉跎。

其八

爱此壶中约，芙蓉月下看。谁为河朔饮，吾愿罄交欢。寒影收云叶，清光切露盘。依依燕赵女，劝客解衣冠。

秋日漫兴八首

楚客秋多病，萧条欲二毛。惭无枚叔赋，辄忆广陵涛。把袂今何夕，开轩命浊醪。江湖三十载，浮世酒中逃。

其二

何处逢摇落，霜清角自哀。溪声留倚杖，秋兴足衔杯。不尽传经意，多惭作赋才。杜门辞问字，一为故人开。

其三

片月花间净，泉声散薜萝。题诗溪鸟过，把酒夕阳多。零落晞金掌，西风满玉珂。蓟门摇落后，木叶下滹沱。

其四

病起高诗兴，萧条此地偏。为题团扇句，共赋远游篇。白露寒砧下，黄花落帽前。朱门人自老，双鬓抵流年。

其五

高枕元吾事，文章岂陆沉。空林双树老，片雨二湖阴。寒入绨袍色，愁高白雪音。花间移枕簟，秋月散清砧。

其六

共载杯中物，西山爽气开。拂衣吾所欲，问字客还来。天入华阳馆，秋高蓟北台。空林风雨过，无处不悲哉。

其七

短发明秋水，蒹葭晚自寒。开樽鸿雁至，岸帻野人看。宦迹清时劣，交游古道难。各天散朋好，别后与谁欢。

其八

一作山中客，园林断世情。千峰寒白出，片竹冷愈清。摇落惟高枕，潺湲懒濯缨。浊醪殊解事，醉里见浮生。

冬日漫兴八首

白雪千人失，江湖此调稀。最怜行役久，能使宦情微。小郡常悬榻，寒灯坐掩扉。燕山为客地，中夜起怀归。

其二

雨雪人高卧，谁堪把臂来，少微虽冗宿，方朔有仙才。彩电投壶出，金貂换酒回。吾曹天地在，潦倒重衔杯。

其三

伏腊书相劳，中原命友生。何人过携酒，此地重寻盟。彩笔风云老，高斋雨雪清。鲍山终日在，一为款柴荆。

其四

神物风尘里，能无惜壮游。振缨人不病，削迹我何求。疏拙容高枕，萧条傍倚楼。乾坤多垒后，白日澹幽州。

其五

握手今何夕，衔杯夜色高。风尘犹逆旅，雨雪见绨袍。彭泽差闻道，元龙未似豪。那须论时事，已分老蓬蒿。

其六

不改青松色，高斋尔自看。著书官欲罢，说剑雪愈寒。返照湖边尽，明河树杪乾。倦游非一日，蚤晚发长安。

其七

雪夜留沽酒，吾徒足醉眠。青山高卧里，白眼贵游前。深愧雕虫赋，先成幼妇篇。知音千载事，执戟至今传。

其八

海色秦城外，河水万马行。少年耽作赋，壮岁托论兵。侧席劳明主，雄飞失后生，关门悬落日，谁见弃繻情。

寄题李将明应壁楼

东壁图书府，凭栏独对君。星河空际落，海岳望中分。散帙霞争彩，题诗日欲曛。瑶华三万轴，处处播清棻。

其二

不是栏干迴，谁当接上台。开函双曜动，洒翰五云来。东壁浮佳气，南宫属隽才。遥知尘世里，山斗仰昭回。

其三

闻道层楼上，藏书胜邺侯。生平何博雅，文彩自风流。兔颖灵羲献，龙光射斗牛。只应藜杖火，夜夜照床头。

其四

倚槛知何处，飘飘入太清。岱云入剑匣，海月照棋枰。鸿羽天边去，樵蓑镜里行。仙山东去是，吾欲访蓬瀛。

顾九畴太史有诗投赠依韵答之

子云宁晓事，寂寞与谁欢？握手惊时迈，谭心到夜阑。一鸣吾立仗，四韵尔登坛。珍重瑶华报，波斯得木难。

陈集生太史有投赠之作走笔奉和

君才何落落，报赠得瑶篇。鲛室双珠夺，鸡林只字传。有歌皆和雪，无翼不垂天。寂寞孤亭上，从今罢草玄。

岱宗藏稿卷五

济南杨梦衮龙光著

七言律诗

长山谒范文正公祠

范公祠枕大河阴，有客来游怅古今。卧地银钓将剥落，参天黛色尚萧森。麦舟人竟倾高谊，齑粥谁当识苦心。欲觅醴泉何处是，翠屏千尺白云深。

其二

夕阳明灭水潺湲，幽径无人昼掩关。风采只今垂相业，梦魂终古恋慈颜。栖栖猿鹤青莲字，落落夔龙玉笋斑。一自春秋光俎豆，清棻千载许谁攀。

万历丙申秋过故居志感

伯起清名湛碧波，箕裘此日竟如何。棠阴到处饶遗爱，麦秀于今漫作歌。沙上原鸰飞且尽，堂前旧燕苦无多。可怜房杜辛勤甚，门户荒凉不忍过。

白足僧画扇

齐纨隐约见仙洲，何物骎骎顾虎头。岱麓烟霞青未了，淇园风雨翠将流。闲情任尔为盘礴，逸兴令人欲卧游。对此翻怀南国胜，湖边羡杀木兰舟。

其二

咫尺惊看胜地多，潇湘烟雨洞庭波。孤舟浩荡天边叶，远水微茫镜里蓑。万古精灵开浑沌，五湖烟景属头陀。雅知江左饶神品，卓锡何年可见过。

秋宵漫兴

蒹葭淅沥晚霜严，徙倚高楼自卷帘。坐久西风敲铁马，望来东海挂银蟾。迢迢良夜悲欢共，碌碌浮生吏隐兼。三径有花樽有酒，吾侪端不让陶潜。

其二

玻璃万顷桂参差，楼上凭栏独立时。铁笛吹残天似水，银钩飞动夜裁诗。白榆历历垂千点，乌鹊依依恋一枝。十载苦吟今老大，谁人当和郢中词。

送王次亭游新城

离亭载酒缙云天，才唱阳关意黯然。华发于今开绛帐，孤灯何处对青编。岐黄道术春同阔，左国文章日并悬。陌上若逢花似锦，知君不惜杖头钱。

赠南昌涂翁

回首乡关一啸歌，长江渺渺隔烟波。蠹鱼万卷英雄老，骏骨千金感慨多。草罢玄经何物识，悬来绛帐几人过。相逢为问滕王阁，画栋珠帘近若何。

九日饮范生园中

摇落霜天万木秋，西风送客上西楼。江空叶抱丹霞醉，岁杪山连翠黛愁。采菊谁为彭泽令，种瓜我爱邵平侯。相逢不劝茱萸酒，枉对壶觞说胜游，

其二

背郭孤村地自偏，秋来三径有金钱。林疏百雉天边出，风劲双雕塞上悬。高会频开桑落酒，清歌漫舞柘枝颠。龙山不记何年事，且向楼头醉管弦。

其三

潇洒西风雁两行，山川极目郁苍苍。孤城觱篥天将暮，积水蒹葭夜有霜。乍对秋光闲画扇，聊将春色逗红妆。浮生秉烛须行乐，那惜樽前典鹔鹴。

其四

金井梧桐半欲凋，清霜白露罢鸣蜩。风尘荏苒侵潘鬓，岁月支离怯沈腰。凉浸蟾蜍秋瑟瑟，愁连蟋蟀夜迢迢。浮生不进杯中物，空使朱颜镜里销。

其五

秋色萧然澹薜萝，晚山相对碧嵯峨。兴来绿蚁聊相劝，老去白驹漫任过。岁杪空江纷落木，时清大海不扬波。清樽岂必红裙舞，剩有银蟾驾素娥。

其六

醉里裁诗句转工，秋光半入锦囊中。携来胜友如云集，眺尽长天似水空。台畔有人曾戏马，楼头无处不飞鸿。可怜江上芙蓉色，寂寞霜姿对晚风。

其七

萧瑟关河望眼赊，孤鸿处处落平沙。园收锦里先生栗，篱绽柴桑处士花。万里苍茫悬落照，一杯潦倒泻流霞。兴来不作悲秋赋，彩笔青樽老岁华。

其八

天际微茫散落晖，昏鸦飞带白云归。朱颜倚醉骄枫叶，青女凝寒妒薜衣。双杵关河孤雁迥，一樽风雨故□[①]稀。紫萸黄菊聊须醉，莫感流光赋《式微》。

长山道中

大泽茫茫万顷秋，孤村斜枕断桥头。於陵地向图中出，长白山从镜里浮。不定波光摇日晕，无边野色锁云愁。此中尽有垂纶处，欲问桐江借钓钩。

游千佛山

青莲法界白云隈，片片天花四座来。壁上烟光萦薜荔，龛前阴雨长莓苔。金绳觉路尘缘断，玉麈清谈笑口开。竹院逢僧闲半日，垆头有酒且衔杯。

登华不注绝顶

岧峣飞磴接鸿濛，身在丹霄眼界空。拔地孤峰奇似削，倚天长剑势争雄。芙蓉秀夺仙人掌，薜荔清含大国风。安得惊人如谢朓，携诗搔首问天公。

拟杨用修妇寄诗滇南

无端幽梦到辽西，枝上流莺奈乱啼。此去夜郎新白发，向来天禄旧青藜。三江月落吟怀苦，五岭云遮望眼迷。惆怅灯前桃锦字，春愁黯黯压眉低。

其二

海窟梁鸿不计年，孤臣清泪洒天边。迢遥秋夜人相忆，寂寞春风月自圆。千古雄才司马赋，百年离恨薛涛笺。绵绵此意书难极，唯有销魂倍黯然。

其三

鹤川万里路偏赊，瘴雨蛮烟老岁华。自古佳人多薄命，几时游子得还家。金鸡望断浔阳月，野鸟啼残剑阁花。织就回文南雁少，刀环有约漫长嗟。

---

① □，底本缺此字。

春宵

雨霁金波澹欲流，轻寒夕入五花裘。衔杯谁共幽人话，觅句翻生客子愁。花影风摇依曲槛，笙声夜静度重楼。苍茫一片家园路，双鲤寥寥未可求。

久客

落木萧萧菊吐花，可堪秋色满天涯。蹉跎岁月孤琴在，荏苒风尘两鬓华。元亮盈樽仍有酒，冯欢弹铗竟无家。凉飙忽起青苹末，愁见关河雁字斜。

其二

紫气星文共几层，芙蓉黯黯锁青萍。已无狗监推司马，尚有鲈鱼属季鹰。挥麈乍怜人似玉，衔杯漫颂酒如渑。清宵何恨逃禅意，坐对山窗检上乘。

夜酌

园林入夜有清欢，不觉金壶漏欲残。舞罢纷纭交履舄，醉来啸傲谢衣冠。十年回首长安远，一曲高歌蜀道难。闻说杜康殊解事，与君携手且加餐。

雪月吟

琼楼玉宇是仙都，中有婵娟绝世无。风里六花悬宝镜，云头一桂贮冰壶。纷纷素影横空落，冉冉清辉出海孤。此夜山阴明似昼，骑鲸直欲捉蟾蜍。

淄川韩中丞仙洲园

麟阁勋名半已收，水云深处拥羊裘。窗开霁色山如画，帘卷秋空月满楼。春到莺啼杨柳岸，兴来人在木兰舟。划然一啸乾坤阔，不爱君王万户侯。

老河

深深烟树护长河，眼底云涛万顷多。九折遥连星宿海，双流遥卷洞庭波。春风不涨桃花水，夜月宁闻龅子歌。开府楼船三十万，功成一叶老渔蓑。

新河

尘飞不到水云乡，莲叶舟轻泛渺茫。镜里垂虹连霁日，樽前素练卷秋霜。乘槎坐见天河近，如带遥知国脉长。万顷烟波闲鼓枻，人生何处是濠梁？

松坊

入望苍龙百尺高，亭亭黛色映绯袍。曾依夏社培元气，肯为秦封改素操。云里堪巢玄圃鹤，风前欲沸广陵涛。霜姿不逐韶华谢，留与中丞伴节旄。

凭虚阁

岧峣飞阁敞仙居，啸倚秋空赋子虚。剩有千峰排剑戟，雅宜四壁贮图书。寒云半带潇湘色，灏气平吞海岱墟。却怪夜来风露冷，六铢衣上更何如。

飞霞楼

石梁飞映赤城霞，遥对朱楼万里赊。漫道丹心曾捧日，争怜彩笔欲生花。晓光灿烂迷云影，晚色苍茫衬月华。赋罢长天秋水句，纷纷孤鹜落晴沙。

水面亭

飞霞楼北带风湍，高榭垂杨镜里看。万点青钱浮水面，一枝红玉倚栏杆。滩声入夜孤琴润，湖色澄秋四座寒。闻道中丞频避暑，好从河朔问清欢。

耸云亭

寒云片片锁山扉，知有仙家住翠微。缥缈斜穿筇竹杖，氤氲竞护薜萝衣。子虚赋罢神何爽，沛上歌残兴欲飞。几度从龙应不厌，为霖他日待君归。

飞青亭

晚山倒影落湖阴，湖色苍茫对碧岑。翡翠两行盘凤髻，玻璃万顷浸鳌簪。眼开阮籍疏狂甚，衫湿江州感慨深。何处刀调蘋未起，纾徐天籁动疏襟。

楼船

晴川渺渺羡登仙，画鹢夷犹沸管弦。一片锦帆天上坐，两行翠黛镜中悬。桃花飞送三春水，莲叶轻摇万里天。闻道鲸波犹未息，可无横海净烽烟。

送高明府之阶州

使君官拜陇西头，画戟熊车惬壮游。地接九边屯虎豹，天回万灶列貔貅。氤氲紫气临关动，浩淼黄河绕塞流。共说班生饶燕颔，可能无意觅封侯。

其二

骊驹歌罢泪阑干，回首关河木叶丹。此去遣怀诗似杜，向来忧国鬓如潘。九天日月悬秦塞，万里旌旗拥汉官。惆怅龚黄留不得，风尘我欲问加餐。

其三

騑騑五马使君行，塞上秋高递雁声。天水封疆开巨镇，汉阳烟树锁孤城。时清岂讳言飞檄，志壮悬知欲请缨。兼有吟囊消暇日，烂然彩笔照西京。

其四

万里秦封汉大夫，金章紫绶去分符。国称天府饶雄略，地接祁山忆壮图。雁塞风烟南牧马，龙韬日夜北妨胡。只今边吏多英妙，为报关门有弃繻。

其五

西去寨帷亦壮哉，几番怅望首频回。插天岳色三峰雪，撼地河声万壑雷。东海惊传仙令去，西秦遥喜福星来。陇头相据知多少，驿使何年却寄梅。

寄答高进士

报道春风宴曲江，五陵裘马气初降。雄才好去居西掖，清梦还来卧北窗。贝叶文翻挥玉麈，海棠花发照银缸。相传月旦争推重，国士于今讵有双？

其二

当年结客洛阳街，侠气翩翩壮士怀。老去伏生成口授，坐来颜氏得心斋。数奇空复为时惜，才大翻愁与世乖。不是扶摇抟九万，谁将志怪信齐谐？

其三

文章一日擅三齐，花看长安信马蹄。诗就拟酬青玉案，酒阑争唱白铜鞮。支公自昔怜神骏，纪省于今养木鸡。纵使德机能杜尽，也应桃李下成蹊。

其四

万里明霞照锦袍，归来逸兴共秋高。西河开卷无三豕，东海垂竿有六鳌。

敢向元龙求客礼，思从剧孟识人豪。怜君矫首风尘外，偃蹇端宜在马曹。

其五

争传文字逼西秦，彩笔如花万象春。赋罢三都惊纸贵，归来四壁笑家贫。蛾眉此日真堪妒，龙性当年未易驯。闻道千金求骏骨，只今伯乐是何人？

其六

春来常是酒家胡，白眼风尘意气孤。可但屠龙夸绝技，兼将扪虱话良图。辩倾稷下悬河口，书射聊城汗血驹。一自拂衣饶著述，空垂绪论比潜夫。

其七

岱云缥缈护玄亭，懒向燕然说勒铭。高卧门前垂碧柳，悲歌匣里出青萍。烟霄枉带封侯骨，湖海遥悬处士星。为报弋人无可慕，鸿飞今日已冥冥。

其八

蓟门春色送扁舟，啸傲青云见壮游。落笔漫题《鹦鹉赋》，开樽仍贷鹔鹴裘。歌残郢雪千人失，奏罢齐风万籁收。总为英雄饶燕颔，相逢腰下看吴钩。

其九

向来声价满京华，梦逐泥金又到家。归去词如陶靖节，治安策似贾长沙。斗间龙气腾双剑，箧里鸿裁倍五车。闻说玉堂春色好，可能不爱紫薇花。

其十

酒社诗坛海岱间，几回屐齿遍东山。卮言解道鸡三足，管见谁窥豹一斑。拟为钟期弹绿绮，敢从西子斗红颜。知君不是池中物，怅望龙鳞未可攀。

拟元人清庵之作四首

为问清庵何以清，湖山空翠袭檐楹。两行玉树披云种，万亩琼田带雨耕。竹里围棋僧是伴，花间觅句鹤同行。苍苔满地无人扫，唯有飞霞衬落英。

其二

为问清庵何以清，水晶帘透簟纹平。石桥松径穿云影，玉井莲花对月明。猿鹤半依阶下宿，渔樵一任镜中行。北窗无限羲皇意，羽翰飘飘两腋生。

其三

为问清庵何以清，芙蓉秋水澹盈盈。峰青江上湘灵瑟，月白缑山子晋笙。几度风前临玉树，有时露下湿金茎。独凭十二栏干上，秋色苍苍落木声。

其四

为问清庵何以清，梅花疏影小窗横。吟囊半带风霜气，茶灶争翻雪浪声。晚对冰壶寒欲透，夜眠石榻梦难成。有人蓑笠寒江上，一叶孤舟钓月明。

题曹太公传太公河南获嘉人长公一兰令长清

嵩云卫水共悠悠，啸傲林霏拥鹿裘。萝月闲携青竹杖，烟波坐老白蘋洲。风流谁复如前辈，阀阅人还让故侯。隐德于今知不泯，争将彤管勒千秋。

其二

中州文献属王孙，寥落荷衣道更尊。千里驹仍空冀北，九苞凤自隐苏门。壮怀几度销家难，华发悬知荷国恩。最是箕裘宏世业，邵平瓜地不须论。

其三

高人无梦到长安，白袷青樽兴未阑。且向亭皋聊岸帻，何须魏阙庆弹冠。夷门月出开窗对，少室云生倚杖看。更喜君家能市义，几回烧券似冯欢。

其四

啸台终日对烟霞，淇上人传处士家。老骥由来悲伏枥，仙郎原自善栽花。云霄事业循良传，湖海声名长者车。回首松楸今已拱，西风摇落雁行斜。

其五

中原重见少微星，幽径萧萧竹满庭。一曲浩歌秋月白，几回高卧晚山青。闲来手种门前柳，老去亲垂座右铭。翻怪微君勤课读，案头每夜有囊萤。

其六

故人争自感绨袍，湖海由来意气豪。身后荣名成附骥，生前逸兴付持螯。逍遥云水开双眼，荏苒风尘改二毛。此日九原如可作，吾将仰止比崧高。

张源澄[①]明府奏最

声华籍甚古为徒，一片清冰贮玉壶。海色苍茫连百雉，岱云缥缈护双凫。争传吏治当年最，怪得君恩此日殊。境内瞻天今咫尺，好将恺悌慰来苏。

署篆王公以利津丞迁上林丞

上林花发柳初匀，翠辇生香载酒频。双阙风传银箭迥，千门雨过玉街新。梦随芳草迎仙仗，身是朝霞捧日轮。此去也知金屋贮，蛾眉占断汉家春。

其二

翩翩鸿羽上丹霄，尺五天临路不遥。宫扇影同华月转，御垆香逐晚风飘。花迎剑佩开金钥，树挂星河接玉桥。闻说近臣沾雨露，黄封携取听箫韶。

---

① 源澄，底本目录作“澄源”。

其三

五云宫阙郁嵯峨，紫陌春融霁色多。海内几人瞻去旆，日边有客拥鸣珂。流莺声啭新丰树，画鹢光摇太液波。报道升平无一事，蓬莱仙吏醉颜酡。

泛舟

秋风秋水共秋云，杨柳蒹葭两岸分。老去渔翁真是伴，闲来鸥鸟暂为群。高歌一曲沧波沸，满引千杯夕日曛。坐对洞庭湖里月，笛声夜夜吊湘君。

戊申春日自嘲

穷愁如絮飞满天，问岁三十有五年。齐东野人未闻道，关西夫子徒称贤。制成云锦偿诗债，典尽春衣欠酒钱。不如抛却儒冠去，卧读南华《秋水篇》。

赠歌者朱卿

樽前重见李龟年，从倚银屏沸管弦。度曲正当明月夜，寻芳况是艳阳天。迎风杨柳腰何细，出水芙蓉色自鲜。为爱玲珑能劝客，金壶好送酒如泉。

题画赠高苑王明府

王乔飞舄下蓬瀛，霞彩流辉满太清。万斛云涛平地起，千家楼阁暮烟平。鲛人争献珊瑚树，蜃气高悬翡翠城。报道鲲鹏多变化，扶摇指日看南征。

其二

潇潇白石带寒流，万顷苍茫碧玉秋。画鹢浑如天际去，渔蓑遥向镜中浮。挹将烟水分余润，坐拥云涛惬壮游。不是济川舟楫在，谁人得到凤麟洲？

醴泉寺题范文正公读书处

南山巀嶭五丁开，玄豹曾经隐雾来。几卷蠹编留翠壁，累朝螭首卧苍苔。客携藜杖穿云去，僧叩柴扉带月回。我亦生平思画粥，结茅高傍雨花台。

江南竹屋

何来万个郁凌云，隆栋宁须避斧斤。一榻晴光留渭叟，数椽烟雨对湘君。风标落落浑如在，结构亭亭自不群。闲卷疏帘天色净，泠然月下鼓南薰。

其二

万玉萧森拂碧虚，为君剪取结茅庐。清光直射琅玕簟，秀色争含翡翠裾。颇爱风篁宜啸咏，只愁斑泪湿图书。淇园佳致犹堪想，门外王猷数驻车。

其三

山房半倚翠微开，四座苍筠亦爽哉。六逸有时容偃蹇，七贤无日不徘徊。挥斤漫斫云根断，卷幔平分雪干来。莫讶主人催劲节，此君原是栋梁才。

颐生

迩多幽忧之戚，作此自广顾世外恍惚之语，愈见其无聊，读之未尝不失笑也。

苍苍云壑连十洲，中有仙人被鹿裘。白昼棋声出深竹，清宵月色倚高楼。屏边两行浑脱舞，架上一编《逍遥游》。杳然历日都不记，花开为春落为秋。

其二

孤舟乘兴春气暄，两岸红英寂无言。眼前奇绝山夹水，身外优游鹤兼猿。茅屋石田竹树密，幅巾藜杖桑麻繁。俄有庞眉来招饮，口称此是武陵源。

其三

翠竹满林烟满堤，清流宛转令人迷。高僧对坐说佛法，野客独往凌仙梯。花前小酌待月上，松下闲眠到日西。寂寂丘樊车马绝，春来唯有幽禽啼。

其四

花气濛濛树阴阴，家住千山深复深。举网得鱼何须买，种黍作酒任自斟。客谭半是天外事，樵歌遥传谷中音。闷则闲行倦则卧，悠然舒卷云无心。

其五

我坐楼船泛沧波，鲛人击鼓龙女歌。绛节两行映海岛，清澜万顷摇星河。蓬莱水浅珊瑚露，扶桑日出云霞多。东皇敕赐一瓢酒，饮罢不觉醉颜酡。

其六

翩翩化鹤凌秋空，天际盘旋西复东。九州山水画图里，万国烟花云锦中。纵使双桨破巨浪，争如两翼乘长风。一片白云落何处，悠然来会浮丘公。

其七

煮罢白石卧青霞，鸿濛何处为吾家。金波一片流桂影，玉笛数声落梅花。蝶欤周欤难分辨，官乎私乎任喧哗。安期之枣大如斗，何必更种东陵瓜。

其八

青天泬寥月影高，右手持酒左持螯。樵子闲来看坐隐，道人醉卧歌《离骚》。满帘竹色此间翠，隔水松声何处涛？西山爽气在襟袖，岂必一官是马曹？

其九

空明之中云水乡，画鹢夷犹晚纳凉。月出一钩桂魄澹，风来四座荷花香。吴娃佐酒酒将醉，楚客题诗诗转狂。收得清光三万顷，归来贮在古锦囊。

其十

宛委藏书书几函，陆离光怪辉烟岚。青藜只有刘向校，玄草宁无子云耽。谁道邺侯架边富，试来禹穴石上探。乾坤奇物聚斗室，滚滚耸听挥麈谈。

历城黄明府

制锦才名达帝乡，风流不数汉循良。诰随五凤翻霞彩，舄逐双凫带御香。几岁福星临济上，满城春色胜河阳。夔龙事业垄黄传，一任烟霄接雁行。

邹平王明府

囊里孤桐护岱云，争从单父挹清棻。龙光此去谁居最，骥足由来自不群。天上玺书征卓异，日边剑佩拥神君。也知百里才难尽，麟阁岧峣待策勋。

阳丘同胡怀老夜酌

斗酒淋漓夜欲阑，几回剪烛尽君欢。高阳印绶闲中佩，邺架图书醉里看。湖海有人曾倒屣，关河无字问加餐。茫茫萍梗知何处，且向东山伴谢安。

阳丘张鹿苹孝廉过访

怀中短刺漫相投，有酒如渑且暂留。君自高才能倚马，我从尘世任呼牛。诗凌渭北春天树，兴剧山阴雪夜舟。最羡曲江风度好，可无金鉴献千秋。

学博先生有斑箸茶墨之饷诗以谢之

新篁点点洒斑文，频伴华筵入夜分。藉箸依稀逢汉主，啼痕仿佛见湘君。九疑山迥衔秋月，二女妆残倚暮云。素手拈来殊不释，满堂空翠挹清棻。

其二

凤团几片出斋头，竹里煎来兴自幽。七椀生风挥玉麈，双茎滴露泛金瓯。炉烟冉冉虹初起，雪浪纷纷翠欲流。最是相如消渴甚，无端清润许谁收。

其三

廷珪声价尚依然，隐隐苍龙带晚烟。光怪凭陵《毛颖传》，风神飞动薛涛笺。谁从虚室夸生白，我向空亭问草玄。闲对端溪多逸兴，挥毫岂必让张颠？

游长白山有作

东风吹雨入仙家，何物夭桃绽彩霞。地暖由来花烂熳，林深一任月横斜。千寻绝壁猿啼树，百道清泉客试茶。坐对山僧倾斗酒，寒云片片绕袈裟。

其二

郁森万木荫禅关，苔鲜苍苍石磴斑。霞外有谁凌缥缈，阶前无处不潺湲。松风韵挟瑶琴动，竹影凉侵玉麈闲。向晚雨从峰顶过，西施新沐绿云鬟。

其三

空山寂历晚烟消，藜杖翛然过小桥。云水争开摩诘画，风林漫挂许由瓢。禅房夜静天花散，樵径霜清木叶凋。归到洞窗谁作侣，懒残好把芋重烧。

其四

寒鸦西去老僧归，断续疏钟出翠微。深雪乍迷苔藓磴，闲云遥护薜萝衣。一声梵呗随飞瀑，几处樵苏伴落晖。徙倚栏干山色静，松间唯有月依依。

山居漫赋

十年结屋住烟萝，不问风尘事若何。侠气渐消燕市酒，离情漫付渭城歌。窗舍雪色苍茫甚，衣染岚光紫翠多。一室萧然清似水，真成有发老头陀。

怀寄友生

南园九日兴翩翩，徙倚西风沸管弦。绮席无时停玉斝，疏篱到处绽金钱。一时回首浮云散，两地相思片月悬。几度临风期命驾，不知把臂是何年。

其二

空堂寂寂夜焚膏，银烛牙签伴彩毫。我向西河详亥豕，君从东海问春鳌。梦随玉麈清风起，身对冰壶片月高。一榻孤琴书万卷，分明莫逆是吾曹。

其三

游子终年是异乡，关河回首两茫茫。别来黄绢知多少，老去玄经任短长。弹铗由来非我辈，夺标久已属仙郎。凤池春暖夔龙集，拭目雄飞接雁行。

其四

神驹千里五花文，隽骨昂昂自不群，姑射仙标曾吸露，相如词赋欲凌云。酒酣启匣青萍剑，兴发临池白练裙。落月屋梁空仿佛，可怜俊逸鲍参军。

游女郎山五首

百雉斜连石磴高，天风飒飒八绨袍。锦囊到处诗千首，丹嶂重来镜二毛。几许人烟屯陆海，无端蜃气散林皋。飘然两袂空中举，怪得元龙更自豪。

其二

片片闲云映碧虚，三清阁上暂踌躇。丹房曾炼真人药，翠壁纷留过客书。岂必巨灵开混沌？聊从小酉遣居诸。不堪回首仙凡隔，怅望烟萝啸一舒。

其三

大罗天外一凭栏，何物能令眼界宽。客拉杜康来阁上，我携摩诘八毫端。锦囊草夺千峰秀，玉洞松生六月寒。醉卧石床清不寐，檐牙星斗夜阑珊。

其四

蹀躞金羁入紫氛，夕阳射乱五花文。闲歌白石身将隐，坐对丹丘酒半醺。西岭云霞杯底落，东城烟水镜中分。挥毫便欲笼鹅去，羽客由来识右军。

其五

洞天明月桂婆娑，凉影纷纷散薜萝。山静传催银箭少，人闲吹彻玉笙多。床头瞥入庄周梦，谷口飘来甯戚歌。泉石膏肓真不浅，生平小隐竟如何。

饮胡怀老园亭十首

韦曲春来万树花，几回花底醉流霞。樽中君载平原酒，门外吾惭长者车。觅句随风珠唾落，谈心入夜玉绳斜。于今宣室勤前席，可道东陵只种瓜。

其二

三径萧森万竹寒，纷纷翠玉许谁看。南州下榻情如旧，北海开樽兴未阑。华发年来甘抱瓮，故人天上庆弹冠。只今劝驾知多少，莫漫长歌《蜀道难》。

其三

蓬壶久已属仙人，占断烟霞万顷春。白雪缤纷聊结社，丹丘窈窕若为邻。雅知梁甫还兴汉，纵是桃源岂避秦？闻说圣朝须大厦，孤松一任长龙鳞。

其四

冥鸿万里苦难追，此意寥寥可语谁？林际烟深无小草，阶前日霁有倾葵。萧疏聊作羲皇梦，摇落宁怀宋玉悲。倒着接䍦花下过，除非酩酊亦何为？

其五

孤亭载酒日沉冥，面面芙蓉刺眼青。静对纤阿弹绿绮，闲抽彩笔草玄经。郢中岂必无同调？泽畔由来有独醒。回首东山劳梦寐，明朝游子任浮萍。

其六

点点桃花郭外村，曾围花下倒芳樽。落红不扫留春色，浮白宁辞带酒痕。君且考槃淹岁月，吾将荷锸任乾坤。别来心事凭谁悉，怪得临岐欲断魂。

其七

清欢不问夜如何，径许求羊日日过。岸帻凉生窗外竹，开樽月挂树边萝。兴阑长发苏门啸，赋罢兼闻郢客歌。把臂入林吾岂敢，诛茅聊复傍岩阿。

其八

十年空谷怅离群，纵有除书了不闻。杯底平吞沧海月，楼头高卧岱宗云。何人吏隐心偏远，此地仙凡境自分。夜鹤晓猿今有主，草堂谁勒北山文。

其九

背郭堂开对寂寥，仙家咫尺隔烟霄。台将片石悬为磴，池借长虹架作桥。拼醉频闻莺语劝，寻幽肯惜马蹄遥。流光过隙应难掷，可使朱颜镜里销。

其十

栖栖岂借上林枝？野鹤秋空任所之。五柳宅幽频对酒，百花潭好坐吟诗。我惭白首无玄草，君爱青山有紫芝。闻说河清难得俟，不知命驾是何时。

饮刘竹潭茂才池亭

路入湖亭十里遥，亭边水竹澹萧萧。林筛玉魄光亏蔽，波戏金鳞影动摇。焦尾清携东海鹤，烂柯闲对北山樵。不因吾辈耽幽兴，谁识南塘第五桥。

其二

涓涓素练绕长堤，一望菰芦眼欲迷。有客来寻芳草径，何人住在浣花溪？杯行鹦鹉宁辞醉，壁走龙蛇任漫题。惆怅菟裘营未得，梦魂每夜竹林西。

其三

君家池馆意偏幽，长夏联镳是胜游。落魄我酣樽内蚁，忘机尔狎海边鸥。溪光宛转澄如练，竹色萧森澹欲秋。一片空明堪荡桨，门前好买木兰舟。

其四

冉冉荷香暑自轻，客来花鸟总关情。闲思散发林中坐，醉忆垂竿镜里行。

摩诘画图开胜地，少陵诗句擅长城。何时卜得南邻地？聊向沙鸥一问盟。

留别李钟凫光禄

风期那得有如君，大雅翩翩自不群。对酒几回邀好月，放歌时复遏行云。流丹飞阁青藜杖，醉墨临池白练裙。十日平原归去懒，可堪折柳袂初分。

赋得渔樵二首

十年踪迹狎沧波，啸傲风尘老一蓑。钓罢偏饶沽酒兴，醉来漫作扣舷歌。风牵藻荇鸥群乱，秋满芦花雁字多。回首磻溪翻欲笑，后车载去鬓婆娑。

其二

深林无日不丁丁，一望烟岚画杳冥。藜杖挑残秋月白，芒鞋踏破晚山青。乾坤容我餐薇蕨，海岳凭君劚茯苓。夭矫长松高百尺，好留梁栋付明庭。

流贼之乱里中王琖及弟玠战城下死之偶检邑乘漫赋三首

河山十二自鹰扬，谁许黄巾久陆梁。棠棣有人联玉树，枌榆为我壮金汤。妖氛已向天边灭，侠骨犹从地下香。一片孤城城上血，何殊巡远守睢阳。

其二

兵弄潢池未易销，几回渤海卷狂飙。赤眉势已成骑虎，青史名应擅射雕。身后疑从关壮缪，生前恐是霍嫖姚。知君千古英灵在，飒飒忠魂不用招。

其三

东秦烽火半凋残，保障遥闻寄二难。堞雉孤悬摧锁钥，原鸰飞急到沙滩。四郊多垒笳声动，万里长城剑气寒。无限征人谁裹革，鸿毛争比泰山看。

送韦明府南归

阳和散作锦城春，万井烟花雨露频。单父聊将琴对酒，中山肯为箧沾巾。世途若个知杨震，海内何人借寇恂。闻道齐威封即墨，双凫应复指东秦。

其二

春来无日不栽花，灿烂河阳衬彩霞。可奈流言成市虎，且将幻态付杯蛇。岱云耸翠高千尺，海月涵清映万家。赢得口碑能载道，骊驹底事泪痕斜。

戏题

陌头昨夜积琼瑶，千里同云一望遥。何物金鞍来汗血，翻然宝镫失妖娆。绿珠忽向楼前坠，飞燕空传掌上娇。扶起玉人成一笑，梨花插满翠云翘。

其二

满地霏霏是六花，谁将玉辔送娇娃。青骢漫道如飞电，红袖俄惊似落霞。宝镜妆残双翠黛，芳尘妒杀七香车。归来弹作昭君怨，愁抱琵琶出汉家。

其三

玉华宫接水晶宫，万里苍茫指顾中。騕褭袅绝尘飞广漠，婵娟倒影下长空。踏残柳絮疑无地，吹落桃花不待风。云鬓蓬松珠翠乱，灞桥笑杀跨驴翁。

其四

章台柳色最轻柔，争奈随风不自由。骏骨向来多泛驾，蛾眉此去重含羞。好将巫峡依神女，怯傍山阴学子猷。惆怅郊原心自语，这回断送锦缠头。

寿王太孺人同年王讱其母

秋风吹散镜中鸾，几夜挑灯月影寒。老去传家无燕翼，愁来课子有熊丸。机从断处重逢孟，舆向将时再见潘。不是柏舟坚苦操，华堂昼锦许谁看。

题双烈卷同年刘蓬玄母娣

长江万叠结愁云，鸾影双沉宝镜分。啼血几时消蜀帝，斑痕何处吊湘君。连城璧重荆南价，千里驹空冀北群。回首武昌秋夜月，年年皓魄照清棻。

吴年兄姊

并蒂芙蓉出绿波，西风吹折恨如何。翠眉不画怜张敞，白璧无瑕付卞和。梦隔巫山云影绝，斑啼湘浦月明多。于今两鬓秋霜满，犹倚空闺吊素娥。

寿同年母夫人

江上幽兰自是芳，肯随桃李媚春光。灯青夜对机边月，鬓白秋添镜里霜。熊胆一丸甘寂寞，凤雏千仞起翱翔。如今圣主敦慈孝，彤管遥分御墨香。

其二

玉箫声断凤分飞，独对西风静掩扉。眉黛已无张敞画，斑斓犹有老莱衣。南山豹采霞同烂，北关龙章日并辉。不是姬姜心铁石，可能昼锦待荣归。

寿曹道尊四首

何须洛社访耆英？紫气遥看满凤城。地控东齐雄保障，天回北海借澄清。云台烟阁留勋业，石室丹霞注姓名。闻道嘉平初度是，欲呼子晋共吹笙。

其二

家住燕台有凤毛，书香奕业斗山高。飞腾霄汉披宫锦，慷慨风尘解佩刀。久向长庚觇国瑞，遥传维岳产人豪。如今万里长城在，可许鲸鲵驾海涛。

其三

欢传寿域自天开，青鸟遥从阆苑来。仗钺雄风行海甸，悬弧瑞气绕燕台。三春蓂荚新如许，千岁蟠桃熟几回？不待华封频效祝，群仙争捧紫霞杯。

其四

霏霏鸩鹊雪初残，梅萼凌烟拂晓寒。南极有星纷献瑞，东方无地不腾欢。山看作砺身愈健，酒对如渑兴禾阑。屈指桑田经几变，永留钟鼎满长安。

壬戌秋重阳漫题

一年能有几重阳，且就篱边醉晚春。潦倒只今成草莽，风流何处觅柴桑。孤鸿斜度秋空月，华发纷添镜里霜。半百浮生原是梦，牛山底事泪沾裳？

癸丑孟春夜酌東董丈

夜来一石欲蒙腾，偃仰床头睡不曾。谁遣冰轮窥短榻，我将雪鬓对孤灯。往年颇似无盐女，此日真成有发僧。幸遇良朋开笑口，樽前岂怕酒如渑？

鄚州道中

鄚州城北水浮天，暂息轮蹄上钓船。堤柳堪维青雀棹，浦沙好借白鸥眠。沧洲清啸舒霞外，京洛缁尘谢鬓边。便欲乘风追范蠡，一蓑占断五湖烟。

其二

蔚蓝倒浸镜中天，隐隐湖光落眼前。古道无鞭催驿马，断桥有柳泊渔船。

纷纭三老争摇橹，寂寞双蛾罢采莲。极目风波飘一叶，傍人翻说是登仙。

其三

縠纹到处动沦涟，不是濠梁即辋川。飞鹭冲人还漠漠，游鲦狎客故仙仙。山遥淡写秋空黛，树匝浓屯陆海烟。几度临风思纵酒，独醒深愧昔人贤。

丁夫叹

冯夷处处播洪涛，平地怀襄百尺高。桥断长虹停驿马，沙含积雪映征袍。闪旗北斗刍粮急，采石西山畚锸劳。十万丁夫何搰搰，水衡枉说惜民膏。

良乡道中述怀四首

三朝疏放旧词臣，漫逐西风拜紫宸。双阙重瞻天上日，八砖虚度汉宫春。子云玄草为何物，方朔金门寄此身。镜里霜华今欲满，白头几个尚如新。

其二

往年载笔赋长杨，帝许词臣侍未央。鹃血忽惊千里梦，龙髯频断九回肠。已甘云水飘孤鹤，那复香烟近玉皇。天府重来浑似旧，麻姑底事叹沧桑。

其三

四壁从来似马卿，倦游雅意谢登瀛。忽抛绿壑丹崖侣，又作红尘紫陌行。笔久无花辉彩凤，剑仍有气指长鲸。逢人不用夸中秘，占毕宁堪了此生。

其四

辽阳烽火亦多时，退虏宁能赋一诗。白面总成书里蠹，黑头渐著镜中丝。生花枉羡江淹笔，贮锦空劳李贺词。最爱甲兵胸数万，于今范老是吾师。

见朝二首

皓首重来谒建章，少年天子正垂裳。蓬莱遥接金茎露，草莽仍闻玉殿香。自笑扬云甘寂寞，人传鲍老最郎当。如今词赋工无益，未雨君其问彻桑。

其二

西风吹梦入鹓行，楚楚青袍老庶常。雁塔空惊题姓字，鸡林远愧购文章。身依五色云边日，鬓带三秋镜里霜。回首东山成小草，屐痕寂历石苔苍。

送侯木庵太史奉使楚藩

玉节亭亭破楚烟，三湘快睹笔如椽。裁将方朔金门诏，登得元王醴酒筵。郢客和歌晴落雪，洞庭张乐浪兼天。归来夹岸红英笑，好访桃源物外仙。

其二

上国衣冠自不同，皎如玉树迥临风。凤毛晴日天边下，鹤禁清宵梦里通。亲见湘灵频鼓瑟，争传华渚已流虹。翩翩词笔花相似，应笑高唐赋未工。

其三

前星高傍紫微悬，亲捧丝纶自日边。巫峡阴阴多暮雨，汉阳历历见晴川。才凌贾傅年偏少，词逼《离骚》句竞传。归向明廷询楚事，白珩不及宝先贤。

其四

词客南行拥节旄，幽兰芳芷满江皋。篇如秋水真称绝，调入阳春尽自高。双剑有时干象纬，一樽到处擅风骚。狂歌燕市今谁和，惆怅临岐解佩刀。

夜同元周兄集木庵斋头

君才雅似沈休文，四韵才成便不群。酒对灯前偏跌荡，花生笔上总清棻。愁予远道江天雪，忆尔长哦日暮云。去去河桥须折柳，柔条何处不含颦。

木庵嘲元周为长杨予为瘦杨漫成二首解之

关西夫子姓名香，落落高标少雁行。捧日向来焚谏草，凌云几度赋长杨。陇头遥接黄河脉，华岳孤骞白帝乡。闻说去天才尺五，侏儒何处测行藏？

其二

风尘回首叹支离，野鹤疏松恰也宜。泽畔只今饰傲骨，镜中底事减丰仪。腰如沈约真无谓，貌对韩休总是痴。漫说山臞清欲透，问君战胜自何时。

戏赠木庵三首

飞腾万里岂为难？夭眇还须叩棘端。此去好裁梁苑赋，归来休制楚人冠。啼声对月清宵永，剑气凌空白日寒。为问凤凰池上客，齐天大圣是何官。

其二

暮四朝三亦不难，缘何喜怒便无端。雅知通臂偏能射，却怪重瞳也着冠。五岭啸舒秋色远，三巴肠断雨声寒。水帘花果飘然去，从此无心饱大官。

其三

不化沙虫也是难，漫随白鹤啸云端。心如即佛何须棒，项却输刘别有冠。汉高帝有竹皮冠，一名刘氏冠。柱得僧伽藤颇古，拾来杜老橡偏寒。如今麟阁凭君画，欧阳询事。好整威仪肖汉官。

木庵有诗留别走笔答之

半世雕虫鬓已华，那来奇字付侯芭。知君雅擅《三都赋》，作客何妨万里槎？巫峡云生闲入梦，梁园雪霁苦思家。不堪寂寞玄亭草，目断南翔雁影斜。

对雪柬木庵及天行兄并和

谁能扫雪便烹茶，妙丽来从太尉家。蛾黛把杯春色重，凤团入灶晚烟斜。清菜决胜双茎露，飘落惊看六出花。闻说袁安深闭户，何如贳酒赏瑶华？

雪夜大风再柬木庵天行二兄

须知郢调故相同，掷下瑶笺字字工。授简朝吟梁苑雪，披襟夜对楚王风。松涛不断来天际，花信无端入梦中。为问蓬莱南海去，有谁与尔决雌雄？

寄怀金元甫兄二首步天行韵

应是江头遇使轺，雁行今日苦寥寥。何人屈指能相忆，似尔同心岂待邀。云梦吞来无芥蒂，天星转处有招摇。独怜执戟成衰飒，欲向徂来伴采樵。

其二

楚中谁识接舆狂，舌上青莲总妙香。歌凤向来心自远，避人此日兴偏长。三湘鼓枻看垂钓，乙夜焚膏检奏章。却愧出疆重载质，知君笑我独皇皇。

邀木庵夜过小酌兼以送别

骊驹暂击去迟迟，又得青樽对片时。燕市夜分人倚玉，渭城朝雨鬓成丝。独怜旅邸无同调，翻恨皇华有定期。此夕留君如不醉，空劳尺素寄相思。

其二

蓟门相对慰飘零，击筑狂歌眼倍青。自尔漫裁神女赋，何人重过子云亭。

愁来风雨怀天阙，别去江湖望岁星。欲托双鳞修问讯，洞庭烟浪昼冥冥。

寿唐生母二首生舅陆耳宣余同门兄弟也

丙夜寒梭不暂停，银蟾皎皎一灯青。长桑老去谁当户，芳桂生来渐满庭。自是机云锦世系，须知梁孟肃仪刑。鱼轩翟茀君恩阔，好把熊丸课一经。

其二

冷落年来七十霜，幽兰为佩菊为粮。已留彤管风南国，更有斑衣戏北堂。五色凤毛霞并丽，数茎鹤发雪俱苍。遥知乍浦春光动，烂漫桃花万树香。

春日漫兴八首

缁尘那惯客京华，每到春来倍忆家。斜雾笼残青琐柳，狂飙妒杀紫薇花。吹来邹律寒犹在，按定箕畴候易差。漫道有人调玉烛，风霾日日卷堤沙。

其二

辽左汹汹未息肩，黔中飞檄又纷然。楼船几处堪横海，舟楫何时可济川。天上宵衣劳圣主，人间昼锦羡真仙。两阶干羽浑忘却，虞帝凭谁奏凯旋？

其三

十年魂梦绕燕台，放下鸥盟去又来。沈约偏能谐四韵，茂先犹自望三台。蓟门春动纶扉暖，辽海秋高画角哀。若说运筹非我事，汉家应借异时才。

其四

五云缥缈护仙洲，亲见群仙海上游。我已失来甘塞马，谁当喘处问耕牛？诗篇字字花间出，棋局声声竹里幽。自是太平多逸豫，只争辽事不曾休。

其五

问予何事鬓萧骚，力窍参差竞怒号。国运乍逢泸水渡，军声遥沸广陵涛。夹持日毂无双凤，震动坤维有六鳌。总是阴阳骄蹇甚，不干燮理事秋毫。

其六

厌说玄都观里春，种桃道士竟何人？日边湛露能消得，天上浮云好认真。安见蒙茸非狗尾，不妨肮脏是龙鳞。千红万紫开将罢，依旧长松迥出尘。

其七

游夏彬彬迹已空，杏坛当日总春风。一从绛帐争归马，何处玄文可得雄。邂逅自应来按剑，笑谭底事苦弯弓。君看桃李无言后，遮莫参苓满药笼。

其八

泰岱由来俯大荒，芙蓉斗削入微茫。三千界拥登封草，十八盘凝辇路香。

吴练横空天际落，秦松拔地日边苍。凭他四岳争雄长，不废岩岩护帝乡。

夜同陈集生顾九畴集丁天行宅角险韵漫成二首

酒痕入夜涴春衫，吟得新诗欲满函。谁以连城酬片玉，吾将同谷袍长镵。霏霏白雪裁为曲，洒洒清冰署作衔。但使朋侪频聚首，那知身世隔仙凡。

其二

锦囊彩笔意沾沾，夜如何其月透帘。句涩罚依金谷酒，官清盘只水晶鉴。怜子梧掖才名薄，羡尔花砖吏隐兼。九十春光今欲尽，明朝且去觅青帘。

天行有赠小姬之作索和依韵答之

一枝芳艳可能攀，抱得衾裯自往还。频向凤池拈彩笔，暂窥鸾镜理朱颜。湘裙偏惹春风妒，锦瑟遥怜夜月闲。漫说海棠饶雨露，花前底事泪潸潸。

岱宗藏稿卷六

济南杨梦衮龙光著

五言排律

夏日山房写怀得三十韵

何地堪逃暑，岩居寂不哗。林深迷鸟道，境僻似僧家。翠巘双屏合，青溪匹练斜。数椽身卜筑，三径手栽花。屐齿苔痕破，墙头树色遮。晴香纷细草，暮雨净平沙。帘幕飞飞燕，池塘处处蛙。披襟松历落，倚槛竹交加。濠水观庄叟，云根炼女娲。罡风来岱岳，灏气接琅琊。图画从天辟，栏干聚景奢。杯吞沧海月，衣剪赤城霞。小隐偏能适，清狂亦可嘉。日长宜对弈，烟袅是煎茶。性比嵇康懒，词甘左氏夸。壁间悬绿绮，架上积瑶华。西岭千秋雪，东陵五色瓜。龙涎销宝篆，蟾影印窗纱。雅爱幽人宅，宁须长者车。辞荣睽辇毂，习静侣袈裟。梁甫行吟澹，苏门发啸遐。匡床头梦蝶，醉墨半涂鸦。孤坟应相左，离骚漫自嗟。荆山淹白璧，勾漏忆丹砂。骥老心犹壮，鸿冥迹更赊。言当传尹喜，字许付侯芭。闪烁冲星剑，苍茫犯斗槎。亭红张采幔，水碧泛胡麻。此乐真无限，吾生讵有涯。争如尘世里，玉树伴蒹葭。

甲辰秋日忧居

不谓遭家难，凄凉日饮水。浮生真是寄，多病可能胜。削迹无名氏，离群有发僧。檐飙秋袭幔，窗雨夜挑灯。道气催租损，穷愁乞米增。赫蹄疏结撰，食指祝丰登。鲁酒吾将厌，齐竽尔漫矜。鹓雏何刺蹙，枭獍任凭陵。时有恶少年与余相持。万事舒长啸，孤怀付曲肱。遗书宁忍读，新谷会当升。露下浓金掌，天高淡玉绳。时名翻自误，岁序奔相仍。材短安中驷，缘空检上乘。双鸿云际落，危坐忆良朋。

其二

寥落西原上，寒蛩入夜悲。愁来书尽废，老去数仍奇。伏枕无人问，开窗有月窥。白云凝望眼，流水杳归期。乌鹊还三匝，鹪鹩漫一枝。乾坤容偃蹇，风雨转凄其。旷野伤鸡絮，清朝困茧丝。蓼莪双涕泪，丛桂几篇诗。暮色青编共，秋怀绿绮知。那堪肠万结，裁句寄幽思。

张澄源明府奏最二十五韵为赠

五载司民社，君其问口碑。尘中调宝轸，物表挺琼枝。秋水由来澹，春光到处宜。符分怜肮脏，萼绽笑葳蕤。出入星频戴，奔腾电可追。弦歌文教洽，刀剑武风移。吏治饶三异，官箴畏四知。帘疏销永昼，衙散起青飔。孤鹤苍苔静，双凫碧落迟。垂衣开紫殿，制锦奏丹墀。渤海还千古，河阳又一时。天颜真有喜，日照果无私。太史载华衮，诗人咏素丝。玉音霞外烂，锦字斗边披。已吐松楸气，宁庸岵屺悲。皋鱼缘底事，班马欲何之？北关云霄近，东都月旦椎。策勋犹反手，锡宠及齐眉。舆诵看诗卷，闲情付酒卮。敞原雄干济，龄颇美丰仪。槎自乘偏远，筹从运更奇。明廷葵藿献，大厦栋梁支。莺啭新丰柳，鳞归太液池。攀辕氓扰扰，击壤叟熙熙。几树甘棠在，他年志去思。

又十五韵

茂宰分符地，河山十二重。庭虚披爽籁，帘卷坐高舂。皓魄秋空挂，阳和岁杪逢。吠厖何阒寂，驯雉转从容。北斗瞻明圣，东郊劝老农。鹓班腾茂实，麟阁伫勋庸。密县仍来卓，潢池再见龚。霞裁天语烂，露沐主恩浓。竹帛堪垂世，箕裘足亢宗。桐乡驰令问，勾漏蹑仙踪。清彻寒潭月，萧森绝壁松。律声吹黍谷，春色醉花封。泽沁蓬瀛岛，光生岱岳峰。相才追赤舄，国器是黄琮。曳履烟霄上，千秋勒景钟。

又十二韵

福星随处照，岂必择穷乡？陌上儿骑竹，田间雉雊桑。鸣琴秋月白，飞舄晚山苍。绩擅天朝最，声垂汉史香。恩纶频锡宠，华衮绚生光。露渥沾泉壤，风谣彻尚方。奇珍还结缘，逸足定蜚黄。报国心如日，忧时鬓欲霜。雨旸调玉烛，保障壮金汤。显赫重霄逼，清棻奕世扬。孤忠怀魏阙，峻秩位岩廊。好共夔龙侣，云霄接雁行。

寿新城徐方伯

社稷锦庥运，邦家属老成。周申元岳降，商说自星精。谁是熙朝瑞，君为上国祯。词章羞狗监，世事问鸥盟。映雪三冬苦，抟风万里横。汉阴甘养拙，济士旧知名。小草曾无意，甘棠雅有声。春花笼五马，秋月照双旌。剑戟飞霜肃，毡裘彻夜惊。九关增保障，万里俨长城。烟景慵投辖，尘氛欲请缨。裴公原质胜，杨震以清鸣。节爱民膏血，旬宣朕股肱。由来方岳重，行且太阶平。南极天边象，东山物外情。只今余皓首，端不负苍生。尧荚辰初度，庄椿岁几更。金茎沾露气，玉杵见云英。庭舞瑶台鹤，筵开阆苑觥。机忘还混沌，斗仰识峥嵘。境已超喧寂，身仍系重轻。帝心常简在，曳履佐承明。

刘云麓先生

海内文章伯，青毡老岁华。崚嶒身是岳，肮脏气成霞。胸可吞云梦，驹原出渥洼。新诗携谢朓，奇字问侯芭。席上珍双璧，楼中富五车。牢骚嗟白首，款段笑乌纱。树色依阶合，岚光抱郭斜。手谈柯欲烂，游戏笔生花。酿以追欢尽，筹因取醉加。仙才嵇叔夜，侠骨鲁朱家。客下梁间榻，童煎竹里茶。春风何浩荡，秋月自清嘉。北斗瞻韩愈，高山识伯牙。六经纷满案，应得似黄麻。

有客

有客南州彦，翩翩妙一时。朱弦清庙曲，黄绢古碑词。曾食神仙字，来为博士师。荣名依骥尾，薄宦困鸡尸。圆滑金衣舌，便娟玉树枝。步兵偏嗜酒，匡鼎解谈诗。栽岂甘红杏？瞻应是紫芝。风霜曾不历，雨露巧相滋。博雅频窥豹，冲和善守雌。盘中饶苜蓿，庭畔结茅茨。我已怜张敞，人争说项斯。堂中新绛帐，镜里旧青丝。月窟应须到，云程任所之。郁轮袍颇趣，盘礴裸多姿。遇合何劳问，逢年只在兹。

寿邹平张华老

济上多名士，如君更几人。丹山飞彩凤，玄圃产祥麟。节钺家声旧，箕裘奕叶新。光分沧海曙，荣占曲江春。隽骨驹千里，清辉月一轮。宓琴销永昼，乔舄入高旻。璞玉偏含润，冰壶不染尘。浓膏流蔀屋，最绩动枫宸。身致云霄迥，恩沾雨露频。彤庭谁补衮，青琐独垂绅。捧日躬三接，回天力万钧。风神凌仗马，心事问批鳞。如矢追前代，悬弧值此晨。列星曾化说，维岳本生申。间气原非偶，孤忠自有真。长庚空际现，华祝座中陈。倘遇逍遥叟，能无颂大椿。

阳丘张明府奏最

为问杨春脚，云胡此地偏。渡河看虎去，出谷喜莺迁。庭静闲三尺，堂虚按七弦。口碑争载道，肺石已空悬。砂暂询勾漏，金应赐颍川。割鸡原小试，展骥且高骞。最绩陈双阙，恩纶自九天。光生沧海日，香带御炉烟。蔽芾流风远，花封过雨鲜。征书翘首处，缥缈五云边。

邹平北墅

地以伏生古，山连长白幽。烟岚浮树杪，空翠满楼头。花落纷相媚，溪平澹不流。荫槐宜叔夜，看竹任王猷。鸟语林间出，渔竿镜里收。百年多倒屣，五月尚披裘。酒对芙蓉渚，诗题杜若洲。下帷真已晚，抱瓮竟何求。民是无怀氏，身如不系舟。茫茫人世事，吾欲付沙鸥。

喜雨

层阴何漠漠，九陌动欢呼。不是商羊舞，谁将旱魃驱。氤氲迷远树，霡霂洒平芜。缺列纷相逗，阿香动与俱。蛰龙翻月窟，石燕上天衢。南亩便蓑笠，东郊罢辘轳。苔痕清欲滴，山色淡如无。昼对琴书静，宵怜枕簟孤。农歌连远近，帝泽惬须臾。云汉忧心释，桑林往事符。作霖原有傅，处处荷来苏。

赠阳丘王明府

绣水仙凫下，芳郊别有春。琴声流翠篠，帘影入青苹。汗血原麒骥，慈祥自凤麟。只知花满县，不计甑生尘。峻节峰千尺，清辉桂一轮。风华凌卓鲁，意气许雷陈。悬榻将谁待，高轩过我频。蚁樽留缱绻，樵径访沉沦。蕉叶题为句，桃华藉作茵。谈深时促膝，兴逸欲垂纶。可奈神明宰，由来社稷臣。几年光梓里，诘旦上枫宸。驯雉声名旧，迁莺事业新。憩棠纷下泪，折柳漫伤神。藻掞银河色，香含玉署身。弹冠依日月，曳履逼星辰。惆怅加餐字，低回卧辙人。德音如可惠，衣带觅双鳞。

丙辰初夏同胡怀老过刘竹潭浅清庄分韵得虞字

胜地能无往，高朋况与俱。人多濠濮想，境是辋川图。云树千峰抱，烟波一练铺。紫骝穿曲巷，白鹭下平湖。振袂长飙起，凭栏片月孤。蒹葭围水面，菡萏裹花须。翠色疑将滴，清晖信可娱。渔歌闻鼓枻，鸟语唤提壶。彼美皆词客，而予亦酒徒。百篇何滚滚，五斗且乌乌。竹径秋容澹，荷亭暑气徂。山灵留杖屦，天籁奏笙竽。白雪遥怜郢，熏风乍忆虞。联床输肺腑，倾盖老头颅。蚁酿聊相劝，鸥盟未许渝。寻幽携道侣，得句付奚奴。题壁吾何敢，神应怯大巫。

镜

五月江心里，光生十二楼。青天霜日肃，白昼曙星浮。秋水清如透，春冰泮欲流。物从欧冶出，人向广寒游。笑对朱颜在，闲窥翠黛愁。新妆开玉匣，皓彩控银钩。掠鬓知钗坠，匀腮见指柔。动摇频照胆，磨洗炯侵眸。合璧争辉映，明珠肯暗投。一尘飞不到，万象坐来收。秀夺澄湖色，渊含洞府幽。菱花敷岂谢，桂魄挂无休。鸾舞仍须影，龙盘讵待湫？秦宫名颇著，杨子迹空流。蒲柳凋衰暮，芙蓉怯素秋。俄惊谭彻骨，渐觉雪盈头。勋业班生笔，风尘季子裘。斗南谁并驾，吾欲献千秋。

盘香

岂必频钻燧？能操赤帝权。电光平地掣，塔影半空悬。葛藟荒丘合，藤萝古洞牵。疏钟人不扣，巨钵望来穿。宛似龙蛇蛰，纷如蝃蝀缠。虾须垂阁外，渔网晒江边。蚓结应难解，螺纹任自旋。储材珍木屑，矫性驳杯棬。头角良多锐，机锋尽亦圆。芬芳苏合气，杳霭御炉烟。萤照高还下，乌流断复连。星星如可掇，炯炯势将然。肯共骊灰劫，常令墨突黔。夜依仙灶侧，昼傍佛灯前。碧篆随风袅，朱芒对日鲜。和羹调傅鼎，鼓腹乐尧年。万古丹心在，吾其颂火传。

血

不是玄黄色，谁知野战雄。巢居开混沌，鲜食佐鸿濛。池积蚩尤卤，囊弯武乙弓。秉旄来牧野，漂杵拓岐丰。畝向葵丘废，囚从渭水空。双钩飞子魄，五步溅王躬。濡缕夸豪侠，殷轮竞武功。击楹钱可赐，决赌饮初终。梁武耽天竺，唐高秽帝宫。去牲怜覆辙，还笏识孤忠。未解皇储反，安金藏。何堪贼号崇。段秀实。楼头蟾魄白，枝上杜鹃红。猩染绯袍袖，蚨涂赤仄铜。摧鹏霄洒雨，逐兽耳生风。盘捧须毛遂，衣留表侍中。禁门甘自蹀，宛马苦相通。砂顿来勾漏，峰真是祝融。霞光笼绛节，霜色醉丹枫。乍似流乌火，惊看贯日虹。三年仍化碧，浩气塞穹窿。

戏题走马灯

银烛华堂月，荧荧户半开。春风容蹀躞，暮夜任徘徊。尔藉吹嘘力，人传跅弛才。绝尘翻踯躅，泛驾故虺隤。世路双丸转，光阴一箭催。无端周复始，不厌去还来。蹑影交相逐，趋炎讵肯回？余晖终是灭，弱质会当摧。立仗宁堪数，鸣鸾浪许陪。且休夸汗血，目下有轮回。

骂狗蚤

生来原恶少，跋扈更飞扬。既以膻为暮，除非血作浆。乌骓奔紫电，燕颔凛玄霜。超乘心无忌，排空态转狂。浑身披铁甲，到处搅银床。犀利真难敌，雄行未可当。贪残方盗跖，暴横等豺狼。吾亦频骚动，君其太跳梁。一朝落人手，颈血溅衣裳。

憎虮

乾坤繁物化，卵育日氤氲。念尔才如粟，丛生亦一群。么麽还有种，混沌不曾分。涤荡安能尽，滋培亦太勤。星星垂鬓发，点点缀衣裙。似借珠为颗，疑将露作文。乞儿无可奈，衲子讵堪闻？枉自悲蓝缕，空传绝垢纷。明朝汤沐具，相吊竟何云。

草亭小酌

小亭多爽气，乘兴一来游。树上翻黄鸟，花间系紫骝。边烽何孔棘，溪月暂淹留。发短凋潘鬓，心长抱杞忧。建牙无起翦，把臂有羊求。泉石开三径，烟霞老一丘。莫愁樽酒尽，吾有鹔鹴裘。

夜集顾九畴太史宅同丁天行陈集生二太史分韵得支字是时余新授谏垣颇有归意

君来吾欲去，世事颇参差。问字无玄草，瞻眉有紫芝。风尘愁作客，岁月苦相思。旧侣神仙署，新词幼妇碑。开樽挥玉尘，解榻倚琼枝。吴下夸三绝，关西凛四知。持螯销此夜，附骥怅他时。廊庙江湖意，悠悠任所之。

岱宗藏稿卷七

济南杨梦衮龙光著

六言排律

村居

白云深处一榻，绿树阴中数椽。径僻苍苔匝地，林深古木参天。千峰供我图画，万籁娱人管弦。门外杳无剥啄，云头剩有婵娟。满帘空翠将滴，几点娇红欲然。卧对北窗谢客，闲来西竺逃禅。月团聊复七碗，日影轻移八砖。花落不须童扫，草芳漫任犊眠。阴森槐幄观局，澹荡荷香放船。流水泠泠风操，博山袅袅龙涎。酒品鹤经画谱，药囊茶灶诗笺。萧然松下高枕，人世岂无谪仙？

雪后小园清眺时壬寅正月十二也

百雉斜连宇下，六花飞满城隈。年前斗室亲筑，午后绳枢乍开。比舍终朝寂寂，空庭极目皑皑。梁园景讶天辟，燕谷春随律回。不道绨袍料峭，翻将藜杖徘徊。茅檐错落冰筋，石径凄迷冻苔。鸦带夕阳西去，蟾从沧海东来。水晶宫里鸾镜，群玉山头麝煤。丘壑削成凹凸，郊原养就虺隤。两行琼树分列，万斛银涛递催。林际仙藏洞府，堞边蜃吐楼台。窗含碧落千倾，案积瑶华几堆。生白曾闻绪论，耽玄浪负奇才。明廷杳杳梁栋，环堵萧萧草莱。鸟雀依人趁食，儿童藉谷为媒。心机偶尔相诱，色举幡然共猜。墙缺聊须云补，扉轻漫任风推。地炉烘暖烧叶，江国冲寒放梅。美酝珠玑并泻，新诗锦绣同裁。匣韬射斗双剑，座酌流霞一杯。浇我胸中磊块，绝他世上尘埃。渥洼故是龙种，合浦无非蚌胎。对此蓬壶清景，吟眸亦自悠哉。

岱宗藏稿卷八

济南杨梦衮龙光著

七言排律

赋得象乾十首

日

长安远近眼摩挲，紫陌晴晖满玉珂。浩荡尧天悬普照，苍茫禹甸散阳和。扶桑乍辟鸿濛气，若木常澄瀚海波。讵信六龙曾息辔，那消三舍待挥戈。倾葵应是丹心壮，弃杖其如皓首何。浴罢咸池光更烂，升来旸谷景偏多。短长须用陈圭法，作息犹传击壤歌。千载当阳逢圣主，白虹不必贯荆轲。

月

纤阿冉冉彩云头，一派金波滟欲流。桂影香浮天竺夜，笛声吹破洞廷秋。长空剩有冰轮碾，碧落何须玉斧修。三五良宵开小酌，五千大地豁吟眸。樽前独觉寒光映，镜里偏将霁色收。老去谢庄仍作赋，兴来庾亮漫登楼。霓裳曲奏清虚府，采石矶成汗漫游。笑对姮娥倾斗酒，珠帘斜卷上银钩。

云

兜罗绵锁碧芙蓉，掩映瑶台十二重。漫道垂天凭健翮，常将出岫任孤踪。歌残沛上飞扬句，梦绕巫山第几峰。藜杖穿来青霭合，芒鞋到处翠华浓。太行亲舍遥相望，涿鹿仙葩竞自笼。霄汉尽教苍狗变，洞门不藉老僧封。氤氲远树争含态，缥缈层峦欲荡胸。纵有长风吹不散，飘飘奇气果从龙。

霞

赤城拔地建高标，东去峥嵘接斗勺。气亘长虹何灿灿，影随孤鹜漫飘飘。千官对立朱旗闪，双阙高悬绛节朝。遂有烛龙衔火树，绛如威凤绚丹霄。毫光直映三生石，彩色斜连万里桥。卧处宁须青琐闼。餐来岂爱翠云翘。桃花笑日吟眸眩，枫叶酣霜骋望遥。不是天孙工织绵，谁从银汉挂红绡。

雾

霏霏密密更冥冥，双眼争如旧日青。何物蚩尤能作怪，霎时山岳尽潜形。绮疏拂晓天犹暗，匹练当空日乍停。揽辔不知为腰袅，看花遥认是娉婷。峰头玄女来胡晚，海上骊龙睡未醒。谢廪犹然非脱俗，公超底事便通灵。楼台隐约青藜杖，岭树凄迷翠玉屏。独喜斑文纷夺目，惊传豹变震南溟。

露

二危西望隔迢迢，何物甘浆散沆廖。老蚌生珠盈海舶，鲛人洒泪湿冰绡。瀼瀼蔓草诗偏艳，采采蒹葭路不遥。姑射清姿餐沆瀣，昆仑丹色锁岧峣。木兰坠处凝成醴，天酒倾来贮满瓢。曾信腾蛇游薄雾，可知鸣鹤惊中宵。云头自有金茎捧，仙掌频将玉屑调。董子于今书尚在，岂应无补圣明朝？

风

青蘋特地起凉飙，万木阴森影动摇。大块可能无噫气，太平原自不鸣条。数番江表传花信，几度山前舞柳腰。天籁只须虚谷应，石尤偏向海门骄。雅知列子仙姿别，谁识羲皇逸兴饶。壁上琴涵流水韵，涧边松带晚江潮。披襟闲看云斜卷，倚杖空怜叶半凋。纵有雌雄何足问，且乘巽二到烟霄。

雨

长空漠漠结层阴，九陌烦嚣入夜沉。共喜公田沾帝泽，无劳云汉悚君心。上林红紫迎风笑，太液苍茫倒影深。海国可知停叟钓，江天应是剧龙吟。萧疏频向梧桐滴，淅沥斜将薜荔侵。伏枕几回怀故侣，卷帘聊以散幽襟。遥看石燕争飞舞，颇怪商羊久滞霪。离毕滂沱何足道，圣朝只用傅为霖。

霜

蒹葭八月渐苍苍，底事罗衣拂晓凉。操罢伯奇凄欲绝，书成邹衍意偏伤。轻寒乍入黄金屋，素影遥分白玉堂。几许疏林横匹练，可堪晚节奏清商。剪刀梦断香闺冷，觱篥吹残绝塞长。江上丹枫浑欲醉，天边青女俨如妆。萧条夜月人千里，寂寞秋风雁两行。自是羲文垂戒远，坚冰及蚤也须防。

雪

朔风吹絮下雕栏，千里同云眼界宽。缭绕六花迷远浦，苍茫万玉削层峦。扁舟忽动山阴兴，使节药生海窖寒。驴背诗成人似画，兔园赋出气如兰。疏疏冷蕊篱边绽，郁郁长松岭上看。谁剪鹅毛飘魏阙，我披鹤氅拟仙官。齐宫漫道民同乐，郢曲由来客和难。欲贺丰年歌大有，只愁僵卧困袁安。

赋得岳渎四首

岱

东海泱泱拥岱宗，烟岚遥护翠芙蓉。龙衣曾照天门雪，马练犹悬日观峰。杳霭白云迷汉碣，萧森黛色锁秦松。飞泉倒挂千岩瀑，薄暮斜连万壑钟。天下漫从登处小，大夫原自几时封。碧霞不散真人气，玉检仍传往代踪。带似黄河来渺渺，律随青帝转溶溶。一声咿喔鸡初唱，闪烁阳乌欲荡胸。

华

华岳亭亭插紫烟，巨灵分擘不知年。海边枉说金光草，霞外曾窥玉井莲。一片黄河空际落，千寻紫气望中悬。车箱窈窕临无地，箭括苕荛别有天。我爱昌黎凌绝险，谁从毛女问真诠？孤松晴挂寒崖雪，万斛飞奔峭壁泉。白帝寻常通呼吸，青霄咫尺逼翩跹。洗头盆在人何处，九节徒怀鹤上仙。

河

昆仑九派接遐荒，一苇应知未可杭。隐隐中流回砥柱，葱葱佳气抱宣房。出图久已成神授，如带兼曾荷宠光。经自于阗何曲折，来从天稷更微茫。浑沦漫道涵星宿，崇竦惊闻扼吕梁。告罢玄圭平宇宙，沉将白马变沧桑。桃花春卷千层浪，竹箭秋翻万里霜。不信龙门头角换，飞腾试看上苍苍。

江

岷江遥接洞庭云，吞吐鸿濛净楚氛。地亘东西雄跨越，天将南北划中分。负舟龙去风涛息，鼓枻渔归款乃开。一代雄文推郭璞，千年幽恨吊湘君。怀沙沉后波声咽，解佩行来日色曛。何处琴高游汗漫，有时温峤照氤氲。得萍共诧奇非偶，毁璧应知意不群。万里朝宗逢圣世，那消白马怒纷纷。

岱宗藏稿卷九

济南杨梦衮龙光著

五言绝句

隐居二十首

鸡肋成何用？豚蹄望苦奢。浮生如勘破，且种邵平瓜。

其二

衣裳裁薜荔，门径没蓬蒿。莫道无知己，床头有楚骚。

其三

掩关何寂寞，结屋半欹斜。永日无人到，庭空积落花。

其四

寻幽乘瘦蹇，得句付奚奴。一段佳光景，还堪入画图。

其五

狡兔仍三窟，鹪鹩只一枝。黄金高北斗，看取鬓边丝。

其六

青藜天禄阁，玄草子云居。食得神仙字，犹然一蠹鱼。

其七

池涨波纹绿，阶闲草色青。儿童忙底事，持帚扑蜻蜓。

其八

庭中蛙可皷，户外雀堪罗。不是羊求辈，谁能日日过。

其九

莎草迷幽径，桃花出短垣。春光随处媚，何必辟疆园。

其十

萧条阿堵物，断绝孔方兄。尚有金钱在，篱边照眼明。

十一

双柑听睍睆，五柳弄婆娑。不尽杯中物，春光奈若何。

十二

门外无珠履，囊中有素琴。手持《高士传》，卧对白云岑。

十三

灌园良亦适，抱瓮不为劳。半世无机事，凭君话桔槔。

十四

芦花堪鼓枻，竹箨可裁冠。白眼沧江上，烟波一钓竿。

十五

诸葛吟梁甫，庞公住鹿门。古人今不作，出处共谁论？

十六

临书甘费纸，购画苦无钱。可笑迂疏甚，膏肓竟不痊。

十七

璞玉于荆楚，盐车上太行。人生何必尔？北牖且羲皇。

十八

神龙犹可豢，鸥鸟竟难驯。矫首红尘外，江湖四十春。

十九

岩空丛桂树，地僻落松花。卧看南山色，穿云一径斜。

二十

锦云三寸管，珠玉一囊诗。借问逢人处，谁能说项斯？

旅况二十首

秋风吹渡口，客子上河梁。怅望长安日，浮云正渺茫。

其二

锦囊聊贮剑，彩笔漫题诗。行到佳山水，掀髯对酒卮。

其三

红粉当垆女，青帘卖酒家。君行何太急，瓮里有流霞。

其四

马系垂杨树，人眠细草茵。天风何处起，吹落白纶巾。

其五

扶桑红日出，海岳翠云开。缥缈长空际，孤鸿一片来。

其六

逢人频问路，遇主便留钱。不是囊中物，垆头得醉眠。

其七

重门灯欲灭，一榻梦难成。搔首披衣起，空阶月自明。

其八

天阴飘雪霰，月晕滚风沙。荏苒征途客，星星两鬓华。

其九

禾黍高原密，松楸古墓平。垂鞭聊四顾，画角起孤城。

其十

月冷芦花白，霜清柳叶黄。脂车休太早，朔气透征裳。

十一

峰峦霞外起，楼阁镜中悬。一幅王维画，分明在眼前。

十二

长途人困顿，末路马虺隤。为想眠云客，匡床梦未回。

十三

主人供恶草，客子叹飘蓬。闻说鲈鱼好，秋高八月风。

十四

相逢询姓字，兼复及家乡。十二河山里，耽玄执戟郎。

十五

马迟无负弩，人懒不题桥。何物风尘客，朱颜镜里销。

十六

衣单惊雁过，途远戒鸡鸣。夜色苍茫甚，悲笳四五声。

十七

桃花三尺水，莲叶一帆风。无限烟波意，悠然欸乃中。

十八

腰间悬白羽，鬓上带红尘。不必通名姓，东西南北人。

十九

白驹飞过隙，绿蚁动盈壶。左手持螯者，高阳一酒徒。

二十

离家千里外，见月六回圆。欲作还乡梦，砧声搅客眠。

历下赵司徒园亭二十首

竹色千竿翠，湖光一镜浮。笙歌何处起？人在木兰舟。

其二

水云开胜地，萝月挂疏林。不是垂纶叟，谁当识素心。

其三

扑窗来竹翠，入座递荷香。偃蹇长松下，冰壶六月凉。

其四

亭前醒酒石，湖上钓鱼矶。月白风清夜，山公醉不归。

其五

穿云寻窈窕，乘月弄潺湲。长笛一声起，渔翁意自闲。

其六

翠蛾临绿水，彩鹢摘红蕖。一种婵娟态，分明画不闲。

其七

楼阁烟深处，松萝月霁时。凭栏聊骋望，摩诘画中诗。

其八

夜月鱼龙戏，秋风鹳鹤呼。茫茫千尺浪，仿佛见天吴。

其九

薜荔青绿屋，葡萄紫满庭。坐来烟景合，花雾晚冥冥。

其十

小桥飞跨水，孤榭郁凌云。永日谁为侣，闲鸥漫一群。

十一

从篁人展簟，磐石叟围棋。寂寂花阴外，栏干日色迟。

十二

花浥金茎露，香浮玉井莲。收来成妙酿，留醉竹林贤。

十三

金鳞濠上出，玉鹭镜中来。时有羊裘客，垂竿坐钓台。

十四

湖烟斜带郭，山色正当轩。何必桃源路？方能绝世喧。

十五

苔静难容履，松闲可挂衣。只愁车马客，狼藉损芳菲。

十六

苍筠清暑气，怪石吐寒云。箕踞长松下，闲翻贝叶文。

十七

澄湖开玉镜，霁月挂金波。携手濠梁上，闲听欸乃歌。

十八

匹练千家绕，垂虹两岸分。湖光摇不定，金鲤戏波纹。

十九

席地花临砌，眠云竹满堂。湖亭人不到，风月入奚囊。

二十

云涛三万顷，风竹一千竿。坐对松间月，清光秀可餐。

长白山小咏二十首

布金千古地，削玉万层山。何处吹笙者，云深昼掩关。

其二

桃花何烂漫，老衲手亲栽。不是玄睹观，刘郎任去来。

其三

涧寒仍产蟹，蹬仄只通樵。岸帻长松下，悠然对寂寥。

其四

名胜何人辟？传闻自志公。古碑留小影，剥落殿之东。

其五

画竹人何往？山堂夜月虚。犹疑千仞壁，藏贮万编书。

其六

闲凭香阁望，面面碧芙蓉。为问餐霞客，高眠第几峰。

其七

树密屯佳荫，泉甘煮好茶。兔裘何处是？吾欲卧烟霞。

其八

清流涵白石，柿叶郁团团。箕踞无人到，敲棋日欲残。

其九

雨过千峰暗，风回万籁号。汹汹西涧水，八月广陵涛。

其十

万里同云布，长松挂玉龙。道人眠未起，户外日高春。

其十一

烟树千章碧，云岩百尺青。山深人不见，伐木日丁丁。

其十二

山田收黍稷，将祀范希文。为报催租吏，追呼且莫勤。

其十三

薜萝兜率殿，松柏范公祠。何限登临客，人题几首诗。

其十四

晴岚浮翠黛，幽涧响瑶琴。石上松风冷，闲来抱膝吟。

其十五

山抱青莲宇，天开翠玉屏。一尘飞不到，花雨散空庭。

其十六

牧笛穿云去，豺声入夜号。兴来如访戴，须佩吕虔刀。

其十七

画阁临青霭，疏钟出翠微。晚来鸦万点，飞带白云归。

其十八

芳草西山阔，清流北阔深。牛羊随意放，妆点碧云岑。

其十九

东海明霞色，西山落照晖。空中才卷幔，紫翠袭人衣。

其二十

莽莽山柴密，粼粼涧水幽。道人煮白石，一饱卧丹丘。

答张茂才

胡海多奇气，谁能便自除。为嫌毛遂荐，不授伏生书。

除草

亦知无用此，其奈惜芳菲。萝薜须留得，秋来欲作衣。

戏为笔砚纸墨四绝

汝为中书君，日日侍秦政。焚书了不言，空握斯文柄。

其二

莹然冰玉质，既雕亦既琢。置之几席间，那如卧岩壑。

其三

恨尔陷轻薄，空言满书舍。三都何为者，漫贵洛阳价。

其四

廷珪雅有名，艺苑夸独步。区区何足云，千载涴太素。

戏题窗间

天光流几席，使我心神旷。一自护碧纱，高僧嫌内障。

其二

十年弄笔墨，相得良非暂。所恨棂太多，半明复半暗。

其三

灯光灿欲花，月色纷如练。而我卷不开，其犹正墙面。

咏牛三绝

函谷关前路，桃林野外村。寥寥千载事，惆怅共谁论。

其二

一犁春雨润，百亩垅云开。费尽辛勤力，何时丙吉来。

其三

芳草烟迷径，寒塘昼掩扉。一声长笛罢，倒载牧童归。

咏羊三绝

塞上水草枯，霏霏天雨雪。四顾悄无人，子卿持汉节。

其二

逶迤长堤上，东风何冉冉。芳草澹无情，赖尔一妆点。

其三

潇洒金华子，名姓标仙籍。极目东山阿，累累卧白石。

鹿

秦皇苦已失，刘项纷相逐。不作赵高马，未必失之速。

驴

灞桥风雪中，凌兢一何苦。尔技且勿施，吾闻黔有虎。

犬四绝

传书来故国，守户度寒宵。颇亦通人意，何为浪吠尧。

其二

此物能司夜，日日在户侧。只知尔防盗，却自盗狐白。

其三

狡兔且勿逐，即逐勿令死。兔死尔亦烹，尔何利于此？

其四

忆尔逐赵宣，往事堪垂鉴。且勿与之席，尔首何当陷。

细狗

韩卢惯逐兔，腰细乃如此。楚王岂汝怜？嗟嗟空饿死。

喜鹊二绝

好音凭尔报，喜气上眉头。寄语题诗客，无劳咏四愁。

其二

轩轩多喜意，那晓客心愁。使尔生人世，还须白了头。

蜜

娟娟百花蕊，俄为蜂房有。梁武何须索，已在林甫口。

冰

冻合关河处，真能惨客颜。青天悬白日，归去隐嵩山。

风水园三十绝

风水园者，余所营别业也。落成于先大人殁后之二年，故以风水名。内有小亭及斗室，可恣偃仰禽鱼花木，平平无奇，聊以适意而已。顾幽悰有可述者，作小诗纪之。

柳塘

卜筑南山下，门前亦何有。寒塘春水生，肃肃五株柳。

柴扉

终日掩柴关，一尘飞不到。纵有长者车，亦非吾所好。

桃溪

灼灼赤城霞，剪取作红雪。武陵别有春，渔郎漫饶舌。

苔墙

庭虚悄无人，苔花满四壁。细雨空濛中，流云翠欲滴。

花茵

花茵可席地，坐来开小酌。庭际何霏霏，红雨杯中落。

菊径

九月青女繁，园林凋百草。独有疏篱香，郁郁颜色好。

葵阶

丹心倾太阳，曾闻葵与藿，羲和不停鞭，惆怅老沟壑。

萱砌

彩衣登北堂，花开清昼永。对此乐忘忧，鹤发纷垂领。

瓜畦

东陵者何人，往事不堪说。且种邵平瓜，聊以全吾拙。

蔬圃

皤然汉阴叟，搰搰日抱瓮。桔槔有机心，敢日吾从众。

鸡埘

见食辄相呼，遗穗不须扫。回首翠云裘，绛帻催何早。

雉垅

山梁悄无人，饮啄恣澹荡。一入樊笼中，尔神应不王。

鹊巢

营巢百尺巅，秋风何袅袅。尔居虽则危，犹然出霞表。

农歌

谁为击壤谣，帝力亦何有。岂必竹枝词，红妆来劝酒。

鸟语

空庭无一物，花枝弄疏影。幽鸟相对啼，山窗白昼永。

蜗篆

平生颇好古，禹碑半剥蚀。壁上挂银钩，回环人不识。

蝉琴

泠泠峄阳桐，终朝在云树。烟火乌足食，自有金茎露。

蛛网

谁张檐下罗，蠛蠓飞不去。天网自恢恢，冥鸿不知处。

蛙鼓

幽居翻自喧，两部罗鼓吹。莫作渔阳挝，惊却希夷睡。

蝶板

翩翩饶有态，欲作长袖舞。檀板尔轻敲，我歌古乐府。

草亭

独坐孤亭上，天空月皎皎。何物宿檐头，寒云与飞鸟。

湖石

何来一片石，秀削有余态。我亦米颠流，一见一回拜。

盆池

中庭开一鉴，清波浸云影。种得菡萏花，习习香风冷。

苇帘

虚室垂疏箔，欲以恣幽讨。隔户悄无人，唯有青青草。

纸窗

疏棂不受障，夜月自生白。中有面壁人，焚香坐终夕。

木榻

一榻恣偃仰，中有华胥国。蝶欤抑周欤，分辨不可得。

竹篦

蠹鱼十万卷，束之且高阁。嗟嗟负笈人，空山采藜藿。

茗碗

不必中泠泉，竹炉聊烹雪。厥味当云何，金茎调玉屑。

酒垆

幽人相对酌，半是烟霞语。忽见红英开，绝似当垆女。

棋局

花下聊坐隐，子声响空谷。仓皇睹墅人，宁似东山麓。

子云居清赏百绝

霁日

日暖游丝飘，宇宙何清淑。陌头草如茵，巾车声辘辘。

冰轮

幽人夜不寐，孤亭风露冷。檐挂玉蟾蜍，满地筛花影。

白树

树杪挂银河，清浅不盈尺。中夜闲倚栏，疏星粲可摘。

灵籁

郁郁涧下松，日夕清飙起。水弦韵泠然，清韵自盈耳。

岭云

仙居不可觅，寒云满空谷。夜夜闲飞来，向我虚檐宿。

山雨

飞雨过林峦，空濛润青蒨。夭夭者桃花，湿透胭脂片。

海霞

夜卧赤城巅，朝霞烂夺目。欲借并州刀，剪作幽人服。

花露

灼灼菡萏花，沆瀣杂玉蕊。持以献吾君，金茎何足美。

林霜

寒林木欲落，幽人时独往。红叶满溪桥，日暮疏钟响。

岩雪

皑皑群玉山，清光映洲渚。为问灞桥人，琼瑶深几许。

悬崖

磊落苍崖山，向人如欲落。下有无生人，结茅依峊嶨。

奇峰

天际翠芙蓉，片片插空碧。我欲卧其巅，扪取支机石。

绝壁

五丁削巉岩，杳然人迹绝。郁郁苍虬枝，倒挂千年雪。

飞磴

葛藟不可攀，寒云隐孤刹。我欲往叩之，飞磴苍苔滑。

磐石

落落长松下，青莎衬白石。时有商山翁，坐隐终日夕。

瀑布

潇潇白玉虹，日日挂林樾。下有素心人，坐对冰壶月。

寒潭

皎皎一镜中，夜印蟾蜍影。天籁沸松涛，不奈石床冷。

秋江

白露滴秋江，日落青山远。惆怅西风中，芙蓉开何晚。

澄湖

扁舟任所之，飒飒长风起。鸱夷不可寻，回首暮山紫。

烟汀

秋风动鹬藥，月照芦花白。冥冥天外鸿，日暮下空泽。

古渡

野渡木萧萧，扁舟大于斗。嗟尔济川人，踌躇空骚首。

回溪

窈窕武陵溪，桃花夹两岸。何处渔郎来，惊得沙鸥散。

渔捕

携得笭箵来，终夕坐垂柳。飘飘一竿丝，得鱼即沽酒。

樵径

烟雨锁山扉，苔径仄且滑。寄语执柯人，樗栎不堪伐。

蜃楼

仙人好楼居，幻化不可测。醉倚玉栏干，长啸清秋色。

鲛室

鲛人织冰绡，持之献龙女。裁得六铢衣，风露凉如许。

丹房

道人冰雪颜，为我炼大药。仙骨日以轻，秋空飞跨鹤。

禅堂

有发老头陀，日日翻贝叶。一片青莲花，芬芳在齿颊。

啸台

振衣层台上，飘飘自霞举。长啸对秋空，好是苏门侣。

飞阁

飞阁俯层峦，其上有白鹤。仙人时一来，云气满湘箔。

岑楼

倚槛对潇湘，四面天风冷。亭亭紫翠峰，倒挂镜中影。

月榭

桂树晚风凉，幽兴寄高榭。金波粲欲流，争向琼杯泻。

云岩

幽绝百尺岩，岩上生瑶草。可望不可攀，白云无人扫。

水亭

菡萏飏天风，孤亭日徙倚。湘簟冷如秋，人在冰壶里。

虹桥

白石水粼粼，片虹跨洲渚。蒹葭秋色清，沙鸥日容与。

花槛

移来幽谷兰，朝夕供流瞩。回首洛阳春，姚黄翻觉俗。

松岭

百尺苍虬枝，其颠巢云鹤。梁栋夭夭年，不如老丘壑。

竹篱

修篁韵珊珊，搔首对空碧。截作任公竿，垂钓波千尺。

梅谷

疏篱吐寒香，玉骨韵清绝。所恨楼头笛，吹落千林雪。

兰畹

灼灼园中花，红紫争相媚。那如九畹兰，堪作灵均佩。

圜团

袅袅旃檀香，夜向博山爇。十年面壁心，坐落圜团月。

藤床

夜来清不寐，银河粲耿耿。湘簟迥无尘，一榻白云冷。

石枕

高枕对松风，忽入邯郸道。扰扰尘埃中，不及北窗好。

棐几

潇洒明窗下，棐几滑如玉。上带右军书，烟虹纷断续。

酒樽

北海日开樽，趁此花月好。我亦高阳徒，一任玉山倒。

诗笺

白也谪仙人，字字皆英妙。灿烂金花笺，上有《清平调》。

香炉

金猊袅晴云，氤氲满襟袖。而我亦何为，漫把高山奏。

茶灶

竹里烹月团，一瓯香雪碧。白鹤勿避烟，习习风生腋。

棋枰

橘中自有乐，此乐雅不俗。楚汉割鸿沟，吾等之一局。

琴囊

松风涧下来，古锦出焦尾。泠泠流水音，忽自冰弦起。

名画

少文嗜名胜，五岳神独往。缥缈四壁云，抚琴众山响。

法帖

兰亭自妙绝，一展清午梦。窈窕晴窗中，龙蛇争飞动。

麈尾

夷甫有清谈，满座如霏屑。皎皎姑射姿，玉麈散冰雪。

藜杖

策杖穿云去，幽人在空谷。往来不逢人，月照薜萝服。

玉箫

子晋有仙骨，玉箫韵清绝。一片秋空鹤，徘徊缑山月。

铁笛

明月照江空，孤舟人寂寞。渺渺烟波中，一片梅花落。

彩毫

亭亭中书君，弃掷吾何敢。绝意觅封侯，我生无燕颔。

赫蹄

霞笺灿于绮，中有龙蛇走。岧峣五凤楼，闲却英雄手。

麝煤

玉杵捣玄霜，浓沈贮万斛。喷向薛涛笺，烟云灿夺目。

端石

坐客有陶泓，家住端溪曲。缔交三十年，其人温如玉。

瓶花

折得汉江兰，殷勤浸寒水。何必上林春，千红与万紫。

盆鱼

斗水出金鳞，烟波忽荡漾。鱼乐有谁知，我知之濠上。

南华

漆园仙者流，虚舟泛不系。一篇《逍遥游》，坐阅人间世。

离骚

泽畔有独醒，颜色何憔悴。夜雨读《离骚》，可恨人皆醉。

楞严

一卷楞严经，回头出苦海。其奈六根深，沉沦五十载。

左国

作者自如林，如椽逊左国。千载流菁英，毫端妙生色。

史汉

马迁良史才，孟班亦其亚。寥寥艺苑中，谁当与并驾。

李杜

我爱浣花溪，漂泊竟不偶。落月满屋梁，仿佛空回首。

珊瑚

七尺珊瑚枝，灼灼出溟渤。截作湘帘钩，倒挂蓬莱月。

火齐

箧里有奇珍，清光可照乘。易以十五城，逡巡不肯应。

古镜

鸾影日悠悠，寒潭澄秋水。藉问张曲江，九原何日起。

宝剑

宝匣闭芙蓉，紫气干牛斗。昨宵风雨来，忽作蛟龙吼。

鼎彝

鼎彝郁苍苍，龙文半剥蚀。置我山窗下，光怪连斗极。

樽罍

绮席陈樽罍，俨雅物不俗。神游三代前，长揖对颛顼。

图书

螭纽玉筋文，俯仰见秦汉。八宝山房中，苍光郁璀璨。

哥窑

岂无玉与金，而乃宝瓦缶。此物诚脆薄，易坏君知否。

牡丹

烂漫姚黄春，国色朝酣酒。举世怜芳华，零落焉能久。

芍药

红药白翻阶，不草紫泥诏。回首履道园，临风一长啸。

海棠

夜雨洗残妆，满地胭脂湿。银烛影摇红，漫倚栏干立。

菡萏

绰约镜中花，香风满湘箔。忽闻采莲歌，画鹢从天落。

石榴

海上来仙槎，载得猩红缬。剖破古锦囊，片片水晶裂。

木犀

寒岩金粟开，秋风飘万斛。客子自高眠，月下抱幽独。

金钱

东篱绽幽香，岁暮得三友。金英秀可餐，安得白衣酒。

梅花

孤山玉一支，幽人屡回首。仙姿别有春，不落东君手。

兰蕙

湘江秋水深，孤芳抱幽绝。来之欲遗谁，岁晚委冰雪。

茉莉

素艳来瘴乡，颇足慰幽独。披襟对微风，清棻满空谷。

苍筠

琅玕耸绿云，淇园气萧爽。落落如此君，直道焉能枉。

乔松

幽涧水泠泠，苍虬带晴雪。上有仙鹤巢，白云影飘瞥。

垂杨

濯濯绿烟丝，万缕黄金软。斗酒对东风，坐听流莺啭。

绿槐

槐阴入夏浓，空庭张翠幄。寂寂坐隐人，柯烂殊不觉。

夭桃

夭艳出短墙，迎风半欲笑。弥弥春水生，新妆镜中照。

红杏

繁萼亦多姿，花落如飘雪。村中酒有无，魂断清明节。

藤萝

趺坐对层岑，冉冉片月出。藤萝流素光，独照幽人室。

蒹葭

漠漠白鸥沙，蒹葭老秋色。伊人水中央，求之不可得。

金鳞

白石漾清波，金鳞粲可数。勿为香饵欺，潜身归南浦。

青蛙

空庭寂无人，一钩纤阿好。何物青累累，妆点池塘草。

岩猿

偶作山中人，无事只高卧。不听早朝鸡，惊猿闻一个。

林鹿

南山碧嵯峨，林深时见鹿。野苹何处无，莫向丘园宿。

仙鹤

仙骨自凌霄，支公识心事。君看九皋鸣，岂有乘轩志。

沙鸥

海上有闲鸥，日与幽人伍。我欲与之盟，忘机对南浦。

白鹇

玉羽澹萧萧，孤飞过林樾。何处天风来，吹落碧山雪。

流莺

袅袅绿杨枝，莺声频劝酒。绵蛮非不佳，笑尔如簧口。

都门道中杂咏

禹迹何茫茫，九河跨西北。长堤如龙蟠，遥以拱宸极。

其二

广陌一何长，有坊中道立。云是中钩盘，今变为原隰。

其三

锁封骡驮轿，绳缠纱帽盒。中有利名人，红尘日杂沓。

其四

灼灼芙蓉花，十千买燕市。朝辞长乐钟，夜渡芦沟水。

其五

皇华南北驰，背上负包裹。羸马苦虺隤，使者性如火。

其六

倚市门者谁，目招口不语。惆怅阳台云，襄王在何许。

其七

逆旅不成趣，晚来愈潦倒。白酒两三杯，继之以恶草。

其八

步者背沾汗，坐者须凝雪。为问舆中人，苦乐那分别。

其九

北风刮地来，貂裘苦不暖。嗟尔悬鹑翁，纷纷日塞眼。

其十

何物垂天云，斜卷夕阳树。乃是漕舶帆，飞过吴桥渡。

十一

夜行不逢人，纤阿白于练。马上拔龙泉，激射光如电。

十二

大陂渺无涯，我行入泽国。凫雁何悠然，苦为弋人得。

十三

幽并有健儿，御人国门外。马上虽得之，髑髅如之奈。

十四

行行近神州，北望紫烟匝。何物高插天，云是景州塔。

十五

望望碧霞宫，去天尺有五。手持一瓣香，震地喧金鼓。

十六

徒御何纷如，蟒衣目为眩。辇上无须翁，家住在雄县。

十七

累累南者何，云是鴂舌子。骡铃似人言，一步那四指。

十八

偶与计吏偕，扬扬青云士。车中红灯笼，个个写会试。

十九

冠盖集如云，聊以罪自引。但有黄金千，请君且高枕。

二十

风沙千里遥，日日事奔走。老却腰金人，朱颜成皓首。

陈秋涛[①]太史园居杂咏二十二首

恬远楼

振衣百尺上，市嚣那到得。岳岳陈元龙，神应游八极。

桐君阁

素琴亦无弦，天籁亦无语。独抱太古音，寂寂钟期侣。

北望台

双阙造中天，丹衷对倾泻。回首五云深，中有从龙者。

写叶山房

红叶亦何为，柔情空缱绻。种得鸾尾焦，聊以习羲献。

花国

曾闻大国香，不肯斗红紫。洛阳烂漫春，输与幽谷里。

问景堂

蝶梦杳难知，栩栩入佳境。此意无可捉，欲捉如捉影。

借读窗

吾不窥二酉，焉能知借读。只有渊明诗，闲窗时寓目。

青鸟轩

我生无仙骨，书已断青鸟。君住峤壶云，弱水路多少。

通幽处

风篁自珊珊，一尘飞不入。唯有素心人，时时遥相集。

入佳

入君幽胜地，如啖长康蔗。渐觉佳境来，清光纷四射。

曲引

此地非山阴，却有山阴客。一练宛转间，壶觞罗浅碧。

余轩

我已焚银鱼，那如美年少。万卷任君开，因之发长啸。

小嫏嬛

霞表自有仙，迥与红尘绝。想见洞中人，肌肤若冰雪。

长吟杝

天风雨袖吹，悠然发清籁。新诗秀可餐，余韵飘天外。

云门

白云原在岭，如何亦满户。谁人持赠君，片片纷无数。

---

① 秋涛，底本目录作“集生”。

琅玕畔

此君多秀色，亭亭似寒玉。闲抱峄阳桐，膝上流清曲。

清澣

清漪泛落花，吾最爱其洁。嗟彼褦襶子，红尘迷车辙。

听莺步

关关亦有情，其奈如簧口。不是爱绵蛮，所志在求友。

圆观

面壁者何人，了然空五蕴。我是有发僧，逐逐老尘坌。

分绿桥

藻荇何娟娟，清光涵几席。照见数峰青，倒影落千尺。

恰受航

我爱江村好，秋来泛一叶。携将二妙游，纤阿满桂楫。

沸雪寮

离骚一两行，月出枫林迥。汲得中冷泉，手自烹苦茗。

岱宗藏稿卷十

济南杨梦衮龙光著

六言绝句

咏古诗一百首

高人捧檄欣欣，老将据鞍矫矫。古来孝子忠臣，心事一腔谁晓。

其二

魏国明珠照乘，赵家白璧连城。宝此区区长物，抛他社稷苍王。

其三

史颂秦皇迈德，人传汉武雄才。才德尽如二帝，黎民亦曰殆哉。

其四

身自代牲祷雨，囊曾盛血射天。古来圣狂多矣，特不似此相悬。

其五

项籍未能予印，沛公不吝筑坛。成败只争些子，无双国士姓韩。

其六

世羡寻龙郭璞，人传博物张华。那晓三台星圻，日中命尽堪嗟。

其七

鹓鶵宁甘腐鼠，孤鹤耻入鸡群。五斗率然解绶，只今吾亦云云。

其八

司马进身狗监，岁星混迹倡优。纵使才名盖世，终为志士之羞。

其九

君王徒问鬼神，宰相不知钱谷。为问晋室清谈，是否明明穆穆。

其十

月犯少微求死，名齐李杜捐生。毕竟有何受用，嗟嗟人世不情。

十一

结庐心远地偏，携滑山高月小。千秋回首陶苏，风味不知多少。

十二

伯夷甘饿西山，仲连欲蹈东海。嗟尔《剧秦美新》，掩却玄经精彩。

十三

玉屑亲调沆瀣，金茎高捧云霄。汉武只今何在，茂陵松柏萧萧。

十四

南楚三闾名著，西秦五羖功高。牛口何如鱼腹，秋风试读《离骚》。

十五

胡亥他年亡国，秦皇镇日筑边。可怜地脉空绝，大宝一传再传。

十六

庄子涂中曳尾，屈原泽畔行吟。聊尔逍遥自适，汨罗江水沉沉。

十七

木偶神前对弈，贫儿村里嬉游。漫说兢兢业业，谁知天子无愁。

十八

壮志烽烟马革，高人云水羊裘。铜柱只今已矣，钓台万古风流。

十九

伏马终当斥去，鸱夷不复重旋。一自计成偃月，何人图像凌烟。

二十

曹公叹太行险，李白歌《蜀道难》。不似今人方寸，汹汹平地波澜。

二十一

洗耳得无趣左，逾垣应是才疏。试看隆中三顾，卧龙也出茅庐。

二十二

鲁国杀妻吴起，汉家盗嫂陈平。天彝一何草草，枉了将相功名。

二十三

宰相只知伴食，好官不过得钱。一篇长乐老叙，也堪遗臭万年。

二十四

姊自能明聂政，客原不负田横。只此匹夫匹妇，何曾苟且偷生。

二十五

秦穆三良殉葬，卫懿群鹤乘轩。君自贱人贵畜，焉能得志中原。

二十六

驺衍纵谈禅海，岁星抵掌仙洲。人世果如有此，二君何不往游。

二十七

商於何时可得，张仪此去无还。掌上宫花一朵，笑他六里青山。

二十八

隆准一朝长夜，牝鸡几载司晨。灼灼万年龟鉴，惜哉钩弋夫人。

二十九

褒姒居然覆国，太真洵可倾城。为问当年谥法，周幽何异唐明。

三十

白马东来萧寺，青牛西出函关。不落祖龙之手，至今洪水潺湲。

三十一

伍相殷勤抉眼，比干宛转剖心。却怪毛焦不死，真成空谷足音。

三十二

登未创闻原壤，鼓盆瞥见庄生。不哀则亦已矣，何须更托歌声。

三十三

环子罗衣命促，渔阳鼙鼓声愁。自是鲜终可戒，当年貌瘦韩休。

三十四

孟舍几人弹铗，翟门一旦张罗。前倨后恭苏嫂，只缘季子金多。

三十五

一自嬴秦鹿失，几年楚汉龙争。堪笑中原多事，空劳去筑长城。

三十六

师自孟津大会，头从大白高悬。君臣何至如是，漫道顺人应天。

三十七

屈子爱君骚赋，贾生忧国文章。激切终然无补，可怜空吊潇湘。

三十八

邯郸剩有美姬，阳翟偏居奇货。漫道亡秦者胡，只消异人一个。

三十九

今朝铜柱熨斗，明日酒池肉林。大白俄然悬处，不知却是何人。

四十

潮阳鳄鱼徙去，登州海市呈来。文字感孚异类，韩苏真是奇才。

四十一

佛骨潮阳路远，渔歌淮水身轻。三公不过得贬，伏马何妨一鸣。

四十二

吏部醉眠比舍，步兵痛哭穷途。堂堂朝绅举止，孟浪一至此乎。

四十三

晋室谁为雅量，谢安独擅当时。试看入门折屐，何殊手扳倒持。

四十四

胶西此日舒去，右史何时黯来。一任二贤寥落，可怜东阁虚开。

四十五

赋粟转相鸣鼓，燔台枉自结缨。争似春风沂水，携将童冠闲行。

四十六

乱世只嫌法少，清朝岂必刑繁。偶语忽惊弃市，三章亦定中原。

四十七

世事不须开口，风尘且自闭关。日食何干杨恽，只缘种豆南山。

四十八

浚并终朝谟盖，入宫一旦郁陶。聊尔七弦解愠，任他日拙心劳。

四十九

咄咄原无足怪，乌乌切不宜呼。金章紫绶抛却，依旧昂藏丈夫。

五十

太白名齐杜甫，子云书付侯芭。一自从璘仕莽，空怜彩笔生花。

五十一

老去无鱼弹铗，归来有酒盈樽。箕踞科头松下，任从啸傲乾坤。

五十二

拂须准又重来，削发旦为何状。嗟嗟一卷天书，误了许多宰相。

五十三

柳氏波翻太液，薛君泥落燕梁。二子终身不遇，诗词可谓不祥。

五十四

德昭早入黄泉，廷美奄辞白日。可怜北狩徽钦，坐把金瓯抛失。

五十五

新法谁为作俑，荆公亦太无良。身在幸逃鸣鼓，死仍配享宫墙。

五十六

五饵谆谆贾谊，二毛煦煦襄公。似此两君迂阔，也堪笑杀英雄。

五十七

粲粲禹羲畴画，寥寥河洛图书。嗟尔承天鸱尾，三篇毕竟何如。

五十八

老氏曾言守黑，扬雄雅号耽玄。试看关门紫气，何须天禄留连。

五十九

凄凄泽畔三闾，濯濯门前五柳。独醒何自苦耶，且尚东篱把酒。

六十

博望乘槎犯斗，天孙取石支机。业已飘飘仙去，云何眷恋黄扉。

六十一

蜡火攻兄下策，鸾笺寄弟添修。文人往往如此，笑杀子瞻子由。

六十二

地肺千峰明月，天台一榻白云。慨自终南捷径，北山空有移文。

六十三

司马琴心鸾凤，文君脸际芙蓉。千载夸为奇遇，逾墙一任相从。

六十四

叙市童男不返，刘安鸡犬成空。三岛茫茫何处，淮南古冢秋风。

六十五

鸿宝枕中秘诀，参同契内大还。世上几多酷好，人人凋却朱颜。

六十六

尾生漂泊梁柱，楚后沉沦渐台。后固无符不去，尾生何不归来？

六十七

李白狂来捉月，汝阳醉后朝天。大率荒淫无度，酒徒何足为贤？

六十八

只云哭则不歌，未说歌当不哭。片言蜀洛纷纷，迂杀程家正叔。

六十九

苏武清标啮雪，相如健笔凌云。只恨当时一事，私通胡妇文君。

七十

诸葛家无厚积，汾阳资有赢余。人果克敦大节，不须釜底生鱼。

七十一

昨朝爽约固陵，今日伪游云梦。可怜臣节不坚，机械从君簸弄。

七十二

申屠梁砀佣人，张翰秋风鲈鲙。冥冥天际飞鸿，纵有云罗何害？

七十三

步障长空灿灿，牙筹终日营营。漫道大人铜臭，士皆爱我家兄。

七十四

天下苍生已误，宁馨何物成虚。试问营营三窟，宦情毕竟何如。

七十五

庾尘岂必污人？周印何曾击肘。可怜辅相三朝，负此幽冥良友。

七十六

法为先代荃蹄，书是古人糟魄。试思王莽并思，何异商君阡陌。

七十七

太室山中万岁，承天门上三篇。似此矫诬上帝，令人耻笑前年。

七十八

宣帝曾求故剑，宋弘雅重糟糠。为问当年吴起，缘何齐女身亡。

七十九

龚胜苦辞祭酒，薛方欲守箕山。何故羊裘老叟，清时也钓潺湲。

八十

光武坚持图谶，真宗酷好天书。抛了三谟二典，终朝簸弄玄虚。

八十一

马援囊中薏苡，张骞槎上葡萄。草草城西藁葬，翻夸博□功高。

八十二

泣时漫发金縢，坐处空随斗柄。可怜日拙心劳，矫诬其谁肯听？

八十三

郊祀兼之封禅，辟雍且也灵台。堪笑汉光无识，都从图谶中来。

八十四

虎皮倒载干戈，兵器销为钟虡。均称偃武修文，未可同年而语。

八十五

伊尹胸中有主，霍光眼底无君。芒刺居然在背，何殊跋扈将军？

八十六

光弼拥兵不朝，子仪即日就道。拈得霍光传来，为尔簪缨遍告。

八十七

安著淮南鸿烈，英尊天竺佛书。一旦谋危社稷，空玄二字何如。

八十八

王导岂知周顗，狄梁不识娄公。误把斗筲器量，测池山薮深闳。

八十九

藏用徒知捷径，樊英未有奇谟。为问当年处士，虚声空满林丘。

九十

庄曾曳尾涂中，陶岂折腰乡里。区区小草何为，归钓桐江秋水。

九十一

党禁缘何不与，少微却是为谁。淡杀西川豪杰，吴中高士头垂。

九十二

昨日蛙鸣华林，今朝驼在荆棘。欲言且止者三，此座居然可惜。

九十三

良借沛公破楚，佑推杜预平吴。作事不须犯手，千秋柱下铜符。

九十四

振视吐蕃入寇，桧看沙漠蒙尘。纵有汾阳武穆，何由吐露精神。

九十五

姜望鹰扬东海，武侯龙卧南阳。可怪磻溪南面，纶巾列坐偏旁。

九十六

汉高不事诗书，光武只知图谶。嗟嗟作俑者谁，恨杀坑儒谬甚。

九十七

欲笑无妨举火，才行辄自生莲。此物惯亡人国，温柔乡岂堪眠。

九十八

漫道鸡尸激主，争传牛鼎逢君。果尔说汤滋味，有莘竟是苏秦。

九十九

晏子由来近市，庞公不肯入城。喧寂此中异致，岂宜妄置枯荣？

一百

世态如云不定，人情似醴还疏。一旦权移势改，看他张耳陈余。

省悟五十首

泉下一函枯骨，陇头三尺残碑。回首当年华栋，主人今却为谁？

其二

枕畔温温美玉，掌中艳艳新花。只爱花香玉软，髑髅早送黄沙。

其三

极目高陵为谷，回头沧海扬尘。费尽狼吞虎噬，膏腴竟属何人？

其四

金谷园中台榭，平泉庄上风花。刻石徒然取笑，坠楼枉自堪嗟。

其五

腰下缠来万贯，杖头挂处百钱。偶借榆枋自适，何须六翮垂天。

其六

朝来百里分符，夕剥千家取髓。一身所用几何，甘作长蛇封豕。

其七

福田欲种儿孙，罪业先除自己。生前作下滔天，那有箕裘崛起。

其八

春到繁英点绛，秋来乱叶飘黄。如欲朱颜不老，除非日日青阳。

其九

海上三山渺渺，炉中大药茫茫。勘笑婴儿姹女，尽随羽客飞扬。

其十

粉黛丛中丝竹，绮罗队里笙歌。偶过荒丘驻马，蛩吟唧唧西坡。

十一

利名原是火坑，恩爱翻成苦海。割恩弃利逃名，任尔逍遥自在。

十二

何处黑风吹船，几人飘落鬼国。红炉一点雪消，万里青天霁色。

十三

沙头鹬蚌相持，角上触蛮大战。乾坤如彼恢恢，胜负那消分辨。

十四

金叵罗中注玉，紫霞觞内生春。漫向此中濡首，破家丧国亡身。

十五

瓮下酣眠吏部，座中谩骂将军。若道醉乡可乐，请君终日醺醺。

十六

攲器满时须覆，冰轮望后还亏。只说家门不盛，盛时涕泗双垂。

十七

莫怪门前罗雀，休嫌甑里生鱼。纵使熏天势力，风波毕竟何如。

十八

滟滪堆头翻浪，洛阳花里飘香。任尔可惊可爱，兀然闭目空堂。

十九

眼前受用为真，身外思量是假。万钟五鼎浮云，枉挂灵台之下。

二十

磨洗胸中明镜，扫清世上陈筌。一片精光出现，苍苍万里青天。

二十一

身是人间过客，心如海上浮鸥。抛却许多几事，乾坤俯仰悠悠。

二十二

我自冰壶贮月，人从炙手翻云。任使炎炎万态，藐然兀坐无闻。

二十三

宁作支公之鹤，勿为刘累之龙。铩羽犹然飞去，豢来欲去何从。

二十四

鹦鹉妆楼画阁，鹭鸶细雨斜风。老拙曾无媚骨，不堪置在樊笼。

二十五

招来世上戈矛，吐出胸中肝膈。轻摇三寸舌锋，掷却堂堂七尺。

二十六

只知梁下有期，漫道怀中可坐。青蝇点却蓝田，天网放他不过。

二十七

菽水殷勤膝下，豆羹缱绻穷途。种得人间方寸，不须九级浮图。

二十八

朱翰华毂人家，赤仄青蚨生意。剥残闾里膏脂，曾记冯欢市义。

二十九

卖尽人间子女，饱充世上豺狼。囊橐归来满载，门前华扁辉煌。

三十

今日青衿绛帐，明朝紫绶黄金。抵掌剖分义利，甘为盗跖何心。

三十一

青编盻盻计偕，乌帽营营何堵。可怜教子一经，那个曾言致主。

三十二

持将两字功名，博取一生富贵。嗟尔谀墓者流，涂抹胸中泾渭。

三十三

鸱将鼠作太牢，蜣以球为苏合。不知何物龙钟，梦绕黄扉紫阁。

三十四

身上簪绅百岁，人间衮钺千秋。寄语达尊自爱，路人指点坟头。

三十五

曲径葛藤扰扰，荒涂荆棘丛丛。何不一刀斩去，东西南北旁通。

三十六

慈悲瑞日祥云，嗔怒粗风暴雨。自家身上乾坤，几个人能作主。

三十七

海上六鳌冠山，穴中群蚁戴粒。一般自在逍遥，知足胡然于邑。

三十八

心雄为虎为豺，疾笃见神见鬼。鬼神只在寸心，亏心心自不尟。

三十九

生前不作好人，身后却希好报。空烦斋醮纷纷，一派钟声佛号。

四十

卑暗宁非地狱，高明便是天堂。不作人间魑魅，何愁阴府阎王。

四十一

邓通有山铸钱，王曾无处下箸。黄金北斗争高，盖棺可能将去。

四十二

临岐举步多差，属纩回头已晚。嗟嗟孟浪一生，不觉迷途日远。

四十三

要地一张虎口，宦途九折羊肠。几许聪明男子，无人稳坐匡床。

四十四

求盈何日得盈，知足此时便足。冷然心地清凉，身在瑶池仙箓。

四十五

博来人世浮荣，坏尽祖宗阴德。连根拔去庭槐，空费百年培植。

四十六

孤灯胜似炎炎，点水强如弥弥。试看古往今来，几个英雄到底？

四十七

北邙累累一丘，东海茫茫三岛。樽中有酒如渑，岂羡安期大枣？

四十八

口诵佛经万卷，身修醮事千坛。一点念头不正，西天路黑漫漫。

四十九

永日频拈彩笔，终宵独对银缸。只说封妻荫子，曾言定国安邦。

五十

人人心在市朝，个个口谈丘壑。稻粱厌饫一生，笑杀秋空白鹤。

闲适五十首

酒对花间小酌，棋从松下闲敲。我自一丘一壑，请君胙土分茅。

其二

壁上常悬绿绮，山中高卧白云。回首长安何处，终朝车马纷纷。

其三

骥齿如今已长，羊皮将复谁干。白石沧江绿树，一蓑卧听潺湲。

其四

雨过群峰冉冉，风来曲涧泠泠。不必虎头画笔，眼前都是丹青。

其五

镜中放櫂花新，霞外倚楼月皎。回头笑问杜康，人世孰为蓬岛。

其六

野老闲来采药，山僧漫坐烹茶。相见悠然对语，山头日色西斜。

其七

白云来伴幽人，明月恰逢良友。张筵露坐空庭，浇我谈天之口。

其八

一任塞翁失马，聊从海客盟鸥。睡觉三竿红日，是非不到心头。

其九

彭泽篱边晚菊，华阳洞里疏松。何处红尘可到，山扉一任云封。

其十

红粉墙头笑语，青骢花外骄嘶。处处秋千高挂，山翁醉倒如泥。

十一

花外一轮皓魄，座中两个良朋。领略乾坤风月，兴来有酒如渑。

十二

素琴原自无弦，白鹤于今有主。悠然高卧山中，蝴蝶终宵栩栩。

十三

山僧邂逅闲谭，野叟从容对坐。人间历日不知，隙里白驹飞过。

十四

烹茗汲归涧月，打柴踏破峰云。买尽山中好景，原来不费分文。

十五

钩帘坐对青山，岸帻高眠白昼。人间变尽沧桑，一片烟霞依旧。

十六

树杪寒云古洞，涧边晴雪长松。何物房瞳老叟，飘然鹤氅从容。

十七

岭上三间茅屋，松阴两扇柴扉。幽境料无人到，白鹤飞带云归。

十八

蚁向庭中布阵，蜂来户侧俳衙。只说幽居寂寞，谁知竟日纷拿。

十九

食字终成蠹鱼，藏身聊比尺蠖。自知无补太平，请君束之高阁。

二十

奚童出负锦囊，婢子八供麦饭。晚来独对庭花，有酒不须人劝。

二十一

闲过溪桥跨蹇，偶来山寺寻僧。不觉流连日暮，冰轮一片东升。

二十二

花里风来卷幔，水边云起扶筇。携得一壶绿蚁，碧空坐对芙蓉。

二十三

霁日和风杨柳，澹烟新月藤萝。搔首踌躇独立，幽禽飞过南坡。

二十四

采药闲来樵径，题诗半在僧家。一榻白云深处，庭前鸟弄藤花。

二十五

流水长松对弈，明窗净几观书。意倦答然一枕，觉来蝶梦遽遽。

二十六

芙蕖镜里红妆，苔藓庭中绿锦。玉山不觉颓然，天地为吾衾枕。

二十七

百道清泉脉脉，千行素练霏霏。偶抛石子落涧，掀翻万斛珠玑。

二十八

僧行绿树阴中，鸟度丹霞影外。忽闻空谷一声，清梵兼之天籁。

二十九

鱼虾历历分明，藻荇娟娟密匝。皎然一镜天开，处处渔歌互答。

三十

溪月清涵竹杖，山岚翠染芒鞋。不是白云一片，谁人得到幽斋。

三十一

童子枝头晒衲，道人石上焚香。闲坐一庭花竹，翛然心地清凉。

三十二

日暖游蜂采蕊，雨余老圃锄瓜。纳了朝廷课税，追呼不到山家。

三十三

杨花飞舞空庭，芳草平铺幽径。杖头一片白云，四顾无人可赠。

三十四

菡萏花中争露，琉璃盏内寒香。收得明珠万斛，酿成洞府琼浆。

三十五

黄犊欹眠芳草，流莺啼断垂杨。岸上桃花欲笑，樽前竹叶生香。

三十六

芭蕉叶上题诗，杨柳楼前吹笛。空庭寂寂无人，只有清风四壁。

三十七

酒狂纵口谭天，兴发挥毫倒峡。雕锼万象三光，一片龙泉出峡。

三十八

满地苔花勒马，千家楼阁啼莺。且对东风一盏，休占明日阴晴。

三十九

白酒黄鸡小酌，青苔红叶贫家。野叟不迎不送，相逢只说桑麻。

四十

箕踞科头松下，微吟缓步花间。终日不闻人语，隔墙涧水潺潺。

四十一

采将苦菊为粮，炊得胡麻作饭。一身泉石主人，那有猿惊鹤怨。

四十二

雅兴林泉有旧，情知朝市无缘。报道甑中米尽，园中恰绽榆钱。

四十三

腊雪山村嵌玉，春风堤柳摇金。处处东皇一样，那分廊庙山林。

四十四

檐下幽人曝日，谷中野鸟啼春。一片闲情寂寞，落花流水粼粼。

四十五

桥上蹇驴风雪，矶头钓叟烟波。四顾诗中有画，琼瑶披满青蓑。

四十六

芳草坡头席地，桃花洞口眠云。闲坐橘中老叟，一枰松影纷纷。

四十七

陇外风飘牧笛，山头晚唱樵歌。遥见长须主簿，纷纷妆点南坡。

四十八

桑叶团团青盖，麦芒片片黄云。垅上数声雊雉，暖风吹送南熏。

四十九

间逢棐几留书，兴借葛巾漉酒。疏疏散散襟期，苛礼于吾何有？

五十

花里樽开竹叶，树边枕就藤床。回视车尘马足，汗流浃背仓皇。

漫题十首

海底鲛人陨泪，江头鬼蜮含沙。总有明珠一掬，把来赠与谁家？

其二

花落或裀或厕，梦醒何鹿何焦。勘破浮生幻态，南华一卷逍遥。

其三

雕笼鹦鹉毰毸，布袋猢狲踊躋。舍了丰草长林，甘此斤斤三尺。

其四

鸟因媚骨依人，鹰以饱肠飞去。纷纷上疏乞骸，心事彰明较著。

其五

执拗无如安石，依阿极于冯道。可怜秉国之钧，豪杰任他颠倒。

其六

蜉蝣死暮生朝，蚯蚓饮泉食壤。此身受用几何？仆仆折腰稽颡。

其七

用人颇似积薪，胶柱马能鼓瑟。不知何物书生？拿定这般经术。

其八

泡影登时即灭，浮云过眼成空。试问坟头枯骨，谁为八座三公。

其九

髑髅不肯作人，蝴蝶焉知非我。空劳半世精神，来鹜电光石火。

其十

九边羽檄仓皇，三寸毛锥偃蹇。恨无圯上老人，授与兵书十卷。

岱宗藏稿卷十一

济南杨梦衮龙光著

七言绝句

将军

九天推毂着戎衣，海上风烟入望微。白马霜刀光耀日，一时化作玉龙飞。

其二

飞将承恩出漠关，长缨击越斩楼兰。海波不动鲸鲵遁，十万铙歌奏凯还。

其三

匣里芙蓉紫气寒，双龙飞动宛如盘。笑谭坐见风波静，更许谁登汉将坛。

其四

阵云遥接海云高，五色霞光照锦袍。坐拥楼船三十万，军声八月广陵涛。

卧病

虚庭迢递散清砧，入夜床头蟋蟀吟。依旧青山余傲骨，只添两鬓雪霜深。

登楼

高楼遥对海天开，万里苍茫落照来。回首长安空怅望，日边何处是金台。

郊饮

东风杨柳弄和烟，不是花前是酒前。满地落红飞绛雪，为君费尽杖头钱。

怀书

邺侯架上万编书，东壁西昆富不如。老作蠹鱼君莫笑，碧山学士久岩居。

下第

萧萧书剑日将昏，头上儒冠不足论。回首青山何处是，有人操瑟立齐门。

其二

搔首乾坤一放歌，西风华鬓日蹉跎。归来啸拂青萍剑，依旧丰城紫气多。

夜酌

离离花影对香醪，搔首晴空片月高。但使佳宾能尽醉，相如不爱鹔鹴袍。

招提读书

秋来石室雨花香，万竹萧萧护讲堂。独坐蒲团尘不到，殷勤一瓣礼空王。

公子

紫骝玉辔映金鞭，陌上桃花半欲然。偶遇路人回首问，酒家何处有婵娟。

黄河

茫茫星宿不知名，坐拥浮槎碧落行。记取支机一片石，还家好去问君平。

山居

仙人家住白云层，楼上栏干挂玉绳。漠漠松阴棋一局，任他深谷变为陵。

曹太公

烟萝云树影重重，有客纶巾似卧龙。抱膝偶然舒望眼，天边无数碧芙蓉。

其二

淇园风雨翠云流，一片琅玕万顷秋。闻道竹林堪载酒，门前应系木兰舟。

其三

王孙家世旧乘骢，节侠翩翩气吐虹。捐尽黄金非望报，衔环枉自说三公。

其四

同盟山色郁嵯峨，卫水汤汤镜里波。自是此公多道气，不将剑佩换渔蓑。

其五

当年白首《太玄经》，遗训今犹在鲤庭。最是神君弘世业，瑶编千载见仪刑。

刘节妇

连理枝摧宝镜分，人生回首总浮云。不如携手泉台下，胜似孤衾夜梦君。

其二

流苏宝帐已成空，一片孤鸿落照中。嘹唳不堪肠欲断，教人洒泪对西风。

其三

北堂菽水更何人，且莫仓皇掷此身。报道叔君堪戏彩，不须代妾惜芳春。

其四

楼头声断紫鸾箫，惨淡星河影乱摇。弄玉只今何处去，寒蛩寂寂夜迢迢。

其五

万卷牙签一炷灯，翩翩彩笔任凭陵。天君傥若轻驹隙，其奈慈颜恚不胜。

其六

楚天云黯泣英皇，血泪凝斑惹恨长。今日有人愁更绝，双垂玉箸满潇湘。

其七

画阁凝妆意自闲，黛眉浅浅映春山。一从张敞无消息，匣镜尘埋毁玉颜。

其八

寒塘秋老拆鸳鸯，带绾同心漫自长。今日九原浑是梦，一双比翼付黄粱。

其九

巫峡猿啼夜月哀，人传神女下阳台。贞心不比高唐梦，宋玉无劳献赋来。

其十

影随皎月气随兰，化作清风四壁寒。谁说玉颜人不识，一时俱向汗青看。

十一

两字丝纶缥缈中，萧萧松柏楚山空。遥知万古芳魂在，笑杀人间怨凯风。

十二

裁衣缟素有谁知，剖破菱花暗自随。归到九原相问讯，君来何早我来迟。

十三

犹子依然有凤毛，何妨与尔偃林皋。一抔身后非无主，谁道夫君是若敖。

十四

夫君词赋气凌云，三献连城转自勤。惆怅重泉埋楚璞，特来地下伴修文。

十五

盈盈弱质足千秋，读罢瑶编涕泗流。一种清风知不散，化为杜若满芳洲。

十六

孝廉彤管气如霞，一纸孤贞世共嗟。最笑汉臣投阁事，空将玄草付侯芭。

寒食游阳丘女郎山

郎山一径入云斜，酒对松阴静不哗。最是主人能劝客，银瓶遍插海棠花。

其二

万家烟树画中看，云日霏微落照残。层叠芙蓉山色好，有人终夕倚栏干。

其三

山阳强半是松楸，寒食东风士女游。到处酒浇三尺土，教人闷闷锁眉头。

其四

夭桃初绽两三花，绛蕊纷纷衬落霞。底事武陵源上路，渔郎终日苦思家。

其五

此身天地一浮萍，湖海高悬处士星。可怪元龙多傲骨，双眸只共暮山青。

其六

孤鸿一片自南来，嘹唳重云画角哀。欲附音书空北望，纷纷愁绪杳难裁。

其七

落落高阳旧酒徒，春来无日不呼卢。如今醒眼看人醉，化作三闾楚大夫。

其八

青骢红袖翠云翘，指点松阴过小桥。席地都将春色占，傍人说是董娇娆。

其九

流莺处处弄金梭，弱柳千条景物和。纵是他乡春色好，离人还唱渭城歌。

其十

飘飘彩笔气凌云，从倚岩阿酒半醺。欲对东风弹一曲，临邛谁是卓文君。

壬子秋应试偶成五绝

寒烟漠漠子云亭，坐对银蟾夜不扃。为问雕虫缘底事，可怜白首太玄经。

其二

向来操瑟立齐门，回首云霄欲断魂。今日新声仍代变，可持何物望君恩。

其三

玻璃千顷暗生香，桂影婆娑半渺茫。几度临风舒望眼，殷勤又去问吴刚。

其四

日向江头自浣纱，羞从二八御铅华。残妆凌乱蛾眉老，不信吴宫有馆娃。

其五

曾烦剪拂贡天闲，怅望和鸾未可攀。只恨霜蹄多自蹶，见他伯乐有何颜。

漫兴三十首

游新城，有日者为余推命，感而赋此。其中齐得丧，一死生，解脱缠缚，盖自比之小南华云。

华发萧萧两鬓霜，老来不复问行藏。欲知我命头陀是，一卷《楞严》一炷香。

其二

一丘一壑亦风流，瀑布为帘月作钩。长啸数声天地阔，不知何物是王侯。

其三

鹤长凫短总天然，断续谁分造化权。悟得此身原有主，屈平枉费《卜居》篇。

其四

落落天台百尺松，崚嶒傲骨挺高峰。只今梁栋无消息，依旧空山伴卧龙。

其五

镜里空花水上沤，人生毕竟是蜉蝣。纷纷刘项今何在？蜗角蛮兵请暂休。

其六

清秋鹤唳九天闻，迢递长空一片云。记得乘轩还自笑，稻粱久已属鸡群。

其七

千山云树万山霞，白石清泉处士家。试向此中开醉眼，何妨头上少乌纱。

其八

闲愁闷锁九回肠，镜里朱颜日渐苍。偶到邯郸高枕卧，主人窗外熟黄粱。

其九

纷纷尘世弃君平，且自逍遥了此生。不笑囊无阿堵物，笑他崇恺斗输赢。

其十

四十无闻岁月虚，年年寂寞子云居。凭君留得玄经在，不爱成都驷马车。

十一

丰城紫气近如何，片片芙蓉锁太阿。一道龙光争射斗，有人夜夜视星河。

十二

霜啼滚滚蹴云涛，万里雷奔练影高。老去不须歌伏枥，只今谁是九方皋。

十三

连城一片出荆山，何事啼痕掩袂还。席上有珍樽有酒，请君聊且放愁颜。

十四

飘飘彩笔气凌云，大雅由来自不群。此日汉家无狗监，相如梦断圣明君。

十五

水云千顷小蓬莱，玉罨银筝对月开。一醉骑鲸游汗漫，人间真有谪仙才。

十六

青山埋骨卧鸿濛，一鹤翩翩入太空。自是死生同昼夜，了无芥蒂到胸中。

十七

家无四壁突无烟，寂寞东篱日醉眠。人说渊明贫似洗，缘何三径有金钱。

十八

岂无天上石麒麟，来去翛然泪满巾。毕竟彭殇俱一梦，西河不免是痴人。

十九

文章千卷酒千杯，醉倚东风问落梅。闻说刘伶曾荷锸，我今荷锸又重来。

二十

层层叠嶂锁烟霏，樵径萦回一线微。坐对斜阳山色好，寒鸦飞带白云归。

二十一

沧江深处好垂竿，一叶孤舟兴未阑。意不在鱼鱼不饵，羊裘占断子陵滩。

二十二

汉家宫阙倚青冥，老去无缘谒帝庭。薜荔裁衣兰作佩，江湖谁识少微星。

二十三

海棠生晕柳生烟，燕子双双掠绮筵。行到湖亭还小驻，春光都付杖头钱。

二十四

丝桐对月夜迟迟，翠竹苍梧影半移。一曲高山流水意，眼前只恨少钟期。

二十五

高僧相对澹忘机，花雨纷纷落衲衣。话到无生无可话，划然一啸白云飞。

二十六

《黄庭经》向静中看，香篆氤氲月夜寒。一派笙声天外落，王乔夜半下仙坛。

二十七

阴阴绿树影交加，昼永如年静不哗。相对手谈柯欲烂，樵人底事不归家。

二十八

桃花流水净无尘，地僻萧然可避秦。何处渔郎相问讯，孤舟载出武陵春。

二十九

一声铁笛月轮高，露冷风凉袭布袍。独驾小舟何处去？汨罗江上咏《离骚》。

三十

玉皇香案大罗天，绛节幢幢兴渺然。问我尘缘何日断，杖挑明月访群仙。

隐逸十首

天台无日不烟岚，飞瀑晴霞影对涵。高卧千峰看翠色，须知捷径让终南。

其二

脱衣露顶对松风，满径蓬蒿路不通。咫尺相邻相见少，知君避世在墙东。

其三

猿啼明月鸟啼花，妆点深山处士家。更笑庭前喧鼓吹，池塘青草夜鸣蛙。

其四

满径苍苔满案书，北窗一枕梦蘧蘧。白云寂寞溪桥滑，门外无劳长者车。

其五

瀑布遥从树杪分，飞来阶下溅流云。一庭浅碧清如玉，闲看金鱼戏水纹。

其六

博山夜静爇名香，一卷南华月满床。读罢逍遥还自笑，此生只合老榆枋。

其七

水云深处拥羊裘，云自无心水自流。欲藉长空一片月，移来暂作子陵钩。

其八

白鸥相对共忘机，见惯幽人自不飞。万顷沧波舟一叶，几回鼓枻弄清晖。

其九

素琴坐抱澹无言，花影离离月满轩。漫对浊醪成酩酊，那能五斗宦中原。

其十

千山空翠湿芒鞋，拄杖穿云到水涯。不是渔樵相问答，人间争得识吾侪。

骚人十首

潇湘雨细夜沉沉，一叶孤舟伴苦吟。搔首自来还自去，无端幽兴满枫林。

其二

斜阳徙倚日沉西，山月风溪人品题。藉问锦囊何所有，珊瑚宝玦共文犀。

其三

采石矶悬月影高，中流画鹢压云涛。萧然如坐无人境，一片冰轮照锦袍。

其四

石磴苍苍尽绿苔，烟霞深处几回来。诗题绝壁无人到，唯有山灵护麝煤。

其五

东风吹雨湿桃花，烟霭轻笼万柳斜。坐把吟囊闲觅句，尽收春色入仙家。

其六

彩毫银烛共牙签，佳句时从醉里拈。几为耽吟清不寐，金壶漏尽夜厌厌。

其七

同云千里剪琼瑶，有客骑驴过小桥。欲访早梅何处是，玉龙偃蹇路迢迢。

其八

人行图画意仙仙，山色湖光影对悬。欲借新诗三百首，春来断送艳阳天。

其九

两高峰影落西湖，万顷玻璃片黛孤。空翠纷纷晴可掇，珠帘终日控珊瑚。

其十

霜叶飘飒衬锦云，萧萧雁影望中分。无端宋玉悲秋意，坐对江枫日又曛。

节侠十首

三河年少五陵豪，骏马雕鞍带宝刀。家累万金随手散，西来结客取临洮。

其二

青海黄云雪作花，芙蓉剑气拂霜华。紫骝掣电长风起，斩取楼兰报汉家。

其三

翩翩匹马洛阳街，海内贤家惬壮怀。斗酒淋漓缨欲绝，两行珠履杂金钗。

其四

肝肠烈日气长虹，轵里从来眼界空。一剑横行人辟易，谁知屠狗是英雄。

其五

壮士悲歌易水寒，袖中匕首报燕丹。白虹贯日天风起，怒发纷纷上指冠。

其六

猿臂由来善射雕，阵云千里望中遥。封侯自是男儿事，一任香闺怨寂寥。

其七

南山射猎夜归迟，绛蜡遥连赤羽旗。一道虹光风雨簇，灞陵醉尉尔何为。

其八

慷慨相逢弟与昆，闲将睚眦酒间论。醉来笑解吴钩看，上带仇家颈血痕。

其九

把臂交欢意气粗，鹔鹴脱付酒家胡。几回调笑当垆女，醉拥金钿捋虎须。

其十

虬髯飞上紫骅骝，腰下龙泉射斗牛。试问虎鞶囊里物，负心人作血髑髅。

佳丽十首

香风吹客入蓝桥，碧玉阑干柳万条。自是云英堪绝世，人间枉说董娇娆。

其二

翠翘金钿绿云鬟，移步苔阶意自闲。丝竹便娟罗绮媚，风流久矣属东山。

其三

彩云夜傍锦屏流，翠幕重重十二楼。斜倚栏干烧绛蜡，海棠花外月如钩。

其四

油壁香车月下逢，一枝桂影照芙蓉。霞衣缭绕霓裳薄，家住瑶台十二重。

其五

桃含宿雨柳含烟，百啭流莺二月天。坐对香醪人似玉，新诗题遍薛涛笺。

其六

西湖荡漾木兰舟，上有佳人字莫愁。半醉叩舷歌白苎，鸳鸯惊起藕花洲。

其七

一曲清歌响遏云，珠帘银烛月纷纷。蓬莱深锁无人到，唯有榴花妒绛裙。

其八

金猊喷篆透窗纱，笑隔香烟雾里花。几度春寒眠不得，劝郎细细酌流霞。

其九

嫣然一笑可倾城，舞雪回风掌上轻。化作彩云飘欲举，人间真有许飞琼。

其十

姑射仙人雪作肤，瑶琴夜对月明孤。几回欲作昭君怨，又恐啼痕湿翠襦。

耿敬亭侍御十首

天门高插碧芙蓉，十二河山拥岱宗。纵使楚氛能蔽日，也知无奈丈人峰。

其二

倚天长剑郁嵯峨，啸拂霜华紫气多。一片龙光争射斗，不知魑魅欲如何。

其三

岳阳楼上吊湘君，浊浪排空日色曛。忽起扶摇东海畔，罡风吹散洞庭云。

其四

豸冠岳岳气如虹，吴下何人不避骢。留得清棻千古在，那妨高卧鹊湖东。

其五

朝阳彩翼渺难攀，独立高岗意自闲。更有九苞千仞起，凤雏亲见出丹山。

其六

海内威名肃皂囊，肯因风旨枉三章。惠文冠上芒寒甚，铁面遥飞万里霜。

其七

曾将百炼淬吴钩，不信刚肠绕指柔。烁烁霜锋人辟易，铅刀回首漫含羞。

其八

风波历尽卧烟霞，三径依然处士家。不必门前栽五柳，由来向日爱葵花。

其九

何物风霾日欲昏，白衣苍狗不堪论。浮云散尽青天出，一片长虹照九阍。

其十

归来有酒且持螯，庭际芝兰玉树高。纵使避人焚谏草，还因启事识山涛。

乙卯夏游邹平北墅漫成十绝墅，张华老别业也

疏筠无处不清凉，夜合花开满院香。偶向北窗欹一枕，也应吾辈是羲皇。

其二

楼头处处是青山，白鹤孤云自往还。一片芙蓉天外落，谁移蓬岛在人间？

其三

松阴花影满床头，嘈杂禽声境自幽。不是啼莺惊午梦，任他栩栩蝶为周。

其四

清流一曲抱城西，素练萦纡竹树迷。坐对潺湲闲觅句，分明人在浣花溪。

其五

苔阶尽日少人行，搔首踌躇月自明。渭北江东空怅望，不来此地共班荆。

其六

疏帘幽径漫徘徊，草色青青四座来。欲向花阴开小酌，只怜席地破苍苔。

其七

聊携琴酒住云萝，万籁声沉野趣多。不信康衢无击壤，熏风吹散老农歌。

其八

山青水碧绕名园，背郭堂开静不喧。种得桃花三万树，春来便是武陵源。

其九

萝薜纷纷晚更幽，金波入夜挂楼头。凭栏何处梅花落，四座珠帘尽上钩。

其十

松篘深锁碧窗虚，门外时来长者车。为问子云今老大，玄经此日竟何如。

悯荒二十首

千里俄惊赤地多，泽中鸿雁可如何。茫茫海岱人无数，到处愁闻《薤露》歌。

其二

赤日当空势欲焚，汶阳禾稼枉如云。可怜閶阖深如许，万鬼啾啾了不闻。

其三

桑叶榆皮贮满筐，权将此物作糇粮。爨烟冷落柴门闭，釜底何来百草霜。

其四

一筐一担一张机，破碎悬鹑百结衣。卖与旁人人不买，几回枵腹立斜晖。

其五

恶少由来惯揭竿，能拚性命忍饥寒。笳声一动烽烟起，露积凭君仔细看。

其六

升斗粗粮未入喉，官家三尺凛吴钩。纷纷佩犊成何用，并作泉台一夜愁。

其七

陶朱股栗范丹啼，满地风霾震鼓鼙。贫富皇皇俱不保，一时劫数到三齐。

其八

女儿十五鬓蓬蓬，换得千钱救老翁。往日娇痴多少态，一时回首付西风。

其九

粉黛摧残不复春，欲登鬼录尚依人。枯肠那得巫山雨，恼恨襄王入梦频。

其十

鸟形鹄面十人余，载鬼何缘满一车。弱息茕茕谁作主，聊从驵侩度居诸。

十一

并力奔驰苦未休，逢人那复问刀头。道旁狼藉柴如骨，争似狐犹正首丘。

十二

婴儿恋恋忍相捐，抢地呼天不两全。试待丰年思往事，只应血泪迸如泉。

十三

嘷蹴嗟来泪两行，忍将骸骨付他乡。举家饮鸩须臾事，遮莫南柯梦一场。

十四

道旁山积是枯骸，镇日乌啼瘦似柴。西伯于今难再得，髑髅满地少人埋。

十五

鼠肝虫臂苦无多，微命相争去几何。七尺生来供猘犬，几回掩袖不堪过。

十六

鼻息绵绵气未消，几人鼓吻坐相邀。头颅破碎肝肠断，纵有巫咸不可招。

十七

爷娘子妇竞相吞，齿颊余猩带血痕。天道于今真大变，坐令臬獍出家门。

十八

笳声剑气绕金汤，羽剑雕弓列两行。何物豪门轻薄子，五花马上竞穿肠。

十九

四郊怜火照人明，纵使无情也动情。可怪华堂烧绛蜡，夜来犹沸管弦声。

二十

万里萧条绝爨烟，哀哀赤子卯辰年。皇家雨露春来洄，忍对流亡索俸钱。

咏菊四十首

偶得《菊谱》一册，系京师刻本。所载菊百种有奇，每一种为一图，而继之以诗，中多俚句。因为改窜数首，录之如左。

黄西施

洗却浓妆出馆娃，化身犹自托秋花。厌随红紫争春色，面对瞿昙老岁华。

蜜绣球

篱菊繁开独傲秋，爱他蜜色更无俦。青莲把酒饶佳句，疑是天上弄彩球。

鹅儿黄

池上新鹅浅淡黄，秋风忽引到篱傍。羲之一见应相换，《道德》还须写数行。

冬菊

重阳几度绽陶家，又向玄冥老岁华。瘦岭无人大雨雪，一枝老干伴梅花。

黄叠罗

重重细细叠轻罗，浓染庭槐色更过。一种秋香欺桂萼，只疑灵种近姮娥。

金铃菊

秋来到处绽金英，粲粲风前照眼明。缀向高枝啼鸟散，东篱从此少流莺。

蜂铃菊

露湿寒芳色更奇，团团黄蜡满东篱。游蜂惯采名园蕊，错认金英是蜜脾。

黄牡丹

洛阳千种让姚黄，移向东篱压众芳。红紫满园真可厌，金钱独配百花王。

伞盖黄

几枝冷蕊伴幽栖，忽讶金光射彩霓。似是花迎仙仗发，亭亭华盖与云齐。

酴醾菊

秋花谁遣并春荣，却傍东篱久著名。香雪满园清可掬，也应把酒颂长庚。

白粉团

每到秋深竞欲开，枝枝璀璨玉成堆。只今零露成香汗，似是何郎面上来。

万卷书

惠子遗书有五车，幻为篱菊斗菁华。只应太乙青藜杖，夜照柴桑处士家。

琼绣球

层层花瓣玉攒成，仿佛辽丸独擅名。疑有仙人来蹴鞠，乱抛瑞雪落瑶京。

碧蕊玲珑

肌肤如玉绿云丛，日影穿来片片通。闻道乐天多妙句，好歌一曲对西风。

叠雪罗

齐纨吴纻漫相夸，移向东篱叠作花。谁织冰绡浑似雪，鲛人疑是在陶家。

试梅菊

逋仙曾独爱孤芳，陶舍移栽五柳旁。谁道岁寒三友内，可无老干傲冰霜。

琼玲珑

羊脂为质面西风，自与群葩迥不同。把酒东篱还一笑，此身恍在水晶宫。

银铃菊

东篱烂漫萼舒时，姑射仙人绰约姿。不信脱肤冰雪似，清看九月傲霜枝。

粉蝴蝶

纷纷开遍粉墙东，蛱蝶双飞色与同。欲藉滕王银不律，画来移在锦屏中。

鹤顶红

辽海归来不记年，谁人驯得到花前。殷殷一片丹砂顶，历尽风霜老更妍。

荔枝红

秋菊繁开色色同，篱边浑似荔枝红。可怜妃子今何处，一骑红尘感慨中。

红绣球

红菊初开独自看，晚来带月共团团，东篱佐酒何人是，一任狻猊戏药栏。

红粉团

篱边拂晓出新妆，片片晴霞映晚芳。怪得渊明常自醉，樽前红粉似夷光。

红西施

馆娃旧迹半荒凉，犹向深秋埋素妆。试问五湖摇舴艋，何如篱畔绮罗香？

胭脂菊

点点胭脂染作花，篱边的历绚晴霞。谁将矾素樱桃口，移向柴桑处士家。

金线菊

红葩一簇锦屏中，应是天机织得工。一缕金丝收不起，欲随垂柳弄东风。

海云红

海云遥映日轮红，忽落秋园万卉中。似是群仙朝玉帝，两行绛节影曈昽。

菡萏红

不随炎暑产池塘，来向西风趁晚凉。色比芙蕖仍仿佛，只差叶底少鸳鸯。

火炼金

西风昨夜袭人寒，试把孤芳晚节看。大火西流经百炼，好持金鉴献朝端。

海棠菊

困倚秋风夜未央，一般娇态百般香。遥知陶令逢佳节，银烛高烧对晚妆。

太真红

华清浴罢玉衣鲜，舞袖随风色自妍。岂但三郎饶宠幸？生来陶径亦堪怜。

玛瑙盘

东篱亦自有奇珍，紫色如盘想像真。中有丹心承沆瀣，明珠颗颗露华新。

墨菊

清秋兴发欲临池，水色花光雅自宜。昨夜骚人挥彩笔，洒将浓沈满东篱。

紫菊

何处传来种最奇，英标重叠缀青枝。秋香万种薰仙骨，枉羡商山晔晔芝。

腰金紫

好菊秋深绽紫云，黄金为带色偏新。生来不与群芳并，披得朝衣欲面君。

象袍红

秋来灿烂照初晴，万颗丹砂缀锦英。移向朝端神自竦，待臣鹄立对承明。

雁过红

独立清秋趁晚风，高标依旧在篱东。两行宾雁天边去，妆点陶家锦绣丛。

青心玉牡丹

寂寞秋风独耐寒，一枝斜倚玉栏干。素衣不染红尘色，疑是姚黄月下看。

鹅毛菊

山阴道士有鹅群，几卷银钩属右军。此日作花花更艳，萧萧玉羽对斜曛。

醉西施

斜倚西风与水阑，粉轻脂淡晚妆残。姑苏台上风流态，今日东篱作画看。

送冯学博之招远六首

玄冬策马欲何之，怅望离亭日暮时。拟折一枝桥畔柳，朔风吹断绿烟丝。

其二

几首新诗几卷书，天涯此去意何如。凌云彩笔花相似，啸对蓬瀛赋子虚。

其三

东海泱泱自大风，河山十二莽相雄。到来好奋垂天翼，九万扶摇指顾中。

其四

盘中苜蓿任阑干，色夺青霞秀可餐。纵使无鱼君莫问，那能谈铗效冯欢。

其五

骊驹底事就长途，欲看蓬莱海市图。一片楼台蟠蜃气，知君青眼不模糊。

其六

何妨踪迹寄沧溟，海上逢人眼自青。到处问奇奇不尽，案头应有《太玄经》。

游西山三十首

高梁桥外翠云流，爽气朝来澹似秋。一片溪光山倒影，人生何处是瀛洲。

其二

鹫岭岧峣带虎溪，丹梯遥挂帝城西。犹嫌车马苍苔破，不及深林独杖藜。

其三

野店斜连屋数间，白云时与护柴关。避人如有墙东地，买取茅茨卧看山。

其四

叠石为垣障洞天，长虹缭绕亘相连。望来何限逶迤势，信是常山有率然。

其五

长松夭矫欲成龙，薄暮寒涛带梵钟。一片苍云深几许，朝朝掩映翠芙蓉。

其六

玉龙骧首吐飞泉，雪乳琼花个个圆。好借一瓶甘露水，携来夜月浸婵娟。

其七

疏篁历落矗千竿，啸雨吟风白昼寒。独有王猷饶逸兴，一回入私一回看。

其八

古洞玲珑锁碧云，洞前新箨翠纷纷。萧然四壁无余物，只有昙花贝叶文。

其九

腥膻不惬道人怀，薇蕨应知世味乖。偶到上方参玉版，羡他霞外有清斋。

其十

清流宛转带长桥，无数垂杨学舞腰。手把一杯燕市酒，水云深处弄兰桡。

十一

朱红亭子碧栏干，挂向层崖面面宽。到晚天风吹岸帻，飘然身在五云端。

十二

山深岚气湿吟囊，小雨霏霏晚榭凉。一片湖光烟树合，空濛真是对潇湘。

十三

鹅卵累累满涧阿，涛奔浪激半销磨。谁将织女支机石，秀夺蓬莱弹子涡。

十四

浮图高插暮云平，玉殿罘罳满太清。见说孔林金碧黯，轮他天竺古先生。

十五

何物丹青烂彩霞，庄严妙相出天家。空山莫道无供献，瓶里双双菡萏花。

十六

貂贵曾经侍玉皇，蟒绯惹得御垆香。如今埋骨空山里，奎藻犹悬日月光。

十七

云林昼静雨花香，树色阴阴白昼长。八十老僧无个事，聊将扪虱对斜阳。

十八

半天飞阁倚晴霞，阁外僧寮有几家。欲买一椽如斗大，闲看四座散天花。

十九

猿鹤为群鹿豕游，一龛佛火洞窗幽。寺闲面壁蒲团坐，忘却长安有五侯。

二十

素衣半涴洛京尘，暂对青山似故人。心比莲花清不染，何妨现却宰官身。

二十一

茶灶烟生幕绿萝，松扉深掩少人过。匡床便是华胥境，梦逐庄周作睡魔。

二十二

老僧添篆读华严，香雾氤氲不卷帘。为问六根如许净，松间夜夜挂银蟾。

二十三

万壑松杉黛色青，中间只少子云亭。如今玄草无人问，不及沙弥一卷经。

二十四

来青轩外一凭栏，峭壁嶙峋画里看。散尽氛霾天色净，五云深处是长安。

二十五

隐隐招提郁郁松，千年王气护芙蓉。情知不是天门上，也有层云欲荡胸。

二十六

家住东秦岱麓旁，偶来上国愧观光。山僧不必询名姓，碌碌浮生执戟郎。

二十七

大珰丘陇傍蓬壶，妆点云林似画图。身后若敖君不见，来龙空自信青乌。

二十八

蓝舆渐人翠微高，万窍风回尽怒号。一片松声兼瀑布，分明八月广陵涛。

二十九

曲磴深林绣碧苔，流云缥缈去还来。不知一线通幽处，容得高阳到几回。

三十

尘缘久已悟空花，坐拥旃檀老岁华。一领轻袍殊觉赘，几回我欲换袈裟。

阅册叶戏题二首

万紫千红照眼新，老来不是看花人，颓然醉倒东风里，笑杀桃花玉洞春。

其二

白雪盈头可奈何，春光九十苦无多。摩挲老眼闲欹枕，仰看双星夜渡河。

戏题

五十年来有发僧，凤毛何日见飞腾。狻猊忽作河东吼，惊落龙丘手内藤。

董君暮年生女赋此宽之

掌上明珠事渺茫，鬓边日日渐添霜。相逢且进杯中物，一任蒙腾入醉乡。

其二

霏霏满眼六花新，频忆山阴访戴人。扫得琼瑶烹雀舌，请君来醉瓮头春。

其三

春寒料峭好围炉，况有流霞满玉壶。不向樽前问口笑，东风吹雪上头颅。

癸亥季冬有感偶检王元美文集有赠别陆少宰绝句四首倚韵戏呈丁天行

雪满蓬瀛锁冻苔，凌晨谒得上真回。海边老鹤惊相顾，谁许闲云度水来。

其二

泰岳嶙峋插汉高，已甘岳麓卧蓬蒿。枚乘《七发》非难事，厌赋沧江八月涛。

其三

千树桃花竞蚤春，敢希浩荡及沉沦。也知寒谷无邹律，尽把东风让与人。

其四

蓟北重来雁影孤，青袍便是护身符。不如脱挂春明去，免得深山叫鹧鸪。

顾太史喜谈兵作八绝壮之

留侯文弱玉纤纤，帷幄功高将相兼。若道书生休说剑，圯桥谁可付韬钤。

其二

白雪霏霏郢曲高，又携豹略屈时髦。干将出匣千人废，岂但词场避彩毫？

其三

何人塞上扫狼烟，斗大黄金肘后悬。闻说仙官能仗钺，可容烽火到甘泉。

其四

十年南斗避文星，藜火光摇太乙青。近日羽书飞塞上，笑他刘向只传经。

其五

谈兵不是为封侯，多垒星星两鬓秋。试向玉关回首望，那能腰下解吴钩。

其六

瀛洲仙品旧知名，忽忆楼船瀚海行。戮尽长鲸风浪息，人人说是赵营平。

其七

曳履星辰逼绛河，三台近处五云多。忽然一道长虹起，知是君家出塞戈。

其八

五陵鞍马气翩翩，输却排纷鲁仲连。寄语功成休拂袖，为君扫石勒燕然。

集杜十二首甲子春间

词客哀时且未还，几回青锁解朝班。五更鼓角声悲壮，愁对寒云雪满山。

其二

案头干死读书萤，问柳寻花到野亭。肯与邻翁相对饮，便教莺语太丁宁。

其三

轻轻柳絮点人衣，楸树馨香倚钓矶。正是江南好风景，懒朝真与世相违。

其四

胡骑长驱五六年，断肠分手各风烟。王师未报收东郡，头白昏昏只醉眠。

其五

天下车书正一家，每依北斗望京华。欲知世掌丝纶美，岂傍青门学种瓜？

其六

语不惊人死不休，杖藜徐步立芳洲。知君苦思缘诗瘦，须发还应雪满头。

其七

黄金台贮俊贤多，洞口春深长薜萝。一卧沧江惊岁晚，中原将帅忆廉颇。

其八

五云多处是三台，城阙秋深画角哀。独使至尊忧社稷，教儿且覆掌中杯。

其九

朱拱浮云细细轻，高飞燕雀贺新成。白头授简焉能赋，不觉前贤畏后生。

其十

拖玉腰金报主身，正思戎马泪盈巾。哀哀寡妇诛求尽，一片花飞减却春。

十一

朝来新火起新烟，燕蹴飞花落舞筵。衮职曾无一字补，晴窗检点白云篇。

十二

未有涓埃答圣朝，便应黄发老渔樵。白沙翠竹江村暮，漏泄春光有柳条。

竹枝词集杜三十首

柴门不正逐江开，但见群鸥日日来。知君最爱清狂客，一日须来一百回。

其二

男儿性命绝可怜，长安市上酒家眠。篱边老却陶潜菊，开花无数黄金钱。

其三

可爱深红间浅红，野人相赠满筠笼。春花不愁不烂漫，岁云暮矣多北风。

其四

大麦干枯小麦黄，恒饥稚子色凄凉。甲第纷纷厌粱肉，马上谁家白面郎。

其五

熟知茅斋绝低小，频来语燕定新巢。恰似春风相欺得，卷我屋上三重茅。

其六

棹拂荷珠碎却圆，青蛾皓齿在楼船。楼上吃酒楼下卧，皎如玉树临风前。

其七

欲凫飞鹭晚悠悠，轻薄桃花逐水流。繁枝容易纷纷落，朝夕催人自白头。

其八

昨夜东风吹血腥，元戎小队出郊扃。青是烽烟白是骨，眼见客愁愁不醒。

其九

无食无儿一妇人，行步欹危实怕春。三年饥走荒山道，慎莫近前丞相嗔。

其十

吹笛秋山风月清，柴门密掩断人行。寒衣处处催刀尺，四海十年不解兵。

十一

少壮几时奈老何，天下学士亦奔波。凤凰池上应回首，兴在骊驹白玉珂。

十二

身长九尺须眉苍，南极老人应寿昌。致君尧舜付公等，十二年来多战场。

十三

潇湘洞庭虚映空，秋来相顾尚飘蓬。鸬鹚㶉鶒莫漫喜，白蘋愁杀白头翁。

十四

自笑狂夫老更狂，有时颠倒着衣裳。留连戏蝶翩翩舞，指点银瓶索酒尝。

十五

天涯涕泪一身遥，弓箭行人各在腰。细柳新蒲为谁绿，狂风挽断最长条。

十六

九州兵革皓茫茫，日满楼前江雾黄。国家成败吾岂敢？安得壮士提天网。

十七

自经丧乱少睡眠，况我与子非壮年。颠狂柳絮随风舞，触忤愁人到酒边。

十八

野老墙低还是家，五株桃树亦从遮。花径不曾缘客扫，鸡鹊㶉鶒满平沙。

十九

秋风淅淅吹巫山，铁锁高垂不可攀。千崖无人万壑静，仙家犬吠白云间。

二十

日日江头坐翠微，不妨游子芰荷衣。已知出郭少尘事，水鸟衔鱼来去飞。

二十一

稠花乱蕊里江滨，花底山蜂远趁人。寂寞系舟双下泪，湖南为客动经春。

二十二

江上人家桃李枝，物色生态能几时。走觅南邻爱酒伴，百罚深杯亦不辞。

二十三

何时更得曲江游，妙舞逶迤夜未休。短短桃花临水岸，樽前还有锦缠头。

二十四

渡头翠柳艳明眉，酒酣并辔金鞭垂。沧江白发愁看汝，摇落深知宋玉悲。

二十五

中原君臣豺虎边，方外酒徒稀醉眠。回首可怜歌舞地，梨园弟子散如烟。

二十六

青枫叶赤天雨霜，不觉老夫神内伤。鱼龙寂寞秋江冷，打鼓发船何郡郎。

二十七

石鲸鳞甲动秋风，无复射蛟江水中。独把渔竿终远去，此身漂泊苦西东。

二十八

黄四娘家花满蹊，相判一饮醉如泥。明眸皓齿今何在？饥鸟似欲向人啼。

二十九

十年厌见旌旗红，万国兵前草木风。少陵野老吞声哭，岁拾橡栗随狙公。

三十

花气浑如百合香，中有松柏参天长。美人娟娟隔秋水，恐是汉代韩张良。

漫兴集杜十首

花边立马簇金鞍，乘兴闲来看药栏。虚阁卷帘图画里，老年花似雾中看。

其二

江风飒飒乱帆秋，忆上西陵故驿楼。云物不殊乡国异，鹡鸰飞急到沙到。

其三

江头宫殿锁千门，古木长藤日月昏。跨马出郊时极目，南方实有未招魂。

其四

五月江深草阁寒，漫劳车马驻江干。雷声忽送千峰雨，片片轻鸥下急湍。

其五

处处清江带白苹，野航恰受两三人。浣花溪里花饶笑，莫厌伤多酒入唇。

其六

日短江湖白发前，百壶那送酒如泉。巡檐索共梅花笑，复忆襄阳孟浩然。

其七

塞上风云接地阴，新诗改罢自长吟。无边落木萧萧下，冷蕊疏枝半不禁。

其八

懒慢无堪不出村，千家今有百家存。只须伐竹开荒径，共醉终同卧竹根。

其九

江县红梅已放春，风飘万点正愁人。不辞万里常为客，燕子衔泥两度新。

其十

阮籍焉知礼法疏，从来不奉一行书。风含翠筱娟娟净，秋水浮阶溜决渠。

山居遣兴集杜十首

莫怪频频劝酒杯，蓬门今始为君开。窗含西岭千秋雪，山意冲寒欲放梅。

其二

江深竹静两三家，小径升堂旧不斜，乱后故人双别泪，为园须种邵平瓜。

其三

缓步仍须竹杖扶，香炉峰色隐晴湖。含风翠壁孤云细，三伏炎蒸定有无。

其四

太向交游万事慵，缘云拟住最高峰。幽栖地僻经过少，一老犹鸣日暮钟。

其五

潦倒新亭浊酒杯，艰危须仗济时才。江间波浪兼天起，好过瞿塘滟滪堆。

其六

柴门空闭锁松筠，羞见黄花无数新。幸不折来伤岁暮，知吾斑鬓已如银。

其七

高栋层轩已自凉，虚无只少对潇湘。晴云满户团倾盖，雨浥红蕖冉冉香。

其八

客至从嗔不出迎，投壶散帙有余清。请看石上藤萝月，肯信吾兼吏隐石。

其九

醉中往往爱逃禅，野水春来更接连。不可久留豺虎地，袈裟忆上泛湖船。

其十

何用浮名绊此身，囊无一物献尊亲。手持新画青松障，相送柴门月色新。

感怀集杜十首

淡云疏雨过高城，落絮游丝亦有情。多病马乡无日起，花枝照眼句还成。

其二

仙侣同舟晚更移，青枫隐映石逶迤。莫思身外无穷事，清簟疏帘看奕棋。

其三

朱衣只在殿中间，日绕龙鳞识圣颜。巢燕养雏浑去尽，来游此地不知还。

其四

楼下长江百丈清，系帆何惜片时程。天涯春色催迟暮，月傍关山几处明。

其五

药饵扶吾随所之，呼儿觅纸一题诗。扫除白发黄精在，更讨衡阳董炼师。

其六

东逾辽水北滹沱，勃律天西采玉河。逆气数年吹路断，难随鸟翼一相过。

其七

云水长和岛屿青，地分南北任浮萍。欲填沟壑惟疏放，方朔虚传是岁星。

其八

点溪荷叶叠青钱，迟日徐看锦缆牵。纵酒欲谋良夜醉，葛巾欹侧未回船。

其九

浣花溪水水西头，稚子敲针作钓钩。寂寞江天云雾里，焉知李广未封侯。

其十

石臂偏枯半耳聋，春光懒困倚微风。久弃野鹤如双鬓，未就丹砂愧葛洪。

张华老黄山兔柴十三首

兔柴

咫尺丹梯隐兔坪，一拳特地驻仙旌。主人词笔花相似，肯使梁园独擅名。

超然洞

古洞长松锁雾深，遥听清梵出云林。浮生婚嫁何时毕，吾欲从君访向禽。

挹翠亭

山色层层削绿鬟，开窗闲坐翠微间。孤亭半借流云宿，敞得柴扉夜不关。

问偈山房

天竺先生住鹫峰，一尘不点翠芙蓉。绳床问罢西来意，卧听深山日暮钟。

西佳

西山爽气亦佳哉，闲鹤闲云自去来。携得老僧聊骋望，此身疑在妙高台。

佛脚石

谁道莲台九品无，尚留佛脚印仙都。凭君石上看遗迹，胜似真形五岳图。

似古

山静浑如太古时，茅茨隐约隔松枝。闲同衲子班荆坐，饱有蓝田画里诗。

宿云

斗大茅斋满贮云，香烟袅袅混难分。携将两袖氤氲气，几度相逢欲赠君。

对仙楼

长白仙灯入夜流，恍如鳌背乱星球。王乔笙鹤知何处，多在君家十二楼。

虎头岩

虎头岩上倚嵯峨，怪石苍松挂薜萝。一幅丹青常在眼，长康彩笔欲何如。

壶天洞口

城头缥缈小壶天，万树桃花色更鲜。纵有渔郎难得觅，太元不记是何年。

三柿泉

三柿泉头柿叶黄，一湾活水沁清凉。谁能闲向泉头坐，静对幽人薜荔裳。

坎井

金井银床带玉桥，辘轳声迴在丹霄。如今十丈莲花发，不数梧桐一叶飘。

岱宗藏稿卷十二

济南杨梦衮龙光著

序

送太初高明府擢守阶州序

关以西，崆峒、鸟鼠之间，接巴巂，控边陲。材官车骑、蹶张控弦之士，往往甲胄生虮虱，负戟而立，枕戈而寝。二千石以下柔筋脆骨之吏，惴惴然朝夕莫之能。必其黠者，又邀功生事，秦越其民而虐用之。盖临洮二百年来，萧然无安堵日矣。临洮而东为巩昌，巩昌而南为阶州。阶为州，虽地少，内势少缓，然总之震荡之余，茕茕赤子延颈待哺，不有良长吏为之拊循，恐沟中瘠未易更仆数也。

高公之令青城也，六阅岁于兹矣。既报绩，而擢守阶。辕且西，父老相聚而言曰："阶近边，危地也。我公乳保我元元久矣，假令朝廷下片纸，命公领一股肱郡，吾侪小人犹将借寇，奈何夺乳保而边鄙之。夫边鄙，固宜鸷吏居之，我公恻怛不忍，平易不苛，善戏谑而不为虐，翛然非囊箧刀笔之所能拘，政宜使之卧治淮阳，而乃迁诸边鄙，此何为者？"

杨子曰："非也。等民耳，何私于青，何靳于阶？即如若曹所称，怛恻不忍，平易不苛，善戏谑而不为虐，吾土已受其赐矣。即以赐吾土者赐阶，奚不可者？而边鄙胡问焉。圣天子总一海内，齐秦唯在所与。慨焉东顾，而以循良牧济上也，唯命；慨焉西顾，而以循良牧边鄙也，亦唯命。朝廷固非以边鄙薄公，公亦不宜以边鄙薄阶也。且而所谓鸷吏，何能牧边鄙耶？枯万骨以成功，在弃繻投笔者流，犹且不可。而文墨之吏逞雄心于一击，不亦左耶？况鸷吏者，炰烋之气或不能用以御虏，而反用以残民，此尤不可也。故牧阶者，卒莫公若。父老傥亦危阶乎？夫临洮蔽巩昌，巩昌蔽阶，烽燧之警，骤不相及，又何虑焉？若曰阶犷悍难驯，则又有说矣。公怛恻不忍，仁也；平易不苛，宽也；善戏谑而不为虐，达也。宽、仁而达，其又何有于阶？且阶僻在西陲，无瑰丽奇异之观，淫巧浮靡之习，豪门右族之势。阴不我诱，阳不我协，唯是持冰蘖之操，壹意与民休息，阶且骎骎登华胥焉；即有疥癣之疾，狗鼠之窃，不越樽俎而折冲之矣。西伯之起，自丰镐也，《书》称其光四方、显西土，阶非西土耶？治岐之政，布在方册，举而行之，此不难天下，难一阶耶？异日天子问阶州守作何状，吏民诣阙颂公功德，吾土亦与有荣施哉。”

公名知俭，阜城人。

赠澄源张明府部院交奖序

邑大夫张公令青城，未期年，有能声，台使者赵公、部使者阎公交相推毂也。余因是而有感于获上治民之说焉。

盖尝旷观古今张官置吏之详，自汉唐以来，百执事星罗棋布，不啻详矣。而其可以致主上之德意而下及于民，则莫守令若。守，汉所为二千石也，其官上之去监司台省以尺寸，而下之去令以寻丈，长一方而为之师帅。铜墨之吏，北面称主臣，挈领而治，循阶而进，便号良二千石，安所得遍取蔀屋茕茕之夫，日噢咻而卵翼之？故致主上之德意而下及于民，则莫守令若；致守之德意而下及于民，则莫令若。令与民朝夕焉，聚首弹丸之地，即难比于属毛离里之一脉。而寒即号令前，饥即啼令后，疾痛即呻吟令旁。令亦民之乳保也，心诚求之，不中不远。无父何怙，无母何恃，无令何父母哉？父母之于子，信亲矣。余以为惟亲，故恩易以行；惟恩易以行，故威亦易以加。《传》曰：“喜而不忘，劳而不怨。”威劳之属也。借劳而行其义，方无可怨也；借劳而行其顽嚚，则旻天之号泣随之矣。子之上有父母，父母之上有天，不得之于父母，冀得之于天，故号泣也。百姓亦然，不得于令，亦冀得于君，而君固百姓之天也已。古者天子巡历四岳，凡官师之良楛，闾阎之忻戚，无不亲咨而备询之。苟茕茕之夫其安而牧，而人人欢呼也，惟民；其不安而牧，而人人疾首也，亦惟民。天子视幽明，为黜陟，故劳苦倦极而呼天，九阍若咫尺。然彼夫顽嚚之父母，不得以鱼肉我孱子，恃有旻天也。秦汉而下，巡狩之典废，居中称朕，民隐抑而不闻，朝野隔绝，四肢与腹心，邈不相属，茕茕之无告也久矣。

我朝仿古为治，巡狩之权一寄之台使者。使者冠豸而出，按行诸部，山岳动摇，日星辉映，雷霆震厉，将何民情之不达，而官邪之不儆？行一赏，天恩也；行一罚，天威也。使者于是代天子为天矣。故欲得天子之心，须先得台使者心；欲得台使者之心，须先得百姓心。百姓之向隅，使者戚；百姓之鼓腹，使者喜。乃使者之一喜，而天子行其陟；使者之一戚，而天子行其黜。吾何修而得使者心哉？夫公令青城，未期年，有能声，得使者心矣。然其得使者心也，当自得民心，始是所谓致守之德意下及于民，而又以政主上之德意不壅于守者耶？公且不难以蒲鞭坐治，又何必斤斤以三尺随民之后，俾茕茕之夫号泣旻天耶？公得民矣，获上矣，天子操显荣以俟公矣。

公名养正，静海人。

赠王少尹迁上林监丞序

客岁，王公由利津丞来摄青城事，清名大著。邑父老颇欲诣台使者稽公，不果。

无何，有上林之命。说者曰："以公之廉，不使之莅民，而置之散地冷曹，当事者何汶汶也？"杨子曰："客独不见大空中之浮云乎？浓淡卷舒，无施不可。身世亦犹浮云也，何浓何淡，何卷何舒哉？仕有二途焉，炎者，为灶为炉，善销烁人；凉者，霜霰冰雪也，松柏青青，冬夏不改柯易叶。当事者知公廉，故以凉者坚公操，老公才，将以鸿巨畀之耳。"

兵宪秦公以风裁著，道出青城，于侍御觞之。秦公谓侍御王丞作何状，侍御答："一尘不染。"秦公曰："清矣，第恐改节耳。"人以告公，公笑："吾犹嫠也，白首再醮乎？"公丞利津清甚，诸上官廉公，则日檄公摄诸郡邑事，席不暇暖。尝捧檄督河工，捐捐畚锸间，夜不就枕。诸夫人居衙中，日饭脱粟，音耗不通久之，突无烟。俄举一子，呱呱声彻曙，无问者。公每对客涕泫然下，已复笑："我乃自贻之戚耳。"

公丰神清越，谈锋蔚起，奕奕动人，望之知其为贵介士。雅善酒，兴致翛然，麈尾缤纷，万斛之泉随地涌也。谐谑中，时有名理，其自道曰："某生平凛凛者三，御人之货也，愧影之行也，得罪于鬼神，遗辱于祖宗，流祸于子孙之机心机事也。"

公故名家裔，少负才。困诸生中，遂以明经佐县，方之刀笔吏云泥矣，宜其皭然也。客曰："公将无为此皎皎也与哉。"公谢："不敢。先人清白遗后，假令某以墨谴，异日彷徨华表前，不敢入先陇。先人曰：'何物么䏑堕我家声？'某何说之辞。且某昔也耕问吾舌，今也田问吾心，即使一旦挂冠，焉往而不得贫贱哉？"盖公所自盟者如此。上林之迁，公不厌凉，政恐不凉耳。

噫！举世趋炎矣，安所得如王公也者而一湔之。

赠济南别驾王公摄青城序

公之摄青城也，实诸大吏才之，而两台使者遂以委重云。先是，邑令杨来自关中，视事未几，猝然困二竖，诸冗猬集。二千石以新令之未除也，急属郡僚陈公摄之。无何，陈公报罢，于是复属公摄之。公盖尝令岩邑，有遗爱，百姓尸祝之，若畏垒然。公谙吏事，悃愊无华，壹以大体坐镇，蠲烦涤苛，诸吏民斤斤奉三尺惟谨，无敢骫法者。

历下去青城以里计可二百，而郡事鞅掌。公东西星驰，才抵邑，复之郡，抵郡，又之邑，往往蓐食宵行。公恐部下烦费，戒所过诸邑子大夫，无得盛具供张，一切负弩先驱者，十去其九，百姓便之。其于法，不轻为操纵；于钱谷，不轻为出纳。

诸吏民或以事上请，辄曰："某以一日代庖于兹，宁如铜墨者常为而令耶？吾以成事受诸人，授诸人井井，分条析缕，后之人始可措手。傥以一日之代庖，纷然取而割裂之，彼踵其后者，苦于芜乱，实谓我贻之戚耳。若休矣。"

邑为里者三十有三，编户徭役，羁痍不均。两台使者檄公核定，公对使者："某待罪会城，其于邑俗，风马牛不相及也。孰为素封，孰为窭人，子能锱铢不爽耶？请待来者。"使者曰："别驾之摄也，今既数月矣，尚且难之，筮仕者庸可几乎？"公捧檄，属邑之耆老而告之曰："若前来，我今为若曹司命矣，生齿鳞次低昂，唯我一失其衡，民且疾首，苟不秉公从事者，有如日。"遂克期核定军民诸籍。公意大都谓民间贫富如环相循，何常之有？故浸浸崛起者，不问其昔贫，而日朘月削；朝夕不能自存之夫，亦不问其昔富也。其所轩轾上下，率破胶柱，而一一中窾。

间有哗者笑曰："拥厚赀，即为公家效一臂之力，奚而不可？乃欲借权有力者挠我耶？"闻者逡巡而退，直指使者旁寄耳目，逮去邑中。二掾曹公力为辩曰："此么髍也，误为含沙中耳。"事遂得雪。

公居摄逾年，不肯妄费民一镪。荐绅先生治具为寿，辞之力，强而后可，曰："无穷水陆也，持此以报诸大吏与两台使者。"所以摄青城者，不有成劳乎？

今夫匠石，斤者斤，斧者斧，人无兼长焉。唯工师则持绳墨而操尺寸，左顾右盼，诸匠石皆受指于一人。而一人者，居中而无所不指挥，柳柳州所谓"室成而工师专其功，诸匠石不与焉"。彼其才诚足以兼之也，此足以喻公之摄矣。

公名重爵，永年人。

赠心严张明府调阳丘序

济南为山以东一大都会，而其隶在宇下，号称岩邑者，首曰阳丘云。张公治阳丘，实由青城迁也。青城，弹丸黑子耳，累十青城不敌一阳丘。然邑以令重，令不以邑重，使阳丘而无公也，则累十阳丘亦不敌一青城。铨部之用人也，犹之相马。然苟使追风蹑影之骏老枥下，困盐车，伯乐将何辞以谢逸足？庞士元令耒阳，识者谓非百里才；蒋公琰为广都长，识者直社稷之器目之。彼高贤沉下僚，即暗中摸索，无不知为国瑞，宁没没也？然二子在当时，一则邑事不理，一则酒德是耽，盖隐然有牛刀割鸡之意焉。公则不然。

公治青城，再易寒暑矣。始至，即与百姓约，令今与若曹更始，户有口，田有租，人自为输足矣。无得用三老豪长日夜追呼蚕食吾编氓，三尺森如。吾编氓无得竞锥刀，逞睚眦，扞罔干禁，为父母僇；门以内，日用有需，与市价不贰，吏胥无得持片纸而取之于民也，犹御也；巾帼无得入祠庙，窀穸无得用俳优；良家子无得呼虚浮白，耽六博而殒身家；市井无得容躧屣挟瑟之女招摇浪游，酒肆无得张灯夜饮；抱关击柝，谨而启闭，无得鼠窃狗偷，啸聚而窃。发约既定，而三令五申之。立法如冰霜，下令如流水。不期月，化及邻封，质成者踵至沓来矣。

公奉太夫人备极色养，筮仕凛如髫龀。一二先民擅乡曲之誉，首为阐扬，以光俎豆。岁荒，天子发内帑以赈。公亲诣四郊，召父老，面询疾苦，与之釜，与之庾，手为裁酌。日驰驱数百里，无倦容。此以比之庞、蒋沉湎，漫不事事，不大有径庭乎？

岁庚戌，会阳丘令缺，当事者以公往。说者曰："土即有沃瘠乎？等版图耳；民即有众寡乎？等赤子耳。夺此与彼，何也？"余直以为当事者谓骥之足非阳丘不展，而阳丘之倒悬非公不解耳。甘霖降矣，何地不沾其润？旭日出矣，何人不负其暄？公亦当今之甘霖、旭日也，曾是区区私一弹丸黑子乎？

公英爽特达，两目炯炯如电，顷刻间发数百言，声震左右。此自是台省中人，阳丘且不能常有之，矧吾土也。寇恂迁颍川，父老曰："愿借寇君一年。"杜正献公由乾州而凤翔，二邦之民争于界上，一曰："我公也，汝夺之。"一曰："今我公也，汝何有焉？"今日得无类此乎？

阳丘吏民毕来迓公，不佞酌酒而告之曰："公行矣，控上游，展四体，吾为公贺。若曹得神明宰，歌来暮，戴福星，吾为若曹贺。第吾土借寇不果，竟夺我公以去，吾私憾若曹矣。"

赠阳丘张明府考绩序

张公以万历丁酉掇黔中大魁，谋以禄养，旋开绛帐于蜀，奉其太夫人广文斋中。丁未成进士，戊申奉太夫人来莅青城，可一岁许，当事者竟移阳丘去矣。莅阳丘之二载，天子赐玺书褒赠其先人，封太夫人为太孺人云。公治青城，擘画种种有条，治阳丘大都如治青城。

顾青城瘠、阳丘沃，青城简、阳丘剧。以公之才莅吾土，土可崇朝遍，人可屈指数，烛照数计，无能逃者。吏奉三尺，惴惴股慄，一二编氓，向义恐后，高舂而出，左顾右盼，绰绰有余。若阳丘则不然，其土绣错而棋布，其事窟匿而钩连，其过客肩摩而踵接。钱谷讼狱，喧啾嚣悍，浩淼无端。我以玄默理，则三老豪长视长吏如木偶人；我以钩距理，则物议如沸鼎，人情如骇鸡，不能穷人先以自穷，老吏乃从旁窃笑，技止此耳。以故，公治阳丘比青城小异：治青城，凡民间事耳，而目之颇详，而阳丘颇略；治青城，即有震怒而词颇峻、罚颇宽，阳丘则罚加严、词加峻焉。

旱魃为虐，比岁不登，民多逋负。公与百姓约："若曹以某日输其逋，违者罪之。"作色而语，提耳而命。至期，竟以事他出，置不问。即又再为期，及期，复如弗暇也者而置之。民争为输，而鞭箠之声不数数闻。乃知公之严也，特惩一以警百，而其略也，正挈领以提纲。严也，所以为宽也；略也，所以为详也。为政者如鼓瑟，然更弦则声谐，胶柱则音乖。又如布阵，然八门五花，奇正莫测，知常而不知变，则赵括之读父书，其不贤于韩信之背水者几希。《传》曰"势穷则变"，又曰"易地皆然"，公通才也与哉？

公事太夫人，夙以孝闻。是绩也，恩纶宠锡，公不自以为荣，诸大夫亦不遽以是为公荣。然不能不为太夫人色喜，若曰："命服煌煌，聊以报三迁云尔。"

重赠阳丘张明府考绩序

公考最吾里中，缙绅业已有言矣，而多士复有言也。多士言者何？当公之未移阳丘也，公日群多士，程其艺而甲乙之，多士愿自附于门墙，而阳丘之行逼矣。阳丘去吾里，盈盈隔一衣带水，多士有事阳丘者，必怀刺自通于阍人。盖时时望见颜色、聆謦欬云。

岁在辛亥，学使者陈公校艺阳丘，七邑之章缝萃焉。公敕居民扫舍，舍七邑士而授之餐曰："敢有以恶草具进者罚，故昂其直而困诸贫措大者罚。"试之日，召受事者敕之曰："多士即嗫嚅，若曹姑为不闻也者而置之，其有声金而毛举瘢索者罚。"七邑士相聚而言："吾侪即有胸无心，敢忘张侯之明德。"翕然仁人长者目之矣。其在吾邑，士则往往拜缗钱之赐，复遣青衣持酒脯劳多士。令苦簿书不及款，唯是不腆诸君子纳而付诸庖人。战期迫矣，以佐蓐食多士，又翕然不啻仁人长者目之矣。

乃者公最绩，彻宸聪矣，其沾宠晋阶，分固应尔；即公不日致身青云之上，台省枢要，从容翱翔，亦分固应尔。汉循良吏，久之俱召入拜相，此古今常事，不足为公荣。

公绩冠东省，说者言之悉矣，亦不敢为公赘。今日之言，第为多士备道，其所以缱绻公。及公所以陶铸多士者，见区区之词不容已耳。夫上官之月旦核，父老之风谣实，文人之藻缋浮。公得多士言，岂便以为重要？以见青衿之子居恒好刻画人，左右其袒，雌黄其口，自是常态，而独于公左袒，而若出诸一口，则公之最绩于多士，将无窥一斑耶？公正大不可干以私，多士其尚秉澹台子羽之节，甚无藉衣钵，而仆仆如垢腻之点人衣，则公与多士俱有荣施焉。不然，宓子贱曰："阳昼之所谓阳鱎者至矣。"

赠凤来王明府两院交奖序

邑大夫王公分符吾土，盖三易寒暑矣。台使者冯公按山以东，推毂诸循吏，公其一也，语具疏中。漕运使者某亦雅重公，其推毂公者，犹夫冯公也，语曰："深山大泽，实生龙蛇。云梦、洞庭之奇，汪汪吞吐，浸天浴日，有不可以涯涘测者，而产而为材，亦复肖之。"

公楚材也，其令吾土，温如也，夷如也，父老子弟，熙熙如也，其渊懿沉深之度，有汪汪千顷意焉。夫云梦、洞庭之奇，惊风怒涛非奇，而纤文如縠者奇也；漱玉喷珠非奇，而纳污藏垢，如溟如渤者奇也。今之为政者，胜气为锋，夸节为鹄，往往欲当之者无不摧，而望之者无不赴，掀天而上，排空而下，譬之瞿塘、滟滪、龙门、吕梁，非不令人错愕，而奔湍悬流之下，伤人多矣。故险不如夷也，厉不如和也，赫赫不如恂恂也。盖瞿塘、滟滪、龙门、吕梁之奇，奇在峭壁惊涛，而云梦、洞庭之奇，奇在渟泓浩淼也。古称相天下者曰"垂绅正笏，不动声色，而措天下于泰山之安"。夫声可闻也，色可见也，声色不动，何闻何见也？虚憍之气不敛，则黯澹之光不含；矜炫之迹不融，则和平之福不享，古人所以有取于木鸡也。君吾土者，岂曰无良，而最安闲、最容与，嘉与百姓休息者，吾必以公为首。其驭吏，曰："吾知有三尺。"驭民，曰："吾知有五袴。"驭身，曰："吾知有四知。"其于钱谷，曰："是不宜急，急病民；是又不宜缓，缓病国。吾酌于缓急之间而已。"

噫！举世皆以有才自见，操下日以峻，而获上日以疏。其陨声问而败生平者，傥亦有瞿塘、滟滪之意乎？有主人于此，以赤子而付之乳保，赤子腴，乳保之功也；赤子瘠，乳保之罪也。群一家之耳目萃焉，其谁以瘠为腴，以罪为功也者？公今雅称乳保矣，一家之耳目举，皆贤公矣。执此以往，往即栟幪六合也。夫耸然者，危道也；坦然者，安道也；炫然者，败道也；暗然者，久道也。政闷闷民醇醇，自古记之矣。圣天子东顾而擢用良有司，有两台使者之言在。

送邑簿王公南迁序

余尝读《鲁论》，至"柳下惠三黜"，窃怪叹之曰："嗟乎！以下惠之贤而不免也。”既而思之，使惠易直为枉，亦当转黜为陟矣。然而惠终不以彼易此，彼其视三公，岂必有加于小官？即世能遗佚我、厄穷我，等之为风雨寒暑之序而已。三闾大夫行吟泽畔，孤愤之气一发而为《离骚》，再发而为汨罗。后之人过湘而吊，异世同感。二子者，楚汉之巨擘，其于义命，犹然未之闻也，又何求多于咄咄书空者哉？

邑簿王公，其天性忠信人也。佐邑大夫为政，恂恂有长者风。邑大夫，金溪张公也。张公居恒谓：“猾胥史，狐鼠也，凭城社为跳梁出没，不可方物；奸顽民，豺虎也，出柙则翼而噬人。颓俗纰政，匪浣衣也，胶柱瑟也。不湔涤，则四体不适；不更张，则七弦不调。”故张公驭下期在严，而振法期在新。公曰：“令出惟行，长吏事也；受成事，守掌故，簿领事也。余敢效邑大夫之所为。”故张公以严而公以宽，张公以新而公以故。与民休息，而毫不以奇，自见兀然，坐空堂，饭脱粟，即束薪勺水，皆出囊中俸钱易之。在汉之世，悃愊无华，率为当代推重，而公竟以此遭摈。公得报，殊不介意，怡然曰：“我不善宦，意欲挂冠久矣，有今日也固宜。”客曰：“力田不如逢年，善仕不如遇合，公何拙耶！”

余谓士大夫所病者，巧耳。桔槔之为物也，前仰后俯，引水若抽，不佚于搰搰抱瓮者乎？而汉阴丈人犹然非之。公之拙也，盖不欲为桔槔之为也。公古人也，出公之仁慈，能为季智，而世苦无王涣；出公之闲适，能为景仁，而世苦无桓元；出公之文辞，能为徐浩，而世苦无张说。公其奈之何？虽然，得失蕉鹿也，身世梦蝶也。渊明松菊，季鹰莼鲈，视诸东门之犬，华亭之鹤，其贤不肖何如也？

公善书画，兼善长桑君术，而又家江南，饶佳山水，试买一舴艋，徜徉于渺茫空阔之中，载酒赋诗，濯尘缨，搴杜若，与渔父相为问答，一遇苍崖翠壁，扫苔藓而走龙蛇，大是快事。暇则熟读岐黄，刀圭颐养。分其余润，跻一世于仁寿之域，种福宁有穷乎？安在其区区一簿为也？公行矣。

赠邑尉钟公入觐序

钟公佐长吏为治，骎骎著能声。庚戌，偕长吏，岁入觐。其行也，谊当有一言。

余观今日之吏治，敝极矣。其大吏率不务实，而小吏率不爱名。不务实，则弥缝补苴，堕冥冥饰昭昭，心为蹠貌为夷也。不爱名，更有甚焉，垢腻当前，委身就之，心与貌俱东陵矣。夫夫也，盖自其家食，时贱《诗》《书》而迂孔孟，未出椽舍，而狐鼠出没之伎俩，刀笔反覆之情状，已疑鬼疑神矣。安能操冰蘖，步清白吏后尘哉？故吏患无用，无用者才少也；吏患不为国用而为身用，不为国用而为身用者，非才少也，君才者少也。君才者何节也？夫所谓不爱名者，坏其节者也。钟公南国之隽，壮龄受事，游刃恢恢，才矣。执此以往，政未可量，肯以身易贷，取生平而尽坏之耶？

夫大吏者，监司而下，守令而上，资格之望隆，策励之途远。小吏嗟贫叹卑，堕落易，矜奋难。顾人自树何如耳？马不必骅骝，过都历块，瞬息千里，即逸足也；剑不必干将，水断蛟鸿，陆剸犀兕，即利器也；官不必崇峻，排难解纷，理繁治剧，即良有司也。然此皆才也，不泛驾乃为真逸足，不缺折乃为真利器，不滋垢乃为真良有司，此节之说也。

树标平原，置砥中流，岿然在人目中。国家将有显荣畀之，名与实两集焉。余素才钟公，其所以期待之者如此，不敢以从臾之言进也。

赠李先生迁沈藩教授序

古之人不遇者多矣。贾生之隽也而长沙，董子之醇也而江都。之二人者，在汉儒中号称巨擘，而皆投之寂寥闲旷之地，事业郁而不彰，谭者至今扼腕。是用君子尽其在我，其不在我者则听之。

李先生，中州翘楚也。少时芥视一第，省试主司读其文，击节称赏，且登贤书，忽有持他卷相哗者，遂易之。自是屡蹶场屋，竟厄一毡命也。先生体貌丰如，资性醇如，恂恂有古君子风。居恒手一编，矻矻几案间，危坐竟日。缁垢当前，褰裳去之，若将浼焉。

居久之，有沈藩之命报至，士大夫怪而不得其故。或曰：“先生持黯澹古鼎，售何楼之下，难矣哉，宜其及也。”余谓不然。莅士者与莅民异，莅民者如规，莅士者如矩。不方不成矩，不重不成鼎，方而重，师道乃立。先生之鼎古矣，诚黯澹矣，第古鼎不犹愈于赝鼎乎？彼浮沉结纳以为通，敏捷儇薄以为巧，炙毂雕龙，曲拳擎跪，虽或有当于仕途，然不过何楼之下之物耳，非师道宜也。先生言无枝叶，行无粉饰，庶几汉阴抱瓮者流耤，第令取故步而尽改之，譬之静女习倚门，比丘操屠刀，丑孰甚焉？吾为先生计，如有意于世乎，沈藩亦何不可？席右授简，赋梁园之雪，读枕中之书，与邹、枚诸人曳长裾而弄柔翰，亦一快也。果无意也，归而开三径，筑数椽，左图右史，座列琴樽，庭栽花竹，彼宇之内之皓魄清飔，无一不与我。共二三知己，挥麈衔杯，敲棋觅句，此真可以遗天地、细万物，而何有于一官？圭组冠裳，能荣人亦能缚人；泉石烟霞，能穷人亦能逸人。此唯达者知之，先生谅已计之审矣。若夫抑郁无聊之叹，愤世疾俗之语，分睽凄切之情，有道者不出诸口，不佞不敢为先生道也。

先生名思存，祥符人。

送刘先生之长山序

盖尝闻诸葛武侯之言曰："非澹泊无以明志，非宁静无以致远。"夫儒者，处浓艳烦嚣之中，政如结褵，鸣珮之媛与粉白黛绿者争妍取怜，而老比丘向闹市说法也。故澹泊宁静，儒者之高躅也。广文斋可谓澹泊矣，宁静矣，而豪杰每以此短气，何也？余以为此非真豪杰也，真豪杰安往而不可？刘先生其人哉？

先生衣冠甲第，卓为东鲁冠冕。少有侠气，及壮博综百家，日与濮之名公游，高谈雄饮，睥睨千古，数奇不偶，晚而跼蹐一毡。譬之伏汗血于枥下，闭龙泉于匣中，其神骏光怪，时时焕发，有不可掩者。而徐而按之牢骚，穷愁之感，殊不芥蒂于中，洒如也，怡如也，落落如也。

先生状貌魁梧，玉立岳耸。对缙绅则冠裳佩玉，对缝掖则麈尾生风，对局棋杯酒则白驹过隙，翛然忘其身之在广文斋中也。至其负性之刚方，才识之绝伦，凡人所不能道、不敢道者，令君前侃侃持大义剖之，其晓譻世事，如烛照数记而龟卜也。

先生绛帐中人也，然而非绛帐中人也。有丈夫子三扶摇而上南溟，咫尺耳。五鼎万钟，优游卒岁，先生岂必借此一官？即借此一官，以官以先生重，非先生以官重也。若先生者，乃所谓真豪杰耳。长山，古於陵地，陈仲子之夸节，范文正之流风，士人夸诩而侈谭之，得先生之道范，鼎足而三矣。

先生名汝樵，濮州人。

重送刘先生之长山序

先生之行，不佞业已有赠言矣。其重有言者，从诸僚之请也。

先生故以阀阅显。盖有侍御君者，于先生为兄，冠柱后惠文，风裁大著，先生并驾长驱，文澜笔阵，凌千古而上之，时称双璧。竟厄一第，论者惜之。乃先生达人也，居恒油油自得若曰："四壁何必非乐地，万卷何必非良朋。庭有芝兰，盘有苜蓿，门有桃李，俯仰啸傲，一觞一咏，无不可以成趣。吾何求哉？"

先生豪于酒，小有感，愤气浩浩，如长虹，如飓风，如惊涛拍天。无何气恬，辄复如闲云，如爽籁，如平波展镜。盖顷刻间而蔼然使人亲，凛然使人敬，伟然、勃然使人引而避。

孔子亟称柱下其犹龙乎，先生似之。章缝之士，抠衣问道，辄呼苍头煮茗开醅，促膝道生平，议论风生，四座倾听。至如文章之雌黄，士类之妍媸，时事之得失，民间之利病，靡不批郤导窾，洞中其解。先生何如人哉！

世之秉铎者皤皤然，壮志化为灰烬，手一陈编，乘一款段，抗颜多士之上。

倅而投之繁剧，若爰居之骇钟鼓，而铅刀之遇髋髀，旁观者几欲取而束之高阁，而毕世不能解《儒效》疏阔之诮。此何为者？范世以道，用世以才。仲尼之门，才薮也，假令深衣幅巾，举步徐徐，拱手而谈性命，引而置之杏坛之上。一旦遇治赋者、为宰者、束带与宾客言者，手足无措，则亦乌用此深衣幅巾，举步徐徐，拱手而谈性命者为？

先生用世才也，其气魄大，不难担当；其神识沉，不难察识；其骨力坚，不难坐镇苏湖之范、卓鲁之勋。探囊而出，转环而应，长山岂税驾之所哉？先生行矣。

赠高苑孟明府调曹县序

姑苏，东南一大都会也。我国家财赋，率倚办兹土。顾其地土沃人众，积赀藏货，鳞次栉比。而其弊端奸萌，亦复称是，黠慧机警，相倾相轧。辇上贵人请托公行，少有不遂，则群聚欢嚣，蜂起蜩沸，含沙中人，不遗余力。守土之吏左支右吾，仅半完而已。故丈夫之英气，一入苏而尽销。何者？地饶则善点人，俗诈则善摇人。以白入以缁出，以坚入以瑕出。其岿然自树者，百不一二，所从来远矣。

顷孟公来视高苑事，道出余里，邑大夫因悉公卓异，为余诵之。公楚材也，以高第令香山，已复令吴。吴，苏之附郭也，有孝廉某，集诟亡节，家藏亡命，椎埋为奸，诸大吏莫敢谁何。公奋然曰："此衣冠而揭竿者。"遂大创之。尽以其党寘诸法，父老莫不欢呼称快，而忌者从此侧目矣。两台使者交章荐，会有从中龁龁之者。无何，公以家难，扶服归。服除，补高苑。

高苑视吴，不啻九牛之一毛，且父老闻令负强项名，则已私心惮之。及公至，辨色而起，索衣冠坐堂上治事。事竣，如内取醇醪，团圞对饮，翛如也，怡如也。即小有所创，蒲鞭而已，无所事约束。而邑大治，暇乃课士论文，亹亹不倦，艺林为之生色焉。

公绳元恶，剔大蠹，勇于贲育，天下想见风采。而一当弹丸黑子，其简易之体，委蛇之度，有如斯也。语曰："弛而不张，文武不为也；张而不弛，文武不能也。"则公之谓乎？公初至高苑，率吏民乘城，顾见百雉仅仅斗大，不觉失笑。左右知公有牛刀莞尔意云。无何，曹大水，台使者遽迁公以去。

夫通都大邑，文网疏阔，奸人之雄，席势播恶，平地怀襄，公不难挺身靖之，其何有于曹频行？高苑博士弟子征言为赠，敢因诸君子告孟公曰："冯夷肆虐，曹之民日夜惧为鱼。天子方沉白马玄璧，行所无事，神禹故智可踵而行也。千载一时，孟坚氏秉笔，俟公后矣。"

公名习孔。

赠新城杨明府考绩序

杨公来自中州，令新城者三载矣。会岁祲，百姓多逋。公曰：“夫夫也，室如悬磬，方且不能延旦夕之命，何言国课哉？姑缓之。”部使者以公催科政拙也，龃龉者久之。会乐安令缺，当事者迁公以去。

公至乐安岁余，部使者始上其绩于天官。天子赐玺书，赠太公如公官，封母为太孺人。新城之父老子弟，引领而东望曰：“明府历两地，而始得考绩耶，晚矣！晚矣！”

杨子曰：“不然，积而著者成劳也，久而彰者隐德也。公宰两地，朝抚夕字，譬之劳薪之爨，非知味者，谁从而察之？今之绾绶者，以察渊为明，以束湿为健，斤斤表暴，攫取神君之誉，实则不至，声隆隆焉，仁者不为也。假令公督逋完课，博取恩宠，正如反裘负薪，皮不存，毛安附矣？故历两地而始得考绩，所谓积而著，久而彰者也，非晚也。”

吾观国家之灵宠诸令至矣，松峤流辉，芝函动色，可不谓华衮之荣，鼎吕之重哉？夫其所以灵宠诸令若此者，何也？以民托之令也，负吾君之民，不慈；负吾民之君，不忠；负吾君、吾民而因以负吾亲，使不得蒙昭代之荣宠，不孝。一举而三失焉，非国家负令，令负国家耳。

余尝为之说曰：“最远者，君也；最近者，民也。人情远生隔，而近生狎。彼枫丹之上，紫微之中，吁之而不必应，叩之而不必闻。颠连困苦，千态万状，绘而进之，而不必见，远故也。林总者流几席之前，棨戟之外，手之所挥斥，足之所践踏，无之而非是，近故也。为民父母者，处于一远一近之间，远既苦于民隐之难达，而近又习于茕独之易虐。循良之名，何以称焉？公不以催科见长，历两地而始得考绩。天鉴俨于咫尺，下民等于上苍，吾乌知远之非近，近之非远乎？可与明忠矣，明慈矣，明孝矣。公莅新城，多善政，而其大者乃在缓催科，宽逋负，与元元相为休息。其莅乐安也亦然。”

语曰“河润九里”，则公之谓乎？佥曰：“然，请书之缣缃为赠。”

赠张翁冢嗣籍博士序

齐东富人张翁，有长公，治博士家言。万历卯辰，济上大饥，人相食。御史过公条救荒之策，诸人输粟入官者，隶学官，章缝之。制曰：“可。”

张翁曰：“章缝非所愿也，第廪有余粟，而不以起沟中之瘠，谓明诏何？”

呼长公曰："尔来前，尔业云：'何亦可以采芹于泮耶？'楚楚章缝，顾影徘徊而无愧色耶？吾不奉诏，东人无起色；吾奉诏，子弟有幸心。若曹其谓之何？"长公对曰："大人所言良是，大人诚急东人。"说者且曰："以其所有，易其所无，如是之章缝，亦何足愿耶？"翁曰："若休矣，吾试思之。"

客曰："固哉，张公之训子也。今夫昆山蓝田，天下之美玉生焉。有一人焉，裹粮而入其中，无坚不破，无珍不搜，志在得玉耳。使山灵持连城之璧，呼而授之，仅仅易尔升斗，将却而不受耶？必自剖璞而得之，乃为美耶？名器亦朝廷之玉也，己之获，人之畀，其为美均耳。语曰'执玉捧盈'，言慎也。玉岂必究所从来，顾人所执何如耳？饮醇者吐糟粕，簪缨者弃弁髦，殉葬者焚刍狗，抵鹊者掷弹丸。物贱者易为弃也，弃生于所贱，则爱生于所贵明矣。章缝者，氓庶之所贵也，贵之则思所以保之矣，保之则思所以称之矣。夙夜兢兢，如重负之在躬。若不克荷，为箕为裘，不藉于庭训之谆谆，而隐然得之于顾影徘徊之际矣。方将鳃鳃焉，以为大惧，何幸心之有？卜式之长厚也，而以赀进；司马相如之巨丽也，而以狗监进；王维之高雅也，而以《郁轮袍》进。相提而论，此不犹为优耶？又何必手持尺幅，与经生向风檐寸晷争一日之长哉？且匿己之有不仁，幸人之危不义，失事之机不智。翁其图之。"

张翁曰："谨受教于是。"输粟于官，而学使者授章缝如令甲。杨子曰："东土之饥，此数百年所未见者。天子用台使者言，权宜救然眉，非同鬻爵者比。张翁上以奉诏，中以活人，下以成子，有三善焉。"书此为赠。

寿大参凤台张翁九十序

高苑张翁，当世庙以文章起家，兄弟执牛耳词坛中，雅有二难之誉，而翁尤号称白眉。虽官止大参，名位未大崇，底蕴未大竟，而树立已足千秋矣。及今上之乙巳，翁年且期颐矣。无论诸同袍，即一二修世讲缔莫逆者，已寥落如晨星，而翁独岿然如鲁灵光也。

余里中荐绅先生于翁多肺腑，相率登堂，歌天保为祝。翁自起行酒，盘辟罄折，安步衎衎，缓颊津津，言多天下大计。

不佞作而飏言曰："翁国家黄发也，诸君子第知翁老于年，而不知翁老于事且老于才？其耳目习熟于三朝，而胸怀襞积乎万有。越在田间者，四十余年矣。其于乡井，微症细蠹，靡不掀髯动色，若匪浣衣之在体，而秦越人之洞见垣一方人，矧天下大事而有不厪翁虑者乎？今天下日多事矣，北急虏，东急倭，南急播，赖天子神灵扫清底定，海内宁谧。而隐忧从中而芽者，更仆未易数也。宫与府二体，朝与野争利。一二扫除之役，翼虎雄行，飞而噬人。凿山取宝，入市攫金，加以霪暵频仍，种种之疮痏生矣。逋逃亡命，哗伍脱巾，潢池弄兵，左道惑众。时寝时讧，时息时沸，元气渐斫，骨节尽痒。肉食者鄙，藉口调停焉，而事偾；黄口乳臭，邀功生事，藉口大创焉，而事愈偾。若而人安所寄，安危关轻重也。傥社稷有灵，帝心为翁简在，舆论为翁推毂，主上以安车蒲轮迎翁，翁出而舆二三耇老成人，从容斡旋，坐镇卧理，弭灾销变，沛泽流膏，为盐为梅，为舟为楫，为蓍蔡为砥柱，为保障为万里长城。壮方叔之猷，策尚父之勋。寿国寿民，惟翁之赐，旂常钟鼎，声施无极，翁独无意乎？”

翁辴然曰：“有是哉？杨君之怂恿我也。君言洵美，大非老夫所与闻也。且君以用世易耶？伏枥而志千里，盐车得而困之；社栎而比文木，斧斤得而苦之。某惟不用于今日，乃所以有今日也，皤皤然踉跄里社中。款段下泽，萧然自适；轩冕日趋疏而箕裘日趋亲，案牍日趋疏而图史日趋亲，鞅掌日趋疏而穮蓘日趋亲，列鼎重裀日趋疏而七箸刀圭日趋亲，居无管，寝无梦。杜机堕体，处阴息影；瞿塘自险，我不扬舲；羊肠自峻，我不脂车。故不以万物易一己，不以中道夭天年，而奈何复欲出我干畏途乎？膂力愆而木棋讥，矍铄逞而薏苡谤，曾不若东都门之祖道为贤也？且夫用世住世，吾与诸君子分而任之，使二三同志树骏流鸿，以垂不朽。而老夫坐观其成，以乐太平，以释杞忧，以附于康衢击壤之叟。岁时伏腊，置酒高会，诸君子不以我老耄而舍我，时时枉而赐之一言，则厚幸也。杨君其谓之何？”

于是翁起酌酒，以次觞客。不佞亦与客酌酒，以次觞翁。

寿王太公及王太孺人序

邑大夫王公，盖有古循良风云。公弱冠登楚贤书，屡上公车，数奇未偶。已而叹曰：“二尊人春秋高矣，吾即不汲汲于升斗，顾菽水能如禄养耶？”于是谒选而分符吾土也。

公为人简静宽和，一尘不染，吏民安之。太公乘一款段自楚来，视公所为政曰：“孺子能其官矣，吾且归矣。”亡何，飘然而去。太公隐老农中，年且古稀矣，而饮啖步履，一如少壮时。太孺人年与太公等。

或曰：“太公盖齿而兼德者，恨不以文章起家，见用于世。”余不以为然。太公璞也，抱席上之珍以遗其子，剖而为圭为璋，为瑚为琏。公之见用，即太公之见用也；公之用显，太公之用藏；太公以不用为用，公以用为用；且公用世，而太公住世。吾闻用世者不遗其力，住世者不劳其神，井以甘竭，木以直伐，太公之不用，乃其所以为用也。社中饶朋，樽中饶酿。客至，葛巾藜杖，一觞一咏，一俯一仰，形神自泰，天地自宽。彼磬折曲偻，周旋中规，折旋中矩，不如野老之争席也；驰车入里门，驺从塞路，使父老辟易，扬扬意得，不如鸠笻之徐步也。高冠长剑，金紫陆离，终日仆仆于樽俎间，不如松下之岸帻也。吾有箕裘，何羡轩冕？吾有廌蓑，何羡鼎裀？吾有匡床，何羡琐闼？人之荣名惟视其德，清福惟视其寿，又岂在用世与不用世哉？

太公今且禄养矣，岁时伏腊，与太孺人坐堂上，斑衣斓如，称觞上寿，人间乐事，岂复有加于此？余不获悉大公及太孺人行事，第观公之宽和，而二尊人之仁可知也；观公之简静，而二尊人之恬可知也；观公之一尘不染，而二尊人之高洁可知也。星宿为河源，二尊人盖亦公之源矣。人有二不朽，用世者甘棠也，住世者大椿也。公政成行，且有褒封之典，龙章鹤发，互相辉映。吾辈且以天保之章进矣。

寿张母熊太夫人序

阳丘张明府，先令青城，奉其太夫人邸中，备极色养。邑父老曰：“公外拮据王事，内侍慈闱唯谨，忠孝大节，为一代师表。其为政，风行偃草，无规不随，无呼不应，如臂之使指，而影之象形，厥有自哉。”居无何，公有阳丘之迁，余里中荐绅先生未尝不遥为之祝也。

公少而孤，束发登朝。太夫人以子贵，而雍容鸣珮，荣膺天宠，三迁之训，与有光焉。公之先，寔江右人，自赠公徙居黔而生公。髫龀时，秀颖绝人，下笔辄数百言，识者知为国器。弱冠，籍博士弟子员，遇试辄居高等。太夫人督之，不少置篝灯荧然，每至夜分始罢。顷之，登黔中贤书第一，寔今上之丁酉岁也。是时，公年二十有三。明年，上春官不利，公叹曰:“古人之不择禄而仕，为亲也。”于是开绛帐于蜀，奉太夫人以往。崎岖鸟道间，跋涉万里。广文斋萧然，公日骑款段出谒辇上诸贵人。太夫人叹曰:“孺子技止此乎？而父蚤不禄，我徒以六尺孤在，称未亡人，今且以一毡自画，远大之谓何？”公闻之，戄然自失，不觉汗流之沾背也，盖下帷发奋者久之。

丁未，成进士，分符吾土，席未暖，而阳丘之行逼矣。太夫人初在吾土，教公所以子民者切甚。公视事，罚二十以上，太夫人闻之，辄以为戒。有盗劫居人财鸟兽散，公立获严刑讯之，声彻于内。太夫人惊曰：“孺子缓之，得无波及无辜乎？”已而赃见，公具以白太夫人，太息曰：“人之无良有三尺者，任自为之。”太夫人持斋戒，计一岁中，茹素者半，泊如也。

公奉太夫人，一如髫龀时，问安侍膳，朝夕与夫人氏趋承左右，未尝委诸臧获。而太夫人所以训公、绳公者，亦如髫龀时，严君之义方，不凛于此矣。说者谓太夫人之于公，如养芝兰，积德以培植之，积书以灌溉之。而又屏奇袤，杜纷华，锄治而穮蔉之。太夫人善鞠子，故公亦善鞠民；太夫人善理家，故公亦善理国。其得于慈训者，不既多乎？

黄河九折而入中国，浸天浴日，泽润华夷，则有星宿以为之源也，其太夫人之谓乎？太夫人今才五衮有六，亲见其子之鼎贵而被恩纶，膺异数，曷其有极。俾尔戬谷，流庆未央，余言当为左券哉？

赠默庵潘老师考绩序

戊午秋，梦衮以铅椠出潘先生门下也，屡侍坐先生。先生屡挥麈论文也，然又不专论文也，意盖重人品云。凡二三子进而见先生，必整衣冠，屏息敛容，然后敢入。及退，未尝不汗流浃背也。先生数为二三子言："孝廉之修业欲勤也，居身欲约也，怀鸩毒而实漏卮，远大之谓何？"先生斤斤乎引绳督墨于二三子之方寸者，犹夫斤斤乎引绳督墨于二三子之尺幅也。梦衮于是窥见先生之所以守曹矣。

仲冬，谒先生于曹，而神明之称奕奕载道。及先生觞二三子，而自言其所以守曹也，曰："为政者，患见不真耳。吾为镜，万态呈；吾为鼎，千夫废。吾知有三尺耳，他何知焉？"先生斤斤乎引绳督墨于曹者，亦犹夫斤斤乎引绳督墨于二三子也。先生莅曹者三年矣，修书院，建社学，疏河渠，葺桥梁，行乡约，旌节孝，赈贫困，编保甲，练乡兵，诘奸匿，屏倡优，以至积谷救荒，校文课士，种种不一而足之。数者缩半通之纶者，类能言之，第人人能言之，人人不能行之；即人人能行之，其所以行之者，竟不能如其所以言之者。簿书内之鞅掌，荐牍上之循良，声名籍甚，其中未必有也。乃先生则所谓斤斤乎引绳督墨，而以三尺随其后者也。三尺者，朝廷之三尺也，非行三尺者可以意为出入也，其为物以方立，以严操。今天下事，日弛一日矣，吏治官箴，荡然无存，总为"圆通宽厚"四字所坏耳。软美浮沉之调，划去其锋棱；窥瞷迎合之习，弥缝其阙失。削觚为圜，斫璞为雕，筋骨渐解，脉理渐邪，肝胆肠胃渐尘俗而不清，面目色泽渐涂抹而不可方物，长此将安极乎？先生之斤斤乎引绳督墨而日以三尺从事也，正以有三尺不得不斤斤乎引绳督墨也。大匠有绳，良农有畔，廷尉有律，使者有节，将军有令，执政有法。无法，是弃绳毁畔，破律为令，而遗节也，有何政之能为？

先生以道义自负，砺世磨钝，移风易俗，卓然有斗山之望。其少也孤，太夫人从膝下授书。及先生贵，而太夫人不待矣。先生每为泫然，泣数行下。莅曹，刻《贞幽录》，读之不胜《蓼莪》之感，忠孝大节，此其一班。云小子戋戋者流，乌能知先生，唯是人以品高，官以法守，珪璋其品，金石其法，或庶几得先生之万一乎？

圣天子考最，问曹州守作何状，梦衮敢以此对。

重赠默庵潘老师考绩序

不肖衮束发受书，父母日夜望其成立也。数奇不售，滞青衿中，几二十年。甲辰，先君寝疾，易箦犹惓惓于一第，为门闾光也。又十余年，而不售如故。及戊午，而二毛种种，学使者弃去不录。时母氏皤然老矣，叹曰："孺子无过自苦也。广文斋青毡亦自佳，姑静俟之耳。"不肖衮佯应曰："诺。"而私自伤曰："嗟乎，其若易箦之言何？"会旁有怂恿者，曰："毡岂为君辈设？请复之。"乃以遗珠见收，撤棘俨然售也，座师为曹州守潘先生云。

是时，同门者五人，歌《鹿鸣》。之明日，执贽而谒先生于招提中。五子以次展拜，坐定，语及围中牍，句雌黄而字针砭，言言文章三昧也。已而曰："二三子无以我一日之知而大觊觎我，即觊我，我不受也。有觊于此，二三子即不以觊我，我将索之。"不肖衮唯唯，曰："先生请言之。"先生惨然者久之，曰："某少也，孤母氏代为严君焉，课读，及某成立，而母氏已早世久矣。不佞思所以返哺焉而不得，无已，则有彤管乎？"不佞衮闻之，亦惨然者久之。盖先生抱恸于丸熊，小子怅怀于趋鲤，风木之悲同也。无何，先生呼从者出书数卷，授不肖衮，五人人各一卷，乃《幽贞永慕录》也。于是始悉太师母之苦节，而先生之所以阐扬者，亦既尽矣。二三子实有蓬心，乌能抽藻扬棻，为《柏舟》生色乎？

庚申春，先生考最。天子赐玺书，赠其先人官，太师母始称太宜人云。是时，不肖衮已捷南宫，谬读中秘书，而曹之学博王君来征言为赠。不肖衮聊述先生风谊之高，政纪之肃以应，而殊未及先生之纯孝也。方拟别以言赠，而先慈之变作，扶榇东归矣。

嗟乎！先生恨鼎养之违，而以语言文字为太师母光不朽，得学士大夫謦欬，如吉光凤羽，什袭藏之，况龙光赫奕、如綍如纶之章乎？舅犯仁亲以为宝，愚亦云先生纶綍以为宝。黼黻藻火，不焜燿于此矣。不肖衮虽小有成立，而严君早世，不及见之；母氏又及见而不及亨。茕茕孤苦，殆与先生同，而偃蹇过之。今且块处一室，草木同腐，彼海内名人之翰墨，既不能猝致，而狗马病复，恐一朝先露。其何能卓然自树，达圣聪而膺异数，有如先生也者？故即不肖衮之所歉，可以知先生之所快矣。

噫！当今之能吏，处膏自润，捆载而归，身负墨声，为父母僇，一抔之土蒙恶声焉，此向者负米捧檄之罪人也。譬之合抱之木，不沃其根，即枝干扶疏，芳华葳蕤，风霆撼之，拉然而仆耳。故先生之最绩，不肖衮不及政事，而反覆于《幽贞永慕》之一编。

赠巍石陈老师恩荣序

往岁陈先生督学山东，器度浑浑，东人士不能窥也。是时，不肖衮在诸生中，先生览牍中语而奇之，拔之第一，以远大见期，剪拂长鸣不售，垂耳盐车之遇伯乐矣。无何，先生拂衣归卧武夷山中，而姓名奕奕在御屏。及山公启事也，于是复起，而备兵三齐。时有辽左之警，先生蒐阅操练，先声夺人，鼠窃狗偷，屏迹潜遁，境内安堵。此外一切钩巨察渊，洗垢索瘢之习，尽为涤去。其浑浑器度，犹夫往岁也。

新圣人御宇，世道清朗，恺泽旁流。先生品高望重，舆论所归，而积勋累伐，烂然在人耳目焉。二尊人有华衮之褒，灵宠光大，辉映后先。于是宇下之州牧邑长，征言于不肖衮为赠。非以不肖衮之能文，则以受知之深，无如不肖衮也。顾不肖衮，乌能窥先生之万一，无已，则请征之古。盖古所称社稷臣，勋垂天壤，光流竹素者，代不数人。如汉之汲长儒，晋之谢安石，唐之裴晋公，宋之司马君实，若而人率木僵质朴，黯澹沉深，何尝斤斤以才自见，而卒以树不世之鸿伐，彼直以器度胜耳。

孔子仁管仲之功而小其器，器可易言哉？笙簧丝管，杂然并奏，嘈嘈聒耳；而洪钟大镛，悬于清庙，希世之响，人罕闻焉。沉舴艋于寒汀，非不夷犹；而万斛之舟，帆若六翮之垂天，济川非此不可。彼其器别也，非直此也。大地之中，清溜涓涓，细石累累，诚可赏心；而吐纳云气，出没蛟龙，则必归之于泰华溟渤，将无扶舆磅礴之气，结而成形，亦有巨细之分耶。先生校文文纯，讲武武备，词林推为先正，帷幄恃有重臣。语云:“凤凰翔于千仞之上，览德辉而下之。”又云：“山有虎豹，藜藿不采。”先生之谓乎？

先生之莅齐者再矣，齐之徼福于先生者，不啻万也。先生具文武才，为衡为鉴，为衣为钵，为栋为梁，为砥柱为磐石，为万里长城。即古长孺诸人并驾齐驱，何多让焉？世人铮铮苦不足，先生浑浑饶有余。尼父所为大受，《秦誓》所为无他技也。器可易言哉？当今国家多事之秋，先生简在帝心，行且制胜，庙堂折冲樽俎，寝淮南之谋，报淝水之捷，扫淮蔡之氛，动夷虏之问，可指日待耳。

先生之策勋日高，主上之眷顾日隆，如纶之命三锡而未已也。不肖衮伏在田间，愿为野史，私识明德，垂诸不朽。州牧邑长佥曰然，请书之为赠。

赠佐上人祝发序

往余为诸生，过招提，遇半堂禅师，必邀余入其家，供茶延款，移时不厌也。余嘉其笃，数亲就之。

当是时，佐禅为半堂曾孙，才十数岁耳。半堂好饮，其弟子曰："悟真者亦复好饮，每置酒，则师弟围坐，终日笑谈。"盖十数年于兹矣。

半堂为人多权术，驾虚而行；若悟真则坦衷直率，肝膈倾沥，无复余蕴，甚与余性相宜。至其酣畅淋漓之态，又似无怀、葛天氏，然且复择地而蹈，不肯与匪人相比。市井游冶之子，裒趋雄行，及耽博弈荡身家者，辄闭户不与通。余于是嘉悟真，殆有过于嘉半堂者。

半堂久圆寂矣，独悟真时时与余对酌，而佐亦时时烹茗，出肴核，了无倦容。余每过悟真，辄使佐沽酒。酒至，复使吹笙侑酒。客醉，皆起而狎佐，余独穆如也。佐以故庄事余，与他客异。命之坐，跼蹐不安；命之酒，一酌而退。余于是嘉佐，殆不减于嘉悟真者。

昔人谓："食哀家梨，种种爽快。"悟真有之。《传》曰："桃李不言，下自成蹊。"佐有之。寺僧有炎凉态，余盖尝比之市门妆，讵意空谷足音，有如此两人者。余自先慈之变，苫块栖栖，一有发老头陀耳。空花幻泡，将从天竺古先生游焉。佐其携杖钵以从，佐业已委身空门，势不得不髡其顶，除烦恼，绝垢棼。是或一道也，此不必持韩退之、欧阳永叔辟佛之说止之，亦惟是勉以慈悲之大旨，沃其智慧之灵根。佛善人也，佐言善言，行善事，上祝圣寿，下济群生，如是足矣。

佐之师名龄，通佛法，善楷书，蔼然可亲。佐盖深得其衣钵云。

送徐先生之日照序

万历戊午夏，徐先生来为博士师也，则馆于招提中。当是时，余尚为诸生，于是拉同辈往谒之。既见蔼然，盛德君子也。及秋，余滥贤书，年且四十余矣。先生喜，曰："杨君发耶，学博与有荣施哉。"越明年，己未春，余复捷南宫，先生愈益喜，曰："杨君不留行耶，学博与有荣施哉。"无何，余复读中秘书，先生则愈益大喜，曰："杨君乃为冲天之飞耶，此东人士之荣施，匪直学博辈已也。"

无何，余自都门旋，执门生刺谒先生。先生辄逊谢"不敢当"，延余上座而呼余"先生"。余曰："先生误矣，不肖衮则毕世先生门弟子也。"仍隅坐，而执师生礼唯谨。是时，谕有张先生，训有程先生者，亦皆不欲余为隅坐也。

余坚不肯，先生不得已乃听之。

广文斋寥落，余时时携酒就先生饮。先生好饮，欢然无间也。酒间，戏谓余曰:“太史取大物承蜩耳，而伏枥者且三十年，必待不佞至，而后绝尘而奔也。有开必先，我其济上之文昌耶？”余曰：“然非直此耳。先生恺悌君子，若得百里而君之济上，福星非先生而谁？”

未几，余携家抵都门。庚申春，遭太孺人之变，扶榇东归。先生俨然临吊挥涕，悲不自胜。既襄事，乃稍稍存问先生。先生之贫彻骨矣。是时，邑令君某好为操切，遇诸学博落落如也，俸金又不即以时颁赐。会里人偶有谒余，以事干令君者曰:“愿具不腆之金为寿。”余念先生贫，乃使里人持金借重先生。先生曰:“某从来不以秋毫干令君。”余曰:“试为之，无伤也。”乃为先生草一书上令君。令君见书辄曰:“学博不宜有请也，后勿复尔。”先生闻之大恚，而又不能自明。见令君，惶悚谢罪者久之，而令君竟不知非先生意也。噫！是可以识先生之操矣。

张、程二先生去已久，独先生在吾庠者五年，今乃有日照之迁。夫以先生之德之盛、之操之清，又加以时之久而谊之深也。其行也，余贫无以赠先生。无已，则有一言：傥先生不遐弃我乎，见言如见其门下士也。

先生名一凤，东平州人。

送高先生之安东卫序

高先生，胶州人也。胶为州，自昔有闻地腴而民富，是鱼盐米稻之乡，非吾济上硗确瘠薄所可得而望也。吾土贫而广文斋愈益贫，先生产富地而游贫土，且作贫宦，难为先生矣。顾先生有道者也，居恒耻言贫。

余遭先慈之变，不获时时从先生游，有时而谒先生，则先生每自启圣祠中出。余问左右:“高先生何故从此中出耶？”左右曰:“广文斋颓甚，先生久寓祠中。”余遂谒先生祠中，顾瞻四壁，有图书数卷，棋枰一局而已，间杂佛书数函。先生儒也，而逃于释。余问其故，先生笑而不答。

噫！余知之矣。佛氏主空，一空则万境非实，仲尼所为“浮云富贵也”，孔门之高弟，莫过颜氏子矣。回之屡空，岂货殖之赐所可望其藩篱耶？广文斋亦空门也，先生之阅佛书，傥亦此意乎？他日有以此言告先生者，先生笑曰：“岂有是哉？某聊借以销日耳，抑将溯性命之说，兼以穷其诞妄而附会者。”余闻之爽然自失也，曰：“先生博通内典，穷极性命，谁谓先生贫耶？富莫富于先生矣。”

先生口不言阿堵物，于诸生无所苛索，即数岁中有不识面者，不问也，萧然有安贫乐道之风焉。彼世所谓得志之夫，雕轮华毂，肥马轻裘，扬扬而过，闾里儿曹非不荣之，而得之不以道。殆犹衣冠而白昼攫金者，先生肯取此腐鼠，易其生平耶？

赠毛君佐明恩选序

余自为诸生时，即识齐东毛君。毛君开爽士也，每当稠人广众之中，或猝相邂逅，辄率意肆口，有翩翩自喜之态。余初以为此挑达少年耳，其中未必有也。

万历辛亥，督学使者闽中陈公校士山东，辄以余前茅邑诸生，而毛君亦裒然首取也。后得毛君卷，读之天趣盎流，笔端欲舞，余不觉击节称赏，曰："此才人也，非从帖括中觅生活者，不飞则已，一飞冲天矣。"顾毛君困场屋不得意，而余谬叨一第，已脱离苦海者数年，而毛君犹滞青衿中也。

今上登极之二年，毛君始以明经首膺恩选。余闻之，为君喜且为君惜也。人有如此才，而仅仅收尺寸如毛君者哉？乃毛君意沾沾，得辄俨然，持刺谒余，不遇也。他日，乃托其师史翁再三致意，欲得余一言以为重。余慨然许之。无何，毛君复俨然持贽谒余，而余不忍违其请矣。适余小冗，而毛君迫之言，余不能即言。其后乃复俨然而临也。余曰："君何急耶？且一明经亦何足竟君？而汲汲于余言。"毛君曰："俊也堂上二尊人春秋高矣。"叩之，则乃翁八十有二。毛君颇以为今日之五斗胜异日之三牲也。余曰："惜哉！大才而小用之。"毛君曰："不然，家贫亲老，可以出矣。"古之人盖有抱关击柝者，嗟嗟，毛君傥亦有捧檄之意乎？

毛君幼时从其师史翁游，师一见即奇之，曰："此千里驹也。"而其尊人家寒甚，无所具修脯，遂令毛君弃去笔砚。史翁乃携毛君抵其家，卵翼而成就之。当毛君髫龀之时，英姿已窥见一斑矣。噫！世有龙泉太阿，即有张华；有骅骝騄駬，即有伯乐。如毛君者，暗中摸索，便知佳士，其指日飞腾之概，异时树立之奇，不问可知也。

唯是，余言不文，君草草而索，余草草而应，恐不足为君重耳，顾毛君亦何必以人言重也？

赠青阳张孝廉仲子籍博士序

余尝读齐东令杨二室所为《张隐君世德传》而知孝廉之为人悉也。孝廉公兄弟三人，仲兄华阳令邺郡，良二千石也。孝廉公实先二千石鸣。往者，齐东科目落落如晨星，二千石负汗血而伏枥者久之。孝廉公已绝尘而奔，无何，二千石突起，而双璧映人眉睫矣。

孝廉公为人有古风，凛凛德让君子也。居恒不问家人产，不预外事，闭户读书，课诸子而已。长公余数见之，执礼甚恭，世禄之家少有及之者。次公髫而慧，今上御极之二年，学使者校士二东，次公辄以尺幅籍博士弟子员。冬杪，孝廉公乃率次公章服而枉余也。

今春，客有征言为赠者，夫以孝廉之德之硕，诸子之才之隽，不佞实醉心焉，岂能更为从臾？无已，则有区区一念之荩。大都寒士之凭藉，难于世家；而世家之刻励，难于寒士。寒士者，坟典之不备，耳目塞矣，桂玉之不充，体肤窘矣。笔而耕，舌而芸，进无先容，退无税驾，踯躅于顾影临岐之际，欷歔于造命赋才之偏，其视其翩翩佳公子，殆天上人耳。乃佳公子则身受皇家之宠灵，寒士之所无者，皆己之所有，而寒士之所有者，或己之所无。亲罗绮未必亲缥缃，亲杯斝未必亲笔砚，亲黛绿未必亲丹铅，亲丝竹未必亲弦诵，亲亭台花鸟未必亲函丈友朋。此固举世之通患，而世家之所以坐蚀于晏安之鸩毒也。吾观次公敦重，饶英骨，必不蹈世俗之后尘。而孝廉公，端人也，斤斤绳墨中，择地而蹈。次公自当速肖，不佞亦直借膏肓以为针砭耳。

吾闻养子者如养芝兰，阴德培植之，《诗》《书》灌溉之，而又屏狎邪，遏骄佚，锄治而爬疏之，傥亦孝廉公之谓乎？孝廉公兄弟在今日则为世家，在往日则为寒士。次公试思，今日之富贵显荣，有一不自勤苦中来耶？奈何不自刻励绍明先业也？孝廉公自上世来，有隐德郁极而发诸公子，行且为冲天之飞。语曰:“良弓之子善为箕，良冶之子善为裘。”吾于孝廉公亦云。

岱宗藏稿卷十三

济南杨梦衮龙光著

序

李太白诗集序

白，陇西人，凉武昭王九世孙。隋末，昭王子孙以罪徙西域。神龙时，白父自西域遁还，客绵之巴西而白生。白虽产于蜀乎，陇西其桑梓也，尝流寓山东。山东，古关东也。说者以白父曾尉任城，因家焉。白少与鲁人隐徂徕，号称“竹溪六逸”，遂以白为齐鲁人，非是。

初，白弱冠隐岷山，州举有道，不应。苏颋为益州长史，异白才，谓可方驾相如，然好纵横家言及击剑术，翩翩有侠气。天宝初，南入会稽，与吴筠善。筠被召，白亦至长安。贺知章见而叹其为谪仙人。玄宗有诏，供奉翰林，已而高力士及贵妃挤之出。会有永王璘事，卒沦落以死。

白英姿俊骨，超越等夷，素有大志，雅欲立奇功以自见。然知人料事，疏而不审，谭者病之。其履历见于先贤骘品者甚悉，不具论，姑论其诗。迩来历下、琅琊极推尊白五七言绝句，以为唐三百年间一人，而歌行次之，知白矣。新花向日生趣，鲜华非剪彩雕叶补缀而成也明矣，此白之所以为白者哉？宋人以少陵一饭不忘君，有三百篇遗意也，而于白不许也。行不掩言，固文士气习，彼少陵忧国奉公之言，亦讵能一一见诸行事哉？说者又以曲蘖粉黛为白诗诟病，此尤非也。樽罍具，谈咏畅，佳丽陈，清兴发，白翩翩佳公子也，而斤斤以此相短，无乃太拘乎？

至其去就之轻，诚有可议，然而有可原者。管子，天下才也，九合之勋，鲍叔得而有之。唐之以一身为天下安危者，非郭汾阳乎？脱汾阳于难者谁也？此可以赎白于夜郎矣。

山东武举乡试录后序 代李宗师作

岁丙午秋，侍御闻公檄六郡材官骑士及良家子校之，录其合式者六十人。

事竣，叔元宜有一言申末简，为诸士劝。盖闻之天下虽安，忘战必危。三代以来，忠厚立国者，首周家矣，其次莫如宋。二国当恬熙时，务以闿泽沁入人肌髓。其所以绳约天下者，仅有区区轨物繁文耳。缙绅学士，大都工口吻，弄柔翰，修鞶帨之观，撤组练之劲。其柔曼奄忽之气，浸淫于宇内，如饮甗甀神瀵，颓然酣卧。故当二国之盛也，放牛归马，星聚奎躔，彬彬文矣。及其叔季衰飒狼狈，不可救药焉。用文之此，往事之彰明较著者也。

我国家武备，远轶千古，皇灵遐鬯，海内安澜。而山以东为齐鲁旧区，尼父亟称我战必克，夹谷可会，中都可堕，莱夷可却。师尚父，兆非熊之梦，表鹰扬之勋，跨越东海，赐履专征，泱泱乎大风也哉？河山十二，说者至以东，秦目之士，生其后，其所以自树者，宜何如也？

圣明在御，天下无虞，岛夷恬波，播酋授首。尔六十人者，雍容于铃阁辕门之侧，绰绰有余。然而车不覆于羊肠，而覆于康庄者，狎于安也。彼夫赤白囊交驰，甲胄生虮虱，常以一当百。傥狃燕雀处堂之故智，渔色黩货，潭潭其居，悠悠其旆，如蛟龙释云雨之劳，而坐豢于刘累。徒以一日之驰马试剑，便自人人贲育，人人孙吴，骤而用之，其与驱市人子而殉诸草野也何异？

故危势不宜见于天下，而危形不宜不见于目中。苟目中无危，则天下有危矣，是偷安之说误之也。且报钤未易言也，读赵奢之书而不能庇长平之卒，登淮阴之坛而不能谙背水之阵，按汉文之辔而不能坚亚夫之垒，作万里之城而不能量道济之沙。夫夫也，实则不至，骛乃甚焉。躁进幸获之念一动于中，篾竹帛而竞苞苴，乏汗马而侈党援，拙于克敌，巧于致身，常欲使己攘人功，人分己咎。执此以往，左支右吾，捉衿肘见，是直鼯鼠黔驴耳，国家安所赖之？吾乌知躁进者之非所以却步，而幸获者之非所以丧功乎？是又斗捷之说误之也。由是言之勇怯，何常狃于偷安焉则怯，而一振其偷则勇；巧于斗捷焉则怯，而一湔其巧则勇。顾偷安者，苦窳之器也，受病在骨气；斗捷者，跃冶之金也，受病在膏肓。尔多士能洗涤其贪功幸位，全躯保妻子之念，使忠义之气，亘如长虹，烈如秋霜，何患销蚀于晏安之鸩毒哉？且古名将者流，率皆流览载籍，佩服古训，投壶雅歌，恂恂如儒者，晓然于天彝之所在，九死不回，万折必东。彼投石超距之夫，挑之可动，辱之可杀，胁之可从，即捐脰裂眦，徒轻生于一掷耳，乌能剖泰山鸿毛之轻重乎？故武士一坏于偷安，失也弛；再坏于斗捷，失也猾；三坏于浮逞，失也粗。弛也者，周、宋之覆辙也；猾也者不为周、宋，吾恐其为唐也，藩镇之类是也；粗也者不为周、宋、唐，又恐其为秦也，过门超乘之类是也。

多士生邹鲁弦诵之地，习桓文节制之遗，岂宜蹈龌龊之故习，为干城辱？虽然，武国之神气也。今天下析秋毫而取锱铢，十室九空，水旱蝗蝻，助岁为虐，殆无宁日，元气伤矣。不内固而徒欲外张，傥有戎首揭竿而起，穷民响应，天下事政不可知耳。御乱在兵，弥乱在民，此爪牙腹心之辨也。尔多士傥有藉箸而筹者乎，主司当避席拱听矣。

口碑录序

邑大夫张公考最，荐绅先生竞以言赠。公手一帙，谓余曰："诸君子得无过情也欤哉？若之何其使我徒以名胜也。"余曰："不然。名者，实之宾也，名何病？人政病名不称耳。"

公亦熟知吾土乎？东曰渤海，是龚遂所治郡也。转而南曰即墨，曰临淄，郁葱哉，肩摩毂击，最胜之余也。西曰历下，淮阴侯遗烈在焉。再西则聊城、高唐，名垂射书，光夺照乘，一代之翘楚也乎。转而北接神京，达辽左，号称天朝左臂。语云"高山仰止"，士君子一旦据上游，夙昔陈编中所慕说诸贤，比肩接踵，如一室相晤。假令碌碌无建，明如入宝山徒手归耳。

公五载中，以星出，以星入，固将与古昔并驾长驱，肯以千载之一时，而堕落诸贤后哉？第诸贤生于今，又有难者。古人之所难明，公之所易，或不其然，请为公备陈之。盖古人得君行政，惟恐其君不富强，今唯恐其富强，何者？一统之世与一隅异。一隅知有我，不知有邻，富此贫彼，强此弱彼，所不恤也。一统则天下皆我也，我之身自分肥瘠，自分荣瘁可乎。管夷吾以其君霸，铸山煮海，冠履衣带，天下说者，至以心计之臣病之。然而管氏富国，非富府库也，今读其《牧民》《山高》《乘马》《轻重》诸篇，多为本业计，此与生众食寡之旨，岂尽相缪盭？而世且以溪壑之欲，朘削之谋，自附于管子，亦左矣。且当今之世，患果在贫寡乎？顷岁岛夷犯顺济以东，民日夜惧为鱼肉，是门庭之寇也；清源漕运时时梗塞，是咽喉之虞也。齐眷眷日以多事，而当事者方且营营于富强，朘脂剥髓，日甚一日。彼其怨毒拂郁之气，盘于胸臆，待时而发。

今濒海之地，椎埋掘塚，恶少子弟鲜衣怒马，六博蹋鞠，好侠亡命，睚眦杀人。徐兖而南，日苦河工，水旱肥蟘，流离载道。苟有一人焉，鸱张其间，鱼书狐鸣，广胜接迹，是又腹心之忧也。释此不治，病入膏肓矣。故曰"诸贤生于今，又有难者"，此也。

公宠膺简在，行旦玺书征之，可无一言耸天听耶？夫人臣报国，唯此一心。心伏于方寸，牵于万缘。妻子浓则君父淡，身家重则天下轻，利害趋避，纷然四出。醇赤才如一线，此不过补缀目前而已，安所称杞忧哉？《诗》有之"夙夜在公"，又曰"靖共尔位"，忧国者，无如一其心矣。心者，精诚也。精诚结于君为忠，结于民为慈，结于亲为孝，结于文章为不朽。我公之最绩，诸君之赠言非耶？苟非茂实，名于何有？吾将以今日之一编，按前言以责后效。异日者，凌古人而上之，齐与有光焉。是书也，将与岘山堕泪，共垂天壤矣。命名口碑，意盖如此。

青城县志序

青城旧有志二卷，万历癸丑夏，毁于回禄。邑大夫王公属学博及多士修志，志成，不佞读之，窃有慨于中也。

夫志者，志也，非志事则志人也。志人，不得不志臧否；志事，不得不志是非。其间可劝可惩、可因可革之属，利病关乎元元，法戒垂于永永，须直书而明言之，为来者告。若趦趄嗫嚅，曲为讳，谬为解，奄然自附于忠厚长者，而漫无短长，则志仅为献谀之书而已。

语曰“鹄不浴而白，乌不黔而黑”，贵真也。况士君子之林，及当世得失成败之数，一切粉饰涂抹，掩其本来面目，即五尺之童，尚不可欺，乃欲布诸方策，涂民耳目耶？

吾谓作志者，计地理，辨风土而附会黜；建置，重保障而圮坏讥；祠祀，崇正典而淫祠斥；赋役，恤民隐而掊克讽；官师，褒循良而官邪儆；人物，采乡评而凉德遗；选举，寓激劝而捷径杜；灾祥，谨修省而异闻略。一言之出，须于世道人心，隐隐有关，非苟而已也。

噫！区区弹丸黑子，文献凋残之余，作者如穷波斯胡，采宝成船。固将赍通都，献天阙，使有目者共珍，至如取燕石。及赝鼎夹杂其中，什袭藏之，其不为周客所卢胡者几希；南史之简，吴竞之笔，畏清议不畏多口，顾名教不顾要津。苟讼之以盈庭，筑之以道旁，纷更割裂，必欲有颂无规。是使楚不得《梼杌》，而鲁不得《春秋》也。汉兴，马迁、班固有良史才，今《史》《汉》二书具在，褚少孙、曹大家小有补缀而已。之两人者，假令尽取二书，纷更而割裂之，为子长、孟班者，不亦难乎？夫志，亦若此矣。

五花判语序

自唐以身言书判取士，而五花判事之名起，缘情定罪，根据于法令，出入于经史。真足以折疑狱而剖群情，非苟而已也。国家试士，先以经义，后以论策。经世之务亦既详矣，何取于律令？而区区令章缝习刀笔吏故智。为若曰“是皋陶所为五服而三就者”也，不可忽也。

前辈柳塘石泉，各有判集行世，余未及睹。经生学士亟称白乐天《甲乙集》

及《龙筋凤髓》诸书。《甲乙集》曾见其一二，疏爽可诵。《龙筋凤髓》书名不甚雅驯，乃张鷟为之，篇有小序，系鷟自标，与今制不合，而词旨迂僻，吾无取焉。

国初风气，聿开寸晷之下，颇亦斐然。小不足者，靡靡焉，剌剌焉，有乖检裁耳。相沿既久，掇拾饾饤，一二佳语，辄成勦说。辟之丐食羽衲，无虑十百千万，终日腾颊，只此一经半偈，闻之可厌。及今，则又有异焉。少年轻俊之士，摆脱蹊径，屏去帖括，即规绳型范，一扫而空之。以意造形，形成而惟我妍媸；以口摹情，情生而惟我轩轾。其于义例，如方枘之于圆凿；其于引证，如燕说之于郢书；其于宫商呼应、抑扬虚实，如乳臭儿之兴到辄讴，任其诞谩。岂其有见于博高第对大廷所重，有出于刀笔刑名之外，故弁髦之若是耶？

夫士居恒，抗颜而谈性命，人人自以为濂洛关闽，而民情世故懵然不达，方且扬眉拱手曰："吾一以贯之。"神驰千古之秘，而目眩三尺之条。异日者，刑则不明而欲弼教协中，使人称张廷尉于定国复生，不亦难乎？余因是尽取历科判语行世者订正之。凡词泛而旨乖者，尽为削去，其有缺者，僭为补缀，盖三脱稿而犹未克成编也。即世群然而笑曰："夫夫也，谬用其精神于刀笔间也。"余俯首听之矣。

锦川野史序

余以庚子岁读书于於陵徐君所，户外之屦昼稀，案头之膏夜灿。危坐，手一编，兀如也。佔俾之暇，乃裒集生平所得于耳目者，缀为一书。齐东野人之语，杂然在焉。命曰《锦川野史》，窃比于《齐谐》《夷坚》，供一噱而已。年来束之高阁，蛛网封而蠹鱼蚀，不复省视，覆瓿弃之矣。噫！语言文字，道之赘也，矧其琐琐者哉。暇日检书，偶得此卷，自悯昔日用心之勤且谬也。因择而录之，佐稗官一种。若鸿巨之士，侈谈经国大业，固无取于此。

酒戒序

高阳生曰："嗟乎！仪狄之罪，可胜诛乎？其流祸岂亚于滔天之洪水乎？"客曰："仪狄何罪？患子不为禹耳。"

噫！吾不敢望卫武公，何敢望禹？虽然，吾今亦欲为禹耳。往者束发，籍博士弟子从二三知己游，无日不跌宕糟丘中，心甚苦之。顾余何人，敢以独醒自负，则亦聊与之同佩高阳印绶耳。少年气盛，疏节阔目，濡首放言，白眼视礼法士。今老矣，浮沉苦海，无计自脱。每对酒，忽忽不乐，有老骥伏枥，志在千里之叹，则欷歔扼腕者久之。客取大白浮之，俄而栩栩化为蝴蝶矣。诘旦问之，曰:“昨宵作何状？”茫无以应。呜呼！贾生沦落不偶，竟以悲愤夭其天年。昔人有酒间谈说生平，慷慨激烈，泣数行下，涕泗沾襟，良有以也。酒之为物，善于助人：助之欢，则绝缨堕珥，形骸都忘；助之愤，则怒发冲冠，目眦尽裂；助之以摇落之感，则易水之歌、雍门之哭、牛山之涕、燕市之筑、山阳之笛、江州之琵琶，纷然集于一身，使人损德而伤生，销魂而落魄。皆此物之为也。余与此物周旋二十年余，今乃灼知其为祟，绝交请自今始。爱我者，岂必取大禹之所恶，卫武之所戒，苦相强乎？

客闻之，爽然自失，顾谓子弟曰:“小子志之。高阳生有道之言哉，吾有志焉，而未之逮也。”

同袍约序

戊午秋，余既叨列贤书，事冗如蜩，人聚如蚁。率多不及检，而匆匆应之者。事定，反叩神明，每刺谬不自得。夫士人进步处，浓淡之关、坚脆之会，而雅俗之分也。吾辈涉世，于是乎始彼随波逐流者，业已不能破积习而摆脱于故套之外，乃倒行逆施者，非不豪杰。自命究之，徒以恣胸臆而已。回视夫生平所慷慨期许，慕说圣贤道义之夙心，不啻土苴弃之。古称士不变塞，正谓此时耳。浓澹视其性，坚脆视其骨，雅俗视其品，非苟焉而已也。夜深人静，拥被沉思，膏肓之症，须得饮上池水，洞见垣一方者，乃能拔去病根。于是条列诸款，不惮瞑眩，公诸同志。伯玉有独为君子之耻，此区区私心也。傥哑然笑曰：“迂阔而远于事情，将焉用之。”不佞亦何敢强卿，请用卿法矣。

万历戊午九月，长白居士书于历下之白雪楼中。

素心言序

野史氏曰：“麋鹿之性，丰草长林，意甚适也。拥肿不材之木，偃蹇于深山穷谷之中，傲雪霜而狎樵牧，乃以终其天年。”之两者假令取而置之闹处，被绣而入太庙，移根而栽玄都，则生趣索然立槁。何者？非其素也。夫一丘一壑，吾素也，蹩躠长安中，缁尘满面，山灵得无笑人归休乎来哉？吾还吾素矣，取素心语著之篇。

万历己未仲春，长白山人书于西山之碧云寺。

尚白草序

余自为博士，家言其利小，试犹夫掇之也。三年而一入围，则泯泯焉，如石之沉海。久之，乃拟杜陵《同谷七歌》自遣。其一曰：“一歌兮歌声绝，抱瑟齐门泪垂血。”及万历戊午，始售于乡。己未捷南宫，而其技犹然向日操而立齐门者也。箧中之稿且行，即以《齐瑟》篇名之。客曰：“不然。今者子为伯牙而人为钟期，齐瑟何有？请更改之以《子云玄草》。”噫！玄则安能，子云不以解嘲乎？玄得无尚白，余亦听其覆瓿而已。

己未仲夏，长白居士题。

尚书制义序

余弱冠喜涉猎群籍，见古文词，私心辄向往之。举子业不甚留心，以故小战则利，大战则蹶。先达长者乃教之，收其跅弛汗漫之气，壹轨于绳墨，虽俯首就之，终不帖帖也。夫文章犹之传神写照，然生平鲁莽，曾未梦见颜曾思孟之面孔。况二帝三王，号为浑浑噩噩，远在数千百年以上者乎。汤君老于此道，而乃索及余之箧藏。嘻！西子里中，固不宜有此颦妇也。

日观峰漫咏序

余为诸生时，喜浏览百家，几案上，强半皆诗歌古文辞。时或妄意作者之林，捧心效颦，不自知其丑也。及见嘉隆间于鳞、元美辈，卓然成一家言，尤私心向往之。沉酣几二十年举子业，反弃去不顾。第余滞苦海中最久，岁一校艺，则又时时持尺幅而与缝掖争一日之长。故当其治举义，则每以诗夺之。及治诗，则又每以举义夺之，竟两不能工。虽然不工，何害樵歌牧笛，诞谩无腔，自适其适而已。己未孟秋，长白居士题。

岱游记序

盖尝读子瞻之诗“无竹令人俗”，余谓士大夫胸中无丘壑，笔底无烟霞，俗抑又甚矣。余受性僻，视手板犹桎梏，视宦邸犹樊笼也。每过长安尘起，怀抱作恶，辄忆吾山斋，清泉白石，樵语梵呗，若坐冰壶玉魄中。奈何扰扰尘坌为也。噫！此意难言矣。顷游吴先生之门，而窃私幸其针芥之投也。

先生以戊午典吾东省试也，不肖雕虫受知。撤棘，歌《鹿鸣》之章三叠，余音尚绕梁也。先生辄策杖观趵突泉，登白雪楼，若与于鳞握麈飞觞，下榻论文，把臂谈心也。已复游灵岩，登泰岳，蹑日观，峰绝顶，观日出扶桑，大叫以为奇绝。当其杖履破莓苔，衣袂带岚翠，一觞一咏，啸傲已空人群，而呼吸遥通帝座矣。归而诸亲问："东游，颇得士乎？"先生曰："主臣有之不尽此也，奚僮以古锦囊对。"噫！先生何如人哉。昔人据一榻而卧，游历千峰以济胜。又有婚嫁毕而肥遁泉石，结为膏肓。先生殆兼之矣。先生胸富二酉，业营千秋，礧砢瑰玮，非戋戋所可窥其万一。于鳞、元美之后，主风雅盟者，舍先生其谁？至其忠孝大节，钟鼎奇勋，亭亭皎皎，揭日月而行诸天。盖巢许夔龙，屈宋班马，先生皆饶为之，非徒以丘壑烟霞骄语高尚者。马迁有云"此可为知者道，难为俗人言也"，余于先生亦云。

书四房同门稿序宫老师命作

己未南宫之役，余分校书四房。撤棘得十八人，闱中牍已悬诸国门矣。复人出箧藏，拔其尤者以行。或谓闱中牍七首耳，乌足尽文家之变，选合抱者期于邓林，采照乘者期于合浦。

箧中之藏，文章之邓林合浦也欤哉？余谓不然。作文如造酒，一勺之酒为黍几何？然酝而酿之者，要非一黍也。七首之文为艺几何？然炉而锤之者，要非一艺也。故文论真赝，不论多寡，真莫真于闱中牍矣。糊名而试，掩关下楗，咯咯吐之，淋漓尺幅之上，自非富以二酉，倒以三峡，劈以五丁，挟波斯胡而来，乌能光怪陆离，夺人目睛？彼寄人篱下，饾饤掇拾，捉衿肘见；朱衣绛蜡之下，丑态毕露，真赝较然矣，岂待搜及箧藏而后剖其真、尽其变耶？真论其品耳，文有品亦有神。品者，文之定局也；神者，文之天机也。天机以矫掩，以恬现。恬，自然之谓也。多士背城一战，外束于功令之肃，内夺于得失之歧。不患不真，患不恬，不恬则矫矣。创平者或矫而为奇，创奇者或矫而为平，以至短长、浅深、浓淡之间，或尽易其本来面目，以迎合主司之好。语曰"鹄不浴而白，乌不黔而黑"，语自然也；又曰"鹤胫虽长，断之则悲；凫胫虽短，续之则忧"，语矫也，自然之反也。若此者，间亦诡遇得之，天机不存矣。箧中之藏无得也，无失也，无功令也，师心匠意，一听其天机之自行自止。其间非不刻意求工，然肖其性之所近，而非矫其性之所无。盖有竭蹶摹拟，终身不能得而反以无意得之者，譬诸画史之盘礴，右军之坦腹，庖丁之解牛，九方皋之相马，神闲气定，不知其所以然而然者，此天机之说也。所谓自然也，自然者，安也。孔子曰"察其所安"，安对勉而言。文之有安勉，亦犹人之有安勉也，勉为善不失为君子。顾勉之中，或有矫之一途，矫于文，犹可言也，矫于人，伪乃滋甚。矫为廉则井李螬食者苦，矫为俭则脱粟布被者诈，矫为直则碎首玉阶者激，矫为镇定则过户折履者矜持。此皆匿情求名，以世局掩天机，去之远矣。

夫士也，吐而为言，肖其衷而已；措而为武，肖其趾而已；映而为影，肖其形而已。委蛇于素丝羔羊之节，卷舒与流行坎止之常，风行水上，云出岫中。乌乎！矫即举世引绳批根，而以无心应之，瑕瑜不掩，本色具存，一何自然耶？安耶，不安耶？箧中之藏，亦若此矣。一索而得真品而赝者退，再索而得天机而矫者退，可为国家得人贺矣。

陆耳宣制义序

今宇内文章之盛，首推浙中，无论吾齐鲁，即吴楚、江左、闽中号称作者之林，亦不能先浙中而屈指。说者谓江湖清英之气，浙有独钟。其结为人文，亦复尔尔。而不知浙非乞灵湖山，乞灵方寸也。其制义之妙，盖二百年来，衣钵历历，自有真云。

余同门陆耳宣，浙中翘楚也，出一编示余。余既卒业，而有味乎其言之也。往余弱冠，无日不操觚也，笔底如秋潦焉。汗漫奔溃，一任其意之所之而已。当是时，荐绅先生及诸文士无不才杨生者，杨生不遇也。及渐有知识，与浙之名公论文，亹亹数千言，大要以钻研书旨为主。肖圣贤之神髓，而婉约出之，余始愧悔曩时之谬也。夫为文，犹之对垒，然以气为鼓，以才为锋。气粗则豪，才大则累，即喑哑叱咤可辟易千人，而浮骋浪战不免上将之蹶。此非其鼓不扬，锋不铦也。所为节制少耳。

耳宣之文岂少气？而气不掩理；岂少才？而才不累法。其部伍极整，其步伐止齐极森严，其捣劲摧强极精。悍而深入，其凯旋振旅极冲和而闲雅。即灶可减，沙可量，背水可阵，而要不诡于堂堂正正之观。是惟不战，战必胜矣。学士家即奉此编为韬钤，可也。

噫！文难言矣，如桓文之节制，乃可以言师；如纪渻之木鸡，乃可以言养；如达磨之面壁，乃可以言禅。每见长安新贵人牍出，窃怪之其平平者，卑之无甚高论，高者乃或寥寥数语，曰“吾以骨胜也”，不则又或创为悠谬不根之语、支离无当之说，离经判道而自诧以为奇绝。夫气豪才大者，失在浮也。此则又近于舛矣。初学小生，脚跟不定，随风而靡自谓短兵接战，偏师出奇。及入棘围覆没，可胜道哉？大都举业之文，须有绳墨，不则泛驾而已；须有色泽，不则枯骨而已；须有布帛菽粟之味，不则牛鬼蛇神而已。彼长安诸贵人者，业已售矣，无功令伺其旁而乃横出，其英雄欺人语为承学误，此何为者？耳宣制义，今具在，绳墨秩如也，色泽睟如也，布帛菽粟恬如也。此桓文、纪渻、达磨合而为一人者。余所为浙中衣钵，其在是乎，其在是乎！

王梦符柯亭稿序

东土之隽，有王梦符，以文章擅海岱间，有三十年所矣。前后学使者及台使者及诸守令校艺，率居第一。其持尺幅而冠多士，犹痀偻丈人之承蜩也。同辈视梦符譬干将之出匣，渥洼之绝尘，辟易却步，不敢以雁行进也。顾梦符家徒四壁，里中多驵侩、纨绔儿，无能知梦符者。即有知梦符，亦止知其为佳士而已，竟无延之函丈中，馆谷梦符而北面抠衣，执经问道者。以故梦符恒苦治生，而铅椠夺于桂玉者数矣。是时，东阿有孟先生者，万历初年，曾劾权相，直声震天下一丘一壑，未尝与辇上贵人通一字书。忽遣使问梦符家居不，而书币继之。一见梦符辄倾倒，恨相见晚也。自是梦符避嚣习静，家亦稍裕，旁无分念而业愈精矣。冲天之飞，梦符自以为得力于孟先生云。东阿一名柯亭，以是名编，志不忘也。

顾先生赏识梦符，不独以其文。梦符为人，恂恂雅饬，了无机心事，仿佛汉阴丈人。先生博通内典，每欲举以相授，辄复中止，曰："梦符方且用世，俟异日当取衣钵尽付之。"

梦符为文，骨气磊落，襟韵爽朗。雄则岳峙，浑则波流，有泱泱大国之风焉。彼世俗一切儇巧傲诡之习，幽深艰涩之态，毫不入其笔端。故读梦符文，便可知梦符之为人矣。世之瞿昙其言、鬼蜮其行者，文固不可为训之文，而人亦不可方物之人，恐不可与梦符同年而语也。

己未季夏，长白居士题。

岱东十九友序

岱东十九友者，余莫逆交也。古人称"白头如新，倾盖如故"，此道今人土苴弃之矣。

余自束发以来，交游渐广，屈指一二石交，政如空谷足音。乃若败盟负心之徒，反覆甚于市井者，不可枚举。惟十九友与余周旋，情好日密，此中无亦有针芥之投乎？余性褊，趋向颇与世左。独流俗所弃而不自取者，往往有当于心。即中强半有散居海内，不获朝夕。而兰臭相投，不啻把臂，人有同堂若胡越，千里如比肩者，神有交不交也。十九友者，神交也夫。

山居纂序

往余为诸生，频习静长白山中。山有醴泉寺，是范文正读书处也。学士大夫争向慕之，结社其中，而冲举以去者，后先踵相接，山灵之助居多焉。余曩欲草一志，志此山，未遑。

今闲中，忆山居之胜，聊纂其大都，得三十二则，与岩居者共亦以见。余之不敢传舍乎此山，贮一编于斋头，庶几宗少文卧游云耳。

天启元年辛酉季秋，长白山人漫题。

岱宗藏稿卷十三终

岱宗藏稿卷十四

济南杨梦衮龙光著

题辞引跋

魏孝廉孟子句读音训题辞

长山魏渠孝廉，秋桂方荣，朝菌随萎。闻山阳之笛，涕泗双流；修地下之文，鸿濛独往。无何，惠施之五车渐佚，玄晏之满架顿亡。

岁在己亥，余适南行，偶见徐生一册，爰为孟氏七篇，蝇头小楷，墨雾霏霏，兔颖余辉，丹霞灿灿，洞人心目，作我典刑。询之，乃孝廉所读书也。余惊披阅，至于再三，不觉抚编汗下，敛衽心服，恍照天禄阁之青藜杖，如获波斯胡之珍珠船载。

及庚子之秋，值有会城之役，亟构善本，摹为指南。第尝脔知鼎，物固不在于多；而得陇望蜀，心尤存乎见少。因彼秦晋朱陈之戚，咨其《学》《庸》《论语》之编。奈山灵之呵护少疏，家人漫藏不谨，一逢梁上之君子，辄化乌有之先生。人得楚弓，我悲鲁壁。

噫！丰城紫气，延津终会雌雄；兰亭墨妙，贞观罗之左右。物常聚于所好，大岂丧乎斯文？余盖惕然，惟恐失之，而又欣然，庶几遇之也。虽然，造物忌全，世界多缺；班禄之籍，其详莫闻；坏壁之经，所亡过半。司马阙如，待褚少孙而补《史》；孟坚没矣，赖曹大家以成《书》。譬之威凤飞鸾，片羽犹然价重；夏璜周鼎，剥蚀更自色苍。是书也，亚圣七篇，仁义孝廉，半世精神，开卷心镜莹于寒塘，辍读神交殷于清梦，所得恶在其不多矣？且也游、夏虽莫赞于麟笔，而经说亦可续于龙门。

故夫极人巧之能，缀天孙之锦，不佞盖亦有志，请以俟于将来。又何残缺者之不终完，而遗憾者之不自慰也耶？

万历二十八年十月望日，长白居士题。

寿邠平王明府图册引

古称耇老，成人在位，历年寿国，意其人必皤皤然黄发而台背，以久视长年得之。及考诸载籍，古来国脉之延长，无过商周。今《君奭》所纪，其间名世诸臣，商则有若阿衡诸人，周则有若虢叔诸人。此数公者，固非少不更事者万一可拟，然亦何至皤皤然黄发而台背，扶鸠筇，跄踉一堂之上也？

商周以还，言得人之盛者无如汉。汉前有留侯，后有武侯。子房状貌若妇人好女，而孔明束发事昭烈，年不满三十，乌在其必皤皤然黄发而台背，然后为历年寿国者哉？古之人道德，其所自有，所不知者寿。余以为寿，固不难知耳。子房素多病，谢事辟谷，从赤松子游，皭然饵蜕于尘埃之外，圭组轩裳，何足挂其丹府？诸葛王佐之才，澹泊明志，宁静致远，旨哉言乎！二公者，即历年少逊阿衡、虢叔诸人，而勋庸之所掀揭，道术之所卷舒，威灵之所震叠，荣名之所赫奕，直与天壤俱敝，寿耶？夭耶？

王公之来自三原也，年不逾强仕，而泠然有御风之想，无论冰操玉节夐绝一世，而貌臞神王，帷薄不御，铅华削迹，即以质之，辟谷明志之意，宁有岐乎？壮而子房、诸葛，老而阿衡、虢叔。寿国寿民可豫卜也，昔端毅公之历事三朝也，忠贞在旂常，遗爱在苍赤，文采在天下，而得年九十有三以终。公为端肃公苗裔，其无疆寿考，后先一揆，夫复何言是图也。虽不足以辱大雅乎，且用以为异日左券矣。

泉山曹太公传跋

语曰："天道无亲，常与善人。"若曹翁者非耶？翁窭不黔，数为租税困危矣。已数为族人构，更危矣，而竟以安，侧目者若蚍蜉之撼庭楹。翁度越人远矣，且翁两度游贾人中。大率贾人习纤啬，一芥当前，裂眦忿争。翁得遗失金，旋出诸袖中，毫无吝色，贾人有是乎？然此犹以为好行其德，性或近之。至伦常所在，极力肩荷，即齐鲁诸儒未能或之先也。彼其从风波中，驾一叶舟，脱河伯之厄。长年三老翻恃翁以为命，厚德之报如此。

陶朱公家有二璧，色相若也，径相若也，泽亦相若也。然其价一五百金，一千金。侧而视之，千金者其厚倍，是以价倍久矣。夫厚德之为贵也，墙薄亟坏，缯薄亟裂，世之凉德之，夫譬之操豚蹄而望岁，庸可冀乎？

平播露布跋

按播之先宣抚使杨辉者，有二子，曰爱，曰友，爱嫡而友庶也。辉暱友，欲贵之，与幸客张渊谋诬夭霸诸苗谋为不轨，请守臣屠苗，欲以为友地。是时，都御史张瓒允其请，帅师屠苗，诸苗无辜被戮者千余人。辉亟赂瓒，瓒遂归功于友，称友谋勇冠军，手刃七馘，请设安抚司于安宁，以友为安抚使。部议从之。时友年才十三也。爱已嗣立而友复启土，盖并峙而两大云。

无何，烂土诸苗赍果等愤夭霸之冤，时时攻安宁，而丹章诸苗亦复寇之。四川参政谢士元等以兵往援，过播，爱故携酒与之流连。张渊唆友诬爱通苗，越境为乱，报之贵州守臣，而致书举人路义者，令通赂上下。爱适获其书，亦报之四川守臣。渊惧，复诬爱尝言："梦骑龙登天，上帝谓我南方帝子。"又尝立嵩呼门、金水桥以拟宫禁。廷议大骇，命侍郎何乔新等鞫之。渊以妖言坐死，士元等落职，义削籍，友、义皆论死，赎免之。友削官，窜保宁。

无何，友党篡友以归，与爱仇杀不已。而友子张、爱孙相尤为酷毒。嘉靖七年，兵部尚书胡世宁谓张党与已成，不抚，恐遂流祸，请立安抚司于凯里，属治贵州，以张为安抚使，而相属治四川犹故。今应龙当是相裔孙也。

青城志跋

野史氏曰："余修是书，颇与旧志异：旧志志邑宰多婞阿，今以义胜；旧志志乡曲多溢美，今以核胜；旧志志钱谷太繁，今也简；旧志志缙绅大略，今也详。至陈言琐语，则刊落殆尽矣。顾文献凋谢之余，苦无三老五更，为我缓颊，仅仅收拾补缀。若此后之君子，果有良史才，为讨论，为修饰，为润色，吾不失为裨谌矣。"

日观峰诗稿跋

壬子秋，余自棘围罢归，郁郁不乐。未几，疾作久之，渐入膏肓，鼻息一线如蛛丝断续。自分万无生理，因及身后事焉。举家皆环视而泣，余心坦如也，曰："无然无然，世有不谢花耶？此自是宇宙间常事耳。"是时窃念："三十年困一老儒冠，搰搰蠹编中，将宇内佳景当面放过。安得四体轻健，徜徉春风中，微雨洒尘，桃花夹岸，天朗日暄，携长朋，对斗酒，终日吟赏乎？已矣哉，命也夫，命也！"

已而辗转月余，疾稍稍瘳。久之，有起色，自以为出望外。无何，儿遲中道摧折。余孑无兄弟，止此一息，半世鞠育，一朝化为乌有，方寸灰冷矣。

噫！人生七尺，直是赘疣，遑计其他。穷通有数，一点浮荣，如蜜在鼻尖，铦取不得，何吾侪之不达也？自是始时时诵佛书，窃比于有发头陀，而青紫二字，不啻腐鼠弃之矣。偶对景操觚，萧散无复检裁，唯是任吾神之独往，而听吾籁之自鸣，一切人世应酬低回之态，毫不入其笔端。盖向日病中所追悔其放过者，种种恣吾刻画焉，居恒自谓舍此无以为适落魄之。夫业已无意于人世，傲然自放，耽方外之游，结汗漫之期，其语言之简倨不伦，无足怪者。

呜呼！寥寥数语留天地间，同心之侣傥有孤赏乎？不我知者，即取而覆瓿可也。

陈公使琉球录跋

瑰异奇诡之观，惟海上为多。是录仅云四顾廓然，茫无山际，惟天光与水光相接耳，云物变幻无穷，日月出没可骇。寥寥数语，殊不能悉。萧谢始极力摹写，有三龙登天。图画中人数十百，言颇亦令人神飞。至于冥搜邃讨，雕万象而绘百灵，令读之者无复遗憾，尚未遑耳。安得李历下、王琅琊雄文大笔，促膝同舟，用千丝铁网取大海中珊瑚耶？吾侪好奇，如穷波斯，终日觅珍珠船不觉云云。

芸窗佳梦跋

是编未详作者姓氏，称东郡梦沉山人。著中多俚语，而药石箴砭，时露一斑，录之以为浪子戒。凡著书者，想像为之，神情多不得肖。此君掊击倚门挟瑟之女，如张茂先然，华表木照老狐精，元形尽露，无复可施，面目自非。美少年滑稽有口，浮沉青楼中，饱尝狭邪滋味，畴能辨此。为羿也妻者？多巽与之言而侃侃，吴刚辄以法言随其后，良药苦口，瞑眩瘳疾。世之冶游之子，业荒于嬉者，尚其三复于斯。

岱宗藏稿卷十五

济南杨梦衮龙光著

记

游华不注山记

去历下东北十里许，有孤峰插天，曰华不注。《左传·成公二年》："晋郤克战于鞌，师败绩，逐之。"所谓"三周华不注"是也。一曰金舆山，详见郦道元《水经注》。此山秀出云表，秾翠可餐，每一凝睇，辄翘然有干霄之思焉。

万历丁酉春，余客历下，约同舍生造其巅。同舍生难之，余遂独往。已有王生者，愿与偕。出东门，将取道，询诸衢人，旁一走卒，策蹇而前，曰："二公第跨蹇，山路小人习知之。"余与王出囊中青蚨酬之，并辔而行。小径宛转，如率然之盘曲焉。田沮濡宜稻，野花夹路，半不知名。久之，翠黛渐扑眉睫。走卒请曰："此山峭甚，游者率委顿而返。小人俟二公于麓，愿以蹇旋二公。"余曰："吾侪好奇，一逢幽胜，如见故人焉，淹留竟日，若乌能久需乎？若休矣。"走卒遂辞去。

山阳有华阳宫，缔构宏敞，门枕断桥，壁两傍有董杏"忠孝"二字，大可径丈，不甚工。又有碑，图五岳真形。殿列四帝，青阳、朱夏、西颢、玄冥，像甚伟，堂堂乎太乙钩陈也。李太白、曾子固诗二篇，好事者布诸方策，悬梁间，足为此山吐气。但尘埃漶漫，杳无人迹，壁上漏痕，横斜四垂。嗟嗟四帝，吾见其时时坐风雨中也。西厢鸡毛狼藉满地，当是游客治具于此。探奇揽胜，世亦不乏人耶？出宫北望，笔锋剑芒，亭亭直上，乱石嵯峨，无措步处，瞪目而已。物色山径，苦不可得。山寂然，不逢一人，无可询问。王欲旋，余不可，勉强拉王自山阳转而之左，别寻鸟道，渐及巉岩。云根突起如削，有石可屋大者三四，客悬崖上，灵飙袭之，向人欲落。王大骇，喘息缩颈，窘不敢前。余亦逡巡，却步者久之。

遥见山下灌木中，茅茨隐没，时有人烟。就而询之，一山氓引至山麓，指砂砾细琐处，曰："此径是也。"盖山阳原有径，远望之，皑皑如一线，萦纡而上。是日凌晨小雨，千岩一碧，遂失一线之所在，至是乃得之。谛视之，危磴崚嶒，未经修辟，特于石际，稍可置足。别则转折从身，扪葛攀藤，如猿猱挂木杪耳。移时，发际津津汗出矣。至险绝处，辄匍匐膝行，十步九折，且登且憩。叹曰："山灵之巧于困人也如此哉，将无傲岸自雄挺立青冥之上，自非笃好者，终无以窥其藩耶！"

山半有纯阳祠，挂空翠间，秋空一剑，飞度朗吟，亦人世之奇也。良久，有轩南向，凭轩一望，下临无地。转轩后一小门，呀然翠微之表，摄齐入小门，即山巅也，北极庙在焉。庙宇颇小，但岿然冠绝顶耳。庙前有石柱二，横驾石梁，梁上安置石香炉一。西有丹房，仅高二三尺许，雌伏欲没，当是避风尔尔。一羽流出，见客，丐施钱。余与王稍稍出青蚨，羽流喜而荐茗。徘徊久之，心神旷朗，宇宙寥廓，恍然烟霄之上矣。庙壁题咏，玉石错杂，羲献之迹，间虽有之；而恶札纵横，点涴清界，不无可恨。庙后有序翼然，俯临千仞，凭栏纵目，天风飒然，衣裾猎猎，一冷透骨，势欲吹人堕九霄外也。

余乃抱柱西望，会城森郁，棋列星罗，泱泱乎大国风也。城之北，潴水皎如一镜，东南烟树村居，点缀如画。远近诸山争来献奇，老杜"诸峰罗列似儿孙"之句，始为此山设也。蔬圃麦陇，青青成列，整洁可爱。广陌通逵，行旅络绎如织，担者、负者、车者、马者，迢递隐见，作傀儡状，宁知有临其上而窃笑者耶？

日渐西，暝烟四合，王趣余旋。余曰："何匆匆也。"行至山半，此身自天而下矣，丹梯在眼，步步回顾，唯恐失之。将及山麓，王忽顿足曰："吾遗一奇！"余曰："何？"曰："山上有井，冬夏不涸，黄冠汲焉，盖灵泉也，恨不及见之。"余亦怃然，已而笑曰："安知非山灵秘此一奇，冀我辈重来也？行矣。"遂与王徒步而旋抵东门，门且扃，亟蓦入。至旅社，同舍生已篝灯饭罢矣。余与王偃仰榻上，良久乃起，呼酒相劳。

游千佛山记

出历下南门可二里许，有障如屏突然拔起者，曰千佛山。《志》所谓"函山"是也。山之半有梵宇，宇之西削壁千尺，就石鑱为佛像，累累数百尊。像不甚精，仿佛可辨而已。

乙卯夏，余往游焉。联辔者，邹平刘、商河王也。山甚峻，初而骑，已渐不可骑，乃步，已渐不能步。颓然卧松阴者久之。宛转数四，始抵梵宇。中宇不甚壮丽，南倚壁而北瞰。空有。厦可罗坐胡床十数。厦前有槛，下临绝壑，一望苍郁。极目雉堞斜连，会城几席间物耳。此山中第一胜也。

席地觞焉。酒半，有青衣人忽告曰："令君且来，请避之。"刘怒，曰："吾辈高阳酒徒也，不知有令君。"青衣逊谢良久，曰："令君非他，历下裴明府也。"

刘曰："果裴耶？吾当避之。"盖裴曾令邹平，刘其药笼中物也。遂移席于梵宇之东。其地秽而冲，游人往往阑入，不能剧谭。持觞四顾，无何，而令君至。拉友数人，皆邻封墨绶也。驺从夹路，令君皆坐肩舆中，如三日新妇不肯下。至巉岩间，舆不可前，前后乃推挽之，如牵逆水之舟然。余与刘、王望见之，不觉失笑，曰："松下喝道，吾乃今日见之。"逡巡间，划然有声，则青童奏曲，令君宴也。数叠后，寂然无闻。怪而问之，令君以鞅掌归矣。贸贸来，匆匆去，彼亦乌能有此丘壑耶？

刘、王皆能诗，倚醉联句梵宇东。蹑磴而上，有一小门，挂绝壁间，杳然别一天也。其中甚闲寂，有禅房如斗大，与古洞相对，境亦奇。忽有客负一丽人入，四顾徜徉。无何，客复负之而趋。王曰："止吾欲观丽人。"众迫而睨之，客负丽人，瞥然而去。余棻袭人，松萝为之增媚。山有对华亭，华即华不注也。又有所谓云窝者，即前古洞是。

是日，三人皆半醉归，而刘复畅饮，遂大酩酊。刘名绳廉，王名琨，皆奇士。

游女郎山记

阳丘之北不里许，有山曰女郎。《传》曰："章子女葬于此。"未详是否。余往年数登临之，不移晷而去。

岁辛亥寒食，乃携酒往游。坐松阴中，款语竟日，始得此山之概也。山故不高，而去城又太逼，百雉历历，从腋下可探取也，眼界苦不得展。唯是南山万叠，如扆如屏，送青跃碧，群然竞秀于几席杖履之下，此一奇也。山阳多羽流冢，累累无算，刺眼不佳。又岭麓间，凿石太酷，所在残破，远望如人面上剜肉，鸿濛之气能无泄乎？

乙卯复游，其上宫观颇加增饰。山故有三阳洞，窈窕可容数十人，夏月冷气侵人。洞前有阁，曰大罗。天前复为阁，轩窗虚敞，四望廓然，皆新创也。更有碧霞宫，仍旧贯耳，诸祠错杂非一，不尽记。山石作紫绿色，可玩，古人所谓丹丘以此。

游长白山记

长白盘据于四邑之间。其东北为邹平、为长山，折而西为章丘，其南则淄川界也。山之得名，以云气长白，见志书。此山高峰有三，曰长白，曰会仙，曰凤凰。会仙、凤凰，名不甚著，人总以长白名之。山最胜处，在醴泉一寺。寺据山腹，负阳而抱阴。东、西、南三面，青嶂旁围；北面空阔，一望无际。

入山取道有二，自东北来，则道浒山铺；自西北来，则道青阳店。山麓绵远，行数十里以渐而高。翠微中，万木苍苍，乃醴泉寺也。寺有范文正公祠，祠面南，祠后为佛殿，面北，如尻相对。殿台基高数尺，台北有阁。登阁而眺焉，苍翠环抱，扑人眉睫。北望则莽莽苍苍，浩浩淼淼，所谓一望无际者也。有潴水在浒山铺西，去山可十里余。此地洿下，秋水涨，辄可行舟，旱则涸，可种麦，所获倍常。涨则网鲜而食，内亦有菱芡莲藕之属。每遇高秋，鹤鹳水鸟群集其内，喧呼声彻远近。连跨万顷，宛然泽国也。山上日霁，望之炯炯如鉴光，昔人有句“四围山色金屏拥，十里湖光玉镜开”，盖指此也。寺之东，崖间有方池，镌“醴泉”二字。好事者覆以亭，今废。寺门前有井，深数丈，渫不食。寺西涧水潺湲，山僧汲之，水清甚。自南山而来，溯之且断且续，莫得其源。

入春，山溜泠泠，到处流溢。僧引而灌蔬，或引入院宇中。遵涧南行，可三四里许，涧穷悬崖石罅中，有水下滴，累累如贯珠。旁有积雪，春夏不消。至穴地小泉，埋没于草根木叶间者甚多。而东南复有一派，斗折蛇行，自绝壁而下，脉脉汩汩，汇而为一流，注涧中。掬而饮之，味甘芳，不亚中泠、惠山，醴泉所由名也。南岩绝险处，有石洞，可容两三人。四旁乱山无数，人迹不到，只一鸟道可侧足行，相传为文正公读书处，俗呼书堂。此皆好事者为之，不足信也。

寺不知所由，创说者以为始自志公。今殿东头有古碑，镌一老衲像，题曰“志公”，或不诬也。碑阴文剥落不可读。寺两旁有僧四五十，家贫不能自存。山有祭田数十顷，供文正公春秋俎豆。耆宿递主其事，祭之日，令君临焉，或丞、尉及学博代之。从者索求无餍，衲子所有，为之一空，甚苦之。文正公读书寺中，画粥断虀事最著。学士大夫负笈来游者，累累不绝。壁上题咏，玉石错杂。文正公文章，卓绝千古，不免唐突西子。僧人称文正公祠曰圣人殿，尸祝之若畏垒然。隆中抱膝，岘首堕泪，又何让焉？此山泉甘木茂，秋来山柴一束牛腰大，才值三两钱耳。谷中产柿、栗、羊枣、胡桃、椿芽之属，涧中鱼虾历历，蟹可钱大，亦可啖。第山田瘠确，治生为难，蓏蔬稀少，酒脯更乏。山村有酿者，不甚佳，每遇沽酒，必抵青阳店，往来二十余里。僧家亦全无耽米沽者，曾问其故，对曰：“县吏时时来招提中，有瓿且生事端，一瓯苦茗足矣。”其枯寂乃尔。

所喜者尘嚣不及，可堪习静。余于万历己酉与二三同志曾结社其中。丁巳春，复往游，居半岁许。空门昼永，鸟声上下，树色参差，玉笙铁笛，时时断续，划然长啸，手弄潺湲，身卧烟霞，真可乐而忘返。曾买一僧居，欲筑数椽而未果。昔人有云“速营菟裘”，吾将老焉，余于兹山亦云。

游伽峪记

醴泉之西，有禅关曰伽峪。地狭而境奇，兴上人者居之。客自西来不见峪，及山半悬崖上，稍稍见场圃之属。折而北，有松扉挂空翠间，曰翔凤禅庵。及扉又东折，蹑磴而上，则僧居也。茅屋不甚高，而楚楚可爱。高下相间，层层有致，矫首仰观，人在树杪间，窗牖缥缈如仙居。俯身凭栏，则茶烟一缕，自香积中起如画，真有天造地设之妙。地阒寂，俗客不到，可习静读书。而吾里韩生者，则已负笈先之矣。生之言曰："兴上人者，富僧也。"春来营缮，无虚日，木石埏埴，砖甓之属搰搰然，鸠而庀之。家畜数犬，猛甚，防梁上君子也。客来庵中，晨起，易新衣，必呼犬至前，使谛视。一日，易新衣，忘呼犬，犬见一跃而前，炰烋如虎，几为所噬云。峪中别无人家，僧以黄耳自卫，盖亦空门之护法也。

余游其庵，所谓兴上人者殷勤甚。屋中设净几一张，垂帘，出肴核烹茗而荐。壁上有名公题咏，往往得佳句。庭除散步，树阴鸟语之外，寂无见闻。峭壁嶙峋，环抱斗室，居者不扃而严。有佛殿一区，小而洁。上人曰新为之，檀越氏梁、邹、张封翁也。庵外有老农三五家，悬崖置屋，僧园丁佃夫也。崖下有水，四时清澈，掬而饮食，若琼浆，然自兴上人没而水涸。

游唐李庵记

余以乙卯正月游邹平。入夏，客有曹生者，读书山中，邀给谏张公为唐李庵之游，张公拉余与俱。友五人，曰赵，曰孙，曰王，曰董，曰张，皆乘款段，先张公行。

出西门，望西南一带，苍翠可餐者，长白也。庵在长白之东一支。行可四五里，身渐觉高，回首东盼，城郭庐舍，一蚁封耳。又四五里及山麓，两山夹涧，迤逦而西。中有孤村，居民寂寂。宋人诗"山静似太古，日长如小年"，此绝似之。

行久之，有僧数人，遮道而立。问之，皆迓给谏公者也。赵顾余太息曰："荣名富贵可忽乎哉？"余曰："此不足异，饭后钟，碧纱笼，自古然矣。"

移时，山势回合，风气渐收，庵俨然在焉，佛殿据最高处。入门蹑磴而上，瞻礼如来，僧房高下纷错，点缀如画。曹治具方丈中，客疲，睡者，坐者，徙倚者，偶语者相半。酒至，以次而坐。饭罢，移席山门中，天风飒然袭人。已而又欲移席山间，给谏公令坐客各择胜地，就中取其最者，客散乱四出，纷然争雄，长不相下，久之未决。公问僧："山中有泉乎？"僧曰："有。"指而示之，乃在山左一方池中，湛而碧，莹莹可鉴，池旁两峡如束。给谏公亟招客，曰："此地佳。”取片木横置池上，罗列壶觞，而令客围坐池边，浮大白递相属也。复剖瓜掷池中，捞取佐酒。忽有蜣螂投入池，客咳唾乱下。余曰：“此物奚宜至哉？”拂衣起，转而南，复自南，转而西，得一坂，层层而上，若九折羊肠。三面层峰环抱，而东面豁然烟村，远近历历可数。余乃邀给谏公观之，曰：“如地不佳，浮我大白。”坐客皆起，山僧乃吹笙前导，山鸣谷应，有裂石之声焉。抵陇坐，移时，客方欲大醑。给谏公忽曰：“坂有蝎，坐坂不如坐石。”舍之而北，余兴遂阑，而日亦渐曛矣。苍头控马，立崖谷间，众客别。曹生偕给谏公归。

庵名唐李者，二老衲姓也。余欲更之以环翠，给谏公曰：“然”。

游黄山记

黄山之东，有碧霞宫。四月八日，士女云集。岁乙卯，余始游焉。山在邹平南咫尺耳，望之若覆盂。山阴有兔柴，给谏张公所为山居也。有坊焉，曰洞天福地。中有洞，曰超然，供诸佛菩萨，香烟袅袅，磬声出松萝间。洞之上有亭，曰挹翠，可恣眺望。坐其中，岚光袭人。亭西有茅屋数椽，供大士像，地特阒寂。洞之东有楼，曰对仙，其西为僧居。

峪多枣、柿、桃、李之属，山田虽瘠，雨旸调，亩可一石。余好登临，每至兔柴，僧辄侍杖屦，出酒肴相款。僧曰：“给谏公最爱此山，有间必命驾而之兔柴，至则淹留竟日焉。凡山中物，如蔓草缪木，野葩山禽，小小有致，入眼必称赏再四，珍如拱璧，嘱令勿伤。山故无水，入夏，伏雨既降，山溜泠泠，坎中皆满，剖竹引入池中，春杪秋初涸矣。给谏公每来，必坐坎旁，问：‘有水乎？’应曰‘有’则喜，其实无也。”僧又言：“山去城市近，附兔柴而名益彰。游人如织，送往迎来，脚底板为之隐痛云。”又曰：“妇女朔望入碧霞进香，时或阑入兔柴。”余曰：“老僧是时合眼入定乎？将合掌膜拜耶？”曰：“谨避之，使小沙弥捧茶而进。”坐客戏曰：“身且避之，眼且观之。”又一客云：“此南海水月观音现也，师何不亟顶礼之？”曰[①]众一笑而罢。

山有虎头岩、佛脚石、三柿泉，皆旧所有。外又有诸幽胜，曰坎井，曰问偈山房，曰西佳，曰似古，曰清虚，曰别有天地，曰壶天洞口，皆山房中门坊题扁也，详见给谏公所著《兔柴记》中。

---

① 曰，疑为衍字。

游小淇园记

小淇园在大明湖上，历下赵司徒南渚翁所营也。园中翠竹千竿，琅玕翡翠，拔地而超，森如也，萧如也。竹下多置磐石，可奕可饮。曲径通幽，皆以弹丸、青石作砌，傍竹结草庐三间。庐之左，小桥跨水。度桥而东，其北为与同园，南为泠香亭。园内有坊扁，曰涉趣，又曰濠濮间想。坊之北有堂，曰丛桂，盖取淮南八公小山意也。堂前有两厢，东曰如渑室，西曰小园斋。堂两头有斗室，一曰蠹鱼窝，其一忘之。堂后有亭，曰碧筒如馨地。荷香花气，山色湖光，互相映发，画鹢往来，妆点景色，幽胜冠绝一时。

两台及藩臬诸公，时时觞客于中。园旧名鱼乐，故刘鲁峰先生垂纶处也。余少时数往游焉。前有坊曰城市山林，亭曰心远地偏，寄意五柳先生也。柱上有对句“锦绣万花谷，乾坤一草亭”，又曰“心同木白，目与天青”。有钓矶焉，刻石其旁，曰青莲白鹤主人。余曾亲见鲁峰先生与客对弈，古柳婆娑，夕阳杳霭，飘飘如图画中人。是时，鲁峰先生少子垂髫而嬉，手执弹弓弹鹊。鲁峰殁，此子不克箕裘，遂以园归之司徒云。

小淇园旧属马指挥，在鱼乐园西南数十步。司徒冢嗣以心计得之，与鲁峰园合而为一，遂成胜地。呜呼，转盼间几易主矣。

鲁峰名岱。

饮刘鲁峰先生宅记

鲁峰先生，高雅有逸韵，善缔构其治第，整洁可爱。林圃亭沼之观，泉石花竹之胜，甲于一郡。一觞一咏，翛如也。先生扆器，殊荡软不检，好与梨园子弟狎。时时涂抹面目戏庭中，甚至出鲁峰先生进贤冠及朝服，被服之。

丁酉秋，余应试济南，齐河令郭绍麓先生招饮。盖郭尝秉铎吾庠，乃假馆于鲁峰家。是时，鲁峰弃世已数岁矣，其居犹华整如故。入门缭以周垣，四壁皆画云鹤。虽稍为雨气侵蚀，犹仿佛可认。穿中廊而过，壁上悬古画，俱名笔。两厢绘耕莘钓渭，筑传顾庐之迹。而南壁则万壑葱茏，层波浩淼，尺堵作许大奇观。东曰海楼酌月，西曰岳洞眠云，玩之令人有霞外之想。堂中所有更佳，珠灯悬空，编李青莲，天人弄彩毬，一律其上。至古铜、檀香、象牙，雕镂诸象，狡童美女，意态生动。有美人一轴，有牧子立崖上顾麋鹿者一轴，皆翩翩欲仙。周公瑕草书一轴，外复有墨刻屏风，皆天然奇秀。更有一物，状如小屋，以板为壁，前面开一孔通出入，其中想有蒲团几榻之属，盖静存打坐具也。额二字曰蛰窟，字体挺劲可爱，旁有小字云“黄庭坚书”。此物生平未见，亦一奇也。

夜阑，客且散出，立堂前相劝酬。阃内忽出酒肴饷客，以圆几置庭中，盒亦如太极图。盖主人之敬也。主人即前所称荡轶者。是后数岁访之，宅已售他姓，主人登鬼录矣，可胜浩叹。

邹平道中记

万历庚子春，学使者校艺阳丘，檄诸生毕来受赏罚。余以二月十九日从先君促装，道出邹平。所经村落，俱萧条无人烟，茅屋土垣，卤气侵之，每堵颓湿者半。近城少见形胜，地渐沃。西门外有安国里，故会昌侯孙忠居也。有一坊颓而未倾，门前石狻猊二。

夜宿旅舍，明晨入城吊秦孝廉氏。孝廉讳宗周，邹平人，以辛卯登贤书，寓居吾土。及其寝疾，乃正首丘。素与先君契，故枉道吊之。孝廉父留先君及余小酌。天雨雪，冒雪出城。西南行二十里，有飞递铺。庭中古柏二株，琼瑶累累，覆枝叶间，苍白交错，大似沧海银涛。伫玩久之。过铺西行，移时有山当前，仅得一鸟道。至山头西眺，烟气接空，平原黯澹，风雪瞑晦，别一天地也。下山见西面黯澹中多黑子，如草根木叶者无算，微觉蠕动，望之不甚了了。良久逼视，黯澹者野水，而草根木叶微觉蠕动者水鸟也。波纹风声，凑成清响，而诸禽以嘹唳吟啸之韵助之，泠泠可听。不图崎岖中，见此泽国。一孤村枕山面水，垒石为垣，败船数叶，系疏篱外。询诸居民此为何地，曰："浒山铺也。"出铺，雪甚砂砾，枳足不可行。久之，过青阳店驿，驿虽革，而馆谷辇上贵人如故。饭于逆旅，日晡抵阳丘。

是日拆号，学使者以余首诸生。二十一日发落。二十二日旋，暮宿水牛韩家。二十三日抵家。

学使者乾阳刘公也，名毅，会稽人。

雪园记

余少见陶谷扫雪烹茶事，窃笑之妓也艳，雪也清。艳赏宜酒，宜歌，宜少年，宜金貂，宜氍毹，宜楼台亭榭。清赏宜茗，宜诗，宜骚客，宜蹇驴，宜渔樵，宜林壑泉石。陶对艳而赏清，政不脱儒生酸耳。余性喜雪，第庭际缤纷，家人辄自扫去，意欲止之，颇碍步履。小园地僻而人稀。

今春寒甚，六出之花，相继不绝。昨夕风物凄紧，入夜鸾鹤飘瞥。晨起着木绵裘，挟书一册，启扉而入。玉砌银装，纤埃不起，皎洁夺目，不可正视。茅斋斗大，危坐移时，万斛尘虑，泠然一空，竦肩清吟，两脚如踏万壑层冰。

会小婢报饭熟，乃掩卷归。

噫嘻！乾坤清淑之气，在人自取。子瞻有云："江上清风，山间明月，取之无尽，用之不竭。"古今以为名言。心与境会，俯仰自成佳趣，恶用拥蛾眉而煮凤团哉？

水灾记

万历二十九年，岁在辛丑，六月十日薄暮，天色陡异。玄云蔽空，奔突如铁骑，汹涌如海涛，飞扬如大鹏之翼匝合，密布如兵家之八门五花。佥曰："此商羊征也。"顷之，雷声隐隐不绝，凉飙袭人肌骨。俄而暴雨集矣，悬河倒峡，一泻如注。入夜，势转猖狂，庭际有潺湲声，水深尺许。

漏下一鼓，忽有大声，若炮石四发，则岩墙覆也。雨声粗暴，风霆助之。耳畔訇訇如山崩地裂，渺然七尺，仅一叶飘摇万顷波中。耳室皆受水，人惧压，披衣出户，缩首立水中。雷光飞掣，金蛇烂然，照见庭际，浩淼若溟渤。然电灭咫尺，不辨牛马。漏下二鼓，势稍杀，三鼓乃止。昧爽，庭际水渐消，第四壁已荡然矣。雉堞间阅水者，往来如织，城外被水尤剧。

余拉友登城，见未曾有。凡负郭而居者，庐舍化为乌有。隍中水可丈许，浸百雉而上之。小民立屋颠，撤去重茅，穴屋脊而探取屋中所有服食器用，刀布泉货、米盐零杂及一切阿堵中物，强半没泥淖中，或漂流易其故处矣。釜甑几案，床榻户牖，筐篚匜盥，杯棬机杼之属，破碎狼籍，无一完者。醪醴醯酱，随水而去。甚之婴儿有殒床上者，莫可觅取。初阅城以南，水势横甚，迤而东，水及树之半。庐舍卧水面，即一二存者，岿然鲁灵光矣。水波冲击，四壁玲珑，求为司马长家，不可得也。男妇首如飞蓬，抱瓮运甓，搰搰可悯。稍东，惟寿亭侯一庙屹立如故，至羽流栖息之地，则颓不可支矣。再东为小南门，堞且颓。门外通逵中，居民新创一楼，晨昏声钟其上，工始竣，一夕而圮。抵东门而北，则演武场也，此间地势颇卑。嗟嗟居者，胡为乎泥中拥灶吹爨？一夫卧草间不能兴，当是被压。老妪孱妇，逡巡不能举趾，则大力者负之而趋及深不可测处。或取门扇浮水面，鹄立其上。而楫鼓之场之北，旧日青娥颇庐，其侧庐坏，无所依，多依演武厅上，或茜裙而乘桴。诸少年从堞间窥之，指点以为笑曰："此何异西施泛五湖耶？"再北，民有追放豚者，垣坏，豚皆逸去。折而北，有恶少年裸而泅，一夫从旁詈之曰："吾妇女露坐天日下，若曹乃敢无礼如此！"再北则小北门也，妇女群聚而观水。北门以西，水皆一二丈许，坛壝荡然，仅余数堵。树木数十百章，水漱其根，多拔地而出，偃卧水面。折而西，有枕崖而居者，若岛屿然，宛在水中央矣。西门以南，庐舍不尽圮，独滨隍者不复存耳。

再南有黠少年乘机盗金者，盖一老妇所藏也，求之不得，诟谇纷然。再南，见民有露宿者，置床庭中，床上置几，几上复几，寝处其中，宛若空中楼阁。盖亦生平所未睹也。抵南门，民有筏坐者，濯足水中。杨柳萧萧，波纹粼粼，宛然泽国之致焉。

是灾也，倠覆压者数十百人有奇，坏民庐舍数千间有奇，破民衣物财货数十万有奇。至蜗居蚁封，琐小之观，汩没泥沙者，殆不可胜数。败垣破釜，所在狼籍，亦吾土数百年来一阳九也。时令君高公也，好为戏谑，遇灾不省，催租如故，时论短之。

新城儒学重修东斋记

余尝读杜少陵诗，至“广文先生官独冷”，未尝不慨然发叹也。士老于一毡，骑款段而坐皋比，亦以困矣。乃问其居，则往往徒有四壁，刁调喁于一起青蘋之末。纸窗猎猎作响，万窍怒号，商羊鼓舞，则壁上横斜之痕四出。终夕不寐，蹲如寒鸱。

噫！一何极也。古有上漏下湿，危坐而弦诵，恬然安之，不以为意，彼何人哉？曰此岩居者，聊以见志耳。士有志，官有体，广文先生者，进多士而揖让堂序间。令庭无半级，室无数椽，琴书杖屦多委诸草莽，裒衣博带之士，望蓬蒿而却步，此何体也？而犹欲执岩居者之旷度，为广文解耶？

学博阎君来自关中，居东斋，颓甚，诸生请新之。会岁侵，旋罢。万历丙辰春，始毕其役。以工计盖数百，以楹计盖数十。是役也，倡义举而捐赀助之者，不特二三缝掖也，乡绅及诸孝廉俱有与焉。此可以觇阎君之德盛矣。后之人修而葺之，指为苏湖之遗迹可也。

岱宗藏稿卷十六

济南杨梦衮龙光著

记

游都门记

万历乙卯秋，余下第归，郁郁不乐。是时，新城耿侍御在都门。诸公子以书邀余壮游天府，以舒闷怀，余慨然许之。遂于十月中束装而北，涉无棣之墟，历幽燕之境。凡古所称瀛洲、滹沱、涿鹿诸形胜，十历八九。虽不获观风问俗，登高作赋，亦稍稍粗得其概矣。初欲日札而记之，而性懒，十指与管城子疏。途中所历，渐就遗忘。间或忆想，如梦中景、醉中言，仿佛一二，而其详不可复追矣。暇日，取其灼然于耳目者，诠次之如左，以备观览。然皆琐细无关系者，若宫府军国及一切时事，俱不敢置喙云。

道途记一

燕、齐相去咫尺耳，自吾土抵都门，有东西二路。西路自德州一带，趋吴桥、景州、阜城、献县、河间、任丘、雄县、新城、涿州、良乡，至京约有千里，此大路也，通山东，南直江西、浙江、湖广、福建、云南、贵州。东路自武定一带，趋庆云、盐山、沧州、兴济、文安、霸州、固安，至京约有七百里，此捷径也，止通青、登、莱一带。景州大，涿州雄，任丘次之。景州而北，衢可九轨，路旁老柳婆娑，皆数百年物。车马之音，羽旄之美，络绎如织，不问知其为神京孔道也。任丘之北，雄县之南，居然泽国，饶鱼虾凫雁之属。涿州、良乡，冲不可言，涿之北门有对一联，“日边冲要无双地，天下繁难第一州”，信然大都。燕地多尘沙荒凉，而东路犹旷云。

驿符记二

国家迩来最冒滥者，无如驿符矣。而京师万国辐辏之地，尤为繁难。今乘传而行者，何累累也，何扬扬也，何匆匆也，何赫赫也。缙绅无论矣，有缙绅之父焉、母焉、妻焉、妾焉、子焉、弟焉、犹子焉、婿焉、戚焉、朋侪焉纷然，未欸然去，主者莫敢谁何，役者莫敢仰视。鞭棰之下，棨戟之前，负弩者争道而驰，馆谷者重足而立，至若诸员役需索无餍，不啻翼虎饿豺。然国家置邮之设，专供此辈之冒滥耶？炰烋耶？漏卮野火，迄无已时耶？

形势记三

燕京形势，绝大绝凑。沧海在左，西山在右，关塞在北，而南则滹沱、濡易、桑干、滦河之水，皆会焉。自景州而北，地渐下，风渐高，沙渐深，浩浩渺渺，疏疏莽莽。初看似雄而不秀，然清泉细石，江南纤丽之观也；浊河险塞，河朔浑噩之气也。譬诸堪舆家，韶秀有韵者，砂也，水也，支脚也；质而朴，粗而大，庞而厚，乃祖山耳。纤丽之观，砂水支脚也；浑噩之气，祖山也。燕京其祖山乎？谈形胜者，终不以彼易此。

宫阙记四

甚哉，我朝之德之俭也。彼阿房之宫、华林之园、临春之阁、骊山之温泉、汴京之艮岳，无论矣。即汉唐诸主所缔构，如未央、甘泉、长杨、五柞、承露、金茎、昆明池水、九成避暑，诸如此类，载在史书，壮丽犹可想见。余拜谒阙下，遍观禁籞，何寥寥也。银箭金壶，平生瞻望，如在天上，以为定置之千仞之层台，而乃委诸平也。烟煤满室，虎圈豹房，颇亦狭甚，圈亦无虎，羽毛亦世所习见者。圣上经年不寓目焉，此又屏绝玩好之一端也。园囿池台，竹石花木之类绝少，唯辽后梳妆楼，据高阜之巅，楼废而基尚存。树石累累，登之若陟绝巘，此一奇也。

天坛记五

余游天坛，而知天子之肩荷大也。四海之内，六合之外，何处非天？而有一人焉，独聚土而为丘，圜其形，层其级，以黄琮之璧、茧栗之犊、云韶之乐，对而飨焉。此其典巨不巨耶？天子非上帝，别无对越；上帝非天子，别无降临。一气相通，直如子孙之荐祖考矣。年来代摄，得无负冥冥中宠灵盛意耶？坛之上，巍然南面者，玉帝也。太祖高皇帝西向日月星辰、风云雷雨，东向诸乐器，或在虡，或在悬，皆镂龙凤文。坛中古柏数千章，森郁有气。玉皇阁金碧夺人目睛，非复人间境也。羽流家坛之西，颇饶南宫之役，诸孝廉多主其家云。

第宅记六

都下第宅大都脆而易坏，墙薄故也。然缔构亦甚得法，堂不甚高，岑楼绝少。凡都中之为宅者，皆以宅缙绅。缙绅比屋而居，岑楼造天，凭栏窥见室家之好矣，势不可也。窗棂虚敞，凡屋前面无甚墙壁，即卧榻亦然，余每讶其不可以御盗。客曰："都中虽多偷儿乎，然皆出没市肆，其入缙绅之第者绝少，人稠而居密故也。"厕不甚便，多于门前作坑积臭。其中门壁好为观美，往往有雕墙峻宇之余。其极宏丽者，多系勋胄戚畹、貂珰武弁。宅价贵甚，佳者岁费不赀，然朝东暮西，缙绅之转徙无常矣。

商贾记七

京师，天下之贾辐辏焉，而吴越为多。吴之苏，越之杭，又为独多。诸贾携重赀而客长安，礼貌闲雅，语言简贵，有江左风。三晋之夫，衣褐宽博，坐市门，目招心挑，何躁竞也。我齐鲁无贾，东土货少耳，间有贾牛马豚豕者，及羽族数种，琐琐不足数。木绵枣梨，亦出东土，然木绵织成布贾辽左，枣梨贾淮扬，不向长安市中也。外如川广之药、秦陇之木、滇南之珠玉，皆灼然有名者，未可一二缕数。

庙集记八

庙集，货薮也。余尝笑其陋，曰:“此三家之市，十室之邑建神祠，立道场，一二货郎以肩上装，云集而阙奇者耳，都下岂宜有此？”居之有集，以便民也，烟材聚落多有之矣，未闻京师而亦为此也。京大也，师众也，众大之地，何处非货，何处非集？而乃纷纷焉，择取一日，聚会一地，为此龌龊日中之辐辏者哉？庙集诸货颇亦完备，第总杂不堪。至果实、蔬蓏、醯酪、酒脯、米盐零杂之物，亦复累累并陈。最丑恶者，破碎之衣塞满衢巷，手掣其领，口定其价，如唱筹量沙然，大可笑也。

灯市记九

以灯名市，因元宵也。市中亦有灯，珠者、纱者、皮者、纸者，种种不一，就中亦无奇绝。第百货鳞集，冠盖云拥，如入万花谷，芳华不胜撷矣。是岁天子谅暗，鳌山凤辇，屏绝不御，而四方复多亢阳饥馑之灾，市上殊为寥落，独有貂珰辇，往来络绎耳。楼上喧嚣骈杂，弦索之声虽闻，佳丽之观绝少。晚来灯火，落落如晨星，冰轮韬采，举目昏黑。俄而滕六飘瞥，余与朋辈浮一大白，冒雪而归。铁索星桥，银花火气，一切化为乌有，无复太平景象矣。

技艺记十

京师，天下之技艺聚焉，强半是吴越、豫章人也。古称六艺，书、数居二。此二者，今惟南人精之，他郡不能也。外如制冠者、衣者、履者、雕玉者、镕银者、镂金者、范铜者、剞劂梨枣者、镌刻印章者、装潢书籍者、表背卷轴者，皆精良工致，可树艺林中赤帜。诸如梨园子弟，一切戏术，鲍老郎当，鱼龙角抵，傀儡杂陈，木鸢飞动，宜辽之丸，偃师之偶，公孙大娘之剑，直令观者目眩神摇。西方幻人，阳羡书生，不足殚其巧矣。

燕姬记十一

今官游都门者，率畜燕姬是好，而不知其恶也。燕姬间亦有佳者，但其人强半丧羞恶之心，如互乡习为不善，难以幽闲贞静之说绳之矣。女德无良，何厌之有？有士大夫当顾惜名节，似不宜以妖淫坏之。且都人之畜女也如奇货，然终身衣食于是，而不顾其主翁之家。富则如蚊蚋之吮血，驱之不动。及其贫也，掉臂去之矣。见金夫不有躬，金尽则鸟兽散，则近人情乎？余闻之陈医官曰："燕姬之媵于人也，其始丈夫多怜爱之，姬亦委心相怜也。然不欲以怜己之心怜人，即丈夫意少有迁，嚣然丧其乐生之心矣。此物可置之床笫间耶？"昔人谓燕姬有三不可，曰饕于口，慵于手，滥于偶。谢在杭益之以拙以刀，而说者复益之以离，此真足发明燕姬之无良矣。余行涿州道中，见吴儿携之而南，大都面泽而圆。燕近虏，虏中妇女多餐牛羊酪，太白诗"面如赪玉盘"，燕姬傥亦此类耶？

狡童记十二

缙绅宴会，多用狡童。此辈多出吴越间，北方亦有之，清源、河间、吴桥居半。自官妓之禁严，而此辈傅粉施朱，宛转取怜，士大夫颇亦有昵之者，何怪乎？古之人主，食我余桃，泣我前鱼，戏我殿上，以么麟而移九五之灵宠哉？至于西园秘器，一切可暇，而册命有允执其中之说，颠倒极矣。

缁黄记十三

京师诸髡，多与士大夫往来，中亦有通内典、晓诗文者。辇毂之下，梵宇棋布，衣租食税，不减进贤冠。其所居楚楚整洁，夏凉而冬燠。余初入都，少憩一古刹中，僧见客辄拜，余答拜。坐定，烹茗而荐左右，皆青衣苍头。徐叩之，曰："有发头陀也。"诸髡亦时时为人居间，干预诸贵人事。羽流不及多见，如在天坛者，颇亦饶。

长班记十四

京师琐事，如衙署之错列，委巷之纵横，径路之崎岖，职官之升授，器用之良楛，欲周知而捷得，非长班不可。语云："脚底胡同千条，胸中缙绅一部。"信哉言乎。第此辈以公门为垄断，以宦游为奇货，贿赂之通行若流，赏赍之浩繁无算，其神出鬼没之状，弄官人于掌股。而饕餮干没，种种非一，小者如蝇如鼠，大者如狗如豺。我之势炎而门如市，我之烬冷而门可罗雀也，恩义二字，绝不复识。其所从来远矣。

暴客记十五

余入雄县界中，见有标马悬一木笼，内贮人头一颗，有牌粉地而墨书曰："此某处某子甲马上御人者也。"其首脔肉尽坏，惟髅骨存焉。既过雄县，屡屡见此。嗟乎，是何暴客之多也！或曰，此辈一逞而得志者甚多，不幸而败者十百之一耳。幽并健儿，马健于龙，人骁于虎，以一矢相加遗，直戏耳。叱咤之间，攫囊橐若承蜩然，岂有惴惴焉？若登太华之青柯坪，涉蜀江之滟滪堆，蹈虎尾而探龙颔，死生不能自必者哉。余曰："世有捐七尺于一掷，以为戏者乎？"噫！人能畏死，往往得生；人不爱生，往往得死。仲尼所为行险侥幸者，此也。险其可行哉？幸其可徼哉？

丐子记十六

京师丐子极为无赖，丑徒实繁见。齐鲁秦晋之夫，稍稍敛手，吴趋越吟，彼直以为么髍耳，嬲之不置。余初入都门，此辈长跪乞钱，辄施一文。从者急止之曰："不必，此端一开，群乞至矣。"已而果然。大都诸丐得钱好赌，转眼间钱尽。脱身上衣质之，不裈而行于市，与妇人争道。神京如海，莫之谁何？最可恨者善攫，遇食攫食，遇货攫货，遇金攫金。曾闻元宵有燕姬艳妆独行，群丐尾其后，至僻处，聚而污焉，已而褫其衣鸟兽散。此辈虽鼠窃乎，三尺具在，奈之何其置不问也？或曰："古来京师之为窃者多矣，窃国者侯，窃钩者诛，舍其大而小是问，子何为者？"

酒品记十七

京师多名酒，而薏、内二品盛行。内味少酽，色少深，人不甚喜之。薏酒冲和，色味俱佳，即甚酩酊，诘朝不至作恶，头亦不岑岑然。缙绅宴会多用之，取其难醉而易醒也。外有刁、薛二品，价甚高，却亦加诸如三白之属，未可枚举。绝有佳者，唯金华，味浓色重，不堪醉，套礼多用。启之止半瓶，或涓滴而已。又有乡败，乃白酒也，酷烈不可用。

花卉记十八

凡茉莉、兰蕙、薝蔔、梅桂之属，渡淮而北，土气不宜，日就枯萎。唯京师人善畜之。腊后春初，盆盎中葳蕤可爱，如桃杏诸花，隆寒已自开放。盖地窖中布粪，用火气熏蒸。杭之马塍精其术，而都人盖用此也。红紫烂漫，直是夺造化之妙。都门缁尘涴人，素心之士，当于斗室中，垂布帘，净几明窗，牙签数卷，笔床茶灶，罗列楚楚，壁上挂单条画，炉中焚沉速香，用古铜瓶插疏花数枝。或栽瓷盆，置几案间，庶不失山居幽趣。

牿畜记十九

余在途中，一日拂晓早行。忽见牛数百只，塞满周行，前后络绎不绝。牛行甚缓，余尾其后，按辔徐行久之。且前且却，左冲右突，若入田单阵中，只少龙文及炬火耳。闷甚，后者呵之，彼中有执鞭之士，视其后者，鞭之划然，分而为两，余乃得出。叩之曰："牛何之？"曰："将以驱之都门。非为垄上耕，乃作机上肉耳。"有入之日，无出之年，羊豕鸡鸭亦然。呜呼！京师非直陆海，殆血海矣。

风俗记二十

古称燕赵多慷慨悲歌之士，又曰："燕幽老将，气韵沉雄。"今沉雄化而为变诈，慷慨化而为剽急矣。至其呰窳淫靡，日甚一日，则以容身之地宽，而治生之策易也。大都男子积猾，耳目侈，胸臆大，语言夸，行径幻。妇人积佚，肝肠杂，齿颊溜，朵颐腥，床笫滥。说者曰："妇人主中馈，治女红，理蚕桑，躬机杼，操井臼，懋蘋蘩，衍螽斯。”天下无不事事之妇人，亦无不事事之男子。独京师不然，男子终岁奔走以事一妇人，妇人安坐而享之，不则诟谇随之矣。顾男子不能御一妇人，却能弄许多贵官长者，捉风捕影，舌之所掉，足之所履，非无是公，则子虚丈人及乌有先生也。

岱宗藏稿卷十七

济南杨梦衮龙光著

杂记

白雪楼

济南布政司有老书办杨荣为余言：“李于鳞貌不逾中，人身微偻。”又济南张生者云：“于鳞子驹貌亦寝，一日秉镜谓其妾曰：‘镜中之形云何？’妾戏之曰：‘镜中有一丑鬼。’驹怒，逐出其妾。”大都于鳞父子多峻洁而少圆融，瓜瓞不茂，深可悯云。白雪楼原在府之东王舍店，今已易主矣。王季木云：“白雪楼一在鹊华桥街。”未知是否。

桃花岭

海丰杨冢宰体貌魁梧，须长数尺。晚年家居，日与缁黄为侣。曾乘一小车，作道人装，往游长白山。道经吾里，至徐家寨下车，入关王庙。烹茶儿童诧曰：“何物道士，若此伟也。”群聚观之。寨中有一人，一见辄曰：“此天官杨公也。”请诣其家，不许。已而当道有尾其后者，公遂旋。

公别业有桃花岭，往来不车不马，素衲黄绦，翛然徒步。家奴乘肥策坚，猝遇诸途，不知其为主人翁也。公在园中，好戴草帽檐，手持锄锄菜。亭以草为之，内所用器具，朴甚，皆田家老瓦盆之类也。亭有对一联：“一粒粟中藏世界，半升铛里煮山川。”

吾邑王生允中曾亲见之于侍御，云：“公饮啖兼人，曾过海丰诣访公，公留饭，出所常服锅饼啖之。此物南人谓之锅盔，非脾胃壮者不能多用。而公齿戛戛若嚼寒冰，顷刻而尽。饭罢，始出水陆相款。酒间出一印章，问曰：‘识此篆乎？’曰：‘不识。’曰：‘是模棱道人四字也，昨言者谓某云云，细思颇亦似之’。相视卢胡而罢。”

沛园

邢子愿颇亦博古。家藏一砚，砚池镌鲤鱼一头，尝出以示吾邑于侍御，曰："公识此物乎？是唐太宗砚也。贞观主人姓李，故砚有鲤，鲤与李同音，意盖取此。"侍御笑曰："此于泰寰家砚也，鱼与于不同音乎？"子愿无以应。侍御每为余道及，辄一拊掌。

子愿家有沛园，颇费缔构。内有犁丘、沛亭、东山、南峤、中阜、疏豁堂、来禽馆、半舫斋、畅叙事、空游沼、小趵突、亦山阴、团槐坞、浮螺馆、思曼湖、冰廊、长房洞、昆昙阁、临高台、以轩、浩亹洞天、夕佳亭、优钵罗池、鹅群谢[①]、觞高台、鹤田、清隐山堂，各有小诗纪之。

傲骨不模棱

余初为诸生时，学博有郭绍麓先生，名衡，字玉衡，山西文水人。先生登乡荐，负高才，好为古文辞，身不满七尺而气骨肮脏，落落如也。斋头题句云："老去宦情真落莫，瘦来傲骨不模棱。"矫矫有致。又文昌祠壁有攀龙附凤，墨刻题句云："明时惭自非麟凤，尘世从人呼马牛。"谒范文正公祠诗："愧我秀才今老大，生平忧乐竟何如。"其谈锋亦利。

甲午诸生应试，内有韩、范二姓，令君王柏石指韩云："魏公之后韩秀才。"先生应声对曰："文正以来范老子。"其敏捷如此。余是时才弱冠，先生每读余文，奇之曰："此子笔机浑浑入古，空群之足也。"后有司理公来观风，诸生愿试者，皆署名报斋头。余取片纸，草草署名付掾史。先生一见，辄批纸去，云："子以大书呈长者之前，不无骄气。夫骄气，惟美才不可有，招尤启妒，戒之戒之！"余乃负荆称谢，先生不见也。

吾邑前后诸学博，见令君多嗫嚅避席。其分庭抗礼，高谈阔论，略无逊容者，谨[②]见先生而已。

庄苏之间

阳信王岱舆有逸才，其为孝廉时，读书长白山中。余是时为诸生，亦习静此山。岱舆闻余至，即持刺来谒。得余文，读之辄曰："不食烟火。"余初入山，

---

① 谢，应作"榭"。

② 谨，应作"仅"。

谓同辈曰："与木石居耶。"漫为文一首，岱舆见而评之"由在庄苏之间"，余虽逊谢不敢当，而深有味乎其言之也。

岁己酉，余应试历下。揭榜之日，岱舆徒步下山，探得隽之耗，杳不可得。已而大雨，枳不可行，冒雨宿山村。余闻之，深感其意。庚戌，岱舆中进士，授蜀之重庆理，改号枕崖。枕崖颇能诗，笔底俊逸绝尘。而性极好粉黛，居恒跌宕于花月管弦之中，弃去千秋大业，深可惜云。

照见江东日暮云

商河王十城，字符采，为诸生日，即自负，落落如野鹤之在鸡群也。余与公同游邹平张太仆门，共笔砚者岁许。岁乙卯，余不售，而符采裒然举矣。是时年二十有九，明年成进士。符采好为诗，其举孝廉时，寄余诗十绝，一云："天际鸿声隐隐闻，秋来能不忆离群。大清河水明如练，照见江东日暮云。"潇洒有致，将来未可量也。

齐音

王季木之才，东土所少。此公不好饮酒，以故得肆力于二酉，凡风鉴堪舆之说，莫不旁通。其为时艺，皆抉秘探微，领新标异，非帖括中语。会试五策，读之浑是一片灵机。诗辞矫矫，自成一家。当其为诸生，稿已五车矣。但内多不平之鸣，所谓"嬉笑怒骂，皆成文章者"耶。所著有《问山亭》《齐音》诸集，皆付梨枣，而《齐音》殆历下诗史云。

三字同头令

高孩之初为令，与太守刘际明甚相得，而后乃隙也。其相得时，促膝雄饮，抵掌高谈，旁若无人。曾与太守、郡丞、别驾、司理诸公饮，内一人不能文。高发一令云："人各口占四语，须三字同头，三字同旁，不能者罚。"一人云："三字同头官宦家，三字同旁罗绮纱，罗绮纱多在官宦家。"一人云："三字同头霹雳雷，三字同旁贿赂贼，霹雳雷偏打贿赂贼。"高辄云："三字同头屁屎尿，三字同旁秫穄稻，吃了许多秫穄稻，放不出个屁屎尿。"

三掳船

令某与学博诸生饮，索骰子不得。忽有执盗过庭下者，令曰："即以盗为令，人作俪语，递相属也，但不得犯盗字耳，犯者罚。"一学博曰:"白昼抢劫。"有踵其后者曰："黑夜淫奔。"众曰："淫奔不似盗，当罚。"其人辩曰："抢劫盗物，淫奔盗情，盗则均耳。"遂免罚。又一人曰:"发塚。"而踵其后者曰:"窝家。"众曰:"窝之与盗，必有分矣，当罚。"其人辩曰:"窝，盗薮也。方以类聚，臭味应不远耳。"复免罚。又一人曰："打地洞。"而踵之者曰："开天窗。"俗鸠钱而首事者，有此名。众曰:"此不切盗，当罚。"辩曰:"剥众人之膏以自润，何异入市攫金乎？"复免罚。忽一人曰："三掳船。"盖盗船也。令当属对而难其数，良久曰:"公等觞我。"一生曰:"何不云四人轿。"令曰:"四人轿与盗何干？"生曰："三掳船所载盗也，四人轿上岂无跖之徒乎？"令不怿而罢。

弑牛胡同榜文

一令对诸生而赞戒石也，曰："至哉言乎，触目警心，真吾座右铭耳。"一生遽曰:"此政如京师弑牛胡同榜文一般，晓谕非不凛凛，鼓刀者即在其下矣。"令怒系生之父至，而棰之数十。然其语盛传。

岱宗藏稿卷十八

济南杨梦衮龙光著

志论

青城县志

《青城志》二卷，往时老措大所纂。万历癸丑夏，毁于回禄。余为论著之如此。其义例有八，曰地理，曰建置，曰祠祀，曰赋役，曰官师，曰人物，曰选举，曰杂志。事虽不甚悉，而语意多讽，知我罪我，姑亦听之而已。

地理志论一

沿革

志曰："置县自天兴始。"按，天兴，金哀宗年号也。赵宋之季，徽钦北狩，高宗南渡，金狄纵横于中原。我齐鲁之地，半为犬羊所有。今邑中古墓碑碣多称犬金，可考也。金哀实与宋理宗同时，然理宗偏安，区区保有江左而已。

疆域

闻之父老曰："青，故镇也，百货凑焉。"其四旁去诸邑窎远，无长吏弹压，往往有马上豪客御人中途，商旅梗塞。当事者患之，遂创为邑，第一瓯脱耳。为镇则大，为邑则小。土三人七，细氓趋日中而逐刀锥，苟延旦夕。问其所为，资身长策蔑有也。中泽鸿雁，长民者念之哉？

星野

古者，以列宿分配九州之地，而时察其灾祥，则有保章氏。九州之大，上应列星。郡则小矣，邑则又小矣。计郡之从州，如黑子着面；邑之从郡，如一毛附牛。是乌观星野之详哉？然天下无无星之土也。志之。

河渠

邑东北多洼，遇雨辄涨，禾多没水中。邑令李继美掘渠田，杜而张、而刘、而李、而傅、而宋、而万，以达于大清河，水始得泄。近日署篆戴公颇不以为然，曰："兹土东北下而近河，如水不泄，虽妨污邪，却有关锁；泄之，则顺流而去，风气散矣。是邑也，渠开，其萧索乎？”此堪舆家说也，并存之，以俟知者。

津渡

凡津渡处，曰口。口有七，皆枕河而居。其地多沃，饶其民，易与为非，奸宄往往穴薮其中，渡子棹一叶舴艋，辄索取青蚨。童稚亦自能泅，网罟一出，虚往实来。水滨凫鸭日餐鱼虾，卵作胭脂色。此皆诸口所有，诸口不尽属青城，实与青城接壤，故备载之。

古墓

虽创自金，古迹无闻焉。无已，则一抔土乎，亦犹鲁之灵光也。顾诸墓多陵夷，强半发掘，其裔孙或毁而鬻焉。松楸无色，翁仲荒凉。呜呼！世之不肖之子之孙，忍暴露其先人之遗骸，何异赤眉、绿林哉？

风俗

青邑弹丸黑子耳，割邻境之四垂，凑成蕞尔。地不古，野不沃，民不醇，培植不厚，局面不宏，生理不畅。人惟纤啬是趋，因陋就简，莫可枚举。其大者如族谱不修，宗法不立，家无庙，祭无田，支派涣散，骨肉疏远，何苟也。文献凋谢，名分倒置，卑或凌尊，奴或欺主。朋侪以酒食相征逐而久要盟寒，师弟以羔雁相笼致而道义风邈，好事者作檀越于缁黄而靳涓滴于贫窭，耀金碧于梵宇而吝欂栌于黉宫，进香火于海岳而缺菽水于庭除，一何悖也！

冠婚丧祭，古称四大礼，今废弃殆尽。往时学子辈不获进身，恐主司以耄见乘，辄相率作少年状，老而不冠。厥后一二轻佻，口尚乳臭，遽僭元服，而市井负贩小夫，靡然效尤矣。婚姻问名、纳采、庙见，一切不行，独治装是急，问囊橐不问宗祊，问势要不问耆旧，问姿容不问德性。此等偷风，无亦天下同之耶？丧礼往时用浮屠法，修斋诵经，今罢不用。村氓犹或举之，又或杂以倡优诸戏，识者付之一笑而已。至堪舆家言，往时绝不用，近稍稍用之，亦不深溺。通志所言，良非诬也。独停柩有至数十年不葬者，且窀穸之日，嫁娶公行，干条犯义，莫此为甚。祭礼亦多举行，第家庙祠堂，奠献燕饮，废而不讲，惟孟秋、望日、腊月、除夕罗拜于庭。若寒食、冬至、忌旦，墓祭而已。士大夫朴素自喜，庭不植花，室不设玩，至琴书、图画、樽罍、钟鼎之属无论。守财虏不识为何物，虽儒林中，率多伧父骤语，以博古二字，鲜不视为蛇足矣。栋宇颇陋，即缙绅家亦无华屋，雕墙木石多用旧者。贫人往往掘塚而售砖石，朽骨散乱，殊可恧颜。徭役繁剧，一负素封名，辄罄所有。以故富人绝不敢以服食骄人，千金之产，茅屋数椽，出无轮蹄，入无姬姜，布衣瘦蹇，萧如也。宴会喜为雄饮，士大夫尤甚，浮白呼卢，长夜濡首，往往毙于荒淫，此大可戒。小民不惯逋公家之税，而每逋私债，权子母之利者，譬诸兔起鹘落，仅仅得之，稍纵则逝矣。商贾受主翁笑，朝而刀布，夕而田产，数年后空手来见。通财一时，即把臂知己，亦难言之矣。

邑故褊贫民，率仰给于日中。其一二强有力者，亦不过小有积聚，为细民雄长，殊无大侠巨赀。往时民不健讼，鼠牙雀角，近日颇多。有渠魁焉，为之发纵指示，不一大创之，此风不熄。萑苻之警，终岁罕闻，是果瘠土之民向义耶？抑亦三户星稀，无所容其巢窟耳。士人多尘甑者，强半负笈糊其口于四方，或营营阛阓，杂负贩中，闾井因而侮之。或以一矢相加遗，然士人实不克自树，随俗为通，轻率为坦，一作缓步庄语，群然笑其为迂。甚之甲可乙否，操戈入室，自相矛盾，青衿意气，荡然尽矣。

语曰："秦之士贱。"噫！岂独秦哉？

建置志论二

城池

正德中流贼之乱，危城四面受敌，邑中半罹涂炭，邑令张廉竟以城破获谴。向使如历下之甑、阳丘之石未殆，不可支旦夕也，筑凿其可忽诸？

县治

土木之费，长吏盖难言之矣。且计日屈指，褰裳而去之。兹治也，亦犹之乎逆旅也。新令君每一至，则掾吏涂抹丹垩，以悦耳目，而其中往往如败絮。籍令国家行久任之法，为吏长子孙，岂至传舍其居若此哉？

学宫

学宫之设，匪直育才已也。古先圣先贤及名公巨卿，率尸祝于此，又举一乡之齿德耆旧，岁时伏腊，扶杖而入，与令君分庭抗礼。自非时加修葺，颜、曾、游、夏，得无露坐星月乎？亦何以诵《采芹》、歌《鹿鸣》也？至如广文斋中，往往不能具四壁，蓬蒿没人。翟釜之忧，可胜道哉？

公署

预备仓即古常平遗意，其重与帑藏等。阴阳医俱绾印信，盖官属也。旧皆有学，今废社师，无学文衡，使者给衣冠而已。司院之设，以侍辇上君子，今颇颓坏。使轺星临，或假馆民间，尤为不便。养济院、演武场，邑大夫或终岁罕履其地，倾圮何怪耶？漏泽园业已捐尺寸，即不封不树，苟可以掩遗骸足矣，敢求多于西伯？

街坊

吾土褊小，四野无高山广谷、深林巨薮、肥遁隐栖之所。阖邑衣冠萃于一斗大城，试令按辔通衢观止矣。至如诸坊，半化乌有。志之，兴吊古之思焉。

乡村

村落非乏也，第无佳山水，可为士大夫别业。不过三家之市，半亩之宫，田舍翁聚首其中而已。烟火寥落，鸡犬无闻，生计从可知矣。村名颇繁，不具志，志一二以备观风问俗者。

斥堠

斥堠之设，举烽火，防寇盗，一方保障也。青邑去九边远，忽而不葺。且重熙累洽，民不知兵，直培塿视之矣。正德中，流贼之乱，长驱而入，向使烽火相望，出奇设伏，贼焉能直抵城下哉？

市集

日中之期，比诸邑为最。百货辐辏，居民便之。街以东为楮，为瓷，为铁，为五谷；以南为果实，为革，为陶，为冶；以西为席，为布，为木绵；以北为蔬，为釜，为币帛。而六畜则散列北门之外。市井细民提一权量而出，计日而趋，登垄而望八口，借以为命。非此，吾不知其死所矣。

祠祀志论三

祭典

邑故无乡贤祠，有之，自石公始。万历十八年，武德道吕公坤过青城，询诸生曰："石公入乡贤不？"众对曰："未也。"公曰："公宦我中州，已尸祝之，而其乡曾无一瓣香，何也？"于是檄长吏建祠以祀。盖吕公乃宁陵人，而石公曾宰宁陵，多惠政，故秉彝之好，谊不容已。至韩、杨二公，则万历三十六年，邑令张公应吾推举经题请者。先是，议者欲举一，而士林两贤之，因得并祠。人患不贤，岂患多贤？士病滥举，岂病公举？此良有司及贤士大夫事也。若莅兹土者，岂曰无良？旧志及《山东通志》载王公嵩、朱公大用，俱入名宦。今邑中尤二公祠，寥寥阜鲁，涸没无闻，惜哉！

寺观

史称狄梁公莅江南，尽毁诸淫祠，独留泰伯、季札、伍员三庙，识者伟之。今诸刹率多淫祠，细民不晓大义，无故而创一木偶人，被以文绣，奉以香火，无亦福田之说胜耶？寿亭侯大节炳炳，第庙宇棋布境中，亦太滥矣。

赋役志论四

土田

吾土故狭，除斥卤洿下，诸田其可耕者，仅二十余顷耳。税粮、充军、兵饷、站银，俱出其中，每亩约银六分有奇，视他邑独烦然。且为他邑代粮，权宜一时，久假不归，贻困可胜道哉？且地有亩，人有丁，截然二事也。今地亩自正赋外，已有种种蛇足。近因役法太烦，人不克堪，乃以均徭洒入地中，号曰地丁。是使垄亩尽化为生齿也，不经甚矣。

户口

户口以时消长者也。今志书户口数目，后先相沿，略无增减，何也？且国初迄今，率十年一籍，有黄册可考，而掾史多委于掌故之不存，后之君子亦何由知其盈缩哉！然黄册所载，亦非的数。令君每遇审编，或原额有失，辄使里甲报虚丁以图增补。往往有无嗣之氓，而丁男至三两名者。呜呼！法之敝，其所从来远矣。

赋法

岁有丰歉，赋无盈缩。我国家赋法，傥亦夏之所谓贡耶？民不聊生，则逋负四出，官不获已，则追呼四出。递逋递追，递追递逋，吾不知其底止矣。康德涵先生有言:“赋役之事，往予不可晓也。自所见者，其纷纭谬乱，何可胜道，予且伤之焉。长吏乍服，官政平居，未尝觇识民隐。一旦据案执笔，老书点算，反覆相幻，则不胜其烦瀎，至有举手以付者矣。”噫，康公岂欺我哉？

役法

赋法因土田设也，有地则有租，今所谓征粮是也。役法因户口设也，有身则有庸，今所谓均徭是也。其法有银力二差，旧日力差大约，银不征收，胥役自为私索，强者有溪壑之求，懦者有额外之费，小民日病于追呼，而讼牒纷纷。万历五年，邑令李继美奏记都台，改为银差顾募之法，行公私两便之。噫，徭以均名，谓平如衡，无私低昂也。今令君率以意为颠倒，羯羠不均之叹，啧啧载道矣。

里甲

青邑之重困有二，曰循环，曰里甲。循环则大户苦于包赔，里甲则阖县疲于供亿。茕茕小民，财力俱竭，贫富并困，盖非一日矣。

马政

马政之坏，不可言矣。责民以藩育，固有害于下；即征民以备用，亦无益于上。且权要之家，贵介之子，多市驽骀而博厚直，有司往往曲意徇之。是马政徒为驵侩射利之场耳，弊可胜道哉？

盐钞

盐钞之法，其利弊吾不得而知也。曰起运，曰存留，编银三百九十两有奇。

驿传

吾土僻，置邮之费，皆协济于繁冲者，各州邑或因灾伤议减，或因困惫告拨。

往日有太平驴头之加编，有德安马头之暂代。厥后名虽改编，而银数不减于前，是殆甚于繁冲矣。

商税

商之有税，盖有抑末意焉，顾胥役市猾藉以自润。往年或令上户总其事，比比有包赔之苦，尤为不便。自榷矿之端开，天下汹汹，贾人子曾不能一朝居。此外又有门摊酒税，新加税银诸项，市肆间重立而立矣。

物产

《山东通志》曰："柘茧紬出青城、莱芜，取山柘野蚕乱丝而理之者也。"又曰："绢出青城。"今按，绢固有之，若柘茧紬则非也，乃绵紬耳，盖取出蛾茧为之。寺僧多擅其利，线以手撚，非纺也。谷之属，粟麦为最。土不产稻，稻来自东人。枲之属，木绵为最，贫人恃续为命，时时有布商市去，售于辽东，获利加倍。蔬多需于邻境，蓏亦然。果有桃、李、杏、梨、枣，而蜜果一种独胜，若柿若果则他邑所至也。木之属，桑、枣、榆、柳最多。花之属，颇亦有之，若梅、桂、兰、蕙、茉莉诸品，近有购自江南者，无何萎谢，地不宜耳。药品亦无殊绝。羽族宜鸡、宜鸭，毛族宜牛、宜羊、宜豕。鳞介莲芡之属，半是高苑、博兴来者。唯银鲜出自大清河，隆冬始有之，甘美为水族冠。近人有无核枣一种，颇珍于时，第味薄，不堪啖，好事者奇其名耳。

官师志论五

知县

语曰："行出于己，名生于人。"邑大夫绾绶而君百里，惟其所欲为。然往往不能钳民三寸，公是公非，可畏也哉？旧志率多避忌，有美无刺。今习得于耳目者，备志之以为良史规。

县丞

丞二于令，苟不得人，徒赘疣耳。壤地褊小，何取十羊九牧哉？当事者汰冗员，节滥费，民甚便之。

主簿

诸簿率皆由太学生，间亦杂一二明经，旧志俱不载。其行事，兰畹鲍肆，混为一途。掌故之疏缺，一至此哉！就余所目见者，汤希范之厚也，陶秉忠之雅也，杨守仁之敏也，其表表者。陶本儒流，敦大有体，偶困二竖，即告归，囊空空如也。叹曰："得大君子一言，胜阿堵物十万。"士林竞为诗歌绘图以赠。无何，卒于官。杨虽吏掾，而体貌魁梧，遇事风生，即以百里付之，游刃恢恢。第好嫚骂人，掾史多衔之，竟以此败。

典史

诸尉皆掾也，近日如马之肆，朱之墨，以官则细，以害则巨。长山刘太史曰："小吏之敝也，率皆寡廉鲜耻之夫。士不卓锥，家不四壁，甚且漂泊流浪之余，微斥金入官家，遂祖谈萧曹，神宿阿堵，未出掾合，而孤鼠出没之械，已津津熟矣。夫夫者，不欲以无家终，又安能操清白问公家事哉？"噫，卓哉言乎，诸尉之情状尽矣。

教谕

自余籍博士弟子，从诸长者游，期间心醉者，指不一二屈。间有孝廉先生来署其事，度稍稍殊。然而折腰令君之前，抗颜多士之上，道范盖难言之矣。

训导

国初岁荐一途，往往至台省方面，彼其人必非踉跄枯槁。如今之钟鸣漏尽者，人之自树，实惟壮年，必俟其精华剥落，然后骑款段而拥皋比，乃斥斥诟病其老耄而弃之。何如拔隽而用，勿拘拘于循资也？

人物志论六

先贤

吾邑往日多古君子。旧志疏阔，挂一漏万，久之，日就淹没。邑乘之谓何？今颇据摭，登之方册，语曰"高山仰止"，其在是乎？志不及生者，丈夫事定于盖棺也。

孝义

孝义诸人，如今城者、抗贼者、庐墓者、赈饥者，俱可为末俗劝。独封脔一事，非孝之经。先哲多有遗议，愚氓或蹈之，君子不由也。

贞烈

呜呼！余历观古今贞烈，未尝不泣下沾衣也。曾手编《列女小传》，为当世劝。吾土虽褊，而以节著者，世不乏人，谨诠次其事，以备采风者。

耆旧

三老五更，譬诸乔木，有之乃见故国。余少年一遇前辈，辄以其耄而飘然舍去，矧其已往而能记忆乎？此亦俗之伧也。

武勋

国家承平日久，缙绅揖让阶序，间鄙薄武夫。一切奇杰之士，即投石超距，无所用之。彼其雄心，或转而修睚眦之忿，逞一击而捐七尺，自投陷阱。夫天下多故，屠狗吹箫，裂土封侯，用则为虎，不用为鼠，盖自古然矣。

恩锡

语有之："一年树谷，十年树木，百年树德。"芝兰玉树，谁不顾生阶庭，第培植不厚，灌溉不深，则中道化为萧艾者有之。呜呼，夫德亦在乎树之而已。

艺文

诗，难言之矣。作者如林，往往无当于风雅，即以诸公之才之美，其中一二佳语，政如拨沙捡金，殊不多得。目有同美，口有同嗜，人其舍诸？至于文章一事，诸缙绅持尺幅而跻通显，业已纸贵洛阳矣。一见嘐嘐慕古者，辄心非之。小有结撰，不过言人之所常言，即欲悬之国门，藏之名山，恐不能令班马诸人首肯地下耳。姑缺之可也。

技术

语云："虽小道，必有可观者焉。"如诸人之篆隶、之雕巧、之声技，亦博雅君子所必采也。医尤有关于民生，志之，以备缓急。

流寓

诸贤税驾兹土，日居月诸，由来者远，何必首丘乃称桑梓哉？《诗》云："适彼乐土。"吾土今何如耶？凶年饥岁，散之四方，诸贤如起九京，得无褰裳去之耶？

科举志论七

科第

吾土即非岩邑乎？左沧海，右泰岱，有泱泱大国风焉。诸先达虽仕不甚显，其中卓然自树者，盖亦不乏，是蕞尔之光也。第迩来科名寥落如晨星，地不灵耶？人不杰耶？

岁贡

国初，岁荐与科第争为雄长，往往据要津而树鸿巨。自科名盛，而岁荐一途，仅得一毡。其人方汨没于苜蓿盘中，叹老嗟贫，无所发明。此亦偏轻之势使之然也。

监生

太学诸人，半不可考。其中强半由缝掖进身，不尽出纨绔。顾一入此途，说者即以荑稗少之，而书香、铜臭骈肩而立，本来面目尽失矣。抑余又有慨焉，岁荐之士，种种二毛，无怪其琐也。游太学者，皆富春秋，且家多素封，何取于蝇逐臭而蜜吮血耶？民社之寄，行将肩之，舍此不务，而谬自同于老博士骑款段而计锱铢，其自待亦甚不广矣。

杂志论八

灾祥

遇灾而瞿，鲜不为福。古之人有能枯祥桑、退荧惑者，此非明效大验与？苟祥也骄焉，灾也禳焉，修省之道不啻远矣。

稗官

诸事相传已久，猥琐不足道。第其中种种奇异，《夷坚》《齐偕》或有取焉。命曰稗官，亦可知矣。

岱宗藏稿卷十九

济南杨梦衮龙光著

碑

青城张明府去思碑

张公沉毅干练才也。其为政有心计，其操下有权术，其体貌整而伟，其气节刚而峻。盖终公之去，无一人敢睨令者。

公名养正，字怀直，别号澄源，直隶之静海人，万历壬午孝廉也。以辛丑来令吾土，未期年，大吏檄公编审。公召三老豪长于庭，告之曰："令初来，不悉而邑底里，若曹其议定以闻。皇天后土，实鉴临之。"三老豪长议定，公如议。或有烦言，公徐曰："此而邑之耆年，而综舆论者为之也，令何与焉？"

邑褊小，无膏腴。细民往往逐什一，冬杪春初，室如悬罄。租庸之令一下，辄嚣然丧其乐生之心。公曰："租，国课也，即良有司不为茧丝足矣，乌能蠲额？夫催科之吏与其困终，无宁虔始，始而缓之，积缓生逋，乃斤斤焉，三尺随其后，晚矣。"于是按四时征之。民初亦惮烦，久之乃无逋。民有讼者，株逮一概洗去。浃旬，无片纸入公庭。有猾持官吏短长，大创之，市豪为之敛迹。青衿子俯首一经，礼遇之。或屈膝堂下，与胥吏伍。间有睽诟无节，辄面数之，不少贷。邑久之乏科目，有以堪舆家言进者，公正色曰："多士不下帷发愤，蹇也；固宜乞灵于地，抑末矣。"学宫圮，亟鸠工缮之；不可缮者，撤而新焉。广文先生进谒，每逊谢避席。公曰："无然，无然。先生凛凛德让，而陷我简倨，不可使闻于邻国也。"里中亲仁，乡虚报地十八顷，民苦无地之租。闻于大吏，裁之，民得苏榷税之征。敕上户收贮，不假手胥徒，曰："此曹如饿豺，嗜人血肉，何厌之有？"

公服食有常度，不妄费一镮，称物平施，与不伤惠。至如人工、物直、器什，市价无不一一晓畅，人不敢行其欺。器宇魁岸，望之岳岳，寡言笑，闲威仪，精藻鉴。吏民一见，辄记其姓名，良楛好丑，无能逃者。相士如九方皋之于马，能得之牝牡骊黄之外。与缙绅先生接，相对清言，水陆觥筹，不数数也。一当拂意，侃侃义形于色，诸乡达肃然敬惮之矣。邑故僻，轮蹄羽檄，弥月不入境。公以安静摄之，愈益恬然。治东有隙地，构琴鹤亭，垂帘晏坐，花影满庭，萧然有吏隐之致焉。邑屡有年，岁乙巳，蝗飞蔽天且八境，俄有鹙鸟导蝗星散。万宝告成，百姓延缁黄为醮事，数月乃罢。

公莅政五载，两台使者交章荐也。岁甲辰冬，考绩。乙巳秋，荷纶綍，士大夫竞以言赠。时有内召之命，旦夕促装矣。无何，有蜚语阴中之，公慨然曰：“当事者以嗔喜行黜陟耶？匹夫有志，乌用区区墨绶为也？”拂衣归。公天性简抗，遇贵人无所加礼，宦业成而忌者坏之，深可惜云。

杨生曰：“余为诸生时，数被邑大夫礼遇。其最者，无如张公。公傲人也，不甚礼多士。多士交相酬公，公不屑也。顾独笃爱余，每读余文，才之。而以余之落落也，辄叹曰：‘士固有志哉。’噫！公以国士遇我矣，去思之碑，非余任之而谁任也？”

齐东王明府去思碑

王明府莅齐东，五易寒暑，旦夕拜玺书，超擢矣。会公直节多忤，迁辽州守，遂弃官归，杜门高卧，日课读而已。无何，长公麟成进士，仲亦举孝廉。麟出宰德平。德平去齐东，不三舍，父老举手加额，谓我公长者，今果有后。谋伐石纪公德政，以图不朽。而齐东有袁生者，尝馆公门下，习知公事，能备道其详。

生之言曰：“齐东，岩邑也，年来日就敝，公初来，亟集吏民问疾苦，曰：‘令有纰政，父老幸一一告令，令为若更之。’邑民故羯羠不均，会有新法，曰条鞭，小民称便。公锐意行之。闻诸两台使者报可民困稍苏，公曰：‘未也。积弊蠹民，积猾蠹法，幸吾政平，四境得以一日安枕，奈何令奸人阴坏之？敕胥史伍伯受约束唯谨，无得骫吾法。骫吾法，吾大创汝。’于是与百姓约：‘吾以二麦刈、百谷升之后征若矣，非其时不汝扰也。’及期，以钲徇于路，民争为轮，无一后者。邑为里者，五十有五，里中三老豪长，善侵渔人，公一切罢之。三老豪长既罢归，月朔庭谒公。公曰：‘若曹已解去，焉用谒？无亦时时借口公家事，箕敛细人金钱，过屠门大嚼。归乃骄稚田间氓，曰：“我从城中见邑长来耶。”若休矣。’盖终公去，无一人得里人斗酒只鸡者。朔望行部，令部民乡自为约，约中有孝弟力田及恶少子弟，许以名闻，不象指者，斤斤以三尺随其后。公才敏甚，两造当前，辄自照见情伪，剖决如流。乃大意壹主于锄强洗冤，无深文也。群不逞，或荐鼠窃，公敕保甲，凡奇服方言，轻超少年，六博醵饮，踪迹诡秘，昼伏夜动，如鸺鹠者，严诘之。自是盗屏迹遁去，相戒无得近齐东。时倭奴犯海上，青以西大震。公日夜治戎，高深其城池，聚炮石，睥睨间至今存。学宫前旧有泮池，日就湮，公鸠工凿之。时时进青衿，甲乙其艺，曰：‘若无谓俗吏不识尺幅中语，若灭若没，吾当自得之。且而以文章自命，仅仅以勦语从事，令人谓而技止此，亦士之羞也。’邑自是彬彬多文学士矣。

公不喜为绕指柔，人不敢干以私。青衿或小有造请，辄面数之曰：‘措大为人，屈膝白事，图小饮啖，若之何其以古之道哺啜也。’善道人意中事，词锋飙发，杂以谐谑，掀髯抵掌，摹写情状如画。闻者惶骇，莫敢仰视。簿书案牍，勘验稽核，烛照数计，事未竣，夜必燃炬，结局乃已。仓无粟，公多方储蓄，久之，以石计得二万有奇。岁旱，台使者檄公祷雨，一祷而甘澍应，其再祷也亦然。公为政大都律身峻，驭下严，事至人不能欺法，立人不敢犯继。”

公后者古绛陶、南和白、孟津杨，十三年于兹矣，遵画壹如一日也。

公名上闻，中州祥符人，万历癸酉孝廉。

岱宗藏稿卷二十

济南杨梦衮龙光著

传

刘隐君传

吾邑有隐君子，曰凤池刘翁，盖有道之士云。

翁在诸生中，敦厚有重望。里中成氏子者，好鼠窃。翁田中谷新熟，即持筐撷稳，翁遇见之，不罪也。其家执子，遽缢杀之，以闻于官，曰翁殴之死，遂成狱。太守李意欲得贿，翁不可，遂以威逼论。翁乃谢去章服，隐市廛中，卖浆力田自给。家渐饶，好行其德。

邹平民李光恩客翁门下，无何，光恩与某子甲斗。既散去，某子甲无恙也，行至中途，踬而折股死。事汹汹起，翁袖三十金抵邹平，召死者宗姓告之曰:“解訾罢讼，此上策也。能听吾言请矣，不腆为寿，不然，听若所为。”宗姓唯唯，卒脱光恩于难。

邑人张腾云醉过公，出银一裹，谓翁：“我酩酊甚，归途恐失之，今以付翁。”腾云径去。他日复过翁，悔恨久之，曰:“昨袖里蹄将以输官，醉中失去，将如之何？”翁曰：“银在此，我为子贮，若忘之乎？”腾云不信，曰：“翁诒我耶？”翁启钥取银，封识宛然。

翁识量俱高，为乡党祭酒。里中有事，就而取裁。翁然如也，及片语出，凿凿中窾矣。户牖多书格言，闺门整肃。三婆六妇及僧尼巫觋，足迹不敢及门。精岐黄，喜清谈，徜徉闲适，寿八十余而终。

野史氏曰:“刘翁，余母大父也。余幼时，侍母氏膝下，往往因归宁而之翁家。翁眉毵毵然，覆睫出语，和缓庞然，商山甪里之俦也。翁三子，震亨、复亨、咸亨。伯氏即余外大父，性好酒拓落，不治生产。仲及季亦疏失，且壶有间言，昆仲惑于牝晨。翁每恚谓：‘坏吾家者，诸妇也。’中年颇斥买田产，语所亲曰：‘儿曹骨法当丐，异日资斧尽，鬻产而食，姑徐徐云耳。’翁没后，果不振云。翁具人伦，鉴名能知人。余幼与群儿戏庭中，气勃勃笼霄。翁注视良久，退而语人：‘甥也狂，异日为令德则非凡，不则叵测。’顾余生平碌碌，沂水之点，竹林之籍，有志焉而未之逮也，终身有愧翁言。先君偶权子母，翁谓先君：‘赀入人手，即人之赀矣。’无何，受赀者皆化为乌有。先君每击节叹服，悔不听翁言。”

翁讳汝弼，字时正，凤池其别号云。

三孙传

三孙者，太守玺及其二子承德、承裕也。玺，字国信，幼有大志，警悟不凡，登成化庚戌进士，历官平凉府知府。初任长子县令，清慎公勤，弛张适宜，积粟备荒，葺城御盗。丁内艰归，民为立石。服除，补嘉定县令，多异政，有双岐之瑞。时范文正公裔孙三丧不举，公捐俸助之。诸名公感而赠诗，有“贤哉令尹继前修”之句。

承德，字孝卿，别号东楼。以岁荐任洛阳县簿。初为诸生，工博士家言，遇试辄首多士，歉然不满志也。后学使者合七邑士校之，既罢，意沾沾喜，及唱名，独无公。公长跽而请其故，学使者不答。七邑士赏罚毕，学使者乃袖中出一卷，曰：“此七邑冠冕。”启之，乃公也。命取七邑花币及赫褫赉之苍头，几不克荷。晚年家居，安贫养恬，吟咏自适以此终身。所著有《东楼诗稿》，存于家。

弟承裕，字祚卿，别号鹤溪。纳中书舍人，工篆能诗，文彩翩翩，昆仲辉映，风流儒雅可想见云。

太守不以诗鸣，邑乘载其诗三首，风致颇佳。《济水环清》云：“河流萦碧带，春涨接潮生。别浦孤帆远，沙洲落照明。绿回风藻乱，白泛野鸥轻。万顷清无滓，沧浪可濯缨。”《兔村烟柳》云：“西原烟树杳，相望昼沉沉。密映村流暝，横遮竹院深。清阴闲卧犊，长日有鸣禽。几欲成幽隐，年来负夙心。”《青池夜月》云：“一鉴涵虚碧，蟾明桂影浮。晴光浑不夜，灏气最宜秋。玉宇尘无迹，金波滟欲流。重来三十载，还忆旧时游。”三诗大雅不群，尝脔知鼎，何以多为？

长公诗颇伤率易，晚年疲于应酬，信口出耳。今录其古风一首《送倪先生归田歌》：“青春二月燕齐道，冠盖辉辉映晴昊。离筵觞酌送者谁？广文先生归去早。先生自是青云姿，飞腾况值圣明时。著书茅屋见才俊，拜官黉馆怜英奇。洪钟众叩声相应，坐拥皋比谈性命。教展苏湖今几年，思将松菊开三径。三径乃在燕山阿，燕山易水景偏多。绕屋清流漱寒玉，当窗秀岭横烟萝。到家尽得溪山趣，故旧过从乐相语。壮游已倦却归来，此是天恩最深处。”

二石传

二石者，邑孝廉绍宗二子也。长曰阶，字汝升，别号白峰。次曰阯，字汝登，别号晴岩。汝升嘉靖中游太学，丞鲁山，迁晋府审理。是时，太夫人春秋高矣，遂弃官归。公最友于弟，老而弥笃，联床把臂，雍雍乎埙篪之风矣。汝登嘉靖庚子举于乡，宰宁陵，多异政。亦以母老告归，士民遮道泣送，络绎不绝。家居与白峰公徜徉林壑，诗酒唱酬，须眉皓然，终日雍容樽俎间。时人目为二程云。

二公俱好为诗。汝升诗刻意苦吟，锻炼推敲，再四乃定，五言律尤多佳句。《京邸两值重阳》云："天涯逢令节，一度一伤神。两对黄花老，重看白发新。登高何处客，飘梗去年身。忽忆吾乡国，鲈肥酒正醇。"《九日王氏园亭晚酌》云："青樽开绿野，白发插黄花。采菊思陶令，登山羡孟嘉。虚亭临水冷，小径出林斜。风日萧萧晚，牛羊亦识家。"《都下怀晴岩弟寄赠》云："客里翻无事，音书稀近来。囊空还自笑，怀好为谁开。池草频惊梦，鸰原慕几回。故山风景美，何日与徘徊。"《裕州道中》云："晚霁烟光薄，途穷魂梦饶。断云呈远岫，涨水失平桥。风冷鸿争唳，霜清叶半凋。乡园何处是，匹马日萧萧。"《宿杨村驿》云："春色寒尤腊，飙风散复圆。孤灯悬野店，一棹泊荒川。仗炬看诗壁，留貂赎酒钱。通宵清不寐，乡思转凄然。"《草亭古柏》云："古柏依幽砌，栽培不计年。灵根直拔地，黛色欲参天。已度风霜饱，能禁岁月延。夜来潭影静，照见老龙眠。"

汝登诗不袭陈言，悠然有自得之趣，有《林秋漫兴》一卷，藏于家。余取其五言律四首。《秋日村居》云："衰草高秋圃，寒塘淡日鸥。山青舒远眺，风急欲重裘。多病偏成老，贪吟苦未休。何时遇知己，相与共仙舟。"《夏日村居》云："烟敛孤峦出，窗开受月多。晚风醒醉面，罢雨听田歌。芳草嘉禾圃，平江渔父蓑。忽来香满院，应是沼中荷。"《寒食郊饮》云："翳翳陌上桑，婀婀堤头柳。红妆竞秋千，游人携素手。日长午梦宽，花破莺啼久。春光几许余？试问常留否。"《刈禾》云："晓云低绿野，晚饷对桑麻。浥露蝉声咽，迎风马度斜。山园甘老遁，朝市脱纷华。天外晴晖落，耕牛自觅家。"

抱朴子传

抱朴子者，吾邑之高人也。姓郑氏，名霆，别号小塘，居别业，署曰抱朴庄，因自称抱朴子云。其先故晋之洪洞人，大父某游吾邑，家焉。

初，抱朴为诸生，负高才，能诗。已游太学，丞宝丰，罢官归，日日壶觞自适也。酩酊中，不废翰墨。性好友，尝谓："三日不闻丝竹，令人何处生活？"晚而构一草楼，别业中聚书万卷，扁曰"巢林一枝"。楼之西，有门扁曰"莫我知处"，又曰"太平小隐，一径通幽"。北八折而东，既东复折而北，有扉焉。八扉编柏为屏，屏北有径，古柏夹之森郁，仰不见日。径尽有石磊磊当中，石尽有亭翼然。登之，则鱼鸟云物皆来献奇。亭东掘地得泉，甘而冽，辘轳时时有声，居然汉阴丈人也。亭之北，琴砖支地，中空而窍，其两头叩之铿然。丝桐对月，高山流水，抱朴所为得趣者乎？花卉以数十百计，桃李梨枣以数百千计。每三月中，桃花开，霞绮烂然。

抱朴跨驴出，服春衫，飘飘东风中。一童子背古锦囊，携酒从之。遇芊芊茸茸处，抱朴亟止童子，翻然自驴背堕地，仰卧草中，久之乃起。藉草而坐，手把金叵罗，得句辄投囊中。父老相传，以为晋人复生，或曰谪仙云。

公著作最富，其命意铸词，多出入经史，绮丽而有逸气，尤长于古风。余取其二首。《书村》云："云浮淡日白，树稠荫屋角。分溉一泉流，合幽两禽落。朝望南山吟，孤立直如削，露荼委余繁，日葵发初萼。回首三十年，嗟度光阴错。百事一无成，忙心忧交割。桑柘野人居，性懒入城郭。穿竹寻花饮，杖藜扶醉脚。浩然江汉志，宁卜在沟壑。"又《将进酒》云："玉楼香篆金风举，瑶席仙娥杂笑语。龙管凤笙玛瑙钟，满座风流王谢侣。欢娱不觉玉山颓，长空华月沉牛渚。主人进酒酒有余，穷巷输租卖儿女。"语颇多风，又作《贫妇吟》《农妇吟》，俱有关民隐。其《题朱仙镇岳武穆庙》有"十二金牌回虎旅，一双玉辇葬龙沙"之句，人至今诵之。文亦多佳致，曾作《味藿庄记》，而系以八景，曰海月孤村、霜天松菊、反照辘轳、田樵雪霁、晴川桃李、楼际云山、霞川荷沼、翠荫槐亭，颇极其形容，又有《乐酒说》《秋蚊记》《梦记》《接梨树记》，率多言，而《梦记》尤奇。

兰泉长者传

吾邑有长者兰泉范翁，其厚德非今人所有也。余与翁游最久，翁以国士遇我，而余缺然未报。万历甲寅，翁遽捐宾客，余哭于其寝，不自知其涕之横集也久之。恐懿行日湮，操觚而为翁图不朽，作《兰泉长者传》。

传曰：翁讳经济，字理卿，兰泉其别号也。翁祖父为吾邑素封，好营什一，而翁舍之，独好治经术。垂髫补博士弟子员，尝一再入棘闱，数奇，竟不偶云，年逾知命矣。其于佔伴犹然心好之，时时持尺幅为博士家言。子弟趋庭课读，殷殷焉。余是时在诸生中颇负声名，翁招余于塾，与伯仲同笔砚者数岁，并辔联床，无间也。酒间每谓余："人亦有言君于青云咫尺耳，果尔，儿曹安所得指南乎？姑缓之，他日冲天，未为晚也。"其惓惓于余者如此。

翁生平不治家人产，伯兄柳泉者为家督，一家之政禀命焉。凡田庐之创置、钱谷之出纳、子母之伸缩，翁绝不预其事，日手一编而已。柳泉公疾议析箸，翁请兄自择而居其瘠。至橐金有无，绝口不问。视犹子无异己子，视诸侄女也亦然。翁好周人，里中岁受其赐。乡曲有缓急，不难贷缗钱，给资斧久之，化为乌有，付之一笑而已。德量宏深，口不言人之短。客有发人阴私者，四座鸣鼓，翁独默然，然胸中泾渭井井，不爽毫发。或肆凭陵尝翁，翁置不问，终身无只字入公门。故贤者乐与翁游，而睽诟无节之夫，亦无怨而尤之者。

其自奉约甚，敝衣释食，恬然安之。猝遇之，不知其为素封也。性喜饮，引满浮白，脱尔我之形，忘去留之念，仙仙乎与无怀、葛天游也。居乡，目不邪视，口不妄语，足不乱步，一切疾言遽色、张皇反覆之事，机械狡狯之谋，狎亵轻佻之行，皆耻而不屑者。客谈及非礼，两烦[1]辄蒸蒸赤，是殆汉阴抱瓮之流也。余性迂，与人不苟合，独于翁如饮醇酎然。

甲辰春，先君捐馆舍，身未就木，翁以良材见遗，及酬之直，不受。余谓翁："昔人施物于人，不责其报，犹弃诸壑，翁忍以余之先君为壑耶？"翁不得已，乃受之。余居苫次，非蔬素不食，翁遣苍头遗余蔬，月以为常。除夕，遣苍头遗余麦，岁以为常。曾以缗钱贷我，未反偿而翁逝。翁不负余，余负翁矣。

翁敦重有寿征，仅得年六十有二。四子九孙，云仍济济，天之所以昌范氏者，当于奕叶见之矣。长公无校，仲无达，三无激，四无逸。仲次男胤昌，余婿也。

锦峰先生传

先生讳之辅，字尔任，别号锦峰，新城人。新城之王，代有显者，以阀阅闻海内，盖自公大父而下，簪笏蝉联，更仆未易数也。公世庙时登贤书，今上之初，号称循吏，两为州牧，一为郡丞，最后乃为部使者佐司农会计，治状多可纪云。

初，公筮仕得隰，隰多逋负。公戒里胥无得渔民，民乐为输。隰与关中接壤，有回寇时时阑入，为鼠窃。吏辄兵剿之。公曰："何张皇也？"徐敕部民御诸境上，寇遂遁。

会霍缺守，大吏疏公治行，改守。霍宗藩横甚，道路以目，公斤斤以三尺从事，宗藩少戢，已乃丞大名。会漳河溢，民且为鱼。时议开支渠灌卫河，漳即溃，以卫受之，属公督其事。渠成，民至今赖之。

绩满，召入为司农员外郎。岁祲，诏廉能吏往赈。公遂有山西之役，所至辄单骑崎岖山谷间，计口而煮粥食之，诸郡赖公全活者亿万。其尤异者，守隰悍民，窎远梗化。公遣吏论之，俯首受约束唯谨，丞大名。寿宫需文石，猝不可得，而黎阳文石夜现。晋之役，掩骼埋胔，泽及枯骨。

公雅敦孝友，至真诚朴，御物廉俭，训子义让，表俗彬彬，一乡之型模也。

公之先为琅琊人，高祖贵徙新城，曾祖伍、大父麟、父重光，其行事详具

---

① 烦，应作"颊"。

家乘中。及诸名公著述，不具论。公昆弟六人，翔翔天府，并驾烟霄，荀氏八龙，庶几近之矣。丈夫子四人，象蒙、象震、象斗、象节，皆裒然以文章知名。

野史氏曰："天道无亲，常与善人，岂不诚然乎哉！公之曾大父，贫而好行其德，被褐怀玉，流辉散润，及于箕裘。王氏青箱，世济其美。公束发登朝，上光祖德，下诒孙谋，蔚为海岱名门，其所由来远矣。"

蔡良传

蔡良者，阳丘姣少年也。尝事其邑大夫，已而去之，从云山人游。

山人别号从龙，名生起，不知何许人。壮游天下，两度客阳丘，与蔡习。蔡性醇笃，事山人唯谨。山人工法书，晋唐诸帖，一一手自临摹，客往往出赫蹄购山人书。山人意兴所到，倏忽挥洒，十斛浓沉，片时立尽，蔡终日侍翰墨间。山人对客雄饮，淋漓潦倒，蔡又终日侍壶觞间。出则负锦囊尾山人后，山人喜登山，屐齿印苍苔殆遍，蔡足迹视诸山人。他如笔床茶灶、图书文史，俱蔡为收贮。山人视蔡如左右手。

然蔡忽得疾，归其家。时瘟疫流行，善染人。染者不起，人皆远之。山人顾独欲视蔡，坐客不可，山人慷慨曰："蔡二亲早逝，孑然一身，其孤视山人等耳。蔡居恒视山人无异所天，蔡危而山人置不问，仁者不为也。且山人自称无家道人，即一朝委沟壑，亦岂不欲爱我者从旁一临视乎？人生修短有数，彭不为永，殇不为促，此自造命之初，已有尸之者矣。苟遇抱痾之子，必欲褰裳去之，乃称自爱，则天下之寿，惟木石当得之。客休矣。"山人遂往视蔡，恤其家久之。蔡愈，山人染疾，几殆，数月乃痊。

野史氏曰："云山人者，贵介公子也。避仇而去其乡，交游悉海内名人，逸宕有高韵。得钱旋费弃不惜顾，独不廉于色。蔡么髍耳昵之如此，说者率诟病山人。山人大言曰：'即蔡溘焉一朝先露，吾将图所以不朽蔡者。'"

余闻而奇之，作蔡良传。

混元子传

混元子，房州人，后徙严，是为严州人。盖上世靡得而究云。混元始祖讳集喜，在汉之季作禁外庐列士，受知陆贾。会樊将军哙过贾，有所询，贾一一应对于集喜，浸淫及之，卒无荐者，喜竟不显。及梁孝王游忘忧馆，大会诸游士，令各为赋。枚乘为《柳赋》，赋垂成，缺第十句弗就，喜从旁赞成之以献。王大喜，赐绢五匹。喜数传而生元。

元生而腹之左有二虫据焉，医以药下之，终弗能去。元方髫龀，性贪婪甚，舌锋劖劖，往往凌轹流辈，时人呼曰“矢口”。矢口者，利口也，利于矢也。元照影自爱，每夸曰：“吾虽丈夫子，而美若姝，姝则姝矣，恨非女耳。”人皆笑之。

无何，元父卒，无人畜养元。元面色黄瘦，股细如指，行步踉跄，如鹤胫之当风，然夜则栖阛阓之厦间。了无一长，独善跳索弄绳，悬索最高处，顺落逆挽，矫健如飞，莫之蹭蹬。时人咸恶少目之。

弱冠，邂逅异人，授神仙导引之术。及长年，秘诀飞升伸蜇方书，元效而行之。期月面甚墨，躯貌丰满，遂自名混元子，曰：“大隐不出朝市，东方曼倩避世金马门，此吾师也。”遂掉臂游市廛，或突入人家，而人亦罔觉。至废观古刹，苔绣于阶，蜗篆于壁，户圮窗穿，元数数假憩其中。久之，书二绝于壁：“寒云黯黯锁丹房，四壁无人径欲荒。细柳垂丝张翠幕，中间独揖一羚羊。”“招提胜迹半凋零，古木栖鸦户不扃。谁挂蒲团当树杪，高高打坐效熊经。”越数年，风巾雨帽，独往独来，虽尘中流浪，而绝不干人间。

中结网而渔，已而遂精其业。其言曰：“姜以钩，吾以网。吾以一网终身乎？吾知其一，不知其他。”著书号《一知集》，而朱书之内，谈结网事甚详。渔于河，有“马颊纶收浮紫蟹，龙门网举缀玄龟”之句；渔于江，有“鲛人织处冰绡丽，疋马浮来雪练铺”之句；渔于海，有“瘴雾蛟腾轮乍转，楼台蜃吐镜初蟠”之句。居恒每谓众：“汤解网而张三面，说者仁之，吾网只一面耳。”佥曰：“善。”居恒喜诵李青莲《大猎赋》，曰：“‘云罗高张，天网密布。罝罘绵原，峭格掩路。蠛蠓过而犹碍，蟭飞而不度。’此语殆为不佞设也。”

元体干充肥，腹垂过膝，酷嗜鲜秾，以网之所获者，醢血肉而饕之，淋漓咀嚼，时人以朵颐风焉。元曰：“无伤，昌黎、柳州非大儒也乎哉？退之云：‘豚、鱼、鸡三者，古以养老。反曰是皆杀人，不可食。一筵之馔，禁忌十常，不食二三，不信常道，而务鬼怪，临死乃悔。’子厚曰：‘愚愿椎肥牛，击大豕，刲群羊，极五味之适，致五脏之安，心恬而志逸，貌美而身胖。醉饱讴歌，愉怿欣欢，流声誉于无穷，垂功烈而不刊，不亦旨哉？孰与去味以即淡，去乐以即愁，悴悴焉肤日皱，肌日虚。’兹两说，世所称为名言也。吾祖仙而宗儒，奈何执澹泊之说相矜诧哉？”佥曰：“元也辩此，矢口故态也。”

元既湛世味，所杀伤愈多。会有恶之者，疏其恶于朝，曰：“元阳施阴设，舞智御人，陷冯生于罟获之中，弄丑类于掌股之上，鲜血殷其齿牙，余腥渍其肠胃。世有以万物为机上肉，供其饕餮若此者乎？彼吉汤之罗织，疑似京镗之一网打尽，皆元作之俑，而流之毒也。请诛之。”元遂遁去，隐蓬鹊山中。时时出而散步崖间，作诗二首：“醉里乾坤自是宽，鞭霆气概照人寒。尧天去后吾侪在，老手婆娑解弄凡。”“结彩悬崖兴未休，长空往返任优游。山中独坐浑无事，闲看狻猊滚绣球。”又五言《漫兴》云：“千年调摄力，浑噩发文章。颇有凭虚意，萧然对彼苍。林下无人处，谁能访隐沦。凤池如染翰，满腹是经纶。英风何飒飒，贯日有长虹。疑是荆轲辈，高歌易水东。”

元住山数年，颇著威灵，动作有光，如鉴绕之。客有游蓬鹊者，为元所伤，远近皆震。乃集壮士数百人，挟弩秉炬，焚其居，遂射杀之。

论曰：“元之先有曰黾黾者，见知于周公，《尔雅》至今载其名。元初好道术，游于空虚汗漫之中，而身所为若是。傥亦黾黾之种，非良耶？自元之死，血食不绝如线，今族类往往散布房州。”

岱宗藏稿卷二十一

济南杨梦衮龙光著

列女小传

王氏

王氏，永和人，进士郭丙妻。金南迁，丙避乱居杞县。兵渡河，夫妇相失。王暨其少女被掠，泣谓女曰:“今夕不死，被辱矣，吾势不能顾汝。”守者少缓，入河死。乱定，丙还乡里，感其义，终身鳏居。

许氏

许氏，汤阴人，赵洙妻也。元末，洙为辽阳副提举，城陷，洙骂贼死。贼欲妻许，许大哭骂曰:“吾家皆死汝手，恨不菹醢汝，尚何言！”遂遇害。

马氏

马氏，名瑞香，汤阴人。少读《论语》《列女传》，通大义。父母爱之，不欲远适，择儒生薛瞉委禽焉。瞉拙于家人事，不称妇翁意，数谯让之，瞉自求离去。时瑞香年二十有二，生女矣。居三年，父母欲嫁之，乃入室为书道志，不听。纳采且有日，瑞香绮衣冶容，佯若自得，伺隙投井死。父母出之，怀片纸，乃诀词也，曰:“适人不义，违亲不孝，死以全义，亦所以报罔极。”其父母大悔恨焉。

易氏

易氏，安阳人，焦三妻。三没，易氏年二十余，将治棺，谓匠氏曰:“吾夫颇有衣，今欲尽襚之，可大其制。”棺成，入室缢死，遂同棺而敛。

小梅

小梅，姓高氏，武安人。正德辛未，蓟盗寇晋。六月六日，下太行，突至武安。梅年十有六，有姿色。盗执之，拥梅上马。梅瞑目骂贼，贼露刃胁之，曰："汝今死目前耳，趋上马从我。"梅益怒，骂曰："尔能死我，不能妻我。"贼曰："杀此为令。"遂遇害。

崇梅 端儿

崇梅，姓孟氏，高唐人。正德六年，流贼入境，执孟欲污之。绐曰："渴甚，汲水饮我。"贼不为疑，及井，遂投井死。时年十八，聘而未适。

又有端儿者，姓刘氏。贼执北去，强之使从。端儿厉声骂曰："死则死耳，宁为若所污？"遂死于乱刀。时年十七，聘而未适。事闻与崇梅同，旌表名曰二贞。

艾氏

艾氏，高唐人，李朴妻。朴病，与之诀曰："若年十九，诚难孀居，幸有身。女耶，若当再醮；男耶，若善育之。"艾痛哭，自矢靡他。及亡逾月，产男，名曰墓儿。其大父悯其少，欲更适之。泣拒曰："我已诺朴矣。"遂止，竟能抚墓儿成立。乡人敬重之。

田氏

田氏，高唐人，年十五归薛应魁。越一载，魁亡。田抚尸大恸，绝而复苏者再。即欲求死同葬，家人防之密。乃阴绝粒，姑觉而慰之曰："吾儿早逝，命也。若必求死，我将何依？"妇乃拭泪而慰安其姑。既而邻人求为配，其兄与姑欲改醮田。田闻之，大恸曰："我薛氏妇也，更将谁适？"是夜，缢于室，年十六。

莫氏

莫氏，高唐人，年十六，归王邦宁。宁亡，誓欲与之俱，姑慰之而免。越九载，有富民慕其德容，求为室。舅姑欲夺其志，莫佯诺之。是夕，袖其夫所遗扇一柄、履一双，缢死柩侧。

任氏

任氏，清平人，年十四，归高唐云帙。越五载，帙亡。任是时已有身，呼号悲切，期于自尽。姑戒之曰："吾儿不绝如线，赖汝遗腹，何捐身以绝云氏后耶？"任勉从之，未几诞女，逾三岁而女夭。由是悲恸日深，竟以哀毁死。

王氏 杜氏

王氏，博兴人，焦士廉妻也。士廉为元中书掾，留王与妾杜养母。至正中，兵乱，王与杜被执，哀告释一以奉姑，贼不许。乃绐之曰："我家墓有埋金。"贼从之。比至墓曰："当杀我于此，实无金也。"贼怒。俱遇害。

课儿

课儿，姓常氏，博兴人，年十六。父曰常维。正德间，流贼入境，维穴地藏女其中，遁去。其祖常富，老而留守。一恶少知课儿有姿容，率数贼至，逼富索女，刃且加颈矣。女从穴中跃出曰："我在此。"贼乃释富，欲污之。不从，刀斫其面，辄嚼齿骂；断其臂，愈骂；断其两足，愈大骂；遂支解，剖心断肠而死。贼退，父母收其尸埋之。是夜，寝未瞑，仿佛若见女者，曰："我有遗肠在瓮下。"旦日求之，果于其处得焉。

刘氏

刘氏，孟县人，张中顺妻。中顺游京师，有滇南之行，十年不返。里中有富豪慕其色，数使人绐之曰："中顺死矣，当择富贵者嫁之。"刘曰："夫果不还，愿以死守，况存亡未可知也。"又五年，夫果显仕还，识者伟之。

赵氏

赵氏，河内人，仓大使赵刚女也。幼许聘王锦。锦早丧父，其母孀居，家业萧然，未及成配。弘治十一年，锦卒，时赵年二十四，或劝其他适。泣曰："既已许王，又将焉适？"遂自抵锦家，哭于柩前，被发毁容，闭门事女红，以奉养其姑。姑没，赵治丧毕，自缢死。郡人闻之，奔吊者数千人。

赵氏

赵氏，武陟人，少适王瓛。瓛补郡庠生，赵遂从瓛居郡城，未尝轻出闺门，虽家僮邻人罕见其面。瓛抱痼疾，汤药不愈。正德丁丑冬，疾笃，与赵诀曰:“我死，任汝为之。”赵泣下曰:“妾事君非一日矣，犹不心谅耶？且妾与君皆诗礼裔，犬马之行，吾不为也。”瓛卒，赵哭之恸，小敛毕，夜缢于夫侧。家人觉而解救之，良久乃苏。越二日，竟缢柩侧死。瓛未卒时，赵已不食二日矣，迄死，盖六日不食云。

高氏

高氏，茌平人，萧奉妻，年十九，有姿色。正德六年，流贼之乱，城陷，贼欲污之。高骂不从，贼以乱刀斫其面，几死。后二日复生。竟病亡。

郱氏

郱氏，茌平人，驿吏李玺妻。正德十三年，玺以公役卒于济南。郱闻讣哀号，扶榇归窆，誓不他适。服阕，祖翁姑欲嫁之，郱佯诺。遂沐浴更衣，密与亲邻诀，曰:“我所以不即为李氏鬼者，以姑老叔幼，隐忍欲两全耳。今□[①]此，我生何为？”因泣下。已而带束衣履，纸里手臂，潜诣夫塚树下，自缢死。

陈氏

陈氏，茌平人，邑儒生杨龠妻。少端凝有异性，多闻节孝语。及笄，归龠。明年，龠卒。陈哀恸拊心，不粒食者数日。谋以死殉，姻党持之严，不获死。因扶起视丧事。陈故无子，邻妪从容讽之，陈曰:“妇之死节以为夫耳，岂子之故。苟完吾节，吾甘心焉。”杨宗人屡夺其志，陈以沸水自裂其面，曰:“所不终者，有如此水。”其姑亦早寡，心怜之，曰:“嗟尔芳龄。”陈曰:“姑即忍负，吾忍负吾夫？”竟矢志吁天，誓以无改。市屋数椽、地数亩，奉养其姑，未尝一日偕众笑语，缟素终身，盖心之不忍死其夫也。如此守节，四十八载而终。

---

① □，此字底本缺。

叶氏

叶氏，闽人，适林生。林生轧于继母而夭。叶方岁，自矢不二，舅姑颇鱼肉之。叶念林生未归窆，谊不可死。舅氏必欲夺其志以为快，兼以为利。叶佯诺，请一诀灵几前，遂怀刃自刎死。事闻于朝，旌曰贞烈。

刘氏

刘氏，某处人，王锡第妻。锡第用经术补邑弟子。少年美姿貌，负才气，芥视一第，小不如意，即发愤下帏。不胜衄得疾，寝甚。刘独处一室，晨昏进汤药，悴瘁毁容。夜辄跽祷曰："天乎，王生愈，愿以身代生疾。"可岁余，日进一粥，刘亦进一粥。生不食，刘亦不食也。已而王生卒，家众环哭，顾独不见刘。乃扃户雉经，排闼而入，救不死。顷之则又缢，复救不死。刘谓其伯母姑曰："吾死决矣，慎无令外人手吾尸也。"其明旦复缢，偶系脱，坠地。苏，刘哭曰："天乎，奈何不使我与夫偕乎？"家众乃益昼夜严视刘，刘乃佯若不死者，而密制敛服。又剪皮金为一"香"字，示侍女曰："吾骨亦若是。"迟之二十余日，晨奠王生，哭之恸，有异风起灵几者。再及夕，顾侍女具食于厨，遂扃户自缢死。解之，复有异风欻起者再，逾三日而敛，色如生。时年十七。

孙氏

孙氏，徽之草市人，汪永锡妻。永锡家故贫，佣人卖饼为业。居数年，病瘵。嘉靖己丑冬，永锡病革，蒲伏据床，语孙曰："病久赖子，以讫于今。愿天授嘉偶，以答子劳。"孙痛哭曰："君言贰妾矣，妾宁早诀，以信君心。"永锡执孙手曰："子言及此，我无他肠，子故待我。"永锡兄永祥，无赖人也，宣言曰："彼何能死，即病者死，必嫁之。"孙遂饮药，先永锡十日死。

汪氏

汪氏，徽之长龄桥人，郑瓛妻。瓛客死庐州，汪闻而恸绝者三，誓必死。会姑病，汪饮泣事姑。姑亡，汪求自尽，家人日夕护之，不得间。嘉靖癸丑正月十有六日，家人悉出观灯，汪自缢死，时年二十。

汪氏

汪氏，徽之潜口人，谢汤妻。汤病狂人也，每发狂，囚首跣足，遇人且哭且骂。汪安之，举一子矣。其后汤病狂愈甚，汤父珩幽汤别室中。汪大以为忧，伺汤衣食唯谨。珩稍解，乃宽汤。会倭奴薄郡城，乡人争入黄山避寇。过汤门，汤踉跄随众出境，迷失。道逻者以为倭也，捕诣太平县掠杀之。无何，汤子又殇。珩察汪必死，则遣季女与之同起卧，无令自裁。汪佯语季女曰:“夫死子死，我奈何复以死益之？”季女以为然，防稍懈。会门外水大，至几及河梁。汪锁户出，给季女观水，出则授季女钥，投水中死。

程氏

淑人程氏，芝黄人，谥忠愍、赠光禄卿汪一中妻也。忠愍任江西按察司副使。嘉靖辛酉，闽广流贼入江西，吉安告急。忠愍勒兵御贼，战死之。讣闻，淑人辄投井中，保母从之井，奉淑人出，泣谏曰:“主不幸死，长郎君远在太学，诸幼方襁褓，其谁归？主丧母，必欲相从，何汲汲也？”淑人乃强起治丧事，日进米不尽一合，匍匐奉忠愍丧。归至之日，遂不食。长子妇奉馇粥，长跽请曰：“太宜人在堂，春秋高矣，何忍见倍？且谓诸孤何？”淑人徐徐曰：“孺子长矣，上事主母，下抚诸孽，孺子任之。即母不幸以疾病终，孺子恶能以此留母？且而父死国，而母死家，臣道妻道等耳。”卒不食，越五日死。有司上其事，诏赠淑人，立祠城东，从忠愍，春秋并祀。

鲍氏

鲍氏，徽之西沙溪人，汪应宿妻。应宿贫，服卜贾，家苦不给。鲍身日涤馁，事舅姑唯谨。嘉靖甲子，应宿抱疾，鲍延医不遗余力。应宿自度不起，私告母曰:“妇从儿十年，劳苦极矣，儿即死，幸择可者醮之。”鲍闻之而深自伤，乃遍谒宗人，为应宿乞丧具。具完，鲍乃语应宿曰:“君向与母言，妾闻之矣。妾知殉君，不知其他。君之丧具备，妾可无却顾矣，请先君，其待君地下。”饮药危坐而终，越三日，应宿卒。

方氏

方氏，徽之北山人，生二岁，许聘汪凤时。后十五年，凤时死，方辄断发绝粒以殉凤时。父母婉谕，百端不听。凤时母遣家媪劳女，女语媪曰:“无多言，我死生则汪氏妇也。若归告我姑，旦日急临视我，我其犹可须臾无死，从姑以归，不来，吾不夕矣。”旦日姑至，谕女如父母言。女拜且泣曰：“愿姑逆妇，使得临夫墓，执夫丧，即奉姑以终天年。”姑察其不可夺也，遣车逆之。北至墓，姑褰帷，业已自经车中，遂合葬。

李氏

李氏，徽之斗阁梁人，年十九，归汪应玄为继室。应玄病瘵三岁，李奉汤药唯谨。病殆，应玄谓李曰：“若年少，我死，其如若何？”李应曰：“君故有息子，足奉蒸尝，君在与在，君亡与亡，无二心也。”应玄伏枕顿首曰:“幸甚。”李于是归辞父母。母治具饮食之，李持饭一盂，终不举箸。既而以意白母，母争之力，李拂衣就舆，不反顾。归则脱簪珥，授二子妇，部署中外财产，召二子悉分之。无何，应玄死，李哭之尽哀。寻闭户自经，觉者启户，人赖不死。父至，泣曰：“汪郎家故饶，若依子妇，白首称未亡人，宜无不可，何死为？”李佯应曰：“诺。”日暮，遣守卫人出就食，戒女奴曰：“扃我户，我倦甚，幸得少休。”食顷缢死，年二十二。

杨氏

杨氏，武功县康栗妻也。栗之父海，是为对山先生。栗少而能文，生平无非僻之行，尝曰：“奸污残贼，天道未有不好还者。”杨归栗二载，即老媪不得熟其面。其于古今贤女事迹，数为姑备道之。无何，栗夭。杨即取毒鼠药啖之，救之免。而志坚如初，对山先生讽之归省其父母，而使其父母劝之。杨乃日夜号泣，欲旋。父母不得已，敕其兄与嫂送之还。临行出二物为父母寿，而又持履二双，归寿其舅姑。既抵家，抚栗柩哭。已而如内见姑，殊有喜色，曰:“吾谓夫已葬，不知犹未也。”姑知其意，忧之甚，令家人严视之。杨旦起谓侍者曰:“宿饭作渴，其以醋汤饮我。”醋至，潜如卧内，杂砒霜可三两许，吞之尽。少间，毒内作，与侍儿登厕，诳曰：“吾登厕见祟，身颇不佳。”又索醋汤饮者三。姑见其面色有异，大惊，搜其袖有遗砒霜。亟呼医来。杨曰：“已矣，人言砒霜用醋下者，不救。可呼吾兄嫂来治我后事。”兄嫂至，以药解，才及口，则力挥去。又以铁箸启其口，箸曲而口竟不开。嫂发其箧出衣，杨已手制衣敛服矣。著毕气绝。

廖氏

廖氏，金陵世家女也，适沈颐贞。举一子，名凤翔。颐贞领乡荐，再上公车试，未毕，以病捐馆。廖闻之惊恸欲绝，舅强之食，曰：“欲从夫地下，独不念而夫上有父，下有孤？”平廖久之，始一就食。于是晨起治饔羞供舅，夕则抚凤翔而乳哺之。稍长，督就外傅。无何，舅卒。廖以一身操内外政，然足未尝出中庭。有邻媪者，见廖少而美，且怜其茕然。廖揣知其意，頩颜视之，遂绝，不复与相接。凤翔自外塾归，必坐而听其所读书。已而补博士弟子，廖意甚快，曰：“不堕家声矣。”又数年，荐于卿。私念母当益快，归而拜堂下。廖乃愀然曰：“吾不意若遽徼此也，若少不练事，吾窃忧之。”凤翔屡上公车不利，归有惭色，廖辄迎慰之曰：“穷达有命，勿戚戚也。”凤翔又尝以贫不能加簋为恨，廖觉之辄曰：“而父亡，我日一食，或并日食，今已逾望矣。”廖年六十岁，士大夫竞以文寿之。

吴氏

吴氏，徽州人，许聘汪某。汪病瘵，其父利有吴橐，匿不以闻。吴之父觉之，欲败盟，吴语侍者曰：“不可。即弗令我往，我弗他往也。”父悯而嫁之，尽以其橐归汪。及归，而汪病不可为矣。吴乃昼夜不解衣，侍汤药。名为妇，而身则女也。无何，汪死。吴大恸，谋以死殉，左右力救乃已。吴于是自出其橐治丧，绝不以烦夫家。姑嚣而贪，嫂又无良，谋嫁之，延媒妁而受聘焉，以胁吴。吴泣曰：“彼谓我难一死哉？”遂不食。走一介告其父曰：“姑且嫁女，女且死。”父亦泣曰：“吾向者不欲弃而汪氏子者，知有今日也。”诉诸官，官乃约束其姑。姑弗得志，则与嫂日夜修隙捶挞吴。吴噤不敢语，愈益务为恭谨，旦夕馈养有加。姑内愧之，会其舅贾于外，子母钱大挫。徽人重利，视贾羸缩为隆杀。姑与诸妇殊厌薄舅，独吴酖鲜奉。之夫之弟复早卒，有妇徐，矢志而迫于贫。吴时时慰勉之，曰：“甘苦吾与若共，无患也。”徐资吴橐，志乃坚。其父语人曰：“吾向者悲吾女嫠，今者不悲吾女嫠，非嫠何以见吾女也。吾有弟七岁而失恃，吴抚之至成立。其所全活者非一，内外推重焉。”

朱氏 阿素

朱氏，名淑，安亭朱恩女。恩一子一女，子曰龙，女即淑也。淑性婉娈，通《诗》《书》，长而适嘉定洪臣。淑居家工事父母，适洪工事舅姑。为妇可十年，未有子。臣遂多纳媵婢，淑宽然弗妒也。臣爱敬之。未几，臣夭。淑欲以死殉，兄龙力为解释，得不死。久之，乃躬率其媵婢勤女红自给，内外斩然，诸婢苦之，多谢去。独阿素者朝夕依依，淑怜之，好谓曰："吾妇也，为主君守分自应尔，若年方少，我何忍羁若，若当择良人归焉。"素泪交于颐，不能答。退而曰："主母以我为非人哉？且主母所殉者，主君耳，我幽有主君，明有主母，奈何欲使两负之。"一宿而成蛊疾，腹彭彭然，几死。兄龙闻而驰谓淑曰："若奈何独为贞也？其善视素，无言嫁素。"素稍稍起。兄龙去淑居不一舍，未尝不三日过慰淑。俄以讣闻，淑大恸诧。龙有遗孤曰炳，才可一岁，淑抚养之，兼综其产。稍长，淑心计必赘炳于洪而后可安。久之，洪乃掩炳产而有之。岁祲，淑出其积以应贷者，洪之族不悦，又聚而掠其财以去。淑邑邑遘疾，卒，年五十七。嫠居凡三十年。淑卒，素形影相吊者，又二十年乃卒。

金氏

金氏，萧山金俊之女，十九岁归其里中来仲康。十年，举一子，甫襁褓而仲康骤中寒疾死。金时有身，大恸投地，欲自裁。姑倪止之曰："吾老无论，若不为若夫计耶？若死，是死若襁褓儿也，且又死若腹中儿。若一死而死夫之二子，何以见若夫地下？"金乃勉强食。及分娩，复举一子。倪乃名襁褓者曰五经，遗腹者曰五伦。金方盛年，丽姿，又精女红，勤力作，供孀姑，哺二稚。而族有黠无赖者，利其他适，以为己橐。使邻妪诱之，阳为入视工作者，曰："夫人好手，胡不袖诸绣襦中，而刺促自苦为？"金怒骂曰："未亡人此手奉吾姑，此心奉吾夫，老悖何得妄言？"啮指，指破，含血噀妪面。妪踉跄遁去。黠无赖者恚甚，谓金所恃自坚者两雏耳，两雏死，乌能独守。夜因风纵火，焚其居。妇仓皇掖倪起，跽而祝天，火立熄。一日溪水涨，黠无赖者私计曰："儿必相携出观涨，得间即投诸水中。"金夜梦神语曰："来日甚勿令儿出观涨。"金心知所谓，夜起抱儿，泣声达于外。黠无赖者恐谋泄，遂避徙去。金乃得安。久之，姑倪以寿终，二子皆有成立，五经籍博士，五伦理家政。五伦壮，未有子，市妾入门。妾有涕容，金怪问之，妾曰："夫贫，故见鬻，适与所生子别耳。"金谓五伦急返之，无问直。己欲有子，而孤人之子，不祥，遂返之。五经有三子，长行志，次行学，次行政。五伦后亦有子，曰行德，皆以文章知名。郡邑上其事于御史，御史上诸朝，旌门闾，赐束帛薪，粲如令甲。而金年八十四，尚强匕箸。

尤氏

尤氏，昆山人，诸生赵一凤妻。尤生而淑美，善女红，少字一凤。一凤父曰镛，孝廉也，嗜酒，不治生产。及其卒，一凤贫不能受室，乃赘于尤。是时，尤甫十六岁耳，日夜以机杼佐一凤篝灯。遂补博士弟子，负隽声。三试而三挫，郁郁病卒。尤将殉之，已而叹曰：“有二孺子在，谁则抚之？”无何，二孺子殇。尤悲痛曰：“有以从君矣，第君未葬也。”乃为营葬地，日夜拊棺哭，闻者陨涕。有利尤再醮者，谓人曰：“彼少艾也，盼美而视流，乌能久也？”尤闻之，恚甚。取石灰挼目，目血出，立枯矣。尤呻吟久之，辄自谓：“吾目楚痛剧矣，而心甚安。”于是置一棺自随。一凤葬毕，即自缢。有解救之者，复触石额裂，乃仰卧棺中，喉中咯咯然，俄而气绝。居数年，御史上其事于朝，旌曰烈妇。

汤氏

汤氏，孝感人，诸生刘应麟妻。汤与应麟事孀姑以笃孝闻。应麟每就试，汤辄诫曰：“幸自力以慰高堂。”万历戊子试楚闱，不获隽，归而遘疾。汤焚香吁天，愿以身代。应麟曰：“独不念而孀姑耶？善为我供菽水。”汤佯许之。亡何，应麟卒。汤头触棺，流血被地，绝而复苏。屡以绖带自经，救不死。汤母及姑及邻妪婉为劝，汤亦婉拒之。先是，应麟未有子，汤乃取麟弟孝廉君应遇子子之。于是检箧笥，敕诸婢，若将为生计者。家人谓汤且无他。久之，夜就寝，绐侍者散去。诘旦不起，排扉入，则已雉经死矣。姑为含敛，发其笥，有镜栉各半。盖应麟属纩，时汤剖半纳棺中，半以自殉云。时汤年二十四。直使者闻于朝，邑大夫为树阙于门以旌之。

程氏

程氏，德兴人，祝琼妻。生二子，曰萃，曰英。母子悉被姚寇掳去。琼不爱重赀，遣人赎之。寇不满意，第许赎其长儿萃，而犹执程氏与幼儿。程氏泣谓赎者曰：“吾终不辱吾夫。”至盘田，坐麦畦中，指寇大骂，寇怒而毙之。越三日，有族人过其地，见小儿走入麦畦中。就而视之，程氏尸在。死且三日，又值大暑，面色如生。而儿三日无乳不死。族人归报琼，琼疾趋收其尸，抱其子归。琼亦终身不再娶。

何氏

何氏，泗州人，虽小家女，容止端庄。父早世，母贫病无以存。有夫妇侨寓泗上，自言通州人，诒母求女为介妇，母不知其无子，而许之。年十六归其家，寻徙淮浦，诱以为娼。一日，留贾人逼女卖之，女不胜忿，佯许诺。良久，仰天大哭，以刀自刎，血流满地死。都宪张公闻其事，遣吏往按之。至则夫妇与贾人已逸去矣。随命有司以礼葬之。已而天旱，识者疑为女冤所致。郡守杨公逊为表其墓，果大雨三日。

熊氏

熊氏，江右人，刘渭清妻。清卧病，忽贼至，家人悉奔，惟熊在旁。贼掠其赀，并拥熊出。熊抱幼子，伪随贼行。至李隆德塘，置子塘上，拉贼同投于水。贼党救之不得，皆毙焉。及贼退，子犹啼号。邻人怜而收育之。长为武弁，捕盗乃得前党，遂杀以祭母。母子节孝，人共奇之。

唐氏

唐氏，贵池人，适朱姓。夫早亡，妇事姑如礼。而姑性凶淫，偶有富商投其舍，姑与之通。见妇貌。悦之，密以金赂姑。姑诲妇与之淫，弗听。即迫之，杖之，炮烙之。身无完肤，终拒焉。姑以不孝讼于郡，时通判毛玉以商人赂，加妇法。观者咸冤之，欲妇言其故。妇曰:“果尔，妾全矣，如姑何？”遂缢死于梅树下。死三日，神色不变，人呼为梅妇。隆庆三年事。

欧阳金贞

欧阳氏，名金贞，欧阳梧长女也。许聘罗钦仰。岁乙未，梧授拓城学博，携仰之任。后梧奔丧归，舟次仪真，仰堕水死。贞年甫十四，未字，惊号即欲赴水，父母极力抱持。次日，仰浮水面，贞抚尸恸哭，欲自缢，父母委曲谕止。及殓，贞自剪发系夫右臂。葬毕，即白父母，归罗家，事其姑，甚得姑欢。后父起复补淳安谕，姑殁矣，贞度不可留，乃归父母。父母曰：“汝今更何望哉？我为汝择婿。”贞应曰：“夫殓时，女有束发缠其手，肯开圹出女发乃从命。”父母遂止。

屠印姑

屠氏印姑，明州观察公卓孙女也。生而端丽美好，嫁陆耿章。耿章淫凶无行，好博，荡其产尽，多负博徒债。以姑为质，先以嬖友许寿者，尝姑，姑执不从。耿章诱胁百端，遂令寿强逼姑，姑以死拒。耿章怒操巨槌击姑，遍体为伤，幽之别室。破壁短垣，姑冬月衣单衣，坐槁枕块，扃户绝粒，有身四月，不胜诸苦，胎死而身亦毙。

程烈妇

程烈妇，婺源西城人，年十八而嫁。一日，妇归宁，适里有强暴汪子良欲私其母。女大骂曰："贼奴敢尔，吾母受污，吾宁就死。"子良大恚，因殴踣之，引绳勒其咽，犹含糊骂不绝声。压以巨石，遂死。以槁裹尸，焚为灰烬。不数日，母亦惊悸死。时郡厅前夜有悲号声如怨诉者，太守孙遇曰："得无有含冤之鬼乎？"侦之，尽得其状。子良伏罪。

程菊英

程氏，名菊英，开化人。雅修阃德，字同里张氏。青阳富人徐某者，慕程色，百计图之，不得。则赂权力者，言于督府，督府檄县兵围。程父死之，复系其兄，而逼程行。程氏语嫂曰："家有老母，幸善事之，从此逝矣。"程之兄赴县，县利富人金，五刑毕具。程行至半途，谓侍者曰："去城几何？"侍者曰："十里。"乃就舆中，以带自缢而绝。

柳氏

柳氏，赣兵杨炯妻。播酋之乱，炯阵亡。柳殓其衣帽，自缢者屡，皆为人觉，不死。豪家儿慕其姿色，争委禽焉。柳执不可。姑利厚赀，潜许之。万历庚子六月，豪家来娶，姑逼使升舆。柳大诟曰："奴子无知，我岂为狗彘行耶？"豪怒，自入牵其手。柳佯曰："姑徐徐俟我更衣行耳。"乃跽向天曰："吾实不幸，夫死，吾腕为人污矣。"即引利刀断去其腕，豪惊遁。自此祝发为比丘尼。

于氏

于氏，章丘人，逯经生妻。经生殁，于足迹不及门。门内草生，如无人之境。尝三日不举火。邻人馈之粟，不受。邑令君遗米一石，方得存活。嘉靖间，长清令武金过章丘，武故遗腹子廉，得于苦节状，登门求一见。于曰:“孀居以来，誓不见男子，官非男子乎？”武拜门外，叹息而去。

崔氏

崔氏，青城人，邑诸生杨伦妻。正德六年，流贼之乱，伦被执，义不从。贼刃之。崔以身救，俱重伤，得不死。

孙氏

孙氏，青城人，邑民陈策妻。流贼之乱，策拒贼死之。孙收其尸，礼殡之，悲号不食。居数日，雉经死，竟与夫同葬，观者泣下。孙与崔正德中俱奉旨旌表。

袁氏

袁氏，青城人，邑民王玺妻。生子四月而玺亡，励节抚孤。嘉靖六年，奉旨旌表。子臣忠，任嘉兴簿。

李氏

李氏，青城人，邑民杨仲才妻。年二十，夫亡，一子才周岁。无何，又生一遗腹子。姑焦垂白，家贫，无以为养。李绩以供甘旨。抚育二孤，具有成立。姑卒，以礼葬之。

李氏

李氏，青城人，邑民郭文达妻。生一子，三岁而夫亡。李孤守节，誓不再醮。

石氏

石氏，青城人，邑儒士史耕妻。适耕二年，生一女。嘉靖五年，耕卒。石夜梦耕携手问曰:“能勿二乎？”石即焚香吁天，及觉，呜咽欲绝，益以死自矢。姑在堂，竭力事之。十年，女始及笄，乃适杨，即都谏君其休也。石赋性刚介，妯娌有漫为嬉戏者，见石来，辄避之。问之非法，语不敢对。殁之夕，跏趺而逝，颜色如生。

王氏

王氏，青城人，邑民郭继相妻。嘉靖十五年，继相物故，遗一孤一女，家徒四壁。王日夜绩以自赡，鞠育子女。及长，各为婚嫁。王年二十有八，称未亡人。孀居五十载，寿八十余。

焦氏

焦氏，青城人，邑民胥尔戒妻。嘉靖三十一年，尔戒物故。焦矢志自守，二十四岁称未亡人。孀居四十余载。

杨氏

杨氏，青城人，邑民王德辉妻。嘉靖三十二年，德辉卒。时舅姑俱已下世，遗孤茕茕，杨教之《诗》《书》。孤长，籍博士弟子，且食饩，无何，殀。遗孙男，曰长寿，才五龄，杨复鞠之。杨二十六岁称未亡人，孀居五十载，寿八十余。

刘氏

刘氏，青城人，邑民张庆远妾。嘉靖四十三年，远卒。嫡杨氏亦卒。杨遗一孤，五阅月耳。刘无子，是时年十有九，誓不再醮。抚嫡孤如己子。万历三十九年，奉旨旌表，伐石建坊。

于氏

于氏，青城人，邑别驾公禴女也。及笄，适儒士石政。嘉靖四十五年，政卒，时于氏年十有八。姑舅俱殁，家业萧然，止遗一女，久之亦卒。于形影相吊，饮水茹蘖，守节终身。万历四十六年，奉旨旌表。

张氏

张氏，青城人，邑民王若采妻。万历六年，若采卒。张年二十有一，遗孤尚未周岁，而舅姑已殁。夫丧在柩，誓与同穴。家徒四壁，抚孤成立。见今寿五十余。

李氏

李氏，青城人，邑民张玹妻。万历九年，玹物故。李年十有九，遗一四月孤。李恸欲绝，良久方苏。柏舟自矢，孝养孀姑，抚育婴儿。一贫如洗，终身甘之。

杨氏

杨氏，青城人，邑民杜子登妻。万历十六年，子登物故。杨年二十有一，谋以身殉。有遗孤三岁，诸亲以为言。杨曰:“有叔君在，养亲抚孤，两可无虞。且未亡人今日不死，异日恐有夺吾志者，死且晚矣。”无何，取遗孤置夫尸前，自经死。家贫无棺，与夫同日槁葬。二十年，奉旨旌表。邑令王建中迁其墓于邑厉坛侧，命父老皆持纸幡护送其丧。伐石树坊，题曰“天地正气”。

野史氏曰：“余编列女，未尝不泣下沾衣也。宇宙间炳烺大义，乃挟持于孱孱弱息之手。彼所谓‘一发而系千钧’者，非耶？尚须眉而号称丈夫者，一逢缓急，不自引决，举生平而尽裂之，将巾帼之不若矣。呜呼！乾坤正气，至晚季而颓然矣，独时时萃于闺闱，此世道之忧，亦世道之幸。谨诠次其事，以备采风者兼与秉懿好德之君子同省览焉。”

岱宗藏稿卷二十二

济南杨梦衮龙光著

十九友传

玉洞真君

玉洞真君者，姓崔，名宣，字伯高，蓬莱人也。其先世在帝尧时，有为四岳者，功最著。及舜即位，肇十有二州，乃锡土而封焉，以故世有重望云。伯高生而好静，气岸峭拔，不与世俗俯仰，人多远之。唯隐逸之流，或羽人衲子采真养恬者，栖栖日亲就焉。汉末庞德公隐居，不入城市，时与伯高往来。嗣是，晋有孙登者，雅与伯高善，啸傲林麓，甚相得也。而好事者或借伯高为重，亦向[①]赴而景从焉。宋永嘉太守谢灵运有才名，好与伯高游，意欲罄伯高之蕴。彼搜一奇，此剔一险，神游窅窱之先。顾灵运为人，浮华无实，非知道者，与伯高乍合乍离耳，卒有广州之祸。而唐卢藏用者，视伯高为蘧庐，一交臂而去之，尤不足道也。

伯高秀出等夷，落落有烟霞气。凡功名富贵之士，走红尘如骛者，才望见伯高眉宇，反顾不啻腐鼠。然即就而与伯高游，伯高未尝不相接，而神情藐如也。所居饶云树之盛，泉声漱玉，鸟语嘤嘤，樵蓑牧笛，两两出没于岚翠之中。造其庐者，若振衣凌五城十二楼也；出伯高门，熙熙攘攘，鄙吝之心生矣。伯高胸无不有，幽邃奇绝，转叩转深，人不能窥其际。生平简澹，无所好，独好藏书，金简玉函之册，丹文绿字之编，世所稀觏者，无不罗而致之石室之中。天子有事于封禅者，未尝不北面抠衣也。

伯高最寿考，人不知其甲子。即世之有道术者，自称地仙，皤皤然白发蒙头，乃伯高容貌如故，不少改。所交尽四海内名人，如广成子、许由、伯夷、叔齐，及鬼谷子、四皓、司马承祯、陈抟之流，不可枚举。伯高巨族昆季，散布宇内。其卓然知名者，曰碧霞元君，居于鲁；曰少华仙伯，居于秦；曰岣嵝隐者，居于楚；曰通玄先生，居于朔；曰二室散人，居于中州。

---

① 向，《岱宗小稿》作“响”。

野史氏曰：“宣不入城府，人多议其僻者、傲者、草野者、枯寂者，非也，仕隐之分途久矣。人以纷华温饱为家，宣以泬寥空旷为家。生而安焉，亦各适其志也已，吾何求多于宣？噫！木石居，鹿豕游，卒以起重华之圣，宣何负于人哉？”

烟波钓叟

烟波钓叟者，姓汪，名练，字汝澄，天津人也。其先有混沌氏，曾为北方诸侯，佩苍玉，执玄圭，朝于有虞氏之廷，有遗泽于天下，至今人利赖之，宗派颇茂衍云。练性好洁，风神秀彻，善鉴人。为人活泼动荡，无沾滞气。悠悠泛泛，浩然有自得之趣焉。久与练处者，或狎练，辄为练困，又或激之练，辄怒气如山涌，排空倒峡，当之者无不立摧。由是人稍稍避之曰:“此公所谓天下之至柔，驰骋天下之至刚者，吾曹甚不可以七尺尝也。”顾练实非横人也，顺之则夷然矣。

练有远神，曾与冯夷、琴高之徒缔为友朋。买一叶舴艋，顺流而东，纵观于三岛之间。睹所谓圆峤方壶、沃焦尾闾、扶桑若木、蜃楼海市，种种幻化之奇。喟然太息曰：“吾今而后知宇宙之大也，吾向者井蛙耳。”于是退老于天津，与东方朔著《十洲记》以自广。桑钦、郦道元辈闻而物色之，遂定为石交云。

人问练曰：“子号称钓叟，钓亦乐乎？”曰：“芦花鼓枻，雁落平沙，霞天舒彩，新月垂钓，俯仰上下，此自是图画中人。斗酒、双鳞、五侯鲭，何足道哉？”练平平耳，而沉涵蕴藉，文章粼粼如縠纹蹙起。风清月白之夕，扣舷而歌，声泠泠起白石青莎间。喷珠溅雪，戛玉敲金。湘江之佩，洛浦之珰，互铮琮于左右也，庄惠濠梁何让焉？

练所交皆海内皆名公巨卿，其尤著者，周则有若吕望氏，汉则有若严陵氏。二公一浮一沉，虽趋操各异，而当其持竿垂纶之日，时时与练为伍。练独心异之曰：“二公伟人也。吾阅人多矣，无如二公者。”于是日献鲂鲔为二公寿。后二公显名当世，好事者乃从而物色练，练谢去，不复见矣。练生平无上人之心，倾身下士，海内九流莫不归之。河上公之徒欤？百谷王之徒欤？

野史氏曰：“练何如人哉？人知其清耳。彼巢父之耳之污，孺子之足之浊，据而辱练，练漠然恬然，傥所谓山薮川泽之量，非耶？史称黄宪汪汪若千顷波，澄不清，挠不浊，练庶几近之。”

蘋末散人

蘋末散人者，姓司空氏，名巽，字子发，兰台人也。其先有广莫君，相轩辕氏王天下。轩辕氏实以梦得之，子孙散居于青丘，曰飓，颇为民害。尧患之，命羿缴飓于青丘之泽，而害息。及舜即位，飓之弟曰："熏颇能佐舜为治。"舜弹琴歌诗，阜财解愠，熏之力居多焉。熏再传而生巽。

巽为人通达无碍，游神于汗漫泬寥之中，穆然非尘埃中人也。性好奇，颇有侠气。尝之东海之上，观大鹏之变化，辄飘飘欲仙，振袂凌空，直欲与六翮抟羊角而上也，人皆壮之。

楚襄王游于兰台之宫，宋玉、景差侍，巽趋而进曰："臣蘋末之鄙人也，能为大王扬威塞外，席卷沙漠。内则吹万参差，鼓畅扇和，蠲烦涤郁，屏除炎歊。愿借殿阁咫尺之地，得以近大王怀袖间，勍[1]凉德之区区，死且不朽。"王曰："雄哉士乎！"乃披襟当之，命玉援笔而赋焉。巽由是名奕奕起矣。

汉高帝二年，帝与羽有彭城之战，楚军围帝三匝，巽闻之大怒，辄从西北来，声如巨雷，折木发屋，沙石涨天，白昼冥晦。楚军大乱，帝乃与数十骑遁去，巽之力也。后帝既即位，过丰沛，召父老子弟置酒，击筑高歌，三致意于猛士，盖谓巽也。

巽故奇人，怒则山岳尽摧，海水为立。及其与骚人韵士遇，杖屦在前，琴樽在后。盘旋于舒舒徐徐、萧萧泠泠之境。则又熹微澹荡，爽气袭人，顿使涟漪生文，丝桐作响，落花游丝，莫不飞舞，七尺翩翩，直欲凭虚而度阆苑也。巽非真[2]奇人，真逸人矣。巽之族甚伙，曰凯，曰谷，曰凉，曰泰，曰庬，曰飘，曰暴，曰霾，曰曀，曰禺，曰于，曰刁，曰调，曰扶摇，曰石尤。

野史氏曰："巽无世情。人见其以南熏之曲，佐有虞氏为治，遂谓巽意在逢世，而不知张季鹰之归心实触于巽而动，则巽固楚楚者矣。与其以元规之尘污人，何若列子之泠然之为善也？"

纤阿素士

纤阿素士者，姓舒，名朗，字鉴如，东海人也。其先曰望舒。望舒之孙曰朗，遂以舒为姓。与羲和氏为方外之友。羲和兄弟十人，气焰烁人。朗劝其少戢，不听。亡何，尧乃命羿射杀其弟九人，而独留羲和。朗惧波及，遂避匿去，常暮夜独行。久之，羿得长生之药于西王母，而其妻嫦娥窃之。羿求之急，娥欲奔羲和。或谓之曰："而独不记而夫之以一矢相加遗乎？其奔之也。"娥以为然，遂奔朗。朗恐羿知之，于是匿娥于深宫，终身不出。娥既匹朗，乃尽出其药与朗共服之，因俱得仙。

---

① 勍，《岱宗小稿》作"效"。

② 真，《岱宗小稿》作"直"。

朗好治宫室，以琉璃为瓦，水晶为屏，玳瑁为梁，玻璃为柱。光明洞彻，冷气侵人。堂前多种桂树，秋来金粟缤纷，微风荡之，天香万斛矣。朗居身最高，举世瞻望，以为莫及，而一段蔼然可亲之意，不待邀之而依依投怀也。人以故多爱之。

晋庾亮镇武昌，良夜，诸僚登楼对朗清言，已而闻屐声甚厉，诸僚伺之，乃是亮来。皆避去，亮曰："诸君且止，老子于此，兴复不浅。"开樽延朗上座。朗光彩如玉山映人，亮掀髯啸咏，夜分乃罢。

唐明皇每思亲见朗，又闻朗所居崇闳，欲临幸焉。后春[①]秋与道士叶法善微行访之，朗闻帝来，辟户迎帝入，清辉万顷，夺人目睛，帝恍然自失。朗出其姝丽侑觞，翩跹之舞，缥缈之音，绕帝两袖间，终日不散也。帝归，怀朗者久之。

朗宫室邃密，人不得窥。独吴刚者，为人幕宾。复有二客，一曰明眎叟，善制药；一曰千岁翁，善服气，吞吐金丹，霞彩闪烁，皆宇内奇诡之观也。朗侈丽拟于王者，宫室皆七宝合成。修宫室者，盖有八万三千户云。

朗虽鼎盛乎，然尝以盈满为惧，韬光晦迹，自视缺然。或曰："子何挹损之过也？"朗曰："独不见羲和之兄弟十人耶？人且左执繁弱，右持忘归，加己于青冥之上矣。"朗为人襟韵疏明，每遇良夜，天色开霁，清风徐来，花阴匝地，萤火流空，朗婆娑梧桐、萝薜之间，与幽人啜茗挥麈，不自知其清露之沾衣也。所交学士大夫最众，其为诗歌文章美朗者甚众，而谢庄一赋尤著。

野史氏曰："朗，素心人也，而嬖羿之妻何说耶？汉武得仙酒，东方朔窃饮之。帝怒，欲杀朔。朔对曰：'陛下杀臣，臣亦不死。臣死，酒亦不验。'由是观之，羿即善射，固不能死娥。娥死，则朗亦不能以独生矣，庇娥亦以自庇也。且娥不奔和而奔朗，想亦有为朗之赤绳者耶？朗借其刀圭，寿齐天地，光彩常新，娥之助不浅矣。嬖之也，庸何伤？"

锦囊奚童

锦囊奚童者，姓陶氏，名咏，字吟之，浣花溪人也。其先世有耕凿氏者，居于康衢，作击壤之歌。帝尧闻而善之，封之于何有之乡。周衰，耕凿氏之子孙迁徙无常，散布列国。有名雅者，尝从我尼父游。尼父患雅之族党杂，为谱而清之曰："非我族类，将焉用之？"

雅之裔曰咏。汉兴，武帝宴群臣于柏梁台，咏献其所作文章，帝称善。帝没，咏游于邺中。时魏武帝父子俱擅艺苑名，而北海徐干伟长、广陵陈璘孔璋、陈

① 春，《岱宗小稿》作"中"。

留阮瑀元瑜、汝阳应玚德琏、东平刘桢公干，无日不与咏周旋，号称建安七子。晋太康中，张华茂先、陆机士衡及弟云士龙、潘岳安仁及从子尼正叔、左思太冲、刘琨越石、郭璞景纯、陶潜渊明，及宋之鲍、谢，齐之玄晖，梁之休文，俱与咏善。而咏尤好与唐人游，如王、杨、卢、骆、沈、宋、高、岑诸人，俱雄视一世，咏莫不一一与之缔莫逆焉。天宝间，李太白翰林、杜子美工部，赓唱迭和，为一代主盟。咏慕其为人，折节下之。而太白志大才疏，后有永王璘之事，长流夜郎。咏遂舍去，独从子美，间关蜀道中，日结绸缪，晚卜居于浣花溪老焉。后之好事者多慕说咏。

第咏为人博雅风骚，不喜伧父，不喜守财虏，不喜纨绔子，不喜武夫，不喜辇上贵人。独骚人韵士，风致楚楚，一见辄自倾盖。即妇人女子及闾巷下贱，情性幽闲，侧弁而哦者，日物色之，不少置当其意，得浮白大叫，以为奇绝人，咸目为狂生云。

野史氏曰："余生平亦雅慕咏，顾未能窥其藩也。明兴北地，信阳、历下、琅琊之徒，莫不树咏为标，日夜赴之。近日又有异议，楚风扇动一时矣。顾起咏九原而问之，其为浣花之的派，竟谁氏耶？"

桑落狂生

桑落狂生者，姓尹氏，名圣，字中之，高阳人也。其先盖仪狄之后云。仪狄因禹治水劳苦，日夜搰搰，不得休息。于是导禹以颐养天和之说，禹闻之，不觉陶然、醺然、梦梦然，既而蘧蘧然，曰："嗟乎！夫夫也，亡国之夫也与哉？朕将登世道于清明，乌用此陶然、醺然、梦梦然者为也？左右有敢以仪狄进者，罪之。"仪狄既不得志，遂老死于野。

其后裔有中之者，善逢迎人主意，人主多惑之。卫武公偶一近中之，辄为中之溺，作《抑》之篇垂戒焉。汉高帝初起沛上时，与中之俱。中之有胆气，每赞帝起大事，毅然往也。后帝夜径泽中，有大蛇当径，帝拔剑斩之。中之之力也。

中之为人，虽奋发乎，然颇深于黄老清净之旨。酂侯萧何薨，曹参为相，患吏治刻深，变更祖宗法度。乃招中之为幕客。与诸吏日夜宴坐歌呼，不复事事，悠然若与天下忘者，而天下治。百姓为之歌曰："萧何为治，较若画一。曹参代之，守而勿失。载其清净，民以宁一。"又中之之力也。

顾中之性无特操，喜怒笑啼，顷刻万变，而世之耽好之者，成败参焉。士大夫始动色相戒，勿得亲近中之。而旷达之士日与之游，卒不能自禁。如阮籍、刘伶、毕卓、周顗、李白之徒，不可胜纪。其中人品之高，与中之欢然无间，而又不为中之所苦者，陶渊明一人而已。中之为人平易可亲，人无问贵贱、少长、贤愚，皆得招致之。然生平最喜文人高谈雄辩，睥睨千古，谘口谑浪，掀髯啸咏。当其耳热击缶、眼花落井之时，区区尘世，直藐之为蜉蝣，为虮虱，为蠛蠓。于是白眼一世，而散发裸体，淋漓潦倒，叫号狎媟之态，种种出矣。旁观者方且掩口卢胡，而中之恬不觉也。以故人目之为狂生，盖与咏同病云。

野史氏曰："余少最嬖中之，其语言动静，率为中之鼓舞，不得自由，遂草一绝交书，敕左右勿敢与中之通。后数月，觉太寂寞，又使人召中之，情好如旧。此何异猩猩之嗜耶？呜呼，禹其不可及也哉！"

冰弦道侣

冰弦道侣者，姓雷，名斫，字尔操，峄阳人也。其先有五弦氏者，通音律，善为清吟。舜有天下，乃作龙池、凤沼、玉轸、金徽之宫，延五弦氏居之。五弦氏为舜阜财解愠，而天下大治。舜因封为峄阳侯。

周衰，五弦氏之孙曰尔操，抱道风尘，希声寡和。有伯牙者，与尔操善，作《高山》《流水》之曲，与尔操相为赓和，沨沨乎可听也。伯牙卒，尔操寥落者久之。宓子贱、宰单父闻尔操贤，招之。既至，则日与尔操共事，不下堂，而单父治有阜财解愠之遗风焉。汉武帝时，尔操客于蜀，与蜀人司马相如游。相如负高才，工词赋，素与临邛令善。临邛富人卓王孙闻令有贵客，为具召之。相如偕尔操往。是时，卓王孙有女曰文君，新寡，好音。相如乃佯使尔操歌《凤求凰》之曲，以娱卓王孙，而意实挑文君也。文君窃户窥之，遂夜奔相如。尔操乃大恚曰："长卿非端人也，吾与之抗声主人之前，将以咏风雅，陶性情，洽主宾，而乃阴偕其伉俪之私，此钻穴逾墙者流，请勿复敢见矣。"遂去，而游于陈留。蔡邕素闻尔操名，一见定交。客有仇尔操者，辄火之。邕闻爆声，大惊曰："客太横哉！奈何灰大舜于廪上，烬介子于山中乎？"救之免。尔操时时谓人："吾七尺，伯喈之赐也。"邕尝入清溪，访鬼谷子先生。其所居五曲，曲有幽居灵迹，每一曲辄使尔操曼声长歌，林木萧森，猿鸟悲啸，如入海上虚无之峤焉。

尔操躯干挺然，玉佩琼琚，好衣古锦袍，伟丈夫也。所交皆文士及历落崎嵚，世所共弃者。晚年与晋嵇康善，康肮脏不羁，落落寡合，独倾心事尔操，作《广陵散》以志同调。及康临终，犹恋恋尔操不舍。尔操为人大雅，所至必正襟危坐，扫石焚香。生平不喜俗人，唯是山隈水际，幽涧潺湲，对道人衲子乃适。或皓魄清飔之夜，银河垂地，万籁无声，苍松怪石，离立左右，尔时逞和颜，攘皓腕，泠然善[1]也。

---

① 善，《岱宗小稿》作"畅"。

野史氏曰："尔操，清庙之品也，而乃几辱于爨烟，岂我生不辰耶？抑亦天下之忌才也。吾为尔操计，留此半残之躯，岩居川观，声满天地，如出金石。其于卒岁也何有，而必仆仆于风尘也？"

烂柯樵者

烂柯樵者，姓景氏，名秋，字国士，仙游人也。其先世有玉局先生者，精兵法。黄帝与蚩尤战于涿鹿之野，命玉局教群臣以战守攻取之势。其开阖操纵，进退取舍，奇正虚实，种种有法，帝封之为城武侯。自是，孙吴诸人皆师事之。

玉局之孙曰秋，谋勇士也，颇好从名人游。汉初杜夫子，晋王中郎、支道林，皆与秋善。王取其善隐，支取其善谈，杜取其善裨圣教，欢然相得也。谢安居东山，与秋为布衣交。苻坚伐晋，上下惶惶。秋曰："此无足介意，我出其余，足以破之矣。"遂以兵法授安。出师遣将，处分已定，乃拉安出游。安偕其从子玄，命驾之别墅，对秋睹墅为戏。及诸将既已破坚，安犹与秋晏坐自如。驿书至，安阅了无喜色，客问之，曰："儿辈遂已破贼。"秋之力居多焉。

秋为人幻化万端，莫可窥测。有王抗、江彪、王积薪、滑能诸人，颇悉秋生平，他人不知也。积薪从玄宗幸蜀，夜宿孤山之老姥家。老姥夜与其妇娓娓语，移时，细听之，乃兵法也。明晨，问之老姥。曰："吾秋之眷属也，亲受秋兵法。以少许授子，无敌于天下矣。"积薪曰："诺，谨受教。"其兵法遂妙一时云。

秋晚好闲适，隐居不仕。喜与羽衲散人为伍。苏子瞻素不识秋作何状，尝独游庐山白鹤观，观中人皆阖户昼寝。忽闻历落之音于古松流水之间，意欣然喜。问之，乃秋与友人击节啸咏声也。坡遂为诗赠之。坡子过亦雅，与秋善。儋守张中日从之戏，亦隅坐竟日，不为厌云。

野史氏曰："秋殆有道之士耶？中年懒漫，何世事之不入其胸次也。深山穷谷之中，野老相对，便可卒岁。及大敌在前，左顾右盼，乃为淝水之捷。傥亦老氏所为，迫而后起，不得已而后动者乎？彼知进而不知退，知存而不知亡，难乎免于今之世矣。"

临池宗匠

临池宗匠者，姓冉氏，名翰，字希王，山阴人也。其先世有同文子者，事苍颉有功，封即墨侯。即墨侯之裔孙曰贲，尝从学于洙泗之间。数传而生翰。

翰通书史，好与文人游。秦始皇有天下，李斯以吏事烦，愿得如翰者共事。翰曰："请简之。"斯大喜，曰："正合吾意。"于是除去烦苛，上下便之。翰为人挥霍爽健，锋颖绝人。与人交，颇能象人之性情，而随以曲折。魏钟繇与翰善，人多称之。繇没，翰徙居山阴。晋之名公与翰善者最多，而王羲之为最。翰尝谓人曰:“右军为人，如龙跳天门，虎卧凤阁，非寻常所可望也。”遂与之定交云。而妒右军者，曰：“翰奈何独与逸少昵，得无贱家鸡而贵野鹜乎？”王僧虔亦与翰善，孝武亦颇妒之，曰：“翰不臣事朕，而比附僧虔为名高，此何为者？”僧虔大惧，见翰辄引避之。

翰生平不羁，时而端重谨严，冠裳佩玉，彬彬大雅君子也。及其兴到，则濡首放言，绳墨不能束，尺寸不能拘。低昂纵横，潦倒淋漓，坐客莫不欢。为逸人而效之者，政如邯郸学步，失其故武，直匍匐而归耳。

张旭者，最好酒，与翰为莫逆交。两人醉则跌宕于文墨之场，颠狂种种。旭一日见公孙大娘舞剑，忽大悟，曰：“此殆与吾及希王传神。”由是与翰益为俶诡奇绝之观，不可究诘矣。翰喜居精舍中，牙签楚楚，粉壁晶莹，练裙纨扇，瑶函玉轴，欣然相得。即峭壁古墙，扫苔藓，拂尘埃，亦时时兴吊古写怀之思焉，独俗人家则不肯往。好事者或种芭蕉数株，积柿叶满屋，延翰以供清玩。翰曰:“贫士乃能好我。”辄欣然往。

野史氏曰：“翰交海内名公殆遍，令人按遗迹而追慕之恐后，此何德而致然耶？余每欲摹仿翰之为人，顾胸中滞气消除不尽，往往举动疏拙，翰见之而却走矣。”

盘礴外史

盘礴外史者，姓万，名象，字克肖，丹徒人也，或曰青苑人。其先曰太素氏，明于天文地理、飞潜动植及一切蠉蠕肖翘之属，种种洞察。伏羲氏王天下，命太素氏为八卦。及舜即位，复命太素氏定为衣裳之制，日月星辰，山龙华虫，烂如也。

太素氏之孙曰图。殷高宗嗣位，梦帝赉良弼，为左右言其状，左右茫然。图进曰:“臣能仿佛之。”高宗乃命图按形旁求之。有傅说者，筑傅岩之野，惟肖。图望见之，曰:“此是矣，此是矣。”遂以说进于高宗。高宗大喜，封图为丹徒侯，而族始大。周有天下，周公为成王营洛师，卜吉于涧瀍之间，命图备以形胜献之于王。王改封图为青苑侯。

图之孙曰象，善伺人颜色，凡喜怒笑颦，俯仰动静，能曲意徇之。汉武帝时，象为黄门郎。帝寝疾，是时霍光为奉车都尉，帝命象备以周公负成王朝天下事，为光陈之。帝大渐，光问：“谁可嗣者？”帝曰：“君不喻前者象备陈意耶？辅少主，君行周公之事。”光顿首受命。宣帝末年，以光有社稷功，命象以其爵里、姓氏，揭之于麒麟之阁，诸功臣亦与焉。共十有一人，张安世、韩增、赵充国、魏相、丙吉、杜延年、刘德、梁丘贺、萧望之、苏武，惟霍光不名，曰大司马、大将军、博陆侯，姓霍氏。煌煌伟观，皆出象手矣。象元帝时与韩延寿善，二人日侍掖庭，得幸于帝。帝宫嫔多，不能遍召，尝问延寿，佳者召之。诸宫人竞赂延寿，延寿日为誉帝前。王嫱，字昭君，绝色也，自恃貌美，不肯赂延寿，遂毁之。会匈奴求婚于汉帝，即以昭君往。昭君陛辞，光采动人，帝怅然者久之，欲留之，恐失信四夷，竟以昭君往。而怒延寿欺罔，遂弃市。象恐波及，逃去，不知所之。后人有传其与顾虎头、陆探微、吴道子诸人游者。

野史氏曰:“象之先，往往有功于王室，如梦岩卜洛，皆倚重焉。勋伐烂如，揭日月而行诸天。及其子孙，乃或比及匪人，干预国事，自取诛夷。傥亦孟氏之所为，小有才，未闻君子之大道乎？今之士大夫多慕说象，而其后裔出入侯门权要之家如市。及冰山销亡，辄狼狈散去，则亦太素氏之诟也。”

文坛飞将

文坛飞将者，姓毛，名锐，字虎臣，毛颖之后也。颖世系爵里，具韩退之传中。颖生平所交皆文士。

颖之孙曰锐，与汉班超游。超厌薄文士，锐始弃去旧业，而游行伍间，矫矫有横戈出塞之思焉。锐之友甚多，皆不甚契意。王右军乃作兵家鹅鹳、鱼丽之图以示之，曰若何而为阵，若何而为刀矟，若何而为鍪甲，若何而为城池，若何而为将军、为副将、为谋略、为号令、为杀伐。锐阅之大喜，曰:“子人杰也。锐将左执鞭弭，右属櫜鞬，与子周旋矣。”

锐有友三人，一曰安磐，端溪人；一曰漆雕炯，徽州人；一曰赫连蹄，剡人。三人皆好谈兵。磐之言曰：“将重者，兵不嚣。动也如川，静也如山。此所谓撼山易，撼岳家军难也。谓静也，我乃似之。”炯之言曰：“将坚者，兵不瑕。磨之百炼也乃精，投之九死也乃活。汉高帝与羽逐鹿者数年，萧何守关中，飞刍挽粟，日夜不绝，卒以成功。谓坚也，我乃似之。”蹄之言曰：“将整者，兵不乱。舒之则吴宫之嫔，进退森如；卷之则常山之蛇，首尾相应。此光弼入子仪军中，旌旗变色，而仲达按诸葛营垒，喟然而叹也。谓整也，我乃似之。”锐击节大加称赏，曰：“三君，吾之孙吴哉！”于是部署三人，磐为镇守参军，炯为输运都尉，蹄为疆场都总管，而锐乃自署为飞将军。三人相得甚欢，慨然有封狼居胥意云。

野史氏曰：“锐循循雅饬人也，而一旦相率而为豪举，此何为者？无亦有激于《儒效》疏阔之诮，欲以十万众横行匈奴中耶？天下多事，书生草间求活，豪杰有窥而窃笑者矣。固不若长枪大剑，马革裹尸之为愈也。”

金猊贵客

金猊贵客者，姓檀，名郁，字闻远，庐山人也，住五老峰傍。其上世有臣事周公者，精白一心，感于神明。公尝比之于巨鬯之酒，黍稷之馨焉。

郁生而芳洁自好，自宫禁贵戚，无不知其名者。往往延之上座，立下风而挹其余芬。郁学道，能炼气，游行宇内，纵身所之，缥缈如行云。凡椒房闺阁，清严邃密之地，冉冉可到。汉成帝时，赵飞燕女弟婕妤，居昭阳殿。殿中白玉为阶，黄金为缸，而以明珠翠羽饰之，中设木画屏风，文如蜘蛛丝缕，白象牙簟，绿熊席，席毛长二尺余，人眠拥毛自蔽，不能见，坐则没膝，郁时时游息其中。

郁之族有名五蕴、百蕴者，亦能御气游行，曾绕后飞燕身，终日氤氲不散。帝尝私语樊嫕曰：“后虽有仙气，不若婕妤体自仙也。”吴孙亮作琉璃屏风，甚薄而莹彻，每于月下清夜舒之。尝与爱姬四人，曰朝姝，曰丽居，曰洛珍，曰洁华，使坐屏风内而外望之，如无隔。郁潜入其中，人不觉也。

郁徙居博山，有异术，能起死回生，世以返魂目之。晋石崇闻其名，多方邀致之。坐之象床之上，使爱姬从之学轻身之法。若体气纤弱，步履无迹者，即赐真珠百琲。郁之友曰韩寿，寿语人曰：“吾与闻远游，玄感冥契，有不可对人言者。”郁虽亲近艳冶乎，颇亦有道气。自梵宫□室，以至玉清之地，蓬壶之天，水月澄莹，云霞映发，郁无处不到，到则泠泠穆穆之味，透人灵襟。方士遂进郁于朝，赐号降真先生。晚乃屏绝世棼，一意与幽人韵士相周旋。小窗斗室，促膝对语，如兰之嗅，蔼然同心。孤桐流响，苦茗濯清，作天际真人想。郁之族繁，有居零陵者、南海者、真腊者，未可枚举。

野史氏曰：“郁翩翩浊世之佳公子也，惜其不善自闭匿，而出其清峭之骨，和光混俗，终日侣污浊泥淖之夫。悲夫，士固有志九畹之傍，三湘之滨，何处不可以老，而必荐之为大国乎？”

烹雪头陀

烹雪头陀者，姓汤，名点，字瀹之，蒙山人也。其先有雀舌氏者，受知于神农。神农为《食经》，雀舌氏列名其中。

雀舌氏之孙曰点，性清冷，不好为烦腻，箪食瓢饮，晏如也。所至，士大夫渴慕之。晋王濛绝好点，客至，必使点出见客。点不问客食未，辄与之哆口纵谈。一往一复，一吞一吐，颇有流唐漂虞，涤殷荡周之意。士大夫患之，曰：

"今日乃为瀹之所苦，此吾辈一厄也。"

点于是舍去，而与唐之诸公游。玉川先生卢仝者，最好点，点一日谒仝，七进而七纳之，欢然恨相得晚也。旁观者皆私疑点数数，且怪仝僻不近人情。仝方且习习两腋风生，曰："诸君愦愦。"乃作长歌赠点，而点之名日彰矣。

点最相知者，则有陆羽。羽字鸿渐，吴人，自少耽嗜点，凡点之性情风韵，及生平所寄迹之地，一一为之谱而传之。点好游佳山水，如杨子、中泠、惠山、虎丘、丹阳、大明、淞江，以及庐山之康王谷、新安之九龙潭、西湖之龙井、武夷之珠帘、历下之趵突、蒋山之八功德、摄山之珍珠泉，点无一处不到。到之处，羽无一处不与之盘桓。扬清挹润，竞爽争奇，言之津津有味。好事者于是家弓旌而人杖屦，日奉点周旋矣。

点清甚，非俗人所知，点亦不求其知。客爱点者，唯是磐石丛篁之下，棋枰酒斝之旁。拥竹炉对坐，烟袅袅起松梢间，令人意致自远。又或澄湖一镜，携点夷犹于中流船头，使童子对灶吹火，点滚滚口若悬河。良久，松风涧雨，洒然逼人矣。蔡君谟尝以点进于朝，点之名遂无翼而飞，不胫而走。至今缙绅学士相遇坐定，必首及之。

野史氏曰："点以清名重，乃说者疑其臞而瘠近之，不甚宜人。今之垂腹过膝之夫，腥膻逆鼻，彼皆宜人者哉？鹓鶵鸾鹭，实非琅玕不食，渊非清泠不饮。童子牵牛而出，则蹄涔亦可以胀其腹，宜其不知点也。"

啸月山翁

啸月山翁者，姓申，名属，字克驯，巴人也。其先有与九皋仙伯相善者，从周穆王南征，去而不返，俱羽化得仙。克驯为人好林栖，不爱仕进，怡情烟月峰岭之间，泉饮果食，视人世冠裳，蔑如也。少喜纵横家言，精剑术。汉武帝时，李广以勇为著名边塞。广喜射，匈奴畏之，号称飞将军。素与克驯善，颇得其一臂之力焉。克驯性慧黠，种种通灵，族姓颇多，有好变化者、游戏者、奇袤者、诪张为幻者。

梁大同末，遣平南将军蔺钦南征。至桂林，破李师古、陈彻。别将欧阳纥略地至长乐，深入险阻。纥妻纤白甚美，忽失所在，后乃于深岩间得之。诘之，乃是一美髯丈夫据之。纥计杀美髯丈夫，而美髯丈夫常读木简字，若符篆，或舞双剑，环身电飞，实受术于克驯也。

克驯之妹，聪颖善诗，适秀才孙恪，恪昵之。恪之表兄张生者谓恪曰："人禀阳精，魂掩魄尽则长生，魄掩魂销则立死。故鬼怪无形而全阴也，仙人无影而全阳也。阴阳之盛衰，魂魄之交战，莫不表白于气色。观弟神形，阴侵阳位，邪干正府，骨将化土，颜非渥丹，必为怪异所烁，何坚隐而不剖其由也？”恪曰：“吾纳一室耳。”张生曰：“我有宝剑，可辟诸邪，请携而试之。”恪如言。克驯妹觉而怒，搜得剑，寸折之，若断轻藕。妹通剑术，亦克驯授之也，后恪携克驯妹之官。妹不乐往，每至青松高嶂，辄凝睇久之，遂弃恪遁入山林，留诗曰：“刚被恩情役此心，无端变化几湮沉。不如逐伴归山去，长啸一声烟雾深。”

克驯眉宇毵毵，行步轻健，终身林壑间。月白风清之夕，雨歇烟霁之朝，划然长啸，动人幽思，岩居者颇与之狎。

野史氏曰：“克驯逸人哉？屏腥膻醇醲之味，而嬉泉石，对风月，即丘园之贞，未有以远过也。不食千钟粟，惟餐两个梨，殆克驯之谓乎？”

九皋仙伯

九皋仙伯者，姓丁，名化，字太冲，辽东人也。其先有从周穆王南征者，去而不返，人传其与啸月山翁俱得仙云。有孙居辽东，曰令威。

幼好道，弃妻子为汗漫之游，及归，已千年矣。徘徊故墟，乃作华表之歌，父老子弟闻而怪之，诘问令威奚自。令威不答，竦身而去，其行若飞。

令威之裔孙曰太冲，颇有仙骨，好事者笼而致之园林、池沼、亭台之间，又或以丘壑泽薮、泉石云树娱太冲，欲与太冲为素交。主人每置酒召客，酒酣，客击节而歌，请太冲起舞，太冲如不闻也者，而瞪目远视，有凌霄之志焉。卫懿公闻其高雅，宾为上大夫，乘以高轩。太冲不乐，曰：“吾岂朝市间物哉？”遂去之，而游于吴。吴人陆机有高才，与太冲遇于华亭。太冲吟啸自如，机异而倾听之。太冲每劝机远引高蹈，勿撄尘网。机不听，卒为成都王颖所害。临刑叹曰：“吾即欲向华亭聆太冲吟啸，可复得耶？”

晋哀帝时支遁者，字道林，高僧也。居余杭，后入剡，于沃州小岭创立招提，延太冲，馆谷之。而太冲常怀去志，道林觉之，乃取其所着羽衣，剪而藏之。太冲愈益愤懑，道林寻亦心悔，曰：“吾误矣，吾误矣，乌有鸿冥凤举之士，肯为人作耳目近玩者乎？”取羽衣还之。太冲轩然举矣。

晚年游武林之西湖，爱其风景，不忍去。而处士林逋者，结庐于孤山，与太冲善。逋卒，不知所之。人有见之于青田，又有见其与浮丘公及缑山王乔游者。太冲为人奇逸不羁，长身玉立，疏瘦有风韵，耸肩阔步，卓绝风尘。划然长啸，响震秋空。发未燥，辄学飞升之术。

野史氏曰：“太冲无烟火气，其视尘世一切秾华富厚之味，肥痴龌龊之相，直粪土弃之。今人不为雁鹜之恋稻粱，则为乌鸢之吓腐鼠。此可令太冲见耶？而欲与之缔莫逆也？”

龙鳞野老

龙鳞野老者，姓独孤氏，名秀，字子苍，泰山郡人也。其先曰轮囷氏。当夏后氏之世，议所以建社者，群臣未对，轮囷氏进曰:“无如我矣。”夏后氏遂用之。

轮囷氏之裔曰扶疏氏，家于泰山。秦始皇上泰山，遇暴风雨，扶疏氏当道而立，身阔十围，伟然丈夫也。始皇趋而避焉，扶疏氏乃身庇始皇。始皇德之，立封为五大夫。扶疏氏虽贵显乎，顾世隐丘壑，了无簪绂之想。尝谓人曰:“吾先世臣夏后氏，徼社稷之灵，受国恩者四百余年。夏后氏衰，越在草莽，思得明主而臣之，而暴秦辄爵而禄我，亦左矣。”

扶疏氏再传而生秀，秀为人磥砢多节，颇以雅操自负。人世冷暖盛衰之感，风雨寒暑之序，总不入其胸中。黯然自守，森如也，郁如也，谡谡如也。陶弘景隐华阳洞，喜与秀游，每闻秀吟啸声，辄欣然有会。庭院中无复杂宾，独秀之迹印苍苔间。秀好道，尝于舍旁掘得茯苓，服之身轻。偓佺子者好长生术，尝与秀游。秀馈之药，偓佺子饵之，走及奔马，人传其俱仙去云。

秀不愿仕，其子孙多才，朝廷常物色之，布列庙堂，非秀意也。秀奇崛古劲，挺出尘氛。所喜高岭绝壁之上，烟疏月淡，瀑布喷洒，白鹤飞翔。一二道者掀髯箕踞，或抱琴对坐而已。海内所称孤高特立之士，每以秀为首。世无能仿佛之者，唯李膺、和峤辈似之。

野史氏曰:“秀亭亭风尘之表，可栋可梁，而徒以寿闻，无亦厌薄丁固之梦，不欲垂涎于十八公耶？噫，我知之矣。桂自伐也，膏自煎也，木以不材得终其天年，彼盖有意于庄生之樗。”

淇园隐逸

淇园隐逸者，姓墨胎氏，名节，字伯劲，嶰谷人也。其先世有名管者，通律吕。黄帝作《咸池》之乐，命伶伦入嶰谷召之，管至，而律吕之学始精。乐成，将封之，管不乐仕进，旋退而隐于淇园。黄帝念其功，乃以淇园为管汤沐邑，而赐姓墨胎氏。商周之际，有伯夷、叔齐者，即其后也。

管之裔曰节，汉初曾分符郡国之间，自二千石，洊至大用。无何，弃官遁山林中。节为人萧散，有林下风，气雅不乐与俗处。独谯郡嵇康、陈留阮籍、籍兄子咸、河内山涛、河南向秀、琅琊王戎、沛人刘伶特相友善。每一聚首，则左樽罍，右图史，箕踞啸傲，傍若无人。节虽不饮，而吟风弄月，眉宇间泠然作霞外想。其与诸人相得，良非偶也。既而受知于陶侃。侃尝谓人:“节，青云士也，钓沧海之鳌，侣丹山之凤，彼其于世，未始数数然也。即俯首而为我用，遗芳剩馥，吾将以拱璧珍之矣。”节退而语人：“陶公不遐弃我，爱惜人才之殷，综理政事之密，古今一人耳。”张廌者与节善，有园可十顷，结屋其中，而与节居之。王右军闻而造之，廌逃去，不与相见，节曲为之匿焉。王子猷尤爱节，即寄居人空宅中，必使人招致节。人谓“暂住何烦尔”，子猷曰：“久不见伯劲，鄙吝之心生矣，不可一日无此君。”

节之族大，其居会稽者，名最著，声价盖与南金并重云。节骨气森秀，有干霄之志，拔尘之操，对之不觉烦热尽蠲。至雨之昼，月之夕，雪之旦，偃蹇磐石流水之间，七尺玉立，令人意致自远，不复知有人世红尘矣。

野史氏曰：“伯劲高人哉！虚中直节，抑何矗矗也。彼浮华衰萎之夫，天地闭塞，直摧枯拉朽，发蒙振落耳，方之远矣，余颇疑造物者之有独钟也。君子人欤？君子人也。”

陇头驿使

陇头驿使者，姓林，名粲，字先春，庾岭人也。其先世有和氏者，字鼎臣，善调滋味。殷高宗闻而召之，与之讲水火《既济》之卦，剖辛酸燥湿之性，叩之滚滚不竭也。王录用之，与傅说比肩共事者久之。和，寒族也，尝谓其子孙曰：“吾无栋梁之材，可以适于用世。王以庖人畜我，日从事于刀匕之间，口众我寡，将焉调之。尔曹其勿复干进也。”遂屏居庾岭之上，终身不出。

和之裔曰粲，徙居罗浮，足迹未尝至江北。好事者延致之，辄憔悴有故土之思焉。宋武帝时，有诏召粲。粲至，馆之上林。寿阳公主人日卧含章檐下，粲不知也，飘然而来，忽堕公主额上。额伤有痕，乃为花钿以掩之。帝闻之，不罪也。其宠爱如此。先是汉末，粲游于魏，曹孟德曾面粲，而心识之。后行失道，三军皆渴，孟德曰：“前有林先春先生者，吾故人也。当汲甘洌饮若，若行矣。”三军闻之，津津乎有味乎其言之也。

粲虽隐居，而亦有意于用世。会稽山有禹穴，后人为立庙。粲倾身督工，为雕梁以壮观，人至今称之。粲为人疏瘦潇洒，风骨苍然，挺身烟埃之表。人间冷暖，浑闲事耳。

隋开皇中，赵师雄迁罗浮，遇粲于酒肆中。粲出绿衣童子，曼声长歌，翩跹起舞。师雄大醉，及觉，月落参横，天已晓矣，师雄每叹其谊之高也。粲晚与林逋善，逋庐西湖之孤山，门无杂宾，日与徘徊者，粲一人耳。又有张镃者，字功甫，别号约斋，最爱粲。为园于湖上，作玉照堂以居粲。而为之说曰：“粲标韵孤特，三闾、首阳之俦也。彼宁槁山泽耳，安肯受世俗之湔拂耶？”说者以为名言。

野史氏曰："粲之先以调羹幸于殷高宗，其后乃稍稍引去，含华隐耀，甘为川泽之臞，不为不芳矣。今学士大夫相率而为躁竞，往往举调羹之事以为口实，倪亦有牛鼎之意乎？"

磊落丈夫

磊落丈夫者，姓衷，名确，字维岩，洞庭人也。女娲氏王天下，确之先有佐命功，女娲氏封之于终南。其后子孙有徙居青州者，容貌甚怪。识与不识皆曰："夫夫也，礧砢不凡人也。"夏后氏之世闻其名，使守土之臣贡之天子之庭，禹凭轩而觌焉。

确生而稜稜有骨气，屏居山野，不求仕进，默如也。后出游于晋，偶慷慨论列，一市皆惊。晋侯曰："异哉言乎，哆口惑众，是人妖也。寡人将罪之。"师旷曰："不然，国有缺政，天实假口于确。非确之言，而天之言也，何罪之有？"晋侯遂置不问。

秦始皇初即位，欲过海观日，问左右曰："谁能为朕桥溟渤者？"左右荐确。确奉诏趑趄，辞以不能。始皇大怒，曰："子之先且能为女娲氏补天，子独不能为朕跨海乎？"敕左右鞭之。确逃去，隐金华山中。金华山中有牧羊儿皇初平者，仙人也。日与确游，遂授确变化之术，人以为仙去云。

确性不苟合，稍与李文饶、白香山善。平泉履道之间，确足迹殆遍。晚而爱太湖之胜，卜居洞庭山中，从灵威丈人学道。风骨秀削，心窍玲珑，卓然非尘埃中人也。四方高旷之士及权有力者，争辇致之，确不得已，或起而就之，非其好也。确为人坚贞古劲，类有道者。但颧骨巉岩，精神刻露，投之俗眼，不无令人却步。而徐而凝睇，其偃蹇奇娇之态，如凤如鸾，如豹如虎，如蛟如螭，如胡僧，如神人，望之落落，殊有一种贵介气，皤然执杖屦以从矣。确好山居，莓苔满径，人迹隔绝，落花委枳，枯松倒挂，樵人牧竖往来云气之中，确大以为善。樽罍履舄，据而辱焉，确唯恐其去之不速也。

宋徽宗闻确名，使朱勔物色之。确不乐曰："帝弃万机不理，而垂情碌碌之氓，窃为帝不取也。"独喜与米元章游，元章亦最昵确，凡得佳书画，必与确共之。尝棹一叶舟游吴越间，人望之，知其为米家书画船，而确未尝一日不在侧也。确有时亭亭独立，元章见之，遽命左右取袍笏拜之，曰："丈人，伟人也，芾敢不顿首。"

野史氏曰："确负性介，人颇以硁硁病之。然以余观于今世，茅靡澜倒之夫，坐令其生平委地，而莫之振也，政自欠一段硁硁耳。余方将以确为中流之砥，舍硁硁何以哉？舍硁硁何以哉？"

岱宗藏稿卷二十三

济南杨梦衮龙光著

墓志铭

明晋阶中宪大夫广东高州府知府岱野韩公墓志铭

万历丁未，里中二千石韩公卒。越明年戊申，季子元兴持所草状请铭，曰："先大夫行谊，则乌能逃执事耳目？孤等亦何敢为溢词？惟是来春将襄事，敢徼一言，以光不朽。"余生也晚，以铅椠与季子执牛耳艺林中，是役也，固愿为之操觚焉。

按状，公讳容，字可受，别号岱野，家世青城。其以文章起家，则自大王父相始。相，成化戊子举人，令鄢陵。相生齐，弘治戊午举人，令镇安，以子贵，赠监察御史，是为公大父。齐生四子，长一左涿州训导，次一右宪副公，次一动，次一静。而一动是为公父，汾州学正，敕封宜兴令，诰赠工部员外郎。生二子，公其长也。

公生而器宇端凝，幼有大志，封公取戴《记》口授之。甘贫力学，弱冠补博士弟子员。王宜人，公元配也，以女红佐读，夜不寝，冬不炉，勤苦共之。

嘉靖辛酉秋，当大比士。公试不利，抑郁成疾。封公曰："霜蹄能保无一蹶耶？行矣，或有九方皋焉，相之牝牡骊黄外也。"公力疾而往，果得入闱，以戴《记》举于乡。是岁，封公亦膺岁荐，里人荣之。

壬戌，上春官不利，乃发愤下帷，谢绝请谒。邑侯雅重其为人，盖比之澹台子羽云。隆庆辛未成进士，授宜兴令。宜兴，岩邑也。时封公方家居，濒行，戒之曰："官以才为锋，守为硎。锋利故可试于割，硎坚故不忧于磷。吾不必而为锋，能必而为硎。"公书诸绅，莅任刚直耿介，斤斤以三尺从事。邑有布衣喝道张盖，雄行通逵者，公曰："是至无等也，置之法。"指挥潘某，睚眦杀人，业已褫官矣，而席宠肆螯。客有乘艨艟来者，稍触怒，辄率其党撞碎之。公廉得其状，罪如律。诸凶敛迹。邑旧有眉山书院，日就颓。公为一新，聚多士课读其中。癸酉，宜兴举五人，皆读书院中者。万历甲戌奏最，封公敕封如公官，太夫人封孺人。纶音甫下，而封公捐馆舍矣。讣闻，公仰天号泣，曰："吾拮据数年，为两尊人耳。乌鸟未及返哺，竟不获一诀也。”盖终身以为恨焉。

戊寅，服阕，复令武陟。武陟俗故悍，又岁祲，多盗。公至，赈贫戢盗，百姓安堵。而又精于简士，乙卯，用戴《记》聘人入帘，拔二士，皆中州杰也。越五载，当迁，而公不善逢迎，世有从中齮龁之者，仅迁天雄别驾。寻守泽州，泽多宗藩，横不可驯。公申严祖训，强者锄之，诸宗奉法唯谨。至如鐄锾羡缗，毫无染指，风裁凛凛著矣。久之，以资迁留都工部屯田司员外。己丑，复奏最，封公诰赠屯田清吏司署郎中事员外郎，太夫人复晋封宜人。时太宜人春秋高矣，公将乞休归养。无何，有高州之命。于是上疏乞骸骨，遂以高州守致仕归，乃一意侍太宜人。

及太宜人卒，服除，厌城市尘嚣日高。春则乘一款段，诣郊园中，醇醪一杯，山月溪风，自相宾主，泠然畅也。公少读书最苦，日啖粗粝，背诵戴《记》，须臾终篇。总角时，宪副公受封，章声乐，缥缈如《云》《韶》，群儿奔听，公危坐读书，不为动识者，觇知其非凡矣。辛酉秋，赏识公者大司空曹公也。曹，宜兴人，以戴《记》鸣江南。时方为济南太守，得公卷，奇之，荐于台使者刘公，取冠多士。是秋，遂捷。厥后，曹复督学山东，公尚困公车。曹乃延公西席，使其子北面受学。业成，遂与公同登辛未进士。公之令宜兴也，曹谓所亲：“吾拔韩于困，韩更口授吾子，今乃令吾桑梓也，吾士厚幸哉！”乃曹有悍奴，付公扑杀。公曰：“奴罪不当死。必死之，非死法，死势耳。为我谢曹先生，先生门下士断不肯杀人媚人。”大司空闻之为疏，然其秉正不阿类如此。公面色严峭，少语笑，对客不作软美态，毅然有包孝肃之风焉。家居，阃无声伎，座无杂宾，门无车徒。冠盖过其庐，戒竖子不与通，仅以名刺相报而已。即邑大夫虚大宾位，干旌诸门，候公再四，终不往。林下十五年，未尝以尺牍干贵人，戚党强之，谢曰：“以吾从大夫后，常不欲人挠吾法，彼辇上诸君子，当亦如之。”岁时伏腊，率用古礼，至习俗靡文，一切却不用。公虽鼎贵乎，节约自御，一介不轻取予，子弟恂恂尤贵介风。具课于严而庄，一经世传，诸了渐露头角。季尤秀拔，读状文可知也。王宜人理阃内唯谨。公官历守令，宦游南北，终身泊如也。

及宜人殁，而公益寥落。未几，疾作矣。公素强饭无恙，及病，自知不起，处分后事甚悉，垂终不乱。

野史氏曰：“以余观于韩公，其天性方正，有执人也。为诸生苦志，如老头陀；为孝廉，贞静如处女；为官，敭历中外，门清如水，道直如绳；为乡里祭酒，醇谨无机事，如汉阴丈人，骎骎乎有道君子矣。”

公生于嘉靖丙申七月七日，卒于万历丁未五月二十六日，享年七十有二。子三：长元祥，岁贡生，娶陕西布政司参议、新城耿鸣世女；次元嘉，增生，娶处士孙尔悱女；次元兴，廪生，娶乐安县儒学训导霍珩女。女二：一适太学生董济世，一适庠生于绍庆。孙男九：万育、万斛、万言，元祥出；万有、万选、万都，元嘉出;万程、万珠、万叶，元兴出。孙女六:祥出者一，嘉出者三，兴出者二。曾孙女一,万育出。卜以己酉八月十二日，葬于西原之新兆，与王宜人合。铭曰：

矩之方兮璞不琢，大音希声玄酒薄。公也古人行何卓，夭娇苍虬秋空鹤。牙签万卷藜与藿，一朝健翮翔寥廓。墨绶甘棠謇且谔，归来无囊亦无橐。翩然五马对山阁，屏绝苞苴弛鞭扑。简易不代大匠斫，入为冬官督工作。二千石禄讵非渥,其奈高人恋丘壑。大素田来不丹雘,众口亦任恣谣诼。黄金横腰甘澹泊，浑浑沌沌谁能凿。饬尔簠簋修帷箔，我独清兮终皆浊。绿蚁盈樽自斟酌，园扉深掩无剥啄。膝下麒麟与鸾鹭，乘彼白云游广莫。千载高阡矗西郭，清风穆穆宛如昨。

明庠生慎吾杜公暨配曹氏合葬墓志铭

杜公讳澌，字其由，别号慎吾。其上世枣强人，国初徙青城，瓜瓞绵衍。数传而至希周者，娶王氏，纳臬司掾，授冠带，即公父也。

公生而醇笃,嗜书若渴。弱冠补博士弟子员,骎骎有声。八岁失怙,二十失恃,佳辰忌旦,躬亲祭扫,遇新必荐,终身报风木之思焉。有丈夫子七人,孙男十一人,非读则耕，庭训可知也。初，娶于曹，佐公治壶，内事唯谨，尝督诸子读书，至夜分不就枕,手调饮食饮食之。更抚养其妹,俟长适人,�维腆。继曹者王，壶内复称得人。公素负德望，同宗倚以为重，事必就裁。族弟酗酒，嫚骂尝公。公置不校，弟乃愧服。烈妇杨氏者，族人子登妻也，以死殉夫。公诣令君，备言其状。台使者闻而上书请旌，制曰：“可。”扬之不朽，公与有力焉。

公生平潜心文史，二酉之藏，一见辄倾囊而购。屡蹶秋闱而壮志不衰，皓首穷经，多所著述，藏诸家塾者，班班可考镜也。他如敦友谊，助婚葬，浚河渠，为关壮缪开庙貌，为贫措大具鸡黍，其厚德多类此。

晚而构亭，一觞一咏，花木参差，觥筹交错，徜徉者数十年而终。

野史氏曰：“质哉，杜公之为人也！顾其中井井焉，其朴外而慧中者耶？且种德市义，不遗余力，乡党尊为祭酒先生，无事不咨，无疑不质，是亦为政，安在圭组始能荣人哉？箕裘森如，吾拭目观堂构矣。”

公生于嘉靖癸卯八月二十九日，卒于万历己酉十二月二十一日，享年六十有七。曹生于嘉靖乙巳三月五日，卒于万历丁酉四月二十日，享年五十有三。男七，连璧、连城、连茹、连珠、连理、连贝、连镳，俱曹出；女一，侧室出。

孙男十一，云孙、云仍、云鹏、云鹤、云京、云裔、云雁、云鹗、云鸿、云龙、云从；孙女九。曾孙男一，恒吉；曾孙女一。以某岁某月某日与曹合葬焉。

铭曰：焉而泛驾，夫岂曰良。士而落魄，夫岂曰臧。尔握灵蛇，词笔辉煌。尔养木鸡，德器汪洋。天作之合，爰有姬姜。厥泽既长，厥后既昌。若斧若堂，泠然而游，于白云乡。

明廪生向亭耿公暨元配毕氏合葬墓志铭

桓台之耿自敬亭公，少参而下，三龙崛起，鼎足而峙，天衢独向。亭公数奇，困诸生中，落落如孤鹤处鸡群也。久之，岁荐当以次及公，而公遽逝。伯子庭森以志铭请曰："先子不禄，奄忽而弃，诸孤图所以寿生我者，而不得无已，徼大君子一言，以光泉壤，先子死且不朽。"余与公一交臂而失之，闻伯子言，涕泫然下也，忍以不文辞？

按状，公讳鸣阳，字尔喈，别号向亭。世为琅琊人，七世祖安徙新城，家焉。安生贵，贵生水，水生温，即公祖也。让产还金，语在家乘中。温生镩，是为公父，以明经师表三庠，晚乃以伯子少参公贵，称封翁。封翁生六子：鸣世，陕西参议；鸣皋，太医院吏目；鸣雷，湖广道监察御史；鸣岗，礼部儒士；鸣鹗，庠生；公其五也。

公生而慧，封翁奇之，曰："孺子异日当与伯叔执牛耳词坛。"弱冠，补博士弟子，日与昆从同笔砚，文彩声华，交相映也。娶于毕，有淑德，篝灯佐读，机杼声轧轧与伊吾答响。万历乙酉，食饩县官，自是试，辄前矛多士，五入棘围。戊子之秋，诵公试卷者皆惊，私相诧何物尺幅光怪乃尔，取大物直佝偻丈人承蜩耳。撤棘，兄侍御公鸣雷，从子太常公庭柏，俱得隽，公不售也，归而发愤下帷久之。封翁老，侍御公时复北上，公慨然曰："大人踉跄里社中，宜拉一二毵毵庞眉老人道故旧，或口占句，手持蟹螯佐酒，乃以屑瑟溷乃翁。为人子者，方且托于雕虫，据梧而瞑，崦嵫之谓何？"于是谢去铅椠，家政皆取裁焉。封翁日高卧，与朋辈吟啸，陶如也。甲午，封翁寝疾，公夜拈瓣香祷于神，曰："孺子之龄愿减而延吾亲。"封翁竟不起，公绝而复苏者数四。及兄鸣岗殁，公恸慕亦如之。母许太夫人，春秋高矣。侍御公奉简书按畿辅，见白云袅天际，凝睇者久之。公从膝下，率诸孙称觞上寿，伏地称主："臣有季在阿，母可加餐。"斑斓缤纷，《云》《韶》竞奏，融融泄泄，青鸟集而瑶池降也。毕孺人之事舅姑，亦犹公之所以事严慈者，无亦有以风之耶？

公好行其德，里中有贫措大，初系籍黉宫，不能儒其服。公为制缝掖襜如也。馁者粲、寒者缊、鳏者室、逋者租，需之于公，犹外府然。乙卯，岁大祲，白骨载道。公每出，必以藁梩从事。别业有苍头，窃储胥而逸，久之乃获，遽曰："壮哉雀鼠。"置不问。凿池，古棺见，厥材良，工人欲有之，公不可，掩之而去。其高谊雅量，类如此。

公修干疏髯，臞然若不胜衣。而神姿轩豁，英英如朝霞；抵掌挥麈，滚滚如悬河。周旋进反，左绳右规，彬彬质有其文。至世故人情，批隙导窾，恢恢游刃有余地。识者直以大受期之，荐绅先生人人虚左待，倒屣迎也。邑大夫及学博，盖尝以行谊闻于督学，使者屡举，多为士劝。及公殁，以四科重望表其庐云。

生平爱园林之胜，结一斗大亭，虬枝龙鳞，攫拏左右。泉声漱玉，天籁和之，泠然有濠濮间想。每乘一款段出，徜徉其中，纹楸石枰，竟日坐隐。局罢，白驹过隙矣。兴发，或坐花茵觞客，金钿珠履，四座交欢。遏云之歌，御风之行，飘飘乎仙也。

先是，戊子，东省有科场之变，当事者籍公名而夺之糈，以旷论。至癸丑，事乃白，而岁荐期逼矣。或讽其节饮，为一毡地。公瓶然谓客："君不见峄杨桐耶？弦以朱丝，轸以白玉，荐之清庙，希声出焉，不则灶下爨耳。诸子幸厕青衿，吾愿足矣，须老博士何时？"盖终公之世，吹埙篪，调琴瑟，如兰之臭，蔼于同心，自定省外，非课读则衔杯而已。

毕孺人出自阀阅，夙娴内则，生五丈夫子，玉树竞爽。亡何，中道殁。继毕者邓，复举三子。癸丑春，公有都门之行，及旋，而邓所举子尽化乌有。公自是稍稍与七筯疏，时取斗酒浇此垒块，而二竖渐入膏肓矣。丙辰春，一疾不起。许太安人继之。噫！母也熊丸，子也乌哺，相依以生，相继以逝，此亦足以明公得母氏之欢心矣。殁之日，闻讣而奔者，山阳笛声之感，西州华屋之恸，不自知其涕泗之横集也。

公生于嘉靖三十九年二月十五日，终于万历四十四年二月初七日，享年五十有七。先娶毕孺人为邑庠廪生昌女，工部尚书亨曾孙女，生于嘉靖四十年八月二十九日，终于万历三十一年四月二十七日，享年四十有三。继娶长山庠生邓明续女。子五，俱庠生：庭森娶张氏，继娶孙氏；庭杰娶王氏；庭楫娶崔氏，继娶毕氏；庭楸娶王氏；庭樟娶王氏，俱毕氏出。女四：一适邹平庠生王用予，一适指挥王与廉，毕氏出；一字邹平马翥汉，一字王家用，邓氏出。孙六：弘炜、弘烑、弘炎、弘焜，俱庭森出；弘熺，庭杰出；弘煐，庭楫出。孙女四：庭森出者一，庭杰出者三。毕孺人先以万历三十三年二月初十日葬于郑潢沟先茔之次，今公以万历四十五年八月某日启窀，与毕孺人合。

野史氏曰："余游新城，向亨公谊至高，尝杯酒接殷勤之欢，竟不及时时把臂谈心腹。幽芳余韵，余则乌能悉之？说者曰：'公初年豪于文，人避其锋；中年豪于义，人高其品；晚年豪于酒，人逊其达。'呜呼，余知之矣，太丘陈耶？

延陵季耶？竹林阮耶？公合而为一耶？或者又以公不克究其用为恨。夫丹穴之雏，翱翔千仞，公以用遗诸箕裘矣。”

是宜铭，铭曰：

畴谓湛卢，不试于割。畴谓誉髦，天速之夺。兄也冠豸，我也冠鹖。曾闻至人，怀玉被褐。若若者绶，抑又其末。瞻彼郑潢，一衣带阔。郁葱松楸，根深弗脱。姬耶姜耶，同归一撮。启尔后昆，突忽达适。青云在霄，唯其所掇。

明文林郎工科都给事中麟郊杨公墓志铭

都谏君，敦厚君子也。余辱与同里闬，非惟倚玉，抑又断金，乃一旦溘然而逝。孙继辂具状请铭，为之洒泪操觚焉。

公讳其休，字振孙，别号麟郊，父封翁静菴公，母郦孺人。高、曾、大父具封公，志不具载。公生而器宇凝重，有成人度，以文章擅时。以疏请忠国，以声望重乡，以清白遗后，此其大略云。

公早补博士弟子员，食饩县官。万历己卯举于乡，庚辰成进士，授苏州理，丙戌擢吏科给事中。已而户，而刑，而工，历右左，而以都谏终。今上壬辰岁，储贰未定，台谏孟公养浩、钟公羽正日夜抱杞人忧，将伏阙上疏，公慨然请与之俱。疏上，上震怒，祸且叵测，遂同罢归。越在田间者，数十年，赍志以殁。论者惜之。

公善为文，细雅温粹，似其为人。一观吴风，再典晋试，皆负知人声，至今门生故吏满海内云。生平有孝友至性，事继母不亚闵损失靷者屡矣，穷于子母而不怨；弟好酒，醉即诟谇嚣凌，如弗闻也者而过之，穷于兄弟而不乖；补牍叩九关，如以水投石，竟无锡环期，穷于君臣而不怼：公真善处穷哉！

公仪貌魁梧，虬髯森如，望之玉立。就而与之言，饮人以和，讷讷然若不出诸口，微笑而已。晚有屡空之厄，晏如也。里居，足迹不及公门，不通贵人书，不近伎乐，即戚亲友朋，不获时睹其面，澹然有公绰之风焉。噫！公以尺幅致身，霄汉司理，而郡国平匡，时而储贰定，岂曰无才？至如风流茅靡中，峭然自树，而又不露圭角，器量尤不可及矣。

公生于嘉靖辛亥十一月初三日，终于万历乙卯五月初一日，享年七十岁。以己未十二月十二日葬于大清河之阴。配史氏封孺人处士耕女，侧室张氏、熊氏。男二：芳，庠生，娶董氏；芬，庠生，娶王氏。俱先卒，史出。女四：一适高苑王应台，一适邑人于炳璿，一适邑廪生于四观，史出；一适邹平庠生王绪昌，熊出。孙男三：继辂，庠生，娶孟氏，芳出；继皋，谷生，娶韩氏；继勤，未聘，芬出。女孙三：一适邹平庠生孙烨然，一适新城庠生耿庭梓，一未字，芬出。

曾孙男一，未聘。

是宜铭，铭曰：

语有之，函牛之鼎，不可以烹鸡，大音也而声自希。蔼光风其转蕙，百草回其萋萋。峨峨丰标，万仞丹梯。沉沉襟韵，为谷为溪。贾谊长沙，梁鸿会稽，吾何求哉？可以飞天，而亦可以蟠泥。济水之滨，古木云齐。泠然而游于汗漫也，何心金门之栖栖？

明庠生麟野韩公暨元配孙氏继配刘氏合葬墓志铭

吾里宪副韩公，有丈夫子五人。而其名号最著者三，曰龙、凤、麟。此三公者，皆娟娟雅秀，如玉树琼枝，非风尘中物也。而余交于麟野公最深。余生也晚，弱冠颇负才名，公延之家塾，同笔砚者数岁。是时，公倍长于余，而又贵介子弟也，乃折节而为忘年之友。每遇为文脱稿，辄继之以酒，浮白呼庐，甚相得也。顾公为人沉细好察，动以苛礼责人，余漫以疏阔应之。一不当公意，辄见颜面，或语言相讥切，引绳批根。余虽恬不为意，私心未尝不肃然惮之也。时余家徒四壁，尝负笈出游郡邑之间，渐与公暌。久之，公渐老，家业亦渐落。一岁之中，把臂者仅仅一二。而余念畴昔之好，遂与长公元节缔为婚姻。又久之，公渐多疾，饮啖顿减，对酌默无一语。俄而，呼长公及次公出觞客，而公退卧矣。岁戊午感疾，辗转床褥间。余过问疾，公不能答，目相视而已。是秋，余叨乡荐，明年己未，捷南宫，客都门半载，公尚无恙。无何，讣音至矣。

按状，公讳和，字希惠，别号麟野，宪副公贞斋第三子也。宪副公居乡有盛德。余向为诸生，曾举公乡贤，土人遂尸祝之。公始娶于李，生子文，早卒。继娶郑孺人，生四子：长公孝，贡生；次忠，儒官；次为公；季醇，太学生。高曾而上，详具宪副公志中。

公家自上世来，书香绳绳。公席祖父业，列博士弟子员，家传戴《记》者，五世矣，公独治《周易》。长公能读父书，皆公口授也。甲午岁试，学使者取公置优等。公锐意青紫，而秋围不利，怅然曰："人生宁能争造化之权？儿子辈英英竞爽，祖武可绳，顾努力何如耳？"于是一意课读，视严师有加。二子渐次露头角，庭训居多焉。公性严，弟侄辈见之，咸束手却立。御臧获亦有规则，小有过，辄三尺随其后。即诸子侍侧，惴惴不敢出声亲昵。过从诸子，围炉而坐，终日如木偶然，不问终不敢言。弟醇美少年，跅弛不受羁，虽伯兄讽之，不甚听，独于公恂恂如也。其家法如此。

居恒修洁自喜，冠裳楚楚，不受纤尘。深居简出，市人罕见其面。无赖子某惯为雀鼠之讼，忽诬构公昆仲于官。历城张公一见辄曰："诸韩如处女，然奈何以青蝇点垂棘，言者妄也。”

公身不满七尺，而气雄万夫，遇激愤，声震左右，座客失色。方而有执，和而不流，真亭亭独立者。生平好施，桐柏令史君为诸生日，父母相继殁，贫不克襄事，公捐赀营葬。孝廉某持券贷金，如数与之，未及偿而孝廉殁，公取券焚之。郭氏某某先后贷数百金，化为乌有，公遇之如故。及郭妻亡，不能娶，公犹捐十金毕其婚，而前所贷金置不问。稍问，辄以不肖之心应之，倒戈反噬，群起而与公为仇。噫！树槐柳者夏得荫，树桃李者秋得实，公疏财种德，不择人而施，譬之取荆棘蒺藜，广布庭除，只得刺耳。

公家素饶，门亦多客，四座尝满，棋枰历落，酒斝淋漓。后称贷者，率负不偿，囊橐一空，而客亦星散。公反持券而转贷于邑之素封，及西成，加倍偿之。明岁复然。于是日诎一日，而田庐半为他人有也。甚者市心之子，坐持阿堵物扼要而颠倒公，公竟无如之何。而萧条愁叹之感，郁郁不解，二竖已入膏肓矣。呜呼！公翩翩佳公子也，顾影自爱，一切淫纵破义之事，褰裳避之，何至荡产？即荣华温饱以此终身，有何难者？而竟贫窘以死。然则古来世禄之家，登垄断，执牙筹，日夜皇皇，老死不肯休息，彼岂无见哉！

公生于嘉靖三十六年二月二十九日，卒于万历四十七年六月初八日，享年六十三岁。元配孙氏，平凉太守玺曾孙女也，勤俭善持家，操下之严，殆有过于公；臧获巧诈相蒙者，辄片语摘发之；训诸子不溺姑息之爱，女中丈夫也。生于嘉靖三十六年三月十二日，卒于万历二十八年十二月二十四日，享年四十四岁。继配刘氏，生于万历十二年九月十一日，卒于万历三十八年六月十八日，享年二十七岁。子四：元节，廪生，娶卢氏；元履，增生，娶陈氏，继娶张氏，孙出；元观，聘张氏；元巽，未聘，侧室高出。女二：一适高苑县庠生张城楚，孙出；一适邑儒士苑无逸，刘出。孙男五：士藩余婿也，士馨、士英，俱未聘，节出；士盛聘商氏，士扬未聘，履出。孙女三：一许聘范胤祺，节出；一许聘王胤曾，一幼，履出。

先是，孙孺人卒于万历二十九年十一月初九日，葬于徐家寨之新阡。乃万历三十八年九月二十五日，刘孺人之葬又继之。今长公元节等以天启元年闰二月二十四日启二孺人之圹，奉公柩合葬焉。

太史氏曰：“韩氏家世忠厚，福泽甚长。公赍恨而殁，目且不瞑。阴德阳报，后必有兴者矣。诸子若孙，森发济美，傥所谓‘麟趾振振’非耶？尚勉旃青云，以光祖考。”

铭曰：

朝容夕瘁，有如蕣华，何不学东陵之种瓜？珠履朝集，夕无一存，何不学翟公之书门？混沌无窍，窍凿而混沌亡，何不学汉阴丈人之忘机而抱瓮以徜徉？瞻彼霞川，郁葱佳哉。爰及姬姜，蝉蜕尘埃。启尔后昆，多贤而才。其乐陶陶，汗漫九垓。华表千秋，化鹤归来。

明修职郎保定府经历樵石沈公墓志铭

余向游新城，客耿太仆门，盖鲁晤沈公云。公温然长者也，雅好饮。每来太仆公家，则太仆诸子必留饮，竟日不醉不归也。当其酩酊淋漓之时，真可以遗天地，细万物，栩栩然游于无怀、葛天之初。余方谓公得全于酒，政可籍糟丘以终余年。无何，溘然逝矣。其子发立，泣而请铭。余既识公，而又尝与公接杯酒之欢，谊不容辞。

按状，公讳庭柟，字叔材，别号樵石。太史澄川，公次子也。母太安人荆氏。高祖后、曾祖宏、祖云雁，详具太史志中。当神宗皇帝初出青宫，御经筵，太史实甘盘之臣。而中道捐馆舍，家业衰矣。

公弱冠补博士弟子员，旋游太学。万历甲午试京闱，宫保张公读其文，奇之。数奇不售。及丁酉，鼓箧而厄于功令，乃俯而就荑稗，非其愿也。丁未，赴铨部考注经历。时有松江、保定二缺，客谓松江饶，公曰："不然，吾北人也，风土与保定宜。"已而果得保定。太守王公每以疑狱付公，片言折之。曾条议赈饥，中多石画，王公付剞劂氏，为诸属邑式。岁旱，斋戒祷于唐山，不三日即雨。

公雅有悬鱼之操而游刃恢恢，当事者乃历试之盘错，而祁州，而新安，而束鹿，而满城，而庆都，署篆殆无虚日，其材诚足以辨之也。署束鹿，滹沱决而啮城，时有修筑之役，估工银八百两，业已申请矣。公徐出羡缗，佐畚钟，不废民间一钱。逾月工成，前所估银竟留贮库。两台奇其事，叹曰："廉哉吏乎，从来署篆安所得？如沈幕者而见之。"署满城，有武弁干请，不如意，语少侵公。公侃侃义形于色，即日欲挂冠去。郡丞高公摄府事，乃令武弁负荆谢罪，始已。署庆都，学使者校艺有遗珠，公拔其尤以为荐，咸列黉序。其惓惓作人，尤非俗吏能也。居保定四载，辛亥迁修武丞，浩然赋《归去来》。太仆公力劝之出，曰："丞上佐令，下亲民，视幕僚加剧矣，盍展生平、光先烈乎？"公勉为一行。中州有屯田在东明之包祁管，上官每委官往督其额，顾包祁窎远，积逋既多，而委官又不无侵牟。公尝有包祁之役，独不肯染指。一营之人皆焚香顶礼，曰："廉哉吏乎，从来督步安所得？如沈丞者而见之。"去修武之日，父老为立石志去思。

公天性醇和，循循有儒者之度，而澹漠寡营，利名二字，绝不入其胸次。自太史殁，而家徒四壁。公处之泰然，即人有负公之市义，毫无吝色。与人居，口不言人过，人多亲昵之。里中有四君子之称，公其一也。公少失怙，豪右肆为虿尾，当事者以三尺绳之，始得安。连遭七丧，情文兼尽，足觇养矣。雅好书史，尝取古文，亲自笺注。病中手不释卷，真太史箕裘哉！晚年即囊橐如洗乎，而莳花种木，风清月白之夕，伶人奏曲，弦索争鸣，梁尘欲飞，行云半遏，四座泠然畅也。襟韵之萧散，岂龌龊子所可窥耶？

公生于嘉靖四十五年十二月初九日，卒于万历四十六年七月初一日，享年五十三岁。娶王氏，户部员外之辅女。继娶张氏，庠生应旌女。又继娶边氏，涿州大使化女。俱先公卒，子三：发京娶儒官胡一宁女，边出；扬京聘庠生王师说女，侧室刘出；振京，未聘，崔出。女二，一适太仆寺少卿耿鸣雷子太学生庭植，王出；一尚幼，胡出。天启元年四月十一日，发京等启三母之窆，奉公柩合葬焉。

铭曰：

人以官为奇货，而公独澹然。人以阿堵物为命脉，而公独视之若捐。其默默不语若玄，其泠泠自适若仙。其修姱养恬，下不愧圹中之石，上不愧头上之天。起公于九原而问之，傥亦以余言为然？

明诰赠奉直大夫曹州知州景韩潘公暨配孙宜人合葬墓志铭

潘赠君及孙宜人者，曹州守默庵先生二尊人也。默庵先生邃经术，其守曹，曹之士蒸蒸兴于艺文。顾人徒知先生为韩欧，不知其为曾闵也。岁戊午，先生以壁经分校秋闱，梦衮出先生门下。得所为《永慕录》，读之泪未尝不沾衣也。先生少孤，中年致身青云之上，而二尊人皆不及见，徒以诗歌咏赞，发幽光于九原。呜呼！古之人负米则快，列鼎重裀则悲，安得二尊人者，鹤发皤然，跟跄一堂之上。二三子与曹之簪绅称觞上寿，南极老人、东方循吏联翩辉映。《永慕》之编，不行为天保之什乎？而竟不可得此仁人孝子，所为痛心刺骨而目不瞑者也。岁庚申，先生考最，天子赐玺书褒赠二尊人。先生草一编授梦衮，曰："先之人沉沦久矣，子为我志之。"梦衮戋戋且以苫块废笔砚，语恐不足千秋，再三逊谢。而先生愈益督之，敢不勉为操觚以阐懿德？

按状，公讳琦，字某，别号景韩。世为浙之嘉善县麟諟乡人。其先有友三公者，赘于陈，遂冒其姓。再传乃复为耕隐公，耕隐公生芹南公，芹南公生惟瞻公，惟瞻公生滨溪公，滨溪公即赠君父也，家世业农。

赠君生而慧，始慕为儒，志在远到，其为文泠然有餐霞御风之想。赠君虽治博士家言乎，然于书无所不窥，即医卜星鉴、奇门堪舆，靡不殚精肆力。间出试之，辄复奇中，称博物君子矣。居恒，手一编即寒暑昼夜，及饮食当前，都忘之。弱冠，娶孙宜人，机杼声轧轧，与伊吾相应也，绩学多闻，内助与有力焉。初诎小试，学使者乔公始拔为前茅，饩学宫，荐绅先生翕然以扶摇九万期之矣。

赠君为人孝友醇厚，饮人以和，生平无疾言遽色，人人如在春风中也。其事父母以婉，遇姊若妹以温，内行尤为纯备云。性嗜学，绝不复问家人产。滨溪公及太孺人亦日夜拮据，不以分其志。由是愈益下帏，发愤久之，竟抱瘵而犹从事于佔俾间也，二竖已入膏肓矣。赠君殁，家贫无所遗，遗手泽数卷耳。

时默庵先生才髫龀，孙宜人乃低回黾勉，日夜望成立焉。铅椠修脯，俱取给于宜人。宜人之所以给之者，一一自十指出也。当是时，太孺人在堂，宜人上供菽水，下课熊丸。潘氏垂白之老，孱弱之息，俱得含哺而嬉，而宜人之腹枵如也。岁丁亥，浙中人饥，闾左恃糠覈草根以为命，宜人甘之如饴。宜人十有六而归赠君，二十有七而称未亡人。初赠君之溘然逝也，宜人哀毁绝粒，誓以死殉。滨溪公及太孺人曰："汝独不念白发亲耶？黄口儿也？若之何其引决也？"宜人因是少缓须臾死者，以六尺之孤在也。及先生籍博士，方思策励，为宜人光显，而宜人明年不起矣。属纩之夕，呼先生语之曰："吾初雅欲从汝父游地下耳，所以不即为地下游者，只以汝故。今汝能读父书，吾可还报汝父矣。"言乞[①]，遂瞑。呜呼！赠君鞭梓豫章，计日干霄，而中道摧折。宜人取勾萌培养灌溉，储为栋梁。方将为万间之厦庇尽天下人，而宜人不得拥鱼轩而坐其旁，以睹扶疏葳蕤之盛，岂不重可伤耶？虽然，堂构肇新，芝兰嗣起，二尊人死且不朽，矧纶音有赫，地下生光，宜人有知，庶几与赠君含笑泉台哉？

赠君生于嘉靖辛亥十二月初五日，卒于万历己卯四月初五日，享年二十有九。宜人孙，邑迁善乡处士阡室女，生于嘉靖癸丑九月二十二日，卒于万历己丑五月十八日，享年三十有七。男一，永澄，丙辰进士，山东兖州府曹州知州，今陛刑部员外郎，即默庵先生也，娶邑庠生刘某女。女一，适邑处士朱存怀。孙男一，存朴，聘邑廉州府知府冯某女。孙女二：一适嘉兴县应天府府尹徐某子世澜，一未字。赠君以某年某月某日葬于城西祖茔之次，宜人以某年某月某日启窀合葬焉。

史衮曰："余束发读《宋书》，见范文正公事而悲之。文正公少孤，既贵，谓其子纯仁曰：'吾少事吾亲，与汝母躬执爨而甘旨，未尝饱也，今叨升斗而亲不在矣，忍令若曹享富贵之乐耶？'每诵其言，不自知其涕之沾襟也。先生之贤不亚文正，而孤苦过之，风木之悲，曷其有极？文正公宋朝人物第一，独其庭训阃范，后世无传焉。若先生者，赠君遗以经术，宜人遗以节义，二者皆世所宝，执此以往，润色皇猷，撑持宇宙，皆是物也。语曰：'良弓子善箕，良冶子善裘。'又曰：'一年树谷，十年树木，百年树德。'所树愈大，所获愈丰。二尊人之食报，宁有涯涘耶？"

---

① 乞，应作"讫"。

是宜铭，铭曰：

席上之珍，岂曰非良？抱璞不售，我心孔伤。畀我后人，璀璨琳琅。剖为连城，为珪为璋。相彼柏舟，既芬以芳。绝壁峻嶒，虬枝傲霜。高天泬寥，玉魄流光。为圣事瑞，芝醴麟凰。丹穴有雏，千仞翱翔。渥洼有驹，万里腾骧。帝曰都哉，锡之龙章。郁葱松楸，霞彩煌煌。逍遥二人，游白云乡。亿万斯年，弥大弥昌。

明诰封宜人陈母王氏墓志铭

王宜人，毗陵郡守凤岩陈公元配也。父瑗，奉旨旌义士。母石，有志节。义士翁父子早世，石以柏舟自矢。时宜人已许聘郡守公，年且及笄，会其姑张安人疾笃，欲见新妇而瞑。宜人遂归郡守公，姑疾寻亦愈。又二年，而张安人殁，继张者曹。曹与封公宦隰州，宜人食贫，相夫登第。及封公罢官，议析箸，宜人愿以产让叔，家徒四壁，夷然安之。郡守公成进士，为工曹郎，迁二千石。风节矫矫，虽其天性哉，亦阃内有以赞之也。

郡守公初举孝廉，以坊银付堂世父贾于燕，持空券归。宜人无愠色。冬，官氏监大工，会有中贵渔利，公操之急，人皆危之。宜人谓丈夫："骨气不妨肮脏，以绕指柔结大珰欢，谓志士何？"居恒，又劝公图报主恩，以清白贻后，其识大义如此。

母石老而无依，迎于家。生也养，殁也葬。而又助婚姻，振危急，厚德有足述者。郡守公奏最，穆宗皇帝封为安人，后复诰封宜人，后又以子贵加赠恭人。今上之庚子，宜人年八旬，诞日，子若孙斑衣罗拜，堂下诸戚争以缣缃颂而祝焉。

宜人举二子，伯氏孝廉，仲氏诸生。仲美秀而文，好客喜酒，宜人最爱之。而患其跅弛，劝诫谆谆。无何，仲子女俱殒，遂走京师卜妾，谢去章缝，纳礼部儒士。已而悔之，叹曰："舍嘉谷而甘荑稗，此何为者。"郁郁卒。仲之卒也，孝廉虑母春秋高不任恸，匿不以闻。及敛又不敢不以闻，宜人果大惊悼，竟不起。

宜人事舅姑以孝闻，相夫子以贤闻，鞠子若孙以慈闻。身享戬谷，寿甄期颐，哲嗣贤孙，世济其美，复何憾哉！

宜人生于正德十六年九月初五日，卒于万历三十二年二月二十三日，享年八十有五。子二：于尧，南户部主事，娶韩氏；于舜，礼部儒士，娶孟氏。孙男三：弘泰娶范氏，永泰娶孟氏，俱庠生，于尧出；逢泰，娶韩氏，于舜出。曾孙男并孙女若干。以某年月日与郡守合葬焉。

铭曰：

翙翙者凰，而与凤偕鸣于高岗。德辉煌煌，德音锵锵。丹穴之雏，其千仞以翱翔也耶。

岱宗藏稿卷二十四

济南杨梦衮龙光著

墓表

明中宪大夫太常寺少卿翼廷邵公墓表

公讳庶，字明仲，别号翼廷。其世系、里阀、婚媾见志，铭中不具论，论其大者。

公生而颖异绝人，弱冠补博士弟子员。二千石试士，公辄居高等，欿然不自有也。时负笈从名公游，缙绅先生亟称之。万历壬午，举于乡。癸未，成进士，读中秘书。盖公自为诸生，即肆力古文辞，尚友秦汉，后果如其志云。然公为人肮脏有气节，无何出中秘，居琐闼间。其所披沥，皆国家大事，如劾李宁远之横恣，裁中珰之冒破，皆人所不能言，不敢言者。乃公异日请归则予归，待补则不补，宁远、中珰之意居多焉。公知无不言，尝疏论缇骑冒滥，运总虚靡。及中舍被察，复留戚畹，越分求请，皆侃侃正色争之。为目击时艰，淮泗抱胥溺之忧，班军动赪尾之叹，每扼腕而叩九阍，为数百万人请命，皆逆鳞之撄也。公首莅兵垣，已而户，而刑，而工，而礼。当是时，郊祀之旷，召对之需，储讲之辍，皆缺典也。公备为疏，陈肝膈膏肓之谈，激切视畴。昔有加说者，谓公忠义之气出于天性云。公居工垣，时奉旨监视城工，工未竣，以疾归。归侍膝下者数年，出摅悃诚，入奉甘脆。天盖以忠孝完节畀公，殁何恨焉？

公以文章知名于世，戊子典试山东，丁未分校礼闱，俱称得士。家居创还古书院，与四方誉髦讲学其中，彬彬乎邹鲁之风也。其笃伦常，联远宗，修废谱，恤困贫，内行醇备，隐然里闬之师表。生平直节多忤，忤权要，忤阉竖。最后又以左袒晋江忤言者，列卿之命甫下，而公已不待矣。

丈夫子五人，士达、士迈、士奉、士通、士遥，皆千里驹。

明敕赠文林郎青城县知县瀛川张翁暨配杜氏孺人合葬墓表

邑令君张公考最，天子赐玺书，宠锡其先人。公持所草状，泣谓衮："先人早无禄，不肖剖符百里。岁时伏腊，恪修祀事，知宴漠中，居歆否耶？矧龙光之赍，不以被躬，而被诸玄壤，如风木何？不肖思所以报先人而不得无已，或为不朽计乎。”衮谢不敏，已而展状伏读，叹曰：“嗟乎！百世而上有幽光，百世而下有永慕。”乃据状表之。

表曰：赠翁讳汝相，字君任，别号瀛川。其先世为顺天之信安人，值兵燹，避难，抵静海，家焉。曾祖逵举茂才，祖仪以耆德杖于乡。父世禄齿德复如仪。举乡饮大宾，遇朔望斋戒，诵经积善，迄垂白不衰。生三子，伯汝卿，叔汝节，仲即翁也。

翁在昆季中独负气节，刚方质直。娶杜孺人，称得内佐。少业儒，抱奇不售，乃习法律，骨肉颇铍铄之。于是力田自给，间游于贾人，息产浸比素封翁，慷慨乐施。父母爱叔，议析箸轩轾不均。翁尽以付叔，或谓翁得无伪让，翁笑曰：“伪让犹愈于真争。”姑氏殒，稿葬于外，翁曰：“魂无依，吾不忍令一脉彷徨异乡也。”赍衬以归。汝卿少籍博士，身殁，遗弱息。二翁鞠之，如己出。及长，为择配，�奁维腆。姊适人贫，不能自活。迎于家，割田园给养终身焉。族弟汝廉以事他出，而其居灾，妇念廉归何说之辞，举身投火。翁出妇于火，妇又谋自尽。翁曰：“灾，数也。即廉在，将焉逃之？居毁而以身殉之，吾未之前闻也。廉归吾自有说。”妇乃止。翁为葺庐而托处焉。里中刘宦负租而逋，翁代为纳。宦闻复业踵门，谢曰：“长者捐橐为窭人子轮国课，吾必偿君。”后不果偿，翁置不问。邑大夫宁君璇义之簪花赐酒，时以为荣。嘉靖中，岁祲，道殣相藉，翁煮粥饭枵腹，其毙而暴露者，裹之以荐瘗焉。他若桥梁庙宇，捐赀助费，毫无吝色。其好义喜施如此。喜扬人善，至过失亦面数不贷，然不肯退而腹诽。客至，治具常腆，而自奉泊如也。

有丈夫子四，延师西塾，课读每至夜分。养蒙者，翁冢嗣也，鸡鸣即促之起，琅琅伊吾声，与檐飙相答也，籍博士弟子员。仲即令君也，是时才髫龀耳。翁时时摩顶为道古昔，曰：“而翁学书不成，若当振我家声。”及令君致青云，而翁不及见矣。

翁殁，杜孺人督诸子备至，曰：“孺子勉旃，母溺于爱，儿荒于嬉，此败道也。未亡人异日何以见而翁地下？”壬午，令君列贤书，诸季亦蜚声艺林，孺人为一解颜。孺人孝事舅姑，能得其欢心。及其殁，丧葬皆出自擘画。至其屏绝佛事，尤非巾帼能也。

翁与孺人治产产饶，鞠子子贵。顾产饶矣而馆舍捐，子贵矣而鼎养违。悲夫！令君五载分符，民歌乐只，世以此颂。燕翼仰堂构异日者，挹流溯源，如纶之章三锡而未始已也。

敬表而出之，以垂永永。

明中宪大夫太仆寺少卿省亭耿公墓表

太仆公当其冠柱后惠文也，有正直忠厚风，人皆称为长者云。

公初令永年，则廉平之声已载道矣。分符之吏，往往患汩没，则翘然思自见其奇，甚之乘八斗捷，不遗余力。机械之闪倏，行径之虚恢，大半不可方物，而方且自诧为才，人亦竞才之，公独不屑也。诸大吏则时时从旁督过诸掾史以摩切公，公如不闻也者而置之，未尝一日舍永年之实政，而仰辇上诸贵人鼻息。问其所为实政于永年者，宽仁持大体，与民休息，一任其质之所近，行其心之所安而已。当是时，台使者持斧而出，风裁岳岳，群吏率矜奋掩出公上，公宽仁持大体如故也。盖暗然令永年者，七年而始迁矣。去之日，萧然如寒士，至称贷以为常。乡人与所亲群指之曰："廉吏何可为哉？令七年矣，而家徒四壁也，拙也。"公曰："廉吏何不可为哉？令七年矣，而家徒四壁也，素也。"

及召入为御史，而其宽仁持大体，亦犹夫令永年之日也。公为御史，盖尝巡通仓矣，视五城矣，历芦沟矣，按畿南矣，监大工矣，司计吏矣。通仓实国储之地，当事者每处膏自润，公辄以三尺从事曰："奈何身自为雀鼠也？"漕运勋胄有不法状，即露章劾之。自此罢镇臣，不复设畿南。公旧所为分符地也，一旦重来按部，则父老子弟手加额曰："公向常活我，愿缓须臾死，思见澄清之化焉。"所过群聚而观者数万人，福藩之国也。道出天雄，公敕供张惟谨，无溢礼。小珰乃有哗者，王不悦，公谢过而已。五城事如蝟毛，或因之以为利，公省赎锾备赈，秋毫无染指。大工多内竖及心计之子主之，往往靡水衡金钱数百万。或行苞苴，以点台臣，一为所中，噤不得语。公乃一切以三尺从事，而干没之，恐尽塞，不日成之矣。岁丙辰，掌河南道大计吏，受命之日，即敕阍人无得以尺牍通。于是条上六事，曰覈贤否，审黜陟，慎咨访，禁私揭，严摭辩，杜馈遗。至其论宫保李金吾，义形于色。久之，金吾夤缘辽左总戎，丧师失地，而当事者始服公见之早也。

公虽謇谔乎，而以仁心质行发之，不攫利，不啖名，委蛇于不激不随之间，隐然有大臣之度焉。当神宗之季年，疏多留中，台省之臣初争事，后争人，左右之袒横分，蜀洛之党渐起。旁观者慷慨论列，必穷其线索之所由来。曰："夫夫也，其相合者，必其羽翼也，不则必其桑梓也，又不则必其门生故吏也。"公复如不闻也者而置之。同列即有与公促膝抵掌曰："某也贤背公去。"公落穆自如，终身未尝娓娓刎颈交欢一人也，亦未尝斤斤引绳批根一人也。人于是视公为溟渤，为乔岳，不可得窥测，不可得攀附，不可得亲疏。而公遂超然是非之外，度越人远矣。吾所谓"宽仁持大体，正直忠厚，有长者风"，以此。

初，公之去永年也，候选都门，患头疮几殆，而永年父老子弟醵而祷于神者三日，公霍然病已。余每见令君解印去，一二老胥辄攀卧随之，外虽恋恋，其中未必有也。既去矣，而闻其旧令尹之痾养疾痛，一若自其属毛离里出之。何哉？父老子弟之于耿公乎，栋挠不压若或呵护之者，足以征吉人之相矣。

公讳鸣雷，字尔震，别号省亭。其上世琅琊人，祖先多隐德。五子三孙，世系里阀，详具志中。

太史氏曰："老氏云：'政闷闷，民醇醇。'而汉世又亟称悃幅无华之吏也，岂非浮而饰之，不若任其质之所近、行其心之所安者乎？则暗然者乎？公抱汉阴丈人之醇白以游于世，所谓入鸟不乱行，入兽不乱群。海鸥可狎，同列何妒焉？盖自其令永年之日，暗然者七年而后迁，识者已觇器宇之凝矣。彼跃冶之金曰：'我且必为镆铘。'不祥孰甚焉？"

岱宗藏稿卷二十五

济南杨梦衮龙光著

行状

明奉政大夫河南怀庆府同知曾祖考杨公忠轩先生行状

曾大父在正德中，以清节著。其殁也，志铭出一老儒手。余垂髫时，曾一再见之，久之亡失。余六七岁，记得曾祖母窀穸无志石。是时家道凉薄，诸仪物缺不备，恐曾大父之葬亦以贫，故志铭未寿之贞珉也。圹中之藏既邈，纸上之言复灰，安所扬先德垂来兹乎？谨以所得于庭帷及传于耆旧者，诠次其事，以备秉笔者采焉。

状曰：公讳廷相，字国卿，别号忠轩，又一号养浩子。世为济南之青城人。曾祖大用，大用生志美，志美生准，即公父也。准字民则，籍博士弟子，食饩县官，以齿德著，称拜寿官。有丈夫子五人：长曰本清，次庭桂，次廷梁，次廷栋，公其季也。公生也晚，是时民则甫已五十有一矣。

公幼而岐嶷，有成人度。民则甫携公偕诸兄就外传治具，与其师饮，召诸子以次拜师，师谛视无语。明日，师忽谓诸兄："若休矣，我留季耳。"诸兄俱归，民则甫复挈诸子诣师。师曰："季也才，其他吾不知也。"

公力学，日无虚晷，昼与朋侪游，夜必篝灯。无何，籍诸生廪于庠，试辄冠其曹。正德十四年己卯，当大比士。公除夜祷于神，以人言卜休咎。出门闻呼佛号者三，曰"南无南无"，是秋，遂以《尚书》举于乡。时民则甫七十有九矣。杨氏世居北里，始悟前所云"南无"者，盖对"北有"，反言之北里获隽，神告之矣。庚辰，上春官不利。嘉靖壬午，民则甫卒。时本清兄虽为冢嗣，然大事实公襄之。

王太孺人者，民则甫元配也。性严，子妇小有过，即持梃挞之。公即举孝廉乎，时时伏地称主臣。公上春官，读书都门。太孺人乘柴车，赍酒脯，携张孺人诣都门视之。张孺人者，公配也。是时，公已有冢嗣永祉，即余大父，亦与之俱抵京。公见母来，称觞上寿，不自知其身在旅邸也。癸巳，太孺人卒。丙申服阕，赴铨曹，授陕西汉中府通判。丁酉之任，约己便民，裁冗费，剔夙蠹。自俸金外，萧如也。有富人扞文罔，伺公他出，寅缘阍者，馈稻一囊，匿白金其中。张孺人不察，漫受之。倾囊而白金见，为之愕然。公归且就寝，孺人告之故。公大怒曰："鼠辈敢开贿门耶？"骂不绝口。天未明，即索衣冠出视事。逮富人至，顾左右取金来还富人，庭杖之，立冥诸法，自是无敢以苞苴见者。郡故产茗，得新茗必荐诸官。一日，部民献茗，所亲手茗，曰："何重也？"疑其中有匿物。张孺人曰："无之，不见前者稻中金耶？谁肯以兹尝三尺耶？"

居无何，有金州之役。金为州，在汉中东南，今改为兴安。其地产黄金，称富饶。偶州牧缺，郡僚当设之。同寅某负资望，日耽耽视。既而两台檄下，竟以公往。公捧檄视金事，毫无染指。九阅月而新牧来，库吏附耳曰："帑有余镪，当属我公。"公不可，置帑中而去。将至汉中，遇同寅某于途。同寅觞公，酒半，笑问："处膏亦润耶？"公顾从者："取吾装来。"列数箧于庭。启之，有敝绔及图书数卷而已。同寅怃然起，携公手曰："此某不及先生处。"公居官廉甚，日所需惟水一桶，菜一束，百姓遂呼为菜水爷爷云。有女弟适郭氏，郭入关途中，语人："我别驾公家婿也。"人敛手辟易。已乃谒州县，官分庭抗礼，公之属吏俱投刺，供张唯谨。既抵汉中，公曰："远来良苦。"礼遇之。郭有一箧，扃鐍甚严。公冢嗣窃启视之，皆属吏名刺也。以告公，公大惊，立召木工制牌百余面，曰："汉中禁约为檄，告诸属吏，无得再馆谷郡僚亲属，违者罪之。"及郭旋途，人与之争席矣。

嘉靖某年，迁河南怀庆府同知。去之日，老幼焚香于斗，两手捧置头上，随车号泣。去后，立生祠。公抵怀庆，其行事多类汉中。是时，冢嗣且弱冠，公命张孺人携之旋里，毕其婚，复谒官邸。公诸兄素不友，公为诸生，颇受陵轹。及举孝廉，本清愤不平，谓人曰："季自贵耳，我何求焉？"久之，私念永相绝矣。及张孺人归，念伯自绝于季，非季绝伯。使人好语曰："诘朝携新妇之邸，伯能与俱不？"本清大喜过望，应曰："诺。"遂共之邸。公前者亦欲招诸兄过邸，恐张孺人为梗，默不言。至是，闻伯氏来，大喜过望。谓孺人曰："使我得见伯氏者，若也，若当有后。"公乃于邸为别馆馆伯，为制新衣冠甚伟。数日不见，必治具诣伯款语。移时，公有女曰官姐，官汉中时生，故名。生而慧，见公与伯相得甚欢，常取美食饷之。邸多大安石榴，时时袖以啖伯，伯愈益欢。居无何，官姐殇，伯抚棺哭之恸。久之，伯思家，旋。

公丞怀庆，郡僚咸敬惮之。太守缺，公每居摄。张孺人独居署中，终岁罕见其面。太守陈玑已去官，巡茶沈公衔玑而声其短，公力为辩，其用意忠厚如此。怀庆有长桥跨水上，往来如织。忽坏，使者檄公铁裹其上，为期迫甚。公入而与冢嗣计，取清化镇铁锹数百面，鳞次之，一夕而就。使者才之。郡有儒士名济民者，负才落魄，每校艺，辄为有司所弃。公读其文，奇之，拔置高等。

济民作书称谢，自诧为奇遇云。中州多诸侯王，慕公谊甚高，问遗不绝。郑藩尤相得，时时使人持折柬召公。风月之夕，伏腊之节，未尝不与邹、枚诸君子席右授简也。

居久之，且有显擢。会有齮龁之者，遂格不行且中之。先是，怀庆产麝，有权贵人檄公市麝，公乃自出俸钱市一二答之。不称意，遂煽为萋菲，短公于当事者。公辄挂冠归，郑藩亲制诗为别。去之日，父老遮道攀卧，亦犹去汉中也。

公天性醇笃，风标清介，生平无浮言瑰行。居恒恂恂不动声色，至大节所在，吃[1]如山岳，万夫不能夺也。貌臞神王，望之伟然。事二亲皆年及大耋，诸兄虿尾肆螫，时出怒詈，夷然不介意也。所居甚湫隘，及宦归，诸兄皆来好言，愿割居所益之。公私念以文章起家，岁时伏腊，宜祀祖先，会宾客，诸兄幸有意拓我居，伪辞非是。即出厚直酬诸兄，为诸兄购别宅。宅兄久之，诸兄或小不如意，即怒群起指公，曰："而居非吾居耶？夺吾居居之安耶？可速还我。"公不敢答，即引避去。诸兄辄持炬焚门，里人劝解乃已。明日诣诸兄谢罪，无愠色。尝寒夜置酒招诸兄，夜半大酣而酒竭，使婢子取酒。张孺人素不喜诸兄，不与酒。公再三促之，婢告无酒。公怒挞婢，张孺人恚甚，不获已，乃与酒。私詈公，曰："诸无赖日鱼肉若，而若日与之嘻嘻耶？"酒阑，诸兄散去。张孺人怒取公衾裯掷冰雪中，闭户不与公见，公徐拾衾裯如别室寝。他日与诸兄饮如故。

孺人性烈甚，其所以驱使诸婢，急如风火，公每以宽济恢恢如也。与人交，重信义，尚风节。里中有太守于公思睿，尝读书长白山中，因别号白山。白山公落落有难合之韵，而独与公为莫逆交。居别业，入城必造公。公必置酒款语，终日兴阑，飘然而去，未尝与俗人磬折也。公在怀庆时，太守唐宽先生雅与公善。及公殁，唐累官山东方伯。是时，公冢嗣失怙，已纳赀臬司为吏。而唐公适来，惊问："郎君何故自甘荑稗耶？"告曰："先君早世，家徒四壁，沦落至此。"唐公嗟叹久之，复问："太夫人安耶？诸弟长耶？"对曰："老母颇健，诸弟亦亲灯火。"唐公曰："我念忠轩先生厚德，思酬之，如有缓急，可即告我。"应曰："诺。"后学使者校艺，叔入棘围，季游黉序，唐公之力也。

公家居澹泊，为孝廉犹身操井臼，农耕于野，即自馈食。田有大树，风摧其一枝，即手曳以归。其在乡里不以名位加人，终身不入公门，不行请托。出不御车，行不张盖，庭无声伎，坐无杂宾，日手一编而已。所居有一堂，扁曰"擢桂"，此外无楼台亭榭之观，园囿陂池之适。宦游两地，囊橐萧然。公冢嗣外家为孟，孟意欲婿游太学，计所费可三百斤。谓公曰："吾为婿肩其半，其

① 吃，应作"屹"。

半公任之。”公曰：“半亦无之。”外人始知公之贫如洗也。居官时，诸戚有虑其乏者，从容为言。公曰：“吾斥斥为廉病墨耳，不病乏。即令子孙行乞于市，吾断不敢妄取。”言者竦然而退。

公最好读书，遗书万卷，皆手自校雠，丹铅烂然，间有所得，即用蝇头小楷取片纸书之，粘置书头。每遇大比，必购诸省试录校阅。仲子自塾归，公使背诵其所读书，口角涩甚，公诵如流，曰：“吾少读书，功百倍人，人不知也，及博一第，人犹以为得之易。孺子勉之。”为文尔雅明畅，作《同选录后序》，务在慎趋向，树忠节，贻令名，种种格言。工临池，愈大愈劲，小楷端正不佻。凡古刹中碑碣，多有遗迹，骨气稜稜，望之殆如其为人。

公元配孙，继配张。生四子。冢嗣曰永祉，余大父也。祉生余庆，是为先君，公冢孙也。

曾孙男梦衮曰：“怀庆君其宦中行事，今不得其详。当时父老为公立生祠，去之日，如失其父母，其德政必入人深也。先大父弃余于髫龀之日，盖以孺子无知，未尝道及之。先大父逝，而先君亦不详官履之卒始矣。及余历询之长者，得一二事，其琐者耳。载之，寄绳武之思焉。”

祖考乾泉公暨祖妣孟氏行状

杨氏世为青城人，唯我七世祖大用生志美。志美生准，食饩县官，以齿德闻。准生廷相，始用文章起家，官河南怀庆郡丞。怀庆君四子，大父称长，娶于孟，故邑散官昂女。甫于归，则大父携家从怀庆君宦邸中延师，授经术。未竟，怀庆君谢政而东。嘉靖戊申，不禄。

大父既失怙，操家秉势，不得篝灯，遂纳赀臬司，乘传驰四方者数十年。已倦游，坚不出，劝之不可，则强之，始首肯如铨部云。万历辛巳，授会亭置邮使者。无何，太夫人张讣闻，扶服归。甲申，服除，再授仕山。仕故孔道，辇上贵人则时时轸相接。大父具牛酒郊迎，宾至如归。邑大夫王公国弼问知家世，善遇之。及王擢侍御去，数自都下寓书相起居。居三年，迁鲁藩广资库大使，病未赴。

大父两为升斗禄出，大母两与俱。官荏时老矣，昕夕为大父视馔，进卮酒，执妇道惟谨。完采重味，屏不御，洎如也。时家徒四壁，未尝怂恿大父妄取人一钱，为儿女子计。大父亦不愿以身为沟壑，每送徒至，老苍头及一二宗戚奇货视之。鸷卒复从旁耽耽思助吏为虐，大父辄曰：“某虽贫，不至御人于狱，若休矣。龙种老人安能负墨声为上官廷辱也？”徒病，药药之，食食之。家奴无所得润，而又苦于饭因，则窃詈曰：“视一二缧绁子犹而翁然。”

怀庆君早世，诸孤少，事无巨细，问诸家督。凡课读授餐，婚姻葬祭，下逮钱谷徭役，罔非大父身为主盟。晚横构阋墙，几死谟盖者数矣。先人田庐，瓜分屣弃，异姓来称主人。大母每浩叹谓:“此物经营时，老身亲执爨饷匠作业，岂易创者哉？”大父素行抗直，不作脂韦态。豪饮负气，更能矩矱自束。二酉之藏，多所涉猎，终身不去铅椠。奇书清玩，尤喜蓄之，见手泽于图史，如见其先人。什袭以属大母，大母亦雅如护惜。生平无暴殄物，即敝绔缊袍，必贮簏笥。以耋之年而犹绩裹，诚抱璞言肖其衷。触事多激烈，意少忤，辄厉声随之后，亦无他。白发二人，诗书琴瑟，诒厥孙谋。不肖自髫龀侍膝下，其得于庭训阃慈者，故自熟也。呜呼，今已远矣。

大父讳永祉，字伯嘏，别号乾泉，又一号芸斋。先大母卒，卒时六十四岁，万历丁亥四月二十五日也，诞辰则嘉靖甲申四月二十一日。大母生以嘉靖丁亥正月二十日，卒以万历辛丑四月十五日，得年七十有五。先君及不肖以万历己丑九月二十九日葬大父于城北之新茔。而不肖以万历甲辰三月四日奉大母柩与大父合。子二，一殇，一余庆，为先君。后大母三年卒，未及襄事。孙一，为不肖梦衮。曾孙男及女合一。

先考裕庵公行状

呜呼，先严已矣，其存者庶几风谊耳。状而镌诸珉，俟秉笔者采焉。盖世宗朝奉政大夫覃怀郡丞，是称忠轩先生，忠轩先生再传而有先严。先严讳余庆，字衍甫，别号裕庵。父乾泉公鲁藩广资库大使，母孟氏。曾高而上，详先大父行状中。乾泉公于忠轩先生为冢嗣，先严亦复冢孙。少从王绩泉先生受《尚书》，出游辄负笈从之。隆庆己巳，补博士弟子员，结社里中，刻意制举义。万历丙子应省试，己卯补增生，再应省试，困阳九不遇也。

会家多难，骨肉修隙，大父兄也，乃为弟窘；先严侄也，乃又为叔窘。其起而鱼肉先严者，则帛烋中庭，浆酒藿肉，挥金若粪，号召催租人昼夜痛饮，聚党而谋，瞑目语难，回刃内向。又往往揶揄姗笑，造蜚语，躬蔑行，力行无度，狂怪万端。先严丑之，发愤下帏，日夜读所挟书，期少有表树，一振家声。而鱼肉先严者，了不悔祸，内讧为祟，心烦意乱，壮志坐是销矣。

辛巳，大父官会亭，阅数月，母张孺人谢中壶。先严绝黄河，抵大梁，跋涉千里以讣闻。大父徒跣归，甫窀穸，则昆季议析箸。季鸱张持大父益急，埙篪日以不调。先严时时饱毒手，匿影羁迹翰止，亦日不以宁。乙酉，大父官茌山，先严偕而西。丁亥，大父自至茌，随捐馆。先严始问家人产，出大父囊中俸钱，置田数十亩。时虽亲穑事乎，而喜为文章愈甚。每遇试者就试，既就试，辄不利试。久，稍稍厌之曰："老头巾奈何手尺幅与诸少年争雕虫为？"遂尽以文史付不肖，而自隐老农中。田家作苦，种种二毛。辛丑，宅母忧，未葬，则时饮泣曰："生无以为养，吾姑以三年蔬素酬亡者。"癸卯夏，且禫矣，服食犹若未禫者。然家人劝除之，意不怿曰："为子也，母者殡在室，如若言，我且倾醇刺鲜乎？"顾貌日趋臞，颓然若不胜衣。不肖私忧之而不敢言，即言亦不听。嘉平病嗽，方议以来春襄事。及春，寝疾数日，竟不起。遗命袭必以素，不肖取生时所着着之，上加黄冠布袍，音容恍惚遐弃。其孤，唯是茕茕一身，当大事者，两茹荼自知耳。呜呼痛哉！

不讳夕万历甲辰正月十二日也，距生于嘉靖戊申八月二十八日，得年五十有七。卜以是岁三月四日，随太夫人孟母柩，葬先茔之次。娶吾母刘氏，邑处士震亨女。生一子一女，女殇，子即不肖梦衮，娶故邑诸生王继周女。孙男一，小字佛奴，幼未聘。孙女一，许聘邑诸生陈弘泰男玉铉。

先严性不喜酒，召客，未尝浮白，客饮不醻不罚，非其任不强，欲去亦不留。不肖酩酊归，每以濡首为戒，至属纩，犹谆谆焉。倡优女子，挟瑟倚门，终身不践其地，市井游间及衣冠狎亵挑达子弟，正色远之，俚语艳词，不出口亦不入耳。遇忌辰佳节必荐，荐必身亲之。

世业若带砺，然族众既覆其产，百年甲第，一朝化为乌有，过之未尝不黯然低回也。荏之役，大父所有，屋为季毁，以贱苴售，人争购焉。舅氏孟亦染指，先严即面数曰："与若戚也，有市心耶？"孟漫应曰："即不为我有，亦利他人耳。"先严大不直。

居恒，咄咄诟病其为人。遇诸途，如弗睹也者而过之。生有不辰之叹，流离琐尾，半世侨居，数为伧人子窘辱。长木之标，国狗之噬，甘受备尝，结撰多湛思古意。中年爱眉山氏一派，录其佳者自随。嗣后心醉左马，读今人书，不甚契意博士家言，辄字摘之，曰："某即不谙时艺，尚自具一只眼，于诸技玩，一无好。"暇则啜茗对弈，阅子史星命诸书。或仰卧看屋，长哦古诗数首而已。苦心无佚，刚肠无媚，踽踽凉凉，不谐于俗。晚冀见不肖成立，如农望岁。顾不肖以濩落经生，无能鼎养。呜呼！抱恨终天矣。

先慈行状[①]

先慈姓刘氏，享年六十八岁，处士震亨女，及笄适先君。先君治博士家言，补增生，屡困场屋，先慈纺绩佐灯火。后先君志竟不遂，先慈又转而课不肖，

① 状，底本目录作"略"。

殷殷如农之望岁焉。先曾祖遂两佐郡，然官囊空虚，家徒四壁。又先大父兄弟不睦，时时阋墙。先君与先慈避去侨居，靡有定止。其流离困顿、淹滞萧条之苦，盖三十余年于兹矣。

先慈天性方正，言动淑慎。壶内相敬如宾，粉黛无敢以狎媟进者。其督臧获，亦斥斥三尺随其后，诸婢皆严惮之。内外斩然，壶范清白，为一方首称。先君甲辰捐馆舍，先慈孀居至今十六年，冰霜之操，皎如天日。克勤克俭，自少壮至垂白，不少休息。不肖疏脱，不善治家人产，凡不肖衣服饮食，皆先慈手自裁剪，手自调和。珍馔采纨，务留贮以畀不肖，而自奉泊如也。至如穮蓘耕耘，一切农务，不肖每患其妨儒业，不甚料理。先慈则日夜拮据，甚或徒步往督之。生平至孝，父震亨家厚富，后一贫如洗，先慈乃收养数十年。及殁，极力为之营葬，追慕不忘。不肖不耐事，且性多遗忘，凡佳节令辰，寿诞忌日当举行者，忽忽过去不问。先慈一一记忆，仪物祭品，亲自置办，斥斥督不肖，身亲其事。如不肖不暇，先慈毅然往矣。外祖震亨殁，无子。先慈怜其为若敖氏之鬼也，岁时伏腊，必令不肖书其姓字，祀于寒舍，杂之高曾之中。不肖谓："杨、刘本自二姓，不宜混也。"先慈乃别扫一室，祀外祖焉，其纯孝如此。

性好施，亲属有所乞觅，曲意应之，取之寒舍犹外府。然不肖蹭蹬偃蹇，四十无闻。先慈虽引命自安，而中殊郁郁。及戊午，始博一第，乃先慈闻报，无时不泫然也。对人泣数行下，谓先君竟不及见也。不肖家道凉薄，频岁负笈于外。及归，数日即离膝下。至年终归，元旦率室人罗拜于庭。先慈辄凄然泣下，辛酸者久之，谓游子终岁飘蓬也。不肖既捷乡书，戊午十月终旋家。十一月有曹州之行，谢座师潘也。十二月抵都门。明年己未二月场事毕，旋家。南宫闻报，又赴都门观政毕，候考馆之命未下。十月，终复旋家。先慈业已念不肖不置，抑郁成疾，少间复作。十二月，勉强同抵都门，席未暇暖，奄然逝矣。呜呼痛哉！不肖举数子，皆殇。己未夏，又举一子，复不育。先慈不快，得霍乱之症。辗转床褥间者久之。盖自戊午不肖徼幸后，先慈念旧悼亡，百感生焉，竟致颠殒。劳苦一生，未得享一日之逸也。呜呼痛哉！

先慈生于嘉靖三十二年四月初七日未时，卒于万历四十八年二月三十日亥时。本年十月十八日葬于城北祖茔之次。

我泉焦公行状

焦公之卒也，仲子大生泣而请状，曰："先子仕不达，家不温，年不永。所恃以不朽者，圹中片石耳。幸知己一貌其生平。"余叹曰："公行谊甚高，微子之言，讵忍没而翁？"

状曰：公讳守己，字允贞，别号我泉，家世青城。胜国时有中山郡侯，荣其远祖也。曾祖海，海生安，安生科，是为公父。娶张，生守聘。张殁，继娶孟，顺天之永清人，生公及弟守信。无何，失怙。家徒四壁，孟母以绩佐读。幼从塾师焦剑峰，所受《周易》。已而有室，邑宿儒王翁续泉妹也。王翁乃延翁家塾中，取《尚书》授之。公聪慧绝人，俯仰即解大意。是时，公家无儋石储，殊不为意，而王翁亦出所有共之。嘉靖乙卯，籍博士弟子员。甲子，廪于庠。公读书不甚矻矻，而辄自记忆，操觚数百言，一挥而就。万历癸酉，举于乡，五上春官不第。

己丑赴铨部，授晋之乡宁。乡宁僻在边鄙，民淳事简。壹意与民休息，百姓莫不举手加额，以为焦公活我。官水镇，某子甲妇与甥私，甥杀某子甲于途，而具状以闻，曰:“舅死非命。”公诘之曰:“而舅征贵征贱，有子钱家乎？”曰:“无之。”“而舅有不共戴天乎？”曰：“无之。”公曰：“财多死贪，仇多死怨。自非然者，而舅何以死哉？且而舅岂无族姓，而甥为鸣冤？”其人惶污不知所对。公遂命驾之野验其尸，随逮某子甲妇来，谛视久之，曰:“祸自尔始。”即呼：“甥安在？杀舅者甥耳。”甥哗然自理。公曰：“无多谈。”敕吏锒铛系妇，与甥置狱中，而异其处。阴使人谓妇：“甥已服辜矣，谓而实授之谋。”又谓甥：“尔舅妇已吐实矣，谓而实剚之刃。”于是妇与甥交相尤也，事遂泄。公乃出两人狱中，佯曰:“昨祷于神，云长公已告我矣。”两人惊顾曰:“诚如公言。”狱遂成。父老啧啧称为神明。

邑城为水啮，楼橹倾圮。公以石石城根，浚隍水而西，增创睥睨，百雉翼翼，诸坛壝庙貌。及公署之属废者兴，坏者缉，后于南山山椒祠祀文昌，悬大镛奎星阁上。其留意于人文如此。邑旧无志，公纂为六卷，亲为之序，又《仁幼全书》行于世。

公治乡宁凡五岁，诸上官交章推毂，前后三十有二。癸巳，迁平凉别驾。平凉密迩边塞，又公署在朔方宁夏中卫。时逆贼哱呗谋逆，上下戒严，日趋深刻。公独解网除苛，武弁便之。

公天性坦夷，不立城府，不工逢迎。时有短公者，遂迁周藩长史。即日束装抵周藩，王一见伟之，为设醴。而公冢嗣后生猝负危痾，公浩然挂冠东归矣。抵家，日与亲旧促膝论心，绝口不及时事。乡饮酒礼，邑令推公大宾，干旌诸门，时一往，亦不数数也。

公丰标魁岸，言辞清婉，性喜酒好客。朋侪时时在座，佳丽当前，挟瑟度曲，兴勃勃笼霄。觥筹交错，履舄凌乱，卜昼卜夜，投辖呼庐。客欲去，辄反扃其户，笑谓客:“我囊虽空，尚能具斗酒佐一夕欢。”于日浮大白沃客，客皆潦倒踉跄，始散去。

尤重友谊，崇风节，至机心机事，不惟不为，抑亦不晓。历三任，阿堵中物，视之默然，甑中生尘亦不复。顾客一旦有缓急，取之于翁，犹外府也。晚而抱痾，居别业。扶而起，杖而行，日与杯罍疏，而户外之屦，亦渐稀矣。一二故旧款扉造庐，辄从容竟日。俄而寝疾，奄忽不起，乡人多为之流涕大息云。易箦之夕，具汤沐，深衣幅巾，剪指抓曰："善藏之。"语不及私，翛然而逝。公中年善贫，晚年善病，所以遗后者，清白二字耳。

嫡配王氏事其始孟以孝闻，孟待之如其女，与公食贫起家。侧室谢氏、白氏。公生于嘉靖十七年四月二十四日，卒于万历三十六年七月二十三日，享年七十一。王生于嘉靖十五年四月十五日，卒于万历二十一年八月二十七日，享年五十一。今将以某年月日合葬于先生茔之次。子二：长复生，娶张氏，先公卒，王出；次大生，娶李氏，谢出。女一，适王采，某出。孙男二：长瀛，娶李氏；次澄，聘李氏，复生出。孙女五，复生出者三，大生出者二。曾孙男一，曰应辰，幼未聘，瀛出。

岱宗藏稿卷二十六

济南杨梦衮龙光著

祭文 多代作

祭杨梦山冢宰文

呜呼！泰山岩岩，东海泱泱。挺生名世，为圣代光。于惟我公，麟凤呈祥。浑朴难名，瑰玮非常。大庭钟鼎，清庙珪璋。奋迹贤书，早举于乡。夺锦南宫，掞藻天阊。国有绅笏，以畀贤良。乐只君子，授之铜章。厥绩懋哉，卓鲁箎黄。载登琐闼，曰赞曰襄。补衮批鳞，厥辟是匡。出游三晋，藩臬相望。旬宣明弼，奠此冀方。俄而乘钺，我武惟扬。威镇华夷，氛净边疆。华岳岍岐，壶口岳阳。和风甘雨，烈日秋霜。运筹枢府，骏烈煌煌。至人涉世，夫亦何常。难进易退，用行舍藏。日薄西山，言念高堂。莱彩翩翩，荣于绣裳。帝念股肱，蒲轮是将。司徒司空，拮据不遑。天鉴精忠，总领朝纲。冠冕缙绅，济济鹓行。耸吾乔岳，千仞崇岗。廓吾沧溟，万顷汪洋。不动声色，坐见陶唐。主岂吾私，宸眷弥长。士岂吾附，舆论弥彰。梁栋三朝，霖雨八荒。畀尔戬谷，即寿且昌。愿乞骸骨，里社徜徉。解绶而归，冥鸿高翔。赐金疏传，辟谷子房。孰与为适，曰有吟囊。孰与为侣，曰有缁黄。桃花领上，黎杖胡床。期颐不老，鹤发苍苍。爰有箕裘，克继书香。勋留衡鉴，望留严廊。兴留泉石，声留缥缃。不尽之福，留于未央。人孰不殒，公也不亡。光岳气收，白云茫茫。有牲既腯，有酮既芳。灵其不昧，来举余觞。

又祭杨冢宰文

呜呼！维岳降神，生甫及申。昔闻其论，今见其人。峨峨宰官，诞自东秦。襟泰带沧，浩淼无垠。扬历中外，委蛇枫宸。生平大节，曰君与亲。经世宏猷，曰衡与钧。豫章鞭梓，肯使积骍。薪骝騄駬，一任绝尘。畛域尽剖，协恭同寅。声色不动，正笏垂绅。门前似水，宇内如春。维公之身，列鼎重裀。维公之品，羽扇纶巾。眷彼中流，砥柱嶙峋。又如溟渤，空旷涟沦。出没鱼龙，渺无涯津。

堂上有萱，情也屡陈。浩然挂冠，乞此闲身。桃花万树，岂曰避秦。缁黄猿鹤，日与为邻。冥证大道，会语诸真。庭森兰玉，附翼樊鳞。圣主存问，仰荷宏仁。中官内膳，宠锡何频。惟公在位，为世陶甄。容纳百川，扶携三辰。默调元气，至治用臻。北阙隆栋，南山大椿。谁可方之，钓渭耕莘。夫何一疾，奄忽上宾。国失仪刑，能不沾巾。不腆椒浆，东望合辴。公其惠然，鉴我名禋。

祭于谷峰相公文

呜呼！邦家之基，实惟老成。调燮者谁？海内耆英。家世阀阅，蝉联簪缨。颖姿神授，秀骨天生。一鸣惊人，艺苑纵横。彩笔挥洒，有风雨声。石渠金马，天禄蓬瀛。济济时髦，皆来问明。东壁西昆，价重连城。扬历崇阶，夙夜寅清。琅玕磊落，披腹斯呈。长啸言旋，绿野躬耕。词凌幼妇，酒对长庚。虽则泉石，不废葵倾。帝念耆旧，蒲轮以迎。尔惟盐梅，为我和羹。公也幡然，遂发前旌。朝绅翘首，相见生平。曳履烟霄，三老五更。云胡妖梦，坐奠两楹。梁木其摧，朝野皆惊。传岩霖雨，化为星精。手泽尚存，金石琮琤。中原文献，隐隐砰砰。我生也晚，斗仰国桢。生刍一束，聊写幽情。灵其洋洋，来举余觥。

祭利津李封君文

呜呼！大河浩森，源出昆仑。人杰秀发，诞自名门。渊懿太公，山斗望尊。席珍抱璞，爰起后昆。岱峙海润，令德温温。绮岁操觚，横襟艺圃。棐几蝇聚，彩毫凤吐。咫尺青云，阳九里阻。仙郎嗣岳，天衢布武。空北图南，大魁东土。词高白雪，气贯长虹。看花上苑，夺锦南宫。筮仕分符，手挥丝桐。蜚英腾茂，帝鉴精忠。光生纶綍，恩酬怙恃。鲤训式谷，龙章宠被。霓帔霞裳，坐膺金紫。韬奇不售，发于其子。人亦有言，高山仰止。惟翁硕宿，凤彩麟祥。并驾太丘，接迹元方。语重九鼎，谊灼三光。谦谦醇谨，伛偻循墙。乡邻颂义，海宇流芳。好行其德，浑忘尔我。几许尘甑，赖以举火。兰玉盈庭，簪裾满座。琴樽在右，图史在左。花坞杖藜，烟汀放舸。纶巾鹤氅，高枕逍遥。凤雏龙驹，耀映当朝。绣衣持斧，身致青霄。畿辅保障，清肃烦嚣。乘骢揽辔，马鸣萧萧。畏此简书，归心空切。王事贤劳，北山悲咽。陟岵神驰，瞻云内热。言念高堂，孤怀惙惙。君宠亲恩，衷肠万结。共祝修龄，醉卧烟霞。大椿八千，为岁良赊。夫何奄忽，薤露兴嗟。华表归迟，鹤化升遐。桓桓豸冠，俄而衰麻。顷乘帝命，按部南服。钟山石头，待以造福。方欲束装，讣音相续。彼苍者天，夺之何速。颓我泰山，摧我梁木。于惟哲嗣，南金东箭。束发登朝，曲江赐宴。我附骥尾，生平袜线。

谊忝犹子，世讲依恋。言念同袍，构兹大变。一官匏系，不遑吊唁。奉天子命，有事东齐。来视鹾政，勿猝轮蹄。肃将不腆，惟絜与鸡。临风洒泪，涕泗凄迷。怅望余辉，落照沉西。

祭新城冯明府文

呜呼！自古循良造福于民，而食报于天，其不爽若左券，然何明府之独构此变也？茫茫大数，司之者谁耶？而夺我明府之速，一至是耶？朝家失良牧，则缙绅扼腕矣；士林失指南，则章缝短气矣；赤子失乳保，则襁褓悲啼矣。夺一人以贻戚于千万人，且环千万人竟不能赎一人，造物亦太不仁哉！

语曰："天道无亲，常与善人。"明府傥所称善人者非耶？其斥斥于一介也，则羊续之悬鱼也；其凛凛于三尺也，则子产之刑书也；其汲汲于拊循，徐徐于催科也，则龚遂之卖剑买犊，而阳城之抚字心劳也。武侯有言："鞠躬尽瘁，死而后已。"食少事烦，即仲达逆料其不久。明府之清癯，亦乌能永永耶？呜呼！公尔忘私，国尔忘家，贤宰相、良有司大抵然矣。嗟嗟人世，所信者理，而数或乖之；所钟者情，而势或夺之。宪之贫也，回之夭也，夷齐之饿也，天之报四子者，薄矣。而要之谓四子非山人也，可乎？生前之食报，近在一时；身后之流芳，远在千古。吁嗟明府，凫已飞矣，雉已驯矣，桐乡之民业已尸而祝之矣。讣音一闻，海内人士无不下泪。至如某之属在编氓者，又可知也。简书有赫，匏系一方。谨赍薄奠，遣弟侄子姓，洒血披衷，召父杜母，傥亦不吐乎？

祭王仰吾少卿文

呜呼！懿烁我公，海岱之良。浑金璞玉，不露精光。诞自名阀，奕业书香。圭组蝉联，簪笏满床。公生而慧，早举于乡。夺锦春闱，掞薄天阊。帝曰都哉，尔馆铜章。以牧元元，花满河阳。再令三晋，制锦流芳。帝令持斧，整肃朝纲。豸冠峨峨，绣服煌煌。白下之役，烈日秋霜。几多墨吏，胆落神羊。为民请赈，洒血沾裳。读之酸辛，断九回肠。大椿俄摧，白云苍茫。公也扶衬，蓼莪心伤。忠孝大节，凤彩麟祥。再出持斧，滟滪瞿唐。宣威固圉，绳娄锄强。彼当道者，那有豺狼。识征察端，未雨彻桑。封豕长蛇，敢逆颜行。曲突徙薪，厥谋孔藏。食肉者鄙，养虎遗殃。遂使播酋，撼动八荒。早从公言，何至鸱张。人言波及，里社徜徉。堂北有萱，爱日之长。身舞斑斓，膝下称觞。圣善告终，出佐黄堂。毗陵法星，三尺寒芒。户曹之迁，几载为郎。晋秩名卿，烟霄翱翔。方期大用，为国栋梁。奄忽而化，薤露凄凉。惟公天性，温粹直方。蔼如春风，披拂悠扬。

及肩大事，奔育难当。一身所至，辄留甘棠。尸而祝之，没世不忘。萧然而归，了无官囊。吏也而墨，愧忏走僵。襟期冰雪，器宇珪章。盖棺论定，久而弥彰。牛眠告吉，在彼高岗。青山白云，过者彷徨。我辱朱陈，遽隔存亡，一杯椒醑，来格洋洋。

又祭王少卿文

呜呼！人生宇宙间，所恃以不朽者，唯生前之德与身后之名。乃生而入瞻景星庆云，没而人仰泰山北斗，此亦足以觇其生平。新城之王，其奋飞于霄汉者，先后踵相接，而朴茂清贞之望，抑孰有过于先生？吾闻近墨者黑，公生世禄之家，而豪华气皆芟除殆尽。绳趋矩步，亦何其老成。吾闻处膏者润，公两为令君，两为台使者，荐至于列卿，生也空囊，殁也垂橐，而其听事尚不能轮奂乎两楹。吾又闻知几其神，而公识播酋之未然，申以国法，詟以天威。若曰："履霜坚冰至，而持后事以券前言，亦何为灼然若关火之明？"吾又闻物不得其平则鸣，公取予严一介，暮夜凛四知，而以蜀抚馈遗之，故挂言者之齿颊，竟默然而返柴荆。至其孝友根于天性，鼎养隆于庭闱，虽当王事靡盬之日，而回首白云，洒鹃血以盈盈，其造福于百姓也。缓逋负之征，均户口之徭，而民无羯羠不均之叹。至今尸祝于河内，而畏垒于阳城。其请赈于三吴也，流贾生之涕，开汲黯之仓，读其疏者，不觉泪下而已沾缨。其受知于当道也，始而疑，中而侮，卒而大用。其轗轲蹭蹬，曾不足介意，而其蹶而复起，枉而复伸，愈足以显吾皭然之操，而快天下郁然之情。油油然其河风甘雨也，侃侃然其孤峰乔岳也。盖既不屑诡随以求通，而又不肯绝俗以为贞。吾乡正人君子之俦，公其最乎，而流辈莫之与京。家有乔木，庭有芝兰，野有口碑，朝有钟鼎。王氏之门祚，其将寿千万，禨而无倾。不佞缔婚于名门，何幸如之。而公今且游阆苑，而登蓬瀛已矣哉，不可作矣。撷泽之兰，采汀之芷，荐樽蚁而羞絮鸡也。公其幡然，而举余之一觥。

祭杨节菴贡士文

呜呼！深山大泽，实生龙蛇。泱泱大风，郁为菁华。龙文射斗，凤彩穿霞。胸中有物，笔底生花。韫奇不售，岂非命耶？晚游上国，贡之王家。青袍楚楚，表节修姱。卓哉人杰，逸兴清嘉。花前载酒，竹里煎茶。良朋满座，履舄交加。童敲檀板，姬绾金钗。有亭翼然，高岸平沙。长河如带，凫雁鱼虾。秉烛夜游，吾生有涯。东作西成，农圃桑麻。烟蓑雨笠，污邪满车。臧获奉命，静听无哗。

嗣也国珍，双璧无瑕。神驹千里，出自渥洼。扶摇而上，九万非遐。夫何一疾，薤露兴嗟。一抔土掩，枯木寒鸦。我倚玉树，忘其蒹葭。幽明隔别，去路良赊。鸡絮一陈，涕泗横斜。

祭兰泉范翁茂才文

呜呼！翁之量大人之量，而其心赤子之心也。余之与翁游也，初为忘年之友，中为莫逆之交，后乃为朱陈之好也。

忆昔岁在庚寅，余籍博士弟子，而见翁庠序间，不知翁为谁氏，第望之醇然古君子也。久之，乃悉翁姓字及其家世。甲午之秋，余与翁应试济南。是时，翁年逾强仕而余方弱冠，数相过从，杯酒淋漓，竟夕谈笑，翁未尝以齿德相貌也。

乙未，余卜居官道，与翁为邻。翁携酒治具，过余欢饮，此后无日不相见也，见即从容立谈或坐语，移时乃去。是时，长公骎骎向学，而仲与季才龆龀耳。久之，仲季稍长，美秀而文。余亦年壮气盛，日为博士家言。翁致余于家塾，而与伯仲同笔砚者数岁。盖自是与翁握手促膝，谈心道愫，花鸟之前，灯月之下。一樽相对，缕缕娓娓，不自知其肝膈之吐，夜漏之残也。公既酩酊乎，所言者非《诗》《书》之训子，则勤俭之治家，或古人阴德之事，或先达垂世之言，此数端止耳。翁难以赀雄里中，而赢缩经营之事，绝口未尝道及，翁之雅尚可知也。余亦不肯求田问舍，以私干翁，若不知翁家之为素封也。

余操觚为文，庶几一遇。友朋亲戚皆曰："杨君指日青云耳。"翁笑谓余："信如人言，儿曹安所得指南乎？姑缓之，他日图南未为晚也。"余欲迁居故里，翁力正之，虽不明言其意，而意亦犹夫不欲余之指日青云也。

余性疏，不善治家人产，不时之需，翁时时济余燃眉。凡翁之与人交，醇而笃，诚而质，敬而有恒，言不爽约，事不渝盟，五尺之童，莫之或欺，所谓正直质神明、忠信行蛮貊者耶？

盖自甲午与翁游，迄今二十余年矣。迩来与仲缔为婚媾，方期每岁登翁之堂，称觞上寿，而翁遽奄然而逝也，痛哉！翁嘉言善行，灼然在人耳目，其安素位，萧然有寒士之致；而其负重望，隐然有先进之风。至云仍之繁衍，福履之绵延，门第之崇闳，交游之众多，德望之茂著，不具论，特论其始终与余周旋者如此。翁今归泉台矣，余与翁幽明永隔矣，不腆椒浆，以叙衷曲。翁生而喜与余饮，殁而有灵，当欣然而酌余之一杯也。

祭王曙峰太守文

呜呼！盖闻甘井先竭，直木先伐。自古未有有才而不见用于世，亦未有见用于世而不见忌于世者。忌何足病，忌然后见才耳。

公以文章起家，为良二千石，风稜峭如也，规恢廓如也，譬诸太阿之锋，烁烁射人；渥洼之姿，骎骎追电。即举无上，直无前，一息而千里可也。顾四为令君，三为户曹，两为郡守，宦况薄于鸡肋，仕路迍于羊肠。此其故何哉？无亦怜才者少，忌才者众耶？公之政绩，班班可考也。其砰隐人代，轶越风尘，盖卓然有耸岱岳、跨沧溟之概焉，世亦安能窥其高深耶？

噫！不磥砢多节，不谓之松；不矫翮凌秋，不谓之隼；不百炼铮铮，不谓之铁；不历落崎岖、肮脏偃蹇，不谓之丈夫。彼世岂无如萝之附，鸟之依，指之绕，骨之媚，其软美之调，媕阿之态，业已奄奄欲绝，顾安所关于当世之轻重也者，而一指数之。

呜呼！国有戆臣，柱我社稷。长蛇封豕，我能锄之；宿蠹匿垢，我能剔之；尫夫羸子，我能活之；飓风巨浪，我能涉之。使公得竟其用，流贾谊之涕，开汲黯之仓，埋张纲之轮，强董宣之项，碎栖楚之首，其所树立于茅靡波荡之中，而挺持于风雨如晦之际者，何让古人哉？而竟赍志以殁也，岂非忌之为祟耶？

木以不材得终其天年，材故不终其天年矣。未竟之绪，其在箕裘乎？其在箕裘乎？不佞辱在眷属，怅望几筵，言论风采，凛凛有生气焉。芹醑一奠，其庶几惠然而来临也乎？

祭于生茂才文

呜呼！君千里驹也，九苞凤也。即举足而万里生风，振羽而千仞耀彩，直瞬息间事耳。且趋庭之暇，搰搰万卷也，累累五车也。

古人有言："良弓之子善为箕，良冶之子善为裘。"君倪所谓名家之箕裘非耶？其振家声而继书香，登天府而蹑云衢，固饶为之。而况富于春秋，英英独上，非吾辈所可望其万一者乎，胡然而构此变也？古人之如颜氏子者，可谓仁矣，而三十有二而沦没者，何也？屈原之汨罗也，贾谊之长沙也，其修短之不齐，付之造物而已。

噫！使俊杰而必寿，文士而必发。彼玉之折，兰之摧，珠之陨，剑之埋，珊瑚宝玦之缺折，古人何事太息而流涕耶？虽然，人世逆旅也，得失蕉鹿也，死生昼夜也，孰真孰幻？孰永孰促？安知扰扰于尘世者非所为大梦，而悠悠于冥漠者非所为大觉乎？有安知彭篯之不为夭，而殇子之不为寿乎？此非余言，而南华氏之言也。

祭耿省亭太仆文

呜呼！太古之世，混沌未凿。纯白具备，人生其间。不识不知，标枝野鹿而已。自智慧机巧之术工，而世乃大乱，于是治之以官，而绳之以法。夫官之亲民者，莫如令君；而执法者，莫如御史。苟不得其人，则以亲民而贱民，以执法而骫法，世乃愈益大乱。

公当神宗之季年，绾绶亲民矣，殿中执法矣。所值之时，世变江河之时；所居之地，处膏自润之地；而所存之心，乃赤子淳朴之心；所树之品，乃老成典重之品也。噫！岂非所谓混沌未凿，纯白具备者乎？

大都人之生平，假不如真，奇不如平，文饰不如朴茂，矫强不如自然。而好假、好奇、好文饰、好矫强者，多始于智慧机巧之一念。故人智我愚，人巧我拙，有道者之跼蹐也。当其横惊之时，智巧者沾沾，自谓胜人，而事定之后，破绽四出。彼之鼯鼠之伎俩日穷，而我之塞马之得失自若。乌知人之智巧，非所谓心劳而日拙，我之愚拙，非所谓心逸而日休乎？傥我公之谓乎？公之淳闷之声，在永年矣；浑噩之风，在朝著矣。继述在先德矣，燕翼在诒谋矣。不斗山之望，倏然而摧也，天不欲登斯世于混沌纯白乎？

呜呼！人谁无死，顾其死何如耳。如公者，可以死矣。翩翩而游太古之上，与华胥氏偃仰于梦中也，又何憾哉？不腆牲醴，请从此诀矣。

祭麟野韩翁茂才文

呜呼！翁以阀阅之胄，秀雅之资，其芥拾青紫易易耳，乃竟厄于一第也，岂非命耶？

翁已矣，顾生平有可述者，联桥梓，敦埙篪，谐琴瑟，修姱履素，义方之训，种种可为家庭模范。是亦为政，何必弹冠结绶而称荣显哉？兰桂盈堵，翁有后矣。读父书绳，祖武九原有光宠矣。

呜呼！人生何常，幻泡浮沤，飘风飞电，倏然生，倏然灭。贱贫也不足为我戚戚，贵富也不足为我沾沾。止有方寸之天理，乡间之公评，内无愧色，外无遗论，称善人焉足矣。至遭际之幸不行，功名之达不达，我之济人，人之负我，何足挂齿颊，入灵台也耶？翁可以豁然醒矣，浩然往矣，惠然来享矣。

祭周府郡君文

呜呼！天孙婺女，诞降皇家。淑德幽闲，芳问清嘉。尚于名宗，夭夭桃花。兰自有馨，玉果无瑕。克佐夫君，爰理内政。案与眉齐，如宾相敬。猗欤英皇，千秋辉映。天潢一派，躬逢其盛。笃生哲嗣，美秀绝伦。丹山雏凤，天上麒麟。袖挹天香，华毂朱轮。蔚然而起，为时名臣。西秦东齐，争传遗爱。蔽芾甘棠，召伯又再。母教居多，无时不佩。断机九熊，羹墙如在。言念高堂，翟茀生耀。千钟之禄，色养弗违。亲显名扬，敛福慈帏。白云在望，惆怅莱衣。嵩山峨峨，黄河浩浩。流润赠高，永臻寿考。鹤发皤然，华封是祷。雪藕冰桃，来自三岛。恭惟藩服，玉叶金枝。帝姬国姓，千载一时。宜厥室家，麟趾螽斯。宠膺戬谷，年过期颐。一旦仙升，云胡不禄。坐失母仪，徒瞻贞淑。云軿何处，清风穆穆。寒郊一抔，丘山华屋。世讲其好，夙瞻慈颜。登州之役，哲嗣斑斓。溘然而逝，鹤驾难攀。遥将薄奠，有泪潺湲。

祭王太孺人文

呜呼！猗欤贤母，淑问孔彰。于归阀阅，翟茀炜煌。何以比德，玉洁兰芳。既柔且恭，女中麟凤。克相夫君，振藻词场。问谁齐眉，实有孟光。爰荣启哲，嗣奕书香。丹穴凤雏，渥洼骕骦。五色蹀躞，千仞翱翔。射策青朝，云锦天章。念彼三迁，凛然义方。有桂在庭，有萱在堂。彩衣翩翩，随风而飏。琴鸣单甫，花满河阳。万忠五鼎，爱日初长。有赫恩纶，彤管斯扬。亲以子贵，戬谷无疆。惟忠惟孝，阃教无忘。秩迁户曹，愈励冰霜。边关辽左，转饷是将。日夜持筹，梦寐彷徨。遥祝慈闱，如陵如岗。日薄西山，落照苍茫。素竖匿彩，宝婺韬芒。于惟宜家，女德之良。螽斯振振，奕书弥昌。为英为皇，为姬为姜。生宁没顺，太素归藏。临风洒泪，奠我椒浆。

祭于夫人文

呜呼！惟夫人之嫣婉兮，待夫君于闺帷，既富有此好德兮，又申之以令仪。带幽蕙之芬芳兮，佩明月之陆离。何赋命之或忒兮，不终身以齐眉。思直指之揽辔兮，佐宦业者何人？飞霜威于云中上谷兮，已而弹压乎三秦。畏简书而空复怀归兮，抑孰采蘩而采蘋？外肃肃其孔严兮，巨细整整而有条。果直指澄清之志，见诸刑干者有如斯兮，亦夫人之性，霜比烈而山争高顷。直指之复命兮，复有事于边关。宣皇威于畿甸兮，豸绣沓其难攀。愤豺狼之当道兮，遂拂袖而隐弃。山长啸以出春明兮，谁知其为天涯？举归鞭而指桑梓兮，卧青门以种瓜。携青樽以徜徉兮，咏雪月耳品风花。拟卧龙之未隐兮，遽鸾分之可嗟。何夫人之溘然以长逝兮，沉织阿而飞彩霞。岂其厌浊世之尘垢兮，聊蝉蜕而骖云车。浑天地于泡影兮，想遗容于蕣华。仰乔门之亭亭兮，月有娥而婺有星。怅熠耀之宵行兮，悬穗帐而掩银屏。风飒飒以悲号兮，雁孤鸣于寒汀。痛灵輀之将驾兮，将常卧于林垌。采杜蘅而一奠兮，余不觉其涕泗之零。请从此以永诀兮，千古之下，怅雪白而山青。

岱宗藏稿卷二十七

济南杨梦衮龙光著

赞铭

曾祖忠轩先生像赞

修然者，干耶？臞然者，容耶？昂昂九皋之鹤，落落百尺之松耶？眉何以蹙蹙不扬，其有忧耶？轻肥澹而民社浓耶？目何以炯炯不流，其有思耶？惠迪吉而从逆凶耶？是汉中之畏垒，而河内之黄与龚耶？呜呼！丈人峰耶？日观峰耶？其东人士仰以为岱宗者耶？

大父乾泉公像赞

将以为棱棱，而欢然其可亲。将以为照照，而傲然其不下于人。字曰伯暇，而人或讹称伯虎也，犹可想其骨气之肮脏，风标之嶙峋。不屑寻行数墨，而出胸中之藻雅。不难于挥翰，如飞绝流辈而无伦。时而酩酊于泉石，时而奔走于风尘。彼辈上之君子，犹将改容而礼之，而缧绁之夫，至今颂其再造之仁。

太老姑像赞

噫嘻！是何神也，而从之者如烟而如云。锦袍烂如，雕辇飘如，旌旆幡幢之属，争夹路以缤纷。端严妙相，年未笄也，身未聘也，遽已挟貌姑射而谒玉宸君。霞影纷纷，车声辚辚，青冥之上久矣，夫其绝世氛也。

先考像赞

松不华，冬青青。石不媚，秋亭亭。褐中之玉，人以为碌碌也。而知我者希，犹足以树有道之仪刑。封豕长蛇，家用不宁，唯是不信节于昭昭，而堕节于冥冥。噫！此古之狷介耶？抑古之独醒耶？

松鹿图赞寿朱金庭相公

瞻彼终南，拔地千尺。吐纳云气，蟠际鳌极。帝遣作镇，仙藏其宅。降岳生申，今也犹昔。俯眺群峰，藐于卷石。芙蓉碧落，郁有佳色。为山为阜，为岗为陵。参天者何，冬夏青青。磥砢多节，聚芝龙形。千岁沦脂，双阙取荣。固而生腹，佺乃飞行。雅雅梁栋，还化茯苓。长镵劚之，如获瑶草。比金石坚，后天地老。岂必青精，颜色方好。上巢双鹤，下坐四皓。方平麟脯，麻姑指瓜。满地白云，悄无人扫。烦嚣永断，石径生苔。客子骑鹿，飘然而来。玉尘玄言，瑶齿粲开。云有所献，白环一枚。呦食苹野，濯咏灵台。千秋万禩，优哉游哉。

张明府最书赞 澄源公

于烁卓鲁，辉映汉史。谁其俪之？有美君子。五载分符，花灿于绮。水月同清，素质不滓。譬则寒流，白石齿齿。栗然似玉，直哉如矢。夭娇龙性，谁能驯此。蹀躞骥足，于今伊始。堂有鸣琴，野无悬耜。言游学道，弦歌盈耳。流膏海润，植节岱峙。天监在兹，咫尺顾諟。夙夜在公，厥绩既底。显赫龙章，出太史氏。如綍如纶，荣于金紫。丹凤衔来，观者如市。言念劬劳，以酬怙恃。庆源福基，其来远矣。渥洼有种，骅骝騄駬。邓林有材，梧檟楩梓。郁彼高阡，如凤斯起。玄壤生色，湛露宠被。简在方殷，荣膺良侈。国有利器，新发于砥。水断蛟鸿，陆剸犀兕。无上无前，惟其所指。节错根盘，不应舍是。钟鼎旂常，未可涯涘。荷天之灵，阳春密迩。拭目飞凫，皈心驯雉。人亦有言，君子乐只。

芳素轩赞 以下八首，戏删元美诗为之

剥啄不应，饭余贪眠。卿仍卿法，我与我旋。适鱼鸟性，谐花竹缘。挥毫小语，不唤诗篇。

闲居赞

轩中何有？秋兰葳蕤。钩帘花入，围棋昼移。何以答景，偶然咏诗。不涉人境，人那得知。

文漪堂赞

崇轩俯栏，修廊耸观。文漪飕起，鲦鱼泮涣。岛如覆敦，岫若层案。携二三子，相与同玩。青山入屋，素壁凌乱。书以赏心，咏言三叹。

先月亭赞

日固自雄，不如月色。诸岭黯霴，此亭先得。辉现眉宇，颖窥间隙。从篠玉碎，澄波金波。呼杯受之，荧若珠珀。使我肺腑，如广寒宅。

弇州园赞

古弇州园，以君子称。其人胡耇，少者箧铿。有五色马，仰向天鸣。金母饯满，琬琰镌名。海上三山，俨芙蓉城。灵根秀出，风岩削成。游诧天工，焉知人营。转徙一亩，宽不容肱。情岂不怡，余乃忘情。生岂不佳，余学无生。

离薋园赞

选地不遐，步得佳境。云来石古，雨去苔静。沦茗爇香，我迥酩酊。指挥剪刈，毋令赍逞。斯物岂仇，为芝兰梗。

约圃赞

梅几树，竹百茎。取胜一池，不任扬舲。屋八九间，文之轩亭。小丘逾仞，亦以山名。复名其圃，曰约胜嬴。君看芥子，须弥不尽。

古琴铭

林木幽深，山色泬寥。不逢一人，日暮归樵。石上长吟，天风萧萧。厥尾既焦，厥声既调。神脉脉往，千古而遥。

古剑铭

烁者电，泮者冰。出宝匣，旭日升。白蛇断，赤尾腾。彼斗间之气，亘千载其犹凝。

古钟铭

虬枝摧尔坚贞，鼍鼓嚣尔无声。戋戋者视尔，直君庭之与楹。呜呼！古人之勋，人之所为砰砰，而尔之所为嘤嘤。

古鼎铭

尔色黯澹，尔神不脱。屹然不摇，千夫气夺。何以函牛，而不烹鸡也？曰心虚而腹阔，厚重少文，安刘者必勃也。

古砚铭

抱尔璞，耽尔玄。劲于骨，老于年。或曰:“硁硁然小人哉？”而余曰:“不然。磨而不磷，钻之弥坚。古人所为席上之珍，何以加焉？”

古镜铭

澄于潭，皎于月。我媸我妍，不爽毫发。人以为荆山之铜，而吾以为方寸之窟也。

古帖铭

尔非电何缤纷，尔非烟何氤氲。玉为骨，铁为筋。安用之换鹅群？

古画铭

我有五岳，不盈一尺。我有十洲，近在几席。逍遥者谁，枕流漱石。天际树苍，秋空月白。此中尽佳，忆意之适。

岱宗藏稿卷二十八

济南杨梦衮龙光著

读史

士大夫有烟霞气者，汉有张子房，晋有谢安石，唐有白乐天，宋有苏子瞻。

汉第一人物为诸葛武侯，唐第一人物为裴晋公、郭汾阳，宋第一人物为范文正公、韩魏公。

子房之辟谷也，安石之丝竹也，汾阳之富侈也，文信之声伎也，世不以为非，人顾大节何如耳？

孔明之《出师表》、渊明之《归去来兮辞》、退之之《佛骨表》、文山之《正气歌》，虽与日月争光，可也。

汉之有谊也，唐之有愈也，宋之有轼也，一代之俊乎！谊也激，愈也杂，轼也浮。

汉高帝每谩骂儒者，且云“马上得之，安事《诗》《书》”，而过鲁却以太牢祠孔子，甚是异事。

高帝不曾读书，而《大风歌》雄视千古，帝王气象自别。

〇读《汉文帝纪》，如饮醇酎，令人心醉。

淮南王之椎杀审食其也，不失为孝子。

朱虚侯之斩亡酒，申丞相之檄戏殿，俱有烈丈夫风。

〇汉武为方士所欺，至以卫长公主妻栾，大可谓千古之耻。

读《真宗纪》，令人笑天书是也。读《神宗纪》，令人恨新法是也。

宋之天下，其决裂之者，徽、钦也。元气却由神宗斫却[①]，王安石可杀。

神宗尝谓免役钱一节，近臣至后族，无不言其害者。冯京曰：“臣亦闻之。”安石遽曰：“士大夫不逞者，以京为归，故京独闻此言云云。然则近臣后族不逞者，亦以帝为归耶？”安石此言可谓无忌惮之极矣。

苏轼之轻也而达，程颐之重也而迂。轼博古而恣者也，颐泥古而乖者也。

颐之斤斤古礼也，熹之谆谆《大学》也，以是格君，胶柱鼓瑟者也。

---

① 却，《岱宗藏稿》作“削”。

刘定之谓朔党自守之兵，洛党应敌之兵，蜀党侵邻之兵，遂归咎子瞻，非也。子瞻潇洒风流，口舌轻敏，每以言语文字得罪于人，实无他肠。其丑诋伊川也，亦笑其迂阔，忿其倔强耳。定之遂谓子瞻欲使学者不宗颐而宗己，有心立党，非定论也。

柳子厚立身一差，生平瓦裂，其《寄许京兆孟容》一书，低回曲折，刻骨镂肝，寸肠欲裂，有自怨自艾之血诚焉。千载之下，读者销魂。呜呼！丈夫立身，其可苟哉？

沛公欲留居秦宫，此是亭长举止，英雄断不如此。樊哙之谏，识高千古，武夫中乃有此人。

灞上之还，子房再三恳之，强而后可，沛公之难悟如此。

汉约三章，楚坑百万，兴亡岂待垓下决哉？

英雄所见略同，亚夫谓“沛公居山东时，贪财好色”，此语勘破沛公本来面目。樊哙、张良向固虑之，挽回已费如许力矣。

亚夫图沛公，自是忠于其主。第谓“望其气龙，成五彩，急击勿失”，此又近于愚矣。

李淳风不欲唐太宗杀武氏，范增乃欲项羽杀汉高，二人识见，相悬如此。

项伯护沛公，全因婚姻一事，沛公此一着得力。

樊将军瞑目，视羽目眦尽裂，言词侃侃。此段举动，胆力绝伦。张子房美好如妇人女子，却不得此事。

亚夫知沛公财物无所取，妇女无所幸，其志不小。而羽尽收宝货妇女而东，此何等志耶，而犹欲依以成事耶？

韩生之说项羽，自是上策。第羽不能用亚夫，却能用韩生，万无此理。韩生不惟失言，亦复杀身自取之也。

〇良鸟择木而栖，淮阴归汉，韩生就烹，人之度量相越，岂不远哉？

韩生烹，淮阴亡，增了无一言，何也？其视酂侯之追信，天壤矣。

淮阴侯登坛数百言，与诸葛武侯茅庐三分之说，凿凿不爽，真人杰也。

汉高置酒丰沛，歌曰：“安得猛士兮守四方。”光武置酒章陵，曰：“吾亦欲以柔道治天下。”然史称高帝约法三章，宽仁大度；光武建武永平，吏事深刻。则高帝之猛不失为宽，而光武之柔竟不掩其峭也欤？

汉高尽自宽仁，只是待功臣一节，太残刻少恩耳。

汉高帝草草于功臣，唐太宗草草于闺阃，宋太宗草草于传位。

汉、唐、宋之得天下，自有优劣。宋不如唐，唐不如汉。陈桥之变，掩而取之，若承蜩然，几于篡矣。唐太宗削平群雄，身经百战，但以晋阳宫人劫父，虽曰不要君，吾不信也。高帝斩蛇奋旅，诛暴秦，摧强项，扫清海内，奠安元元，无愧色焉。

有任得其人而不终者，武帝之于汲黯，玄宗之于九龄，德宗之于陆贽，真宗之于寇准是也。有任非其人而终其身者，神宗之于安石，高宗之于秦桧是也。

史称王珪作相十六年无所建明，时号“三旨宰相”，谓取旨、领旨、得旨也。按珪曾[①]举子瞻《咏桧诗》谓：“陛下飞龙在天，而轼欲求之地下之蛰龙，非不臣而何使？”非神考之明，轼且不免。然则珪非特一庸庸者流，且是一奸险小人也。

子瞻论免役之便，其言最确，温公未达。

范纯仁说差役当熟讲而缓行，愿虚心以延众论，不必谋自己出。谋自己出则谄谀，得乘间迎合矣。其言切中温公之病，后来许多纷纭，却因失此一着。

温公之卒，与羊祜略相等。温公悫，叔子沉；温公迂，叔子通。温公实胜，叔子术胜，却是两样人也。

一杨绾耳，宣麻之日，减子仪之声乐，省黎干之驺从，毁崔宽之第舍。大臣之清节所系如此。

代宗之待光弼可谓有礼。光弼之事，代宗直是不忠。虽然，代宗非真能有礼也，畏光弼耳。

茅焦之谏，似属无谓。太后身为国母，与邯郸光景已自不同矣。犹然肆行无忌，可乎？彼不韦者，牵于畴昔之邪私，而不晓国家之体统。此两人者，直可诛绝，谏何庸焉。当是时，始皇果心知其为不韦子耶？爵之可也，禄之可也，又从而枕席之不可也，何也？子固未有禁锢父母者，但身已荷嬴氏之宗祧，自不得完吕氏之伉俪。废太后，徙不韦，不为过也，理也，法也。如不知其为不韦子耶？则不韦固死有余辜，而太后亦宜与南子同例。即蒯聩之推刃何怪焉？而茅焦之哓哓何为。

名冠天下者，卓茂也。名震关西者，邓禹也。名震西川者，隗嚣也。名盖四海者，王衍也。名重天下者，张万岁也。名冠四夷者，文彦博也。

唐史称汾阳王见宾客，姬妾不离侧。所谓姬妾盖女乐之类，与闺闱人不相干涉。宋人亦称韩魏公家有女乐数十人，暮尽屏去。即汾阳姬妾之说也。

张良作用与羊祜略同，然良有英气，意稍露。祜深沉不可窥，比之子房犹绝老成持重。二人作事不肯身亲下手，俱是老子一流人。

良目中无楚，祜目中无吴。强国大敌玩弄于掌股之间。太史公谓良“状若妇人女子”，而襄阳人亦直视祜为慈母。不知二人俱如龙如虎，勇猛奇男子也。

刘宴理财种种，有个大道理，其中天时地利、国体民瘼、土风人情、山形

---

① 曾，《岱宗小稿》作“尝”。

水势、土产物价，委曲周密，无一不备。盖用世之才也。今人开口鄙薄心计之臣，置晏不道。是何曾梦见晏脚底板耶？

胡致堂谓刘宴可法五事，一曰得人，二曰养民，三曰省官，四曰给费，五曰决事。其论确矣。然谓晏诛死归罪于专财积怨，则非也。晏死于谗庚，准于杨炎互为贝锦，天下已冤之矣，与理财何干？

武庙之立，实为蛇足。孔明是何等人物，今乃使之与吴起辈东西对坐，共食一堂耶？

史称武庙之立，选古名将以备十哲，而诸葛公与焉。夫诸葛直为名将已耶？唐人之无知如此。

训、注本同谋诛宦官，如浐水送葬之谋未为不可。训乃恐功归于注，遽为甘露之谋自取亡灭，流毒万人，几危社稷。二人固小人，而训犹小人中之小人也。《易》曰“二人同心，其利断金”，诚哉是言也。

马伏波之戒子，彰彰矣。柳玭、范鲁公亦庶几焉。

古来篡逆递相杀者，贾后之党，赵王伦杀之。赵王伦之党，齐王冏杀之。齐王冏之党，成都王颖杀之。惟唐亦然。安禄山之逆，安庆绪杀之。安庆绪之逆，史思明杀之。史思明之逆，骆悦杀之。

史称吐蕃恶李晟、马燧、浑瑊，曰：“去三人，则唐可图也。”于是因马燧以成和使。燧与瑊相左，复欲执瑊以卖燧，使并获罪。虏之狡诈如此。

李泌云：“宰相不分职，君相不言命。”二语名言。

德宗时，国事纰缪者不可枚举。陆贽每尽言之，德宗多不能从。阳城为谏官，盖亦习见其然。苟非大关节不欲哓哓耳。及贬陆贽相延龄，此是朝廷一大缺失。故力争之。韩愈之论，欧阳之断，俱不知城心事。

杜黄裳比之张齐贤，尤为检饰，徒以小节之不修，罢去可惜。子思云：“二卵弃干城之将，不可使闻于邻国。”此之谓也。

阳城之不完赋税是矣。至其难判官亦未免失体，或者亦恃前有直谏一节，故直以意气相加耳。但观察使亦须识城风节，不合诮让。

胡双湖迂儒也，其论封建一节，谆谆驳抑宗元，必欲行古法疏阔之甚。夫天下事势已定，自是不宜纷纷，即孔子生今之世，亦宜科目出身，作郡县官，循行阡陌，必欲反古。乡举里选、井田封建，舍易就难，何太多事耶？天下势而已，时而已，顺时势而行无所事，此禹所为大智也。孟子曾为滕行井田，后来生出许多劳扰，毕竟无济于事。至新之井田、隋之周官，犹足取笑。迂儒不达事变，开口论天下事拘泥如此，施之实事戛戛难行，学者甚不可耳食蹈观场之诮。

程伊川学孔子，全不识孔子。孔子时中而已，时者不执滞之谓，中者不过亢之谓也。试观孔子《乡党》一篇，其宗庙朝廷，为摈之容，入朝之度，聘问之节，何等委婉。而伊川至令人主憎其妄自尊大，此亦倨抗不通变之甚矣。至如折抑之规、歌哭之论，犹属无谓。

皋陶与禹、稷、夔龙并肩一堂，知人安民之谟，有英君硕辅，未易窥其际者，当时偶为刑官耳。岂是皋之本领只长于三尺？《汉纪》党人之祸，狱吏谓凡坐系者，皆祭皋陶，居然以皋陶为囹圄之鼻祖矣。皋陶为何等人，肯入此地，飨此等祭耶？不经之甚矣。

信陵窃符救赵是与？曰救赵，是也；夺符而救，非也。魏王初使晋鄙救赵，此是唇齿辅车之义。后止鄙壁邺，坐视不救，且使辛衍垣说赵帝秦，此其计谬甚。总是劫于强秦之威，失其主张耳。此不足论。信陵贤公子也，外迫于肺腑之亲，内沮于柔懦之主，诚为无奈。故不得已而为夺符之举。但魏主虽庸，国之君也；信陵虽贤，魏之臣也；平原虽亲，邻之交也。焉有急邻国之私交，遂以臣叛君夺兵符而窃发，莫敢谁何者哉？《书》曰："寇贼奸宄。"说者曰："劫人曰寇，杀人曰贼，在外曰奸，在内曰宄。"以是律之，则信陵寇也，朱亥贼也，侯嬴奸也，如姬宄也。四人虽有侠烈之风，而实有道之世所不容者。但战国之时，王法凌夷，上下无章。四公子养士权侔人主，名冠天下，纪纲之坏，其所由来渐矣，非自信陵始。信陵救赵，亦所以存魏也，不必为之深责云。

诸葛公圣人也。八阵图、木牛流马与指南车同，此是天地间一派。灵机所成，非小小术数，无书可传，无师可授。

孔子曰："人而无信，不知其可也。"又曰："民无信不立。"诚哉是言也。徙木非矣，犹贤于举火者。

绍圣时，天地翻覆，甚至欲发司马光、吕光著塚斫棺暴尸。又欲诛戮元祐诸臣，一概目为党人。变生呼吸二事，皆赖许将，一言而寝，真回天大力也。

唐乐工雷海青掷乐而哭，宋石工乞免镌"安民"二字于石，二事可为士大夫愧。

范文正焚《元昊书》，宋庠请斩文正。非杜衍之谏，事或不测。只此一事，不知庠是何等人。

程明道真圣人也。其折王安石只云天下事，非一家私议，愿平气以听之。其上疏止云天下事，本诸简易而行之顺道，则事无不成，舍而之于险阻，则不足以言智矣。况兴利之臣日进，尚德之风寖衰，犹非朝廷之福。言简而意尽，使伊川处此不动气便费词。

史称王安石与程明道论新法为人所沮。安石子云囚首跣足，携妇人冠以出。大言曰："枭韩琦、富弼之首于市，则法行矣。"安石一生不曾做得一件好事，积出此等怪物，可笑可笑。

古来为国家做大事，闲闲泛泛，若不甚关意者，张子房也，羊叔子也，谢安石也，李邺侯也。有以天下为己任，刻骨刺髓，牢不可拔、坚不可破者，诸葛武侯也，司马温公也，范文正公也。

名节所关，处学者绝不可草草。若把此物一失，万金不复能赎，万水不复能洗，万口不复能解，再不得昂首做人矣。荀彧之九锡、子云之美新、宗元之朋党、陶谷之禅诏、王旦之天书是也，此类不可枚举。

苏子瞻一生利口健笔，往往取憎。今人所以景慕其高者，只是大节不亏耳。若惇、卞之辈，岂曰无才，恨他人品不佳。

刘琦密谋于诸葛，升楼去梯，曰今人上不至天，下不至地，言出子口而入吾耳。孔明乃以申生、重耳之事告之，可谓密矣。不知二人楼上之言，后世何由一一书诸策也。

岱宗藏稿卷二十九

济南杨梦衮龙光著

读子集

读老子

老子其庶几大圣人也与哉？其书虽不可与《鲁论》并行，然渊涵奥妙，非戋戋者可窥。无枝叶，无波澜，言约而意博，境近而神远，何语气之似吾仲尼也？此老于世道人心，亦欲阴有提醒，阴有挽回。其作用甚大，非徒言道而已也。得其旨者，受用不尽。

读庄子

庄子旷古之奇人也。读其书使人了生死，齐得丧，遗富贵功名之想，浑形骸尔我之分，旷达醒悟，惊神动魄。彼尘世之拘挛，俗儒之缠缚，真可以片语解脱。此等人直是眼空一世，卓绝千古。列虽不及庄，亦其流亚。孔孟，膏粱也，利于养生；庄列，针砭也，利于疗病。孔孟，麟凤也，圣世之端；庄列，天吴也，溟渤之奇。

读离骚

昔人谓屈原之忠，忠而过者也。余谓过何害，过于忠犹胜不及忠耳。彼其愤激之气、无聊之情，反覆痛切。故其词亦回环无端，譬诸抱病之夫，伏枕呻吟；离群之鸿，遵渚嘹唳。欲吞声而不可得者。至其文词之巨丽幽奇，风雅外划。然自辟一门户，真古今绝唱也。

读左传

左氏之妙，妙在于摹写物态，宛然生肖。至其委曲详尽，峻洁古奥，又非挽近所可仿佛万一。殆如《古诗十九首》，然风调自别耳。议论多亹亹有致。周以文胜，士大夫大都善词命，工应对，鞶帨之观胜，而边幅之饰多，亦衰世之一征也。

读国策

朱文公谓《国策》："文字有英气，诚然少年俊逸之士，宜诵之。久之，笔端当自勃勃。"第纵横之习，只以口辩御人，虽眼前乱落天花，而覈之总是幻景。若辄向此中求经济，恐不得也。

读史记

《史记》疏莽有骨气，其持论虽不轨于圣，而一段磊落孤愤，悲歌慷慨，凌古人而上之，犹有狂狷之概，节侠之风焉。其中所载多奇人奇事，后人病其好奇。假令去其奇，亦自不成《史记》。圣贤之文平，豪杰之文亢。峰以突而高，水以激而涌，文以感而奋。吾于迁乎何病？

读汉书

《汉书》佳处，不让《史记》。其摹写物态，亦庶几造物之肖形，恐不止陆探微写生已也。子长天马，孟坚良骥；子长瀑布，孟坚縠纹，俱宇内不可少者。

读陶渊明诗

陶之品高，其诗冲澹萧散，绝去烟火，韵语中之逸品也。大都高人与文人自是不同，文人有意于笔墨，高人寄意于笔墨。寄之为言寓也，即"醉翁意不在酒"之说也。天籁自鸣，风篁自韵，山花自开，谷鸟自哢，不区区于雕刻，而笔端之造化生焉，此渊明之所以为渊明。

读韦苏州诗

韦苏州佳处，似不减陶，然与陶却自有辨。陶是裴叔，则乱头粗服自好；韦淡扫蛾眉而已，其中尚有浓妆处。具只眼者当自辨之。

读李青莲诗

青莲之才为俊，其品为狂，其骨为仙，其气为虹，其思为泉，其笔为花，其肠为绣，其口为悬河。吾辈如有滞气，齿颊不铦利，意态不流动。宜坐清风明月中，张绮筵，倚新妆，取青莲诗朗诵数首，襟韵自开。

读杜工部诗

李如流水，杜如止水；李如行云，杜如屯云；李如春花，杜如秋花。流水汤汤，止水沉沉；行云飘飘，屯云黯黯；春花艳艳，秋花凄凄。李有天籁之鸣，杜有钧天之奏；李有五陵裘马之风，杜有燕幽老将之气。吾辈以李豁其襟，以杜老其骨，诗之能事尽矣。

读韩昌黎集

退之诗文，自今观之，亦平平耳。其所以冠冕一时者，盖以典则胜也。人以肉，吾以骨；人以粉黛，吾以丰神，世之浮骋者却步矣。六朝淫靡极矣，唐沿其习，未之变也。狂澜汹汹，韩为砥柱。试取卢骆王杨并观之，体裁自见矣。

读柳柳州集

柳州诗有奇崛处，其叙山水更佳。每一读之，眼中便有许多幽境出现。此公文字颉颃昌黎，偶尔比匪，遂坏生平。市朝之为祟也如此，何不早出胸中之丘壑胜之？噫！朱门客去，雾散烟消，青嶂猿啼，风清月白，两地孰真孰幻，吾愿濡足权门者一审之。

读六一居士集

六一居士有儒者之度，其文章粹然壹轨于正。近时宗其体以为台阁，第绝尘之足，悬河之口，恨不见笔端耳。诗亦象其为人，正而不奇，且时时露措大面孔。袁中郎极口推许，恐亦太过也。

读苏眉山集

坡公横逸不可当，文中之仙也，齿颊恐不在漆园下。朱文公驳之曰："早拾苏、张之绪余，晚醉佛、老之糟粕。"说者以为坡公十四字弹文。余谓坡公得佛、老而妙，得苏、张而雄。其游戏之笔，嘲笑之词，洸洋自恣之说，诚坡公一病，然文字之俊，终不掩也。

读淮海文集

《淮海文集》，秦少游所著。大都宋文取明鬯耳。当时作者首欧苏，欧裁而宛，苏奇而辩。要其归以词达为宗，顾二集犹有郁郁苍苍气。四学士客苏门下，秦其一也，彼固不能轶长公而上之。长公立朝有风节，其文出入《离骚》、庄、列、瞿昙、《战国策》、司马子长之间，多步骤而饶变态。秦好为良语，剌剌不休，而诸作更杂以老子、浮屠之说，价不能不逊长公。长公拔，少游萎；长公幻，少游常;长公奔逸绝尘，少游萎蛇缓步，固不可同日语也。少游将无取乎？曰秦之词粹，花前月下，蕴藉风流，概宋无出其右者。此余所为醉心也。

读李崆峒集

李之才豪而善于摹。王元美谓:"太史公、杜少陵被渠剽掠殆尽，一盗侠耳。"令取其诗观之，摹杜处诚多。然其才原高，骨气自是磊落。若文字虽与司马迁不尽肖，中绝有绝古健者。

附录

东坡云:"散卓笔惟诸葛能之，他人学者皆得其形似而无其法，反不如常笔。如人学杜甫诗，得其粗俗而已。"坡公此语，可作崆峒顶门一针，为之一笑。

天启三年五月初七日题。

读何大复集

何不及李，豪而后过之。其为文短兵接战，以一当百。诗亦邈然绝尘。李绕塞之九曲，何插天之三峰耶？

读白雪楼集

于鳞殆海外波斯胡，来自龙宫鲛室者耶？殆采荆山之铜，铸龙文古鼎以象神奸者耶？殆九苞之凤，翱翔天际，与晴霞旭日相为辉映者耶？噫，蔑以加矣，观止矣。

读弇州山人四部稿

元美胸中有书五车，笔下有泉万斛。公《漫兴》中，大海回风之句尽之矣。其诗文所长者，曰多才、多学、多词、多气、多议论、多波澜；微短者，宛雅之风、绰约之韵、言外之趣耳。噫！人苦不足，公苦有余，抑孰知有余之非不足乎？

读太函集

于鳞失也晦，元美失也杂。郎而峻者，其伯玉乎？为之执鞭所欣慕焉。

读冯宗伯集

琢庵先生，经世之宏才也欤？其精蕴不获竟于天下，而尽存于其书。每一披览，洋洋缅缅，无言不龟鉴，无字不药石。其料事，如秦越人之洞见垣一方也；其决策，如张子房之运筹帷幄，而诸葛武侯之定鼎茅庐也；其格君何恳而婉也，其忧国何剀而挚也，如左师触龙之缓颊老媪，三闾大夫之行吟泽畔也；其慷慨直亮，宛转透露笔墨之烟霞、齿颊之冰霜，殆贯太傅、陆宣公、苏文忠合而为一人者哉？有用文章，吾仅于公见之。

读谷城山馆集

谷峰先王[①]之诗，风骨一何俊也，气韵一何冲也。其为古诗，宛然有《十九首》之致焉；五七言律翩翩大雅，于鳞之后一人而已。

① 王，《岱宗小稿》作“生”。

岱宗藏稿卷三十

济南杨梦衮龙光著

法书跋

文征仲停云馆法帖

是帖文征仲摹刻，双钩入石，字字精绝，无毫发遗恨。石完工巧，神彩焕然，巾笥巨丽之观，当无逾此。

停云卷一

第一卷为楷书右军《黄廷[①]经》《乐毅论》《东方朔画赞》《曹娥碑》《临钟繇帖》。《黄廷》二幅，前一幅完好，后一幅残缺过半，有倪元镇跋语。《乐毅》二幅，前完后缺，画赞前亦有缺文。《曹娥》内多剥落，后有诸名家跋。《钟帖》独为完好。大都《黄廷》《乐毅》以法胜。《曹娥》便娟流丽，更饶古朴之致，翩翩绝世姿也。《钟帖》浑厚方正，骨肉匀称，神姿高朗。其视颜鲁公之蠢，欧阳率更之瘦，何啻天渊？

子敬《洛神赋》亦佳，后有柳公权题字。《华阳隐居真迹》亦自成家，时有疏拙者，不甚契余意。此公好仙，而所作诗平实，无出尘之想，何也？虞世南《破邪论序》字甚仿佛右军，文则靡靡无取。欧阳率更《心经》及《佛说尊胜陀罗尼咒》，字颇浑浑，余每见公结构瘦涩，而此帖殊不似，不知何也。褚遂良《黄帝阴符经》草书，字字雅练，后题字甚夥，有“文定公家藏”五字，又有“敌国之宝”字，此书之见重于世者如此。公又作《阴符经》小楷，可蝇头大者一纸，愈小愈工。又《灵宝度人经》变题字，大小夹杂，亦多可观。颜鲁公《麻姑坛记》，字绝方正，第指腕间颇觉椎甚，朴则有余，溜乃不足。后又有《护命经》，残缺不可读，字仍多朴，想亦鲁公笔也。

---

① 廷，明嘉靖刻石《停云馆帖》清拓本《岱宗小稿》皆作“庭”，下同。

停云卷二

第二卷为唐临晋帖。有右军二纸，第一纸古雅浑厚，如玉在璞；第二纸神彩奕奕，典刑俱在。今人讹以传讹，恶道纷纷，视此何啻鞶妇之于西施也。侍中卫将军荟一纸，黄门朗岳之一纸，中书令宪侯献之一纸，又有称齐侍中懿子《慈书》、梁中书令临汝安侯《志书》者，俱不甚著名，而字皆可取甚矣，古人之多艺也。此帖系王方庆万岁通天进武则天者，唐人摹而传于世。后有岳珂《题张雨跋》，流落华氏手中，沈石田藉观，俾征仲双钩摹传，大可珍也。李怀琳《绝交》字滑熟，而无甚风骨。说者说其仿叔夜，征仲又以为摹右军。然予不甚爱也。

停云卷三

第三卷为孙过庭书。此公匀停浑雅，字字从淘练中来。虽不若右军之奇逸，然其功力典重，殊非戋戋者可到，亦艺苑之宗工也。

停云卷四

第四卷为颜鲁公《祭侄季明文》。此书本无意为之，而神彩飞动，恣态横生。前半一笔挥去，秀色扑人眉睫；中半文势稍迟，而笔势亦稍停，时时得古雅字；后半更多清挺，如“遘”字体格方劲，有八分意，“承”字、“兹”字皆奇妙，非今人所能为也。后有陈深、陈绎曾二跋。深称:“纵笔浩放，一泻千里，时出遒劲，杂以流丽。或若篆籀，或若镌刻，其妙解处，殆出天造。”绎曾称：“其天真烂然，动心骇目。”二公之言诚然。有鲁公书《朱巨川告》一纸，字似软而内具典刑。林纬乾不甚著名，而书颇健，后有图书二十二颗、玉玺一颗。此物流行天地间，政如楚人弓、塞翁马，浮云过眼，何足系恋？而窃窃然印章钤志，认为己有，亦惑矣。右军《平安帖》一纸，字多佳，置唐人卷，不知何也。怀素书《千字文》一帖，往往如枯株死蚓，不脱茈刍面目。文休承谓:“其脱去狂怪怒张之习，而专趋于平淡古雅。”不知此是寂寞非平淡，是疏瘦非古雅。杨凝式一纸，戚戚拳曲，几不成字，愈视愈丑，黄山谷比之散僧入圣。噫！嗜痂逐臭之夫，世岂一人哉？

停云卷五

第五卷宋李西台一纸，亦健。杜祈公行书流利不滞，草书亦熟，然未可与古人抗衡也。后有黄裳、陈旸跋，字特大而丑拙特甚。旸犹可笑，人之不自知，一至是耶？何不以溺自照？六一居士一纸，此公好评书，而书法有伧父气，种种老丑，亦苦不自知者也。文潞公一纸，字甚大而体势亦有源流。王荆公一纸，褊急似其为人，或谓其学杨凝式，殊不似。宋忠惠公行书一纸、草书一纸，俱佳。此公素擅书名，结构自是不苟。苏文忠与梦得一札，势重力强，指腕间郁郁勃勃，但风致少耳。昔人墨猪之诮，良有以也。后一札与子明，通直者稍清健。苏文定一纸，锋颖有类山谷者。山谷书殊不得自然，其险侧取势，往往刺人眼。古人法书尽被此公坏，却可怪也。米南宫超然不俗，浑厚中有健骨，比之苏、黄似胜，晋唐家法犹有存者。

停云卷六

第六卷苏才翁，超逸不俗，虽小有疏处，不失为佳。苏沧浪洸洋自恣，颇有仙骨。司马温公字字端楷，说者谓公作《资治通鉴》，稿几盈屋，皆楷书，无一笔苟简者，此老缜密用心乃尔。冯当世整而拙，钱穆父熟而常，贺方回大似，赵松雪又时时一二笔似颜鲁公《祭季明文》。范文正《道服赞》与温公笔法相似，二公所重于世者，不以书也，而书法亦非拙。文正公为文峻洁明醒，此赞寥寥数言，与《严子陵祠堂记》同一机轴，可以药文人冗赘之病，文与可跋语亦自不俗。范忠宣亦自成字，第非佳耳。林和靖亦有笔意，第枯寂无神采。秦淮海姿态可掬，风流名士也。范泽民笔端颇健。释参寥骨隽神王，天真烂然，即坡翁、米颠未必能过。彼怀素诸人，虚得名耳。李端叔潇洒流利，惜仅仅五行。陈简斋诗翰多冲然之致，此公以《墨梅》见赏于世，字虽未超，赖其诗以传。薛道祖临《兰亭记》，殊俊逸可喜。后有危素跋语，素以失节见辱于我高皇，其人无足取，而其字却饶姿态，未可废也。李元中楷书《题莲社十八贤图》颇具晋唐人笔意，宋人恐未易辨此。

停云卷七

第七卷米敷文书，型范亦宗其父，然不如其父之有奇气也。陆放翁秀挺古劲，超然不群。此老宋之逸民，好以山水自娱，宜其胸中无俗气也。叶少蕴作字，亦健而多丑拙。王定国一书，笔势颇与坡翁相似。此公最与坡善，想邯郸学步耶？范文穆作字颇佳，比之杜祈公似胜。姜白石楷书数行，有晋唐人笔意，不可忽也。朱文公不以书著，而书颇熟，时时得佳字。张南轩行书数行亦可。虞雍公字欹斜，而中有一二字具姿态者。其书云：“允文病久气羸，多卧少行立，执笔作此，书不成字。”想公亦善临池，为恙所苦耶？韩子苍翩翩有致，当是风流名士。大都宋人书朴者拙、峻者险、健者佻，无以韵胜者。唯子苍圆颖清丽，有出尘之致，而结构合法，秀拔可喜，即子昂恐亦不能过也。张于湖、张樗寮俱成字而无奇拔处。文信公书颇干枯不腴，第此公以忠节炳炳宇宙间，不必论及八法。噫！世之临池者，人以字重乎？字以人重乎？

停云卷八

第八卷俱为赵文敏书。此公圆熟之极，然细阅不脱俗气，面目眉宇觉脂韦而不崚嶒。且此卷与中峰和尚书，十居八九，往往称弟子。孟頫《和南再拜》内所称说，亦多佛法，通人之惑如此。后有楷书《洛神赋》《千字文》《常清静经》，俱匀熟流利。又有临右军帖亦佳，然不脱本来面目。又赵彦征一纸，此公名麟，不甚著，字颇似子昂，诗多长语，无可取。

停云卷九

第九卷元人邓文肃公书，软美多类子昂。鲜于太常草书却有晋人笔意，子昂不及也。鲜于必仁亦朗旷不俗，然须让太常一筹。胡石塘亦子昂流亚也。虞文靖公名最著，而书不甚佳。揭文安公一纸，亦佳，第少晋唐笔法。揭伯防楷书大略与文安等。康里承旨草书亦有门径，第未入妙。周景远亦子昂流也。袁清客熟而未超。饶介之字与子昂类，而内有风骨，非子昂可及。陈敬初一纸，潇洒不俗，稍与韩子苍类。后楷书一纸，与揭文公类。大率元楷终少晋唐骨力耳。张贞居《中庭古柏诗》时有佳字，第未化影，诗亦措大语。王叔明楷书可钱大，流利多态，时时有颜鲁公书《朱巨川告》中笔法。此老似不在子昂下也。倪云林字大似范文正《道服赞》。云林与叔明俱工绘事，不以书名家，而其临池亦自不俗。二公吊古之章，一倡一和，凄然令人短气，几不免孟尝君彷徨四顾之泣也。

停云卷十

第十卷国朝名人笔也。宋学士濂流利，时时得佳字。宋仲珩亦工临池，但结构疏瘦。詹孟举楷书浑雅绵密，虽无晋唐笔意，亦未可轻议也。宋仲温道逸飞动，转折有力，结构有法，出入变化如电掣风行，当代名笔也。第笔端迅急，似与羲、献不合耳。解大绅信手挥霍，笔无留行，书中之侠也。解桢期书李青莲一绝，而笔势大都似大绅。沈学士度《圣主得贤臣颂》，亦浑雅有致。又有一札，子昂流亚也。沈大理行书《陈情表》，匀而熟。徐武功往往似杨凝式。马刑部一词亦潇洒，其笔端顿挫险侧，似黄山谷、刘西台，亦子昂派也。李太仆《疏稿》专斥释氏，而笔法遒，俊爽不羁，盖规矩中有姿态者也。张东海俊逸流便，有凭虚欲仙之意，前人讥其飘肆谓“声走海宇而知音叹骇”，顾余独喜之。

停云卷十一

第十一卷祝枝山为文休承书《十九首》，风姿隽逸，神骨高华，不甚用意，而天然秀拔，国朝第一手也。又《榜枻歌》《秋风辞》，笔意俱不凡。后有顾华玉、陈道复、王雅宜跋语，皆极口推让，非虚语耳。最后有《书述》一篇，字甚矜持，而姿态不乏。

停云卷十二

第十二卷为征仲书《黄庭》楷书，临右军书也，宛然优孟之抵掌。《西苑诗十首》，典雅可诵，而字多圆熟，恐不能超轶只千古耳。此公临池之技，为当代推重，与枝山并驾。今稍稍为时论所屈，子昂一派将于何处生活。

岱宗藏稿卷三十一

济南杨梦衮龙光著

法书跋

王右军心经石刻

弇州山人跋右军《心经》云："此草书刻之长安中。云右军书，非也。虽遒逸而纵横不入格，不中怀素作奴，况右军乎？见《唐文粹》，乃驸马都尉郑万钧书云云。"此刻余得之。邹平张华老亦不言此经所从来，但云爱其笔意，卓然不失右军骨气耳。余非识书者，竟亦不能辨其真赝也。

智永千字文刻

智永禅师书《真草千文》八百本散于世。长安有崔氏者，藏真迹一本。大观己丑三月，乐安薛君刻石，置漕司南厅，见于自叙者甚详。奈阅世既深，字多模糊，其妙处十失四五。譬之追蠡之钟，聊以存古耳。

坡翁二绝

坡翁和其宗伯固《游蜀岗送李孝博奉使岭表》诗凡十韵，诗翰两绝，楚笔山曹炡镌本。字体与《醉翁亭》《丰乐亭记》同，而少加峻。后有铁笛道人杨维桢跋。杨极口推许，谓："结字雅健，风骨过颜柳，不在一时二蔡下。"又云："东山禅房出其墨泽。"所谓"东山禅房"，今不可考何物。老髡藏此巨丽，不遭萧翼微服之赚，亦以幸矣。

坡翁海市诗刻

是诗刻之登州，字系坡翁自题。恨石工拙甚，不能为坡翁传神，风骨尽失，仅存其似耳。帖虽非奇，事则奇矣。诗中有云："岁寒水冷天地闭，为我起蛰鞭鱼龙。重楼翠阜出霜晓，异事惊倒百岁翁。”即坡亦自奇之也。

坡翁醉翁亭[1]

此贴欧阳文、子瞻书，可称二绝。但永叔此记隽逸潇洒，有翩翩游戏之态。而坡书浑朴庄雅，神不相肖耳。后见一帖，乃坡草书，纵逸不羁，如游丝飞絮，掣电惊蛇。虽于晋人笔意不合，以之配永叔之文，适相当矣。

山谷庐山高帖

永叔《庐山高》自谓胜太白，王元美绝笑之。盖太白诗多以无意得之，永叔不免有雕锼镵削态，所以不及也。然此诗冲逸虽不足，而峭拔则有余。山谷指腕间如剑铓射日，隼翼凌秋，置之山斋，奇气扑人眉睫。

米南宫天马歌帖

此帖流丽雄浑，隐隐有权奇俶傥，奔逸绝尘之致，米之得意笔也。

米南宫贞娘墓歌

贞娘者何人哉？托元章之书以不朽，亦杜陵之黄四娘耶？歌中语意凄婉，读之令人黯然魂销。六朝金粉，三楚精神，到底都成一梦，岂特一贞娘哉？书法遒丽，更为贞娘添得一段妩媚。

戏书米帖后

米帖老健，自成一家。然晋唐笔意，不免荡然，今人多仿之。丑怪险侧，千态万状，政如邻女效颦，俄而化为鬼也。

蔡帖

朱文公称《蔡君谟帖》：“如端人正士，欧阳公极推重之。”公亦颇自爱惜，

---

① 亭，底本目录此字后有“记”。

不肯轻为人落笔。今行世者绝少。曾见其泉州万安渡口石桥记，字甚大，端重有体度，真如文公所称说云。

蔡卞曹娥碑

卞书未及多见，万历丁巳游长白山醴泉寺，僧舍壁上有墨刻一幅，乃《曹娥碑》也。笔法流丽便娟，翩翩有致，颇具晋唐笔意，系卞所书，苏、黄、米氏父子当不能过。昔尼父谓："不可以人废言。"余亦谓不可以人废书也。

子昂千字文

王元美谓子昂《续书谱》："文赋如松风花露，娟娟可爱。"偶得吴门章田所刻子昂《千文》一册，笔法往往与《赤壁赋》同。石完工巧，无毫发遗恨，圆熟之中规矩森如，真有如元美所称者。

祝枝山老杜秋兴八首

老杜《秋兴八首》，雄浑流丽，邈焉寡俦。枝山此帖，笔势汹汹，如崩岸飞涛，奇绝可爱。吾无能名公书，即就诗中"江间波浪兼天涌，塞上风云接地阴"二语，取以为喻。

文衡山千字文

衡山此帖，字字庄重，而中有骨力，有垂绅正笏之度。虽石稍残缺，而典刑固可想也。

文衡山启圣祠记

太仓陈少参如纶撰其州《重修启圣祠记》。数载祠圮，记石且毁。其子复面文，待诏书小石附壁，详见待诏跋语。但字与《千文》体度稍异。《千文》浑雅，此记疏朗，似非一手。且跋称："嘉靖三十九年八月望日书，时年八十有九。"而《千文》称："嘉靖十五年丙申五月十六日书，时年六十有七。"从《千文》，当嘉靖十五年六十七岁，则嘉靖三十九年合九十一，而八十九非是。从此记当嘉靖三十九年八十九岁，则嘉靖十五年合六十五，而六十七非是。二帖印章更自纷纭。吴中多赝物，习待诏书者众，得一二笔辄自乱真。待诏书法愈老愈精，故附会岁年以诳海内，不自知其矛盾也。二帖必有一伪，俟考之。

文衡山太湖涵村道中诸帖

文衡山书当时极珍之，近声价渐减。说者曰："子昂学右军，征仲学子昂，愈传而愈失真。”今右军帖俱在，子昂何曾分毫似右军？征仲何曾分毫似子昂？余谓征仲草书固不佳，至真楷及大书未可轻议。余尝见其书《游太湖》《涵村道中》诸诗，字大三寸许，矫健有势，颇与山谷争胜。诗亦不俗，如“天远洪涛翻日月，春寒泽国隐鱼龙。”“风鼜声传千涧雨，晚山青落半湖阴。”“光福烟开孤刹回，洞庭波动两峰浮。”“窗中坐见千林雨，水面浮来百叠山。”皆警语也。

文衡山正气歌帖

文信公《正气歌》悲壮激烈，千古而下，英风勃勃。征仲此书，挺劲有骨，真足以舒幽愤而扬清棻。后题曰：“裔孙征明书”。呜呼，人有远祖如文信公者哉！

王雅宜草书手卷

王雅宜行草，吾见极多，但皆拘束未畅。此卷诗翰两绝，内有“鸣鸠乳燕半天上”之句，系吾里中于侍御所藏，后以畀云山人，复转入阳丘胡铨部手。临邑邢子愿见而爱之，欲双钩入石，久假不归。余丙辰适阳丘，问铨部：“雅宜帖安在？”曰：“今在斋头。”余请观之。检之未得，怅久之。

周公瑕书李于鳞四绝

于鳞诗高视千古，公瑕书此四绝，真成二妙。原诗“落日苍茫秋不断”书作“苍苍”，又“江雨茫茫江草偏”书作“江草碧”，“更属南邻卧病人”书作“病酒人”，当是公瑕改之，非误也。

郭盘浒千字文

山东德平郭盘浒，名谌，书法独步一时。作真、草、隶、篆《千文》四种，寿诸石，后有侍郎席春跋。真书仿欧阳率更；隶、篆余虽不甚识，颇觉佳；草书圆熟无峭骨，未可抗衡古人也。

董杏千字文

董书未及多见，此虽木刻，却翩翩有致。后于历下华阳宫，见壁上有董“忠孝”二字，大可径丈，笔势颇滞，不如此帖之生动也。

雪蓑千字文

苏洲未详何许人，别号雪蓑，客章丘李伯华门下。洲好为狂草，愈大愈健。凡古刹粉壁上，往往挥洒殆遍。疏野狂怪，备诸恶道。署书亦不足为言。洲工诗词，萧散有方外之致，俗传为谪仙，非也。有《千文》一帖，寿诸石，奇而不甚怪。就中往往得佳字，尚可蓄也。帖今在里中郭学博处。

雪蓑附考

董太初《章丘志》曰:“苏洲即雪蓑道人，杞县人。幼落魂江湖。嘉靖丙午，寓居章丘，与李太常开先游。洲工琴，工琵琶，能歌吴曲，妙有青娥遗韵。又工草书，大至盈丈，笔势飞动，见者惊谓颠、素复出。尝作《风入松》八十一阕，谲怪变幻，皆非人间世语。好雄饮，醉后袒臂大叫，旁若无人。李太常为作传，谓：‘洲虽狂诞简傲，不近人情，终是异人。’”余问之邑人士，亦云。

邢子愿来禽馆临二王帖

临邑邢子愿好临摹古帖，名噪海内。余初便面及赫蹄，见其临二王帖极多，皆丑恶俗稚，甚怪之。后见一帖，为商河王承川者临二王。结构精妙，变化莫可端倪，真妙品也。乃知前所见者，俱系赝笔。子愿雅以临池自负，凡缣素之上，挥洒少不如意，即付祖龙，曰：“无损吾名。”

王百谷书

百谷名最著，翰墨几满宇内，然疏硬不甚佳。此公文字博雅，有藻色。诗亦翩翩出尘。临池之技，盖有所托以重也。

董玄宰书

玄宰有文名，善绘事，博雅不俗。书法为海内所珍。此二轴书唐五言绝，亦自洒洒。

罗文瑞

罗山人书，曾及见之，未甚服膺。章丘一士人极口称之，推为海内山人中第一。后稍稍见其临摹诸家，功力沉入，亦自不苟信名笔也。

金汤

金往来历下、青州之间，好游藩邸。衡府最幸之后，遂家青州。作字圆熟便丽，兼工八分诸体，但骨气不甚苍。说者以掾史讥之。余初于历下赵司徒小祇园，见金草书宋吴淑《竹赋》一轴，匀称可喜，绝爱之。又有草书《千文》及真草唐诗二种，今在历下李钟皃光禄处。

谭曰选唐诗绝句

曰选，南昌人，令商河，以书法自负。作字熟健，愈大愈工。砑光彩笺上，笔墨如意，纵横上下，如大将提百万之兵，风驰电扫，旗鼓所向，莫不披靡。然细玩之往往如蔓缠蚓结，觉清峭之骨少耳。

张小东千字文帖

小东，商河人，名茂棻，字德馨，别号渺沧，取苏子瞻《赤壁赋》中语也。公初为诸生，即以书名。后遂谢去章服，肆力翰墨间，片楮小篡，不胫而走，四方好事者以重币购之。公为人高逸有韵，好酒能诗，喜声伎，博图史，落落寡合。生平书《千文》，当不下百本。得之者如获拱璧云。晚年雅自爱惜，不肯轻为人落笔。邹平秦某令宁津，招公邸中，公嚣嚣然不屑也。秦遂肆为欺侮，公邑邑不乐，归家中痰而卒。有孙名梦笔，字生花，亦诸生也，能绳祖武而不逮。

张小东欧阳古诗

欧阳公古诗，时时有佳者。余检《六一居士集》，漫取四首，恳小东书之。信手拈来，最为流迅。锋颖小乏耳。“击汰玩游鯈”，“鯈”，鱼名，误作“儵”。“芝英已可茹”，“已”误作“正”。

岱宗藏稿卷三十二

济南杨梦衮龙光著

名画跋

赵子固墨梅花

子固，元人，赵承旨文敏公子昂兄也，工为梅。此卷清洒逼真，不似今人之摹拟孟浪已也。前有周公瑕篆额“风韵清殊”四字，后有子昂跋语及刘闻、虞集二绝，皆元人也。临池之技，卓冠一时。我朝曾学士启长歌一篇，奕奕有风采，字亦伉爽不俗。荆石相国诗、弇州山人跋共成一段奇胜。荆石书妍媚无骨，掾史手耳。弇州字特大，草率有雅气，若达官贵人判状子标封条者，然不唐无突西子。

赵文敏四时图

赵文敏不惟书法妙一时，而绘事亦不可及。此四轴盖四时图也，景中暗寓古诗四绝。今考之，当是“古木阴中系短蓬”一绝，春一；“纸屏石枕竹方床”一绝，夏二；“远上寒山石径斜”一绝，秋三；“梅雪争春未肯降”一绝，冬四。此图绢色虽少黯澹，而气韵清雅，笔力精微，不失能品。

吴小仙人物

小仙名伟，江夏人，工人物。予偶得其白描二卷。一卷为散仙，手内各有所携，非花则果。前后有猿鹤羊虎、兕象橐驮之属。一卷尽作胡儿，铁骑长驱，臂鹰韬箭，吹觱篥，逐水草。一胡妇居中，捧袂支颐，前后拥之者如云。其映带顾盼之状，俨若生肖。马亦异态。即锦障泥亦种种，花样不同。甚矣，此公胸中之多奇也。

张平山山水人物册

平山名路，河南人。工人物，愈大愈佳。此册间有山水，而人物十之八九。雄整有之，秀润未也。

张平山补衮调羹图

二美人对坐，一拈针引线，揽龙衣膝上，是为补衮；一执杓荡金中，是为调羹。平山笔也。世传平山画人物俱四字眼、八字眉。市井小夫赝作规利，往往学步邯郸，欺诳盲人，遂不能辨。今观此图，秋水春山有如许清扬，气若瑶台之仙，衣六铢，餐风露，朗然霞举。其视赝作，不啻云泥，具只眼者，当自能辨之。

朱一樵观莲图

一樵名端，名颇著。此图盖夏景，而春、秋、冬三幅，不知作何下落。其用笔精细之极。老柳一株，槎牙婆娑，垂丝袅娜可爱。荷叶为风所偃，背微欹而色微白，绝有生态。濂溪先生坐舴艋头，衣偏袒，一童子磨墨其旁，若将赋诗者，颇有骚人之韵，与宋家老儒本来面目，恐不甚肖耳。

仇十洲山水卷

十洲所作丹青极细润。此卷树木阴森，楼台整洁，秾而不乱，苍翠扑人眉睫。小桥浅濑，纤草苍崖，时断时续，宛然江南风景。楼中人秉烛对坐，又有独立者。山头半壁微作红状，似旭日将出扶桑者，然不知何说也。

沈石田美人图

一美人凭太湖石，右手把笔未落，左手支颐，若属思者。石得透、漏、瘦三法。美人意态服妆，嫣然秾宛。上无题字。或曰此石田笔法也，未审是否。

文衡山山水

衡山山水一轴。题句有“夕阳刚在水边亭”之句，字系真迹。画乃稚极，定是赝笔。丐微仲题诗其上，邀厚直耳。

陆包山名花胜赏

包山工花卉，笔墨潇洒，徐熙派也。此册风骨秀绝，有飘然出尘之想，真是逸品。

唐伯虎山水

唐伯虎落笔辄为海内所珍。其骨力最细，而一种清妍纤丽，玩之令人欲仙。是图深山葱茏，枫叶如丹，招提隐隐，斜日掩映，幽意可想。上题一绝，云“石径荣纡挂古林，夕阳红叶意萧森。一声清磬传空谷，寂寂令人起道心”。画之妙趣，渠诗大概尽之。但深山静梵，自是幽人独往来之处，羽衲樵牧，乃人与境宜。今崖上却立一红袍官人，不无松下喝道之诮耳。

王仲山长桥望月图

仲山名问，吴人。有才名，而绘事不俗，海内重之。此图绝壁倚天，孤松挂月，老干苍郁，有盘螭怒虬之势。长虹隐起，万籁阒然，杖藜散步，徘徊于山梁者，此何人也耶？

王仲山五台峰顶图

高峰插空，一碧如黛。独坐盘石上，露寒月白，夜色澄然。疑此身在烟霄玉帝旁也。

王仲山农家图

茅屋数椽，隐见横斜。蓠落四环，柴门半掩，万木阴森如帷。一田父不栉不冠，躬负犁锄，群鸡见食相呼。此中自有一种乐处，每一展玩，觉圭组之为俗物矣。

王仲山松斋图

仲山人品绝高，胸中具有丘壑，此图堪为先生传神。风亭水榭，长松荫之，湘帘冰簟，一枕华胥，觉来凭栏骋眺，意兴悠然。流水潺潺，经我床下，宫商抑扬，声如戛玉。左旋右折，喷薄潆洄，润沾图史，凉分襟袖。真足祛睡魔，豁吟眸。

题句云："松斋睡起迟，心与泉俱适。为问从何来，一源自天稷。"

王仲山松鹤图

仲山喜画松，浓沉淡墨，叠出笔端。此图觉凉飙袭人，有谡谡风气。胎仙之禽，声彻九皋。新月初出，幽人独眺。朱门贵客，宁知有此清赏耶？题句"鹤唳松露寒，空亭月初吐。清辉澹疏林，翠色在蓬户"，可谓摩诘、少陵合为一人。

华空尘山水

空尘姓华，章丘诸生也。其先人曾为侍御。空尘负不羁才，工诗善画，好用浓墨作山水，骨力遒劲，气韵苍奇，悬崖千尺，平地拔起。老树槎牙，人物质古，宛若三代以上气象。此公胸中应别是一丘壑。此四幅采古句分题其上："隔岸鸡鸣春耨去，人家犬吠夜渔归。""百年地辟柴门回，五月江深草阁寒。""林下听经秋苑鹿，江边扫叶夕阳僧。""桥通小市家林近，雪满平岩野寺连。"诗句清雅，题字亦古卓可观，真奇物也。

华空尘茅庐三顾图

空尘画《茅庐三顾图》，竹树阴森，衡门岑寂，想见隐居之胜。武侯身在庐外，似有幡然辞畎亩意。玄德伛偻揖逊，以贵下贱，隐隐帝王气象。翼德怒目握槊，此仲由行行者耶？画极雄整，然不甚合作，不若其山水之工也。点目睛甚异，若黑豆然，旁无目围。甚矣，华子之好奇也。

空尘附考

董太初《章丘志》曰："华鳌，御史珩之孙。以绘事妙天下，每落笔，辄题咏其上，曰'空尘诗画'。故邑人称曰'华空尘'云。"鳌虽工绘事，顾绝不效画家甜笔和墨态。人丐之画，辄瞪目不画；不丐之画，辄画其得意处。政在笔墨蹊径之外，诗亦如之。鳌为诗无所不工，而于五言特超诣有神境。其《题王仁甫卜筑堂》曰："大隐不在山，出处乃适意。"《送吕中甫山人》曰："秋老留红叶，风来转绿蘋。"《宿惠上人院》曰："爱此疏林月，兼之一磬清。"《孤坐》曰："雨霁闻啼鸟，风停数落花。"《过杨九山川上居》曰："炉头留宿火，花径锁秋云。"清远闲适，字字秀绝。即元亮"东篱南山"、浩然"疏雨微云"，宁渠远过若鳌者？

亦可语五言长城者矣。

张少山画

少山，河南太康人。其衣钵得之平山，或曰平山犹子也。余前后见其画甚多，此公工人物、羽毛、花卉，至山水不甚合作。有“振衣千仞岗，濯足万里流”诸画，仅平平耳。

张少山羽毛

此四幅写真，精工之极，无一笔草率。新篁细石，乳鸠上下，气韵如生。特杏林四燕取“赐宴”意，而杏花设色大红，为可议耳。

韩鹤仙三友[①]图

韩名不甚著。此图苍奇疏秀，用笔草草，一扫而成，而神采超然可宝也。

眠云菊

眠云相传是藩王号。菊有红、黄二种，题句有“朱绂黄裳”之说，亦佳。

赵崇信双萱荣寿图

崇信，岭南人。此图盖赠吾邑宪副韩公者。萱绝佳，草树木石，亦多可取。李本、王仲山题诗，亦多可观。

夏厚山水

厚，扬州人。其作山水，草草不甚经意，而云气氤氲，山路萦回，生趣飞动。远视粲然，真奇逸之品。

① 友，底本目录作“之”。

姑苏八景

此册出名家手，吾邑都谏杨君得之吴中者。其摹景亦清雅不俗，奈人物尽为儿童，墨涂面孔，似带眼罩者，可惜可惜。

太行画

此轴多清素之致，秋水寒崖，野航古木，汀雁数点，低飞欲落。作三隶字其上，云“太行画”，未详谁氏。

宦游清况册

此册山水、人物、羽族，种种冗杂，非出一手。披砂亦可得金，汰其半乃精耳。题字仅有佳者。内有号山泽腴臞者，未详姓氏。其笔端流利清劲，大是不俗。陈子兼、吕廷振，艺苑铮铮有声者，堪为此册增价。

夏山烟雨图

此图无姓字，当是名笔。阴云冥晦，万象皆失。惟顶峰稍露尺许，若覆盂然。烟气濛濛，翠润欲滴。悬之中堂，恍如身坐潇湘洞庭间。

烟霞散人山水图

此图上有印章云“烟霞散人”，不知谁氏。余得其山水六纸，其四纸四时景也。回岩环抱，长松矗矗，势欲参天，茅屋篱落，与翠竹相间。春一。长河拖练，悬崖如削，草树倒垂，茸茸有随风披靡意。两岸砂砾，映带丛庐，一舟泊岸，有客对坐纳凉。夏二。山城木落，长途行旅，琴剑萧然。秋三。六花满地，峰顶作玉簪状，长桥似白虹亘空。蓑而笠者，踽踽桥上，似行天台石梁间。冬四。又二纸，一作“蒹葭草阁”，一作“烟雨孤村”，种种妙绝。

东方朔偷桃图

窥朱雀牖小儿，大是狡狯，甘作梁上君子，谪向金马门，犹然滑稽故态，可供一噱。此图风须云鬓，殊有仙气。但眉宇皤然，而长髯又复如猬，不类脱衣爬树时状耳。

雪山江树图

是图当是吴人笔。亭台洲渚，钓艇渔矶，种种精丽。闲云在天，无限白衣苍狗。山色重重，葱茏清远，咫尺便可万里。

王母蟠桃园

是图学平山而未成。惟一婢子，手执如意，侍王母身畔，掩半露而回首左盼，神采如生，令人魂飞。

杂画

绢画可掌大者六叶。牛一叶，一牛就树靡痒，二牛并行觗角，若相嬉者，一牧竖持一笠子尾之。笔势精细，气韵如生。花鸟一叶，山水四叶。零金碎玉，凑成宝船。

谢时臣巫峡秋云图

水自峡口飞流而下，一舟随之，有建瓴之势。一绯衣官人坐舱中，神色错愕。长年三老左右张皇，如闻叫号声。瞿唐、滟滪之险，宛然在目。峡上行人，车者、马者、担者、荷者，迢递隐见，种种生气。至晴云淡抹，聚散霏霏。此高唐神女行雨既倦时也。

百寿图

图中黄者人以百计，人各一态，或立或行，或坐或语。奕饮琴书，萧然自适。容与意致，叠出不穷。悬之中堂，可以祝南山矣。

岱宗藏稿卷三十三

济南杨梦衮龙光著

议说辩

封琉球国王议

嘉靖丙戌冬，琉球国中山王尚真薨。越二年，戊子，世子清表请袭封，礼部覈之。越三年，辛卯，长史蔡瀚具文申部。越明年，壬辰春，上命吏科左给事中陈侃为正使，副以行人司行人高澄，赍玺书往为正始。越明年，癸巳夏，侃、澄抵闽。越明年，甲午春，舟始毕工。是年五月二日登舟，二十五日登岸。越六月既望，行祭王礼。越七月二日，行封王礼。越九月十二日，登舟。越十月二日，旋闽。其旷日历时，以岁计凡九。其造舟之费，以金计凡二千五百有奇。其从行员役以人计，凡三百四十有六。其员役之既廪，员各给金，凡十有二；役各给金，凡五有奇。其员役之物故舟中者，凡七。其往返遭大风涛，濒死而免者三。侃盖凛凛乎其危之也。是书也，领封之说，三致意焉。

余反覆思之，而疑其说之未确也。波臣无宝，诏书为宝。夫诏书也者，亦一赫蹄耳。朝廷遣一二大臣，俨然辱而临焉。群一国之人，无不属目。彼以鳞介而睹汉官威仪，私相叹诧，而中山王假之以为重。此一赫蹄者，方拟于九鼎。傥如曰我处危，彼处安。以不赀之费、不赀之躯，蹈万顷鲸波，与天吴、阳侯争性命于顷刻，内夏外夷之体谓何藉？第令驻梅花所而赐之纶綍，彼魋结之伦，驾一叶扁舟，风驰电发，自领以去，夫岂不可？而奈何以七尺为尝，劳攘仓皇，受此无限惊怖耶？此其计亦甚便，其体亦甚尊。第中山王者，象胥之不达，而文字之不谙，何藉此一赫蹄者为？而踽踽而来，泯泯而去，夷众亦乌睹。夫所谓纶綍者，其天日仰之也。彼称藩效顺，二岁一贡，匍匐阙下，而博此一赫蹄，不获一介之将望见汉官威仪。我宁能禁其自王，而彼亦乌用请封也与哉？故赍诏书，重诏书也。不赍，乌能重乎？我自轻之，求彼不轻，不可得矣。

《礼》曰："赐人者，不曰来取。"领封之说，傥亦来取云乎？海上之行，吾非不知其危且费也，顾费有不惜，危有不避，则国家之体然也。

游山说

登临山水，自是高人事。隐逸之流，自适其适，便自不俗，只宜独往为妙，多不过两三人。行则徐步，坐则清谈。选峰岭林麓幽胜处，席地而坐，一觞一咏，终日啸傲。卧听潺湲，仰观云物，翠微中清罄[①]数声，茶烟一缕，令人神情翛然自远。切不宜多携朋辈，兼以纨绔粉黛及一切铜臭伧父，谑浪喧哗，狂歌野叫，点涴清界，殊为可恨。此自是狭斜景色，非泉石宜也。如欲踵东山芳，独当取一二名姝善清言者，素服淡妆，佐我壶觞，媚我松桂，亦自无妨，但弦索歌喉，不宜数数耳。此外，更须得老衲一人参其中为佳。坐不必席石，可几草，可裀蕨，可殽鸟语，可弦管花枝，可酒筹，浑是眼前一种真趣，辄着一毫浓艳富贵气习，不得散步之间。或登古刹，或访僧居，拂藓读碑，扫壁题句。或徘徊涧谷之间，探奇揽胜，寻幽吊古。与樵子、牧竖踌躇问答，驻立移时，脱略形骸，浑忘城府，方于幽赏有得。若作骄倨态，是一俗人耳。

凡游，亦自有时。春月桃花夹岸，柳色青青，轻衫瘦蹇，携酒而往，满目烂然，吾撷其芳。夏月修竹茂林，清泉漱玉，时而披襟，时而坐隐，吾养其懒。秋月红叶满山，望之如赤城霞，罗[②]月散影，清光可掬，凉飙飒飒，袭人衣裾，壁上琴弦，琤然有声，吾披其爽。冬月六花飞舞，群峰如玉龙偃蹇，一蓑一笠，行仄磴小桥间，恍如图画中人；归来休斗室，垂布帘，围炉而坐，浊醪小酌，萧然非人世景色，吾甘其寂。

至如朝旭夕阳，烟岚霞雾，晨昏异态，顷刻万状。笔舌不能罄其妙，绘画不能逼其真。此唯得趣者知之，难为俗人言也。尤可忌者，是一种戴进贤冠人，高车驷马，从者如云，前驱负弩之属，夹道而驰，猿鸟惊散，僧徒避匿，足迹所至，前后人如蜂蚁焉。啸不得舒，句不得觅，杯不得衔，膝不得抱。方且罗列腥膻，喧阗鼓吹，徒以赫赫者骄稚山灵，嚣然来，歘然往。此何异槛猿笼鸟，从闹市上取来，暂置丘壑间，俄而复还故处耶？然则贵人将无游乎？曰：葛巾野服，携一二素心人，屏趋从，卸冠裳，容与半日可也。

丁巳仲春，长白山人书于醴泉精舍。

素绚说

天地间只有一个本质，是天然之美。佳人绰约以为姿，良工空濛以为画，

① 罄，《岱宗小稿》作“磬”。

② 罗，《岱宗小稿》作“萝”。

先生[1]浑噩以为礼，粉黛后绰约矣，丹青后空濛矣，玉帛后浑噩矣。后者，落第二层云耳。

西湖有一老僧，工绘事，丐画者日集其门。僧曰："钱塘江晚潮，两高峰烟雨，此是一幅绝好画，人都不寓目，却来觅几点残山剩水。"杜子美诗"却嫌脂粉涴颜色，淡扫蛾眉朝至尊"，白乐天诗"回头一笑百媚生，六宫粉黛无颜色"，秦少游诗"超然自有姑射姿，回看粉黛皆尘俗"，三诗是"素以为绚"注脚。人以绚为绚饰也，我以素为绚真也。朱注又加文采之说，非是。大都物之有绚，犹女之有饰，白不足而傅粉，红不足而施朱，朱粉都是假耳。诗人之所谓绚，夫子之所谓绘，子夏之所谓礼，傥亦傅粉施朱之女乎？则亦安知不粉而白，不朱而红者之天然乎？圣贤微言，被措大埋没殆尽，愦愦可笑。聊为拈出。

丁巳仲春念三日题。

狂愚说

吾夫子论三疾，而有取于古之狂愚。他日侍坐言志，独与春风沂水之点，而亟称甯武子邦无道为不可及。此二人者，行藏不必尽同，而说者以为点有老安少怀、万物得所之趣，出其绪余，犹将陶铸尧舜。至武子所为，又有声色不动，措国家于泰山之安者，非直汶汶之为也。乃知圣人所取，取其有进于狂愚矣。

夫抟扶摇之风者，羞敛翼于榆枋；汗渥洼之血者，耻并驾于款段。何者？彼固不屑也，而狂者亦然。抱席上之珍者，定不衒玉求售；游余地之刃者，必且善刀而藏。何者？彼固不炫也，而愚者亦然。世徒骛中行之名，而遗狂愚之实，则未睹其大者也。

古之人杰，如诸葛武侯，其最高者矣。至安石谈笑而保江左之偏安，梁公委蛇而夹虞渊之落照，邺侯白衣而再造灵武，魏公垂绅而定策两朝。此五公者，气魄大则担当亦大，识力沉则锋颖亦沉，故能炼成其有为之略，而宏开其不世之勋。如志少隘，奇少露，则亦安能纳垓埏于方寸，运筹策于眉睫，冠绝一世，而流芳千古耶？

故夫咫尺之为规规，此夫井蛙语海、夏虫语冰者耳，病在以身丧世；一察之为斤斤，此夫山木自戕、膏火自煎者耳，病在以世丧身。盖人不期于狂，亦不期于不狂；不期于愚，亦不期于不愚。伪愿厚不如真高旷，伪明哲不如真韬晦。假令如接舆之石隐，王允之杀身，一则抱坚白之守，而不能自试于磨涅，一则堕陷阱之中，而不能自保其首领。其于狂愚，亦甚无当矣。

① 生，《岱宗小稿》作"王"。

权说

风云本天之权也，而云有时而从龙，风有时而从虎。未闻以从龙从虎之故，风云便为龙虎之权，而不为天之权也。故人主之权，天之风云也；人主之权，从龙之云，从虎之风也；人主之权，犹夫六鳌之戴山，大鹏之运海也。人臣分人主之权以为权，犹夫隼有翼，而鳞有鬣，而螳螂有斧也。

权即有大小乎？其为用一也。有之，则崛然起，毅然往也；无之，则颓然弛，废然返也。吾独异夫后世之深于疑人而浅于任人也，密于察吏而疏于课吏也，甘于偾事而苦于作事也。夫权太重，则奸雄生睥睨之心；权太轻，则忠良滋掣肘之扰。吾不使之重，亦不使之轻，以天下事付天下人，以天下人立天下功。辘辘如双轮之转地，不可偏废也；烁烁如太阿之出匣，不可逼视也；隐隐如虎豹之在山，不可窥测也。故剑可请，粟可发，诏可焚，柱可破，盈庭可息，盘错可解，则权之为也。

骅骝騄駬，天下之良马也，御以伯乐，驾以轻车，就以熟路，瞬息可致千里；苟衔之，橛之，羁之，绊之，即追风逐电之足，终踯躅而不能前。为骅骝騄駬者，不亦难乎？

棋说

余生平雅[①]善棋，家所藏棋子，尽为客取去，竟置不问。万历癸丑春，抱西河之戚，无以销日，乃取屋瓦碎之，加磨砻焉。朱墨标题各半，画纸为局。客过，辄取对著，局罢，白驹过隙矣。

当其运筹决胜，两敌相伺，盼盼然惟恐失之，泰山当前，亦不复睹。南华谓承蜩者：“天地之大，万物之多，惟蝉翼之知。”殆非虚语。语云：“精骛八极，心游万仞。”棋实有之。世间万事，人多苟且做去，惟棋不可。孔子曰：“饱食终日，无所用心，不有博奕者乎？为之，犹贤乎已。”信哉！

客有精其术者，余每袖手，不敢对垒。客曰：“畏蜀如虎耶？”强而后可。然余必拈去其一二子，犹时时逐北焉。大都常胜之家，以一当百，挫锐摧坚，捣虚乘弱，能制敌之死命。将欲取之，必故与之，或失一旅，弃一堡，亦所不恤。及拙者为之，知进而不知退，知攻而不知守。饵也吞焉，伏也入焉，率明于小，而暗于大，又或骛于大，而忽于小。方扬扬自得，不复回顾，宛转之间，彼出一奇，我已破败不可收拾矣。此中实有妙算。

---

① 雅，《岱宗小稿》此字下有“不”。

盖尝细叩之，客曰："须多见古人局势，多沉思，多变化，不可草草挫衄之余。须归家布局，心口相语，研究取败之由，自当得之。且此中有扼要处，如貍捕鼠，须啮其喉。若泛泛焉，见利即动，逢人即杀，贪得无厌，此败道也。"

余闻之，为之击节。因悟古来大将，未有不谙韬略而称节制之师者。其不击刀[①]斗，不整部曲，不读古兵法者，殆天授，非人力也。文章亦然，祖六经而宗孔孟、《左》《国》《史》《汉》，曲尽其法。有源委，有门径，然后变化生焉。其不学而能，若漆园者流，此正如羚羊挂角，无迹可求，初学小生未易语此。

奕有国手，将有奇兵，文有神品，能者从之，跃如也。至于贪得一言，犹可戒世之躁动者。取其说，著之篇。

文房四宝说

四宝者何？笔墨纸砚也。

四宝之中，色相反也：太素者纸也，太玄者墨也，五色错杂而不定者，笔与砚也。形相反也：圆而锐者笔也，方而钝者砚也，大小广狭，参差不一者，墨与纸也。体相反也：薄而轻者纸也，厚而重者砚也，视诸纸则厚且重，视诸砚则薄且轻者，墨也。性相反也：好洁者纸也，好污者墨也，好动者笔也，好静者砚也。有以形传于世者，纸也；形不传而精传者，墨也，其精寄于纸也；形不传、精不传而肖其神以传者，笔也；其神先寄于墨，次寄于纸也，形神精俱不传，而能调笔墨纸之形精神者，砚也。

其为用以日计者，纸也；以月计者，笔也；以岁计者，墨也；以世计者，砚也。其用之先后次第，首而矻矻者，砚也；次而搰搰者，墨也；次而沾沾者，笔也；最后而霏霏者，纸也。其用之敝也，发髡顶秃，竭蹶踉跄如泽畔之臣，颜色憔悴，形容枯槁者，笔也；矫揉点染，四分五裂，零落而不怨，卷舒而不胶，如柱下之吏，知白守黑，齿敝舌存者，纸也；盘旋销磨，泯然日尽，不自吝惜，如兼爱之仁，摩顶放踵，利天下为之者，墨也；辗转流落，残缺而不泐，刚方而不移，如首阳之节，屹然于西山，介然于北海者，砚也。

其宠遇之隆，垂于不朽也，白玉为管，沉香为床，吐气而生花，如丰城之剑，紫气干霄者，笔也；和以龙脑，盛以豹囊，坚于漆，贵于金，如赤水之珠，非象罔不能得者，墨也；函以缥缃，标以牙签，藏之金柜石室，如宋人之玉叶，三年而成者，纸也；出之深山穷谷之中，置之绨几绮席之上，如和氏之璧，价敌十五城者，砚也。

---

① 刀，《岱宗小稿》作"刁"。

大都物无全瑜，亦无全瑕。脆易坏者，纸也；耗易销者，墨也；锐易挫者，笔也；磨易磷者，砚也：此四宝之短也。黑白分明，泾渭井井者，纸也；挥豁纵横，处囊脱颖者，笔也；酣畅淋漓，暗然日章者，墨也；纳污含垢，砺世磨钝者，砚也：此四宝之长也。

无笔譬将无刀也，无砚譬刀无硎也，无墨譬硎而不淬也，无纸譬有刀、有砺、有淬，而英雄无用武之地也。故四宝缺一不可。形不大于卷石，而身席累代之安，吾于砚取其寿；体不重于钩金，而精烁万象之光，吾于墨取其章；身不满三寸，而气吐万丈之虹，吾于笔取其健；肤不厚于蝉翼，而腹载五车之书，吾于纸取其博。寿，仁之属也；章，礼之属也；健，勇之属也；博，智之属也。此皆儒者之巨丽，艺林之瑰玮，不可一日无者。

作文房四宝说。

海上方说

治邪火上炎、热毒攻心、迷闷欲死及一切疾贫厌淡、怨天尤人、抑郁愁叹、病入膏肓诸症，用箪瓢一副、陋巷一区、疏水二盂、曲肱一弯。

四药出今山东兖州府曲阜县孔林者真，但非银钱可购，须自己亲诣其地，用心细寻得来。用溪边长流水净洗，略见风日等分，细研为末，炼蜜为丸，如桐子大。丸药时，须择净室，焚香盥手，竭诚虔制，勿令妇女及乳臭儿秽气触之。又最忌铜器，盖此药最不喜铜臭故也，须用磁瓶瓦钵及宜兴罐收贮为妙。

清晨起，每服一百丸，用滚白水送下，或温酒一杯亦可。服药后，忌用腥膻煎炒诸物，恐减药力。此药能修真助道，清心明目。服久令人身轻体健，五脏清虚，益智慧，祛风邪，乐天命，齐物感，飘飘然有仙气。老人服之，面色舒展，夜无梦，昼无愁，恍如无怀、葛天之民。吾辈欲服此药，须远避尘嚣，净扫一室，左图右史，习静其中。外更筑一小园，园中多栽竹木，多种蔬果，凿井疏畦，渐成幽胜。春夏之交，满堤柳绿，夹岸桃红，生机满眼。榆钱可餐，苜蓿可饱，花茵可卧，超然有霞外之想，乃能放下一切腐臭，受用无限清虚。池内更宜蓄金鱼百头，至于豚栅鸡栖，亦不可少。不唯客至，可备不时之需，而羽飞鳞跃，亦可妆点山家风景。又宜多种蔓菁、萝卜诸菜，贮之以当糇粮。秋来宜斫山柴，收红叶，为冬月围炉计，庶阴雨风雪之夕，不至匮绝无措。

凡服此药毕，宜稍欹枕片时，待药力行开，如天气晴明。徐步庭中，游神散虑，纵目赏心，观宇宙之大，茹风景之和。归坐竹窗，烹茶调鹤，焚香弹琴，摹画临帖，或披阅《南华》《楞严》一两段，惟意之适。倦则嗒然一枕，栩栩化蝶而已。饮食亦宜有节，一日两餐。除药饵外，麦饭菜羹果蓏，佐之酒肴，或月一至焉。诸葛武侯云："淡泊明志，宁静致远。"此药有之，不止疗贫而已。

明妃说[①]

或曰："明妃一宫嫔耳，题咏者纷如也。人之怜冶容至是乎？"曰："非也，有说焉。"

说者曰："贞女不赂画工，以修洁见遗，贞士不结近习，以寡援见弃。有相类者，用是孤臣孽子，沉沦丘壑，漂泊风尘，托娥眉而志慨也似也。"

或又为之说曰："妺喜亡夏，妲己亡殷，褒姒亡周。妃冠绝后宫，安知不为妺喜、妲己、褒姒之续乎？延寿易妍为媸，将以除祸本而嫁祸于夷狄也。"噫！斯言谬矣。史称宫人争赂延寿，冀得召幸，未闻延寿却金不受也。得赂则妍，不得赂则媸，彼其人直以苞苴为事耳，岂达爱君大义哉？果尔，当谏于其君曰："臣司绘事，谊当摹古昔圣君贤相及民间休戚之状，以备观省。若藻绘女色以为欲媒，臣死不敢奉命，恐载诸史册，有累陛下明德。"岂不凛然大义哉？不务出此而惟贿是闻，尚曲为之解，何耶？纵如嫁祸之说，颠倒好丑，已不免于欺主。矧明妃入胡之后，呼韩高枕而卧，安在其衅起墙帷也耶？

吾直谓明妃幽闲贞静人也，非妺喜、妲己、褒姒比也。貌居人前，宠居人后，非幽闲贞静者能之乎？假如狐媚牝晨者流，必且心计曰："吾负绝色，稍稍捐金画工，则缣缃之上烨然西施南威矣，有不荷春风而沐雨露者乎？"其赂延寿也，不问可知也。唯狐媚牝晨者必赂，而明妃竟不肯赂，故知其非妺喜、妲己、褒姒比也。窈窕佳丽，自甘寥落，有可怜者。其嫁胡也，恩断长乐之宫，身属不毛之地。死耶？仇君父也。生耶？匹犬羊也。低回再四，去住实难，此群臣所为动容，而明帝所为抱恨也，延寿之戮有以夫！嗟嗟褕袆出塞，琵琶写悲，黄金不赎蛾眉，青冢空埋艳骨。我生不辰，红颜薄命，吊古者不能不为之三慨云。

羊角花说

草有呼羊角花者，蔓生，以指甲掐其蔓，则白汁溢出如乳。其结为实，如筋，粗可寸许，形弯而末锐，颇似羊角，以故得名。秋来蔓枯，取羊角下，剥开壳，其中茸茸然皆白絮。有数十百片出壳，则寒芒四射，体圆态轻。儿童立风中撒去，辄随风而飏，飘飘然如杨花。仰首望之，以为笑乐，名曰放羊。

仲冬，天日初霁，余负暄坐斋头，偶有此花滚来面前。微风吹动，蹁跹百状，

① 说，底本目录《岱宗小稿》皆作"辨"。

若嬉若游，若舞若跳，不觉解颐。微物有态，足供幽人之玩。李太白诗有《咏白头翁》一首，颇亦似之。但白头翁状如鞠，圆而芒少粗，且吐华在外，不藏壳中，茎高寸许，非蔓生也。此物未详何名，《本草》中当自有之，俟异日考焉。

万历甲寅冬十一月十二日漫书。丙辰冬，在新城会医者李寿山，云此章[①]名羊儿腾，俗名羊角飘。附记之。

伊川歌哭辩

或问伊川："歌哭之论，然与否耶？"曰："否。"子于是日哭，则不歌，正谓拭泪眼而奏清讴，性情自是不顺。歌出于喜调，于适哀伤之余，遽欲作喜适状，可乎？若歌阕而遇惨戚，其不愀然变色易容者，非情也。

譬之大舜焉，身在田中，仰首而叹，顿足而悲，号泣旻天，泪下沾襟，左右莫能仰视。旋忻忻焉，油油焉，弹七弦，歌《南薰》，声满天地，若出金石。无论舜必不能，即偶尔为之，人有不笑者乎？忽惊报曰："瞽瞍毙矣。"又或报曰："帝尧殂矣。"且忻忻油油，姑待来日始发哀乎？亦投琴而痛哭也。此不待辩而自明矣。

不特此也，今有人焉，满堂宴笑，丝竹盈耳，偶有一人向隅而悲，四座辄为之动容。而云贺罢不吊，自附于哭则不歌者，何也？以此解书，支离执滞，有甚于云汉黎民之章者。

水月辩

或曰："水中有月，月之影已印水面矣。胡为对月而视，则水中之影见背，月则否？"

应曰："物有形，置地上，则四面人皆见之。水中之月，其影也，影与光自是有别。光无所不照，水面皆有之影。月，魄也，其在水中，仅如其形而止耳，非若光之可以满布于水也。水之德虚而涵，空空洞洞，无所不纳。天在上，水在下，故太空无遁形焉，星斗之灿烂，云汉之昭回，东西南北，皆印水中，非特一月而已也。月在东，则影亦现于水之东，吾面东而立，则月上悬于天，下印于水；如面西，则月在吾之背后矣，胡为乎见哉？在南在北亦如之。且水中之月，乃月之光，与水之光相映而生，吾必对月与水而相映者，乃在吾目中。苟不相对而相背，乌能使相映结成形者在吾目中乎？水中之有月，光之所到，即魄之所

① 章，《岱宗小稿》作"草"。

到也。立水之滨，东行则月随之东，西行则月随之西。月在天，随人东西，故水中之月亦随人东西也。大都影自形生，形，实也，落水中则相对而呈象；光自气发，气，虚也，落水中则相背而韫精，此所以有见有不见也。”

或又曰："月印水面耳，而谛视之如深在九渊之中，何也？”

曰:“此不难知也。天原高，月丽天者也。天与月悬于大虚之表，仰窥则高；印于澄潭之中，俯视则深也。今置一镜于地，犹之水然；取一宝珠悬镜上，犹之月然。珠去镜一尺，则珠近；去镜寻丈，则珠远。镜上之珠愈升而高，则镜中之珠愈降而深矣。此可以意会也。”

倒影辩

或曰："水中山影及楼台、人物皆倒悬，何也？”

曰："诸影横卧水面，故倒见也。今夫水之中有天，天本在上，入水中则倒悬地下矣。峰顶插天，水中之天倒悬，插天之峰亦当倒悬也。使水中之山影向上，则天影又当居山影之上矣。理势顺否？今有野水于此，其旁有山，远而望之，地上之山根居下，水中之山根向上，紧紧凑接，盖影横落而成，倒垂自当如此。苟山影在水中正竖，顶在上而根在下，又乌能根与根紧紧两相凑接乎？山根原附丽于地，水中之山根正竖，则山根之下又当照出地影矣。有是理乎？”

镜中形影辩

镜径寸耳，而其中照见天地万物，楼台殿宇、云树山川，形不加大，镜不加小，何也？

曰："镜以光用事者也。光，虚也，神也，虚能受，神能化。形原非来，镜原非往。咫尺之地，清辉一吐，而万象坐收。缩大入小，以小摄大，虚之妙也，神之奇也。今夫目才可银杏大，而六合八方，皆在其中。六合八方何尝觉大，目何尝觉小，此非以虚而神者用事乎？非以虚而神者用事，乌能然乎？”

岱宗藏稿卷三十四

济南杨梦衮龙光著

论

孔子圣之时

善观圣人者，当观诸天地。天地，气而已矣。天下至浑沦者，无如气。是气也，宇宙之枢纽也，人物之胚胎也，古今之橐籥也。天地之化寄于气，气运则化畅；圣人之神乘乎气，气转则神圆。故气也者，迹之所不得滞也，机之所不得停也，化之所不得执也。微乎微乎，其圣人之玄籥乎？然气无可见于时，见之时也者，转万物者也。非以万物转也，因万物者也，亦以万物因也。物为车，时为轮；物为铜，时为冶；物为户，时为枢。青阳之后而朱明，而西颢，而玄冥，以次生焉。递而升，递而降，杳无端倪，不先不后，恰中妙窾，岂非以时哉？使狃于偏，胶于一，则积而不运，天地且不能成化，而况圣人乎？故偏至之气，非所以语于一元之化也；独诣之学，非所语于大成之圣也。知时，则知孔子矣。

孔子，天地一人也，古今一人也。说者以为，必有殊尤奇绝之行，卓冠于群伦，而不知孔子正非奇绝者也，平平而已。奇则持之太高，认之太畸，趋之而不返，守之而不活，夫其灼然有以自见者，吾乌知其非隔阂于藩篱，而不相通者乎？平则未尝过也，未尝不及也，夷而易返也，活而易转也，圆而易通也。时至则行，时移则迁，何容心哉？

故首阳之节清矣，而蝉蜕鸿冥，皎皎霞外，即时当欣欣向荣，而萧瑟如秋。有莘之伐伟矣，而钟鼎旂常，荦荦天壤，即时当万宝告成，而郁勃如夏。柳下之襟旷矣，而糠粃世界，傀儡侪伍，无论时之发生，时之肃杀，而一于煦煦然，熙熙然，常如东风之骀荡而已。三子者，皆圣人也，然而夷不能为尹，尹不能为惠，惠不能为夷。与尹譬之，青阳、朱明、西颢、玄冥截然分而为四，不相联贯。彼其气，盖偏至之气，而非一元之气也。

吾夫子不为首阳，兼有首阳；不为有莘，兼有有莘；不为柳下，兼有柳下。是故女乐之行，海滨之节也；沐浴之请，叩马之义也；绝粮接淅，采薇之风也。即时乎身，极天下之清，而岂以独醒自见乎？两观之诛，南巢之放也；郓欢之归，割正之功也；沉犹不敢饮羊，一德之化也。即时乎身，极天下之任，而岂以不朽自树乎？乘田委吏，安小官矣；卫灵鲁襄，事污君矣；阳货讽其仕，而不逆其意；微生讥其佞，而承之以谦。即时乎身，极天下之和，而岂以混俗玩世乎？三子之所有，无非孔子之所具有，而孔子之所具有，则非三子之所能有也。三子各为有，孔子合为有。三子执其有，孔子忘其有。乃知四时一气也，群圣一心也。

气结则阏，流则通；心倚则著，浑则化。气者融而已，心者中而已。融也，中也，时之谓也。空空洞洞，冲冲漠漠，活活泼泼，如珠走盘，如云出峡，如石转山，如汞沁地，如辽之丸，如颠之草，如公孙大娘之剑动荡圆转。有莫知其所以然者，此之谓化境，此之谓神机。

噫！盈天地间皆气也。仓庚鸣春，蜩螗鸣夏，蟋蟀鸣秋，机动候至，万籁自作，万窍自张，矫强也乎哉。《乡党》一篇，传圣人之神，而以山梁之雉终焉，微意居然见矣。

圣人所以合内外之道

圣人有维世之心，则不得不托维世之具，以寄其心于不穷。夫心不可见，而见寄吾心之具，则圣人所以维持一世者，不谓不殷；而天下所以范围于圣人者，亦不谓不密。顾圣人之所以维持一世，与吾人之所以范围于圣人者，非益之以所本无，强之以所不欲，摄之以所不受，仅仅以法胜也，纷纷以术驭也。此中自有道焉，此道自有合焉，唯道而规恢乃大，唯合而绾结乃神。善哉，魏鹤山之论礼仪、威仪也，曰："圣人所以合内外之道。"

夫内外之分途久矣，象罔之珠、宛委之编、鲛人之绡，探之无端，索之不获，幸而得焉，必且什袭珍之，有目者欲一见而不可得，何也？藏于内也。盘中之餐，周身之缕，日用需之，而人反不以为异，曰："是穮是蓘，问之垄上而已。一经一纬，问之机中而已。"彼以垄与机为外也，而忽之乎圣人之仁义。玄珠也，瑶编也，冰绡也，无以尚矣。至所谓布帛菽粟，一日不再食则饥，终岁不制衣则寒者，吾必属之于礼。果尔则有玄珠、瑶编、冰绡未见，其可无布帛菽粟也？故仁义不为精也，礼不为粗也；仁义不为深也，礼不为浅也。无精粗，无浅深，又何内外也？

第道原无内外，而迹若岐内外，迹虽岐内外，而道卒不分，内外不可分，故圣人合之也。今有环堵之室，五亩之宫，闭关下键，指门以内曰："此奥窔也，渊蜎也，窈窕也，吾据而有之。门以外皆无用之地，鞠为茂草，丛为荆棘，掘为坑堑。"一旦启扉而出，求置足之地，了不可得。安见去其外而内得以全者乎？

故内外相递则相及，相截则相隔，相生则相贯，相左则相离。四通八达之区，五合六聚之形，一以贯之，乃为道也。道者，路也。人人可履，人人可率。自跬步以至千里，未有能外者也。闭户造车，车成而天下通行，其辙合也。人知辙为车之迹，而不知非车无辙也。人知礼为心之迹，而不知非心无礼也。辙即是车也，迹即是心也。合之则□[①]，分之则非。第圣人所以合之者，如孺子之戏团沙蒸饭乎？如诸侯王剖竹为符，各藏其半，有急取而征发乎？如伶人按乐府，调弦索、折牙板合拍乎？譬之水焉，纵横曲折中之脉络一也；譬之木焉，葳蕤扶疏中之根本一也。其一也，原自不二也，此合之妙也。今试执途人而诘之，曰："尔能仁，尔能义？"必悚赧而不安，谦让而未遑。然试与之长楫焉，必且磬折而前，周旋中规，折旋中矩，彬彬乎有可观也。见其亲，遇其长，必且整步以趋，束手以对也。此其一段蔼然肃然者，生于外耶？生于内耶？而蔼然肃然者为何物也耶？是可以得合之说矣。

故礼无一非外也，亦无一非内也。非外则孰为之持循，非内则孰为之根抵。持循者，圣人显以可见者约天下也；根抵者，圣人默以不可见者因天下也。五尺之童，至无知也；三家之市，至鄙陋也。垂髫而总角，总角而弁帻，其人非必习于"弃而幼志，加尔元服"之说，此何为也？纳而采，问而名，奠雁合卺，其人非必咏于《桃夭》《冰泮》而兴起也，此何为也？擗踊衰麻，孺子知之，其人非必讲于含饭属纩、升屋而招之仪也，此何为也？雨露湿而怵惕，霜露降而凄怆，其人非必介于几筵榱桷之间而致爱致悫也，又何为也？乃知有本根自不能无萌芽，有天真自不能无物感。特感而应之者过，则于时为先，于分为滥，于情为浓，圣人于是乎有节；感而应之者不及，则于时为后，于分为缩，于情为凉，圣人于是乎有文。节文也者，条理之谓也。仁无条理，则铦犊之爱、卵翼之私入焉而滥；义无条理，则冯河之断，鸷发之私入焉而伤。丝有条则不紊，木有理则不斜，仁义亦然。

是故理者，经世之大物也，经纬万端，主持三界，联贯鸿濛，包罗纤悉。无之而非是，可以却阶下之侏儒，可以檄殿上之弄臣，可以绳过门超乘之秦师，可以责包茅不贡之楚子。中夜而止过阙之车，濒危而结燔台之缨。辟门危坐，触槐者捐生。锦蕞草创，击柱者剑迹。一毫颠倒，家令犹得以太上之彗悟汉皇；一毫陨越，朋侪辄后以石头之节比苏武。圣人往矣，圣人所以维世之具，固不与之俱往也。

由是言之，仁者厚德也，大辂安居以载吾身也；义者圆机也，交衢水曲以运吾身也；礼者，车与马宜，手与辔调，鸣和鸾清，节奏以雍容吾身者也。和

① □，底本为墨钉，疑为"是"。

鸾节奏，不出车马之外，则礼宁出仁义之外耶？善驭者一瞬千里，不善驭者反是。至于毁车杀马，伯乐见而走矣。甚矣，维世之具，圣人之所以驭世也，一瞬而千里者也。

君子以直道致太平

自古士君子立朝，欲以转世，当先就风世者图之。吾有以风之，则有以转之矣。

夫转世者权也，而风世者道也，权在天下，道在吾身。吾身之不能自正，而何以正天下为？盖天下与吾身非有二也。吾身为形，而天下为影；吾身为源，而天下为流；吾身为呼，而天下为应。而身要非形骸也，吾以形骸为身，则五官之所具，而百私之所伏；七情之所感，而万欲之所攻。百相斗也，百相构也，百相回互也，具藏垢匿瑕，乃有不可胜言者矣。

吾且有愧于人道，而世道何赖焉？人道何道也？人之生也直，直固人初心耳。以之生，以之行，虽欲罔之，卒不可罔也。夫罔，则有不可名状之心术，遂有不可方物之变态；有不可窥测之智巧，遂有不可揣摩之行藏；有不可穷诘之议论，遂有不可月旦之人品。譬之驱车行九折羊肠之坂，崎岖千状，崄巇万端，令人十步九折，却而叹息，其不平亦甚矣。故直未有以不平终者也，平未有以不直始者也，然而直非抗之以为峻也，挺之以为刚也。吾以正气奋，而人自不能以客气争；吾以真是持，而人自不能以似是抗；吾以壮志伸，而人自不能以弱志敌。盟心在屋漏，集义在平时，反身在愧怍，慎独在指视。此曾子所为大勇，孟子所为浩然也。其义严，则不与天下以自便之路；其词正，则不贷天下以假借之端；其事彰明而较著，则又不启天下以影响附会之见。

故泾渭吾不敢曲为混，而流品以直道分；苍素吾不敢曲为淆，而物象以直道辨；薰莸吾不敢曲为共，而臭味以直道别。心事，青天白日也；器宇，泰山乔岳也；风裁，烈日秋霜也；标格，中流砥柱也。绳可守，弦可佩，轮可埋，蒲可伏，槛可折，仗可斥。天下如吾之直乎？如水中之盐，吾与之浑于无迹可也。天下不如吾之直乎？如目中之眯刮而摩之，剔而去之可也。

由是一切倏阴倏阳，如鬼如蜮者，无不却步而走，匿影而伏。而天下固已旷然措足康庄矣，朗然洞启重门矣。则非直之渐入于平，而平之不得不象乎直也。亦非平之取象于直，而直之中原自无不平也。何也？直于身，则无委曲迁就之事，而常变一于不欹，不欹之谓平直，于口则无掩护忌讳之私；而表里一于不僻，不僻之谓平直，于人则无机械变诈之术；而尔我一于不险，不险之谓平直，于君则无蔽塞逢迎之态；而上下一于不侧，不侧之谓平直，于世则无标榜钩连、分部构隙之虞；而彼此一于不党，不党之谓平，合天下以其成其平，此之谓太平。而要自直中得之，是岂君子能以一直辄胜群枉哉？

皋陶之举，风动四方；伊尹之举，交联一德，则其所风者远也。是以君子宁落落为百炼钢，无碌碌为绕指柔；宁为鸡群之鹤，无为壳中之蜗。生不可罔，故道不可曲也，然直可伪为乎？干霄之竹，百尺而上，其性然也。茑萝附松，依而托耳，乞邻而与，攘羊而证，屈诘可胜道哉？虽然，人患不直，直患不容。鲁士师三黜，则非下惠之过，而鲁人之过也。君圣则臣直，吾尤以容直望之在上者。

公论国之元气 乡试

世道之所以常存者必有一如线之脉，而后能维世道于不衰。夫此如线者，甚微也，而甚巨也。彼且隐然流露于天下，而融然沁入于人心，扑之而不灭，斫之而不断，挠之而不随，抑之而愈以扬，屈之而愈以伸，晦蚀而愈以昭揭。见谓耿耿耳，而灿于日星；见谓隐隐耳，而屹于山岳；见谓奄奄耳，而亘于虹霓。此非必有势之可倚，有力之可恃，有机智之可凭，独以国之元气胜耳。而所谓元气者，则公论是已。请申言之：宇宙间皆气耳，独所谓元气者，则太极浑沦之真气也。人非此气，则毛发、骨节、耳目、手足皆幻形也；天地非此气，则玄黄、清浊、方圆、上下皆虚位也。唯国亦然。

夫都邑之绣错，官方之棋置，环海之星拱，飞輗之鳞集。人曰此国耳，吾以为非也。叩傀儡者不灵，元气无也，人无元气，一傀儡也；按玑衡者多舛，元气无也，天无元气，一玑衡也。此可以知国矣。天地之气，交为泰，不交为否，而斡旋于否泰之际者，则仅以七日之复；人之气，聚为生，散为死，而挽回于死生之际者，则仅以平旦之近国之气。克为盛，弱为衰，而维持于盛衰之际者，则仅以公论之存。

公论者，何物也？人心不死之真，天地不灭之性也。公之反为私，私之属为邪为曲，为妄为暗，为卑为纤，为昵为徇，其于气为阴，于人为宵小，于世道为变乱昏浊；公之属为正为直，为真为明，为高为巨，为介为特，其于气为阳，于人为君子，于世道为常治清宁。夫君子之生于世也，得天地之正气，当其行一事，出一言，落落焉，穆穆焉。如绝壁之松，茑萝不得附也；如寒潭之月，尘垢不得侵也；如阿房之镜、丰城之剑，邪艳不得近，妖氛不得干也。说者比诸姜桂之辣，乔岳之耸，风霜之峻，直以为矫矫者耳。而不知人身非矫矫者，不将化为绕指之柔媚而无骨乎？彼且涕笑不得，自由靡然，从风蓬转，而去其色泽肌肤，犹然人也，而元气则剥蚀殆尽矣。

故正人君子之在人国也，其以吐正气，则苦口之药石也；其以培元气，则养生之参苓也。人只知其为药石，而不知其为参苓，乌知国之元气哉？彼开弓下石者，不遗余力，自君子之身去而所存者，庶几公论耳。有人于此，举朝无不欲加膝者，忽有一人焉，叩阍而请剑。此何为者？即令举朝加膝而公论在也。有人于此，举朝无不欲甘心者，忽有一人焉，剖心而刎颈。此何为者？即令举朝甘心，而公论亦在也。王公轩冕不能夺匹夫，刀锯鼎镬不能箝巷议，大哉公论乎！

人之生也，直斯民也。三代之所以直道而行也。直道不可销，故公论不可掩也。不销且掩也，则元气存，国与存矣；其销且掩也，则元气亡，国与亡矣。汉之季也，龙门之登，忌元礼者何多也；唐之季也，维州之降，沮赞皇者何巧也；宋之季也，儋耳之谪，陷子瞻者何甚也。盖膺滂、牛李、苏黄之事起，而朋党禁锢，汹汹不已。一反一覆，一辗一转，未几而国随之，则公论淆而元气伤耳。呜呼！汉唐宋欲不亡，得乎？然汉唐宋之所以不即亡者，亦恃其犹有知龙门、维州、儋耳之是非者也。

白日匿而魑魅出，太阿埋而欃枪生，仓公亡而膏肓作，长川壅而风涛溃，公论晦而国是淆，此古今通患也。凛凛乎公论也乎，悠悠泛泛之口，安知不寓是是非非之心。纷纷藉藉之谈，安知不关炳炳朗朗之义。故山林其迹而钟鼎其言，瓦砾其身而金石其语，陆沉其姓而云台其章。如大块之噫气然，不作则已，作则万窍怒号，天籁应之唱喁，唱于动荡于百节，而呼吸乎万灵，然后肢节痛快，神情畅适。百卉为之舒萼，千林为之吐芳，万羽为之诉暄而哢晴，彼游女樵竖，亦骀荡于春风中而已。

此元气之说也。噫！人主而知此也，杞人之忧，漆室之计，沙中之偶语，乡校之聚谈，郇模之献字，安民之镌碑，何处而非元气之所在也耶？而忍取世道一线之脉，而自轖结之。

天生人才供一代之用 会试

人主之为世道计也，当先明于天所以注意之处，而不虚其所眷。夫天注意之处，方将培而养之，储而待之，留为世道之用。意注于彼，眷在于此也。而吾以其有用弃之于无用，非惟无以肩世道，抑且重以负天心，则天心渐以厌，天眷亦渐以衰，天下事始大坏而不可收拾矣。

然则天注意之处，非为他人注意，为人主注意也。而注意处，孰为最切乎？则人才是已。语有之“天生人才供一代之用”，至哉言乎！其真知上天之注义者乎？吾且不论其所生之不偶，所供之不匮，请先以用明之。

车之有轮也，舟之有楫也，剑之有锷也，矢之有镞也，鳌之有足也，鹏之有翮也，渥洼之有汗血也，豫章之有干霄凌云也，荆山蓝田之有连城宝也。之数者，非直虚生也，有用之者矣。如谓可以用，可以不用，驰康庄者何必轮，凌万顷者何必楫，迎刃者何必锷，透札者何必镞；地维不必鳌足也，南溟不必垂天也，千里不必霜蹄也，翚飞鸟革不必豫章，而黼黻衮冕之旁不必荆山蓝田也。乃物之有用也，人主知之，而人才之有用也，人主独不之知。然则天之所生不以供人主之珍惜，只以供人主之弁髦耶？且人才亦何求于世也？耳可洗，瓢可挂，薇可采，紫芝可茹，桐江可钓，天台可卧。夫人主即寤寐求之，犹将晦迹韬声，逃之于广漠之野，偃蹇之于无何有之乡。而况上苴弃之，则孰不爱其鼎乎？孰不抱其璞乎？孰不曳泥中之尾、考在涧之槃乎？

夫使天生才而供人主用也，承我颜也，顺我旨也，颐指而气使也，擎跽而曲拳也。如此之用，则用可也，不用亦可也。然而非供人主用也，供人主之一代用也。吾观古来代与代禅也，唐虞之有皋、夔、稷、契也，唐虞成其二代也；夏之有益也，商之有伊、傅也，周之有旦、奭、毕、散诸人也，夏商周成其三代也；至沛上公马上得之，此何知辟门之求，弓旌之招，而犹然自幸其有三杰为之左右。而叔季世乃以上天所生环玮奇绝之英，虚之于庙堂，实之于草泽，才者不用，用者不才，釜鬵隔之，窃铁疑之，贝锦谗之，青蝇点之，中山之箧阴中之。

呜呼！上天之生斯人也，如欧冶风胡之铸太阿也，惟恐其不铦且利也，而不虞缺折之若此也。如王良造父之调两服上襄也，惟恐其磬控不如意也，惟恐其不鸣和鸾、清节奏也，而不虞其驾盐车而上太行，甚或絷其手足，鞭棰斤斤随之也，又甚或一鸣辄斥而不得以敝帷终焉。若此也，是陆不必输，川不必楫也，栋梁不必豫章焉，圭瓒不必荆山蓝田也，不亦深可惜乎？

夫人主所最惜者，身耳，社稷耳。而身取其股肱尚可为身乎？社稷去其磐石尚可为社稷乎？此亦惑之甚也。山生珍焉，海生错焉，则人主用之适吾口；万国生玉帛焉，则人主用之华吾躬；蜀陇生扶疏之干焉，则人主用之壮吾居。何独天生人才，而不用之襄吾志乎？且人才之于人主，一体也。用之为手足，则持行唯其所拱也，擘画而判我山河，竭蹶而趋我堂陛，是胼胝之烈也；用之为耳目，则闻见唯其所供也，彻吁天之呼，照逃亡之屋，是四聪之察万里之明也；用之为喉舌，则宣布惟其所供也，明诏下而扶杖往观，天语临而捧书欲泣，是汗涣之颁如纶之绋也。用之为腹心，则精神命脉唯其所供也，驱弓缴之鸿鹄，屏斧之牛羊，是七日之来复孤阳之乍回也。即人主之一喜一怒，一哀一乐，我无所不用，彼无所不供。蔼焉而六合生春，肃焉而三尺雪飞，卷舒焉而万化磅礴。人见人主之垂裳而治也，高拱于紫极黄屋之上，不动声色而措天下于泰山之安，若无所事事者，而不知有为之用者也。其用也，有为之供者也；其供也，又有为之生者也。珠生合浦，剖蚌求之；珊瑚生溟渤，千丝铁网觅之；兰生幽谷，独弃而不采。嗟嗟！灵均之佩，千古有余悲矣。天遗我以才而不用，非亵天则弃天也，亵天弃天，天不厌我乎？厌我或生不才，以殃我而反用之，如唐之林甫，宋之安石，其倚毗不啻左右手，而人主卒以其国，供之一掷耳。

噫！高岗之凤，九真之麟，世莫不图之画之，祥之祯之，嘉之颂之。夫凤麟兆圣王之瑞者也，非实能为圣王用也，特以灵异出于天心之特钟，故群然属目焉。人才亦人主之凤麟也，而锻其羽，截其角，其负天之注意也甚矣。虽然，凤麟一代之瑞也，亦一代之奇也，似鸡鹜不谓之凤，似马牛不谓之麟。彼稻粱之争，刍豆之恋，亦何贵于用哉？吾愿才者甚无自处于不才，而令人主舍之也。

天心仁爱人君 阁试

天以大宝寄之人君也，爱大宝则必爱及寄大宝者矣。乃人主每明于承天眷，而暗于体天心。故弃其所宝而负其所爱，则人主之通患也。何者？爱天心之所独钟也，是以真精结之，以全力注之者也。天下有恳于真精之结，金力之注者乎？人主不心为体而仅迹为承。譬诸物焉，舆能载之；譬诸檐焉，肩能荷之。形相附，神不必相联也。乃善体天心者则异于是，元气欲其相通，呼吸欲其相贯，痛痒欲其相开，精神意旨欲其相融彻，盖必曲揣于形声俱泯之天，而默察于意象不交之地。有不知天心之为我心，我心之为天心者，然后天人合一而不分，而天之一舒一惨，一荣一枯，若与我四肢百骸之一劳一逸，一颦一笑，互调而交适，呼无不应，叩无不灵，而了无隔绝痿痹之患。

铜山西倾，洛钟东应，气相感也；其母啮指，其子心痛，体相关也。故必善体天心者，然后无负于天心之仁爱。仁者，生机也。人知雨露之为生，而不知霜雪之为生；人知和风煦日之为生，而不知疾雷迅霆之为生。何者？摧折中藏长养，肃杀中寓春温，天心自古然矣。吾乌知薄蚀灾祲之不为景星庆云也乎？盖剥而复焉，天之心也；迷而觉焉，人之心也。故舟不覆于滟滪，覆于平洋者，狎也；车不摧于羊肠，摧于坦途者，忽也。以狎得覆，以忽得摧，然则天下之爱舟者谓莫如滟滪，爱车者莫如羊肠，可也。父母之于子也，以爱爱之，爱有时而穷；以不爱爱之，爱乃无方矣。以爱为爱，爱易知也；以不爱为爱，爱不易知也。其知者以为爱也，不知以为伤也。

天知爱人君也，何以异此？积骄而悖生焉，积甘而鸩伏焉，积朽而蠹藏焉，积玩而寇启焉。近尝之以小喜，乃远贻之以大忧；浅示之以显祥，乃深酿之以隐祸。当其喜也，祥也，未有不以为仁爱我者也；及其忧焉，祸焉，亦以为仁爱否耶？明主知其然，故累卵不谓危也，天将以安仁我也；翻澜不谓惊也，天将以恬仁我也；驭朽不谓脆也，天将以坚仁我也；妖孽不谓怪也，天将以祥仁我也。

总之所谓善体天心也，如玉焉，什袭而藏，其爱小也；雕之刻之，琢之削之，去其瑕而全其瑜，其爱大也。如金焉，跃冶而出，其爱小也；型之范之，炉之锤之，去其粗而全其精，其爱大也。此可以得天心仁爱之说乎？第所谓天心，岂必求之泬寥之表、窈窕之乡乎？重玄非天，屋漏是天；穹窿非天，咫尺是天。故善言天者，地以上无非天也，人君能俯合人心，即仰合天心矣。

岱宗藏稿卷三十五

济南杨梦衮龙光著

策附奏疏

第一问[①]

圣学之有精一也，盖难言之矣。愚以为对圣贤言之，则赤水之珠也；对帝王言之，则青天之日也。玄珠犹待象罔之求，日出扶桑照万国，有目者共见也，有手者共指也。亢之在霄汉之上，俯之在几席之前，其光无所不遍满，而其体无所不笼罩。此亦天下之奇观也，而非奇也。故精者不可以迹窥也，窥之以迹，则迹耳，精于何？有一者不可以数分也，分之以数，则数耳，一于何有？不可以迹窥，则将游之乎窈窕之乡乎？息之乎广莫之野乎？不可以数分，则将索之乎混沌之初乎？浑之乎块圠之垠乎？若此者，恍恍惚惚，苍苍茫茫，探月窟，蹑天根，乘风御气，餐沆瀣而绝氛埃。此圣门之极诣，而万古之绝学也。若帝王则异于是，事欲其实，蹠之以虚胜，是棘猴也；理欲其显，揭之以隐胜，是射覆也。故圣贤以不杂为精，帝王以不粗为精也。圣贤以不岐为一，帝王以不二为一也。不粗者，细心云耳，屑瑟烦碎则丛脞者之为也；不二者，纯心云耳，凝滞执拗则胶柱者之为也。皇上静摄有年矣，非直金鬣之隔也，燕翼之疏也。

鸡帻罢传，香冷玉皇之案；玺牲代视，尘封宗子之圭，为玩媟乎？为精一乎？借口惜缨，而意在于藏裤；权为借寇，而卒至于积薪，为系恡乎？为精一乎？朝阳之凤鸣矣，牍可补，阍不可叩；疾风之草劲矣，剑可请，闼不可排，为坚距乎？为精一乎？琼林大盈，积岂同于封椿；绝漠穷沙，呼屡传于庚癸，为纤啬乎？为精一乎？人多爱鼎，白驹咏衡泌高风；士不弹冠，鸿羽铩云霄健翮，为孤睽乎？为精一乎？牂羊在道，嗟天地之空宽；鸿雁鸣泽，怅风尘之无托，为萧索乎？为精一乎？

夫精者，神之注也。注吾目，视罔不明矣；注吾耳，听罔不聪矣；注吾心，思罔不到矣。一者，神之专也。专吾明，无二视矣；专吾耳，无二听矣；专吾心，

---

① 第一问，底本目录作“精一”。

无二思矣。以罔不殚之精，合之以无所分之一，将贯虱之工，解牛之妙，斫轮之巧，弄丸之化，何足为喻。

皇上不必问不杂之精，但以励精为精；不必问不岐之一，但以画一为一。精覆盆之照而一之，此日月之明也；精当机之断而一之，此风雷之勇也；精痌瘝之虑而一之，此雨露之恩也。即虞廷洙泗，何多让焉？

第二问[①]

国之所以重者，君也；君之所以重者，臣也。今夫四极之立也，有六鳌足也，非是则地维缺矣；天之补也，有五色石也，非是则天柱折矣。大鹏之抟九万也，翼为之；长鲸之翻巨浪也，鬐为之。君之资臣以为重也，亦犹之地之有维，天之有柱，鹏有翼而鲸有鬐也。乃人主辄自揽其权，曰："国，吾国也；事，吾事也；权，吾权也。臣于何有？"不知臣一无所有矣，轻矣，彼诸臣者回视其身，如大海之一叶，九牛之一毛，飘飘焉，泛泛焉，无足比数，亦安能以么髍之身，重人主于九鼎哉？为揽权之说者，傥亦不欲以太阿假人耶？吾以为太阿者，第不倒持之则得耳，乌在其秘之匣中，埋之丰城，徒使其紫气射斗已耶？往代势之成于偏也，衅之开于积也，盖极重之势也，而我朝乃翻成极轻。重则不可返矣，轻则不可树矣。六部之掣肘也而轻，言官之结舌也而轻，相臣之釜鬻也而轻，举朝轻矣，而独欲皇上之重，此何解也？重则病在亢，亢极而蹠盭生，所谓胫大于腰，指大于股者也。轻则病在箎，箎极而痿痺生，所谓百仞之山，牧羊其上，其陵夷使之然者也。为今之计，急取部曹还部曹，而天地四时，惟其所分布也可；急取台谏还台谏，而皂囊白简，惟其所弹射也可；急取宰执还宰执，而弥纶参赞，惟其所启沃也可。夫服官者，譬之筑室，然梁栋柱础不一，合之则主人之居也；譬之和鼎，然盐梅甘酸不一，合之则主人之羹也。孰为己权，孰为人权耶？屏盈箧投杼之谤，则信任之权重矣；消窃铁偿金之疑，则委托之权重矣；容绝裾折槛之戆，则风厉之权重矣；去盈庭筑舍之谋，则责成之权重矣；启遇巷纳牖之虚，则眷注之权重矣。主之权分之为诸臣之权，而上不有；臣之权合之为主之权，而下不尸。精神通为一体，元气周于四维。郁者可使之通也，轻者可使之重也。

---

① 第二问，底本目录作"主权"。

第三问[1]

世之有廉介也，犹白鹤之唳空，玄蝉之饮露也，孤松之挂壁，幽兰之生泽也。不特挹之者有余芬，令人习习两腋风生，而树中流之砥，挽既倒之澜，其关世道非浅鲜也。古之圣人如莘野致严于一介，柳下不苟于三公，西山之薇又何萧如也。三圣人者，处则蠖伏，出则鸿渐，非同绳枢瓮牖、草衣木食、枯槁岩穴者所可仿佛其万一。即饱秾鲜芳华之味，侈绮丽赫奕之观，重其裀，列其鼎，朱其轮，华其毂，扬扬意得，夫岂为过而乃徒自溪刻为也，此何为也？

噫！我知之矣。世味腻也，人皆染之；宦途炎也，人皆趋之。染之者久，以白入，以缁出矣；趋之者众，以凉入，以炎出矣。彼拔葵浣衣、脱粟绝粒之夫，即不可与尹、惠诸圣同日而语，其视吓腐鼠者，不大有径庭乎？今天下墨风日炽矣，钱神到处通灵，苞苴无时去手。家可巨万，何羔羊之敦也？躯可金紫，何素丝之崇也？鱼不必悬，犊不必留，甑不必尘，泉不必酌。浚膏脂而瘠人以自肥也，空杼柚而啬人以自丰也。当其为士也，皭然自爱，若菡萏之出于污浊泥淖之中，濯濯鲜鲜，不拭而净；后乃狼藉苟且，举生平而尽弃之，书香化为铜臭，如掷苏合而转蜣丸也，亦大可怪矣。

夫夫也，不惟坏名节，且将坏官箴；不惟坏官箴，且将坏民社。剥骨髓，吮膏血，百姓之身家破矣，民乌得不坏？斫元气，削国脉，一人之基本摇矣，社乌能不坏？民社坏矣，身独完欤？象以齿自焚也，官以贿自败也，何利之与有？夫鸡豚之察，牛羊之蓄，古人引以为戒。士大夫类能言之，而问其所行，绝不相类，无亦当富贵二字渐人已深，猝不可湔欤？呜呼！人有不畏三尺而畏清议者，此衾影之愧也；有不爱万金而爱名节者，此彝德之好也。仲尼有云："苟子之不欲，虽赏之不窃。"移风易俗之责，端必有属矣，吾以望之当轴者。

第四问[2]

自辽事之岌岌也，抱桑梓之忧者，不得帖席而卧矣。愚不忧其无兵，忧其无饷，又不忧其无兵与饷，而直忧其不得理兵饷之人。

何者？治乱者如治疾。人有疾，延长桑君治之，则必为之调其饮食，壮其元气，使之充然有余，而后稍稍施其针砭。若脾胃间空虚底滞，而辄以乌喙当之，可乎？边备之弛久矣，有堡戍焉，若瓯脱然；有戈矛焉，若败絮然；有士马焉，

---

① 第三问，底本目录作"廉介"。

② 第四问，底本目录作"兵饷"。

若螳斧然。此譬诸羸弱积衰之人，仅以皮毛撑持。旦夕一朝有陨箨之风，凋叶之霜。无怪乎袭肌骨而入，狼狈颠越，无复人形也。苟起其羸，壮其气，将何术之从？

今即无兵矣，四方之貔貅非乏也，川陇之劲悍，湖湘之组练，河朔之豪侠，燕幽之沉毅，种种可罗致焉。临淄、即墨之间，斗鸡走狗，鲜衣怒马，六博蹋鞠，椎埋掘冢，借躯亡命，中有大猾焉。用则为虎，不用为鼠，何不致之麾下，效一臂之力乎？彼桓文节制之遗，非此辈也耶？愚谓不忧无兵者，此也。

至饷之难则有说焉。国家梯航尽万国也，玉帛尽万方也，版图尽万姓也，贡赋尽万有也。何至一旦有急，辄呼庚癸至以脱巾为虞，盖常熟思其故矣。九边老弱不堪之卒，坐縻东南之粟，东南为外府，西北为漏卮。民间辇而输之官府，官府辇而输之京师，京师辇而输之边庭，边庭之债帅，或复辇而输之京师，以为奥援。则饷不为兵有，直为师有耳。

今民间之物力竭矣，息僽之状，鞭扑之声，殆无宁日，无复可加矣。区区有发内帑、置屯田二说。夫屯田是决西江活涸辙之鲋也，缓不及事，而内帑皇上又讳言之，此外惟有海运差可行耳。长波迅飙之中，巨艘衔尾而至，譬人之从左腋下取物也，或可少果枵然之腹与？然而道旁之筑，三年不成，是画饼之说也，则大司农有仰屋而叹耳。愚谓饷可忧者，此也。虽然，有李广、赵充，国何患无兵？有管伊吾、刘士安，何患无饷？即借箭为筹，聚米为山，长缨系颈，解瓣来朝可也。

第五问[①]

盖荒政之难也久矣，难在不得其策也；得其策矣，难在不得其人也。所谓得人者，得一循良贤守令而已。守令者，牧民之官也，民之饥也啼守令前，寒也号守令侧，如赤子辗转于慈母之怀也。《传》曰："心诚求之，不中不远。"盖以痛痒相关之念，为揣摩必中之术。则其心安有不悉，而计安有不周者？此备荒之首务也。

自东省之大祲，易子而食，析骸而爨，此数百年来所未见一大劫也。长民者傥稍稍有备，当不至此。痛定思痛，言之可为于邑，计将安出？愚为之画四策焉。

一曰服勤，二曰崇俭，三曰薄征，四曰厚赈。

何言乎服勤也？稼穑之事至艰也，水耕火耨之时，较雨量晴之节，东作西

① 第一问，底本目录作"救荒"。

成之苦，夫耕妻馌之劳，袯襫乎烟雨，笭箵乎水月，酸风射鼻，斜阳吊影，盘中之餐，粒粒皆辛苦也。自非躬阡陌之行，廑田畯之劝，凡游惰之徒、逐末之子、缁黄之辈，知稼穑为何物哉？今之守令剖竹而坐堂皇，日以簿书催科为事，其降尊屈体于垄亩之间者几何人？吾愿其男问桑麻，女问纺绩，一以拮据从事。凡出作入息荒于嬉者有罚，则财可使之殷也。

何言乎崇俭也？耳目之欲至侈也，栋宇陂池之丽，舆马仆从之饰，饮食衣服之华，器用玩好之巧，雕镂俨若神仙，纂组烂如云汉，沧海漏卮，邓林野火，靡丽之观，精奇之技，徇耳目宁有已时耶？今之守令绾绶而拥芳华，日以崇高富贵为事，其茹苦食澹于公退之余者几何人？吾愿其妾不衣帛，马不食粟，一以古朴从事。凡婚姻丧葬愆于度者有罚，则财可使之节也。

国额之当完也，而催科中不可无抚字。彼赋之蛇，政之虎，墨吏所为残也。踯躅东西，号叫南北，室不欲悬罄，得乎？宽一日则受一日之恩矣，此薄征之仁也。

主恩之尝遍也，而赈贷中不可有侵渔。彼指之染，涎之垂，猾吏所为奸也。耕牛无草，仓鼠有粮，殍欲不沟壑，得乎？征一人则除一人之蠹矣。此厚赈之仁也。

凡此皆备之说也。至救之说，则汲长孺之矫诏开仓，范文正之修塔创寺，以及常平保赤之良规，积谷防饥之义社，遏籴者罚，煮粥者奖，种种有方略焉。然天下之不患无治法，患无治人。苟有循良之吏，憩南国之棠，岐渔阳之麦，骑并州之竹，栽河阳之花，民生何日不在春风中也耶？

故备荒之政，以实心行之，则为良法；以故事行之，则为文具。呜呼！三齐之命脉，凋残尽矣，安得视民如子者一噢咻之？

第一问[①]

今夫大华之松干霄薄云，历千岁而青青者，以攫拏于天汉之表，拂日月而饱风霜也，其根固也。玄圃之鹤，御风骑气，历千岁而矫矫者，以凌厉于秋空之上，吸灵气而览九州也，其骨劲也。假令取干霄薄云者，而拳曲于雕栏彩槛之中，遮以翠幕，护以金铃，则龙鳞之干，反不苍矣。取御风骑气者，而偃息于芳池嘉树之旁，飨以太牢，娱以钟鼓，则胎仙之翮，反不逸矣。何也？耳目之娱多，而烟霞之气少也。故松寿于根，鹤寿于骨，人寿于神。

皇上御宇四十七年于兹矣。即舜文享国之永，何以加焉？而愚窥其神，似

① 第一问，底本目录作“寿国”。

微有恬然、晏然、颓然、弛然之意。其究且将群一国之人，而耽于暇豫安闲，甘于苟且蠹坏，如饮神瀵者。酣卧于甑甀之侧，杳不知金乌之飞也，隙驹之驰也，野马之氤氲也，得无有释太阿而不操乎？顿羲辔而不御乎？却和羹而不歠乎？置衮职而不补乎？虚玉笋而不班乎？灶之煬也，而观不洞乎？从之借也，而神不返乎？膏之屯也，而泽不究乎？隍之复也，而戒不豫乎？阴雨之迨也，而桑土不彻乎？

夫寿国与寿身，无二道也。身壅阏焉，则病叩阍有批鳞之逆，造榻无沥胆之倾，吾惧其神郁也；身蠹蚀焉，则病处堂有燕雀之娱，厝火无鸩毒之惊，吾惧其神昏也；身痌瘝焉，则病鸿雁有中泽之叹，牛羊无刍牧之需，吾惧其神惫也；身底滞焉，则病封椿有红朽之积，闾左无挟纩之恩，吾惧其神轕也。

皇上试思，鸡人唱彻，不御大宝者，几何年矣？牙签尘满，不御经筵者，几何年矣？平台迹稀，不召对者，几何年矣？仗马鸣斥，迁谪之臣，不赐环者，几何年矣？位署晨星，积薪之吏，悬缺不补者，几何年矣？皂囊凝露，封事之入，留中不下者，几何年矣？杼柚其空，采榷之珰四出，而迄未报罢者，几何年矣？涂饭尘羹，边陲之朽甲雕戈，废弛而不振者，几何年矣？亦曾闻神龙乎？龙之飞九天也，烈缺扬其鞭，阿香转其车，商羊洒其润，巽二嘘其籁，滕六飘其屑，青女助其威。变化于顷刻，而弥漫于六合；笼盖乎宇宙，而鼓动乎天壤。故能屈能伸，能蛰能奋，能潜能见，所以称神也。如必重渊大海，恍惚而灭没也，则亦泥蟠而已，何天飞之与有？

人主，龙之象也，其气为阳，其德为健，其体为自强不息，其神为变化不测，其乍为万寿无疆。舜之风动也，有恭己南面者，为之兢业也；文之修和也，有日昃其不遑者，为之缉熙也。故人主者，其神敛则无不摄之精，其神运则无不畅之脉，其神惺则无不灵之气，其神恬则无不颐之休。是在方寸，一提醒而已。夫造父，天下之善御也；骅骝騄駬，天下之绝足也。吾弛其衔，委其辔，而乃能遍历八荒，会瑶池而觞王母，吾未之前闻也。此今日寿国之喻也。

第二问[①]

法也者，治天下之规绳也。今有大匠焉，而使之营长杨、五祚、建章、长乐也，则必操所以为方、为圆、为平、为直之具，截然而如圭也，旋然而如璧也，夷然而如衡也，矫然而如矢也，故结构成。而中天之虹梁、驾海之斗标插太空而凌碧落，巍巍耸耸，空空洞洞，垂万年如一日，曾无倾斜攲侧之患。此

① 第二问，底本目录作“立法”。

非巧胜也，法胜也。魏有凌云台，其轻重无铢两相负，故久而不倾，调于法也。一木支焉而反圮也。

法有偏负也，我太祖高皇帝之立法也，鉴历代之弊而折中之。罢中书而分六曹，设台谏以纠百职;阁臣得行而不得专言，官得言而不得行;握兵符者无饷，主储胥者无兵。使彼此相制，上下相守，而其权总归之于一人。即有卫、霍之擅，卓、莽之奸，操、懿之雄，不得窃神器而窥大宝，大都以严胜耳。严非操切之谓也，百仞之山，牧羊其上，其陵夷使之然也；泰山之溜穿石，群蚁之穴溃堤，其渐使之然也。欲杜其渐，则线隙不容开也，譬之筑吕梁洪焉，栉比鳞次，无日不讨其隙而涂之也;欲防其陵夷，则跬步不得纵也，譬之守剑阁焉，一夫当关，万人俱废，必不令蚁附而登，猿攀而上也。

皇上神武天纵，雷霆有不测之威，太阿无倒持之患，信可只千古无两矣。然而静摄以来，言者啧啧于纲弛纽解，若无所谓法者何也。噫！非无法也，以法为一人伸缩之法，而不为众人维持之法也；即仅以为众人维持之法，而不以为众人振举之法也。千金之子，则必日课其伍佰亚旅而授之筴，奴司耕，婢司织，家督司钱谷，权贵贱，通有无。广陌通衢之衡，膏腴甲第之处，必有人焉。据其中而挥霍自如，其财尽主人之财也，其筴亦主人之筴也。千金之子，不过日夜持筹而已，何使尽夺其财而归之己有，索然立贫耳，何也？朽蠹积于无用，精采销于乏人，气不能为呼吸则滞，权不能为分布则孤也。国家之事，何以异此？

事权者，宰天下之利器也；功令者，绳天下之善物也。吾以事权付之于前，而以功令随之于后。骥之足不绁也，绝尘而奔矣；隼之翼不绦也，冲霄而上矣。任事者无且前且却之端，则持世者无乍浮乍沉之态；当宫者无局内局外之嫌，则谋国者无畏首畏尾之诮；居位者无旅进旅退之扰，则奉公者无患得患失之私。如人身之使臂，而臂之使指，如天之斗柄东指而天下春，北辰居所而众星拱，翕然而合为一体也，荡然而通为一家也，肃然其体统规模之尊也，油然其精神血脉之畅也。高皇帝之法，即万世而无弊可也。

第三问[①]

灾异不为累乎？古有伊洛竭而国祚促者矣。灾异果为累乎？古有祥桑生而历数绵者矣。若是，则灾异不可有也，谓其为愆尤之招也；灾异亦不必不有也，谓其为修省之藉也。尧之水也，汤之旱也，是天行之数也。然而尧以为警予也，汤以六事自责也，不敢以为天行之数也。彼雉之雊、龙之漦、乌之火、石之言、

① 第三问，底本目录作“灾异”。

青之见，其问或为吉，或为凶，纷然不一，则转移变幻之间，有微权焉。

人主政不宜狃之以自速其戾耳。狃之者以天自天，人自人，托为高远幽深之说，聊以自解也；又有不狃之狃者，以尽吾人，听吾天，托为灭撤修禳之说，聊以自辞也，是皆无当于修省之旨也。《洪范》以五事配五行，而感应之理捷于桴骨，验如左券，至刘向、京房辈出，而诞谩牵合，支离迂怪，不可究诘。此诸儒之所为古验，非《洪范》之所谓修省也。

且灾异之说，愚与世特异，世所谓灾异，日食、星孛、水旱是也。愚所谓灾异，非日食、星孛、水旱之说也。日食星孛，何代无之；水旱，尧汤业不免矣。此灾异也，而非愚所谓灾异也。愚所谓灾，则人心之不详者是；愚所谓异，则人心之反常者是。迩年自大祲之后，民有以斗粟易伉俪者矣，以一缗鬻弱息者矣，有抛亲戚，弃坟墓，不必正首丘者矣。此犹可言也，甚之有易子而食者矣，析骸而爨者矣。夫父子、兄弟、夫妇，天性之亲也，一朝操刀鼓吻，血肉狼籍，如枭如獍，尚有人心乎？此卯辰齐鲁之墟，数百年所未有之大变也。野磷鬼火，突冷无烟；鸟面鹄形，魂飘不定。当斯时也，不难瞑目而语难，不难揭竿而啸聚，不难潢池而弄兵，不难土崩而瓦解。

皇上恻然施旷荡之恩，而频岁颇稔，稍稍安堵，然而元气未复，生理式微。而剥膏取髓之令，无日不下，炰烋乎东西，狰狞乎南北。其怨毒拂郁之气，盘结于胸臆有不发，发则一溃恐不可收拾耳。此为灾乎？不为灾乎？为异乎？不为异乎？

盖天行之数，其乖舛不齐者有形，犹可以人力挽回之；人心之变，其愤怒不测者无形，即天行之数，且随之而转移矣。谁其防之？谁其挽之？

故秦之灾异，陈胜、吴广是也；汉之灾异，赤眉、黄巾是也；唐宋之灾异，捕蛇说、青苗钱是也。噫！鸟穷则攫，马穷则啮，民穷则盗，大盗起而天下事政不可知耳。故今日之弭，灾异不当弭之于冥冥之天数，而弭之于昭昭之民心也。

第四问①

自古驰域外之观，树非常之绩，断非规规抱咫尺绳趋矩步者，所能仿佛其万一。故于众人中，独号曰豪杰。豪杰之所以为豪杰者，有四焉：曰神超，曰识卓，曰才伟，曰胆大。

神之超也，如鸡群之有孤鹤，昂首而志青霄；南溟之有大鹏，奋翼而抟九万也。识之卓也，如华表之木，千年老狐精，具呈真形；牛渚矶之犀，奇形

① 第四问，底本目录作“豪杰”。

异状，举不逃坐照也。才之伟也，如参天之黛色，支阊阖而拱斗，极倚天之长剑，抉浮云而吐白虹也。胆之大也，如黄龙之负舟，视犹蝘蜓白蛇之当道，划然中分也。古之人盖亦有之矣。莘野一犁，耕破万家春雨；傅岩千杵，筑残百雉秋云。渭水而会八百之师，隆中而定三分之鼎。又如鸿沟之割，弄强敌于掌股之间；淝水之捷，付乾坤于局棋之内。一语唤鹦鹉之梦，白衣策灵武之勋。兹数公者，虎凤跃而蛟龙翔，真天壤间之异人矣。

夫异者，天之所独钟也。譬之弈秋然，其运筹五合而六聚，其布局倒行而逆施，时而为细柳之师，时而为背水之阵，世俗所不解也。汉之七国，唐之渔阳，宋之西北边，贾长沙、张曲江辈先其微，亦曾言及之，而卒弃而不采，则杞人之忧，直以为鳃鳃者耳。呜呼！天下事其蕴崇也如火然，不发则曲突徙薪，一手一足之力耳，及星星化为燎原，则焦头烂额有何益焉？有豪杰，定无焦头烂额之虞。

噫！上古之英已久不复作矣，吾安得鲁仲连者而用之乎？以三寸舌贤于十万师乎？吾安得段干木者而用之乎？终其身而强邻不敢加兵乎？吾安得裴晋公之在中书，寇莱公之在北门，司马温公之在相位乎？以一身系中国之重轻、世道之安危乎？然而今未必有是人也；即有是人也，未必识是人也。识且不能，况得而有之乎？

故神欲其超也，而曲谨之夫以泛驾诋矣；识欲其卓也，而寡昧之夫以无病而呻吟诮矣；才欲其伟也，而袜线之夫以濩落五石瓢笑矣；胆欲其大也，而纤趋之夫以暴虎冯河同类而讥之矣。缚孟贲之手，妇人得而胜之；绊骐骥之足，驽骀得而先之。天下事猝起，芒无任之者，一叶飘大海之中，悠悠泛泛，吾政不知漂泊之底止也。

第五问[①]

自建酋之狡焉启疆也，虔刘我人民，蹦蹂我境宇，震惊我阙廷。狼子野心即旦夕，涴我斧锧业已晚矣。顾犹且蓄叵测之虿尾，乘间而肆其螫，则帷屋之臣所当蒿目而忧，韬钤之家所当枕戈而寝，朝堂之上所当侧席而坐也。酋之情状，当不逃我中国之烛照，数计诸文武智勇谋断之臣，洋洋洒洒，其载在牍中者，详哉乎其言之矣。愚何敢拾唾？余以重渎执事之听闻，抑有愚忠焉，不得不披沥耳。

盖今之策酋，不必论其有异志与否，有奇谋与否，有秘密之踪，有跳梁之警，豕突而狼奔与否。直论我驭夷不可无方略，治内不可无豫备耳。方略有三，

① 第五问，底本目录作“辽事”。

曰战、守、和；豫备有二，曰兵、饷。

夫和不必言也，是赵宋之覆辙也。即有时而和，当谓自彼不先自我也。然和不过曰请封，曰互市，往事已较著矣。为今之计，有战守而已。然所谓战守者，愚不能无惑焉。我之所充者，非老弱则罢敝也。其人耳目仅能习金鼓，七尺仅能胜甲胄，十指仅能胜戈矛，乘一若偃若仰之款段，辄欲风驰电扫，百步不留行。此决无之事也，是战以卒败。其将非纨绔则勋胄也，工于弥缝而善于结纳，常欲己攘人之功，人分己之咎。以当涂为护身符，以阿堵为救命索，其捐妻子、掷身家而革裹于沙场之上。此决无之事也，是战以将败。至于守，愚又不能无惑焉。我不宿重兵，则城堡人民非吾有也；我宿重兵，非原额也，旷日持久，脱巾之呼，量沙之窘可虞也。且酋声东击西，倏忽不常。遍为之备，则吾之手足乱而势易分；专为之备，则意外之变生而暇易乘。彼且从容以观吾之变，待吾之匮，岁月间我已坐困矣。故欲战，则精简阅，重委任，斤斤以三尺随之，不当以故事视也。欲守，则固城堡，积辎重，凛凛以万全图之，不当以虚文应也。

至兵、饷二事，抑又有说焉。今之隶尺一籍者，虽乏投石超距也，然而燕幽之沉雄，川陕之劲悍，湖湘之组练，青齐之节侠，不难罗而致之麾下。兵非所少，少在饷耳。将欲发内帑乎？吾不敢请也；将欲增额外乎？民之困极矣。所恃者，屯田一着，夫赤白囊交驰，事在旦夕之近，而取效岁月之遥，此诚迂矣，然而春和举趾，诚悉心行之。去道旁之筑，屏盈庭之议，绝肘后之掣，而专一人焉总其成，玺书荣之，功令督之。则三军之士，汤火犹可赴，而耰锄独不可把乎？刍豆饱而马腾骧，储胥殷而士敌忾，此元气、神气之说也。即令丑类解辫来朝，系祖以献，可也。然而未易言也。

噫！安得如赵营平、诸葛武侯者，与之策辽事哉！

翰林院庶吉士今授科候补给事中臣杨梦衮谨题为揣分逾滥乞放归田里以安愚分事[①]

臣齐鲁之迂儒也，学不通方，才非用世。偶叨一第，蒙皇祖寿考作人拔置词林，曾以犬马之齿领袖群英。未及到任，丁艰回籍。经今已阅六载，已历三朝矣。去年其复入京，窃意遭际荡荡，无名休休，有容之盛，葑菲采遗，簪履存旧，或可滥竽史馆，附诸贤之后，窥见金柜石室之藏，生平愿足矣。不意草野不谙馆规，致令外补，是诚自取之也。臣雕虫小技耳，留馆固无华国之文章，

① 此标题底本目录作“致仕疏”。

补垣更无致君之学术。青编穷岁月，佔俘尚且未能；白简肃风霜，纠弹岂其胜任？且居言路者，必先立于至是无非之地，而后能是非人。臣例应内留，翻成外补，一时同乡、同年及同事者，皆怪问其故而不可得。人必且谓臣厌薄词林，猎取要地。既以乖其本心，又以招乎物议。所以自处者非矣，又乌能扬眉吐气，为谏垣重乎？臣是以彷徨不安，进退维谷。

伏乞圣明鉴臣愚衷，放归田里，以明心迹，以终天年。臣即无雕龙绣虎之才华，补衮批鳞之作用，尚能耕田凿井，与田父野老击壤康衢，优游圣世，咏歌太平，良厚幸矣。

臣无任悚息，待命之至。

翰林院庶吉士今授科候补给事中臣杨梦衮谨题为灾异叠见乞竭诚修省挽回天变事[①]

臣曩滥竽史馆，丁艰回籍。里居四年，日睹民间疾苦，时事艰难，每欲叩阍而不可得。顷以起复，补授谏垣，虽未就列，已有言责矣，谨以灾异为皇上陈之。

臣闻地道主静，静则守常安象也，动则失常危象也。况辇毂之地，郊庙宫阙，棋布星罗，祖宗凭依鬼神，呵护亿万载，磐石之基，皆托根于此，犹不宜数有地震之变。不惟人心汹汹，而震惊宗庙，动摇社稷，圣心必有悚然不宁者。此不待问之占验，而已知其为咎征矣。年前腊月间，曾有此变，已经题奏矣。今二月三十日己未时分，青天白日之下，有声如雷，地轴摇撼，屋宇倾欹，一连数次，良久乃止。臣不胜大惧，头目眩晕，四体恍惚者久之。

臣遭际圣明，天覆地载，高厚难名。每想见清宁安阜，叨想太平之福，而年来天心示警，骇目惊心之事，不止一端。月蚀数次矣，日无光矣，风霾连日不休矣，是天失常度也；风滁震矣，陵寝震矣，宫阙震矣，是地失常经也；都门劫饷矣，劫官矣，长安毁御史章服矣，长兴杀知县矣，是人失常性也。大物失常之谓怪，人失常之谓妖，天地失常之谓沴。戾一之为甚，今且至再至三矣。从来宇中有三才，曰天、地、人，今三者一切乖张悖谬，无寻执之血脉，有颠越之气机，天下事将有不可测者，臣乌得不为皇上私忧而过计乎？

然三者之中，人心最为吃紧。今人心何如也，农事关军国之储，水旱制田家之命。近日他省光景，臣不能具悉。姑就臣乡言之。

臣山东人也。山东界南北两京之间，几甸咽喉，绾于一线。山东安，天下俱安；山东危，天下俱危，不为不要害矣。今臣乡自去岁，妖贼之乱，生灵涂炭，

---

① 此标题底本目录作“灾异疏”。

闾井萧条，已甚可悯矣。而冬间雨雪全无，麦苗枯槁。春来狂飙扑面，田起黄埃，干燥之土势难播种。昨有人自臣乡来者，说米价腾涌，日甚一日，嗷嗷小民殆不知糊口之策、葬身之地矣。臣乡贫薄，以田为业，一经荒旱，辄作饿殍。往年卯辰之旱，父子相吞，妻孥抛掷，其填沟壑、散四方者，盖不知几万万。许赖祖宗福泽绵长，多方赈贷，稍稍苏息，至今疮痍载道，元气未复。若再雨暘不调，兼以催科之吏借口加派，猛虎毒蛇助岁为虐，致有意外之虞，祸且移之国家矣。

百姓是国家根本，假令嚣然丧其乐生之心，走死地如鹜。彼乘机者因而四起，盗贼窃发，夷虏凭陵。譬人腹心受病，元气不充，先已内虚矣，风邪始乘之而入耳。古之筹兵事者曰天时地利人和，今天不为我时而以乖错应，地不为我利而以瓥毳应，人不为我和而以偾张应，国家可忧可虞之事，宁有大于此者？至辽左、黔中，事尤其末耳。

伏乞皇上仰体天心，警悟修省，敕谕辅臣以下，大小臣工、内外僚属，夙夜在公，实心实政，共襄寅恭燮理之业，如坐漏舟，如居烧屋，汲汲皇皇。凡用人行政，兵饷加派诸项，斟酌调停，务要收拾人心，斡旋国运，挽回天变。甚无溺职旷官，甘为处堂燕雀也，天下幸甚，臣愚幸甚。

臣草茅不识，忌讳不胜，悚息待命之至。二疏有止之者，俱未上。

岱宗藏稿卷三十六

济南杨梦衮龙光著

表

拟诏革天下镇守内臣廷臣谢表嘉靖七年

伏以纶音天降，收片时假借之权；斧断霜飞，廓四海肃清之治。奸除城社，望惬垓埏。臣等诚惶诚恐，稽首顿首，窃惟国家之治乱，在于用人；时事之安危，视其操柄。畴咨厪于二帝，岳牧臣邻之外，宁有憸邪？统承越及三王，公孤宅俊之中，曾无滥设。唯兹内竖，实号宵人，身特取于司阍，职未闻其守土。命严伯回，深期向日之忠；色变袁丝，预勒履霜之戒。外兵轻召，翻成入室虎狼；甘露俄闻，无奈窥人魑魅。盖扬汤以止沸，薪不尽而愈助炎威；彼决瘿以溃瘤，疾虽平而骤伤大命。事已彰于往鉴，戒尤备于高皇。七尺铁牌，直褫貂珰之胆；两行玉笔，永垂虎幄之观。

国纪久而渐纷，内臣横而莫制。振也亲征挟上，大驾蒙尘；瑾而黩货专权，太阿在手。前车已覆，炯鉴非遥，虽剔蠹厘奸，渐革两朝之弊窦；而承讹袭舛，犹仍一日之权宜。万里封疆，尽委门庭贱役；一方保障，遥分刀锯余魂。人心所在汹汹，圣断能无凛凛？

兹盖伏遇皇帝陛下三重开天，六飞御极。衡阳云起，占王气于荆湘；楚甸龙腾，明帝星于江汉。入承大统，真天与以人归；出总朝纲，凛风行而雷厉。念此内臣之镇守，原非盛世之规型。冠着沐猴踞坐，乌能莅众？翼生猛虎横飞，必且食人。恣彼雄心，凌吾方面匣中；巨阙动称，赐自尚方马上。朱提漫云，输于内府。河魁盗弄，几回黩武穷兵；条例繁兴，到处铸山煮海。法中作法，制来岂是犬牙？官外设官，绩处真同狗尾。大中丞不作北门锁钥，司礼监乃当万里长城，骚驿民间，纷纭海内。苏松缝掖，操铅椠以录妖书；吴越缥缃，括画图而供清玩。阉竖已骑于虎背，先皇曾避于豹房。万顷风波，往事居然在目；一天氛雾，静言犹自伤神。征羹者吹齑，国事岂堪再坏？代斫者伤手，主权可落多门。啧啧人言，众已知其不可；明明天鉴，独能久于姑容。遂颁涣汗之音，式重复隍之警。蟒衣玉带，偃亭亭大纛高牙；凤历金瓯，屏扰扰长蛇封豕。九天悬日月，阳渐长而阴渐消；万里肃风霆，令必行而禁必止。大奋飞龙之神断，早清指鹿之奸谋。谁云去佞拔山，行见退邪坠壑。彼黄门之狱逆恶滔天，而白马之冤清流扫地。中尉掌兵北寺，典狱慨时事之陵夷；定策国老天子，门生笑当年之颠倒。谁能飞朝端之片纸，清宇内之群邪，有如今日者也？

臣等荣际攀龙，忠期射隼。对青编于夜月巾沾，受制家奴；贡丹悃于云霄发怒，顶当太监。幸逢创举，有快夙心，伏愿离照高悬，慎之于出入起居，而一笑一颦必爱；乾纲大整，严之于便辟侧媚，而八柄八法常操。勿以扫除之役为腹心，勿以刑余之人为周召，则邦本永固，无土崩瓦解之民心；而神气恒尊，有挈领提纲之主柄矣。

臣等无任瞻天仰圣，激切屏营之至，谨奉表称谢以闻。

拟上以四方灾变异常命辅臣撰旨谕令上下同加修省群臣谢表嘉靖四年

伏以天戒昭垂，仰察重玄之寓意；宸衷默摄，俯资百辟之同心。睹乾象以冰兢，焕奎文于日朗，朝端改色，海宇生春。臣等诚惶诚恐，稽首顿首，窃惟古来大圣之朝，必有非常之变。盖天心仁爱，非灾异无以彰警戒之微权；而君道忧勤，舍修省更合有挽回之上策。尧仁浩荡，九年廑泽水之咨；汤敬渊涵，七载费桑林之祷。雉雊飞来鼎耳，何妨殷室中兴？龙漦忽洒庭除，坐见周家浸弱。灵芝天马，漫盛事之徒夸；瓠子宣房，奈忧心之如醉。白鱼跃于舟内，岐山兴矣，而犹垂刀剑之铭；黑青见于禁中，艮岳危哉，而不辍花石之贡。毁巢纵鹊，真不愧于英明；举手吞蝗，亦足觇其轸念。祸岂无因，而至石言于晋，师旷知其有凭；福非有意，可邀灾禳于齐，晏子笑其无补。一言而荧惑退舍，明效彰彰若斯；四方之艰难当知，大臣惓惓如此。

历观往牒，幸际熙朝。兹盖伏遇皇帝陛下奉三御世，乘六当天。出应昌时，王气每占于江汉；入承大统，祥云常护于荆湘。天之苞、地之符，独钟英灵于宇宙；洛之龟、河之马，顿剖玄秘于古今。岂期近日之多灾？遂致圣心之过慎。谓山崩川竭，原非盛世之休征；而物怪人妖，总是太平之炯戒。震来虩虩，虽宵旰亦为不宁；乾健孜孜，非殷忧其何以出？恐感格凝承之不力，遂涣纶音；念股肱耳目之有人，特宣辅弼。隐括渊衷之旨，协同荃宰之心。方寸悍涵，无处不交孚于天地；一腔恭默，有时可怜降乎鬼神。盖屏暇豫之浮情，即成顾諟；而罄纠虔之精虑，便转明威。五色云中，静觉乾坤清泰；九重天上，顿消宇宙氛霾。济济鹓行，争调玉烛；绵绵凤历，永固金瓯。

臣等无力回天，有心向日。才羞调燮，空惊九月梨花；望愧循良，遥忆双岐麦秀。怅涓埃之无补，竭踵顶以何辞。伏愿休而勿休，圣不自圣。卿惟月，尹惟日，摄以兢业之小心；大臣法，小臣廉，酿为昌明之休运。则地天交泰，欣逢有道之长；而海岳献灵，共享无疆之福。

臣等无任瞻天仰圣，激切屏营之至，谨奉表称谢以闻。

拟兵科给事中秦崇以边警请敕镇巡文武互相咨度计出万全上纳其言因论人臣当同心集事不特边将为然廷臣谢表

成化元年

伏以天威丕振，运筹彰帷幄之权；圣世同寅，和羹效盐梅之雅。狼烟警熄，凤阁春生，剑戟插碧空而动色，簪绅罄赤悃以飏言。臣等诚惶诚恐，稽首顿首，窃惟国之大事在戎，臣亦同心共济。廑日中之昃，须知寇伏门庭；先天下之忧，期在人调鼎鼐。克鬼衣于三载，雄断出自宸衷；伐猃狁于朔方，壮猷资乎元老。自桑土之防不豫，而衣袽之戒渐疏。腾杀气于塞门，燕支埋影；吹胡风于边月，瀚海翻澜。射虎将军，枉作封侯之梦；落雕都尉，空传如破之名。雁塞秋高，辄欲吹茄南牧马；龙韬日讲，谁能画策北防胡。计出东西之支吾，大将未屯于细柳；谋同左右之分袒，天骄遂逞其前茅。是岂孤掌之鸣力单？不能以御侮；或亦同心之少策穷，辄苟于和戎。雪作黑山花，毡裘壮胡儿之胆；月为青塚镜，琵琶销汉女之魂。谁当借箸而筹？虏可腔弦以待。

幸逢熙世，叨际沉机。兹盖伏遇皇帝陛下，轩图阐画，羲驭飞空，救万民于水火之中，折冲樽俎；奠一世于衽席之上，战胜庙堂。蠢尔匈奴，狡焉猖獗。赤心报国，赖青琐之直臣；白首筹边，幸黄扉之元宰。谓官虽分于百职，而谋只合于一心。莫以文墨之儒，徒画充饥之饼；莫以韬钤之侣，争夸拜将之坛。同舟而遇风，虽胡越犹如共体；调弦以奏曲，合宫商乃可成声。臭能出于如兰，势自成乎破竹。

虚衷止辇，常思一得之陈；旷度转圜，乐取万金之策。遂蒙嘉纳，即见施行，凡我在廷之臣，当知集事之美。眼中青白，一家自隔藩篱；口内雌黄，片语徒生矛盾。试思两虎相斗，老成深以为忧；窃念二人同心，大《易》明称其利。岂特貔貅之士，常以异议，败以同谋成；即如鹓鹭之班，亦以一体，谐以二心忤。奎文焕发，乍醒凝丞左右之迷；天语遥临，永作耳目股肱之鉴。行见臣邻协赞，笛中生沙碛之春；遥知异域归忠，城头沸管弦之月。

臣等才非投笔，志愧请缨，当此万国之朝宗，可容四郊之多垒。抚倚天之剑，常悬灭虏雄心；操入室之戈，敢坏同寅雅谊。伏愿止戈为武，不战屈人。握金镜于鸾门，光遍三千禹服；偃铜标于鲸海，风清百二秦关。天下太平，端九重之衮冕；华夷一统，来万里之梯航。

臣等无任瞻天仰圣，激切屏营之至，谨奉表称谢以闻。

岱宗藏稿卷三十七

济南杨梦衮龙光著

启多代作

上朱相公启赓

伏以双阙葱茏，春色先纶扉而布暖；五云缥缈，台光映弦鼎以呈祥。仰荷鸿私，俯伸蚁悃，八行写臆，九顿缄词。恭惟台台休休有容，断断无技。探千年之窈窕，目窥禹穴遗编；泛万顷之汪洋，胸贮耶溪胜概。贤良容易得策，独对于三千；名世不虚生数，适逢乎五百。云汉夺天孙之锦，七襄文采辉煌；清宵燃太乙之灯，四壁图书璀璨。文章经世，道义格君，姓名试问金瓯，勋业总归玉烛。某词惭黄绢，选愧青钱。几度抢榆枋，咫尺隔南冥之水；翻来称桃李，门墙瞻北斗之光。承衣钵以厚颜，对监车而垂耳。曩趋跄于台座，曾辱华筵；顷候补于都门，更亲道范。东方小吏，何妨呼作马牛；北阙元臣，久已仰为麟凤。僭备药笼之品，谬分藜阁之荣。曳履上星辰，转鸿钧于一气；垂绅依日月，光相业于三台。傥蒙大造之吹嘘，何惜微躯之捐报？薄将尺素，聊见寸丹；不尽瞻依，希惟昭亮。

贺朱少宰启国祚

伏以六卿之长，曰天官水鉴高悬于百辟；四海之均，惟冢宰铨衡遥映于三台。相才自古休休，仕路从今荡荡。恭惟台台商岩梦说，周岳生申，涛涌胥山，蔚起东南。士气云蒸，携李挺生吴越；人豪移籍，帝乡策名天府。秋风蹀躞，神驹恣千里而遥；晴日翱翔，彩凤辉九苞以下。榜题御墨，袍惹炉烟，称国士以无双，举贤良之第一。妙辞黄绢，当今之宗匠其谁；美节素丝，环海之具瞻在是。顷承帝命，入佐天曹。运元气于星罗棋布之中，治均九有；综群流于条分缕析之内，道奉三无。知人不数乎孝基，称职远超于行俭。某职同管豹，品等醯鸡，绾绶青齐，滥御王乔之舄；分符海岱，适遭龚遂之绳。君占鳌头几载，飞腾依日月；我叨骥尾频年，蹩躠困风尘。独甘小草之讥，头颅半白；谁识劳薪之爨，盼睐垂青。迩者御体违和，群公穆卜，幸一人之有庆，迓万寿以无疆。但国是多端，而主心不定。疑朝绅为窃鈇，则地天之泰不交；纵阉竖以攫金，亦风雷之断未肃。幸惟明公柄用，时事潜移。城社之奸，既望风而雾散；釜鬵之患，可指日以冰销。在社稷且有鸿休，如缙绅能无雀跃。肃将菲意，聊见芹心；望斗翘瞻，临风依恋。

上赵大司徒启世卿

伏以国计特筹，频为九垓培命脉；朝端曳履，雅从八座著勋名。敬致芹私，遥瞻芝宇。恭惟台台乾坤正气，海岳耆英。大明湖之一镜渟泓，并襟期而澹荡；华不注之孤峰秀削，同风节以崚嶒。范身于规矩准绳之中，步步贤关圣域；摛词有布帛菽粟之味，言言国脉民膏。卓尔不群，挺然独立。风尘落落，吐龙气于双钩；世路纷纷，任羊肠之九折。所居仅敝风雨，宛如原宪之庐；其气直凌秋霜，欲折朱云之槛。性如姜桂，知平津宅为何物乎？身返柴桑，耕历下田若终身矣。贾生重召，还来宣室之求；安石高眠，终为苍生而出。总储钱谷，有大道以生财；轸念膏脂，无漏卮之妄费。收荒诸策，浚民生不匮之源；请帑一书，绵皇祚无疆之福。仰念累朝元老，如凤如麟；俯惭尘世下僚，应牛应马。某谬叨国宠，承乏仙乡，顷候补于都门，窃瞻依于台座。幸垂顾盼，雅荷帡幪。迩因待罪于三年，辄敢修缄于一价。量包山薮，知无疾而不藏；悃积涓埃，怅有怀之莫吐。仰希普照，倍切瞻依。

上杨少宗伯启道宾

伏以班联玉笋，清辉遥映于三台；名覆金瓯，雅望允孚于四海。敢附音于鸿羽，希垂念于鸡户。恭惟台台垂天云翼，贯斗星标。擅藻丽于温陵，丹霄翥凤；蔚奇观于闽海，碧汉腾蛟。三秀削文峰，满纸灿烟霞之气；五华开笔阵，长空烁星斗之辉。挺秋鹗以高飞，钓春鳌而独占。青云接武，凤池亲掌丝纶；奎壁生光，鸾掖高标姓字。幔亭仙侣，飘飘非尘世之踪；姑射神人，落落在烟霄之表。累朝礼乐，尽属夔龙；万里车书，争瞻鹓鹭。某备药笼中物，谬劳青眼之知；借衣钵余辉，徒有丹心之恋。蓬蒿满径，甘仲蔚以沉沦；桃李盈门，附梁公而激发。未操刀而制锦侨也，犹以为忧；欲卖剑而买牛龚乎，恐有不逮。空怅监车之垂耳，谁怜斗米之折腰。敬托长须，聊将短札。百朋欣赐福，梦中翘望门墙；双鲤问加餐，天上瞻依杖屦。傥蒙昭鉴，可任光荣。

上萧大司马启大亨

伏以铃阁风清，万里长城雄虎视；邮筒路迥，一函短扎托鸿飞。仰斗者但望其高，饮河者竞沾其润。特耑一价，只候九阍。恭惟台台得雨蛟龙，在山虎豹。文章经世，灿如沧海之朝霞；武略如神，迅于岱宗之风雨。啸抚匣中龙剑，坐销塞上狼烟。皓首筹边，两鬓星星惊雪满；赤心报国，一腔耿耿许天知。运子房之筹，应自受书圯上；伏尚父之钺，何难启土营丘。某樗栎凡材，参苓末质，偶辞南国，承乏东齐，荷青眼于云霄，铭赤心于夙夜。蠡难测海，空惊万顷之汪洋；蚊岂负山，徒叹长途之蹩躠。乏父老甘棠之荫，领上郡以怀惭；涉人贤桑梓之乡，入宝山而空去。每一念至，辄为悚然。兹逢绩满之期，徒有罪盈之惧。持音闻问，耑候兴居。惟愿气亘虹霓，勋弥天壤。盈勋名于麟阁，敦山河带砺之盟；蒙宠遇于龙墀，重磐石干城之寄。永承鸿庇，快睹膺扬。

寿韩中丞启取善

伏以天保兴歌，备纯禧于五福；长庚耀彩，溢瑞气于千龄。阶前之蓂荚重新，海上之蟠桃又熟。恭惟台台天朝屏翰，海岳菁华。萃累世之冠裳，云霄接武；作三齐之领袖，月旦推盟。早奋疏于词坛，渐登庸于枢府。经天纬地，向来钟鼎见奇勋；弄月嘲风，此际林泉多逸兴。红尘渐远，等人世之幻梦于邯郸；白日初长，披霞外之疏襟于蓬岛。仙洲园里，兰舟一任镜中行；澧水源头，藜杖遥舒川上啸。落千峰之紫翠，晴岚片片袭衣裾；绽万树之红芳，霞彩纷纷流翰墨。时维新腊，天启芳辰。玉洞生春，蔼氤氲于碧落；金茎荐露，吸沆瀣于丹霄。泛泛水中鸥，忘机自适；呦呦林下鹿，藉草同眠。家有箕裘，庭森兰玉。班衣绕膝，洵哉天上麒麟；金带横腰，伟矣人中鸾鸳。某章缝末品，铅椠迂儒，久承青盼之荣，深切丹心之刻。仰瞻山斗，遥祝乔松。雪藕冰桃，天酒对蓬壶斟酌；纶巾羽扇，霞衣同云水飘扬。伏愿桥梓联芳，芝兰竞秀。凤衔仙诏，重膺圣主之恩；龙霈甘霖，大慰苍生之望。五百年生名世，勋庸稷契皇夔；八千岁为春秋，寿考彭铿黄老。

上朱太常启敬循

恭惟台台九苞彩凤，千里神驹。玉树琼枝，皎皎风尘表物；朝华夕秀，娟娟阆苑中人。窆石探金检之藏，情深吊古；镜湖发兰桡之兴，才忆济川。夺云锦于天孙，有光世业；振箕裘于相国，不替家声。扬历清阶，光崇先德。庭前趋鲤，由来能读父书；阃内丸熊，应自多承母教。不遂潘舆之愿，空悬莱彩之思。泽感杯棬，悲衔风木。顷者钦承帝命，护送灵輀，主恩并天地高深，慈范只古今首出。断织只增流涕，援瑟未忍成声。某谊忝通家，情殷犹子，一官徽缠，何时展拜松楸；方寸悬旌，镇日瞻依桥梓。山川绵邈，云树苍茫。千里附鸿书，神驰南亩；九原赍鸡絮，泪洒西风。仰念尊师，当今硕辅。生平鸡肋，谬蒙国士之知；世路羊肠，久仗台垣之庇。望门墙而执贽，谊则师生；传衣钵以盟心，恩同骨肉。矧余僚友，为丈姻亲。朝夕寒暄，漫喜花封共事；关山邂逅，私欣萍水相逢。昨以悬弧，曾叨染翰。阳春白雪，巴人和也无由；赤水玄珠，象罔求之始得。顾浮生碌碌，谁能较量彭殇；而大梦悠悠，我已忘情蕉鹿。聊申鸣谢，敢布衷私。伏愿道体安和，乔门清吉。君亲大节，揭日月以同明；忠孝宏名，垂乾坤而不朽。其为宠幸，曷可名言？

上张给谏启延登

伏以琐闼山高，一道清霜飞谏草；垣墉斗大，元天霁日照倾葵。萧贡八行，遥输五内。恭惟台台高岗鸣凤，东海祥麟。阀阅高华，万里瞻寻源之使；襟期磊落，五车富博物之才。文章多经国之格言，政事皆匡时之大略。亭亭直上，屹于华不注之孤峰；蔼蔼可亲，温如勃律河之美玉。身虽鼎贵，菜根滋味犹存；道即委蛇，铁石心肠不改。材从德铸，实与名符，初栽潘岳之花，惯种橐驼之树。周之恺悌，君子重咏于诗人；汉之循良，大夫并传于班史。特膺主眷，荣擢科臣。声华并北斗以争高，品格与南金而比贵。仲山补衮，格君心未格之心；傅说和羹，调众口难调之口。巷而遇主，野以同人。某谊忝枌榆，材同朴樕。井蛙焉能测海，戋戋无长；夏虫不可语冰，规规刍失。岂期谫劣？过徼绸缪。自非二天，何有今日。生我者父母也，难酧怙恃深恩；荐物者上天乎，切望栽培大惠。谨耑下吏，聊致荒词。俯罄寅悰，愧无辞于不腆；仰希丙照，窃有借于余辉。

上宋巡青启一韩

伏以北阙鹓班，垂高情于推毂；东方凫舄，滥极宠于乘轩。谊自采葑，感当结草；震而怀愧，豫以承休。恭惟台台二室仙姿，双钩龙气。崧高山上，挺生降岳神人；星宿源头，重见负图龙马。翱翔青琐，雅称耳目之臣；出入彤庭，式重复心之托。班每联于玉笋，名宜覆于金瓯。袖里弹章，千载光生日月；怀中谏草，一时气肃风霜。岂期过听人言？遂至旁搜物誉。坐使邓林之樗栎，均蒙大块之吹嘘。姓名上彻于重瞳，声价俄增于片语。盖顺风而呼，闻者远；而附骥之尾，名益彰。某瀛海迂儒，锦川俗吏，望倪宽而不逮，拟尹铎以非伦。奏功在天马间，空劳月旦；课治出神爵右，自觉云泥。既非国士无双，岂敢谓治平第一？悬鱼苦节，极知不足自多；驯雉芳声，未审胡然而至。真是回天之力，徒怀覆露之恩。持冒钩严，聊申谢悃。伏愿格君无形之地，施恩不报之人。天植其忠，矫矫飞龙夹日；义形于色，翩翩鸣凤朝阳。岂惟千载之逢？行且二天之戴。

贺陈仪部启升

伏以凫舄东翔，共颂东齐遗爱；骊驹北上，载承北阙新恩。骥其展乎，莺乃迁矣。恭惟台台岳神生甫，河马呈图，气欲干霄，落落丰城宝剑；姿如冠玉，娟娟阆苑瑶华。早年夺锦燕台，顷岁分符齐地。岱云笼墨绶，一廉空翠景双清；海日照铜章，万里明霞光四射。暂试割鸡之手，辄蜚驯雉之声。简在枫宸，朝士喜识荆之有素；卧攀花县，野人怅借寇以无由。盖游刃有余，已自号称利器；而处囊立见，不难扬历崇阶。即官应列宿而来，既为三齐造福；宗伯得循良为佐，还从八座生辉。某遥立下风，仰瞻北斗。宦游接壤，曾共事于一方；友谊同舟，乍萦怀于两地。仰惟鸿渐，特切神驰；肃贡贺私，耑希鉴纳。

贺胡民部启鹗

伏以济上分符，懋著循良之绩；都门拜命，荣膺会计之司。弦歌已振士风，钱谷还培国脉。自非重望，宁荷殊恩。恭惟台台天府神龙，恒山文豹。笔花散雾，光分太乙之藜；袍影穿云，色夺天孙之锦。壮游天下，持玉节以星驰；竦立庭中，奉简书而霜肃。皂囊吐气，骢马生光，丰标不让埋轮，气节遥追揽辔。误有长沙之谪，聊为东土之游。花笑春风，绽浓芳于桃李；琴鸣夜月，寄幽意于丝桐。暂屈牛刀，吾道不妨小试；俄腾骥足，士林共羡雄飞。圣主恩深，彩凤衔书以下；高贤道泰，巨鱼纵壑而游。人不病于积薪，莺且欣其出谷。迁东方之民牧，司北部之计曹。缙绅击节以扬休，眉端欲舞；父老攀轮而惜去，涕泗交流。某滥厕清光，夙瞻高谊；喜同雀跃，耑致芹私。望拟仙登，冒将芹悃；仰希台照，不尽心铭。

谢赵按台启标

伏以柏台秋肃，司弹压于清朝；花县春深，荷生成于大造。只知待罪，敢望扬清。举首有天，措躬无地。恭惟台台风霆气节，冰玉襟期。地有余灵，卜筑邻傅岩之相；山多名胜，开窗揖姑射之仙。文章奕奕，雕龙锦心霞灿；丰采堂堂，冠豸铁面霜飞。特出燕台，来巡齐境。万人屏息，共惊五色之神羊；千里摇魂，争避九天之骢马。某叨承民社，忝列郎官。虽心切爱人，勒茧丝而垂戒；然才疏用世，抚韄线以怀惭。不意洪仁，兼沾俗吏。一朝推毂附骥尾，顿觉名彰；千载弹冠厕鹓班，俄欣神爽。才叨恩于北阙，遂承乏于南都。大块吹嘘，不择山中之社栎；长江浩荡，还迎海上之波臣。瞻依莫罄倾葵，感激终当结草。俯耑下价，仰候崇台。伏愿整肃朝纲，俨在山之虎豹；扫清君侧，屏当道之豺狼。万里长城，大纛与高牙直上；北门锁钥，前旌同左钺遥分。

谢严按台启一鹏

伏以绣斧凛风霜，丕振澄清之治；铜章沾雨露，宏开覆载之望。恩重乘骢，荣成附骥。恭惟台台丹山威凤，沧海神龙。一腔澄震泽之波，巨量包藏山薮；双眼开姑苏之月，清辉照彻冰壶。奉北阙之简书，按东晋之疆土。吴门马练，高悬岱岳峰头；海市蜃楼，遥吐蓬莱阁外。山河齐十二金汤，同铁面森严；礼乐鲁三千俎豆，与绣衣掩映。某瀛海迂儒，风尘俗吏。买牛卖剑，颇欲移风；饮马投钱，粗知砥节。第任虽深，而才则浅。故勋殊少，而戾滋多。敢期韄线之无长，谬徼绣衣之垂盼。栽培过望，私怜樗栎逢春；顾影长鸣，漫喜驽骀长价。简牍方陈于枫陛，褒章遥下于芝幽。愧非制锦之才，滥被如纶之典。恩沾鹤发，九原葱郁生辉；宠赐龙章，双阙辉煌动色。谨耑下价，特致微忱。报切衔环，莫罄二天之戴；望悬揽辔，适当千载之逢。伏愿坚捧日之忠，普弥天之泽。九重隆栋，膺简在于天朝；万里长城，寄安危于世道。宏开至治，窃被余光。

请于侍御启永清

恭惟台台剑请尚方，轮埋都下。直声不著，凛白简以飞霜；长啸言旋，拥青樽而醉月。秋风飒飒，颇思张翰莼鲈；情话依依，偏爱陶潜松菊。谨詹某日治具开筵，称觞为寿。泻流霞于鹦鹉，家酿新篘；喷瑞霭于狻猊，篆烟乍袅。霓裳度曲，娱我嘉宾；风伯清尘，迓君驺从。傥乘骢光贲，衣裾照星斗辉煌；试挥尘高谭，齿颊惊天花飘落。望燕台而不见，鬓边已谢红尘；怜齐瑟之徒工，世上谁为青眼。罚依金谷，颓任玉山。敦千年秦晋之盟，希十日平原之饮。霜肥紫蟹，兴来手且持螯；邪触神羊，醉后头忘冠豸。

己酉请监临萧公启淳

伏以星聚奎躔，一代际文明之运；风清岱岳，三齐仰法纪之宗。自非明哲持衡，谁使英才入彀。恭惟台台神京士鹄，天府人龙。易水波澄，身作济川舟楫；恒山秀耸，辉含命世珪璋。遥出燕幽，来巡齐鲁。祥光弥晓甸，列署披襟；朗日照秋空，四封敛息。天下想闻文采，贤关更庆宏开。策花骢而收千里之材，坐见驰驱皇路；持绣斧以采干霄之干，行将梁栋明堂。兹棘围受事之辰，正棨戟躬临之日。望隆山斗，肃詹吉日开筵；境拟蓬瀛，冀引熏风入座。

请大主考彭公启惟诚

伏以上国观光，身作文章司命；东齐抡秀，天开奎壁腾辉。不有名流，曷当玄鉴？恭惟台台高岗凤翼，宝鼎龙文。一桂散天香，瞥见江南得隽；五花翻云锦，仍惊冀北空群。天植其忠，义行于色。明光执奏，凿凿乎逆耳批鳞；青琐裁笺，惓惓然沃心补衮。真是朝阳鸣凤，何殊向日倾葵。天鉴精忠，人推盟主。囊中谏草，谅无郁之不伸；席上奇珍，知有投而必售。特承明旨，来典文衡。躬涉齐鲁之墟，亲挹孔周之化。兹者棘围将锁，暗中自有朱衣；藜杖高临，座上谁为黄绢。欧正一时之怪，韩起八代之衰。穆卜芳辰，肃迎台履，遥望云霄接武，其瞻衡鉴生光。

请副主考邵公启辅忠

伏以艺苑抡材，同被朝端明旨；棘围擢秀，欣逢海内宗工。大雅持衡，小东振藻。恭惟台台学窥二酉，价重双南。擅南国之菁华，锦云绚采；声北畿之卓异，钟鼎铭勋。三尺凛于霜青，四方转为风动。禹车欲下，许圣主之好生；汤网弥恢，赖良臣之明允。顷因典试，副宴齐藩。星斗争辉，紫气夜生雄剑；海山入望，清光晓入吟囊。属鹿鸣之戒严，喜龙门之载辟。肃具蓬瀛嘉宾，式瞻山斗高标。面沧溟以开筵，目送鵾鹏南徙；指岱宗而作障，神摇风雨东来。

鹿鸣宴请监临萧公启

鹗牍启文，明光腾奎壁；乌台崇荐，举会际风云。折桂者七十五人，倾葵者三十余士。恭惟台台冰壶贮玉，金镜澄波。旭日梧桐，夙矢抡才雅志；春风桃李，行杼为国精忠。纵观蚁阵之战酣，快睹龙门之化速。槐花散影，朝来绣斧欲生光；桂子飘香，夜半花骢争吐气。恭陈嘉宴，协庆观光。惟揽辔以来临，当举觞而祗候。

请主考彭邵二公启

菁莪普被，蒸海岱之风云；桃李荣开，沐门墙之雨露。窃念明扬大典，何酬师表崇仪。恭惟台台指南重望，空北雄才。悬藻鉴以衡文，青钱入选；奉简书而擢士，黄卷生辉。星日昭回，座上彩毫呈五色；珪璋特达，席前璞玉重连城。放榜大服人心，策名俄登天府。肃启宾兴之宴，群瞻司命之临。俯迓龙光，仰遵鸿典。

答王方伯启洋

恭惟台台名高巢许，兴逸羲皇。龙性难驯，鸥盟永结。扁舟明月，五湖谁识鸱夷；匹马秋风，千里遥思鲈脍。丹文绿字，探禹穴之藏书；铁画银钩，访兰亭之真迹。若耶花发，兰桡醉镜里红妆；天姥峰高，藜杖倚空中翠黛。人行图画，鸟奏笙簧。写逸趣于蓝田，笔底空濛烟雨；题新诗于水部，毫端错落珠玑。故虽剩馥残膏，尽是奇葩艳采。吉光凤羽，即片羽而价重连城；墨妙笔花，乃一人而奇兼二绝。敢期宠贶，颁及迂疏。声华与古为徒，欬唾自天而下。音怀金玉，报乏琼瑶。某制锦无能，鸣琴未暇。青齐俗吏，花封远愧于循良；海岱劳人，莲幕欣奉乎僚友。屈君家之内戚，数裁周旋；希文子之同升，一朝柄用。是称夙愿，方慰私心。伏愿东山游屐，投闲仍念苍生；北阙征书，遭会常怀明主。除元龙之豪气，宁须湖海为高；擅方朔之仙才，且向金门暂隐。

送伍道尊入贺启

燕幽王气，宛日月以双悬；海岱雄藩，际风云而四起。尧天浩荡，舜旦光华。捧表遥瞻，披琅玕于北阙；称觞上寿，祝松柏于南山。夜闻长乐之钟声，金壶并滴；晓望朝阳之日影，玉佩交辉。恭候行期，肃申祖饯；希惟昭鉴，不尽瞻依。

送于[①]分守入贺启维宇

伏以双曜流辉，万国效无疆之祝；千龄锡祉，四方欣有道之长。窃立下风，同瞻瑞日。恭惟台台八闽秀气，五岳名英。轸惜民膏，司东方之钱谷；原培国脉，膺北阙之恩荣。泽已沛于东齐，望仍悬于北斗。欣逢圣寿，遥睹天颜。长乐钟声，开芳辰于万户；昭阳云影，集喜气于千官。肃将芹曝之私，聊见葵倾之悃。琅玕披北阙，雅称主圣臣良；松柏祝南山，行见天长地久。

送卢道尊入贺启梦麟

伏以望重三齐，肃威名于皎日；神驰双阙，祝戬谷于长庚。遥瞻棨戟生光，想见冠裳至止。恭惟台台一方保障，万里长城。英名早著于晋都，逸足旋空乎冀北。臬司分署，俨如虎豹居山；国事在戎，岂许鲸鲵横海。仗太公之钺，专制一方；运留侯之筹，决胜千里。兹当圣诞，遥觐天颜。万寿无疆，躬效华封之祝；一人有庆，欣逢喜起之交。某待罪孤城，叨光台座；肃耑下役，特候荣行。天上鸣珂双阙，晴辉瞻雉尾；斗边曳履五云，瑞气绕龙颜。

上李宗师启叔元

窃惟校士之典，期得真才；衡文之规，须除弊窦。真才不得，则贤路不开；弊窦不除，则真才不得。盖玉石混淆，则碔砆有时而长价；骊黄杂乱，则驽骀或至于争驰。此非美恶之无凭，抑亦真赝之难辨。本来自有面目，一涂抹便掩真形；东西岂无方隅，才颠倒辄易定位。下售其诈，上堕其欺，自非杜其奸萌，谁复知其底里。伏承明问，敢罄愚衷，切照青州之地，实邻玄圣之居。往事得于习闻，流风亦所目击。久遵声教，颇著人文。隅因不逞之徒，遂启丛生之弊。虽居是邦，不宜侈口而谭；然言及之，何敢无词以对。盖隐恶固所以存厚，而匿非不免于背公。发乡井之阴私，譬操戈入室，得无不可；讳昭彰之事迹，如掩耳盗铃，将欲谁欺？请披沥以上陈，靳采择而重察。谨按无端之弊，多出有力之家。潜启幸门，旁开捷径。视功名为奇货，不能结网，徒知羡鱼；等义命若秋毫，曾为窥斑，辄思变豹。生童乘机而诡遇，员役受贿以朦胧。妄意邀荣，甘心行险。伏数人于板下，通一线于隙中。消息无翼而飞，题从内出；机关不行而至，文自外来。灯窗无十载之辛勤，文场有片时之剽窃。岂期曳白，翻作

① 于，底本目录作“俞”。

草玄。蒙羊质以虎皮，斑文彪炳；夺真珠于鱼目，精采陆离。儒童徼幸于进身，生员觊觎于帮补。希图寸进，破费千金。人之无良，虽私幸其得计；士自有志，实共引以为羞。狡兔之窟三，窟虽多而难匿；鼯鼠之技五，技虽巧而易穷。当前道之校文，值此辈之败露。尽拟边戍，禁锢终身。破甑堪怜，覆车可戒。谈虎色变，谁敢效尤；雕龙文心，独归作者。鲁国之赝鼎莫售，兰亭之真帖自来。数载之间，弊端尽革。人人自爱，士子矩步绳趋；色色争奇，文笔云流霞灿。此诚不可执昔日之浇风，薄今时之缝掖也。仰惟执事文章，司命学士楷模。鉴空衡平，品隙秋毫不爽；渊澄岳峙，风采天下皆闻。凡在士林，靡不输心而詟服；一行校阅，谁复怀诈以行私。此惟持以平心，行以公道。高垣厚棘，峻内外之防；塞兑掩关，严径窦之孔。操其管键，一毫自不通风；密其侦巡，片私何由乘隙。若必欲持华表之木，勘破狐精；燃牛渚之犀，照穷水怪。过为渊鱼之察，恐惊海鸟之飞。彼束于明威者，莫不寒心；即老于问学者，行且退步。盖法太严，则身家之虑重；而祸不测，则功名之念轻。是使寒儒绝上进之阶，而名流起远引之想。夫虚衷茹纳，则青衿人士莫非子弟门生；过致猜疑，则白面书生都成魍魉魑魅。试念师生之义，可无山薮之藏。且青州甲第云连，阀阅栉比，鸣珂佩玉者，济济于天衢；拖青纡紫者，翩翩于云路。只宜镇以安静，不合启其纷纭。苟雌黄之口一开，则青白之眼遂判。假使士论有如沸鼎，人心颇似骇鸡。此际不免多端，异时方知无益。又如登州一带，古号莱夷。人性淳诚，犹为近古；上风犷野，但可羁縻。傥以过严之法执而相绳，恐以不肖之心起而共应。深为损重，有失包荒。且如戊子之科，骤有鼓噪之变。二百年之鹗荐，仅等弁发；三千人之鸱张，几成决裂。此虽多士不安于约束，亦唯上官有过于爬搜。盖吹毛以求疵，求者过而吹者劳；而惩喧以废食，惩者小而废者大。伏乞执事扩恢恢之宏度，开休休之冲襟。烈日严霜，回其肃杀；和风霁日，布以阳春。则菁莪沐乐育之教思，而桃李庆门墙之光宠。齐鲁之士，感激曷可胜言；海岱之灵，培养诚非浅鲜。管窥之见，不识忌讳。幸惟采善于葑非，收益于涓埃，或亦有裨于万一云。

题画册寿邹平王明府启绍徽

昔龟呈洛水，繁禧锡于维皇；凤止高岗，纯嘏畀诸君子。诗书所纪，云汉为昭。名世五百年，大椿八千岁。朝宗入海，卷雪浪于江声；旸谷中天，开朝霞于曙色。庆之衍也，振振绳绳；男之宜兮，绵绵蓁蓁。一切吉祥善事，总归长厚仁人。恭惟台台天府人龙，尧门神骏。四朝冠盖，年华逐事业重新；百代箕裘，文彩于宗祊并耀。西京乔木，苍郁干云；东海花封，红芳笑日。家声韩范，政绩龚黄。

恍秀色之可餐，淇园翠滴；俨清棻之堪挹，楚畹香飘。嘹唳三边，度关河而渐远；崚嶒九级，标海月以争奇。胜事永纪于慈恩，高名争题乎班管。洵经国之大业，真垂世之名言。单父冲怀，夜月冷冷流水；浮丘仙骨，秋风矫矫凌霄。蟾自能明，鹄不待浴。有山千仞，挂碧梧以亭亭；有鸟九苞，出丹穴而翙翙。浮云散而桂影婆娑，爽籁鸣而荷香澹荡。鱼悬梁上，襟期澄万丈寒潭；葵拔园中，眉宇映千峰皓雪。望既悬于山斗，寿当倍于乔松。玉洞桃花，春色晴开万树；金盘沆瀣，露华夜捧双茎。娈女不亲，狡童尽屏。壶中之日月，尽属仙家；纸上之烟霞，敢夸神品。绘天者难绘其大，写物者期写其真。技虽愧于虎头，寿期延于鹤算。恭尘乙览，聊祝百龄。

请邹平王明府启

伏以飞舄遥临，频岁清名高马骨；攀辕乍去，一朝行色怅骊歌。握别魂销，衔恩骨刻。恭惟台台西秦阀阅，东土循良。皓月当空，一片清光悬蔀屋；祥云出岫，千层彩色绚山川。农事争先，野无佩犊；文风丕振，家有雕龙。终朝常封图书，五载只携琴剑。人世之浮华尽屏，雅志超群；圣贤之道岸先登，精心析理。顾高岗鸣凤，原在梧桐；而幽谷迁莺，终归乔木。俄单车之就道，惊双舄之凌空。何物春官，遽夺仁人以去；几多父老，争垂涕泣而随。行装殊惨心神，梦寐常瞻颜色。某丹铅陋品，土木顽资。何期下走之愚，过微明公之爱。迩者化蒸文物，楼建奎星。洞启重门，瞥见满城之桃李；俯临万井，闲听比屋之弦歌。鸟革翚飞，宏规垂世；蛟腾凤起，胜地怡人。谨詹某日净扫崇阶，恭陈菲酌。珠帘高卷，流翠色于千峰；画戟遥临，贲清光于四座。势难借寇，若行李之匆匆；喜溢征黄，愧班荆之草草。颙瞻驺从，伫候龙光。

上章丘游明府启汉龙

伏以高标斗仰，宏开普照之辉；伟度海涵，过微包荒之量。恩惟骨刻，感岂言鸣。恭惟台台南国宗工，东方卓异。高文何绮，烂如晴日之凤毛；奇气不羁，逸于天闲之骥足。凡居比壤，莫不倾风。某猥荷主恩，谬称民牧。叨一官于济上，虽则凫飞；控百雉于齐中，每忧蚊负。了无善状，啧有烦言。今当考满之期，恭奉驳查之檄。昔求馋鼎者，必以展禽之言取信；而得千金者，不如季布之诺为荣。门下皮里春秋，藻鉴一毫不爽；汝南月旦，品题万古难磨。上官既借听于明公，下邑实乞灵于大造。伏愿亲移玉趾，赐一夕之清光；俯贲荒城，核三年之拙政。则驽骀下驷，望伯乐以长鸣；虽顽钝铅刀，投洪炉而竞跃。傥蒙许可，何限光荣。下走衔恩，起余生于覆载；先人荷宠，妥朽骨于泉台。

重上章丘游明府启

伏以计成功于后获，宁辞衒玉之讥；借知己为先容，徒切衔环之报。寒鸦带日，幽谷生春。恭惟台台浩气虹霓，清姿冰雪。隋珠万斛，毫端散合浦之珍；和璧连城，席上夺荆山之秀。九霄飞舄，六载鸣琴。器迈伦夷，谈时务犹如扪虱；政敦简易，治大国仅若烹鲜。贤声传一路之福星，德泽沛四郊之时雨。郎山秀耸，千层黛翠笼烟；绣水湾环，一片玻璃浸月。既已蜚英海甸，行将聘步天衢。然犹青盼高垂，持斧斤以睨樗散；方且玄言下示，奏钟鼓而飨爰居。某节愧悬鱼，心存附骥。意长才苦短，韈线无称；邑小赋偏繁，兰丝有惕。一城瓯脱，与下吏以相宜；三户晨星，谅达人之不屑。万端掣肘，尘世纷纷；半世折腰，浮生碌碌。地殊勾漏，原非仙令之才；政逊泾阳，不满樵夫之口。伯牙操曲，虽见实于钟期；邻女效颦，亦何当于西子？乃高人泛爱，扩湖海以纳百川；而拙宦多缘，悬丝萝以攀乔木。扪心增赧，没齿铭恩。虽茂宰之戴星，不敢亲劳驺从；然野人之献曝，能无微表衷私。享愧多仪，物殊不腆。傥蒙麾置，倍切颙瞻。

答上元白明府启鲲

恭惟台台钜鹿人豪，狼沟文献。南山隐雾，蔚丽藻于烟云；东土戴星，殚勤渠于夙夜。指金陵而飞舄，依绣谷以鸣琴。二水中分，剑佩光摇洲渚；三山半落，衣裾润带烟霞。登高遥见龙盘，吊古仍悲凤去。江天布暖，阳和争放梅花；海宇驰声，时雨交滋棠荫。业已追疏召杜，行当接迹夔龙。某谊辱同袍，形暌分袂。星标雅度，徒瞻东出之孤蟾；云汉徽音，忽得南来之双鲤。朝霞烂五色，掩映钟山；玄璧郁十重，辉煌济水。遥承兰臭，想见芝眉。握手无期，荣未分于倚玉；同心有约，利实切于断金。渥仪锡我百朋，片语荷君九鼎。难鸣镂感，备极瞻依。

贺静海陶明府启

伏以政似阳春，协气总从天上至；恩如雨露，荣光特自日边来。花下流芳，芝函动色。恭惟台台七闽耆隽，五垒循良。生车书弦诵之区，兼文物山川之秀。紫芝开胜迹，漱芳润于牙签；灵鹫插长空，收奇观于眼界。海内瞻为山斗，寰中号曰福星。铎秉一方，渊鱼竞跃；符分两地，竹马争迎。抚字心劳，褒封恩渥。三载葵心媚主，一朝花诰荣亲。鹤发霜垂，百岁椿萱并祝；龙章霞灿，九天奎壁争辉。盖唯德与人宜，是以亲从子贵。笏袍楚楚，征式谷于鲤趋；冠帔煌煌，酬劬劳于熊胆。某风尘俗吏，部下编氓。徒因谬绾铜章，备郎官于下邑；不得叨从珠履，厕贺客之盈门。谨贡丹忱，耽申素悃；仰希鉴纳，倍切瞻依。

别静海陶明府启

伏以螭首龟趺，遗爱永镌于丰碣；熊车画戟，荣光兼佐于专城。喜溢征黄，情悬借寇。恭惟台台一腔恻隐，满腹经纶，堂拥孤琴，夙号神明之宰；秩迁别驾，宠分太守之尊。自非茂实骧腾，无此清阶鸿渐。某情悬桑梓，荫托甘棠；久滞天涯，空怀故国。蜗居枕海，累承卯翼私恩；鲋辙迎江，过被沾濡渥宠。锡门闾之华扁，蓬荜生辉；损筐篚之珍藏，草茅动色。叨辱百朋之贶，永瞻双舄之临。隔衣带以盈盈，摇悬旌而耿耿。福星垂照，怅把臂之无缘；旌节旋移，怅攀辕之莫遂。窃念首丘之地，顷罹泽水之灾。上谷而南，百川欲沸；蓟门以北，一望无涯。此时草野漂摇，邻皆为壑；到处桑田韬没，民亦其鱼。灶冷无烟，家贫如洗。农夫悬弃，杳无东亩堪耕；茂宰开仓，俨若西成在望。仁人既去，赤子何依？莺喜其迁，魂销于别。山长水远，神往形留。衷私不尽于八行，惆怅空悬于五内。

请杨明府启栋

伏以圣朝东顾，赐乳保于群黎；司牧西来，悬福星于四境。人皆称贺，邑竞腾欢。恭惟台台关中士俊，海内人豪。擢姮娥之桂，遥分月窟秋香；栽潘岳之花，坐见陌头春色。某谬居卑秩，叨摄雄城。事暂出于代庖，极知逾分；治竟同于胶柱，颇恐招尤。盖夏虫岂可语冰？而吴牛徒为喘月。视民溺而犹己之溺，情因切于一腔；舍己田而芸人之田，心岂周于两用。乱绳未解，大厦难知。兹当茂宰之来，实为鄙人之幸。俗吏释其责任，既无竭蹶之忧；穷民得所依归，复有更生之喜。夙心已慰，素悃当伸。谨卜某日肃具华觞，敬聆玄诲。香飘剑佩，恍卓鲁之躬逢；云拥旌旗，羡夔龙之接武。届期光贲，拭目颙瞻。

奉默庵潘老师启

伏以菁莪普被，际海岱之风云；桃李荣开，沾门墙之雨露。肃将芹献，聊见葵倾。恭惟师台高岗凤翼，宝鼎龙文。聆翙翙德音，猗欤圣朝之瑞；瞻苍苍古色，洵哉希世之珍。秋高竹箭凌云，春暖桃花翻浪。丰标岳耸，抗泰山北斗之高；词笔澜惊，出白雪阳春之上。且素心似玉，而法眼如轮。觉万象之坐收，殆一尘之不染。此真海内之斗杓，而士林之衣钵也。岂直棠阴遗爱，竹帛垂勋，首鹓班而图麟阁已哉？梦衮山中散木，灶下焦桐，久绝想于青云，敢妄希乎白雪？乃谬蒙顾盼，辱微栽培，引之绳尺之中，储为药笼之内，遂使支离轮囷之质，骤为高堂大厦之须。自非匠石之先容，何得菲材之收录。抚心增愧，镂骨难忘。刊岱岳以垂铭，惟知仰止；酌沧波而作酬，莫报深恩。奈事冗于猬毛，而音稀乎鸿羽。徒怀耿耿，不尽区区。兹者谨耑下价之驰，薄有微忱之贡。物殊不腆，俯惭芹曝之私；享愧多仪，仰徼芝眉之鉴。心悬五马，神逐双鱼。衮临楮曷胜，瞻依惶悚之至。

贺湖广庄方伯启代官老师作

伏以控上游而嘉惠元元，泽衍岷江之派；立下风而具瞻赫赫，望高衡岳之峰。行且六合生春，岂但一方造福？肃将芹曝，聊见蓬心。恭惟师台巨川舟楫，清庙瑚琏。擅大雅于温陵，丹霄翥凤；蔚奇观于闽海，碧汉腾蛟。叩之如大吕黄钟，不作铮铮细响；望之似浑金璞玉，谁窥郁郁精光？曳履预觇，八座之勋名；持筹先绾，九垓之命脉。帝心简在，允属黄发老成；人望攸归，亲挹紫芝眉宇。襟荆湘而作镇，忽起雄风；带江汉以为池，遥分润泽。重之以旬宣之寄，寒者衣，饥者食，下无浚乎民生；专之以钱谷之司，为之疾，用之舒，上有关于国课。束发而诵节用爱人之句，即陈良之徒，曾悦仲尼；鼓琴而赓阜财解愠之歌，彼苍梧之野，俨然虞舜。昔萧何之转饷，汉赖以兴；而刘晏之理财，唐因以富。惟兹呰窳无积之俗，加以荒旱频仍之灾。非有拊循，何嘘枯槁？苟使家无失弓之叹，固已享其安全；傥如人消抱璞之悲，便为拔其淹滞。著接䍦于习池之上，山简自古风流；竖堕泪于岘山之巅，叔子于今再睹。伫见桃开万树，武陵述渔父之舟；行将乐奏钧天，洞庭鼓湘灵之瑟。某唱非郢雪，词愧楚骚。辱参术于药笼，均荷鸿庥之庇；贮木桃于筐篚，薄伸燕贺之私。望霞裾振，岳阳楼冷冷然仙也；想斗标树，云梦泽泱泱乎大哉。伏愿福叶黄裳，勋高赤舄。孤忠日照，益坚捧日精诚；宠渥天临，弥洽普天渗漉。皇极之敛福有五，丈人之锡命惟三。

奉巍石陈老师启讳瑛

伏以万里长城，骏烈肩北门之重寄；三齐保障，膺扬振东海之雄风。由来大事在戎，自是先声夺气。聊伸燕贺，仰答鸿私。恭惟师台扶舆灵秀，海岳菁华。擅丽藻于温陵，凤毛五色；蔚奇观于闽海，龙气双钩。三秀削文峰，万丈丹梯凌碧落；五华开笔阵，千寻翠黛插晴空。品已重于双南，学更窥乎二酉。往者宏开绛帐，俯铸青衿。河山十二，躬涉齐鲁之墟；礼乐三千，亲传孔周之化。衡鉴高悬于艺苑，斗杓屹直于儒林。不肖衮管豹无窥，醯鸡有覆。备药笼中物，谬蒙法眼垂青。借衣钵余辉，徒有私心抱赤。文旌遥指，鲈鱼归张翰之舟；棨戟重临，豹略伏太公之钺。光生梓里，快睹芝眉。偶因报恸于杯棬，遂绶伸仪于筐篚。谨将芹献，薄写蓬心。所幸鉴原，良多荣藉。

贺默庵潘老师启

伏以刑祥丹笔，西曹宣钦恤之恩；署启白云，东海借帡幪之荫。簪绅称贺，编户腾欢。恭惟师台南国菁华，东方卓异。词源灏漾沛胥，江龙井以同流；德望巍莪并天，目虎林而特秀。当曳履而肩调燮，先绾绶以试循良。随车麦秀，春翻垄上之云；卧阁花深，夜对长空之月。人歌来暮，壤接阳春。既隆五马之芳猷，遂晋爽鸠之峻秩。满腔恻隐，弼五教以明刑；一路风稜，奉三尺以从事。爰书几措囹圄，兴空寂之歌；讼狱不冤寰宇，袭和平之福。宏施解网，伫俟高门。上帝好生，业已金科而懋德；维皇作极，行当玉烛以调元。不肖衮苫块余生，药笼末品。薄申燕雀之贺，恨欲往以无由；聊致鳞鸿之音，怅有怀而莫吐。身留海角，抚疏节以自惭；手荐溪毛，托赫蹄而驰献。幸垂丙鉴，曷尽寅悰。衮临启可任瞻依悚息之至。

请抱一李明府启

伏以沧海春回，宠被循良之化；锦城河润，欣沾浩荡之恩。四境以口为碑，万人举手加额。肃申芹悃，聊表蓬心。恭惟台台才高海内，度越人群。擅南七之菁华，奇文唾玉；标东齐之卓异，利器发硎。仙风直欲叱羊，德政远超驯雉。尘谈霏亹，似长江万里之流；丰采孤高，如片月中秋之影。庭空鹤舞，翩翩逸骨凌霄；昼静鸾翔，蔼蔼仁声遍野。直接夔龙之后，长驱卓鲁之前。梦衮质同樗散，庇仗棠阴，窃怀衔结之私，莫报帡幪之德。谨詹某日恭陈菲酌，奉挹台光，当兹三五之良宵，愿进十千之斗酒。银花火树，一帘坐对芳菲；玉镜冰轮，万户咸瞻皓魄。涤觞祗候，拥篲躬迎。望棨戟之联翩，清辉溢于咫尺；仰福星之至止，玄诲倍于寻常。拭日凫飞，抚衷雀跃。

又[1]

伏以暖生幽谷，春来回邹律之吹；喜溢颓龄，老去荷华封之祝。久无芹献，徒有葵倾。恭惟台台才高制锦，政善栽花。借经纶天地之宏襟，暂斡旋于百里；屈霖雨苍生之雅望，聊覆露乎千家。梦衮猥以知命之年，宠被如天之庇。去岁当悬弧之旦，颁贶自天；隔年怀献曝之思，措躬无地。只因牛马之走，优优于残冬；遂使凤鸾之攀，迟迟于初夏。谨詹某日敬陈樽蚁，用伺隙驹。唯是惠然，良多荣藉。

① 又，底本目录作“又请李明府”。

岱宗藏稿卷三十八

济南杨梦衮龙光著

词

寿南渚赵大司徒词有序

伏以八座生辉，瑞气常浮于北阙；千龄锡祉，祥云遥护于南山。帝眷钦承，天休滋至。鸿猷垂会计，揭万古以常新；鹤算祝华封，后三光而不老。俯申芹曝，仰赞松乔。恭惟台台一代景钟，累朝磐石。望之似浑金璞玉，谁窥赫赫精光；叩之如大吕黄钟，不作铮铮细响。文章命世，扬洙泗之洪澜；事业弥天，耸岱宗之巨望。苍龙矫矫，春雷崛起大明湖；彩凤翩翩，晓日高翔华不注。门清似水，气亘如虹。司理而民自无冤，恩流解网；建言而众所不敢，志在埋轮。清名无愧于四知，直道有同于三黜。天下想见其风采，凌古人而上之；华夷皆识其姓名，非今世所有也。宠膺简在，扬历崇阶。京兆勋高，依龙光于辇毂；法星望重，肃狴犴于圜扉。政佐兵曹，声驰枢府。高牙大纛，风霜肃二室之山；玉节全证，雷雨澄三河之水。皇家屏翰，更有何人？圣世栋梁，实惟元老。孤忠结主，正色立朝。曳履上云霄，司累朝之钱谷；持筹均雨露，惜兆姓之膏脂。海内白眉，舆论推尊颇久；朝端黄发，帝心简在尤殷。月值季秋，天开寿域。祥光流剑舄，青鸟飞来；喜气溢簪缨，蟠桃竞献。周申原岳降生，为上国之祯；商说本星精身，是熙朝之瑞。西庚耀采，南极生光，年正际于古稀，德仍追乎平格。永待金门之漏，常嬉玉洞之春。乐奏瑶笙，跪献长生之酒；座盈珠履，重翻子夜之歌。某闽海孤踪，齐门薄宦。滥双旌于上国，空烦竹马之迎；拥千骑于专城，未有棠阴之爱。且一介草茅之士，涉大贤桑梓之乡。入宝山而空归，愧滋甚矣；望长安而不见，魂其销乎。兹逢初度之辰，倍切瞻依之念。昔官曹署，几回盼睐垂青；今守雄藩，唯是殷勤抱赤。身羁守土，恨无缩地之仙方；言念称觞，徒有如天之覆庇。肃陈不腆，遥祝无疆。乾常清，坤常宁，乾坤不老；日同新，月同盛，日月重辉。仍赘荒词，聊申鄙悃。

词曰：喜今朝，秋光霁，菊争开。正皇都、淑气徘徊。远山如画，几层层掩映楼台。玳筵排处，笙歌沸、月满蓬莱。锦堂中，尽都是，苍玉佩，紫霞杯。

报瑶池、王母亲来。双茎高捧，好将玉露荐金罍。太平有象，看云物、上属三台。

右调《金人捧露盘》。

贺澄源张明府考绩词有序

伏以阳春有脚，东风暖步锦川花；雨露无私，北极恩流瀛海润。褒循良之最绩，天语遥临；酬怙恃之劬劳，龙光载锡。启琅玕而动色，握彤管以摛词。恭惟台台燕赵人豪，青齐民牧。早年擢桂，秋风飘月窟之菜芳；比岁栽花，春色逗烟村之烂熳。大才屈为小试，聊露颖于割鸡；旧政抢以新裁，遂移风于佩犊。福星垂照，来暮兴歌。帘卷碧天空，一片银蟾出海；焚香清夜寂，两行宝鸭飘烟。抚最胜而跨洪图，控上游以追芳躅。金汤雄虎踞，遥连泰岳之峰；带砺启鹰扬，直接营丘之地。白山秀耸，同风节以争高；清济湾环，并襟期而比洁。孤忠常恋阙，摇摇如悬旌然；利器新发硎，恢恢乎游刃矣。翔鸿猷于寥廓，骋骥足于康庄。实大声宏，口碑载道；刑清政简，肺石消尘。太平市挂青帘，永画堂开绿漪。双凫冲汉，一鹤随身。四郊之雨，万井之阴，老农色喜；八月之霜，九霄之电，猾吏心寒。水鉴磨铜，万象总归慧照；冰壶贮玉，纤尘不挂灵台。化普菁莪，沸弦歌于比物；光生芹藻，涂丹雘于黉宫。几载戴星，满腔向日。英声蜚海甸，价重南金；懋绩奏天朝，名高北斗。帝心简在，主眷荣膺。金阙纶音，五色祥云捧出；紫泥仙诰，九重彩凤衔来。龙钟扶杖往观，虎拜弹冠称贺。恩沾鹤发，贲玉册于玄宫；宠锡鸿庥，播瑶华于赤县。倾葵藿而报国，特蒙不次殊恩；采蘋蘩以宜家，概被非常盛典。霓裳霞帔，纷命服之煌煌；奎藻天葩，斓王言之赫赫。泾阳卓异，仰彻宸聪；渤海声施，旁流天壤。惟精勤上有天知，故宠遇亲从子贵。征书踵至，编氓空自攀辕；治状高腾，太史当为秉笔。某田间长物，海上孤臣。愧无彩笔扬休，欲借缣缃颂美。重辱师儒之请，敢烟乳保之贤。浩荡春风，广栽培于桃李；优游岁月，托庇荫于甘棠。试观多士之趋跄，尽出贤侯之乐育。几度镂恩径寸，何时报德涓涯。快睹龙章，争为雀跃。仍裁俚句，用写私衷。

词曰：春深如许。见桃李花开，乱飘红雨。双舄凌风，七弦对月，何处得来明府。彩凤翩翩飞下，衔出九重天语。一字字，诧昭回云汉，衮衣章甫。快睹漫把那，汉史循良，屈指从头数。骥足奔腾，龙光赫奕，说甚龚黄卓鲁。眼看青骢归去，更有谁人持斧。剩遗得，这几树甘棠，流芳千古。

右调《喜迁莺》。

寿巍石陈老师词有序

伏以尧阶献瑞，鸿钧洊转于东皇；轩箓呈祥，灏气忽躔于南极。法曜与长庚并烂，修龄偕义羲齐增。吉协天申，欢腾嵩祝。恭惟师台两仪间气，五纬元精。闽海钟奇，八表仰夔龙之望；天庭掞藻，千秋凌班马之才。春满长江，桃浪卷晴霞片片；恩流南国，棠阴承湛露瀼瀼。躬涉齐鲁之墟，遍传孔周之化。带沧溟，襟泰岱，绛帐宏开；家弦诵，户诗书，青衿丕变。文章司命，式之者若车之指南；人士主盟，仰之者如斗之拱北。鲈鱼兴动，秋风归张翰之舟；豹略机深，清时伏太公之钺。重临梓里，快睹芝眉。咫尺龙门，属邑沾甘霖之雾霈；么髍蜗壳，编氓荷大厦之帡幪。正当凤历之颁春，恰遇鸿庥之荐祉。祥开弧失，喜洽冠裳。梅放两三枝，应五百年而调鼎；蓂开十二叶，兆八千岁以为春。梦衮夙备药笼，自愧才同溲浡；翘瞻杖屦，直欲寿等乔松。歌《天保》之章，如岗如陵如阜；效华封之祝，多福多寿多男。愿邀王母之临，适辱邑侯之请。折潘令之花枝，愈觉春光烂熳；借王乔之凫舄，好同仙骨翱翔。僭作芜词，聊抒芹悃。

词曰：紫陌春融，正晴云缥缈，旭日曈昽。圣主垂衣，元臣伏钺。千秋树骏流鸿。恰遇碧桃开处，花笑东风。忽报道，岳神生甫，寿比高松。青鸟飞来何处，瑞气满帘栊。莺舌乍调，鳌山初驾，柳条金色丛丛。白叟黄童知几许，都说是、万福攸同。愿岁岁，星辰曳履，气吐长虹。

右调《春从天上来》。

岱宗藏稿卷三十九

济南杨梦衮龙光著

奏记 疏[①]

韩公乡贤事实

儒学廪膳生员杨某谨采韩公事实，为续举乡贤，以光国典，以励风化。事照得本县有已故乡官韩一右，嘉靖丁酉经魁，戊戌进士，授行人司行人，选南京广东道御史，迁扬州府知府，升四川按察司副使，晋阶中议大夫。经今已殁二十余年矣。

本官德量渊闳，天资朴茂。才高不敢傲物，器大自能容人。衣冠累世相承，诗礼家声不替。桂香秋发，折金粟于蟾宫；桃浪春翻，题彩毫于雁塔。手持玉节，联翩生画鹢之光；身着绣衣，蹀躞吐花骢之气。抗疏斥铨曹之弊，孤忠蒙主上之知。世宗嘉纳其言，冢宰窃高其义。清一时之仕路，杜百辟之幸门。遂来忌者之排，竟转扬州之牧。以宪台而迁郡守，殊无恚心；以孔道而当繁冲，颇多善政。会有盐商扞网，而狱且株连；复有使者深文，而罪将罗织。本官平反大狱，全活多人。肝石清而民无冤，爰书具而上即允。无何辙转蜀中，衔迁副使。宦业崇而中山之箧至，气节振而贝锦之谮来。恬然去官职者，其惜喜怒不形于色，汪洋万顷难窥；得失不动其心，芥蒂一毫蔑有。至于购本县于氏之宅，掘地得罂，仍以付主，真同还带之裴晋公。又如贷太原黄氏以金，负贷焚券，助之归骸，何异麦舟之范文正？庭闱孝友，脉脉隆于天亲；乡党淳诚，恂恂采于眷戚。杜门谢客，跬步不及公庭；崇节养高，终身屏绝请托。好学不倦，作德日休。当早岁而潜心经传，及衰龄而娱意文章。居官不爱一钱，归橐惟余万卷。若其训迪，尤有义方。阶下森森，挺发多青云之器；堂前济济，辉煌尽白璧之姿。仪刑克迈前修，书香不绝奕世。久有孚于舆论，毫无玷于公评。如本官者，真可法今传后，易俗移风。置诸俎豆之间，永作乡闾之范。

果如生言不谬，请留此事实，日后转申施行。

---

① 疏，底本目录作“募缘疏”。

万历三十六年月日具。

新城县广生殿前创佛堂募缘疏

伏以南斗之真君注生，灏气宏开寿域；西方之圣人曰佛，洪庥普济慈航。故诗咏《螽斯》，冥获源源之祐；而经崇象教，显将瞩瞩之忱。方寸遍为福田，须弥藏于芥子。一念之善，扩之则六合同春；万法之宗，收之则八荒在闼。相彼广生之殿，适栖削发之尼。身属坤元，可代闺人祈福；庵居震地，更宜长子呈祥。阴阳之造化，居中剩有麟儿锡胤；天竺之先生，虚左恨无鹫岭翻经。兹者敬卜良辰，爰开新刹。筑数椽之室，岂须鸟革翚飞？供丈六之身，聊见风幡水月。藉作晨昏之祝，非图耳目之观。夫圣母以诞育为恩，岂靳云仍之嗣？而如来以慈悲为本，应怜茕独之夫。凡我同侪，谊当共事，力以协而易举，此时共竭虔诚；工以助而速成，他日各膺冥佑。行见岐嶷济美，阶前玉树争芳；寿考无疆，堂上椿萱并茂。请捐长物，伫俟鸿禧。

峨眉山新铸鎏金佛像募缘疏

峨眉山者，鹫峰孤削，耸震旦之奇观；象教高悬，标兑方之胜迹。摩霄插千仞，岩雪经盛夏而不消；入夜演三车，天花洒长空而竞散。半轮山月，曾流影于平羌；万叠佛光，每腾辉于天竺。寺藏白水，山接青城。诚三千界之仙都，而五百尊之古刹也。顾绝壁嶙峋，空山两行翠黛；而真容黯澹，殊无丈六金身。僧清常者，飞锡风尘，渡杯湖海。十年萍梗，足迹遍于幽燕；百岁枌榆，心旌悬于巴蜀。誓造鎏金佛像，归供群玉山头。九品莲台，想见如来妙相；一函贝叶，遥闻清净真诠。独力苦于难成，协心期乎共济。所愿朝端宰辅，海内名流。发慈悲心，积来生福，转胸前之卍字，施箧内之袅蹄。赴义有良缘，悟入三生石上；捐赀无吝色，谊高九级浮图。善男子、善女人共证金绳觉路，大禅那、大檀越永垂宝刹芳名。

万历己未秋七月初五日，长白居士题。

岱宗藏稿卷四十

济南杨梦衮龙光著

书牍

与胡怀老

睽隔台颜，倏忽半载。有怀如渴，私里耿耿。不肖半残之躯，仅免朝露。亡何，豚犬横遭夭折，抚摩鞠育十有三年，一朝夺去。不肖天之戮民也，荼毒备尝，神理几尽。彼苍者天，令我至此极耶？伶仃孤苦，只合削发作一老头陀，放浪云水，了此浮生。第老母在堂，势有不可，辄复中止耳。硃卷丑甚，衡文者洗垢索瘢，不遗余力。譬诸无盐，见者已自呕哕，又被人遍体捋抢，绝不似人形矣，岂宜呈身唐突西子耶？

又

不肖二十二日薄暮抵家，得手教，俨如面谈。急问蘧使，已先发矣。扇头之作，高逸有致，颉颃盛唐。复取美醖佐之，不觉颓然心醉。游子漂泊，身为萍梗，意郁郁不自得。今已作书，别主人翁，拂衣归矣。书堂寥落，诗魔曲生，时时相狎。生平颇多结撰，去岁为二竖所困，几备修文之役。雕虫小技，散乱如麻。念此物不传，骨当立朽，每一展转，辄黯者久之。今颇加收缉，期以来春暖后，致之吴下灾木。知我如先生，或不吝一言冠首简乎？江南山水佳绝，如试期尚远，鄙意欲棹一叶舴艋，薄游吴越，探禹穴，泛太湖、西泠两高峰，历览无无余，是一快也。老蠹鱼日游书笥中，何异醯鸡未发覆耶？兰梦之协，比复何似？里私如缕，书不尽言。

又

岁前邑邑不自得，所知携而之都门，聊舒郁抱。非壮游，实浪游也。冬间接邸报，得先生留都之耗，不觉喜动眉宇。私念相知劝驾，今春已渡淮而南矣，不意尚卧郎山绣水间也。昨晤云山人，敬询出处，不甚悉。及山人旋，又迫甚，不及附寸楮。悬旌摇摇，而华翰乃先之，勖以青云事业。不肖虽非其人，能无感佩？吾乡荒甚，道殣相藉。此数百年来所未见者，亦一大劫数也。辱知己之招，敢不趋侍杖屦。不日当策蹇，葛巾野服，诣访南村，无劳使者再至矣。

又

顷辱高谊，备极绸缪，中心藏之矣。至如刘亭、李圃，湖山云树之胜，花竹台沼之观，一朝联辔，尽入吟囊，所得亦云侈矣。濒行惠贶殊切，厚颜不腆之贡，匪云琼报，聊见区区芹私耳。诗扇二柄，便中烦转致刘、李二君。张鹿老挽诗十首附览。异日傥得与大作汇为一册，聊当《薤露》之章，犹胜地下片石耳。

与张学博先生

昨抵家，尘坌搅人胸怀，竟不获抠衣函丈一面。大雅濒行，一掌大赫蹄，渎及三事，太恃爱矣。邹平公潇洒绝尘，殊不似肉食流辈中人。昔人谓《离骚》在诗文中，譬卉木之有修篁，羽毛之有游鲦，别是一类，傥此公之谓乎？拙作愧不能摹写万一耳。《尚书》艺选才一半，雌黄去取，时时不定，迟之嗣容奉览拙作请正。幸秘之，无盐嫫母，固畏人见也。

与张华老

萍踪泛泛，久滞都门。睽隔台光，顿易寒暑。虽羁旅之夫，漂泊无定。而回首斗山，未尝不依依左右也。太翁大事，谊当执绋。而燕齐隔越，神往形留，疏缺之戾，积如丘山。特托鳞鸿，肃将鸡絮。傥台慈原而亮之，感曷言喻。临颖南望，无任主臣。

与胡怀老

岁前闻失良佐，何使者秘不以告也？灯节后始知之，拟耑人修候，而负笈之行迫矣。人生大都如水中泡影，倏起倏灭，何常之有？达人胸中，想当洒洒。不肖春间举一豚犬，分娩即殇，措大之奇穷如此。唯是借杯中物，径入醉乡，栩栩化为蝴蝶耳。王元美诗云:“功名如嚼蜡，眷属似抟沙。”我乃似之风萍流浪。春来聊为醴泉之游，同侪以跋涉为劳，近又移去。蠹编束之高阁矣。海虾一种佐酒，扇头诗博一笑。春树暮云，临风惆怅。

与耿生

屡辱招呼，不以我老耄而弃我，高谊薄云天矣。顾远游大有不便者，前书彻览，谅已得其概矣。转眼槐黄，大物自当属之英妙。如仆者，譬之丑妇，业已半生不售，又安能涂脂傅粉，觊入汉宫耶？居恒无事，倾浊醪，说闲话，打混过日，是亦老者知命乐天之一端也。来翰远出静养，非仆所能。鼎仪谨璧，万惟鉴原。伻旋促书甚急，捉笔草草。

又

读书之道，以志为主。志能生苦，苦能生甘。天下大受用人，其初皆大不受用人也。兄一段苦志，仆尝自愧以为不可及。今秋垂天之翼，抟九万而上，风起云飞之梦，为之兆也。仆榆枋间物耳，焉能攀附雄风。仆不出之故，前书已尽。若于大雅君子之前，藏头露尾，且前且却，必再三邀之，而后出伪亦甚矣。此等肝肠，神明当共殛之。兄知我者，当无怪其言之戆也。秋香非远，努力前途。

与张生

仆狂瞽耳，往往自家落坑堑中，遇慈悲人拔而出之。今乃为高明，指示周行，可笑之甚。虽然，意则忠矣。

答[①]胡生

老学究不售于时，其语言已轻于游丝飞絮，岂复能为海内循良重？且朱公自是作者，不佞宁容以瓦砾投西昆之岫耶？兄宜转觅椽笔，以光此举，不肖非其人也。

与胡怀老

拙作录三十首恳教，多则有之矣，佳则未也。如花样不甚合时，持此不售

① 答，底本目录作“与”。

之物，面仆仆于风尘，不如已之为愈。赠言迫于不获已，以海内大循良而使落魄老儒生操觚，何当事者之汶汶也？政如病夫，方且伏枕呻吟，客乃强之唱乐府为人上寿，岂不可笑？南鸿之便，询之陈公子，云在七八月之间。临期奉闻。

又

燕齐隔越，鸿羽稀疏。前贾三行，欲通数字，恐前旌已发。顷晤张华老，询得动定，始知尚卧家园。想秋风荐爽，当南行矣。敝同年告假，旋者甚多，六月中大半散尽。不肖漂泊久矣，极欲促装。第一二相知者，谬以藜火属望，兼以师命临之，遂迟迟耳，此正不脱老学究面目。若有志经世者，直是薄而不为。不肖借以藏拙耳。若说调羹，墓木拱矣。生平为虚名所误，割舍不得，沉溺苦海三十年余。今始脱去，而又牵缠不割，想五斗酽醋，吃未尽耶？一笑时事，浸不可言。世局人情，上下相蒙，都是虚套。即如不肖，半载长安中，何曾做得一件要紧实事？此等心知之而口不可言。我辈当此时，如能敦素尚简，守拙甘贫，不失赤子念头，庶几哉中流砥柱耳。拙稿刻未完，其中半是大笔批评，谨以数册请正。薄有微物，率尔侑缄，可麾置之。归鞭如促，犹可晤对。

又

小价来得翰教，兼辱琼瑶之报，属过侈矣。来教云月杪南行，宜有一晤，而留滞都门，进退维谷，所谓无绳自系者耶？目下奴酋孔棘，一切事体，多属报罢。木天之地，阒其无人，何关缓急？吾辈留滞，亦徒为耳。不如一鞭就道，犹可及渔村促膝半日也。不肖离家半载，日夜思归。老母近复郁郁，甚欲束装。第说者以为延至八月中，如无音耗，拂衣乃妥。恐去后有耗，则来无及耳。荣行无以为敬，一芹幸无以例见。却待旋时，贮石头城下水一瓶饮我可也。

奉默庵潘老师

日者修候稽迟，兼以缄书颇多疏失，罪歉良深。老师不唯不督其过，更赐之华翰，备极奖借，疑语春温，捧诵回环，何克当此？且菲仪极不成享，方以犒亵为愧，而乃谬徼琼瑶，愈增惶汗矣，谨九顿以谢。

门生受性迂拙，兼以疏慵。向在缝掖中，犹可覆短。今策名仕籍，民社之寄，方将一身，肩之手足，直是无措。发轫之初，老师何以教之？如不吝指示，当做韦弦之佩。承谕馆选一事，无论樗栎，不堪栋梁，而生平坚白自鸣，耻于衒售。恐无为先容者，亦废然返耳。况此事今绝无消息，久滞都门，欲去不敢，欲待不能，正在踯躅间，老师当为门生决去就也。

吕兄出曾先生门下，渠初有火症，旋平复无恙。门生面数次，见其貌甚泽。但始终不出门，今且归矣，老师无过虑也。羽便附此，南望门墙，神与鸿往。外拙稿二册侑缄。炎蒸未息，万惟珍摄。

奉师每吴老师

恭惟老师九苞振彩，二酉钩玄，诚海内之斗杓，艺林之宗匠也。梦衮滥厕门墙，亲承芝宇，拨转蓬心，良自欣幸。讵意文旌迢递，道范睽违。静言思之，星犹拱北，七尺匏系于都门；车失指南，方寸旌悬于函丈。未遑修候，反微注存，捧诵华笺，良深感悚。承谕馆选一事，消息杳如，曾谓樗散敢妄意木天乎？使旋肃此叩谢。拙稿请教。楮短绪长，临颖可胜依恋。

答[1]于泰老

一睽光霁，辄易星霜，东君冉冉，而西风荐爽矣，光阴真隙中驹耶。头颅半白，幸博一第。生平已酬，即取进贤冠挂神武门。高卧长白山中，当不失羲皇上人，而犹然羁系长安。政以老母春秋高矣，欲觊觎恩荣二字，少伸乌鸟之私耳。若钟鼎旂常，世自有人，无论不肖无此骨法，亦自无此梦想也。

小价来，知有令爱之殇，及令孙阃变，分痛谊何能已。第大数司之造物，台下自是达人，不待不肖喋喋也。迩来国事颓废不可言，奴酋猖獗，逐日汹汹，以当代之赫声濯灵，一大创之，有何难者，而乃任赤白囊之旁午。燕雀处堂，聊偷一日之安，令人宦情益阑，怀抱作恶。南望枌榆，恨无费长房缩地法耳。向多冗，不及修候，而翰教先之。疏慵之性，长者久已谅之，知不见诮也。齿录奉览。

慰耿生

不佞曾读佛书，虽不能尽晓，颇知大意，只是一空字而已。既是空，便不欲著。若著了，便非空。世人凡事认得太真，牵缠沉溺，难出苦海以有生，故而佛氏不然。所以学佛者谓之无生人，自己一身，原是幻体，我所生者，又可

① 答，底本目录作“与”。

知矣？子息一事，得之喜，失之悲，亦是天性。突然于无何有之中，结一形质，立一名字，认作我子。不知有结便有解，有立便有毁。此亦天地间常事，岂可认得太真？人徒见傀儡为假，讵意人亦傀儡之类也。试看春间树之开花，一树不知有几万朵。及至结果，一树亦有几万颗否。虚浮者多，成实者少，何也？风雨之所摧，虫蠹之所蚀。花蒂不坚，纵能小有所结，无何黄萎落去。此理之常，不足怪也。人未尝悲树之花多实少，而独恸子之殇多寿少，不亦近于愚耶？

不佞曩在醴泉，亦遭此事，却每日携白酒，徜徉山水间。枕磐石之磊块，德流泉之潺湲。大釂数杯，或使小沙弥吹笙鼓簧，弄笛挝鼓。俄而衣裳颠倒，杯盘狼藉，人影散乱，颓然入醉乡矣。人说酒解不得真愁，不知酒虽不能解真愁，却能乱真性。真性渐乱，而真愁亦渐减矣。兄今只宜与李兄及诸弟对饮清谈，消遣日月。不宜郁郁闷闷，自投苦海。恨不佞有此一行，不得抵掌衔杯，日侍左右。羽便草此，奉慰其言。虽支离诞谩，要之至理，实不外是。

答王十城

台丈高谊薄秋旻，词笔凌春华。自当置之清要之地，而乃割鸡岩邑也。想彼苍欲以甘棠惠三辅耶？至如弟之衰飒潦倒，两鬓星星，得脱去苦海足矣。复谬读中秘书，何幸如之？第半世蠹鱼，一生鸡肋，终不脱寒酸面目，政堪发一笑耳。久欲裁寄八行，而鸿羽稀疏，乃华翰自天而下，珠光玉屑，夺人目睛。且屡损清俸，悚仄良多。使旋促书迫甚，握管不及肃启。知弟如台丈，或亦不以为简也。小刻二册侑缄，幸正之。仙凫在望，瞻恋依依。

答王学博

忆戊午冬，挹芝眉于斋头也。挥麈高谈，霏霏如屑。且谊薄云天，神莹秋水，私心以为台丈瑶台阆苑中人也，不久当随风飏去矣，绛帐中岂能羁此神物耶？后复叨辱华筵，珍错杂陈，觥筹交劝。北海开樽，当亦不过尔尔。归而齿颊余馨，竟日不散。不审谫劣，何以得感之愧之。台丈自是人豪，南溟九万，转盼间事耳。远辱翰贶，悚仄愈增。潘老师考满文，敢不唯命，但戋戋莫克揄扬。且冗中握管，挂一漏万。惟台丈曲为润色，使土木之形骸被以文绣，良厚幸矣。

与何二溟

往岁聆麈谈于贵园中也，雅谑清欢，翛然有霞外之致焉。年丈真摘[1]仙人也，后又重登华堂，觥筹交错，水陆纷纭。遏云之响才奏，弟颓然已如泥矣，醒后竟不知作何状。年丈才超八斗，量欺一石，得无笑鲰生之潦倒耶？别来鳞鸿难觅，遥辱翰教，何啻空谷足音？弟二毛种种，谬先年丈而鸣儌天之幸，无足道者。年丈凤毛龙种，文彩映一世，变化在须臾，弟拱而俟之耳。冗中不多及。

与李愚东[2]

弟迂拙人也，极不善宦。年丈醇笃朴茂，无怀、葛天之俦。吾二人相得称莫逆矣，又桑梓同也。朝夕聚首，一日不见，便觉缺然。不肖缘浅福薄，遭此意外之变，倏忽分袂。年丈傥亦有春树暮云之感乎？掾史施其篇者，耿太仆书记也。渠与雷年兄同乡。今纳宛平县吏，欲投名公之门，早晚仗庇，年丈幸转为先容。渠去家万里，彷徨无依。其自云南北上，遇苗寇，劫去行李，今数十年矣。若非得一官半职，终作水上萍耳，情甚可怜。雷年兄处，不肖已有数字道。其事颇详，晤时幸一询之。苫块苦情，不及缕悉。

与雷若翼

别来三月余矣。想年丈日读中秘书，彩笔生花，词林吐气，洛阳之纸，价不知如何腾涌矣。羽便数字奉候，兼有一事相恳。掾史施其篇者，贵乡人也。往年曾纳藩司吏，从徐方伯自滇南来，欲向都门候选。行至中途，忽遇苗寇，劫去资斧，并其吏单失之。一身萧然，进退维谷。遂委身徐公门下作书记者，数年后，又转入耿太仆家。弟与太仆公契久之，太仆公逝，太仆诸公子荐渠于弟，而弟无何东归矣。渠今新纳宛平县吏，觊投名公之门，薄效犬马。年丈幸留神，为一游扬，使渠托身有地。不惟不肖弟借重鼎言，亦自年丈桑梓高谊也。

答都台王公

不肖往滞寒素，不能供菽水。才叨升斗，先慈辄复见背，唯是不肖罪逆从

---

① 摘，应作“谪”。

② 东，底本目录作“事”。

积，故福轻于羽，而祸重于山，遂酿有今日也。扶榇东归，风沙惨淡，天日愁蹙。俯仰覆载之中，仅余鸡骨一具而已。辱厚奠之颁，先灵不昧，地下生色。其为镂感殁存，以之时事多艰。老公祖身为万里长城，岂直东土赖之？不肖即居苫块，敢忘明德之赐？肃此布谢，临楮凄然。

答按台陈公

老公祖乘骢揽辔，按行东土。所至为雨为露，为风为霆。澄清景色，焕然照人眉睫矣。不肖身栖苫块，恸抱杯圈，了无一命之沾。徒负三迁之教，谬叨鼎奠，贲及幽灵。些奏楚骚，结愁云而黯澹；声嘶齐瑟，对冷月以酸辛。鸡絮情殷，豸冠望重。缄书九顿，不知所云。

奉巍石陈老师

不肖衮曩以雕虫之技，受知于老师。一经陶铸，滥附青云。饮水思源，敢忘所自哉？日者文旌重临敝省，山中草木，尽皆生色。况素辱甄拔，如不肖衮，其为雀跃，曷可名言？辱在帡幪，二天咫尺，即图称贺。而扶榇初旋，擗踊之余，种种俱废。无何，复值国戚，不敢以不腆之币献，而光奠俨然先之矣。不肖有没齿衔结耳。肃此附谢，容专致不一。临楮感悚，统希昭亮。

与滨州邵公

书客唐虞盛贵乡人也。不肖与之缔莫逆者，非一日矣。昨虞盛诣贵治，与张扬争构，久之事息。张扬与张英者邀虞盛至家，烹茗治具饮食之。既散，而虞盛腹痛不可忍，口称中毒，展转二日身死。当其腹痛时，曾被巫婆乱下火针。或者天暑，偶遇霍乱，误死于庸医之手，是未可知也。今虞盛甥状告毒死，盖得于风闻。傥事不寝，理合检验。以传闻之误，而令虞盛未寒之七尺糜烂不可收拾，不肖为之恻然。老父母幸念桑梓之情，转致王父母。姑免检验，俯听两家何解，死者、生者俱保全矣。不肖既与虞盛有生平之雅，不得不为之喋喋也。

与胡怀老

久闻台慈杜门谢客，想溽暑厌剥啄之朋，遂高枕作羲皇上人耳。秋向爽矣，词笔酒杯，轩轩霞举，逸兴当不让畴昔。不肖万事灰心，命薄如纸。大都功名富贵，造物所靳，望之不易得，得之不易享。昔日捧檄喜动颜色，正谓随缘度日，菽水之欢，斑衣之舞，自是庭闱真乐。胜似重裀列鼎，回首增悲耳。早知此意，作秀才时，尽可养亲，何必负笈远游，图难得之升斗耶？抱风木之恨者，每借“扬名显亲”四字自解。毕竟声名是虚，受用是实。言之凄恻。

与郑乐平孝廉

不肖曾读丈《大云山房》及《三戒》十三首而异之，私谓非流辈所能办也。然二稿乃垂世之文，非应世之文。曩曾对令弟道及之，大都佳制，品格绝高。孤鹤秋空之唳，西子捧心之颦，岂是尘埃中景色？政恐世间肉眼多耳，不肖僭为丈计，只宜骨肉匀称，词意畅彻，似于以应世甚便。文不必求同，亦不必求异，求其好而已。狂瞽之见如此。外有敝同年陆耳宣《制义序》一首，不肖所作，附览。

奉巍石陈老师

岁前一芹，微老师琼瑶之报。法帖醇古，铜像庄严，大是山房宝玩，五内铭之矣。老师望重山斗，岂直三齐衿绅奉为指南？中流砥柱，社稷磐石，主上之倚毗于是乎在。而小子区区佩服衔结之私，又无论已，侧闻荣转，道范日睽。不肖衮株守先垄，无由亲致攀卧，一芹之献，幸为麾置。笔砚久荒，两迫邑大夫之命，操觚祝颂。譬之挹飞尘以增岳，掬流潦以益海，自笑其无当于高深矣。往者呓语灾木，谬为老师称赏，索及全集。敝帚之编曾寄吴下，所托非人，竟化乌有，故久无以应命耳。顷文宗校士，解额之增，各县应试生儒，俱于旧数有加，独敝县无之。今三等前列，陈生效奭、史生册欲具票文宗，照各县添取二名。先投老师处，恳转为一言，而托不肖为之先容。老师嘉惠后学，傥曲赐提拔，宁直二生之戴，将东人士百世而下，颂明德矣。肃此奉渎，临楮可胜惶悚。

与杨含冲

春间为杨中翰元肇失盗事，曾修寸楮奉渎。料擒获已完矣，不意未也。绿林赤眉，岂宜宽纵？傥有漏网，蔓乃难图。此一方安危所系，不可不虑也。古来窥关号泽之变，皆此辈所为。今闻已捉得四五辈，而余党尚多，赃亦未追完。为此再恳年台速为剿捕，以靖地方，四郊安枕，岂惟元肇受赐已耶？

与张华老

昨得翰教，林皋逸趣，翛然羲皇上人哉！第新圣人御宇海内，气象焕然一新，岂台慈龙卧时耶？安石不出，当如苍生何？偶一事请教，贵县张某者，武定道壮役也。顷诣不肖，称说壮役原系分班，上班操演，下班巡缉，轮番休息，公私两便。此旧规也。近为守备禀军门，改为常川听候，不复分班。众颇苦之，觊复旧规。曾渎台慈一言，台慈谢去，而转以属不肖也。不知果如所言否？不肖伏在苫次，不敢妄有干请。又疑此事果系不便，武定乡绅何不一言？而诸壮役乃舍近而求远，何也？大都桑梓重足蹙额之事，亦不惜一言，为开便门。但其事已奉都院明文，或因辽事孔棘之故，而守备未必无说也。不肖诚恐轻言取厌，台慈幸教之。

与于泰老

不肖常以不获见先曾祖志刻为恨。昨因诸亲公举，欲俎豆之于学宫，遂启墓出石观焉。当时秉笔者，拟为伯夷之清、司马君实之诚、诸葛武侯之勤、陆敬舆之粹，或亦近之，非尽设谀。墓内讳永礽者，即先四祖。讳子桂者，即先君，后改名。谨以一纸奉览，文典而明，无茁轧蔓语，犹可想见古人之尚质也。

谢都台王公

顷颁厚奠，贲及先慈。仰荷高深，有如覆载。素幔凄其于风木，紫芝翘望于星标。徒以苫块之幽栖，未展阶墀之专叩。久铭鸡絮，莫报鸿私，五内彷徨，九回断裂。肃将尺素，聊见寸丹，傥辱鉴存，曷胜悚感？先慈行略及奠章附览。临楮呜咽，不知所云。

谢按台陈公

鼎奠光临，幽灵宠贲。此之为感，莫可名言。敢期绣斧之飞霜，念及穗帏之吊月。悲连风木，望切斗杓。徒以姓名之不祥，久稽阶墀之专叩。方瞻骢辔，旋怅骊歌。雅仪滥逮于寝苫，祖饯仍乖于折柳。俯将戋戋之帛，仰叩潭潭之居。傥辱鉴存，良深哀感。先慈行略及奠章附览。临楮呜咽，黯然魂销。

与心严张公

春间才挹芝眉，遽有先慈之变。祸起仓猝，日月惨淡，风沙黯塞，扶榇东归，千里而遥。枯槁之夫，罹此奇凶，生理销亡殆尽矣。向辱鼎奠，兼以鸿章，濒行前驱负弩之赐，载德而出都门，刻在衷私，日夜耿耿。及哀毁小定，方拟修候，而襄事期迫矣。岁序将新，神魂绵邈，不腆聊见谢忱。舍亲陈汝忠新有临江之除，渠曩在都下，曾叩阶墀。今欲赴任，路遥不能自致。耑具禀帖，代恳邮符，台慈能为留神不？先慈行略及奠章附览。临风挥泪，北望呜咽。

与凤来王公

曩在都门，辱荷高雅。先慈之变，情文周挚，光贲九原，兼烦及夫役区处劳神。扶榇东归，孰非明德之赐。伏在苫块，杳无便鸿，久稽鸣谢。残腊逼人，私衷耿耿，束素聊见寸丹耳。先慈行略及奠章附览。把笔黯然，临风九顿。

与鲁泰生

夏间，有掾史施其籥者抵都门，曾草数字奉候，想已彻记室矣。顷杨凤梧有字来说，前木价尽完，果了得此段事，不肖弟庶有面孔对兄耳。新圣人御宇，诸兄黼黻皇猷，不肖弟伏在苫块，亦与有荣焉。孟冬十八日，不肖弟安厝先慈于敝邑之北原。虽大事已襄，而风木之悲，则终天抱恸矣。行略及奠章附览。官老师健饭否？前蒙赐银十二两，为木价也。当时即欲辞之，恐逆长者意。今仗庇木价幸完，仍以前银璧上。弟无能以一勺水供老师，而反损清俸，心甚不安。见时幸为一言。闻李愚东东归，雷若翼近日何似？晤时可持弟字讯之。

与杨凤梧

盛价回京，久无音耗。想萑苻捉获已尽，兄可高枕无忧矣。残腊将尽，岁月如流，弟伏在苫块，已无意于青云矣。兄翩翩佳公子也，可乘时弩力，光佐太平。耑价奉候，不腆之具，幸存之。

答朱明府

先慈之变，前已蒙厚奠之颁，乃大贶稠叠，屡损清俸，心怦怦不安矣。鸿章陆离，一字一泪；含情绵邈，抽绪回环。楚些一奏，齐瑟和之，白云停而不飞，素月黯而欲堕，凄风苦雨，袭人肌骨。斯亦《蒿里》之希音，《薤露》之绝唱也。永无乌哺，只有鹃啼。绣水郎山，临风瞻溯。

又

岁序一新，昨聊为木桃之投耳，琼瑶相报亦过侈矣。承念感非言悉，唯是栽培大惠，东人士将世世铭之，岂直不肖一人之受赐已也？郎山绣水，近在几席。焚好香，理丝桐，仙仙乎吏也。彼圆峤方壶，徒虚语耳，言之真为神往。尫羸之夫，苟延岁月。傥不一朝先露，快睹芝眉，当自有日也。羽旋呵冻，草草。翘瞻杖屦，缥缈无云。

答张举之

岁前贱辰过，辱大贶，感感。新春块处一室，未能专候，歉也。郭兄事行文径复似难考，遗是或一道也。不肖姓名不祥，不敢辄以尺牍干当事者，兄幸别为图之。枯寂之夫，终年兀坐，春初日长，欲构茅屋三楹，列牙签其中，作一老蠹鱼。庭中须得花卉数种，间供游瞩。兄金谷园中，能分余馥一二及我不？先此恳之。

奉默庵潘老师

不肖衮辱老师陶铸，微冒良多。顾行能薄劣，据非其分，为天所谴，福轻于羽，祸重于山。升斗未及沾，而先慈之变突起意外矣。熊丸莫酬，鸡肋转淡。每思削发作一老头陀，了此余生。第理势不可，聊复彷徨人世耳。身罹奇凶，人事都废。疏节之罪，积如丘山。所恃老师旷度，曲为涵亮，幸甚。恩荣最考，未布雀悰，盖因去岁大事未襄，尘生笔砚。及孟冬窀穸，而诸事冗如猬毛。无何，残腊逼人矣。新春握管，五内愦愦。老师忠孝大节，十不能道一。第语语非诬，可为实录耳。凤历初颁，鸿庥滋至。一芹之献，并见区区。道路阻修，鳞鸿稀绝。春寒惟保重加餐是祝。临楮九顿，不尽瞻依。孟春十八日不肖衮再顿首。

又

春间修候，方以疏节为悚役，旋重辱老师大贶。瓦砾投而琼瑶报，愧汗彻踵矣。先慈之变，徼天之灵，业已襄事矣。犹蒙老师哀悯，远贲鸿章，兼以鼎奠。幽灵不昧，生色九原。此在先慈，犹当载德不朽。不肖衮之衔结，抑又可知矣。捧读太老师及太师母行状，一字一泪，凄风苦雨，黯然袭人。老师纯孝，非今人所有也。辱委笔札之役，无论大事之后，心窍崩摧，不复能文，且戋戋蠡测，何能阐发渊懿？惶悚惶悚，大刻领悉。光先之烈，造士之典，具见瑶篇，小子何能赞一词，有焚香盥手读之耳。厚赐愧不敢当，肃此附璧。宠召非遥，日夕引领。临风西望，不尽瞻依。

又

前韩广文之行，曾附一函奉候。方拟耑役，嗣致鄙悃，而老师荣迁之期迫矣。一芹非腆，聊见贺忱。日者京师戒严，近似少解。老师雍容爽鸠之署，照覆盆而清肺石。培养元气，岂曰小补？古人以明允之声，威及猾夏。窃为老师望之。第数载甘棠，一朝舍去。东土元元，攀卧之私，不无怅结耳。曩辱鼎奠，光贲幽灵，兼将尺素，用表寸丹。鸿私浩荡，蚁悃稽迟，希惟原亮。圹中之石，须得海内大君子。门生殊彷徨，不敢落笔，或为立一传及墓表可乎？老师幸明谕之。闻束装迫，不及一言为赠，容嗣图之。西望台光，衷肠脉脉。

季夏二十二日门生梦衮再顿首。

又

昨一芹之将，聊见雀悰耳。老师以例见却，悚愧弥增。太老师及太师母不朽之计，正当征之。如椽之笔，谫陋如衮，持鸿毛以为泰山重，亦不自量之甚矣。心绪荒芜，又时迫，不得细为缔构。望老师更为裁润，使不肖衮得逭于不文之诮。感感。诵翰教，知老师荣旋珂里。无论昼锦生光，即松楸亦自气色。但当及时北上，以慰朝绅引领之望。使旋肃，此奉复，外有先人行状附览。临楮可任瞻溯。

孟秋一日，门生梦衮再顿首。

与马绳河

岁前，舍侄旋，备道兄款遇之隆，感刻良深。弟株守先垄，耳目涂塞，辱翰教，始知有陨珠之恸。幸玉树干霄，早年发轫云程，兄可藉以解颜矣。弟年近半百，孤苦伶仃，仰瞻年丈萱闱春永，桂萼秋香，便是神仙中人。承谕贵县王父母事，缁衣之好，雅有同心，敢不唯命。第恐力绵言轻，不足为循良增九鼎耳。厚贶愧不敢当，附谢不一。

又

时事岌岌，寝食靡宁。弟曩在都门，每出行长安道中，见诸贵人毂相击，肩相摩也。其逐日所做，事不过拜客、请酒二事而已。奏疏颇不少，但冗长不切要，读之剌剌不休。其中强半捉风捕影之谈，及报复私怨，含沙射影，弯弓下石而已。先帝一切厌薄，任其自沸自息。凡群臣之良楛，诸奏之醇疵，混为一处，不复分别。以故贤者短气，不肖者争鸣三十年间。先帝岂但视人言为故纸，直以粪土弃之矣。然猜疑太过，转生吝惜，手揽大权而不肯一分之臣下。彼为臣者，既已无权矣。方且飘飘焉，泛泛焉，寄七尺于风波之中，又安能固磐石之基？维泰山之势，而为社稷重，是则先帝之失算也。数年来长安气象，其不疼不痒，不醉不醒之意，直令人迷闷怅结，不知所为。弟久欲弃头上进贤冠，拂袖归隐深山，置当世事不问。盖已豫知有今日耳。今日之事，陵夷极矣。尽皆昔日酝酿中来，非朝夕矣。今士大夫多有南行意，人心皇皇，甚可忧也。传闻虏欲从登莱上济南，抵清源，塞漕河之一线，断国家咽喉。天下有变，吾土当先受其害。或又谓虏直抵都下，则山左掌股间物耳，何必抵清源耶？弟犹然田间一措大耳，亦何能为？只有杞忧耿耿而已。然虏患犹稍远也，大可忧者，只是头上天意，杳不可测。旱魃为虐，赤地千里。卯辰之变，行将再见，奈何奈何？齐鲁劫数，层见叠出，此亦数百年所未见之阳九也。御虏救荒，靠不得纸上陈言，须有大力人负之。年丈明春掞藻天庭，行且明目张胆，尽吐胸中之奇，盍明以教我乎？王父母自是循良，弟不顾为顺风之呼耳。屡承珍贶，殊切悚感，谨登茶扇，以识高雅。风尘之际，何时聚首，聆取经济大略。

又

昨承翰贶，五内铭之矣。年丈营千秋之业，魁我东土；而长公渥洼之姿，千里一瞬。拭目俟之，海岱灵秀之气，萃于桥梓。久稽贺私，罪歉何如，不腆聊见雀悰幸存之。顷晤薛四府，道奴酋氛甚恶，海上震动，比之旱魃，尤为可虑。时事孔棘，风尘中定有扪虱谈当世之务者，年丈何以教我？小稿一帙欲入梓，而邑无善书人。前见年丈侍史甚工宋字，烦为一誊掷下，弟自付剞劂。不敢相恩简端，更乞鼎言冠之。感感。

又

昨辱示大作，灵心圆映，自是不食烟火人语。弟久疏此道，僭妄多矣。首简谬承奖借，非所敢当。往岁因措大中，无以销日，时时与管城子游戏，其言殊无关系，命曰漫语。真如草根之蛩，土泥之蚓，月露中偶然作响，细琐何足道者。日长无事，复续一帙。伏在草野，不敢僭及时事，姑为迂阔无当之言，博年丈一笑耳。更烦侍史一书《困斋诗》，风流名士也，业已神交矣。

上孙道尊

恭惟老公祖斗山之望，海内具瞻。不肖伏在垄亩，窃仰芝眉久矣。顷复摄视学政，是又章缝之指南，而簪绅之师表也。日者敝邑公举乡贤三人，先曾祖与焉。先曾祖宦汉中、怀庆两郡，一清如水。去任之日，父老子弟皆号泣，如失慈母。去后为立生祠，尸祝之。载在邑乘，可覆按也。昨梅公祖束装匆匆，本府虽已申详，未蒙批行。今日之事，老公祖为政，先人区区负乡曲之誉，不肖固当引嫌避匿，不宜辄行请乞。但迫于舆论之怂恿，不能中止，故不揣冒昧上请。傥慨赐批发，无论不肖奕世而下，永载明德，即先人地下，亦且不朽矣。

与方明府

昨承手教，知薛司理甚为老父母惜也。他图之说，盖谓结局之后，国家用人之际，诸奇才异能云集阙下，表见所长，自可力致青云。若今日之事，按台业已形诸奏章矣，俄然坠渊，俄然加膝，恐无此体，而薛司理谅亦无如之何矣。区区不肖，虽欲借寇而无由也。肃此奉复，谅之谅之。

与刘竹潭

兄博雅君子也。八月间，切望抟风而上，而犹然留滞也，岂时未至耶？通塞有数，聊须俟之。羽便寄声，幸努力九万，无甘老榆枋间也。

与张举之

秋间切望冲天之飞，何物樊笼羁我六翮耶？大都举子业，宜沉心入之。昔人谓用志不分，乃凝于神，真至言也。兄秀骨英姿，种种过人，天必不虚赋此一段骢明，勉旃自爱，会见指日九万耳。顷闻贵恙，幸珍摄为祝。不肖风木荣怀，犬马之齿，只增一番惨戚耳。诸亲之赐，一概谢却。远辱大贶，恐有异同之诮。谨登董画，以识高雅。冗中握管，不尽依依。

与孙淇园

睽违道范，倏易星霜。何分袂之易，聚首之难也。年丈棠棣联芳，桂林竞秀。秋间得报，方欲走贺，而不知中夏有雁行中断之悲也。十月终会贵邑崔生，始为弟言之。已封马鬣，执绋无由矣，即欲耑人奉候，又恐年丈北上，姑为迟迟。顷知台驾尚留里中，敬遣苍头，肃将鸡絮。傥年丈鉴而原之，幸甚。

答宋青霞

侧闻年台宽厚之声洋洋载道，其优礼青衿，拊循黔首，超出寻常万万。此自是一方福星，《诗》所称“恺悌君子”，年台之谓矣。贵治前有张华老，后有宋青翁。后先济美，羡之羡之。甘棠竹马，乃是儒者真实作用。弟以雕虫见售于时，空言盈箧，譬之剪彩为花耳，何阙造化事。年台有脚阳春，视区区浮华不售，飘风之过耳矣。伏在丘垄，四壁萧然，不免时作鲋辙之呼。虽然，终不仰给升之水而活我也。

与李学博

台慈雅度邃养，卓绝儒绅。不肖虽不能测及底蕴，而去后之思，口碑载道，亦可窥豹一斑矣。北上迫矣，肃具不腆为敬。所期摩天之翮一发而奋南溟，以慰三齐父老子弟之望。吾党亦徼有荣施哉。翘首青云，心旌悬恋。

与胡怀老

滁风景故自佳，又益之以醉翁为之主人，被山川以九锡，奕奕生色，令人神往也。同曹无事，拄颊望西山爽气，吟眺之余，珠玑盈古锦奚囊，何不倾而出之，使三家市中，咸得耀于光明。辽事孔棘，国家倚老成，如鼎吕磐石。方叔之状猷，营平之方略，亦可为竖儒一道否？不肖株守丘垄，半百之年，前苦命途之舛，后遭国步之艰，既不获五斗养亲，又不能一诗退虏。徒以抱咫尺而坐环堵，此自是宇宙间长物。先生何以教之，别来健饭乎？衰麻不便登龙，八行代候，不尽依依。

与张拂居

暌违久矣，仲春敬遣一介奉候，业已发矣。而敝县簿尉朝天，旋始知年丈消息。弟家居绝不阅邸报，时事升沉，一切不知，如在深山中住一般。小价抵京，闻年丈东归，而辽信又复汹汹，遂怅然而返。年丈疏襟旷度，超越风尘之外，薄曲谨而不为。而世道人情，至今日而大变，诡秘幻化，不可捉摹。卓然自树者，百无一二，而善护行迹者，所在皆然，此年丈所不屑也。慈母投杼，三人市虎，自古然矣，年丈亦以冷眼视浮云可也。侧闻有燕尔之好，其悲欢新旧，弟亦不能甚悉，亦不敢辄具贺。草此代叩。仲春书兼薄具附上，幸鉴存之。相去咫尺，握手当有期矣。

与张华老

匆匆中一面而暌也，为惘然者久之。居恒渴慕之私，何时侍麈谈一倾倒乎？新阡群峰环拱，郁葱哉佳地也。惟是道体劳顿，所宜加餐自爱。社稷苍生之托，行且一身肩之。远辱翰使，谢谢。椿芽之赐，敢不饱德。

寄赵宪堂

两次见丈，皆不得剧谭，殊令人闷闷，人生聚首之难如此。昨见贵里西郊外一带，山色如画，秀气扑人眉睫，望之直是可餐。枵腹之夫，对此顿饱，安得山村中买数椽高卧，毕此余生乎？时事岌岌，弟是长物出与不出登耳。不如丘壑之中，作一老农为愈。敝邑一片俗地，终日在尘土中，怀抱作恶，每欲褰裳去之。若得卜邻于丈，蒋诩之径，辟疆之园，徜徉卒岁，生平愿足矣。丈能为我觅一菟裘不？羽便草此，奉布腹心，小刻请正，亦卒见野人之胸次矣。

与马绳河

南宫之役，年丈直掇之耳，而犹然龃龉也，造物将无忌才耶？怅然怅然。古之人有抱璞而刖者，此何足为连城损？适足以明当事者之愦愦矣。遇合自是有时，年丈其静俟之。鳞鸿久稀，不啻三秋之隔，一介聊当面谈。拙稿向多讹字，不为弟正何也？近有著作乎？傥亦可掷示不？子舆氏云："勿助勿忘。"寥落辘轲之中，天之所以炼豪杰之精魄也。唐人为诗，羁旅边塞孤苦伶仃之言，比之欢会更佳。说者谓："诗非能穷人，必穷者而后工也。"弟谓惟文亦然。安知闲窗落落数言，不愈于长安新贵人之连篇累牍乎？优焉游焉，妙趣在个中矣，年丈以为何如？适一事欲相商，苍头能道其详。

与耿生

尊君国家老成人也，仰止之私，三十年于兹矣。高阡一片石，须得海内椽笔，乃足光不朽，而以委诸不肖，非其人矣。表与志自是二体，撮其大者，余自可略也。其中微词隐语，颇有得于行状之外者，兼多旁及世态，乃是以客形主之法，一反映而自明。此等俱宜存之。大都地下之文，如传神写照一般，即面有黑痣，亦须一一如其本来。若色泽丰神微有不似，观者瞪目，不知为谁氏矣。今之为祖父计不朽者，多是诬以死者之所本无，去其生者之所不满。脂粉胜而真象隐，读之令人闷甚，那复跃然者乎？夫女有待于饰者，天姿少也；士有待于绘者，本质亏也。尊君之纯笃，自当于古人中求之，本质具在，可以肆笔直书矣。

报张举之

顷长白山下徐氏者，有山村一区，托僧徒持券来欲售之。生平喜幽胜之地，遂于廿二日携朋辈往观焉。暮抵醴泉，明晨探伽峪之奇。西行望见麦垄，蔚然如绿云。村中楼阁楚楚，僧指曰："此董家庄也，乃张翁别业。"既至伽峪，有阳丘韩生者，读书其中，坐定，即道兄得隽之耗。不肖问："何以知之？"云："适得之董家庄。"不肖甚为开颜。黉宫苦海耳，岂宜沉滞？兄且一苇而济，异日有天风起，不妨再抟羊角九万而上也。廿四日旋家，方圆走价道喜，而八行辱临矣。草草数字，借手代面容，耑致不一。

与张华老

千里驹当奔逸绝尘也久矣。今始剪拂长鸣也，得无晚乎？第已脱去监车太行之苦，则过都历块，可指日待矣。龙种故自不群，皇路清夷，天闲容与，从此皆鸣和鸾、清节奏之日也，拭目望之。辱在知交，喜而不寐。不腆一芹，聊见区区，幸存之为荷。

答张拂居

年丈三载令君，而无屋可住，一廉如水哉。土木之费不赀，谚云："与人不睦，教人盖屋。"信哉言乎！弟营一厅事，今两易星霜矣，犹未就绪。每有远宾至，则馆之寺中，此尤可笑也。吾辈之贫如此，以语诸善宦者，必不信也。顷晤马绳河，语弟云："今之善宦者，必定要坏心术。"弟因戏谓人曰："大凡会做官者，少有好人，好人却多不会做官。"座客皆笑。此言虽戏，亦当今仕途中顶门一针也。麦秋至矣，不无小冗，未及握手，奈何。杨中书尚未行，渠来此别有事，非为兄也。顷有俞山人者，善相人，晓《太素脉》，又善饮酒，持张息六书来访弟。年丈家居寥落，敬荐之左右。傥兴发时，取大白浮之，白眼视人，亦一乐也。年丈床头金尽，非有觊也，或借齿颊为吹嘘，则厚赐耳。佳贶非所敢当，诗扇邢字足矣。因使者再三之恳，遂及琴筒银杯，无乃伤廉乎？

答张息六

伶仃之夫，勉强襄事，倏忽三载，头颅半白，而乌哺杳无期矣，念之销魂。前辱高谊，感深九原，唯是狗马病侵寻，岁月未尚一介祗候。久稽鸣谢，五内徒有耿耿耳。时事岌岌，恃有云霄诸丈斡旋。弟越在田间，得为太平老农足矣。俞山人术甚精，而弟凉无以壮行色。愧愧。草此布复，临楮黯然。

与耿生

杨凤老事急矣。诸兄之所以应之者，若何？此公甚有肝胆，昔之情高，今之词直，诸兄固高明人也。

与曲阜令孔公

邹鲁《诗》《书》弦诵之乡，不肖向往，非一日矣。台慈绾绶而君此一方，扬先圣之烈，宣冲王之仁。期月三年之效，傥亦可指日而奏乎。顷闻衍圣公袭爵一事，旁颇有龋龁之者，且波及杨君元肇。不肖曩在都门，与杨君最契，敦手足之爱者，三年于兹矣。此君交游遍海内，想台慈素亦识之。幸曲为解纷，无为强有力者鱼肉也。小刻侑缄，希政之更荷。

答张华老

不肖衮杯圈饮恸，蓼莪惊心。枝头之鹃血痕斜，阙下之鸦行梦断。三迁莫报，五斗何为？已自分渔樵羽衲，老一丘一壑中矣。日月倏忽，头颅半白，禫期俄届，怆感良多。辱荷注存，五内镂切，而大贶则概不敢当也。唯是长者之赐，来自远道，谨拜清书果酒，以识高雅。肃此附谢，临楮依依。

答张举之

兄丈来年廷试耶，时事岌岌，且溽暑戒途为难，暂卧北窗，亦自适也。不肖禫矣，意甚不怿，读书半世，才成小草。而先君早世，老母又复奄忽见背，伶仃一身，了无意绪。即使一日而致身三台八座，有如嚼蜡耳。毛义捧檄之意，千载同心矣。诸亲之赐，概未敢领，又不敢以例阻兄丈之爱也。草此附谢，不尽惓惓。

与胡瑶宇

不肖弟之东归也，勉强襄事，伏在丘垄，甘以老农没齿矣。恃有年台，依日月而辉星虹，为吾党生色，不意遽有老年伯之变也。嗟嗟，吾二人弟抱杯圈之恸，兄含手泽之悲乎。翘首西瞻，涕泗横集。曾记己未冬谒老年伯，双瞳炯如，矫矫有寿相。不肖弟云，南极老人、北门学士萃于桥梓，备人间之乐事矣，何鼎养之倏违耶？弟苫块余生，头颅如雪，狗马病缠绵，人事都废。既不获亲叩几遥，而鸡絮之忱又缺然，无一介之将也。疏节之罪，擢发其能数乎？八行奉候，薄有一芹，万祈致之穗帏之前。倪不吐弃也，幸甚。吾辈当此大事，形神俱劳，而年非少壮，唯是节哀，自玉为祝。临书呜咽，黯然黯然。

答李学博

日前北上，倾听春雷。不意数奇，彼苍未即从人愿也，怅然怅然。台慈蕴藉闳深，取大物如拾芥耳。乌知屈之非所以为伸，异日自有持十五城酬荆山之璞者乎？接翰教，如挹春风，第大贶非所敢当，谨登一二，以识高雅。羽旋肃此附谢，南望依依。

答张拂居

弟知命之年，滥叨一第。先君既不及见，先慈及见而又不及享。回首追思，总不如缝掖时，犹得奉菽水之欢也。宦情阑矣，鸥鸟浮沉，闲云舒卷，漫然付之无心而已。日来无事，惟是时时向陈编中作老蠹鱼，借以送日。第不得三食神仙字，当是凡骨，非烟霄人耳。秋禾颇茂，而淫雨为灾，恐有蝗蝻之虞，老天不欲使人坐享大有年也。年丈八月间不北上耶？弟当跨一蹇，访犬田间，为十日平原饮，但恐廉吏家无酿，多费杖头钱耳。妖寇尚未平，处处戒严。草泽蛇鼠，骨节尽痒，劘牙而思噬人。此时守土之吏，甚为寒心。天下事当有大力者负之。而趋吴老师处疏节甚矣。奈何奈何。弟禫矣，诸亲之赐，概不敢当，年丈幸勿讶。诗扇一握，挥之如相晤也。

答马绳河

不肖弟五斗未沾，双亲早背。西山之落照，空复销魂；北阙之恩光，只增挥涕。自恨偃蹇疏慵，把壮年容易放过。及至收之桑榆之日，而垂白之慈颜，已不复待矣。人生不如反哺之乌，何以官为？久欲弃此鸡肋，尚欲徼得宠荣一两字，少为松楸吐气耳。时事多艰，进退维谷，行藏已付之出岫之云、倦飞之鸟矣。年丈数日来作何状耶？闻贵县颇宁，想邑大夫隐然保障耶。弟心绪如麻，北窗展转，多不成寐。人生白日羲皇，亦大难事也。禫除，概不敢当诸亲之赐，翰贶远颁，破例拜登一二，以识高雅。诗扇一柄奉挥。胡年兄诗数纸，并附览。

与吴隆嫩

自奴酋震邻，东方岌岌。不肖弟伏在阜莽，几废寝食矣。无何，妖寇窃发，海岱间二百年来，人不知兵。百万赤子，尽陷潢池，良可惨颜。所恃年台英风神略，先声夺人。当世方将托以为命，岂直三齐之保障已也？久疏鳞羽，良用歉然。八行奉候，临楮依依。

与李掞阳

仙凫自天而下，郎山绣水，焕然生色。不肖弟咫尺福星，即当躬叩阶墀，以觐清光。缘苫块之余，姓名不祥，不敢径溷左右，而梦寐未始不依依也。今禫矣，一介奉候疏节之罪，幸年台原之。阳丘，雄城也，户口钱谷，甲于东齐，宁惟是据上游而展骥足。而山川秀发，抱孤桐于烟岚飘渺之间，自是蓬壶洞天中人也。妖寇渐平，四郊安枕，年台之保障我三齐多矣。薄有芹私，希惟鉴存。

答胡慕山

客岁登龙，聆侃侃之论，良慊夙怀。但匆匆别去，不得共君一夜话，犹是人间一段欠缺事耳。翁丈道谊闳深，铭屋漏质鬼神，非不肖之所敢望。而其发为文章，正气直词，一涌而出，万夫为之辟易。壮哉士乎，即孟轲氏之浩然何加焉？辟泰山行宫议，窥见一斑。第其说长，非片时可竟。拙刻多闲散之语，无关用世，大方何从赏识之乎？

与曹道尊

自辽左有震邻之氛，而二东岌岌矣，不意妖寇复窃发于西也。老公祖身为万里长城，齐鲁元元恃以为命。惟是一腔忠赤，上贯穹苍。至挟纩投醪之恩，所以振貔貅而泣鬼神者，行路之人口为碑矣。不肖伏在草莽，仗庇非言可悉。每欲裁八行奉候，而曩以苫块之余，姓名不祥，遂久趑趄耳。区区一芹，聊见寸丹，幸鉴存为荷。

又

书林唐虞盛者，号友竹，江右人也，客于历下五十余年矣。不肖自为缝掖，即与之缔莫逆焉。庚申夏，不肖遭先慈之变，友竹俨然临吊，别去暴卒于滨州。不肖惊悼，急使人买棺敛之，载其榇还历下，经纪其家。友竹一子早夭，止遗嫡孙，曰耀祖，今年十六岁。读书能文，贫不能归，不得已入历城籍。昨校艺府县，皆在取中。此子茕茕，不克自树，傥得备员博士，庶家世可保。文宗处不肖不敢径渎，惟是一言九鼎，引之黉序。不惟怜仃之子，叨蒙再造，而旅魂不昧，亦衔结于重泉矣。友竹，义侠士也，不肖颇有山阳笛声之感，故敢冒昧为请。

答史锡庭

年台温粹之度，蔼然金玉，向在都门，业已心醉矣。自先慈之变，不肖弟伏在苫块，狗马病复尔侵寻。及襄事毕，形存神销。便鸿稀疏，老伯母窀穸之期，实不及知执绋之谊谓何，幸年台原之。嗣闻雁行中断，复为恻然，犹恐传之未的。及李父母至，而乃知为真也。既摧萱蕚，复殒棠棣，年台何以为情哉？世界缺陷，惟是善自慰解，加餐自玉为祝。李父母卓异隽品，第弹丸黑子，恐不足展骥足耳。心绪如麻，笔楮难尽，何时把臂一倾倒乎？

与胡怀老

先生之高卧林峦也，非逐逐风尘之夫所得望见颜色也。古称吏隐，庶几今见之矣。想吟眺之余，课读浮白，满眼无非乐事。恨不肖不获侍杖屦，共妆点渔隐园中一段风景耳。边烽东寝，妖寇西歼。抱杞忧者，稍稍安枕。春初，或亦可以出而襄太平乎？岁云暮矣，寤寐徒劳。肃将芹意，聊见蓬心。南望清光，临缄怅结。

与张华老

台慈久耽林壑，作洞天主人，猿鹤故自生色。然圣主侧席，群公虚左，可能坚卧，不一慰海内之望耶？妖氛荡平，春初或亦可以出，而造命疮痍也。岁云暮矣，金乌如织。率尔一芹，奉候新禧，幸麾存为荷。

与吴隆嫩

妖寇荡平，二东安枕。非仗年台之庇，十二河山、百万苍赤，不免化为丘墟矣。天祚皇家，笃生伟人，再造齐鲁。此当为社稷灵长贺，岂止历下之受赐已也。凤历新颁，鸿禧倍纳。一芹奉候，临楮依依。

答张举之

不肖今岁知命矣，拥肿散木，无当于世用。傥所谓以不材得终其天年者乎？谬叨大贶，良多厚颜。一芹借手，聊见区区。兄青云发轫，春间北上，掞藻天庭，行且翱翔紫霄之上，借光多矣。若不肖者，得为太平老农，优游圣世，岂曰非幸？长白峰头，拟筑数椽，漱流枕石，与麋鹿偃息丰草长林间。兄如肯见存，时以鱼缄慰我寂寞可也。眉公，海内逸人，真迹逾百朋之锡矣。

与张青阳孝廉

台丈芳联棠棣，秀森兰桂，足征世德矣。乃知垂髫英妙，发轫云程。其令人击节称羡，当何如也。未获走贺，反徽贲临。桥梓俨然，蓬茅生色。唯是匆匆别去，不及羁从者，聆一夕之清话，为是介介耳。不腆一芹，聊申雀跃之私。傥台丈原其迟迟也，幸甚。外坊刻一部，为课读之需。

与杨含冲

妖寇之乱东鲁，岌岌乎危矣。年台手提三尺，扫妖氛，净潢池，出百万生灵于涂炭。麟阁云台之上，裒然居首。此当为社稷灵长贺，岂止海岱间之禔福已也？弟徼天之幸，托荫甘棠，得重见太平。优游田亩，守先人坟墓。此非年台之赐，而谁赐乎？鳞鸿久稀，五内如结，不腆聊候新禧。外贵治杨中翰元肇，弟莫逆交也。小扁欲华其庐，年台幸假鼓吹以荣之。感感。内召非遥，西瞻紫气，雀跃何如。

答胡怀老

不肖竖儒耳，非当世所急，亦非急当世者。兼以风木之余，养成疏拙。长安之棋局日新，而齐门之琴音如故。坐是非敢厌薄五斗，直是不欲以龙钟点鹓行耳。先生犹欲鞭策我耶？衮生也驽，齿复长矣。日暮途远，徒自苦耳。天下沓沓多事，须大力人负之。如先生者，斗山崇重，政宜出而救焚拯溺。若樵径渔矶、酒杯诗卷，姑待功成拂袖之日，未为晚也。大贶远颁，田间之夫，奚宜有此？岁前徼琼瑶之报，统此附谢。促膝何时，临缄怅结。

答郭翁

妖寇之乱，先生身在危城。不肖每对诸亲，引领南望，忧形于色。赖天之灵，长蛇封豕，骈首就戮。四郊之垒既平，而座上之长裾、樽中之醴酒依然无恙也，天相吉人，岂虚语哉？苦乏便鸿，久失修候，而翰贶先之，惶悚何如？先生之门如水，屡损清俸，何以克当？不肖老蠹鱼耳，无关当世缓急，得为太平农圃足矣。中秘书不愿读也。

答赵景毅

年丈邃诣渊识邈焉。寡侍南宫之捷，弟闻报为击节者久之。即欲称贺，而是时抱风木之戚，不便登龙，想当见原。别来星霜屡易，种种二毛鸡肋，已掷之九霄云外矣。春日渐长，唯是杂老农中，耕田凿井，自食其力，差胜长安道上乞米耳。所委事即为转恳李父母矣，使者当能道其详。佳垒奇绝，何物肝肠，出此不食烟火语乎？

与胡瑶宇

去岁承翰教，备悉年台之茹荼也。既摧堂上之椿，复殒阶前之柱。彼苍何令我辈至此极耶？相距非遥，曩者欲待襄事之日，策素车而西，聊图执绋。不意老年伯之墓草已宿矣。羽便肃此，附候兴居。阳丘诸生刘君，骚雅士也，今有清源之游。此君与弟缔莫逆者二十余年矣，所交皆海内名人。颇欲登龙，而以弟为绍介也。年台读礼之暇，授简席右，两贤相觌，欢若平生。不待弟之喋喋也。更望年台广为延誉，傥所称附青云而名益彰乎？

与张华老

台台起东山之高卧，慰北阙之悬思。行且曳履星辰，依光日月。海内人士弹冠称贺者翕如矣，即当躬图祖饯，唯是荣发期迫，不敢辄恩龙门，有妨促装耳。不腆一芹，耑价驰献，幸为鉴存。时事多艰，须得一二伟人，干济之泉石萝月之中，酿出一段淡泊明志、宁静致远之神。人必出世乃能入世耳，然此非台台莫克当也。

岱宗藏稿卷四十一

济南杨梦衮龙光著

书牍

与汪[1]云泽

年台分符于蓬瀛也，傥亦墨绶中安期生耶？海市蜃楼，弟东向神往，非一日矣。年台能为东道主，祷广德王令重楼翠阜出霜晓乎？弟将跨一蹇，访仙凫于若木扶桑之侧矣。羽便数字奉候。敝县李父母两造质成，殆无虚日。近有武定州人王铎以劫杀事讼都台处，蒙批敝县。其所讼者，为靳尧马化龙。靳氏，临邑人也，化为乌有。物色之，乃在贵治，业已就擒矣。忽有群不逞夺去，三尺之谓何？年台幸即以不漏之天网从事，非惟为敝邑李父母了此公案，亦且为贵治靖四境也。

与徐道尊

老公祖棨戟西临也，不肖俨然苫块中。既不获折河桥之柳，亲侑樽罍；又不能撷溪涧之毛，频申筐篚。徒有凝睇后尘，神逐前驱而已。已而妖寇窃发，海岱间几尽化为潢池。虽心旌无日不摇，而双鲤断绝。欲临风一问加餐，怅无由矣。赖天之灵及社稷之福，而以老公祖赐之东鲁也。耸万里之长城，荡四郊之多垒。即以铭钟鼎，纪旂常，真可辉映千古。岂直四境之帖席，二东之按堵，仅仅伏庇而已也？仗钺重来，闻风雀跃。薄有不腆，聊见芹私，幸鉴存，荷荷。

与廉宪曹公

恭惟老公祖舟山威凤，玄圃祥麟。其为社稷绵庥，苍生造福，非浅鲜矣。顷齐鲁沓沓多事，台慈提三尺剑，扫妖氛而净潢池。不肖伏在田间，得重见太平，

---

[1] 汪，底本目录作“王”。

优游高枕，非台慈之赐而谁赐乎？侧间荣转，藉重法星，十二河山，欣有喜色，区区雀跃之私，宁有既乎？薄具一芹，聊申贺悃，幸为鉴存。去岁唐生事，多荷留神，兼辱琼报，附谢不一。小刻五种请正。西望清光，临缄翘溯。

又

儒童郭完金，舍甥也。完金父瑚早卒，其伯父璜为仇家所构，方拟遣戍，而局犹未结也。璜无子息，上有孀母，下有孤侄，今身在陷阱，家业荡然。完金非惟废产，亦并废书矣。璜素多交游，兼负意气，每以舌锋贾祸，群猾遂被之以通窝之名，而鼠牙雀角纷然起矣，其实诬也。曩曾为令君道之，而先入之言，深牢不可破。璜之命今在须臾，不肖非敢代为辩，亦不敢挠老公祖法。但璜受拷，多溃烂不可收拾。万望台慈姑免扑责，稍纵末减，即再造之恩矣。舍甥母子日涕泣不肖左右，不获已，而冒昧为请。仁人长者倪亦曲赐矜全乎？

与张青阳孝廉

令公子幼负岐嶷，青云发轫。不肖甚器重之，谊当有一言，而大命俨然临之。又重之以令亲之贶，敢以不文辞。素性疏慵，久不与管城子共事。且溽暑蒸人，北窗颓然，遂若是迟迟也。枯肠之夫，愧无彩毫以颂明德。长语盈楮，台丈得无笑其刺刺乎。

与张举之

久欲为长白之游，而炎蒸逼人，辄复中止。兄徜徉园林台沼之间，南山飞翠，北牖生凉，翛然蓬壶阆苑中人也。不肖潦倒，不堪世用，扰扰尘埃中，意甚苦之。行且觅丘壑于兔柴之侧，了此余生矣。昨尊君有字来，促不肖北上。而梦魂终不离垄亩中，看来朝市无缘，闲云野鹤，生来不曾带食肉相耳。黄簿居然儒宗，秉彝一念，良不能已，逢人说项，宁敢吝此齿颊。但三两日前，曹道尊处业已一函通矣。谨以小札并回字“呈览以明，不欺事急矣”。兄丈别为图之。

答邹平黄簿

门下以宿儒而淹下僚，令人短气。捧诵大刻，卓尔不群，可谓卓鲁，程朱合为一人矣。衮则侧居邻壤，南向倾风，何时亲炙芝眉，聆霏霏之绪论乎？翰教下颁，良慰渴仰。肃此奉复，临楮神驰。拙刻二种请正。

与胡康庶

年台两间正气，三晋法星。爰书流解网之仁，肺石揭覆盆之照。其所以培国脉而寿黎元者，非小补矣。舍亲韩黎城，隶在宇下，叨际二天所望。年台推屋乌之爱，辱垂青盼，左提右挈，俾不至于颠越。异日稍克，尺寸自树。渠即有胸无心，敢不捐糜图报哉？此君乔木世家，以戴《记》魁我东土，才华蕴藉，不待弟之喋喋也。西望台光，临风瞻溯。

答唐生

承谕考试及执照一事，待八月初旬，当写书投历城吴公处恳之。李府尊从来不曾与通书，当托吴公转恳，亦可。鲜品之饷，附谢不一。考以文章为主，当用心读书。此是根本切要之地，其余具不必也。好童生恐府县见遗，故营求门路，以图进取。若文字未佳，纵有门路，难以徼幸。此是至言，勉之勉之。

答王洞庭

客岁醴泉之游，息鞅湖亭，麈谈霏亹，乱落天花，泠然尘外之想。唯是山翁如泥，不无令习池童辈齐拍手耳。足下胸藏二酉，楼富五车。匆匆分袂，不获探及武库，歉也何如。不肖冷落牛马走耳，门堪罗雀，家丁之选传者，误也。习静已久，一飞冲天，拭目以俟。

报廉宪曹公

老公祖累朝簪绂，奕叶弓裘。龙气双钩，早动斗间之象纬；凤毛五色，俄惊天际之翱翔。冀北空群，雄风丕著；齐东仗钺，骏烈高腾。复幸二天垂覆，法曜高悬，清肺石而照覆盆。闾泽之旁流，阴德之崇懋，有莫得而名言者矣。不肖学惭刻鹄，技谢雕虫，诚无足比数。而乃谬荷注存，宠颁翰贶。感与愧并，措躬无地。肃此鸣谢，临楮可胜感悚。

与李抱一明府

睽隔台颜，不觉三阅月矣。濒行雅爱稠叠，铭之五内，未尝一日忘也。不肖田间长物耳，勉强一出，辞鹿豕而就鹓鹭，非其素矣。世网羁人，忽忽不乐。直昔人所谓鸡肋，弃之可惜，食之无味者也。身抵都门，萝目松风之梦，合眼便卧山中。杯酒促膝，当在何时？侄辈旋，薄有小物，奉候兴居，幸存之为爱。

答李抱一明府

深秋亢旸，麦不入土，循良父母得无为梓里蒿目耶？积谷一事，自是元元命脉所关。当事者如早留心，东省当不罹卯辰之厄，至道殣相藉也。幸为留神，时事孔棘，兵饷捉襟见肘，计画无复之，遂斤斤三尺随其后，安得调停征收之善，各省尽如台慈乎？又何忧军国乎？北望双凫，脉脉神往。薄有不腆，率尔侑缄。

报李生

久无便羽，颇失修候，而尺素先及之。惓惓多所注存，能无铭之五内乎？不肖素性疏懒，施之世途，戛戛乎其不相入也。勉强一出，少酬舆望。然而局促长安道上，沙尘扑面，非所愿耳。且冷署无所事事，浮沉于断简残编之中，豪杰士当不屑此。兄郊外掩关，甚堪习静。努力云程，勿自堕落。此外一切琐细，不足道也。

答李世臣

年台风流骚雅，正宜置之图书之府，清切之地。而乃牛刀割鸡，以薄书钱谷溷高人也，当事者得无汶汶耶？至如不肖弟，拥肿不才，业已谢去蠹鱼。而又俯首就之，以为藏拙则得耳。若曰润色太平，愧汗彻踵矣。圣主当阳，求贤若渴，英伟如年台，庸可久淹乎？

答朱苍崖

贵府经妖贼之乱，元气斫丧。当事者非极力拊循沟中之瘠，何日起乎？年台不日为天朝耳目，可无一言拯梓里耶？曾记吾乡李于鳞先生守钜鹿，此公文章风节，至今冠海内。年台凭高吊古，佳句可得闻欤？抑不知于鳞公甘棠之爱，有祠焉尸而祝之否也。年台肯为留神不？

答范象兰

行时远劳饯送。感感。小价来得手教，多承注念。府试何太迟也，令人悬望。闻老嫂恙而复安，可贺。生育一事，弟苦其少，亲家得无苦其多乎？考期尚远，幸桥梓努力为祝。

答刘张二兄

不肖匆匆出门，数载周旋，一朝分袂，甚觉怅然。至京，意绪亦不见佳。人事纷纭，非钱不行。而囊空如洗，奈何奈何。前所买陈亲家地，意欲奉还。即价不能猝完，二三次亦不妨，姑藉此为都门一年之费。陈亲家地原只欲典，不肖以为耕种不便，遂买之，其实非陈老亲家意也。烦二丈为心葵亲家叮咛之，不然且转售之他人矣。

答孙化宇

行时劳送。感感。分袂之后，梦寐虽殷，而芝眉藐不可复挹矣。何时促膝一杯也？

答贺禅

临行时承爱。感感。敝庄事体多烦，营看所示地，粮银数俱已收讫。远赐豆豉，多谢。冬日无事，闭门啜粥诵经，便是清福。此外不及多嘱。

答于宾明

前辱饯送。感感。得华翰注念良殷，所谕正直处，多未知何指。虽拙性难改，已闻教矣。草此奉复，冗中不及覼缕。

答董丈

行时竭蹶出境相送，桃花潭不及此情之深矣。不肖宦情甚淡，只因有未结之局，不得已而有此出。奈素性最懒、最拙、最疏、最孤介、最直戆，此数者非唯不足以谐世，而且足以忤世。至如世之所谓巧妙变诈，乃谐世之方。而不肖又甚厌恶之，其不相入也明矣。当今名利二字，浸透士大夫骨髓。馆中殊有清规，染利则垢，矜名则浮。以故世之所酷好而笃嗜者，常褰裳避之，即显名厚利，世人若太牢之飨，而我辈直餐风饮露而逃于空谷也。夫何处无风露，何处无空谷？而必仆仆于长安道上乎？回首东山，觉白云明月之殢人矣。明春受职，便可徼得恩典，此时作田间老农恨晚耳。侍御君风采照人，至今都门悚服之。诸名公每问及，不肖辄以矍铄对。当国家多事之秋，似此真才雄报，犹然置之丘壑中，譬之匣干将而绊飞黄，言之可为愤懑。丈近况何似？饮啖如健？此外穷愁皆小事耳。不肖命蹇，好事杳如。奈何意欲别图之，而囊中殊少青蚨。想是婚姻未动耳。一笑一笑。

与李抱一明府

舍侄来启缄，玉唾盈纸，何缅缅且惓惓也。二帝实录，想皆藏之金柜石室，如遗稿在史氏手，当为台慈购之。雕虫小技，谬烦灾木。唯是玄晏先生首简，足增九鼎耳。昨于承老屡为台慈问及王某行踪，当促装时，渠坚欲护送，辞之不听。至都门，微吐其获戾之由，即麾之去，令服役左右，静听处分，竟不知其化为乌有先生也。近闻縶其弟，物色之，幸为宽释。古不有纵囚来归者乎？朔气逼人，戴星出入，无乃太苦。羔羊皮二十张，聊以御寒呵冻。草草，余不及悉。

与于泰老

行时辱长者出境之送，光生满路，感可知也。别来道体强健，东望手为加额。时事多端,无日不急兵饷。不肖独以为国家所急,不在兵饷,急在主持纲纪,隐然负虎豹在山之势。若而人耳,梁甫之吟,东山之卧,一出而绵汉祚,保江左,人岂在多乎？台慈三朝之黄发，风烈著于台中。当事者不急急蒲轮以迎，是犹舍豪曹巨阙，而铅刀是求也。渭水非熊，愈老愈健，想彼苍自有意耳。羽便聊布候私，凭缄神往，惟加餐是祝。

寄族叔

马家一事和了好。此等人性气粗恶，当初不如不亲，远之为妙也。争斗绝非美事，以后当说与族人，戒之。李父母严明，都要着实收敛。举动不谨，恐惹事端，此外不能尽嘱。

与县尉

行时荷厚爱，甚感。敝茔柏树，被伐日久，踪迹败露，老父母想亦知谁所为耶？卧轿奉复并谢。外有微物，是芹私也，存之。

与刘抱瑜

不肖行至京，心神未尝不一日在田野中也。性爱闲散，又诸事不如意。甚觉衣冠累人，无甚意趣。手内无钱，寻常借贷，径欲弃官归故乡矣。宅上大事，不及送薄具纸仪，幸为鉴存。张震老贵恙，不想缠绵多时，今已霍然，可喜也。一二老友无恙，庶异日促膝把杯，依然如旧耳。事冗不及多作书，见张震老时，即以此书呈览。心事如麻，问诸小价可也。

答马绳河

久无鳞鸿，昨行时匆匆，不获遣一价相闻。然怀中未尝不时时结聚也。老伯母春秋高矣，年丈斑衣烂然，有何不快？而终岁善病。年丈当思所以娱其神，遂其志者，药饵犹其末也。世禄之家，物力萧索，极难支持。如年丈所言，笔砚不免夺于治生，将奈之何？唯望摆脱一切世局时套，潜心大业。抟扶摇而九万，则诸福备集矣。年丈之恙，想亦穷愁抑郁中得之，可善为加餐。春秋鼎盛，背城一战，拭目望之。所委事，即为草一转托之单年兄矣。

与单对南

昨道经贵治，雅爱稠叠，五内铭之矣。但道体违和，何物瘧鬼，乃敢苦及循吏耶？弟踵门亲叩，极欲诣榻旁望见颜色，阍者辞之，力怏怏而返抵都门。同袍兄弟皆讯及定动，即以此对，莫不为之萦怀。今想霍然矣。年丈分符畿辅，去天尺五，不次之擢，首当及之。余便肃此，奉候台福，临楮可胜依恋。

答王临流

弟在田间三载余矣，疏懒之性，业已与世隔绝。而丘壑不深，遂复腼颜以出，终是长物耳。年丈制锦雄城，卓冠畿辅，真可为吾兄弟生色。视弟之瓠落无实用者，不大有径庭乎？某横被萋菲，一朝风霾扫尽，天日昭然，不待吾辈之喋喋矣。

答石云岫

年台栽花两地，制锦三年，最绩已彻枫宸矣。海内多事，兵饷之征，急如烽火。念司农之仰屋，则捉襟见肘，虞在军国；念流离之载道，则朘脂剥髓，虞在民生。循良之宰，用一缓二之间，不知费几番调停矣。弟久卧田间，了无经济。匆匆北上，课空言而遗实用。昔人《儒效》疏阔之诮，弟宜当之，年台亦有以教我乎？

答马绳河

使者以腊月之初三日至，启函如面谈也。明晨，年伯母讣音至矣。年丈昨有不思议之忧，弟以为过虑，不意竟有此也。老伯母已膺宠命，又亲见其子之魁东土而上公车。虽未及禄养，已备人间之全福矣。且兰孙秀发，奕业书香，谅今日亦可以瞑憩泉台。而年丈似亦宜节哀自玉，不可过自毁伤也。世界缺陷，造物不肯令人事事完备。弟所遭比年丈更苦，言之泪下。幸读礼之暇，究心典谟，以图光显，老伯母行且托以不朽矣。冗中草此，奉候苫次，容专致鸡絮之敬，不一。

答张笃棐

年台为社稷培元气，为苍生流福泽，为后裔积阴功。今日丹笔之阳春，异日彤庭之雨露，总自稜稜三尺中生出矣。姑苏故胜地，暇中登高吊古，策杖虎丘，扬舲震泽，飘飘便欲飞仙去。彼长安道上，风沙扑面。谬称登瀛，徒虚语耳。弟日与蠹鱼为伍，无补于当世得失成败之数。辱翰贶之颁，愧与感并。九顿以谢，凭缄神往。

答贡二山

辽事孔棘，兵饷纷纷。当事者徒知有边疆之危，而不计及中国之困。日以三尺督牧民者，剥取膏脂而填之辽左，此何异剜肉医疮、反裘负薪耶？夫辽左，国家左臂耳。今且殚腹心以供左臂，将谓奴酋之能长驱犯顺，而黔首之不能瞑目语难也乎！民穷财尽，将来之隐忧恐不在外夷矣。昔王介甫行新法，一二贤者皆欲挂冠而去。说者谓不如耐心调停，宽一分则民受一分之赐。年台君百里而为元元造命，虽不能蠲岁额、抗功令，而催科中之抚字，亦唯是罄吾心力而已。弟竖儒耳，日坐冷署，无所事事，而区区根本之计，未尝不一日望之牧民者。谅仁人君子亦同此心也。

答王澄川

楚中故是名区，年台控上游而展骥足，择与湘江流，名并岘山著。琐闼之间，虚左以俟循良，弟翘首望之耳。年来兵饷纷纷加派无已，为小民重困，草泽中岂无啸聚揭竿如陈胜、吴广其人者？去岁如敝省妖贼，孰非乘思乱之民心而窃发者乎？今天下亲民者，无如良二千石及良令君。年台斟酌于用一缓二之间，调剂于催科抚字之际，此等大慈大悲，便是活佛出现，岂止麟阁上标，卓鲁龚黄之名已耶？弟三载卧田间，历睹朘脂剥髓之态，殆令人无一日得宁帖者，此甚非朝廷之福也。恨弟浮沉蠹编中，无能绘图以进。而年台固日摩赤子而鞠育之，幸为百里生灵造命，以副福星之望。辱翰贶，辄僭及国家根本之计，谅亦仁人君子所乐闻也。

答仇泰[①]孙

年台分符名邑，泽满畿南，最绩彻宸聪矣。弟不谙当时之务，而况久伏田间，蓬心滋曼。年台经济大略，亦肯为一披导否？贵治故多伟人，而大司马霖寰李先生尤其表表者。先生曾衡文敝省，浑厚精明，学者翕然称之，迄今三十余年矣。诸学使者俱拜下风，真士林山斗也。其为文颇亦肖其为人，如岱华溟渤之雄峙而浩淼。弟久想见其全集，贵治傥已付剞劂氏乎？便中为致一部。感感。弟进身之始，实出先生门下，故惓惓不能忘耳。宇内多事，民生日蹙。有脚阳春，窃为召父杜母望之。

① 泰，底本目录作“秦”。

答李抱一明府

东风披拂，景物熙熙。河阳之花，行且烂漫四境矣。仙凫飞来，屈指三岁。英声茂实，藐焉寡俦，即以姓字题之御屏，犹当首出，区区荐剡，何容喙矣。海宇多事，须大力人肃清之。射斗之剑，陆剸犀兕，水截蛟龙，即有盘错，何足当其一割？窃以望之神君。侍草小臣，乞米长安，贫病相仍，了无起色，不久且告归矣。辱贶匪一，藏之中心。扇头之作，出入怀袖，如观台光。

答吴石渠

楚雄视南服，年台剖竹上游之地，茂绩著闻，为海内循良最，弟生色多矣。民生日蹙，况呰窳偷生之俗，尤赖仁人加惠。迩来时事孔棘，兵饷剥民膏脂，日甚一日。恐元气伤，生机尽，非社稷之福。亲民者无如贤守令，年台其悉心为之。辱翰贶无以为报，期年台以卓鲁、龚黄，是即报也。

答潘亦式

年台三年制锦，两地栽花，经济实学，窥见一斑矣，超擢可指日待也。弟乏用世之才，浮沉中秘，作老蠹鱼可耳。当事者不知何意，欲置之谏垣。譬之铅刀久闭匣中，未经一割，骤欲使之露颖丹陛之上，此实难矣。年台经过百炼，游刃有余，何以教我乎？当今兵饷纷纷，海内骚然。为今之计，培养元气是第一着。如民穷盗起，中国之患不在辽左矣。弟久抱杞忧，而龌龊竖儒，噤不得言矣，敢与年台道之。

答乔还极

晋之高平，雄视山右，洵为岩邑。然年台以牛刀而割鸡，游刃恢恢矣。晋有古风，其民多质朴，而饶于蓄。贵治尤佳，比之凋敝之区，措手良易。年台好为之，既庶矣，而富而教，次第图之。非惟作循吏，即圣贤经济之略何让焉？

答郭生

考全凭文章，要着实用心。如提拔，只是引一线之路耳。文宗自有法眼，到此靠不得别人力量也。

答李陶门

年台自是长才，当事者取楚中之重地而两授之，其所以倚赖循良者至矣。令君从来多苦鞅掌，况年台屡为无米之炊，心血独丹，头颅尽白，苦更甚矣。国家自有所以酬劳臣者，且拭目俟之也。

答汪太生

年台筮仕，而即得武林也，真仙令哉。弟向在诸生中，颇有山水之癖。怀想吴越间胜地，无日不神游也。年台鸣琴之暇，棹一艇西湖中。酒杯在右，诗卷在左，是即十洲三岛耳，此外又乌睹有所谓天际真人哉？况复兼之以蜚英腾茂，裒然而为吾辈生色者乎？其愉快宁有限量乎？弟久作蠹鱼，犹以佔僤碍于浪之游。每欲弃去进贤冠，乃当事者近复置之谏垣。取飞鸟置笼中，愈不能堪。行且告休，为三竺六桥间逸民足矣。年台能作东道主，出斗酒为十日平原饮乎？云霄丘壑，互相标胜，不知高明以为何如？

答黄若镜

当今郡国间，最权要能为百姓干实事者，无如司理一官。台使者持斧而出，察吏安民之柄，强半分寄于司理，司理隐然一柱后惠文冠也。每见查盘之役，官吏师儒、城池公署、仓库钱粮、节孝孤贫、词讼囚犯诸项，无不肃然整顿一番。至衙蠹土豪，闻风股慄。是司理之操柄最尊最大，非仅仅刑名已也。若实心做事，剔弊锄强，洗冤保赤，其造福于民，其浅浅哉？年台手持三尺，其所以树立而报称者，当自有卓立于风尘之表，而上不负主，下不负民，中不负生平者。弟竖儒耳，词林言路无一可者。譬之画饼，终不可食。年台真才实用，确有成绩，盍明以教我乎？

答刘映斗

晋俗淳朴，犹为近古，比之虚浮淫夸之地，便似隔一世界。为令君者，以蒲鞭从事，而四境晏如矣。年台得此善地，流恺悌之声，奏循良之绩，固易易也。海内骚动，以民穷故。而兵饷之征纷纷，有加无减，将来不知作何状？敢以告之同志者。弟疏阔无用物也，才羞倚马，忠愧批鳞，顷且出中秘，而入谏垣。溺职之俱，日夜兢兢。年台犹谬以登瀛之仙见拟，弟望之却走矣。大启不敢当，近又奉例禁绝，甚为简便。年台后勿尔也。

答周辇[①]莪

东粤去京华虽远，然文物秀拔，时有伟人。即近夷丑，想亦不似毡裘椎缙诸种姓也。年台好为之流润，斗南蛮，英冀北，不日召入。携两袖清风，度岭而来，仙令非羊城所能久羁也。海内蠢动，近事尤骇人。弟以为蠹生于朽，盗生于穷。若人人安乐，家家饱暖，何苦舍性命，走死地如骛。大凡妖党豪侠，每每乘机窃发，必人心思乱，彼乃因而煽动耳。当今之计，抚民为急，而御夷次之。若日朘月削，久之必有隐忧，杞人耿耿，不知计之从出矣。年台教民者，敬以质之。

答卓真初

姑苏，东南一大都会也，其财赋甲天下。而近来巧诈虚浮之习，亦且甲天下。闻官此地者最难。年台奏刀騞然，当自恢恢有余地耳。此中多佳山水，案牍之暇，双屐破云，一篙穿月，俯仰啸傲，或亦仙令所不废乎？时事多艰，弟苦乏经济，唯祝牧民者留神抚字。异日邑乘内载得循良一传，便可与班史并传不朽，年台独无意乎？辱贶无以为报，谨以“廉平恺悌”四字奉上，想仁人长者当欣然笑而受之也。

答刘幼孙按台

梦衮猥以谫劣，滥厕谏垣。生平疏阔，未谙世务。台台持斧而出，天下想闻风采，不唯肃朝端之鹓鹭，抑且壮塞上之貔貅。雄略具在，亦肯举以教竖儒否？边关多事，寝处靡宁。况奉简书而乘骢按部者，拮据不问可知矣。未及修候，而翰贶先之。愧与感并，羽旋肃谢，统希台昭。

答秦忍调

南国剖符，亦胜游也。况以年台康济之略，为百里造福，即狐鼠之多，轮蹄之织，唯是以诚驭诈，以闲应猝，处之裕如矣。古之良吏有谓“子孙爱我，不若桐乡之民”者。夫爱生于感，感生于德。赤子无知，唯乳保是恋，此可以

---

① 辇，底本目录作“念”。

得父母之说矣。年台尽所以为怙恃者，古人庸得专美于前哉？弟懒漫不堪，乃当事者忽取白简援之，手足无措，藜火丝纶之誉，非弟事矣。

奉答师每吴老师

门生以庚申仲春遭先慈之变，抱影寒庐，未遑修候。及壬戌二月始斋沐，肃函奉叩台禧，而辽左汹汹，京师戒严。苍头行至半途，竟趦趄返也。八行具在，藏之巾笥，纸敝墨渝，今三年矣。谨附上，以明不欺。门生自苫块之后，无复用世意。每窃高毛义之为人，一丘一壑，颓然自放，颇欲以此终其天年。缘先人未沾恩宠，诸亲劝驾不获。已而北上，及抵都门，人事猬集，如处女当垆，不唯不习，抑亦不愿。久之，遂与当事者龃龉，而外补之端启矣。区区鸡肋，无足置喙。唯是去散就要，去凉就炎，恐不知者疑其有市心耳。上负培植，下负生平，今且欲弃头上进贤冠，径归垄亩矣。瑶笺鼎贶，自天而下，使门生愧死无地。对使九顿，鸣谢不一。薄有一芹，籍手以献。傥老师鉴而存之，感曷言喻。不尽之悃，详具别启，统希慈昭。

答姚昆斗太史

庚申之春，不肖弟骤罹奇祸，扶榇东归。濒行，鼎奠鸿章，光生地下，感非言悉。苫块之余，仅余鸡骨支床而已。山居荒野，邸报经年不复。寓日长安，事体一切懵如，即同袍定动，俱如隔一世界矣。老伯母仙逝，初不及知，及知，苦无便鸿致区区鸡絮之忱，罪歉何如。弟孑然一身，苦不可诉，松楸黯淡，兰桂摧残，世味宦请，不啻嚼蜡。每欲拂衣，人不复信，年台或稍谅之耳。去岁北上，非为一官，冀散馆后，徼得恩典即归耳。不意权有力者客气，用事龂龁，我辈先朝簪履，弃置若遗，弟即草一揭一疏，径欲乞休，以存词林旧体，而相知者力止之。年丈来少晚，未审当事者能体谅否？唯高明自裁要之。时事孔棘，世道人心渐觉不好。吾辈即一日而位至三台八座，恐风波不测，不如高山深林，终身作卧龙耳。小刻六种请政。书不尽言，统容嗣致。

又

昨手教以正月十七日至，而十六日已试讫矣。何老师亦以十五日属纩，竟不及诀也。腊月中，弟颇闻外补之耗，屡往奉候，欲有一言，阍者不肯为通。师之所以抱痾之由，弟之所以补垣之故，两不及知，可叹可叹。韩老师意在避嫌，每事却步，以让息争，此老臣体也。年兄之来，当事者自当成人之美。弟未必便是前车，但不可必耳。

答史孟华

江西故贫薄，往时独文风振耳，近来不知何似。国家多事，捉襟肘见。吴越财富之地，剥削想无虚日。殆不如孱弱单寒之邑，无甚蓄积，亦无甚诛求，犹可以与百姓休息旦夕。年台须得耐心，赤子无知，啼号万状，委曲哺之，即此便是父母。今时事决裂，虽气运使然，或亦拂人之性。刚愎自用，意大才疏，群不逞遂因而甘心耳，循良如年台自有抚字之方。弟亦聊抒衷愫，未知有当于高明否也。

与董丈

丈老来抱西河之戚，何以为情。第此事自有定数，无可奈何，亦安之而已。老蚌生珠，努力俟之。不肖疏懒成性，愿优悠冷局，苟延岁月。乃当事者出而置之谏垣。拂人之性，倒行逆施，可怪可叹。虽然谏垣，有何不可？人有恒言："史馆清华，谏垣清要。"不佞独以为史馆非清华，乃清闲、清贫、清苦耳。此等光景如穷措大作喜雪诗，眼前便可冻杀。到得来岁，丰收二麦，自身却已填满沟壑矣。三十年间相业，不知消磨了多少豪杰，揭日月而行诸天，恐不如青琐侍臣、天朝耳目之为要也。一笑一笑。词臣例不建白，今已作言官矣。虽欲缄口，不得凡里中利弊。及齐鲁之可忧可虞者，俱得达之圣聪。幸一一批示，不佞且草小疏为桑梓造福。舍侄行急，李父母于余老先生及诸亲，俱不及致字，即以此意转致可也。

寄[①]刘张二兄

词林之客，门清如水，甑屡生尘。弟恬然若将终身非恶富贵而逃之也，缘系老庶常，兼以旧馆长，例不外补，此二百年来定规也。不意阁中诸老及馆师能委曲体念，破例而授以谏垣。此官清而要，人皆艳羡，求之不得。弟不求自至，良出望外。阴受诸老之赐，夫岂浅浅富贵渠所自有？弟无以为报，只日夜焚香告天，祝其长生不老，永为吾辈司命真君而已。所可虞者，弟经神宗皇帝作养一番，积资六载，历经三朝。今诸老弁髦若此，恐异日弟归北祁，皇祖有灵执

① 寄，底本目录作"与"。

而问曰："缘何舍旧从新，负朕作养？"弟彷徨无以置对，此时不免烦诸老代弟一对耳。都门事顷刻万变，白衣苍狗，未足为喻。合眼向壁，梦魂终夕在长白山头松风萝月间耳。人生如过客，一官半职又过客之旅邸，何足挂人齿颊？玉堂金马、青琐黄门，总是身外物耳。二东之杼柚空矣，此甚可忧。会当有小疏，达之天聪，救此一方民。然后拂衣归田，尽出囊中俸钱，与二丈醉倒东篱下也。

答王葵石

海内困穷，妖氛窃发，独江右差安耳。瘠土果尔向义乎？抑有循良焉，为之抚字，四境自晏如也。大都天下有事，凡商贾鳞集之地，则财货可虞；舳舻衔尾之地，则咽喉可虞；戎马生郊，盗贼耽耽之地，则要害可虞。三者江右无一焉。年台鸣琴飞舄，坐奏殊勋，欣慰欣慰。当今亲民者，无如令君。诸大吏称说便民，如隔靴搔痒一般。若令君之于百姓，则子母一体，啮指心痛。傥留心根本，委曲调停，其造福生灵，贻庥社稷，岂浅浅哉？此年台今日事也，望之望之。四六殊不敢当，近有例禁革，年台此后可裁此繁文，便甚。

答徐先生

老师盛德古君子也，去后士林多念之。久疏鳞羽，翻荷德音，甚喜甚喜。好人到处，如景星卿云，人人瞻仰，宜多士之欢然相得也。青坛虽寒，春到亦暖。幸加餐颐养，为斯文盟主。河间相去咫尺，见上官当为老师缓颊。不一。先此奉复，临楮惓惓。

与丁天行太史

佳节固宜郊外一游，但风伯妒人，恐席地班荆不便耳。如异日微飔淡荡，弟当携一樽与兄倾倒绿杨树下也。

答侯晋明

弟常闻徽人重利而好贾，每轻去其乡，十数年不归，甚且终身乖首丘者。若是，则男子仅能成丁已驾说于弧矢，化为乌有先生矣，谁复受事南亩乎？东南财赋，肩天下之半，而其民逐末忘本乃如此，不知贵治士风亦然乎否也？海宇日困，昔人所谓财尽不能胜其求，不幸见之今日矣。民犹树也，欣欣向荣，自其本性。苟严霜凋叶，疾风陨箨，而犹撼之不已。久之，不免露根，而树槁矣。迩来边饷之征，额外之派，何以异此？年台即不能蠲国课，抗功令，然而调停于上下缓急之间，使公私两便，必自有长策矣。敢因风便及之。

答潜江陈明府

海内沓沓多事，无论黔蜀，即吾乡之妖寇逆弁，后先接迹，真令人耿耿抱杞忧矣。台丈出牧楚中江汉上游，其地重，其人杰，其俗呰窳而无积聚，轻佻好事，易动难安，绾绶者不得不为之熟虑也。夫麟凤在郊，不春而温；虎豹在山，不秋而肃。此慈母神君之喻也，台丈傥有意乎？即以鄙人之言为葑菲可矣。翰贶下颁，能无感佩？四六顷奉例禁，幸裁之。不肖已是金马门外人，鼎轴丝纶之誉，愧劳齿芬。

答郑答秉[①]

年台仙令哉，何霞标飞瀑之胜，在几席间也。此地民淳事简，案牍之暇，凭栏舒啸，云气霏霏，辄来扑人，安见衙斋非洞府也？唯是彩笔青樽，便可酬此佳境，政不必作谢灵运行径耳。海上甚僻，以吏兼隐，当此扰攘多事之际，风林宁翼，湍水纵鳞，万中无一。贵治其庶几乎倭寇颇息，主上不烦东顾，牟台可以从容奏最矣。四六顷有例禁，此崇雅尚质之渐，年台自当乐从。

与丁天行太史

数日不见，作闭户先生乎？昨晤顾年兄，说兄有小恙，想已霍然。弟欲伺一佳日，为郊外之游，而九窍怒号不已。偶得句云："闻说有人调玉烛，风尘日日卷堤沙。"聊与丈发一笑也。

又

闷坐无聊，戏作《短歌行》三首博笑，虽不能当《七发》，兄或亦霍然有起色也。峼华桥在敝省大明湖南面，省下有峼山、华山，遂以名桥。峼一作"鹊"。兄曾游历下，想亦知此。

---

① 答秉，底本目录作"达衷"。

答王讱其

闽中车书文物之地，赵宋而后，亦既彬彬矣。但宋儒多蹈迂阔之诮，讲学有余，经世不足。故赵宋之祚，寖以不振，亦足以明诸儒之非卧龙扪虱一流人矣。近世闽中不知视宋儒何似，人有谓其多任性不近人情者，此尤可患也。国家多事之秋，须得大力人斡旋，方如岳峙，圆如珠走，始于事体有济。若执定腔板，动与物乖，此非程伊川，乃王安石耳。年台俊杰自命，慧识绝伦，鸣琴之暇，延礼士大夫，咨询民隐，商榷政事，取其足以通世务，济时艰，挽国运耳。彼画饼难餐，胶柱难鼓，戛戛乎与世不相入者，宜一切束之高阁，待天下清，徐议用之耳。大启甚令人愧汗，顷有例禁，令君鞅掌此后幸无敝精神楮墨间也。

答杨孩松

年台远在闽海，鳞鸿诚不易通。而又重之以大贶，何殷殷也。弟疏莽，殊非用世才。当事者自蠹鱼窝中出之，为立杖之马，其鞭策驽钝者，意良厚然，而非其任矣。时事可虞，要之民心不变，犹可收拾。譬之七尺之躯，元气充固，即疥癣庸何伤？是在年台培养之耳。吾辈尺牍除寒暄外，即宜直言事，骈俪之工，顷有例禁，谓倥偬之际，如失火之家，不宜作缓步雅语。年台此后以文章为政事可也。

与张华老

辇毂之下，一日而地震者三，甚可悚息。不揣辄草一小疏，冒渎天听，如有越次之嫌，不可则止。

与顾瑞屏太史

兄之来，弟岂可缺杯酒殷勤之欢？兄且雍容玉署矣，何得以冗辞。来日别无他人，丁、陈二兄耳。薄席设西郊之外，聊效曲水流觞故事，佳节甚无放过也。

与杨元周掌科

都门地震，甚是骇人。兼以风霾塞眼，入春来，殆无日不虢虢者。弟颇抱杞人之忧。辄僭草小疏，来日欲渎天听，不知可否？幸年丈教之。

与张华老

京师光景日甚一日，近来小民最苦。兵饷加派诸项，当事者斤斤以三尺随其后。有司爱官甚于爱民，未免奉行太过，此甚非国家之福。疏内因略及之，倘事体无碍，明朝径奏矣。

与丁天行太史

兄有勿药之喜，可贺。佳句种种妙趣，容细玩。再复小疏，为灾异而上。圣主止辇，定无潮阳八千之事也。一笑。

答冯弓闾

弟己未之秋于稠人中，见一凤仪秀整，落落不群者，洒然异之。询之，年台也。后又晤敝乡张华老，道及年台，华老云："此不佞所举士也。曩在浙中，颇有欲以此兄首多士者，后不果。"弟私识其语，知年台之才之品，俱高出人一头地，后乃屈于今，何也？令最冗，能挫人英气，然当今大吏，俱不得亲民，惟令得以拊循而乳哺之。若实实肯替百姓干好事，此官却不负人，正恐人负却此官耳。吾辈平素抵掌谈"节爱"二字甚悉，到得戴进冠后，弃之不啻弁髦。此非不爱百姓，乃是不爱生平。世风国运，至此可发一慨，何怪乎天下眘眘日多事也？年台御风吸露，从重霄之上，俯视琐琐腐鼠，掩鼻而过矣。奏最可喜神物，自无埋没之理。年台恰在丰城，世当不乏张茂先也。

答李抱一明府

不肖老矣，曩滥竽词林，其于鼎铉非有觊也。唯是半百之年，放浪林壑，诗朋酒友，超然是非之外。长安风波，定不及闲云野鹤耳。不意当事者笼云入袖，逼鹤乘轩，作此杀风景事，大是愦愦。即都人士亦以为异，宜老父母初不复信也。不肖旋草一疏，决意挂冠桑梓，诸老力止之，终不无介介耳。丈夫出处，须要明白，弃青编而为白简，为批鳞乎？为炙手乎？诚恐不知者之窃议，其后则进退维谷，而心迹反成汶汶矣。今壬戌诸公皆雍容玉署，沾得恩宠，即台中亦即日授职。独谏垣无缺，留滞都门，日着青袍，婆娑长安道上，顾影自笑。六年老庶常，如此发付，揆之天理人情，似亦过不去也。台慈反为不肖弹冠，何耶？辱徼隆施，实深悚赧。华笺彩云飞动，甚炫心目，冗中愧不能答。骈俪盛行，去岁冢宰公谕持斧之使通行禁止，以劳神费事，甚为令君之累。台慈即倒囊而出，不以为难，奈何不为纯俭之从乎？手本不敢富敬璧，此后幸勿再及。

与范象兰

亲家从上世来，皆有厚德。箕裘之盛，天所以大其门也。婿英发可喜，但庠序仅青云阶梯耳，殊非驻足之地。一领蓝衫，穿固难穿，脱又难脱。要穿须苦志读书，要脱又须苦志读书。到得脱了，便苦尽甜来，平地登仙矣。故终身不穿蓝衫，一顶圆帽累人；终身穿蓝衫，一顶方巾累人。发轫之初，可喜亦可愁也。亲家课读，屡有成效矣。顾究竟何如耳？非骨肉之谊，不敢以此言进。不腆聊见贺，私惟鉴存为爱。弟老矣，无能为矣。步麟郊先生之后尘，殊多惶悚。冗中不及觑缕，宾明作何状？门下济济，强将手下真无弱兵也。

答马绳河

顷以多冗，未及申鸡絮之忱，而翰贶先之，何当何当。弟竖儒耳，曩滥竽词林，不敢以知命之年，犹望意于鼎鼐，只欲借冷局完得书债一事，兼复藏拙耳。不知几百劫前种得冤孽，苦相龁龁，遂有今日唁。去方丈、蓬莱之岛，涉瞿唐、滟滪之堆。年丈不为弟唁而反为弟贺，何也？夫主持国是，固士大夫大作用，而弟非其人也。昨有投启者，内有花砖梧署之说，弟因戏缀二语云："花砖词赋涩，梧署谏章稀。"聊与年丈解颐。要之人生自有定数，鹤长凫短，造物司之。彼位署我者，不过为造物役耳。区区鸡肋，何足置喙。唯是内负生平，外负知己。则不能介介也，贺仪概不敢领。读礼之暇，幸游神坟典，三年转盼耳，伫望冲天，以慰泉壤。

答乔还极

孟春下旬，得台丈华翰时，不肖正在冗中。启缄见有年台字，以为同籍兄弟也，即以年弟刺相报。已而检己未、壬午履历，始知两误。即欲追改前刺，而使者已发矣。台丈移居帝乡，策名天府，大为齐鲁光重。今且控上游而展布四体，流膏布恺，造福元元。三晋福星，九州霖雨，皆自今日始。光荣方且被及海内，况其桑梓之乡乎？国家多事，兵饷有加无已，十室九空，未知底止。

幸循良曲为筹之，无令公私两困也。

与成振寰

三春无雨，农事愆期，岂直二麦无望已耶？都门地震，一日三次，兼以风霾塞眼，光景不佳。杞人之忧，藜藿肉食，宜当共之。未有庙堂焦劳，而畎亩晏然者。连岁荒歉，足下得无然眉乎？奉去银拾两，聊以补苴旦夕，幸鉴入。时事艰虞，宦情冷落，固不如园林间黄鸡白酒之为适也。

答康味澹

辱华翰，启缄有枌社梓谊字，恐是误投，而缄端又系弟姓，不敢以往返劳使者，径拜领矣。

当今百里之寄，最难措手。公私两困，急催科人且谓不爱民，急抚字人且谓不爱官。去岁两千石往往以岁额之亏，重蒙罢斥。鱼网鸿罹，此亦从来所未见也。当事者如此行事，是使守令拚命督责，剜肉医疮，苟完目前，而日后一切隐忧，俱置之脑门后矣。国家御虏自有策，生财自有道，今不惟不能御虏，亦且不能生财。

夫辽左事未知何年结局，浮浪之兵饷，数年来不知费有多少，未尝复得尺地寸土。所少正不在兵饷耳，在策；亦不在策，在人。今只得一戚继光，便可鞭挞四夷，又何消诸葛武侯辈耶？百姓膏脂有限，乌能填满辽海？今日催粮，明日加派，足觇当事者之才矣。

我国家制度不甚通融，户部不敢问冒饷之兵，兵部不肯恤养兵之饷，只是彼此各取完事而已。此等事体，言之可为郁闷。年台幸耐心调停，既为百姓司命，自当为百姓造福。此吾辈第一好事也。潘老帅近日福履何如？幸为转致。如尚家居，年台可以劝驾矣。

答余太初

维扬风土华侈，人谓其货多于田，客多于主，虚多于实。夫虚浮侈靡之弊，皆国家叔季之景象。况维扬自古来，以风流文物自命，飘若飞絮，其在今日，又不知何如也。狂澜砥柱，则恃有年台在矣。此郡地冲而人杂，且辐辏之区，白镪山积，草窃奸宄，尤所垂涎。前妖首王号贤潜伏此地，不知意欲何为，幸社稷有灵，早已就擒。年台百里之寄非轻，鼠能嚎社，蚁能溃堤，不可忽也。

冠盖交骛之衢，令君眼不合睫，敢劳翰觋，及于迂疏。四六顷有例禁，宜从简便，以挽虚浮。

答樊钟阳盐台

不肖衰谫劣，无足比数。以寻章摘句之儒，当转日回天之任。蚊负之忧，日有冰镜而已。台台扬历中外，国体朝纲，民情世故，皆在洞照中。持斧而视鹾政，一方之利弊，百职之良楛，皆得以白简从事。其所树立，当有公私两便，垂宪万禩者，岂直如管夷吾、刘士安，仅仅能笼天下之利富府库已哉？兵饷缺乏，今两淮之课，台台为政济公家之急，佐军旅之费，殊非小补。良法美意，亦可举以教寡昧乎？羽旋肃此奉复，临楮可胜瞻溯。

答冯礼亭开府

衰竖儒耳，蠡难测海，蚊岂负山？词林言路，总之懵如矣。当今国事艰虞，言官能言而不能行。且主上止辇之盛意，渐有尼于宵小之旁挠，而假威福以为重者。此殊可虑也。一鸣辄斥，意欲钳天下之口，而惟其所欲为乎？不言则为寒蝉，言则为伏马，老公祖何以教之？中州颇宁，万里长城之寄，今日大纛高牙，异日景钟宝鼎。千载一时，敢为台慈祝之。

答丁天行太史

老年伯德政卓然，自当祀入名宦，不在官之大小也。但近来文宗重视此典，先曾祖宦汉中土，人业已尸祝之，往岁郡邑以乡贤请，而学使者以趣装为辞，再三不允。后代道者，始为批发。今之当事者比前尤执，弟誓不通一字。目今科考，朋侪相托者纷如，弟俱已谢绝。老年伯之事，弟或言之章丘令君及诸司道何如？草此奉复，容面商之。

答孙振宗[1]

年台君百里之地，自是南国福星。论萧散不如部属，论经济非部属可及也。大都士人不甚历阅世事，初冠进贤，须投之烦剧之地，一一检点一番。久之，

① 崇，底本目录作“孙”。

世故人情，了然胸中矣。

弟初入词林时，同门有鲁、雷二兄，亦与选。敝座师官旸谷先生云：“兄等点缀太平耳，苦无实事可做。如做实事，须从令君做起。朝廷有六部，令君事例略与之等。且六部拱手受成而已，其经营拮据之苦，若征辟，若催督，若宾兴，若操练，若听断，若缮创，舍令何繇焉？国家之一丝一缕、一分一文、一粒一颗，无不自县输者。”弟闻此语，谨书诸绅，尝语同袍。以为令君譬诸老农，圃课桑麻，事事实际，词林则棘端之猴耳。

弟非厌薄此官，诚以藏拙则有余，而发舒则不足。固不如铜墨之计日课绩，而为百姓做得实事也。弟顷有发舒之日矣，然言官以三寸舌与主上争是非。争之而得，则以言语为政事；争之不得，则区区补牍，仅成一幅。故纸终不如铜墨之为百姓做实事，而计日课绩也。宇内多事，年台其悉心图之，国家自有所以酬循良者。

答鲍赤城

年台闻相马者乎？解牛者乎？奔逸绝尘之足，不遇过都历块，则无以见其骨力。庖丁解牛，每至于族，视止行迟，动刀甚微，謋然已解，而踌躇满志，不期适而适矣。

年台莅两地，非逋则犷，此亦年台之都也，块也，族也。逸足妙手，正当借此呈露一斑耳。天下事不必择其易者为之，我当其易，谁当其难？吾辈此身如烘炉之金、欧冶之剑，愈炼愈精，愈锻愈利。若埋之地下，闭之匣中，精光绣涩，锋颖残蚀。此是求粗非求精，求钝非求利也。

年台傥亦不以鄙言为非，尽其难则易者至矣。今日案牍，异时琐闼，指日待耳。弟苦不经世务，而好谈世务，如山居陆处之氓为长年三老指点水势，年台得无靦然一笑耶？

答单对南

吾辈尺牍，当脱略形骸，披示肝胆，奈何年台泛泛以套例相加也？弟樗散耳，当事者不使之操觚，而使之立仗。今之言路，觉有一鸣辄斥之，意又何取于立仗哉？且弟六年老庶常，犹然枪榆枋而控地，不能一冲天，乃能一鸣惊人乎？年台政声丕著，昨晤田锦衣，历道神君慈母之详，口碑载道，弟不觉喜气溢宇眉间。问人品者，问之乡评；问官声者，问之土著。悠悠道路之口，谁能钳之？樵夫三寸舌，足觇泾阳之政矣。

答王霁宇大司马

台台万里长城也，主上赖以舒东顾之忧。而一旦俨然苫块中，垂成之功，委而弃之。此不唯当为元老唁，亦可为社稷虞。台台当今之裴晋公、郭汾阳，一身关中国之重轻、天下之安危，幸节哀自玉，以慰倚毗。衮匏系都门，区区鸡絮之忱，不及躬叩穗帏，殊为抱歉。缪徼琼报，惶悚良多。临缄怅结，统希台昭。

答徐孟麟按台

不肖衮戋戋者流，才非倚马，忠愧批鳞。文章既无足道，而议论以何足取？诚无关于当世得失成败之数也，敢辱大君子齿颊乎？台台持斧而按三晋，风采映人。官邪民隐，露章上闻，严霜甘泽，俄倾立降。是士大夫真实作用，视区区口舌之争，唇焦口燥，而无益于毫发者，不大有悬绝乎？晋俗东来朴检，当此十室九空之时，民穷盗起，惟晋可保无虞。盖民淳难惑以非，而家殷有余于蓄，此安象也。台台雍容揽辔，行且策花骢而报命矣。降施下逮，殊切悚赧。肃此鸣谢，临缄可胜瞻溯。

答温青霞按台

宇内多事，蜀中亦岌岌矣。台台揽辔此方，疆场之忧，与守土者等。剪此而朝食，一腔之赤，两鬓之苍，劳苦盖可知矣。昔诸葛公以严治蜀，能嘘炎刘之祚，与孟德、仲谋相角，鼎立而三，至来畏蜀如虎之说。我国家一统，当事者坐镇天府，其势力盖百倍于玄德，缘何启此夷陵之渐耶？渠以弱为强，我以强成弱，此非地有异也，人不同耳。诸葛公往矣，兵法尚在，可取而一究心否？而生长蜀地者，亦奈何无一人谙卧龙之韬略者？应运而兴，想当有人。台台风采落骁雄之胆，不战而屈，况又加之以天威之震，叠群策之毕举乎？不肖衮谫劣，无裨于当世，唯是拭目观绣斧之凯旋而已。

答王体三

年台之在库苦库，在关苦关也。为库关所苦，犹愈于贻库关之苦也。昔人云："臣门如市，臣心如水。"夫库关则亦年台之门耳，以如水之心处之，安往而不可？彼固不能苦我，我亦不以苦而贻彼也。古有处膏不润者矣，亦有近墨者黑，膻途岂能坏人？人自坏耳。昨同籍往往以此取败，病正坐此。士大夫筮仕之初，名节二字是一生根基。见利而攫，以目前误终身，是诚愚人也。翻以为智巧不亦异乎？年台以清慎持身，以严核课额，以调停救时，何苦之有？辱翰贶，辄以告忠之言进，知高明不以为忤。

答刘方壶按台

梦衮榆枋鸼鷃耳，即以滥鹓行且为冒矣，况又置之高岗之梧，使作凤鸣乎？此非不肖之不揣，而据非其分。乃当事者之不审而用，非其人也。国是迩来亦难持矣，有欲持之心，无得持之权也。权操于一人，则尊窃于群小，则亵不惟亵也，久且为擅，擅则害有不可胜言者。彼且以如山之势，钳言者之口；我且以如絮之身，来忌者之诽。此当今言路第一隐忧也。台台持斧关中，朝拜疏而夕报可。官邪立剔，民隐旋通，宁有此等龃龉光景乎？陕多劲气，士大夫磊落有胆。当梦衮弱冠时，邑令有王公建中者，泾阳人，家谷口镇，其言语行事，多做古先圣贤。锄强奖善，雅意于端教化，正风俗。今且三十年矣，目中绝不再见此等人。此公居乡想当卓然，士人亦曾尸而祝之否也？子孙当有在黉序者，台台观风，宜拔置高等，以为循吏箕裘劝。迩来贪官污吏，往往接踵，以一风百，何如？

答孙畔芝太守

东鲁妖贼之乱，亦是山左一大劫数。若兖有悚虞，则历下恐非吾有也。幸而老公祖保障一方，出赤子于水火，歼绿林于潢池。奠此危疆，获有安枕。钟鼎旂常，烂然照人耳目。

捧诵善后大刻，综理周密，裁酌严核，真足卓冠千古。至于笔挟风霜之气，文争星斗之芒，尤其余事耳。不肖衮六载蠹鱼，半生鸡肋，诚无补于天步多艰之日。近复滥竽言路，议论事功，行且问之，捕风捉影而已。台慈如有百炼吴钩，何不出射斗之余劲以砺铅刀乎？邹滕兵燹之后，白骨青磷，诚可悯念。想仁人长者，凭吊优恤，渐有生色。如余孽蠢动，流民失业之说，不知言者何凭，或亦传闻之误，逆料之词也。福曜高悬，久疏修候。台慈略其疏节不较，而翰贶先之，感悚可知矣。临缄九顿，统希台昭。

答张拂居

曩里居与年台咫尺，约马绳河诣访田间，竟成虚语，罪坐疏懒耳。年台行时，亦不一字相及，何恝然也。去岁晤令亲，苏雨石备道年台襟期之疏朗、情兴之高雅，居恒亦曾口弟不置，且扫榻以待，而弟竟不赴也。愈使弟抱歉，欲缩地而无蹊矣。

年台宦情甚淡，率真任贤，此是吾辈本来面目。但迩来士大夫俱习成一片恶套，口不道忠信之言，心不则德义之经，非之无非，刺之无刺，奸猾顽钝，圆融巧诈，涉世弥久，智术弥深。此等人皆古之所谓民贼，而今之所谓良臣也。年台厌薄此辈，出其肮脏，落落如野鹤之在鸡群，品则高矣，如时局何？风流茅靡中，得无有侧目者乎？

夫涉世之术，吾辈定不可过巧；经世之学，吾辈定不可过疏。大都疏懒二字，林下则宜，民上不可。居官有三字符，曰清慎勤，民社之寄非轻，其不可以优悠脱略之襟当之也明矣。酒杯诗卷，能引人入胜地，却亦启人亹门。

弟比来不甚多饮，冠裳在身，十目十手，酩酊觉不雅耳。昔人诗："如今各样新妆束，典却轻狂卖却颠。"愿年台整顿精神，上报国恩，下恤民隐，中守官箴。人以伪，我以真；人以巧，我以拙。积诚动物，久之自当有特达相知者。

此腐儒之谈，不当以是渎后杰听闻。然吾辈期在忠告，有怀不吐，恐涉于谩。弟孟春即补授谏垣，无可奈何，聊复安之。绪长楮短，捉笔不尽所言。辱贶，殊损清俸，草此代面，临楮可胜依恋。小刻数种请正。

答仇泰孙

弟老学究耳，附岁星之金马，六载浮沉；焚学士之银鱼，半生灰烬。材非大厦，志在深岩，行且辞日月而老烟霞矣。敢辱年台之齿颊，且兼之以降施乎？霖寰李老师全集，瑰玮巨丽，自是宇内大观。百朋之锡，当不过此。但诸奏疏外，其古作累累不少，今只有诗集而无文集，何也？名公之作，片语只字，如吉光凤羽，俱堪传世。年台君文献之邦，案牍暇时，吊古寻幽，宜搜缉遗文，付杀青氏，公之海内。今日邑乘，异日国史，此大雅君子事也。幸为留神。平播一编，卓绝千古。文事武备，一身兼之。天步多艰，安得起人杰于九原，而与之运筹决胜哉。肃此奉复。小刻数种请正，临缄可胜瞻依。

答丁天行太史

年兄速才也，即倚马不过是矣。赠如嫂诗，闲中当为兄和之。但末句出韵，宜更。数日不面，有蓬心矣。奈何。

又

苏小小乃钱塘名妓，兄何故比如嫂于青楼耶？一笑一笑。

与张华老

拙诗草草，恐不足为山灵生色。先以稿呈览，乞郢削。过容题卷奉上。

答陆完予

兄每日对木石，侣鹿豕，俨然深山之大舜矣。官二哥处，弟已致仪兄，可酌送。此复不尽，何时得暇聚首一谈乎？

与丁天行太史

昨见兄《兔柴诗》，挥翰如飞，引动诗魔，辄信手成十三首，请正。但恐小巫见大巫，而神索耳。呵呵。

答郭苍林

辽事未知何年结局，兵饷纷纷，为海内重困，说者颇有剜肉医疮之喻。此是当今第一隐忧，比之虏患，尤为吃紧。台丈处羽檄旁午之地，当膏脂竭尽之时。脱巾之呼，军心固为可虞；揭竿之乱，民情岂宜不顾？所宜留神节省，外供军需，内培国脉，非小补也。语云："邓林不供野火，江海不实漏卮。"今之侵牟干没之弊，无有纪极，骗饷骗官，每点台中之白简。是燎原沃焦之势也，岂止野火漏卮而已哉？台丈中流砥柱，幸为民间晋此半残命脉，无使斵丧无余也。承谕盐商一事，见当事者当为转致。

答李缉敬按台

台台超然世俗之外，研精理学，无论翰教，中多见解，即废四六，禁全幅议，亦足觇生平之卓越矣。

衮受性暗劣，于圣贤之学无所窥，慕古辄戾时局，偕俗又乖素质，徘徊于临岐分辙之际，盖尝九折而三叹矣。吾辈所宗孔孟而已，夫孔孟不肯蹈同流合污之愿，亦不肯罹生今反古之灾。既似方又似圆，吾辈将何所适从乎？尝妄揣之，方者经也，圆者权也，守经行权，无可无不可。此圣贤之大作用，如水月镜花，可望不可即。有影无有形，是孟子之所谓难言，而孔子之所谓不可阶生也。孔孟无有体无用之学，静处养神，闹处悚神。

台台经济，正当于手忙脚乱处见一斑，奈何欲逃之空谷，为处阴息影之说耶？长年三老，日履风涛，若偃仰北窗，号作羲皇上人则可耳，乌睹济川之楫哉？国家多事，幸持斧埋轮，为天下振纲纪，树风采。辱翰贶，辄吐鄙怀，不知有道大君子以为何如也？

答陈宾唐

台慈请望厚德著于留都，每遇南中缙绅，即询及福履，莫不啧啧赞服。荣擢当在旦夕矣。久无便鸿，一腔积愫，徒自耿耿。先慈之变，辱承鼎奠，地下生光。呓语无关世用，复为不肖灾木。居里时曾草数行奉谢，不知能达左右否？不肖老矣，词林言路，俱无一长，而言路比词林为尤难。盖风波不测之地，宜以慎密严重之人当之，而区区诗酒清狂，且加之以迂拙多忤，甚不宜也。今已如此，奈何奈何。侧闻台驾昼锦荣旋，不肖滞在都门，徒为跃雀，未得登龙，唯有南望神驰而已。叨翰贶，感感。薄有不腆，聊以侑缄。目下当专人奉候兴居，台驾当以何日荣发乎？如少缓数日，小价亦欲至留都有小干，附彩鹢尤便。

答宋青霞

弟去岁九月抵都门，自以历阅三朝，积资五载，当脱然绳尺之外矣。不意当事者按定腔板，必欲执斤斤之三尺，绳一老庶常送馆读书。吹毛求疵，譬如人家老妪已为舅姑两次丁忧，持服时不为不久，谊不为不深矣，仍欲与三日新妇涂脂傅粉，争妍取怜，有此理乎？且以老妪之性、之戆、之貌、之寝也，即出之而使他适，有此理乎？夫老妪诚不能与少妇比艳，然谊不可出者，所重不在色也。

不肖岂能文足黼黻皇猷？然神宗业已储养一番矣，只得留之，非为不肖留，为皇祖留也。其当留不留，人皆以为弟不愿在词林。即平日相知者，皆有此疑，而不知殊非也。弟外补之日，亦曾托乡先达宛转求容，其如不听何？朝廷官职，那个衙门是不好的，况省中乎？弟不爱词林，亦不嫌言路。但外补之事，本出当事者意，而人反以为出弟意，似不无少冤。弟初抵京即外补，有何不可？及入馆而复出，体面不好看耳。弟半百之年，那能辩得调燮事？与其为蠹鱼，无宁作鸣凤，焉知妒我者之不为爱我乎？

年台品望极佳，都下人人赞服。此自当借重台省，更无可疑。程肖老，吾乡盛德君子，今抚中州。两贤相遇，一见当欢若平生矣。辛酉冬，荷翰贶，时弟被酒，天已晚，使者云："明晨早发。"弟即草草捉笔，极不成语。酒醒，嫌其率也，拂晓即使人追取前书，欲尽具八行，而使者已五鼓发矣。汝帖是张举之送弟者，当来自贵治，不宜此奉年台也。此皆酩酊中所谓，降施似太破例。傥鲍子联吾贫耶？薄有不腆，及小刻侑缄。统希台鉴，西望仙凫，临楮可胜依恋。

答李白水

忆己未秋聚首承恩寺中也，蚁酡麈谈，朝夕共之。年台谡谡松下风，闪闪岩下电，敻然有一种出尘拔俗之骨气。弟则颓然漫然，一潦倒酒徒而已。司理官极尊，权极要，按台是小朝廷，司理却是小按台。年台精神风采照映人寰，不日内召中州，即欲常徼平反之福，其可得乎？弟疏拙无比，其行藏已在年台目中矣。今日之见摈于史局，何足怪者？吾辈在词林则当立言，在台省则当立功。夫绳愆纠谬，转日回天不谓之功不可，此等事体，岂疏拙如不肖弟之所可与几耶？既不能弄三寸管与文士争工拙，又不能掉三寸舌与主上争是非，真所谓无寸长者。年台何以教之？总之，年台一生得力处，在一"紧"字；弟一生不得力处，在一"漫"字。弟虽不习风鉴，却与《麻衣相法》暗合。司理门清如水，鼎贶过损清俸，大是不安，感愧感愧。

奉旸谷官师[①]

庚申之孟冬，门生始克襄事。及腊，专一价奉候老师，而文旌南旋矣。山居苦无便鸿，八行之书，一芹之敬，数岁缺如。老师海天度量，虽或情谅，乃门生疏节之戾，积如丘山，百口无以自解矣。门生去岁九月间抵都门，班役王

① 师，底本目录作"老"。

钦致老师字，感愧殊深。二哥来，又辱老师字，愈使门生愧死无地。

闻老师放情霞外，好为名山之游，捧诵诗集，如白云孤鹤，舒卷层霄，缥缈烟际，可望不可即矣。宦途冰炭横胸，风尘塞眼，那知此等滋味。老师饶有经济，饶有山林，夔龙巢许，何地不宜？此自是蓬壶崐峤之客，区区鸡肋，胡足辱齿颊耶？

侧闻大哥恩选，凤毛辉映，老师喜可知也。门生顽劣，词林、言路俱不克堪，外补之故，昨已为姚昆斗年兄备道之，想老师已得其详矣。使者旋敬修一函，兼有不腆，借手以献。庚申冬间，书并仪附上。统希慈昭，临楮依恋，不知所云。

寄胡怀老

不肖岩穴不深，遂成小草。其为知己诟病，无以自解矣。仕途崄巇，一入其中，变态百出。加之以拙且疏也，宜其龃龉也。丹崖绿壑，久被先生占断，盍分一席地与畸人乎？不肖不难解组，行且寻盟于绣水郎山矣。长安道上，入夏殆不可行，荐绅先生久沉宦海，如入鲍鱼之肆而忘其臭。山泽之臞，出门半日，即伏枕半日。遥望江村渔隐，荫茂树，临清流，何啻十洲三岛耶？大君子行藏，自有微权所不敢知。羽便聊披衷愫耳。拙刻三册呈教，入馆寥寥无一字，出馆刺刺有千言，此殊可笑也。

答程方伯

二东之杼柚空矣，老公祖留神节爱，齐鲁阴受其赐，讵可更仆数也。古人重在民，今人重在国，重民则百方求所以爱民、保民、护惜民者，重国则保爱护惜之心，尽用之于兵饷，止取完公家之事，而百姓不暇照管矣。民为邦本，不爱民而能爱国者，未之前闻也。时事甚觉颠倒，茧丝贤于保障，抚字屈于催科，剜肉医疮，殆不知底止之日矣。加派一事，不肖有司借以自润，老公祖亲悉其状，将何以苏重足之黔首耶？攀卧之余，谅亦不能忘情耳。

与官兄

弟疏节久矣，一芹愧不成享。傥老师不摈门墙之外，幸矣。拙稿菌莽，幸一一正之。兄方旅食，得厚赍小价乎？仅留其半，谅之。

答解抱冲

今之令君未有生而即谙民社者，大约自历练中得之。不遇盘错，何以别利器？不遇崎岖，何以见逸足？台丈不必以土瘠民悍为苦也，瘠而俭用之，悍而柔驯之。久之，向义者即此瘠土，倾风者即此悍民也。若以浮漫鸷击之伎俩当之，则是鱼方困重涸之，马方骇重惊之，鲜不败矣。世之偾事者，土沃民驯之邑，正自不少。所患岂在瘠悍哉？台丈尽吾心而已，称吾职而已。此暗然日章之道也，寻声丕著，何敢吝此齿颊？

答翟凌玄抚台

当今边关不靖、国步多艰之日，非得万里长城之望，不足以壮天威，固疆域。台台鼎吕磐石，坐镇一方，未雨彻桑之计，谅必筹之熟而备之豫矣。岂唯龙沙雾净，雁塞春回，疆场赖以敉宁，而主上从此且无西顾之忧。功在社稷，将世世嘉赖之。不肖衮仗庇得以依日月之末光，而延旦夕之残喘，敢忘大君子之赐？辱华翰，具悉惓惓。肃此奉复，幸惟台昭。

岱宗藏稿卷四十二

济南杨梦衮龙光著

同袍约自序[①]

戊午秋，余既叨列贤书，事冗如猬，人聚如蚁，率多不及检，而匆匆应之者。事定，反叩神明，每刺谬不自得。夫士人进步处，浓淡之关，坚脆之会，而雅俗之分也。吾辈涉世，于是乎始彼随波逐流者，业已不能破积习，而摆脱于故套之外，乃倒行逆施者，非不豪杰自命，究之，徒以恣胸臆而已。回视夫生平所慷慨期许，慕说圣贤道义之夙心，不啻土苴弃之。古称士不变塞，正谓此时耳。浓淡视其性，坚脆视其骨，雅俗视其品，非苟焉而已也。夜深人静，拥被沉思，膏肓之症，须得饮上池水，洞见垣一方者，乃能拔去病根。于是列条诸款，不惮瞑眩，公诸同志，伯玉有独为君子之耻，此区区私心也。傥哑然笑曰："迂阔而远于事情，将焉用之？" 不佞亦何敢强卿？请用卿法矣。

戊午九月，长白居士书于历下之白雪楼中。

一、山人、星相堪舆、书画琴棋、茶商书客、雕刻印章、烧炼丹鼎，及太素脉、大六壬、房中术、奇门遁甲、紫姑箕仙一切技艺之流，与夫梨园、章台、狡童等项，如素或相识，谊不容麾，偶尔幸之，请不忍恝，当自出青蚨酌赏酬谢，便可结局。绝不可轻与只字，彼此相送尺牍，所至邀人顾盼，藉人吹嘘，生无端之劳攘，费不赀之作兴，妄动招尤，甚属无谓。若居官尤为不便，首当屏绝。

一、田宅只宜照旧，不可登时便要充拓，购爽垲之宅，买膏腴之田。一味贪婪，百计吞并，甚或掯勒准折，侵陵劫夺，使邻里乡党，人人自危。是国家三岁一举孝廉，只令其蚕食一方而已。猛省猛省。

一、族人最要绳束，不可纵令生事。若强宗巨姓，尤宜收敛。此曹正如狗仗人势，狐假虎威，不足深责。若我辈号称名教中人，而乃坐视骨肉武断乡曲，自投宪网，祸盈恶积。三尺彼既难逃，万口我亦何解？其罪殆有甚于族人矣。猛省猛省。

一、奴婢下人，须择醇谨者。如刁悍之奴、滥恶之婢，即时便当逐出。若

---

① 自序，《岱宗小稿》同，底本目录无此二字，有"计二十五条"。

一概混留，则庭除之际，无非狰狞鬼判；闺闼之中，尽是魑魅狐精。凡乡士大夫，月旦所以不甚佳者，未必不由此也。外书办出入记室，庖厨出入中阃，乳母出入帷箔，三项人尤宜防闲，世之以此坏事者多矣。猛省猛省。

一、强奴悍仆，高车大马，扬扬通逵中，睚眦杀人，违禁取利，侮慢士流，欺凌孤寡，骗人钱财，淫人妻女。途中需索长例，毁骂官长，鞭挞夫役，骚扰驿递。恶自彼作，罪乃吾归。又或出纳买办之间，支销不明，干没无度。又或指称主母，传消递息，引诱子弟。作歹为非，捏作假书，盗用印信。此皆招权纳贿，大胆坏事者，有犯即当重处，甚无养虎贻患。又有一种邪柔狐媚之子，描眉画眼，顾影自怜，轻裾利屣，帽里笼花，发中绾玉，袜垂丝带，指约银环，熏香傅粉，搔头弄姿。此辈出入门庭，殊为可疑。士大夫徒以为弄臣，玩之于掌股之间，而横招物议，有不可言者矣。猛省猛省。

一、吾辈家有干仆，能替主人治家营产，亦是好事。但此辈唯利是嗜，不晓天理二字为何物。或有损人利己，利债准折，谋人田宅，夺人子女，为一方巨害。此等声名，甚是不美，可痛惩之。

一、宴会宜有节度，如遇公宴，优人妓女，姑用侑酒。如无公宴，门庭最宜清肃。歌儿舞女，切不可出入混杂，有乖阃范。

一、酒席最宜从俭，除大宾外，每席时果四色，腥殽素蔬各五器，面食米饭各一道，酒随量不拘。薄暮而散，此尽可以成礼，何必穷水陆之珍，待子夜之阑，狼籍潦倒，宾主濡首，然后称快哉？余素有此失，今后当书一通，置诸左右。

一、贺仪一概璧谢为妙。目前省亲朋备办之费，异日免自己酬谢之劳。且乡井俗人率皆有为而来，我稍染指，异日自以事相干，难以谢绝，不如预谢得之。请酒一事，亦不宜领。此端一开，须要遍赴，不惟无穷之水陆，靡费可惜；而有限之精神，潦倒谓何？至旗扁来自官府者宜领，来自亲朋者宜辞。如不允辞，姑听之。

一、衣裳冠履，最宜老成，不可华靡奇诡，僭妄逾越。往日有凌云、忠靖等巾，此虽近正，颇亦觉俗。迩来复有东坡、乐天、云长、诸葛之制，种种诡异。即使诸巾的系诸公遗式，亦优孟之于叔敖而已，何足为荣？至如红衣绣襦，僧鞋朱履，此士大夫所当正色屏绝者。而乃甘效市井轻薄子斗奇炫异，扬扬自得，深为可怪。若笄黛之流，服饰华艳，固其气习。然端雅淑慎之媛，当亦不肯随风而靡矣。整夫纲者思之。

一、吾辈叨一第后，人事颇冗，费用无端。田宅固不可轻置，即饮食、衣服、鞍马、仆从，亦宜有节。至如章台之游、博弈之戏，聊遣兴耳，岂宜沉溺同侪中？乃有酷嗜而笃好之者，致令殒身丧德，破产荡家，迷而不悟，狼狈万状。或取或借，或典或当，有钱则千金挥粪，无钱则万里投人。亲朋厌烦，债主逼并。

无论异日之官声不佳，即目前之光景亦恶矣。

一、牝晨狮吼，室家之凶。吾侪中如有此等内子，先须委曲以至情劝之；不从，则谕之以理；再不从，则绳之以法。三不从，则毅然以孔门之三出之条随其后。譬之决痈溃瘤，期于必剖。自非枭獍豺狼，阴狠怙恶之极，未有不悔悟戢伏者。若一味惧内，养成其性，此在缝掖无甚关系。孝廉异日居官临民，行且齐家治国，而不能绳束一妇人，抗颜万民之上，不亦辱冠裳而羞须眉乎？且此等恶物，亦何忌惮之？有日后执我之权，挠我之法，矫命雄行，莫敢谁何？阃范官声，一齐俱坏，悔之晚矣。

或问："谕之以理，理是何物？绳之以法，法又是何物？且如何谕他，如何绳他？"曰："理只是一个正字，法只是一个断字。伊尹之放太甲，周公之诛管蔡，出于正也。大义灭亲，何有于一妇人？此谕之之说也。丈夫悠柔不断，奄奄如地下无气人，宜凶悍之鸱张也。傥能有断，浩气直前，鬼神将避之，与其到底为害，何不早早一刀两段？这便是法。法之中有打有骂，有挫有辱，有烈火有黑风，有大刀有阔斧。朝廷之上，官府之间，所以能生能杀，风行雷厉者，恃有三尺耳，此绳之之说也。"

或问:"妇人之恶，何者为最？"曰:"妒为最大，凡人家有妒妻，则子息必迟，甚或绝嗣。其初心不过欲为专房之宠，而外假糟糠结发四字，以钳丈夫之口。究之，乃上斩祖宗之血食，下绝奕叶之云。仍乃喧闹半生，萧条一世，及至化为若敖氏之鬼。而此一妒妇者，虽寝其皮，食其肉，亦何赎万一乎？媢嫉之相，仁人不与同中国者，流毒于子孙黎民也；妒忌之妻，义士不与共室家者，获戾于祖宗血食也。休休有容，真古今之祥麟瑞凤哉？"

吾辈欲以礼法治内，须平日光明正大，无亏心败伦、不可对人言之事，乃能折服枭悍。所以吾辈要做端人，不然讦吾之短，发吾之私，河东一吼，掩耳走矣，好笑。

一、姬妾一事，广胤嗣，侍巾栉，固缙绅所不能无。第此等人，一入闺阁，关我名节，不可草草。初时须要觇其举动之端亵、语言之静嚣、根蒂之良楛，德性亦可窥见一二。若徒采春华而弃秋实，所喜者或丝竹之便娟，或词曲之艳冶，或琴棋之敏妙，或文史之诙谐。渔色宣淫，目前取快，既不选择于始，又不防闲于终。野鸟难笼，墙花易折，其不污帷薄而招物议者几希。若燕姬者尤为不可。

一、巫婆、媒婆、卖婆、卦婆等项，昔人比之三刑六害，不许入门。所以肃阃政，绝物议也。此辈最为无良，脚踏百门，舌摇三寸。谚所谓："白杨叶无风树响。"清白门第，一遭此辈簸弄勾引，其中有不可言者。佳儿佳妇如知自爱，当正色远之，少女尤不可近。然必主人翁正襟危坐，有秉道嫉邪之正气，有防微杜渐之深思。一见此辈，即时诃斥，然后百邪屏迹，门庭肃然。

一、吾辈叨一第后，诸亲盈门，亦常情也。但日久亦宜肃清。如族党男妇及瓜葛亲属，不妨明谕退去。若纷纷扰扰，其门如市，无论闺门不肃，或生意外之虞。即费出不经，谓节何用？

一、儿辈宜早加教训，延端人雅士为师。一言一动，须要有个规矩。衣服饮食，不可纵令任情，一味华靡，恐习与性成。长大成人，不复知有勤俭二字。又须防闲出入，勿令奴辈勾引，亲近匪人，渐染僻情，实一开不可复塞。《书》曰："世禄之家，鲜克由礼，骄淫矜夸，服美于人。"此千古炯戒也。

一、吾辈联异姓为同胞，雅有世讲之谊。即子孙犹当，缔好不衰，而况吾辈乃掉臂同路人乎？今后除隔绝大远者不论，其有接壤而居，相去百里，鳞鸿相通者，凡有瘗葬大事，须亲身吊送，无得付之不知，自甘薄幸。其余婚姻祝贺诸仪，听其相处之厚薄酌行之。

一、放债营利是市井富豪所为。乡绅最宜自爱，其可步其后尘？大抵取债者，必是穷人。钱一入手，转眼而尽，及至本利堆积，彷徨踯躅，莫可相偿。于是风火之势燎毛，泰山之势压卵，卖及子女，准及田宅，是我以钱为饵，而以无知之小民为鱼也。冯驩者曾为孟尝君焚券市义，吾侪何不效法？

一、买办市物，当与市价不贰。不可倚势凌人，短少物价。至如强买强籴，势同劫夺。久赊久借，意在干休。出纳间咆哮饕餮、刁蹬逗遛之状，有令人敢怒不敢言者，此真乡井之害、细民之蠹也。吾辈固不肯做此事，如下人偶一蹈之，即当痛惩。其有一时不便，暂行赊借，当用的细人持图书帖子，押字付之，使异日凭此讨取物价，庶免弊端。其匠作手艺诸人，凡有效用，即当按日给直，不得延缓短少，从滋怨詈。

一、报喜诸人，一概给赏，太滥；一概谢绝，太刻。当内酌家道之温寒，外看事体之巨细，如世家及素封，不妨从厚；傥萧然四壁，即较及铢两，非吝也。大座师谢礼，每科只收数种，榜首亦不宜多敛分赀，以滋冒破。房师谢礼小物，须买精者。币赁用或暂借可也。除外有父母兄弟者，及诸眷属，买衣物一二，致意便可了事。自己衣物，绝不宜买，恐妄费太多，北上资斧，一时无凑，有碍行色耳。余素性朴，偶叨贤书，室无铭瑟之鬟，身无曳地之彩，旅邸中泊如也。

一、吾辈出行，市井固宜让途，下贱固宜引避。或有一种不省事人，安坐自如，只宜付之不问为妙。又如青楼诸姬，偶遇诸途，下马不及，自可情恕。乃有指挥左右，辄行鞭挞，甚至呼唤不到，震以雷霆，摧以风霜，威行妓女，俗亦甚矣。至于卑论侪俗，杯酒谑浪，甘与市井为伍，自毁廉隅，自坏体统，此又当以落魄论也。

一、马牌勘合，朝绅之往来如织，已自繁难矣，况又滥假之宵人恶少乎？

必且焦烋如虎，翼而食人。此向日余为诸生时所亲见，而扼腕不平者。今除吾侪亲自驰驿外，亲朋即家人往返，只宜骑自己马匹，不则顾脚而已。马牌勘合，绝不可轻与滋弊，此亦为地方节财造福之一端也。

一、乡井有利当与，有害当除。或钱粮之受累，或夫役之失均，或节孝之蔑诬，或讼狱之冤枉，不妨与守令面讲。此外一切嘱托干请之事，或系盗贼人命，或系婚姻田土，无论亲疏贫富，事不干己，决不可替人请求。匍匐有司之门，缓颊令君之侧，叩之不过爱我家兄而已，损道气，坏生平，莫此为甚。至尺牍，尤不可草草，片纸只字，当以入公门为戒。至如后日居官，位望日高，事权日重，幸门亦日广，尤当屏绝干请。如受人之贿，挠人之法，乡评、官箴斤斤伺其后矣。

一、吾辈叨冒贤书之后，所当潜心者，公车业耳。一切闲事总不宜管，惟利害关切乡土者，不得不商议调停。除此外，如官吏之贤否，钱谷之盈缩，状词之胜负，盗贼之真假，人命之死生，俱有主之者。不得口操月旦，身张旗鼓，为渊为薮，为主为盟，致令口颊烦而庭有投杼之母，羽翼众而川有漏网之鱼。此豪侠之雄，奸宄之党，乡井所目为蛇蝎，缙绅所号为豺虎也。世之以此破甑覆车者，往往接迹。即不为名教兢兢，亦当为三尺凛凛矣。

一、孝廉居乡，隐然有中流砥柱之望。一举一动，须要有个主持。无论下人不可侵其事权，即家务巨细，亦必一一关白，禀命而行。若有公举，父兄子弟从旁阻挠，自己全无主张，异日居官，不问可知矣。故贤父兄、佳子弟只宜劝救而匡扶之，决不可干预事体，致令十羊九牧。若叔侄妻妾、亲朋外戚辈，尤当引避，以杜政出多门，事出旁落之渐。

岱宗藏稿卷四十三

济南杨梦衮龙光著

法语[①]

怒气不息，铸而为锋；锋气不销，流而为血。

多事不如省事，结客不如谢客。

物大喉小吞不得，担大肩小挑不得，事大才小做不得，气大量小容不得。

厚德者如地，土不积则薄；量大者如天，气不虚则小。

独立患在无偶，对立患在有争。

狂态之发无如酒乎，白昼便模糊天地；良心之动无如悔乎，清夜可对越鬼神。

生前之精神在身，死后之精神在书。生前之不朽在寿，死后之不朽在名。

欲止奢当念贫及，欲止欲当念病及，欲止忿当念祸及，欲止邪当念谤及，欲止恶当念死及。

作之不止，可以胜天；止之不作，犹如画地。

马取其良，仆取其谨，士取其悫，女取其贞。

家有贤母，母多溺爱。胜得明师；室有贤妻，胜得良友；庭有贤子，胜得高官；居有贤邻，胜得同袍。

官不酷，民之福；民不刁，官之福。将不暴，卒之福；卒不嚣，将之福。主不苛，奴之福；奴不悍，主之福。夫不荡，妻之福；妻不妒，夫之福。

妇女逵道义，便自觉贤；儿童学老成，便自觉伟；处士抱经纶，便自觉实；武夫谙文史，便自觉雅。

酒能佐色，酷乃济贪。

妻不贤，恶姻缘；子不肖，现世报。

孝友之情，衰于妻子；乡邻之斗，起于鸡犬，有家者戒之。城社之坚，蠹于狐鼠；江河之堤，溃于蝼蚁，有国者戒之。

读圣贤书，安贫则有之矣，废治生则不可。

冠履衣裳，自有定制，自有雅道。反是，鲜不令人非宜笑者，儒者更宜慎之。

---

① 法语，底本目录此字下有“计七十二条”。

读书而不晓音韵及句读者，陋儒也；然徒以音韵、句读为事，了不达圣贤微意，则尤陋矣。

酒足以狂愿士，色足以杀壮士，利足以点素士，名足以绊高士。

受制于妾妇者，妾妇之妾妇也；见役于胥徒者，胥徒之胥徒也。

善人之后未必皆昌，恶人之后未必皆殃。是故君子尽其所可知，以听其所不可知。

宦门生淫荡之子，人并先人訾之矣；凶族产迈迹之英，人并造物疑之矣。是以君子贵修德也。

幸于进身者，危道也；惰于修业者，辱道也。

富而无子，登岳进香，创立祠宇，祷神媚佛，惑也。唯是赡宗族，救疾苦，施医药，助丧葬，赒婚嫁，行之有恒，鲜不获报。

事者时也，时未至，如鸡抱卵，不可急也；时既至，如鸷击兔，不可缓也。

鸡之出卵，蝉之出壳，虫之出蛰，各有自时。不先不后，不疾不徐，有天然之妙。苟以人力参焉，鲜不败也。

骄之为态也狂，谄之为态也丑。骄，其生人之大恶也与？殒身灭德；谄，其生人之大诟也与？蔑后辱先。

饕妻财以自润，倚妻势以自张，须眉中妾妇，衣冠中巾帼。

肝膈吐于沉酣，戈矛生于杯斝，绳检弛于淋漓，几务隳于酩酊，旨酒真可恶哉！

言多则谬多，君子禁其出也；问少则识少，君子广其入也。

“世有冰炭出自手足者乎？”曰：“有之，兄弟争财。”“有胡越起自薄帷者乎？”曰：“有之，夫妻反目。”

憎妻丑而致之死，功名必不能昌；欺弟幼而夺之财，家道必不能盛。

酒食中无高士，色欲中有名人。故西厢待月，犹胜于东郭乞播者。虽然，皆不可训也。

脂韦者不可与励风节，反覆者不可以托腹心。

丑诋施于仇怨之家，敌骂阵也；谤毁加于恩义之友，犬吠主也。

夫贪而蠢，妻艳而慧，非家之福。

赝物有三，曰书，曰画，曰古器。书画以印章为信，人并印章窃之矣；古器以款识为真，人并款识窃之矣。末世之滋伪，吾不知其底止也。

不刃而杀人者有二，曰谗，曰色。谗犹憎也，色则爱矣。

田宅其犹毂也乎？善转。侵夺人田宅，而欲子孙世守之，是欲毂不转也。惑哉！

与贫贱者交，不可不常在心也；与富贵者交，不可不常在目也。

人有津津称羡他人富贵者，直是鄙俗。

君子不以利欲坏心术；不以酒食丧廉耻；不以机心机事舞智御人，犯造物之大忌；不以豪强黠诈淫人妻妾，夺人子女，蹈不测之奇祸，损一生之阴德。

发阴私而资谈笑，戏也乎哉？曰讦；设机械而罔群愚，巧也乎哉？曰险。讦者，贼道也，厥身不祥；险者，阴道也，厥后不昌。

术不可以久行，伪不可以屡作。术以巧胜，巧穷则拙矣；伪以饰胜，饰穷则露矣。

荡子之遇妓，以身殉欲；富翁之遇盗，以身殉财；廉士之遇凶年，以身殉名节；文人之遇下第，以身殉科目。

不求富贵，即是富贵足也；不求功名，即是功名达也；不求神仙，即是神仙闲也。

达人之惑三，曰长生，曰采战，曰风水。愚人之惑三，曰烧炼，曰淫祠，曰巫觋。文人之惑三，曰书画，曰古器，曰园圃。

循吏之惑，生祠是也；孝子之惑，割股是也；廉士之惑，殒身是也；宾主之惑，濡首是也；仙释之惑，无后是也。

名节何以不玷？曰谨闺门。身命何以不危？曰慎言语。德性何以不乱？曰减杯斝。阴德何以不损？曰戒邪私。声价何以不隳？曰择交游。

惑丈夫者继室也，吾忧其前男；惑荡子者娼妇也，吾忧其身家；惑官长者胥史也，吾忧其官评；惑妇女者僧尼也，吾忧其名节；惑善人者左道也，吾忧其首领。

鱼以饵毙，盗以赃诛，官以贿败，贪之不祥也如此。

蛾之扑灯也，死于色也；说者谓蛾与萤交，见灯以为萤也，故扑之。猩之鞭血也，死于酒也。蛾扑灯或是虫性如此，蝗亦然，见火则落。

人分娩时，何曾带得一物来？盖棺时，何曾带得一物去？即此躯终壳非我有。佛家说空说幻，真是勘破处，所以高人酷好其书。

儒者求长生，直是大惑。死何足讳，生何足羡？人死如熟寐，冥然无知，不贤于纷纷劳扰乎？且古来大圣大贤，未有一人长生者，是求无益于得也。人从太虚来，还从太虚去，气如浮烟，一散不聚。佛家乃为来生之说，吾不信也。

来生之说，信如有之，系恋辗转，不自解脱，吾亦不取。人有平日冥顽，而一旦慈祥；又有无故厌弃人事，憎嫉妻子。此所谓反常，大数旦夕矣。

人生喜怒不形，无论德量过人，即福亦有不可及者。若喜则笑不自持，怒则愤不顾身，德福俱浅矣。

人闻事不惊张，非其德量之深，必其涵养之素。古来有担当者，往往如此。终日读书而不能静养德性，变化浮习，谓之能学，吾不信也。

礼貌言语，典而确，简而明，非有大养，则有大贵。

人各成就得一家，便好有典雅者，有豪爽者，有清慎者，有通达者，有诚笃者，有恢奇者。此可以相资，不可以相非。典雅、清慎、诚笃，圣门之狷也；豪爽、通达、恢奇，圣门之狂也。斯二者，吾兼爱之。

每见士大夫任其一偏，以正胜者，执而不通，仇视奇伟跅弛者；以奇胜者，放而不检，仇视老成持重者。二者皆非也。

天下大凶，至盗贼极矣；大恶，至弑逆极矣；大贱，至娼优极矣。盗贼累及一家，弑逆累及九族，娼优累及百世。

今之为梨园者，吾惑焉。其少也娼，其壮也奴，其老也丐。以色事人，非娼乎？以力事人，非奴乎？力衰逢人则乞，非丐乎？

人家弟子，无论资性利钝，当首先读书。读书无成，务农。农虽不及士，然足不履公庭，身不臣当代，苟能早完赋税，远避尘嚣，与物无竞，傲然于林圃之间，不失为隐君子。其次则太学，亦可托足。再次则商贾。又次则技艺，如医卜之类，不得已而为之，亦可以养生济世。至若星命、风鉴、堪舆，与夫书画之类，虽或驰声誉，取世资，而其术亦未易精，往往招辱纳侮，不可为也。又如工作一类，虽为正事，然每为官府所扰，宦家所凌。掾吏损人品，书算坏心术，胥史辱门第，俱不宜染指。外此则风愈下矣，无可置足矣。

人皆谓放达者寿，而放达者，即死于放达；人皆谓曲谨者寿，而曲谨者，即死于曲谨。放达之死，凿丧多也；曲谨之死，抑郁多也。吾目见此辈更仆，未易数也。

风水说诚有之，但不如术士所言，迂怪之甚，达者付之一笑而已。世有多少名公酷溺其书大惑不解，可怪可怪。

家业从勤苦中来者稳，局骗不足言矣；功名从《诗》《书》中来者荣，铜臭不足言矣。

叔季薄俗，冠裳服饰，诡异百出。余尝谓极世人好奇求新之一念，使耳目口鼻可以易位，人改而移之久矣。噫嘻！

人子之视亲也，养宜从厚，葬宜从薄。苟薄养而厚葬焉，生前之枵腹无济，死后置枯骨可虞。何愚哉？掘冢发棺是也。

螟蛉之子，吾甚惑焉，世人其未之思乎？脉既不贯，泾渭自分；种原不同，苗秀终判。噫！非我族类，将焉胤之。

斗之心横，以横遇横，死生不可知也；讼之词诬，以诬遇诬，胜负未可必也。

盖有不知而作之者，我无是也。此语最有意思，可为妄人对病之药。此所谓妄，非必如违禽兽不违之妄。妄者，诞也，僭也，狂也，率也。世之袖手不敢轻动者，人皆鄙其为拙为怯。此辈却自家心上有分晓，若懵然无见解，却敢率意挥霍，旁若无人。识者从旁观之，岂不可赧？夫夫也，亦晓得自家不知耶？不晓得自家不知耶？如不晓得，何不以溺自照；若晓得，是直欲欺人耳。谚曰："不怕千人看，只怕一人见。"千人者，无识者也；一人者，有识者也。不知作诞而僭，狂而率，即能饰智惊愚，识者付之一笑而已。或曰："'作'字当训'著作'之'作'。"余曰："此尤切矣。今之士大夫好为诗文者，得此语真是顶门一针。"

生死、人鬼之理，不甚难晓，只是愚人、俗人、不读书人懵懵耳。天地间，岁有春则有冬，日有昼则有夜，月有盈则有亏，云有聚则有散，花有开则有落，人有生则有死，一也。天地，气而已，若使有春无冬，有昼无夜，有盈无亏，有聚无散，有开无落，有生无死，则天地之气滞而不行，不成造化矣。造者自无而之有，化者自有而之无。无而能有，谓之息息者，孳也；有而能无，谓之消消者，灭也。一孳一灭，循环无端，此阴阳剥复之妙理，新新不已之玄工也。若使有孳息而无消灭，则自古及今，所生之人塞破世界矣。古来住世，惟有仙佛，然亦其气存耳。第久之，亦湮没无闻，想天地间亦无久聚不散之气。今之人好生而恶死，喜人而畏鬼，其亦愚之甚矣，俗之甚矣，不读书之甚矣。

人临终时，只是要希冀余息万一获免，又或有盖世男儿，辄仓皇错乱，失其主张。此非垂绝之愦愦，乃其平日之懵懵也。

欧阳公问一老头陀曰："古之高僧，有来去翛然者，何也？"曰："古人念念是定，临终如何得乱？今人念念是乱，临终如何得定？"程伊川过江，风波陡作，危坐自如。登岸，有樵夫问曰："公是达后如此，是舍后如此？"噫！得定于达之说者，可与言死生矣。

今人临终，受无限惊怖，费无限祷祝，史巫纷若，告天告地，许猪许羊，此大可笑。愚氓蹈之，犹不足怪，乃儒者亦为之，何耶？古来起死回生，惟有虚扁之一着耳，外此俱非读书人所道。世有发愿持斋者、进香者、修庙者，又或以牲醴丐命于鬼神仙佛之前。是上帝无权，而鬼神仙佛有权也，妄亦甚矣。

"未知生，焉知死。""未能事人，焉能事鬼。"此语不曾道破，极有含蓄。知生者便知死，临终而乱，生平之冥顽多矣。能事人，便能事鬼，入庙而怖，人道之亏损多矣。

岱宗藏稿卷四十四

济南杨梦衮龙光著

续婆罗馆清言[①]

青磬夕阳中，深山寂寂；扁舟沧海上，大块悠悠。

流年不复记，但见花开为春，花落为秋。终岁无所营，惟知日出而作，日入而息。

清簟疏帘销白昼，惟有棋声；小园香径印苍苔，只容屐齿。

秋风三尺剑，流水孤材；夜月七弦琴，苍松怪石。

习习春风中，长堤芳草，闲看牧羊；迢迢秋夜里，浅水芦花，遥听征雁。

华岳开窗，明星历落；潇湘摇橹，细雨空濛。

楼观沧海日，凭陵羲驭飞天；壁挂昆仑图，指点星槎犯斗。

入山采药，临水捕鱼，绿树阴中鸟道；剖竹引泉，卷帘看鹤，白云深处人家。

市争利，朝争名，盖棺日何物可殉蒿里；春赏花，秋赏月，荷钟时此身常醉蓬莱。

胸中自是奇，乘风破浪，平吞万顷苍茫；脚底由来阔，历险穷幽，飞度千寻杳霭。

忧疑杯底弓蛇，双眉且展；得失梦中蕉鹿，两脚空忙。

老病死生，人间苦海，只求早早脱离；功名富贵，世上虚花，不必营营认取。

尘缘割断，烦恼从何处安身？妄想消除，清虚向此中着脚。

克己功夫，战退魔兵百万；同人气象，包罗世界三千。

大禹以生为寄，以死为归，须知寄是逆旅，归是家乡；庄子谓生若浮，谓死若休，须知浮是漂萍，休是土偶。偶以土为之，经雨则坏，是还其元也。

老氏为人，如绵中裹铁，且刚且柔；瞿昙设教，似镜里观花，非无非有。

铜符螭纽，宝鼎龙文，对此物神游太古；玉枕龟兹，银床豹脚，任吾人梦入华胥。

精舍前凿方池叠石，列曲槛栽花，贮活水蓄鱼，卷疏帘看鹤；小楼上拭净

---

① 底本目录此条下有“计一百三十九条”。

几弹琴，焚好香读《易》，开青樽醉月，挥彩笔题诗。

江烟山月，铁笛数声，便成清赏；天风海涛，扁舟一叶，大是奇观。

赤水中玄珠错落，象罔搜罗；翠壁上醉墨淋漓，山灵呵护。

斜阳树下，闲同老衲清谈；深雪堂中，戏与骚人白战。

倦鸟知还，门栽五柳；谷神不死，顶聚三花。

竹叶倾残，一曲高歌，空山答响；胡麻饭罢，半床清梦，茂树屯阴。

山深深，人寂寂，荷镵樵径，满地白云；沙冷冷，鹭娟娟，弄笛渔舟，一天明月。

雨后海棠，春初杨柳，天风吹落许飞琼；水边茉莉，雪里梅花，夜月飘来藐姑射。

松风涧雨，九霄外数声环佩，清耳吟魂；海市蜃楼，万水中一幅画图，供吾醉眠。

晴雪长松，开窗独坐，恍如身在玉壶；夕阳芳草，按辔微吟，信是人行图画。

沙村竹色，明月如霜，携幽人杖藜缓步；石室松阴，白云似雪，对孤鸿扫榻高眠。

飞鸟衔花，孤猿啸月，瑶台上一片紫箫；闲鸥立海，野鹤穿云，蓬岛中两行绛节。

沧海日、赤城霞、峨眉雪、巫峡云、洞庭月、彭蠡烟、潇湘雨、广陵涛、庐山瀑布，合宇宙奇观，绘少文壁上；杜陵诗、摩诘画、《左传》文、马迁史、薛涛笺、右军帖、《南华经》、相如赋、屈子《离骚》，收古今绝艺，置玄晏斋头。

古碑、古鼎、古画、古书、古琴、古砚、古镜、古瓶，山房中得此，真成勃律羊脂；妙墨、妙茶、妙笺、妙笔、妙帖、妙词、妙香、妙扇，巾笥内藏之，便是吉光凤羽。

月榭凭栏，飞凌缥缈；云房启户，坐对氤氲。

琼裾玉珮，求海上细讲大还；芰制荷衣，入山中粗成小隐。

松萝挂月，神偕玉魄同清；藻荇澄秋，心与金鳞并适。

紫为绶，乌为纱，长安道中，颠倒翻云覆雨；青者樽，绿者绮，太湖石畔，唐突明月清风。

酒态持螯，谈锋挥麈，人生不废清狂；文采雕龙，才名吐凤，事业须推大雅。

阿衡五就，那如莘野躬耕；诸葛七擒，争似南阳抱膝。

娟娟花露，晓湿芒鞋；瑟瑟松风，凉侵竹簟。

旁若无人，漫向尘埃扪虱；闲来何事，聊从海上钓鳌。

闻秋空鹤唳，令人逸骨仙仙；看海上龙腾，觉我壮心勃勃。

翠竹碧梧，高僧对弈；苍苔红叶，童子煎茶。

溪山长眺，一片白云；湖海高眠，三竿红日。

一轩明月夜窥人，扫不去参差花影；十里青山春跨蹇，餐不了缥缈岚光。

岳色江声，富煞胸中丘壑；松阴花影，争残局上山河。

皂囊白简，被他描画半生；黄帽青鞋，任我逍遥一世。

编茅为屋，垒石为阶，何处红尘可到？据梧而眠，烹茶而话，词中幽兴偏长。

落花慵扫，留衬苍苔；村酿新刍，取烧红叶。

餐霞吸露，聊驻红颜；弄月嘲风，闲消白日。

懒借黑甜消永昼，梦绕蓬莱；闲将白雪遏行云，响穷彭蠡。

睡起淡忘情，天际白云冉冉；坐来清不寐，窗前明月依依。

生灭同泡影，显晦同电光，觉我尘缘自息；胜负同局棋，得失同蕉鹿，请君冷眼相看。

于琴得道机，于棋得兵机，开残洞里桃花；于卦得神机，于药得仙机，踏破陇头云影。

要治世半部《论语》，要出世一卷《南华》。

净几明窗，一轴画，一囊琴，一只鹤，一瓯茶，一炉香，一部法帖；小园香径，几丛花，几群鸟，几区亭，几块石，几池水，几片闲云。

临风弄笛，栏干上桂影一轮；扫雪烹茶，篱落边梅花数点。

明月在天，秋声在树，珠箔卷啸倚高楼；苍苔在地，春酒在壶，玉山颓醉眠芳草。

风波业里，名利关头，两脚红尘滚滚；云水窟中，洞天深处，一床清梦悠悠。

作云霄之客，批龙撩虎，人间赢得白头；期汗漫之游，扪虱骑鲸，霞外喜逢青眼。

寒山野寺，枫叶如丹，斜阳外几杵疏钟；浅水孤舟，芦花似雪，明月中一声长笛。

锦囊黯澹，宝鼎苍奇，座列千年法物；玉树葱茏，冰轮杳霭，壁悬五岳真形。

秋风闭户，夜雨挑灯，卧读《离骚》泪下；霁日寻芳，春宵载酒，闲歌乐府神怡。

此时要心地清凉，修竹飞泉，僧房中一函贝叶；何处觉襟怀疏旷，长天远水，渔浦外数阕梅花。

拥宝刀铁骑，沙场上峭壁千寻，惊吹画角；抛玉带金鱼，石室中名香一炷，静坐蒲团。

写新诗寄食粟人，大似珠投溷厕；持妙画与守财虏，政如女嫁穷庐。

邯郸配厮养，溺器栽花；桑落沃伧人，粪坑投璧。

人生不好古，象鼎牺樽变为瓦缶；世道不怜才，凤毛麟角化作灰尘。

欲不除，似蛾扑灯，焚身乃止；贪无了，如猩嗜酒，鞭血方休。

智不圆，是带颣的宝珠，走盘多滞；行不方，是玷角的玉玺，摹印常亏。

户自洞如，怪飞虫却扑纸窗求出；岸原卓尔，叹大众其投苦海沦胥。

要做男子，须负刚肠；欲学古人，当坚苦志。

风尘善病，伏枕处一片青山；岁月长吟，操觚时千篇白雪。

水天一色，镜里渔蓑；雪月双清，垆头诗卷。

幽径苍苔，杜门谢客；绿阴清昼，脱帽观诗。

亲兄弟析箸，璧合翻作瓜分；士大夫爱钱，书香化为铜臭。

横挑勍敌，玉麈挥狼；醉拥胡姬，金丸打鸭。

檐铎敲风，玉女摇九天环珮；窗棂透月，仙人住万顷琉璃。

心为形役，尘世马牛；身被名牵，樊笼鸡鹜。

烟萝挂月，静听猿啼；瀑布飞虹，闲观鹤浴。

云气覆仙亭，卷幔双峰对起；湖光摇佛阁，凭栏片月孤垂。

懒见俗人，权辞称病；怕逢尘事，诡迹逃禅。

飞阁凭栏，天风飒飒；寒窗剪烛，夜雨潇潇。

香台鹫岭，僧行绿树阴中；玉洞仙家，犬吠白云深处。

道院吹笙，松风袅袅；空门洗钵，花雨纷纷。

诗比新花艳，胜如倾国名姝；人同片玉清，夺得连城秀色。

囊无阿堵物，岂便求人；盘有水晶盐，犹堪留客。

霞可餐，薇可采，白石可煮，山中受用颇饶，何须五斗；花能笑，柳能眠，黄鸟能歌，眼底韶光无限，不必双文。元微之有《双文诗》，谓莺莺也。

柳阴中游人，蒹葭上飞鸟，纡徐容与，湖光一片玻璃；萝薜间明蟾，昙花下老衲，缥缈虚无，山色千寻翠黛。

烟波万顷，紫翠千寻，都被渔樵占断；风月双清，丝桐三弄，何妨猿鸟知音。

恃才妄作，救火披蓑；守拙全身，操舟带瓠。

丈夫须有远神，琐琐井蛙醯鸡，不足道也；世事几多变态，纷纷塞马蕉鹿，姑且置之。

上帝以好生为心，白刃似霜，忍使魂飞汤火；老氏以不贪为宝，黄金如斗，那能带到泉台。

做得人品高，便是清朝麟凤；看得宦情澹，宁能尘世马牛。

俗之一字，埋没了豪杰多少精神；刻之一字，亏损了祖宗多少阴骘。

衲子持沿门之钵，明心见性，口头枉有机锋；山人曳满座之裾，问舍求田，胸中了无丘壑。

侈是人生一大恶，妄费无端，异日居官，便要剥脂敲髓；鄙是人生一大愚，深藏不散，他年瞑目，能逃胠箧探囊。

好光景不用一钱买，任从你弄月嘲风；恶因缘只消一笔勾，休使他翻天搅地。

道学先生，折理愈微，作用愈渺，譬诸棘端之猴；山人清客，标韵愈高，操行愈污，岂是秋空之鹤。

织縠随风，内子疑于桃叶；长裾曳地，山人绝似梨园。

一饭不忘，君心悬北斗；万种何加，我兴在东山。

放下屠刀，立地成佛，灵鹫峰夫岂远乎？披上虎皮，凭空食人，进贤冠大率类此。

挂冠时无依违不决的念头，才是真隐逸；属纩时无追悔不及的事体，才是了死生。

千金之子，不死桁杨，死衽席娥眉，洵可畏哉？万卷之儒，不困笔砚，困樽罍蚁酿，有何佳也？

猛虎攫人血肉，每在深山，而乡绅却在市朝；妖狐据人墙帷，每在昏夜，而土豪却在白昼。

妄费者只嫌人吝，傥尔亦能吝，何至干人？疏慵者只怨命穷，果天使之穷，政宜安命。

野叟知堪舆为何物，亦生白屋公卿；缙绅借炉鼎以延年，枉坏红颜女子。

荡产之易，譬元霄之铁树银花，涌涌喷薄，须臾立尽；持盈之难，譬中秋之冰轮玉魄，渐渐亏损，瞬息辄销。

妇女具丈夫之识，伏剑陵母哉？大人怀赤子之心，抱瓮汉阴也。

人果有点石为金的手段，何不自烧一丹，数百日外黄白堆积山丘；人果有寻龙捉脉的眼睛，何不自觅一穴，三十年子孙飞腾霄汉。

今日丝，明日管，漫夸白雪调能高；去年燕，来年莺，却怪朱衣头不点。

天下最不苦心之人，偏会说读书发愤；天下最无聊赖之辈，翻倒夸仗义疏财。

优游半世，只因疮好忘疼；狼籍一生，多是金挥如粪。

突冷绝烟，门外杳无珠履；灶炎竞媚，座中常满金貂。

投骨于地，慕膻之蚁纷纷，饮食之人似之；垂纶于渊，吞饵之鱼比比，爵禄之士是也。

乡绅不做得一件好事，空劳他南斗注生；孝廉浪费了十万财赀，试看你东郭行乞。

悬罄之室淡薤哉，学东山之安石，那复风流；半残之躯枯杨耳，对南国之莫愁，可怜憔悴。

梧桐叶落，泪沾系臂之纱；觱篥声残，吹破封侯之梦。

砧声捣长安之月，剪刀连铁甲生寒；雁阵拂塞上之霜，珠翠与银瓶共涩。

蒹葭白露，伊人宛在水中央；丛桂小山，隐士彷徨秋万里。

孤臣有葵藿之愫，门空隔于九阍；野鹤无稻粱之谋，腰肯折于五斗。

秾李如云，破除阿堵物，令人辄到墦间；柔荑似玉，断送老头皮，怜尔长安眠蒿里。

有无人不得之趣，即是真仙；存视民如伤之心，便成活佛。

床笫间杀尽了天下豪杰，不知粉黛是龙泉；堂皇上啗残了天下苍生，岂料乌纱为虎口？

儒子痴儿，坐针毡于墙帷之内，粉髑髅咄咄逼人；老胥猾吏，弄线索于掌握之中，木傀儡唯唯奉命。

禅堂月出松间，蟾影澹如钩；茶灶烟浮竹里，凤团翻似雪。

犬卧苔阶，红日三竿花寂寂；僧翻贝叶，闲云一片磬悠悠。

墙头瓜蔓纷纷，牵萝月同清；篱落荳花灼灼，剪汀霞散彩。

一声清磬，衲衣眠处白云深；几树幽花，樵径行来红雨落。

面带疤瘢，引镜深以为恨；深藏垢蔑，对人了不知羞。

行不必求无愧圣贤，只求无愧妻子；事不必求不怕王法，只求不怕鬼神。

达时澹澹的念头，时穷时卓卓的念头，穷也苟，则达也靡;死时了了的念头，是生时惺惺的念头，生也昏，则死也乱。

衲住峰头，翠玉削成千丈壁；鹤巢松顶，白云遥护万年枝。

蝴蝶翩翩篱落上，白板扉逗出一种生机；蜻蜓点点水湄边，红蓼滩添得一番画意。

雨洗山光青似黛，何须画京兆之眉；霜澄湖色澹如空，不必开阿房之镜。

长松耸黛，经秋雨秀色可餐；枫叶摇丹，映朝霞朱颜欲醉。

寒食洒新阡之泪，须知人是蜉蝣；除夕抛旧历之编，始信物皆刍狗。

雄文霞灿七襄，翻织女之机；丽藻珠圆十乘，夺鲛人之室。

胸中无烟火气，应知丘壑独存；门前有车马音，便觉湖山不韵。

置我丘壑中，点缀箕山颍水；请君霄汉上，斡旋舜日尧天。

松百尺，竹千竿，永日无人唯独鹤酒;一壶诗，两卷文，闲云有伴是高僧。

医得我痼疾，便是顶门一针；济得人燃眉，胜似浮屠九级。

福要少享，多者尽；话要少说，多者烦；酒要少饮，多者呕；财要少聚，多者散；色要少渔，多者瘵；田要少置，多者荒；步要少进，多者蹶：凡事须留得五分，乃有含蓄的光景。德要多积，少者凉;才要多练，少者劣;识要多广，少者暗;学要多博，少者疏;望要多养，少者轻;子要多训，少者败;北窑多豫，少者瑕：凡事须到得十分，乃有圆满的精神。

岱宗藏稿卷四十五

济南杨梦衮龙光著

草玄亭漫语上[①]

翠微中结一斗大屋，竹树烟霏，苍翠扑人眉睫。柴门昼掩，人迹不及，鸟雀飞飞，鸣声上下。坐磐石，荫长松，脱帽看诗，持竿垂钓。殊胜长安道上红尘滚滚。

银河清浅，万籁无声，酌酒一壶，素琴一张，愿与幽人共之。

一径入幽，桃花夹岸，此中应有秦时隐者，恨无武陵渔郎来问津也。

洞庭之游，杖屦带烟霞，帆樯挂烟雨。东南奇胜，写入吟囊，大是奇事。

武陵烟景，信是妙绝。两峰插天，三潭印月，西湖一片玻璃。藕花如红妆，画船箫鼓断续随风，人人在画图中游。钱塘江上，潮声如雷，雪浪如山，才一寓目，令人神竦，大奇大奇。

所居在万山中，白云满地，松影参差。仰不见日，时与一二道者，倚杖清谈，此时有缁尘涴素衣否？

览胜探奇，孤帆远影缥缈烟波中，茫茫有乘槎犯斗之兴。

别业一区，去城数里。茅舍竹篱，药栏花径，事事幽绝。四郊春雨，布谷飞鸣。检点犁锄，躬耕绿野，自食其力，俯仰浩然。

余城北旧有别业，每春初，草树疏瘦，日色晴明。南望长白山，亭亭翠黛，环列如屏，去人咫尺耳。冬月践雪未消，浩然若玉龙蟠天际。每一凝眄，眼界辄觉开爽。山房暑雨，最是快人。苍龙卷海，半空而来。四檐瀑布，洗涤尘嚣。琴书增润，草木骄人。溽暑中得此，殊令毛骨爽然。暮控疏帘，山光苍翠欲滴，真王摩诘一幅着色丹青。

往在阳丘，道中逢大雪。玉龙偃蹇千里而遥，林峦削玉，秀耸可爱。僧房杳霭，渔舍高低，种种如画。恨不携郊岛辈，骑驴向灞桥觅句。

浮图颇与林麓湖山相宜，九级插空，层层直上。龙蛇倒挂，虹霓高悬。夕阳照之，金碧辉映。又或灵飙徐来，铃铎递发，清冷之音，嘈杂盈耳，不减临城天乐。

---

① 底本目录此条下有“计三十九条”。

朋侪聚首，大是人生乐事。凡我知己久不相见，意必缺然。猝或遘之，便自倾倒。席地藉花，烹茶剪烛。又或小榻疏窗，论文久坐。长途幽径，连辔徐行。古人有云："白头如新，倾盖如故。"夫岂欺我？

红尘扰扰，非利则名。盖世英雄，倏忽间雪满头颅矣。金乌西去，日月如流。每于枕上听西竺晚钟，高僧入定，宿鸟投林，万籁无声，四壁岑寂，此身稍得休息。苦海无边，回头是岸，信然信然。

回塘远浦，垂杨夹两岸，绿水绕长堤。荷花深处，鲜艳盈眸，靓若红妆笑语。扁舟一叶，契友三人，使双鬟拍红牙清歌佐酒。昔人诗："小娃歌远不惊鸥。"真妙境也。又或大江之中，明月在天，秋风在木，波涛汹涌，星斗四垂，鱼龙出没。坐大舶，衣宫锦袍，慷慨啸傲，令梨园之长鬣者，挝鼍鼓，唱东坡"大江东去，浪淘尽，千古风流人物"。兴发更演云长公《单刀赴会》杂剧，不觉雄心飙发，气勃勃笼霄。又或霞外招提，湖心兰若，峰峦插天，松篁蔽日。十数庞眉长瓜比丘，罗列佛阁下，作梵呗声。清磬悠悠，笙簧间之。吾以黄冠羽衣，危坐其中，耳无喧嚣，目无杂沓。尘襟如洗，世虑潜消，大是清福。此三者或浓或澹，或平或奇，或喜或嗔，各自有致。

某生平颇有侠气，只是落在措大籍中，俯首一经，不欲以豪举自负，掩却一片激烈肝肠耳。醉后悲歌击筑，发上指冠，居然有封狼居胥意。噫！今老矣，此意渐平矣。

有天街御路，不可无石径苍苔；有阿阁层城，不可无竹篱茅舍；有紫泥丹诏，不可无宝笈琅函；有象简朱衣，不可无幅巾藜杖；有宫蛾妃子，不可无钓叟莲娃；有麟脯猩唇，不可无胡麻香饭；有神驹龙马，不可无夜鹤晓猿；有广乐钧天，不可无素琴土鼓；有鸾旗凤辇，不可无野渡扁舟；有太液上林，不可无药栏花径；有黄扉青琐，不可无绿壑丹崖。

无弦琴凡二十二种，曰知己清谈，曰儿女嘻笑，曰伯仲埙篪，曰唱随雍和，曰天籁，曰梵呗，曰农歌，曰机杼，曰清砧，曰松风，曰涧水，曰瀑布，曰泉声，曰风篁成韵，曰浮图金铃，曰画檐铁马，曰雎鸠关关，曰黄鸟喈喈，曰鸳鸯和鸣，曰草际蛩吟，曰秋空鹤唳，曰深林蝉噪。

无局棋凡十五种，曰鸿门会，曰鸿沟，曰乌江，曰背水阵，曰细柳营，曰争荆州，曰赤壁鏖兵，曰淝水报捷，曰北军飞度，曰七国纵横，曰三分鼎立，曰五胡乱华，曰五代六朝更姓改物，曰传国玺，曰太液池劫灰。

无笔书凡七种，曰雁行，曰蜗篆，曰鸟迹，曰屋漏痕，曰虬松槎牙，曰龙蛇飞斗，曰公孙大娘舞剑。

无轴画凡三十四种，曰层峰叠嶂，曰烟渚寒汀，曰踏月，曰穿云，曰翠微，曰白云深处，曰雨后山光，曰霜林枫叶，曰桥溪霁雪，曰江上彩霞，曰云水招提，曰垂钓，曰林麓间行，曰江帆，曰山居，曰芦汀孤棹，曰红叶煮酒，曰古木寒鸦，曰小桥流水，曰杖策寻幽，曰山僧对坐，曰樵径渔矶，曰看山，曰盆池金鱼，曰芦雁，曰叠石为山，曰水帘洞，曰飞瀑，曰烟林，曰茅屋石田，曰柴门犬吠，曰庭花，曰农圃，曰小楼对山。

影生于形而妙于形，声出于象而超于象。影未必逼真，而能令人会真；声不必亲见，而能令人想见。作《影声说》。

清影四：水面垂杨，松萝新月，冰雪梅花，波纹藻荇。奇影四：云气峰峦，氤氲海市，江天虹霞，高山瀑布。静影四：兰若旛幢，湘帘篆烟，桥梁游鱼，庭除花竹。远影四：栏干银河，山水浮图，晓雾楼台，长空孤帆。艳影四：粉墙秋千，池塘鸳鸯，银灯海棠，纱窗红妆。

清声四：云林晚磬，画檐铁马，水石风篁，浮图铃铎。逸声四：空谷樵歌，寥廓鹤唳，长松围棋，烟波扣舷。婉声四：云水梵呗，招提笙簧，重楼洞箫，洲渚鸿雁。幽声四：月明猿啼，小涧流泉，静夜松涛，蕉叶细雨。丽声四：花柳啼莺，云笺挥毫，画阁环佩，琼筵吴娃。壮声四：大江铁笛，孤城画角，沙场金鼓，长桥画轮。

余尝戏为《十绝说》，一隐逸，二骚人，三高僧，四羽客，五钓叟，六樵者，七田父，八牧童，九节侠，十佳丽。一绝可作一药，一药可治一病。隐逸幽绝，此是市朝对病药；骚人雅绝，此是伧父对病药；高僧空觉，此是苦海对病药；羽客玄绝，此是行尸对病药；钓叟清绝，此是缁尘对病药；樵者闲绝，此是垄断对病药；田父澹绝，此是锥刀对病药；牧童适绝，此是褦襶对病药；节侠奇绝，此是龌龊子对病药；佳丽妙绝，此是老道学对病药。十绝之中，空玄奇妙，虽不可训高人，时或寄意焉，取节可也。

山斋中有花鸟虫鱼之属，悠然日相得也。因戏效古人册封锡号之意，物各锡以美名，其微有灵宠，曷可胜言。

菊曰黄金钱，苔曰翡翠衾，花茵曰小蒲团，菱曰凌波袜，瓜曰太极图，柳曰青螺黛，樱桃曰珊瑚树，白菜曰青鸾尾，荷叶曰青萝伞，萱草曰丹凤嘴，玉簪曰玉搔头，枣曰火齐珠，莲花曰观音面，桃花曰赤城霞，亭曰阆风巅，帘曰琉璃屏，榻曰华胥国，窗曰玉玲珑，酒曰金茎露，棋局曰八阵图，书函曰二酉山，沼曰洗头盆，鸡曰鵕鸃冠，蛛网曰鲛人绡，鹊巢曰缥缈楼，雉曰锦云裳，蝉曰无弦琴，石曰飞来峰，蜗篆曰蝌蚪书，蜻蜓曰玳瑁簪，猫曰狮子骢，鸦曰隃麋墨，蚕子曰珍珠船，蛙曰锦袄子。

赤帝当权，炎蒸之气弥满两间。金风荐爽，酷吏去矣。尘嚣涤尽，太空无翳。仰视苍苍，若增之高，每见鹰隼鹤鹳之属，群然翔碧落间，逍遥闲旷，绝高者飞入云表，白者似猩，黑者似黍，刚可辨识一派。嘹唳之声，如吟如啸，如笙如竿。注目而视，倾耳而听，忽令人神游天际，飘飘然有出尘之想。

招提笙声有西竺之遗音焉，和而缓，幽而雅，慈而静，怨而慕，具有八善，良宵籁静，每一倾听，粗心浮气，不觉渐消，穆然动人深长之思焉。大哉！释氏之为教乎，吾于笙声知之。

往岁有历下之役，事竣，自洪家堰头，泛舟大清河，历济阳、齐东，抵归仁镇。长川片月，远近皎然。晚来维舟断岸古柳之下，客子吹箫唱曲。水面空阔，声彻霞外，鱼龙悲啸，星斗闪烁，真奇境也。

往在长山道中，有孤村一区。其南野水无际，日色波光，跳跃不定，如里蹄之在洪炉，炯炯夺目，不敢正视。有渔翁棹小舟一叶，鸣榔举纲，取小鱼贮笭箵中。远而望之，水与天接。尽南处，有黑豆大者数十点，飘飘泛泛，盖亦渔舟也。久玩颇有泽国之致。余诗有“于陵地向图中出，长白山从镜里浮”，盖指此也。

万历壬寅正月望前一日，入夜，雪霰之气，凝结满树，浩然夺目，而地上蔑有也，土人呼为“树挂”，疑即古所谓水稼者是也。时残雪未消，城郭烟居，苍茫缥缈，殊增清赏。树为玉树，草为瑶草，松梢拥银涛，垂杨摇玉缕。村落林薄，曳练飘素，斐亹层叠，映我襟袖，湔我肺腑，真宇宙奇观也。寒鸦数点，栖枯木间，宛若宋人楮叶上洒李廷珪麝煤。李青莲诗所谓“群玉山头，瑶台月下”，何以过此？伫立移时，作天际真人想。

是月十九日，复有未稼之奇。晨起，见茅屋上，如银蟾皎皎也。院落中枯茎落叶，一叶化为琼玖。既盥漱，亟抵斋头，皑皑乎万象一新矣。斋北枕曲巷、南面层城，客岁卜隙地而围之。此中市廛绝迹，尘嚣不到。比舍有一二人家，而终岁寂然。且地势凹凸，有一丘一壑之胜，余时时抱膝其中。园扉一开，斗室如画，蓬蒿满径，盖作玉树扶疏状。宋人有句“佛氏解为银世界，仙家多住玉华宫”，余斋头似之。

是岁孟春三日，大雪。元宵前后，雪微融，檐际往往悬冰筋。冰筋在瓦屋者，每于仰瓦处，垂垂而下，作玉簪状。其大者累累，若萝卜然，不免粗蠢。惟茅屋草根参差不齐，而筋亦错落可观。第茅屋挟烟煤气，其筋色黄而黯，且居民恐其坏檐，半击去之。余结茅小园中才岁许，绝无烟煤，结为冰筋特异。偶启扉入，见茅檐下百道瀑布挂瓮牖也。十二珠箔，莹煌磊落，拂地而未卷也。九级玉浮图，玲珑空洞，倒垂亟丈外也。抱膝而坐，天光对照，表里透彻。空青中万片琉璃，罗列左右。吾不知此身在玉壶耶？在水晶宫耶？

六花飞舞，小园中皑皑，白玉京也。老母谓：“冰雪在地，得无苦东郭履耶？”呼僮执箕箒以从。余不敢违，则命僮仅开小径以达斋头，才可一线，戒之曰：“甚勿旁反，损吾清玩。”

岱宗藏稿卷四十六

济南杨梦衮龙光著

草玄亭漫语下[①]

泰山自下看，亦不甚高。而登其颠，便可小天下。余以戊午冬登之，是日天阴晦欲雪，雾气重重。咫尺而外，望之不可了了。及至山半，有人自山上来，问曰："峰顶亦尔乎？"曰："上边甚晴。"余未信也。俄复逢人，再问之，答如初，甚疑之。及至天门，见雾气渐薄，忽漏日影，渐上渐晴。至峰顶举首而望，则红日当天，万里青空，一碧如洗。俯身下瞰，云气平铺，六合弥漫，晶荧夺目，如银海然，真玉砌乾坤也。诸山仅微露山尖，一切峼嵝，俱遁无何有之乡矣。不觉失声大叫，诧为奇绝。及下山，至天门而下，依旧阴晦，凄风苦雨，光景惨然。上下总是两层世界，真生平未见之奇也。

灵岩寺在长清之玉符山，志称佛图澄卓锡于此。柏树数千章，青葱可爱。唐宋古碑刻极多。寺后蹑磴而上，有一小亭，挂空碧间，树色泉声，助成清景。老僧具殽酒为献，余满引数杯而下。此中梵宇层层，有双鹤泉及浮图之胜，不能尽记。戊午冬，自曹州旋，枉道一游，尘鞅匆匆，移时而去，至今往来梦寐间耳。

孔林多檞树。余戊午冬谒先师墓，远望之，似丹霞绵亘数十里，不知为何物。明日入林中审视，乃知皆檞树叶也。叶淡红色，冬月不落。

济南刘孝廉五云宅后，有一小园，颇幽阒可游。往年曾一见之，有轩曰瑶华坞，罗列花卉。坞之北筑，小山数级，峰顶有亭，署曰飘然，登之者有御风之想。缔构虽非宏丽，殊有致也。

济南城中，北面水居其半，志称七十二泉，今亦不能尽考。如趵突，其最也，江家池上，湛碧彻底。好事者畜金鱼，长数尺许。小泉汩汩，到处流溢，阛阓间，尽在玻璃中住矣。会波街每遇阴雨，床下辄漾水。问之主人，曰泉也。井才尺许，手持瓢便可汲水出，此诸郡所未有也。小淇园尤佳，余别有记。

章丘明水镇，俨有泽国之致，水田漠漠，一小江南也。康家园颇饶水，竹

---

① 底本目录此条下有"计四十二条"。

第太繁，审宜芟之。东麻湾不甚大，而水深不测。北有韩亭在焉，境甚佳，惜主人不工妆点耳。

浅清庄在章丘东南十余里，绣江经其东，刘茂才别业在焉。茂才有骚人之致。濒江而亭，有修竹数百竿，中构小楼一间，颜曰“海岳”。余为题一联云：“海月流空窥醉罛，岳云挟雨湿吟囊。”往年夜饮亭上，蒹葭夹岸，爽籁萧萧。久之，忽有明星点点迭落，乃是流萤，真异境也。

章丘南有瓜漏河，春冬水涸。内有小石，累累无际。石青白色，好事者取布庭中，可阶可砌，第路远不能致耳。

邹平南可里许，有山如覆盂，曰黄山。张太仆华东辟地为山房，曰兔柴，茅屋数楹，皆据幽胜。余尝开扉小坐，见岭上有牧儿，驱羊数十百头，历历如白石，妆点芳草，真一幅妙画也。

华老说往年登长白山，小坐松石间，膝上横琴，未偶，清风起苹末，飒飒而来，琴弦忽琤然作声，真天籁也。

新城长山高苑之间，有泊曰清沙，内有荷花数十顷，菱芡无算。客有游者用船二只，一载同侪，一载仆辈及歌儿舞女行灶之属。船头锣鼓吹，间放火炮，声震水滨，兼备网罟打渔。金盘玉筋，鲜不可言。内亦有水鸭过，辄攫取烹之，其甘脆亦犹上鱼也。

颜神镇介益都、淄川之间，万山围绕，居民数千家，比屋善为陶。水出颜文姜祠下，即孝妇河源也。山往往出泉，如贯珠累累喷吐，池中水草作碧绿色。虽隆冬而藻荇娟娟，澄清彻底，沁人心骨。余庚申十月偕刘生亲历其地，徐谓刘曰：“此一勺移之尘嚣处，可直千金。”刘领之。余同年王怀麓实家此镇，告余曰：“卯辰之间，我齐鲁大祲。先是文颜祠下水色如血，无何，赤地千里，遂人相食云。”此亦一异也。

余以己未春，偕同年张伯雍、陈公剡游西山。日晚，宿华严庵，明晨出庵。宛转间，见云从山下起，小雨初霁，山苍翠如滴。而云气浦浦而上，如白绵万片，斐亹稠叠，青素互映，真如画图。久之，袅袅飞动，又似蒸釜中气。此生平所希观也。

高粱桥西，古柳垂丝，清流曳练。两岸莎草蒙茸，绿绣如茵。而西山一带，如翠眉见镜中。古刹相间，金碧层层。春来游人席地斑荆，双榼斗酒，坐听黄鹂。真辇毂下小蓬莱也。说者拟诸西湖之六桥，甚仿佛云。

余游西山，有山人为余言姑苏山水之胜，登虎丘山，望见水如镜，舴艋如一叶，渔翁及长年三老如苍蝇。昔人称“便面上咫尺，写万里之势”，对此便觉恍然。

云山人为余说江中波浪甚骇人，但有微风，浪即掀舞。银屋雪山，高可丈许。

巨舰漂摇，才一叶耳。江豚尤可骇，大者如犊，出没风涛之中，力绝猛，一撞鹢首，应声破碎。其簸弄腾涌、纵横跌宕之态，莫可谁何。水势随之澎湃喷薄，一起一落，一吞一吐，有崩山颓屋之声，观者无不神悚。

余向在长白，每携酒数壶，与同侪酌西涧之磬石上。涧有小蟹，味虽枯淡，亦可佐酒。有老衲莲宝池者，善摸取之，吾辈不甚惯。蟹多藏石罅间莲，掀石捉得，累累满盘。苍头烹之，众哄然持螯，顷刻而尽。亦山中小水陆也。

吾辈欲为园圃，不须架华堂杰阁，栽奇花异草，及筑山浚沼，搰搰不休。只凿一井，架一辘轳，疏数十区菜畦豆棚，瓜蔓随意布置，种寻常花卉数十种，而以桃柳间之。中间结一小亭，开一小池，横一小桥，周遭筑短墙围之。亭内几上，置闲书数册。竹床木榻，偃息其中。客至，剪蔬摘果，作脱粟饭，欣然一饱。此其事最雅，而其味最长，其力又最易办。如必宏丽之为快，本以末适，反劳扰矣。

手得指甲而织，水得藻荇而洁，径得苔藓而幽，鼎得剥蚀而苍，扇得诗画而雅，林得蝉声而静，人得蒲团而闲。

住山未便是隐逸，却觉有几分闲旷光景。参禅未便是真空，却觉有几分了悟光景。弄笔墨未便是不朽，却觉有几分骚雅光景。虽然，吾犹恨世之托之者众也。

名之一途虚而清，利之一途实而浊。吾既取其清，不得复却其虚；吾既弃其浊，不得复居其实。

今世士大夫好说套话，心营夔龙之业，而口谈巢许之高，似属可厌。吾辈正不必尔，显亲扬名，尽忠报国，轩冕圭组，亦何负于人哉？吾特不系恋可耳，动鄙之为腐鼠，亦太矫矣。

好食人者虎，好窃人者鼠，好蜇人者蝎，好吠人者犬，好媚人者狐，好阴中人者鬼蜮。今世之为虎、为鼠、为蝎、为犬、为狐、为鬼蜮者多矣。

棋原是闲人事，若赌取财物，反成忙人；诗原是高人事，若应酬献谀，反成鄙人；古书画宝玩，原是博雅人事，若束之高阁，真赝不辨，反成寡昧盲人。

吾平生未尝畜鹰，恶其鸷也；未尝畜猴，疾其顽也；未尝畜鹦鹉，憎其慧也。

兰以灵运重，菊以渊明重，竹以子猷重，松以弘景重，梅以和靖重，莲以濂溪重。

画雨者须得蓑，画雨蓑者须得纶竿，画江者须得远浦，画江浦者须得片帆，画村者须得树，画村树者须得断岸及乱石，画溪者须得桥，画桥上人者须得拄杖及瘦蹇。

夏月静扫一室，垂帘而坐，琴书笔砚，安顿整洁，不惟可除炎热，兼亦可辟蝇蚋之扰。

册籍书画，秋冬展之为妙。春苦风霾，夏苦炎蒸。至三伏之际，蝇矢点污，尤为可憎。

笔墨纸须择取精者，便于用也，若砚之必求珍贵，虽云发墨，直以观美耳。此似不必今纸添蜡花、墨加瑶雨，亦好事者之为也。

今人谈神仙，直是虚语耳。假如夏月，坐茂树，临清流，科头箕踞，散发披襟。冬月，围炉而坐，缊袍挂体，浊酒盈樽。此外一切俱抛之九霄云外，海鸥可狎，塞马无干。此便是蓬莱三岛之客，何必远从赤松子游哉？

城市患闹，山居患僻。闹处窘步履，僻处窘口腹。世人宁窘步履不肯窘口腹，故考槃之士，非甘澹泊者不能也。

山居不惟患寇盗，兼亦患虎狼。余向与里中友人韩度之读书长白山中，度之每夜必秉烛照屋内一周，床榻下必审视乃已。余笑问何为，度之以狼对余，夷然不屑也。后数年，又与新城耿凝之兄弟读书山中，却忆度之小心良是。每夜必爇炬效韩所为，闭户就寝，神乃得安。

长白山多狼，特不敢入寺扰诸僧耳。若山村中暮夜，便横行矣，小儿及羊豕每每被伤。

有一老道士独居山观中，忽月余不复见，庵内寂然掩扉。人疑之，排闼观之，道士只余骨架一具，而一狼毙其旁。人因揣之，必是夜间狼乘暗入室，而道士不知，闭户就寝，遂为所噬。狼虽食道士，自身却无出路，户关甚固，计无所之。狼饥便啖道士，道士之肉尽，而狼始饿死耳。

有山患无水，有水患无竹。山非水不活，水非竹不幽。有山、有水、有竹，又患无道侣。必得一二同志之士及高僧羽客，乃可与之盘桓，徙倚永朝夕销岁月。

登山者正不畏险，若嫌巉岩，则平地尽坦矣。赏雪者正不畏寒，若避风冷，则密室尽温矣。

雨中有静意，人迹既稀，柴荆半掩，亦幽人避嚣息机之一瞬也。

雨中宜卷帘开户，镇日静坐，流览书史。或登楼清眺亦佳。如村中，更得一二渔蓑樵笠，往来于远浦寒林之外，助成清赏尤妙。

雪中行绝有妙趣，玉砌银妆，清峭之气沁人肺腑。且林麓高低，湖山映带，松篁历落，一幅天然图画，尽在目中。鹅毛飞舞，瘦蹇凌兢，越风寒越令人神骨俱爽。若华堂张宴，不过得其霏霏之状而已。

木稼颇疑无意义。陆友仁《研北杂志》曰：“谚云：‘木生架，达官怕。’木架本云木介。介甲，兵象。”《前汉·五行志》云：“今按木介二字少雅，第甲兵之说，未知验否。”余又闻之谚曰：“百草挂孝，主有国哀。”盖亦犹达官怕之意也，但不甚验。

闲中忆得韵事数端，聊志：雪中沽酒，雨中移花，夜烧灯看海棠，风林披襟，摘园蔬及瓜果佐客，垂杨系马，美人坐花茵，晴日踏青，雨后行麦垄间，云气中倚杖，葡萄架下小酌，平湖泛舟，矶头把钓，雨歇卷箬看峰峦，月下品箫，长途中解鞍沽酒，倚楼目西山爽气，纤手弄清泉，杏花村挂青帘，牛背吹笛，席上飘来花香，花枝作酒筹，芳草中缓辔，良夜访友，携老衲穿松石幽径，涧边抱琴，山中斫药，手掬涧水饮，脱衣衫挂松枝，石上扫苍藓题句，烹薇蕨野菜，船头剥菱芡，清霜紫蟹肥，烹新茶，剥枣，清冰贮玉壶，茂树下设枕簟，灌畦，三月行夭桃弱柳中，八月观涛，蓬莱阁观海市，闲窗挥毫，北窗卧松风，林下著书，竹里围棋，与具眼人赏鉴古书画，叠石作小山，水竹居编篱，山居掩扉，欹枕听松涛，花阴席地，空山舒啸，对高僧谈禅，闲中谈奇事异闻，负薪行歌，烟磴坐莓苔，壁挂素琴，兴平酥煎落花，目送飞鸿，红叶煮酒单条画，焚香扫石，竹里煎茶，闲看儿童捉柳花，莲叶舟轻自学操。

唐人有杀风景之说，如松下喝道，花上晒裈，烧琴煮鹤，背山起楼，及削圆方竹杖，漆却断纹琴是也。俗子多犯此戒，余因为广之：划去墙头草，扫除径上苔，粉壁上洗去名人墨迹，古书头记账，裂古书作火炮，兄弟分产古书一部每人数册，油污瑶函，销古铜佛像，及古鼎、古钟磬铸钱，伐古柳作薪，古墓剪松柏，磨古碑另用及乱写措大文字，塞古井，改崎岖幽径为弓弦。

岱宗藏稿卷四十七

济南杨梦衮龙光著

清福上

烟景

日

万物光影皆生于日，日暄则景舒，日丽则景媚，日长则景驻，日霁则景明。扶桑开曙，则山岳呈形；羲驭当空，则楼台生色。暖烟堤草青青，王孙缓辔；永昼树阴冉冉，高士铺茵。又如栏干乍转，花影参差；户牖初明，缥缃辉映。鸟声繁碎，物态融和，晒鱼网于江边，晞露珠于花上。皆日之为也。至如巨丽之观，射霞光则金绯万缕，映山色则紫翠千重。远树霏微，长波晃漾，晶莹鲜洁，缥缈虚无，诚宇内之奇观也。

曙色如海，夕阳宜山，亭午宜天阙，薄暮宜云林。日丽宜花阴、宜曲槛，日永宜树影、宜闲庭，日晓宜帘栊，日霁宜亭榭，日暄宜沙浦，日朗宜绮疏，日清宜鸟哢，日曛宜樵歌。春日欲艳，宜桃溪；夏日欲凉，宜桂楫；秋日欲清，宜菊径；冬日欲暖，宜茅檐。宜晒鱼网，宜曝蠹编，宜垂珠箔，宜张翠盖。宜松下围棋，宜楼中拄笏。宜虚窗印白，四座牙签；宜飞阁流丹，两行绣柱。宜汹涌万顷，波中虹光扑肺；宜返射千寻，壁上紫翠盈眸。

月

玉宇无云，婵娟万里。金钩斜控乎疏帘，松萝争媚；宝镜平临于孤榭，乌鹊惊飞。吹笛倚朱楼，片片梅花飘落；飞觞歌白苧，枝枝桂影扶疏。金井梧桐，秋悬玉兔；画桥杨柳，夜挂银蟾。凉侵万顷琉璃，光满三千珠翠。山房得此清景无边。

月宜寒潭，宜绝壁，宜高阁，宜平台，宜窗纱，宜帘钩，宜苔阶，宜花砌，宜小酌，宜清谈，宜长啸，宜独往，宜骚首，宜促膝。春月宜樽罍，夏月宜枕簟，秋月宜砧杵，冬月宜图书。楼月宜箫，江月宜笛，寺院月宜笙，书斋月宜琴。闺闱月宜纱橱，勾栏月宜弦索，关山月宜帆樯，沙场月宜刀斗。花月宜佳人，松月宜道者，萝月宜隐逸，桂月宜俊英，山月宜老衲，湖月宜良朋。风月宜杨柳，雪月宜梅花。片月宜花稍，宜楼头，宜浅水，宜杖藜，宜幽人，宜孤鸿；满月宜江边，宜院内，宜绮筵，宜华灯，宜醉客，宜妙妓。

星

珠光玉屑，点缀瑶空。清夜凭栏，空庭展簟，参横斗转，万籁无声。良夜佳景，真可娱人，乃如牛女相望，河汉盈盈。百尺楼头，酒酣兴发，直欲举手弄清浅，扪天摘匏瓜矣。

星为景虽小，正如花中之有石竹，纤媚可爱。宜静夜，宜长空，宜疏林，宜高阁。宜水湄点点，宜檐际依依。宜新月争辉，宜清秋问霁。宜映老蚌，宜伴流萤。宜斜挂罘罳，宜高悬碧落。宜珠宫贝阙，宜火树银花。宜浸太液，宜绕建章。宜撒烟霄，浓妆袨服；宜灿雪夜，小帐孤衾。宜江枫渔火，历乱霏微；宜古刹佛灯，荧煌烂熳。宜茅店鸡声，衣裳颠倒；宜板桥人迹，书剑飘骚。

河

河，《诗》所为云汉也。宜良夜，宜闲庭。宜挂楼头，宜横树杪。宜川原迢递，宜星月交辉。宜展簟香阶，宜开樽玉砌。宜披襟闲眺，宜散发高眠。宜玉漏沉声，宜瑶琴孤弄。宜流萤点点，宜乌鹊飞飞。

云

无心出岫，舒卷自如。山中曾伴老僧，天上倏成苍狗。芒鞋踏处，迷樵径以难寻；玉洞封时，叩仙扉而不见。澹笼竹树，深锁楼台。气杂香篆齐飞，色与朝霞共灿。盖不特幽梦遥通巫峡，而仙姿直至帝乡矣。

云多幻态，多奇观。宜护帝城，宜封仙洞。宜伴老衲，宜罩芒鞋。宜氤氲叠嶂，宜点缀太空。春云宜莺，宜燕，宜游丝飞絮；秋云宜雁，宜鹤，宜枫叶芦花；夏云宜陇头麦，宜画阁遥观；冬云宜岭上松，宜寒江垂钓。晴云宜殿阁，宜楼台，宜金碧，宜朱栏翠幕。寒云宜招提，宜林麓，宜浮图，宜流木孤村。卿云宜龙凤天阙，怪云宜蝌蚪古碑。云闲宜野鹤，宜幽人，宜茶烟；云飘宜飞仙，宜骏马，宜帆影。云散宜秋月，云停宜春花。云孤宜渡口，宜游子，宜山坡远眺；云深宜山家，宜隐逸，宜扫榻高眠。

雾

匹练抹林，轻绡蔽日。笼楼台而隐隐，锁洞壑以重重。潭影难窥，花枝半掩。树若增密，山若增深，景若增幽，路若增远，则胜概之一助也。

虹

虹一名螮蝀，《稗雅》云：“雄曰虹，雌曰蜺。”旧说虹常双见，鲜盛者虹，其暗者雌也。一曰：“赤白色谓之虹，青白色谓之蜺。”此亦不必深究。吾所取者灿烂奇绝，跨越半壁青天。倚栏纵目，直欲骑苍虬，携长剑，驾虚而游。取连蜷为丝，明月为钩，效任公钓海上六鳌耳。

霞

霞，日边色也。荡胸纵目，明秀可餐。初升旸谷，绛彩层层；将坠虞渊，金光片片。扈从羲驭，辉映阳乌。说者拟之旌旗旙幢之属云。

此物宜朝旭，宜夕阳，宜川光，宜山色。宜楼门葱茏，宜松筠掩映。宜流空绘泉石，宜剪取作道衣。宜孤鹤翻飞，宜幽人啸傲。宜渔歌唱晚，宜雁阵惊寒。宜浮图高插，金碧辉煌；宜雉堞斜连，烟光缥缈。

风

萧萧灵籁，徐起青苹。入松则秋涛淅沥，敲竹则玉珮玎玲。或度碧湍，掀翻桃浪；或穿纸帐，吹动梅花。至于壁上孤琴，陌头垂柳，悠扬不断，奏七弦于瑶微；袅娜无端，弄千条之金线。对南薰而解愠，开北牖以披襟。大块噫气，妙至此乎。

雷

雷，春夏得之。蛰虫竞奋，竹笋争抽。或隐隐如宫车，山窗答响；或轰轰如鼍鼓，陇麦回春。又或风回铁骑，电掣金蛇。霹雳奔腾，蛟龙崛起。恍如百万之师乘胜长驱，摧崩拉朽。风声鹤唳，草木皆兵。试取匣中双剑，啸拂霜华，不觉一片雄心勃勃，飞动宇宙间，自是不可无此一段壮怀。

雨

甘霖一降，万象含膏。洗山光则积翠如新，净陌尘则软红尽涤。上林流润，娟娟花卉剪朱霞；画阁生寒，楚楚琴书莹碧玉。又或滴梧桐之沥沥，秋夜偏长；打菡萏之萧萧，香风乍散。影对珠帘乱落，声随玉轸争鸣。老树纷披，鸦带片云飞去；小桥弥满，渔携双鲤归来。园丁欲罢枯槔，陇牧争披蓑笠。安得王摩诘、董北苑写一幅绢素，置我山窗也。

露

露为泽虽不及雨，而润过之。沾濡香径，湿透芒鞋。沆瀣下九霄，捧金茎于仙掌；琼浆储万斛，调玉屑于皇家。又如凝荷盖，纷纷老蚌明珠；缀花鬓，点点鲛人红泪。苔阶滋碧，罗袜生寒，皆滚滚湛湛者为之也。

霜

凄清之气，结而为霜。蓠菊吐华，蒹葭改色。鸳鸯瓦上，夜来半似妆银；翡翠楼边，秋杪全如曳练。剪刀添冷，绮罗生寒。江头枫叶摇丹，渔灯明灭；汀畔芦花飘雪，鸿影回翔。又如茅店鸡声，板桥人迹。孤衾寂寂，一骑萧萧。青女漫斗婵娟，素士远捐褦襶。真可令溽暑、潜妆、缁尘屏绝矣。

雪

天工剪水，宇宙飘花。品之有四美焉：落地无声，静也；沾衣不染，洁也；高下平铺，匀也；洞窗辉映，明也。宜长松，宜修竹，宜老梅，宜片月。宜怪石崚嶒，宜深林窈窕。宜寒江远浦，宜断岸小桥。宜古刹层峦，宜疏篱幽径。宜老叟披蓑垂钓，宜骚人跨蹇寻诗。宜小酌清谈，宜高楼长啸。宜船头茶灶飘烟，宜座上黛眉把盏。宜老僧对坐，宜韵士闲评。宜披鹤氅纵步园林，宜御貂裘登临山水。

冰

宇宙间清莹洞彻之物，举莫如冰。映秋月以玲珑，贮玉壶而皎洁。当其苍崖古木、流水小桥，道人樵者拄杖穿林，却有琼瑶数片。或挂檐牙，或嵌洲渚。清辉映发，峭冷侵人。亦林壑一段清胜也。

雹

雹能害稼，农人苦之。特以溽暑炎蒸，偶有累累冰丸，圆转清凉，沁人肝肺。取置玉盘中，可解相如消渴症耳。

佳节

春

首四时，苏万汇者，春也。气暖则襟韵舒，日迟则烟景媚。百鸟和鸣，千花竞发。田畯举趾于南亩，游人连辔于东郊。风光之艳，游赏之娱，此为最矣。

元旦

元旦应酬作苦，且阅岁渐深，韶光渐短，添得一番甲子，增得一番感慨。《庄子》云“大块劳我以生”，此之谓乎？吾所取者，淑气临门，和风拂面。东郊农事，举趾有期。江梅堤柳，妆点春工；晴雪条风，消融蜡气。山居之士，负暄而坐，顿觉化日舒长，为人生一快耳。

人日

人日有寿阳公主梅花妆事，又李商隐诗：“镂金作胜传荆俗，剪彩为人起晋风。”

元宵

元宵，艳节也。星月交辉，烟花竞丽。其尤佳者，珠翠丛中，香肩影动；绮罗队里，笑语声来。昔人云：“收天下春，归之肺腑。”吾于元宵亦云。

中和节

唐李泌请以二月中为中和节，因赐民间以青囊，盛百谷瓜果种相问遗。

社

祠尔土神，祈我农事。柴扉半掩，村酿新篘。手停针线，栅畜鸡豚。骀荡花信之风，潦倒治聋之酒。皤皤然醉倒扶归，洵太平景象也。

花朝

花朝二月十五日也，今不甚举行，古亦无此说，盖后人以意创之。此际东风习习，黄鸟关关，红紫满园，芳菲极目。联辔徐行，席地小酌，亦佳赏也。

上巳

上巳三月三日也，晋唐以来，率修禊事。是时柳线垂金，梨花飘玉。微雨初过，幽径生香。草软沙平，风和日暖。芳郊联辔，曲水流觞，良辰美景，赏心乐事，谁谓四者终不可并耶？

寒食

寒食相传颇久，俗以为起自介子推。是时薄寒冷艳，淑景怡人。宝马香车，芳郊赏物。古今之令节也。

清明

清明节从冬至数至一百五日即是，前两日谓之寒食。园林纤锦，堤草铺裀。水绿沙暄，宇宙清淑。东郊缓步，澹荡神怡。

夏

溽暑蒸人，如烘炉铸剑，谁能跃冶。须得清泉万派，茂树千章。古洞含风，阴崖积雪。空中楼阁，四面青山；镜里亭台，两行画鹢。湘帘竹簟，藤枕石床。栩栩然蝶欤？周欤？吾不得而知也。

浴佛

四月初八日，俗传释迦佛生辰，僧尼建会作醮事。

端阳

端阳一曰端午，一曰天中节。是时，赤帝当权，黄梅应午。角黍蒲觞，漫酬景物；兰桡桂楫，笑倚风涛。茜罗映榴火以将然，画扇拂彩丝而并洁。酒酣兴发，俯仰千秋。独醒安在？君其问之水滨。

伏

伏者何也？金气伏藏之候也。秋为金，金畏火，故遇庚日必伏。是时朱明司令，大地几为火宅。吾所取者风亭月榭，环以湖山，笼以竹树。炉烟袅袅，帘影重重。远近荷花，左右图史。河朔风流，碧筒佳趣。陶然一醉，兀然一枕，便是羲皇上人。

秋

金风瑟瑟，红叶萧萧；孤雁排云，寒蛩泣露。良用凄切可爱者，云敛长空，水澄远浦。一片冰轮皎皎碧落间，令人爽然。南楼清啸，东篱畅饮，亦幽人行乐时也。

七夕

七夕之节，牛女佳期。银河清浅，玉露微茫。亘鹊桥于长空，渡天孙于碧落。

闺人乞巧，文士擒词，亦良宵也。

中元

中元，七月十五日也。僧家及世俗或举行之建盂兰会，又道家以为地官赦罪之辰。其说不可诘究要，亦劝善惩恶意耳，从俗可也。

中秋

银蟾皎洁，玉露凄清，四顾人寰，万里一碧。携一二良朋，斗酒淋漓。彩毫纵横，仰问姮娥悔偷灵药否？安得青鸾一只，跨之凭虚远游，直八万顷玻璃中也。

重阳

天高气肃，露重霜浓。砧杵连乎千家，壶觞陈于四座。雁声嘹唳，蟾影凄清。红叶点苍苔，片片残霞落地；黄花泛绿酒，重重蜀锦当筵。龙山落帽，东篱采菊，吾愿与陶征士、孟参军共之。

冬

冬虽隆寒逼人，而梅白松青，妆点春色。又或六花飞絮，满地琼瑶。兽炭生红，蚁酒凝绿。狐裘貂帽，银烛留宾；龙尾兔毫，裁笺觅句。亦佳事也。至如骏马猎平原，孤舟钓浅滩，豪华寂寞，各自有致。

小春

小春初不为节，但古诗云“十月应小春”，言气候暖也。

下元

下元十月十五日也，俗传以为水官解厄之辰。其说不见于经传，道书有之。

冬至

缇室气动，葭管灰飞，日影有一线之长。时节开三阳之首，侵凌雪色，岩梅片片，衔寒漏泄春光；堤柳垂垂，弄影一元复使六琯迎祥。律协黄钟，墨海起云霞之烂；物归玄窍，岁寒高松柏之操。

腊蜡

腊者，猎也，因猎取兽以祭先祖也。腊，祭先祖。蜡，报百神。

除夕

是节儿童嬉笑，老幼团圞。爆竹在庭，桃符在户，柏酒在壶。如天亲无故，埙篪怡怡，亦人生一乐也。

胜地

峰

峰以秀拔插天为佳，须如剑如戟，青入云表，晬色可餐，晴岚欲滴，乃可倚秋空恣眺望也。宜挂海月，宜迎朝霞。宜百雉斜连，宜双虹横亘。宜浮图轩翥，宜楼阁参差。宜振衣绝顶，宜舒啸长空。宜万仞凌天风，宜五更看海日。宜杖藜闲眺，宜卷幔遥观。宜烟中迷翠黛，意淡如无；宜雨后列青萝，色浓似染。

岭

岭亦起伏绵亘为佳，须如卧牛眠象，盘旋上下，平中有突，险中有夷，乃可通鸟道，容人迹也。宜寻樵径，宜吹牧笛。宜连梵宇，宜访山家。宜莎草蒙茸，宜乔松夭矫。宜牛羊散步，宜羽衲闲行。

岩

岩以陡峭奇绝为佳，须如广厦千间，长桥百丈，向人欲落，可望而不可攀，乃可舒眺。宜丛生桂树，宜倒垂藤花。宜绿藓斑斑，宜苍松郁郁。宜猿啼夜月，宜鹤唳秋空。宜扫壁题诗，宜倚栏待月。

崖

崖以傲岸悬耸为佳，须如六鳌戴山，亭亭拱立。上平下峭，平处可罗胡床，峭处可结茅屋。丹泉翠壁，左右映发；古树修篁，远近青葱，乃筑幽境。宜孤榭平临，宜小桥斜跨。宜高僧对语，宜麋鹿群游。宜寒泉脉脉，宜积雪皑皑。

洞

洞以窈窕深邃为佳，须如琼宫瑶室，鬼斧神工。有天然之趣，无雕镂镵削痕，乃可蓄道流栖逸士。宜桃花万株，宜寒云一片。宜围棋，宜藏书。宜辟谷长生，宜忘形趺坐。宜涧水潺潺，宜松风谡谡。宜樵苏作伴，宜猿鹤同群。

峪

峪以闳深森蔚为佳，须如画屏四围，有含蓄，有风气，乃可容村落，生人烟。宜道院，宜僧居。宜鸡犬相闻，宜渔樵结伴。宜枣宜柿，宜橘宜梨。宜良田万顷，宜嘉禾千章。宜避尘嚣，悠悠卒岁；宜毕婚嫁，忽忽忘年。

涧

涧以透迤曲折为佳，须如率然之势，左磐右旋，活泼生动。千态万状，一浅一深，一高一下，乃有余致。宜古松，宜危石。宜细流涓涓，宜清飙飒飒。宜游鲦出没，宜老衲徜徉。宜古刹斜连，宜飞梁跨越。宜夭桃夹岸，宜翠竹干霄。

壑

壑以排空殊荡为佳，须如楚汉鸿沟，划然中断。又如星河九曲，转折多端。又如瞿唐滟滪，吞吐百川。跌落千丈，谽谺礌砢，峥嵘撆攫，乃为奇观。宜巨石，宜怪松。宜长桥飞跨，宜瀑布喧腾。宜虎啸猿啼，宜雷奔电掣。宜秋水汹汹，掀翻铁骑；宜寒烟漠漠，湿透芒鞋。

坡

坡以坦夷迤逦为佳，须如大鹏垂翼，风力渐低，气势渐平。收烟村于履下，落云树于樽前。左右湖山，如几案间物，乃可利屐齿而畅游瞩也。宜狎樵竖，宜牧牛羊。宜细草芊眠，宜白石历乱。宜人家环抱，宜鸟道斜通。

麓

麓以郁葱秀宛为佳，须如天开图画，烟景满前，左右映带，远近逶迤。入山有路，路有人行；住山有村，村有犬吠。林飞鸟影，寺出钟声，乃可豁尘襟，生逸趣也。宜石磴，宜砂田。宜灌木萧森，宜小庄历乱。宜野花满路，宜幽鸟啼春。宜拄杖穿云，宜跨驴觅句。宜入翠微层中，舒眸远眺；宜坐白云影里，枕石高眠。

湖

湖以韶秀平达为佳，须如玻璃万顷，淡然不流。涵烟霏，纳霞景，披襟倚棹，鱼鸟亲人，乃为妙景。宜桂楫，宜画桥。宜白鹭眠沙，宜红妆劝酒。宜渔歌答响，宜蟾影流光。宜柳线千条，宜荷花万柄。宜青帘高挂，宜朱槛斜连。宜镜里开亭，重重帘幕；宜沙边晒网，处处蒹葭。

溪

溪以峻激莹彻为佳，须如匹练曳白，婉转逶迤。天空日皎，沙明水净。鬓眉可鉴，游鱼可数。微风荡之，汩汩而来，声如环珮，乃可助云树之幽，生泉石之胜。宜白石，宜青莎。宜寒云，宜嘉木。宜抱丘阜，宜环烟村。宜泛小舟，宜开幽径。宜白鸥片片，宜绿藻娟娟。

滩

滩以清浅容与为佳，须如堂坳杯水，断续撒落，俨然有泽国之致。宜草阁，宜芦花。宜青莎，宜红蓼。宜钓矶，宜鱼梁。宜雁鸣喧呼，宜蜻蜓上下。

汀

汀以潇洒冷艳为佳，须如汗漫散人游于方外。蝉蜕尘埃，鸿冥烟漠，澹澹楚楚，孤孤介介，自有绝俗遗世之想。宜寒烟，宜衰草。宜长天秋水，宜野鹤闲云。宜款段嘶鸣，宜宾鸿嘹唳。宜山光环翠，宜霞色流丹。

洲

洲以迢递突起为佳，须如龟背出水，外低中高，凹凸相间，乃可泊舟楫，容居民。宜岛屿，宜田庐。宜古刹琳宫，金碧霞际；宜牙樯锦缆，箫鼓烟波。宜天风海涛，宜琪花瑶草。宜白鸥泛泛，宜皓魄依依。宜菡萏香风，袭人衣袖；宜蒹葭积水，湿我芒鞋。

潭

潭以幽深澄定为佳，须如阿房明镜，照人心胆。而渊然之色，又不可窥见底里，乃可蓄异物而兴云雾也。宜古松，宜怪石。宜藏蛟蜃，宜起蛟龙。宜道者趺跏，宜胡僧禹步。宜秋光万顷，宜皓月一轮。

矶

矶以喷溅洁洄为佳，须如吕梁崇竦，飞流激射，挂练散珠，顷刻万状，乃供清玩。宜城郭，宜林丘。宜云帆摩空，宜铁笛裂石。宜古刹，宜浮图。宜水族，宜山精。宜彩笔题诗，宜纶竿垂钓。宜长空片月，宜巨浪千艘。

泉

泉以吞吐汹涌为佳，须如万斛之珠，累累不绝。或出山顶，或出石罅，或出平地。出山者宜漾，出石者宜滴，出地者宜突。宜垂杨，宜光涵虚牖，宜松风潇洒，宜竹韵琮琤。宜挂酒帘，宜晒鱼网。宜汲归茶灶，沸腾雪浪千层；宜引入蔬畦，湿透翠云千顷。

水帘

水帘以森悬玲珑为佳，须如鲛人之馆，冰绡万丈。又如水晶宫阙，清光四射。飞流溅沫，侵人肌骨，尘襟自涤，俗虑自消。宜怪石巉岩，宜老树槎牙。宜猿声啸月，宜蟾影流空。宜高僧，宜孤鹤。宜林烟挂树，宜山翠当轩。

瀑布

瀑布以飞流遥挂为佳，须如银汉倾翻，万丈澎湃。又如高屋建瓴，峻坂走丸，直令观者目眩神摇。宜翠壁丹崖，宜青天碧海。宜高松百尺，宜新月一钩。宜林挂孤亭，高人读《易》；宜苔封幽涧，老鹤梳翎。

岱宗藏稿卷四十八

济南杨梦衮龙光著

清福下

逸人

隐逸

隐逸者，泉石之幽贞、烟霞之高尚也。其人伟，其趣蕴藉而风流。宜丹崖翠壁，宜碧涧苍松。宜苔藓封云，宜藤萝挂月。宜偕道侣，宜混渔蓑。宜对高僧，宜调孤鹤。宜荷锄芸草，宜抱瓮灌园。宜种竹栽花，宜登山临水。宜卷帘待月，宜拄杖穿云。宜古洞围棋，宜寒江垂钓。宜跨瘦蹇寻梅，宜携奚囊觅句。宜焚香静坐，宜弄笔闲题。宜扫榻高眠，宜烹茶清话。

衲子

衲子，鹫岭之隐逸于空者也。其人慧，其趣澹漠。宜岩谷，宜江干。宜云水浮图，宜雨花贝叶。宜池内白莲，宜龛前绛蜡。宜名香一炷，宜清磬数声。宜对月开函，宜临溪洗钵。宜立白云影里，宜行绿树阴中。宜梵呗彻空，泠泠声流天际；宜蒲团入定，寂寂梦谢尘嚣。

羽客

羽客，蓬壶之隐逸于玄者也。其人灵，其趣冲举。宜洞天福地，宜石室瑶台。宜剑气冲霄，宜笙声吹月。宜药炉丹灶，宜羽扇纶巾。宜面带烟霞，宜胸罗星斗。宜卷帘看鹤舞，宜倚岫听猿啼。宜古洞寻仙，宜深林采药。宜藏金书玉检。宜窥绿字丹文。宜楼居，宜云卧。宜乘月弄潺湲，宜御风餐沆瀣。宜栽碧桃红杏，宜迓紫气青牛。

渔

渔以纶竿为业，以烟波为家。其人达，其趣徜徉。宜红蓼岸，宜白苹洲。宜古柳数株，宜孤舟一叶。宜白石齿齿，宜清波粼粼。宜桃花蒸霞，宜芦荻飘雪。宜酒帘遥挂，宜雁阵斜连。宜散发盟鸥，宜柔条穿鲤。

樵

樵以薪木为业，以云壑为家。其人闲，其趣简远。宜烟磴，宜云岩。宜孤村，宜古刹。宜深林茂树，宜曲径悬崖。宜细草披蓑，宜晴岚持斧。宜眠磐石，宜坐浓阴。宜松风奏笙簧，宜涧水鸣环珮。宜村中沽酒，宜谷里行歌。宜翠染芒鞋，宜丹摇枫叶。宜道人对语，宜麋鹿同游。

耕

耕以耒耜为业，以陇亩为家。其人醇，其趣平实。宜村庄，宜篱落。宜桑柘交加，宜川原缭绕。宜陇亩接畛，宜沟渠通津。宜戴月鸣鞭，宜穿云扶耒。宜雨中躯犊，宜花外啼鸠。宜丈人荷筱，宜少妇馈餐。

牧

牧以牛羊为业，以林麓为家。其人适，其趣悠扬。宜高岗断陇，宜斜磴长坡。宜细雨披蓑，宜夕阳吹笛。宜趁丰草长林，宜散芳郊旷野。宜饮清溪曲涧，宜眠暖日轻阴。宜叩角长歌，宜鸣笳遥应。

农

农以桑麻为业，以田野为家。其人朴，其趣欣圌。宜孤村，宜聚落。宜竹篱茅舍，宜花径苔阶。宜桃李满溪，宜桑麻蔽野。宜鸣鸠唤雨，宜黄犊耕云。宜蔬圃桔槔，宜枫林社鼓。宜狎牧竖，宜蓄鸡豚。宜垂鹤发，漫毕天年；宜篘蚁酿，聊嬉化日。

圃

圃以蔬果为业，以丘园为家。其人幽，其趣潇洒。宜负阴抱阳，宜量晴较雨。宜编篱护外，宜结屋居中。宜凿井疏畦，宜荷锄抱瓮。宜朝朝闻辘轳声，宜时时见袯襫影。宜听黄鹂，宜眠芳草。宜柳阴小酌，宜草阁闲凭。宜雨后鸣蛙，宜风前舞蝶。宜高人抱膝，宜佳丽飞觞。

医

医以药饵为业，以市朝为家。其人硕，其趣恬愉。宜琳宫，宜梵宇。宜忘喧寂，宜混仙凡。宜花竹满帘，宜泉石当户。宜四壁古画，宜万卷奇书。宜湖海襟期，宜烟霞骨相。宜深山采药，宜古洞餐霞。宜跨鹤凌风，宜弹琴娱性。宜围棋消永日，宜酌酒终余年。宜济众生，积阴功；宜讲大还，成道果。

卜

卜以阴阳为业，以湖海为家。其人畸，其趣精妙。宜通都大邑，宜古刹名山。宜物外耽玄，宜尘中混迹。宜醇醪自畅，宜秘笈闲观。宜昼日垂帘，宜秋宵秉烛。宜焚香端坐，宜煮茗清谈。宜访异人，宜对道者。宜游情汗漫，宜纵口鸿濛。宜泛星槎，眼底亲逢牛女；宜观海市，个中出没鱼龙。

幽居

墅

墅，别业也。可以养恬，可以避嚣。可以小隐，可以高卧。宜枕林麓，宜带江村。宜田畴鳞次，宜桑柘交加。门前宜池塘，巷口宜寺观。柳阴宜牛，草坡宜羊。竹篱宜犬，茅屋宜鸡。麦陇宜雉，花圃宜莺。晴宜桔槔，雨宜蓑笠。夜宜罾篥，昼宜锄犁。近水宜竹，宜莲，宜蒹葭，宜菱芡；近山宜柿，宜栗，宜橘柚，宜松篁。岗宜牧笛，溪宜渔竿。林宜兔罝，岭宜樵斧。拾穗者叟，携筐者童。荷锄者农，饷馌者妇。宜莺奏簧，宜哇鸣鼓。宜水际蜻蜓款款，宜花上蝴蝶翩翩。宜乳燕衔泥，宜鸣鸠唤雨。宜游丝飞絮，宜鸟语花香。春宜桑陌，夏宜槐阴，秋宜菊篱，冬宜松坞。开筵宜黄鸡白酒，扫地宜红叶青苔。纵步宜藜杖幅巾，游览宜药栏花径。宜听社鼓，宜唱农歌。宜幽人聚首，饮酒赋诗；宜老农晤言，量晴较雨。

园

园须择静地为之。近郊坰，远市廛，车马绝，红尘隔。乃可徜徉于霞外，逍遥于天壤也。宜林霏，宜蝶舞。宜蝉琴晓噪，宜蛙鼓夜鸣。宜楼对青山，宜门临流水。宜草亭散布，宜画阁凭虚。宜彩笔题诗，宜金樽送酒。宜怪石玲珑，倒垂苔藓；宜古松夭矫，高挂藤萝。宜清池涵碧，出没金鳞；宜老树屯阴，掩映玉魄。

亭

亭非胜地不宜，须择爽垲幽绝，郁葱潇洒之处置之。图书几杖、枕簟壶觞，靡所不具始得。宜山巅，宜水际。宜倚绝尘，宜据层崖。宜花圃，宜竹林。上宜覆茅，下宜砌石，宁小勿大，宁卑勿高。宜八面玲珑，宜四檐轩翥。宜重重帘幕，宜曲曲栏干。前后宜凿池养鱼，或置怪石，或横小桥；左右宜疏畦种菜，或编疏篱，或树嘉木。春宜桃柳交映，秋宜兰菊争芳。夏宜荷花万柄，冬宜梅萼一枝。宜披襟当风，宜卷帘看月。宜烹茶扫雪，宜展簟眠云。宜孤坐，宜清谈。宜闲行，宜游览。宜酌酒赋诗，宜围棋弹琴。宜苍苔匝地，宜垂柳成阴。径上宜点点落红，窗外宜层层远翠。宜鸟声断续，宜花影参差。

台

台以便登临，以恣眺望。纵目舒啸，令人有神游八极之想。宜峰峦四面，宜烟树千章。宜披襟当风，宜把酒对月。宜平波展镜，宜飞阁流丹。宜鸟度长空，宜帆归远浦。宜百雉斜连，秋云漠漠；宜寒鸦数点，古木苍苍。

楼

语云："仙人好楼居。"须岧峣轩敞，八面玲珑，舒目披襟，有物外之观、霞表之胜。宜对山，宜临水。宜待月，宜观霞。宜夕阳，宜雪夜。宜岸帻观书，宜倚栏吹笛。宜焚香静坐，宜挥麈清谈。江干宜帆影，林麓宜烟岚。院落宜杨柳，寺观宜松篁。溪边宜渔樵，宜鹭鸶；花前宜娉婷，宜鹦鹉。宜翠雾霏微，宜银河清浅。宜万里无云，长空如洗；宜千林过雨，叠嶂如新。宜高插江天，宜斜连城郭。宜开窗睡海日，宜露顶卧天风。宜啸宜咏，宜终日敲棋；宜酒宜诗，宜清宵对榻。

阁

阁宜于公署、梵宇及书塾花圃处建之，其规制与楼大同小异。阁之为言戊也，宜贮经史，宜供仙佛。宜暮鼓晨钟，宜朝烟夕霭。宜梵呗，宜校雠。宜花月松风，宜天光云影。宜春风把酒，宜秋夜读书。宜雨里卷帘，宜湖边倚槛。宜朱栏挂月，闲吹笛里梅花；宜画栋飞云，斜拥峰头翠黛。

斋

斋欲大雅不俗，须窗棂虚朗，庭院清幽。门无轮蹄，径有花鸟。绝去腥膻，涤除尘垢乃妙。宜图史，宜屏风。宜蓄素琴，宜悬古画。宜列彝鼎，宜设几榻。庭中宜翠竹，池里宜金鳞。阶前宜片片落红，窗下宜粼粼浅碧。宜奇石，宜名花。宜檀香，宜苦茗。宜麈尾清谈，宜蒲团兀坐。宜牙签万卷，静养道心；宜玉磬一声，潜消世虑。

馆

馆欲整洁不嚣，须缭以周垣，隔以重门。华堂密室，幽径方阶，红尘不到，清风徐来乃妙。宜花卉，宜壶觞。宜嘉树夕阳，宜画檐新月。宜银灯歌笑，宜玉尘玄言。宜孤鹤印苍苔，宜山人欹石枕。宜临摹古帖，宜翻阅藏经。

轩

轩欲华敞不湫隘，须帘栊高控，户牖空明。青童侍立，嘉宾杂坐乃妙。宜疏烟，宜新月。宜琪花瑶草，宜银烛锦屏。宜兰麝芬芳，宜星河灿烂。宜镜中翠黛，宜盆里金鳞。

池

池以荡心胸，以涤襟韵。宜白石，宜青莎。宜游鱼数头，宜孤鹤一只。宜芙蓉出水，宜藻荇随波。宜藜杖闲行，宜小桥跨越。

桥

桥能通幽涉险，助湖山之胜，极登临之美。宜跨涧，宜临流。宜朱栏，宜垂柳。宜白石齿齿，宜清波粼粼。宜藻荇平铺，宜蒹葭旁绕。宜看游鱼作队，宜骑瘦蹇寻诗。宜小舟一叶，镜里撑来；宜叠嶂千层，画中飞出。

坊

坊以标胜概以豁吟眸。宜松扉，宜苔径。宜花鸟，宜琴樽。宜嘉木葳蕤，宜名花棻馥。宜片石玲珑，宜疏篱窈窕。宜朝霞射日，宜暮霭凝烟。

篱

篱以分界限以护芳菲。宜霜前菊，宜雪中梅。宜茅屋数椽，宜修篁万个。宜鸡鸣犬吠，宜花落鸟啼。宜席地开樽，宜倚栏觅句。

径

径以通幽境以入深林。宜苍苔，宜白石。宜松篁夹路，宜风月满庭。宜烟罩芒鞋，宜花迷竹杖。宜幽鸟啼春，宜粉蝶舞日。宜求羊韵客，宜燕赵佳人。

石品

石品为庭中磊落奇观。有亭亭者，有累累者。有稜稜者，有噩噩者。有平平者，有突突者。鹘拷虎踞，狮眠虬攫。罗刹胡僧之属，厥状非一。山房得之，殊增嵯峨。宜碧池，宜苍藓。宜虬枝盘曲，宜鸟道斜通。宜烟雨濛濛，宜溪流澹澹。宜松边画阁，宜竹外朱栏。

盆景

盆景为庭中清棻妙品。有笑日者，有萦烟者。有弄风者，有凌霜者。有烂朱霞者，有飞红雨者。云锦天章，绚如国色；琼葩玉蕊，娇若仙娃。山房得之，殊增艳采。宜晴日，宜和风。宜湘帘，宜雕槛。宜层层水石，宜曲曲亭台。宜彩笔题诗，宜金钗劝酒。宜迎风紫燕，宜啭日黄鹂。宜轻暖轻寒，宜乍阴乍霁。宜觥筹交错，香径朋来。宜银烛辉煌，绮筵客醉。

宝玩

琴

琴，雅乐也，借以养性。宜素室，宜闲庭。宜书堂，宜花径。宜幽涧，宜层楼。宜修竹万竿，宜苍松百尺。宜清风明月，宜怪石雕栏。宜焚香，宜调鹤。宜道者高僧，宜幽人韵士。宜正襟危坐，宜屏息敛容。宜云鬟风须，宜霞衣玉佩，宜横膝上，流水泠泠；宜挂壁间，凉飙飒飒。

棋

棋，妙算也，借以销日。宜仙家，宜处士。宜古洞，宜华堂。宜樵者坐观，宜青童侍立。宜茂槐修竹，宜磐石高松。宜涧水潺潺，宜茶烟缕缕。宜避世高人消磨岁月，宜忘怀隐逸涤荡闲愁。

书

书，心画也，借以游艺。宜明窗净几，宜宝笈华笺。宜玉检金函，宜古碑断碣。

宜牙签万卷，宜端石一方。宜醉墨淋漓，宜彩毫飞动。宜鸾翔凤翥，宜雾散云斜。宜扫苍苔，题壁乱走龙蛇；宜展古帖，临摹闲涂蝌蚪。

画

画，清玩也，借以赏心。宜华堂，宜精舍。宜左右图史，宜表里湖山。宜茶灶笔床，宜药栏花径。宜粉壁，宜绮疏。宜高士闲情，宜名人法眼。宜点澹古鼎，宜纵横牙签。宜玉案列珊瑚枝，宜铜瓶插孔雀尾。

笔

笔之属有兔毫、鼠须诸种，要以圆健为主。宜漆几，宜纸窗。宜彩笺，宜锦轴。宜佳人捧砚，弄月吟风；宜才子操觚，雕龙绣虎。

墨

墨之属有麝煤、松烟数种，要以清纯为主。宜玉匣，宜锦囊。宜醉笔淋漓，宜长笺挥洒。宜绢素上点染烟云，宜屏风中图写山水。宜古鼎苍苍，共争翠润；宜香烟馥馥，半杂清棻。

砚

砚之属有端石、龙尾诸种，要以莹润为主。宜华轩，宜精舍。宜明窗净几，宜古鼎名琴。宜高人，宜才士。宜临池涤墨，宜滴露研硃。宜青童翠黛，玉手捧来；宜彩笔花笺，银钩飞动。

纸

纸之属有五色、金花及研光诸笺，要以洁白为主。宜书堂，宜石室。宜花间题咏，宜窗下临摹。宜锦轴牙签，宜琅函宝笈。宜乘闲作小画，云树苍茫；宜遣兴题新诗，珠玑错落。

香

香能清心悦神，畅怀舒啸。宜宝鸭，宜金猊。宜挥麈清谈，宜篝灯夜读。宜红妆窥镜，宜皓月当窗。宜拥高僧，宜对隐逸。宜琼筵醉客，宜珠箔婵娟。宜锦轴牙签，芸荪争馥；宜冰弦玉轸，山水含清。

茶

茶能涤烦去腻，止渴消食。宜精舍，宜云林。宜磁瓶，宜竹灶。宜幽人雅士，宜衲子仙朋。宜永昼清谈，宜寒宵兀坐。宜松月下，宜花鸟间。宜清流白石，宜绿藓苍苔。宜素手汲泉，宜红妆扫雪。宜船头吹火，宜竹里飘烟。

酒

酒能导滞开郁，恬志陶情。宜湖山，宜风月。宜园圃，宜楼台。宜华堂开宴，檀板轻敲；宜旅邸谈心，青帘高挂。宜孤亭载去，宜邻舍赊来。宜泛画船，红妆杂坐；宜登古刹，彩笔清吟。宜红粉当垆，宜银灯销夜。宜消磨岁月，宜笑傲乾坤。宜仙人畅饮，宜侠客悲歌。宜席地开樽，玉颓花下；宜乘春取醉，钟荷林间。

果

果能助道修真，怡神爽口。宜山间，宜林下。宜金盘，宜玉碗。宜锦裀翠幄，宜玉洞瑶台。宜竹篱茅舍，宜花径药栏。宜高僧，宜道侣。宜林风荐爽，翠玉棻芳；宜涧水生香，丹砂烂熳。

帘幔

帘幔为用，凡亭馆楼阁诸处，皆可施之。帘宜用竹，幕宜用布，方称山斋雅趣，至如珠帘绣幕，乃华堂金屋中景色也。此物能避嚣养素，助静生幽。平分草色，斜卷山光。紫燕飞飞，几度寻泥衔画栋；银蟾皎皎，数番流影上金钩。霏微杨柳风来，隐约芙蓉面隔。施之素室，聊障轻寒；闭以重门，漫消永日。

屏风

屏风不必绢素，当以纸为之。或图山水树石，或图禽鱼花鸟。或作行书及八分数行，或书古圣贤格言。可作箴铭者粘置其上，朝夕观省，殊为有益。忌在青画及一切俗笔。

帐幔

帐幔本床笫之具，或斗室中，壁间亦可施之。又楼阁轩窗，或垂之障红尘，卷之看青嶂，亦不可少。宜用素纱及月白绢，画秋水芙蓉及梅花、芦雁之属乃佳。至于销金流苏，乃闺闱中物，不宜用之山斋。

床

床有石床、绳床、藤床数种。石取其清，绳取其软，藤取其凉。复有匡床，匡者，安也。榻以木为之，狭而卑，盖凳之属。山斋昼永，偃仰北窗，二物固不可缺。

枕簟

绿阴清昼，高卧北窗。羲皇上人，华胥乐园，惟意所适，至于花间月出，松下风来，意致萧然。二物真为快活，宜择其妙者用之。

裀席

近有用芦花为裀者，冬月温软，坐卧皆宜。席有苇蒲二种，苇宜夏，蒲宜冬，皆山斋所不可少者。

衾裯

衾裯固不期侈丽，但俭素亦宜得中。好事者或以楮为之，殊不为雅。布，素可也。

漆几

净室之中，明窗之下，宜设漆几数张。上置古书佳帖、端砚彩笺，闲来开卷，兴到挥毫。一切俗物如算子、账簿之类俱当屏绝。惟是四壁图书，一庭花草，互相映发乃妙。

藜杖

杖，老人所需，然山人济胜，田夫荷篠。又如苔径花阴，香阶玉砌，缓步敲诗，闲行访友，峰头踏月，谷里穿云，俱于是乎有取。

蒲园

应酬之暇，人事屏绝。门无投刺，庭有落花。宜击清磬数声，焚好香一片。静坐一晌，潜消俗虑。

香炉

香炉，古铜者佳。形制须苍奇朴雅，可供几案之玩。

古镜

此物佳者如寒潭秋月，可正衣冠，可鉴须眉。可察气色，可屏妖邪。修洁之士固不可一日少此。

画扇

扇以锤金面为佳，上图山水及草书可供清玩者上也。花卉、虫鱼、人物及八分真楷次之。至如纨扇撒金之属，俱非山斋所宜。

宝剑

悲啸之余，醉吟之顷，宜启匣取干将叩之。觉双龙飞动，紫气干霄，壮气勃勃。或置膝上斗文隐起，芙蓉错落。山魈木魅，缩首屏迹，亦山斋之雄也。

芳丛

牡丹

牡丹以丽胜，取其姿。宜玉楼金屋，宜宝扇银瓶。宜檀板瑶华，宜朱帘翠黛。宜白鼻騧，宜紫绿障。宜丹青图书，宜绀绿鼎彝。宜才子飞觞，宜佳人度曲。

芍药

芍药以芳胜，取其丰。宜亭台，宜池沼。宜雕槛，宜纱窗。宜彩笺，宜金钿。宜修篁缥缈，宜怪石嶙峋。宜旭日争妍，宜清波照影。

海棠

海棠以艳胜，取其晕。宜玉砌，宜雕楹。宜凭栏，宜欹枕。宜烧银烛，宜障碧纱。宜临晚风，宜沾微雨。宜朱颜半醉，宜翠黛新妆。

莲

莲以鲜胜，取其肤。宜亭榭，宜池塘。宜朱栏，宜碧柳。宜香风喷麝，宜晓露擎珠。宜画鹢凌空，宜红妆照水，宜晴云开霁，宜晚色澄秋。

石榴

石榴以娇胜，取其色。宜绿苔，宜粉壁。宜红裙劝酒，宜画簟纳凉。宜纤态临风，宜落英满地。宜胭脂点点，宜翡翠娟娟。

兰

兰以幽胜，取其品。宜深谷，宜长林。宜皓月清飔，宜笺霞疏雨。宜岩边舒啸，宜泽畔行吟。宜匣剑冲星，宜囊琴对月。

菊

菊以介胜，取其操。宜疏篱，宜幽径。宜蔬圃，宜书斋。宜玉斝餐英，宜琼杯泛蕊。宜白衣送酒，宜彩笔题诗。宜高人隐士，啸傲林皋；宜候雁寒蛩，缤纷檐际。

桂

桂以香胜，取其韫。宜寒岩，宜幽洞。宜僧家道院，宜书幌黉宫。宜皓魄一轮，宜清风四座。宜潺湲流水，宜窈窕孤峰。宜羽衲清吟，身依月窟；宜婵娟徐步，袖带天香。

木芙蓉

芙蓉以闲胜，取其襟。宜寒江，宜秋水。宜双鸿遥去，宜百雉斜连。宜孤剑萧萧，宜扁舟渺渺。宜幽人骚首，宜啼鸟悲吟。宜天际凉飙，宜长空片月。宜芦花映白，宜枫叶摇丹。

梅

梅以清胜，取其标，宜微云，宜疏烟。宜晚霞，宜新月。宜初霁，宜薄寒。宜溪边，宜桥畔。宜翠壁，宜寒崖。宜幽窗，宜怪石。宜翠竹，宜长松。宜疏篱，宜曲径。宜孤鹤，宜珍禽。宜铜瓶，宜纸帐。宜林间吹笛，宜膝上横琴。宜姜女淡妆，宜幽人独啸。

松

松以苍胜，取其骨。宜绝壁，宜平岩。宜曲涧粼粼，宜寒烟漠漠。宜巢白鹤，宜挂青萝。宜近亭台，宜邻池沼。宜怪石一片，宜修竹万竿。宜对月操琴，宜临风吹笛。

竹

竹以冷胜，取其韵。宜岩畔，宜江干。宜书堂，宜僧舍。宜磐石，宜苍苔。宜曲槛回环，宜孤峰窈窕，宜临风敲玉，宜对月筛金。宜围棋，宜烹茗。宜酌酒，宜弹琴。宜白昼焚香，宜青天卷幔。宜流水潺湲，凑成清响；宜寒烟缥缈，屏绝红尘。

槐

槐以密胜，取其荫。宜空庭，宜粉署。宜柴门昼永，万籁无声；宜苔径凉生，一尘不到。宜细雨，宜浓阴。宜夏月围棋，宜秋宵展簟。宜黄花点地，杂衬绿阴；宜翠幄依窗，闲销白日。宜婆娑自得，青虫对悬；宜萧散无拘，红妆露坐。

柳

柳以柔胜，取其态。宜青琐，宜御沟。宜长堤，宜广陌。宜小桥流水，宜曲槛雕栏。宜墙里秋千，宜湖边舴艋。宜鸥渚，宜渔矶。宜百啭流莺，宜两行画鹢。宜柔条赠别，宜清荫征歌。宜翠黛颦眉，宜金波流影。宜春风嘶宝马，宜秋日噪寒蝉。宜高阁凌空，千峰入座；宜孤亭临水，四面开窗。

桃

桃以冶胜，取其靥。宜玉洞，宜琼楼。宜墙头，宜溪畔。宜渡口，宜山阿。宜小园，宜别墅。宜丽日蒸朱霞，宜轻风绛落雪。宜金钗席地，粉面映红；宜绮席飞觞，琼浆泛绿。

杏

杏以繁胜，取其华。宜丘樊，宜林圃。宜屋角，宜墙头。宜疏篱，宜小疃。宜紫陌，宜玉楼。宜斜阳，宜疏雨。宜王孙芳草，宜游妓朱轮。宜孤村酒帘，宜远浦牧雷。宜横欹粉壁，宜斜插铜瓶。宜翠黛红妆，低徊幽径；宜金鞭玉勒，游赏芳郊。

桐

桐以特胜，取其干。宜高岗，宜旭日。宜金井，宜瑶阶。宜天汉长河，宜掖庭疏雨。宜九苞丹凤，宜一片银蟾。

枫

枫以晚胜，取其致。宜深谷，宜寒江。宜招提，宜舴艋。宜孤鸿嘹唳，宜青女凄凉。宜羁客独行，宜渔舟晚泊。宜夜月啼猿，宜夕阳翻鸿。宜红叶摇秋风，宜白云抱幽石。

珍禽

鹤

烟霞骨相，林壑风姿。宜孤琴，宜老衲。宜闲云，宜霁月。宜霞外，宜秋空。宜丹丘，宜碧海。宜鸣九皋，宜巢孤松。宜苔阶，宜石径。宜亭台，宜水竹。高人作伴，当以此物为第一。

雕

青山独坐，白云依依，逸韵闲情，林峦间不可无此物。

鸥

悠悠泛泛，烟水徜徉。宜晴日，宜寒云。宜碧石，宜清波。宜狎纶竿，宜依钓艇。宜忘机叟，宜素心人。

鹭

风格孤高，性情闲适。宜斜风细雨，宜白石清泉。宜蓼花滩头，宜芦荻洲上。宜诗客，宜渔翁。宜小舟一叶，宜垂柳数株。宜点秋江，飞来白雪；宜冲空碧，横带明星。

莺

宜春风城郭，宜晴日园林。宜幽闺，宜上苑。宜朱楼翠阁，宜茂树垂杨。宜柳外关关，宜花间簇簇。宜游客，宜佳人。宜宝马香车，宜珠帘绣户。宜金罍把酒，宜彩笔题诗。

燕

宜池塘，宜帘幔。宜藻井，宜雕梁。宜落花游丝，宜清风晴日。宜小桥流水，宜檀板金樽。宜点轻波，宜栖画栋。宜营旧垒，宜衔香泥。宜双双来往，低扑飞虫；宜对对呢喃，闲依闺秀。

鸦

流水孤村，斜阳古木，颇与此物相宜。又或飞带白云，啼残晓月。暮烟伴衲子归来，曙色惊羁人梦觉。至大雪之中，老柳扶疏，孤舟缥缈，数点飞翔，栖栖不定，尤如图画中景色。

鹊

宜暖日，宜轻风。宜画檐，宜翠柳。宜宴会，宜笑谭。宜占行人，宜报佳客。

鸠

春雨既足，日霁天晴。林端屋角，声声布谷。山居之士得此愈增幽胜。

雀

檐际花间颇宜。此物至柴门半掩，苔径无人。或孤亭高树之中，鸣声上下，终日啁啾，噪暖弄晴，愈喧愈寂。

鸡

宜场圃，宜篱落。宜巷陌，宜山窗。宜仙家，宜田叟。至树颠夜宿，茅舍晨鸣，尤助幽人韵致。

雉

雉，耿介文明，古人号为华虫，登之章服。宜麦陇，宜桑田。宜霁日园林，宜深春阡陌。妆点春工，景色无尽。

凫

凫，水鸭也。宜亭边，宜花外。宜渊渚，宜池塘。宜朱栏，宜画舫。宜清波澄碧，宜嫩柳拖黄。

雁

宜长空，宜远浦。宜檐外，宜楼头。宜洲汀浦云，宜关山片月。宜千家砧杵，迢递秋声；宜十里蒹葭，凄其霜色。

鹦鹉

鹦鹉，闺阁中玩也，其为物以慧胜。而其色纤媚不清，舌虽巧，其如笼中何？画楼之前或有取焉，山斋不宜也。

鸳鸯

池塘洲渚之间，鸥鹭其最高者已。如杂一二纤艳之物，浓澹相参，素绚互出，亦自有致。

鹿

丰草长林之间，云卧溪饮，寿数百岁者莫如鹿。古来幽人隐士多与同游。

猿

猿与猴是二种，猿善啸多寿，古人与鹤并称。宜秋山，宜夜月。宜烟雾，宜泉石。宜花果，宜松萝。宜高僧，宜隐逸。诚幽居之侣，而深林之俦也。

牛

宜垄亩，宜池塘。宜柳阴，宜郊外。宜苔径，宜柴扉。宜逶迤远坡，宜咀嚼丰草。宜卧月，宜耕云。宜农蓑，宜牧笛。宜挂书漫读，宜叩角长歌。

羊

盘旋长堤，妆点芳草。宜林麓，宜山坡。宜穿樵径，宜逐牛群。宜细细青莎，宜累累白石。宜村童野叟，宜麦陇桑田。宜春风，宜秋日。宜临风弄笛，宜薄暮鸣笳。

马

宜芳草，宜画桥。宜青郊，宜紫陌。宜侠少，宜佳人。宜玉勒联翩，宜金羁蹀躞。至如流水孤村，囊琴匣剑，更自萧然。

驴

宜山扉，宜溪涧。宜风雪长桥，宜烟霞幽径。宜田间访友，宜林外寻僧。宜缓辔敲诗，宜携瓶沽酒。

犬

宜红叶苍苔，宜白云绿树。宜吠柴门，宜眠篱落。宜仙家石磴，宜僧舍岩扉。

猫

宜画阁，宜绣裀。宜衬珠翠浓妆，宜伴蒲团寂寞。宜花阴闲卧，宜苔砌嬉游。

鱼

清泉白石，小桥流水得为佳。花坞书斋，尤宜蓄之。

蛙

蛙与虾蟆自是二物，青色者为蛙，今呼田鸡者是也。此物在池塘间，清风明月，绿苔碧草，堪作幽人两部鼓吹。

蜂

日丽风和，花香鸟语，游蜂采蕊，春色掠人。园林别业不可无此光景。

蝶

宜花溪，宜蔬圃。宜竹篱茅舍，宜幽径香阶。宜檀板金樽，宜舞衣歌扇。

蝉

吸露吟风，如歌如啸。深林茂树之中，有此更觉幽静。

萤

草际苔阶，寒宵永巷。高高下下，闪闪烁烁，颇堪点缀幽居。

蟋蟀

蟋蟀一曰莎鸡，一曰络纬，一曰促织。哀响幽怀，良宵颇自动人。

蜻蜓

宜水湄，宜花际。宜微风冉冉，宜斜日依依。宜红蓼滩头，宜绿杨树下。

岱宗藏稿卷四十九

济南杨梦衮龙光著

清史

清赏

丽日　和风
佳月　闲云
清昼　清宵
日长如小年　夕阳
秋空　银河清浅
彩霞　疏星
清霜　霁雪
花露　翠雾染衣
烟深楼阁隐如无　蟏蛸
雨中春树万人家　伏雨洗凡嚣
清秋细雨　雨歇南山积翠来

清景

山色　湖光
烟岚　林霏
洞天福地　翠微
云林　招提
云树绕堤沙　泽国
百花洲　松风涧水
修竹茂林　山居
江村　湖干
水天一色　深林樵径

远浦渔灯　清泉白日
小桥流水　湖心亭
海市　长江帆影
瀑布　水帘洞

清韵

秋空鹤唳　梵呗
步虚声　清砧
烟波中欸乃声　夜月猿啼
空谷樵歌　蝉噪林愈静
云林中隐隐木鱼声
膝上按丝桐　倚楼吹玉笛
江上铁笛　牛背横笛
月下笙　流水长松下敲棋声
玉楼品箫　月下箜篌
山寺疏钟　禅林清磬
宝塔金铃　画檐铁马
竹韵琮琤　疏松隔水奏笙簧
芦苇上水鸟嘈杂声
山禽啁啾　草虫嘤嘤
雨滴空阶　雨洒窗棂
泉声漱玉　曲涧潺湲
煎茶声　夜雨萧萧打叶声

清部

风亭　月榭
云零　雪坡
烟渚　霞汀
虹桥　霜林
水阁　海日楼
松关　兰畹
�房　水竹居

花坞　锦浪堤桃花
杏花村　香雪林梅
薜荔墙　花茵
苔阶　柴扉
草堂　茅亭
藕花洲　杜若洲
芙蓉渚　杨柳岸
红蓼滩　青萝馆
金粟岭桂　鹤皋
鹿柴　猿岩
鸥沙　渔矶
绣佛斋　羽衣轩
鲛人馆　丹房
啸台　钓艇
山斋　精舍
小院回廊　池塘
疏篱　幽径
小园　曲巷
投老庵

清供

奇石　盆鱼
蒲石盆　明窗净几
疏帘　素屏
石枕　绳床
木榻　梅花纸帐
芦花被　蒲团
隐囊　书灯
博山香炉　花瓶
古琴　楸枰
法帖　古画
端石砚　微墨
丹铅　彩毫

五色花笺　画扇
印章　笔床
茶灶　药囊
牙签万卷　玉镇纸
水注　道服
筇竹杖　纶巾
鹤氅　芒鞋
玉麈　铁如意
拂尘　椰瓢
古镜　宝剑
古钟磬　宜兴罐
胆瓶　古鼎
古樽罍　古碑

清览

《道德经》《庄》《列》《离骚》《楞严》《左》《国》《史》《汉》、陶渊明、韦苏州、李杜、韩柳、六一居士、苏长公、李崆峒、何大复、《白雪楼集》《弇州山人四部稿》《大函集》《冯北海集》《谷城山馆》《白苏斋》、袁中郎、《玉壶冰》《卧游录》《霞外杂俎》《高士传》《高僧传》《琴谱》《鹤经》《茶经》《山水记》《花木志》《农书》《医书》。

清棻

兰蕙　菊
桂　松月生夜凉
梅月双清　怪石丛竹
茉莉　栀子
水仙　山礬
秋水芙蓉　水边夜合花
玉簪　丁香
瑞香　石竹
蔷薇　酴醾
木槿　葵

宜男　洛阳牡丹
广陵芍药　银烛看海棠
五月榴花照眼明　漠漠花生渚莲
山茶　秋月蒹葭
藤萝　薜荔
芭蕉 梧桐
霜林红叶　枫叶芦花
梨花一枝春带雨　夭桃
墙头红杏　濯濯月中柳
落红满地　垂杨
槐阴　草色入帘青
苍苔

清盟

卷帘看鹤舞　沙鸥
流莺　紫燕
仙家犬吠白云间　平沙落雁
春深布谷　檐间喜鹊
斜风细雨中鹭鸶　池鹅
深林啄木　池塘睡鸭
柳阴黄犊　夜猿
林麓　芳草坡上羊
溪桥风雪中瘦蹇　池塘青草蛙
盆池金鳞　点水蜻蜓
花间蝶　流萤
柳阴蝉　草虫

清事

烹茗　焚香
调鹤　读《易》
围棋　鼓琴
观画　临帖

洗砚　试墨
藏笺　挥毫
博古　编摩
著述　赏鉴
扫径　卷幔
倚楼　杖藜
叠石　编篱
引泉　浚沼
凭栏　掩扉
攲枕　席地
步屧　岸帻
舒啸　觅句
清谈　小酌
疏灯　淡妆
问奇　结社
参禅　入道
栖岩　漱流
结茅　班荆
修禊　避暑
登高　围炉
弄月　吟风
眠云　赏雪
栽花　种竹
灌蔬　摘果
放擢　跨蹇
抱膝　挥麈
采药　勘方
翻经　看箓
阅耕　抱瓮
垂钓　负薪
寻幽　访友
招隐　学仙
驯鹿　畜鱼
狎鸥　听莺

清福

天下大平　骨肉无恙
无妒妻悍婢　无阋墙兄弟
儿女成立　有良朋
僮仆驯谨　公私无逋负
花月时体健　见机
早乞骸骨　耕田凿井
葛巾野服　美景良臣一觞一咏
知足知止　个中得趣
罢参谒逢迎　微醺
清吟　高眠
散步　习静
尚简　行素
率真勿矫　甘贫
崇雅勿俗　抱朴勿浮
守拙勿巧　养晦勿露
适志　愿生
无竞　息辩
忍事　忘怨
逃名　惜福
放生　戒杀
门外无车马衣冠客
知己对酌　对高僧谈禅
登楼闲眺　遗世旷怀
委蛇　振衣千仞岗，濯足万里流
野航恰受两三人　不入城府，不扰公庭
不看除目　不通贵人书
不问世人升沉事　不立异行险
不积阿堵物　不营第宅田产
凡事无贪心羡心　不爱一切珍奇异物
置毁誉是非不校　平忿怒
息躁竞　啬精摄气葆神
亲旧过从，终日谈笑

大风、大寒、大暑、大雨雪不出门

山水徜徉　乐天知命

饮啖随意不强饮　兴到题咏不苦吟

不作应酬诗文　炎蒸不见生客

遗弃富贵功名 出樊笼解缠缚

青鸟家言、房中术及服食、烧炼、点化、祈祷、斋醮，邪魔外道诸妄诞不经事，俱斥黜不道

澹漠寡营　修短听天

屏巫觋及三婆六妇

亲近好人　成就人间好事

助婚葬　赈贫

恤孤　养老

施药　拔滞

洗冤　睦族

训子　扬人善

提絜后进　旌节孝

置义田　营菟裘

阴德　善终

岱宗藏稿卷五十

济南杨梦衮龙光著

山居纂[1]

往余为诸生，频习静长白山中。山有醴泉寺，是范文正公读书处也。学士大夫争相慕之，结社其中。而冲举以去者后先踵相接，山灵之助居多焉。余曩欲草一志志此山，未遑。今闲中，忆山居之胜，聊纂其大都，得三十二则。与岩居者共，亦以见余之不敢传舍乎此山。贮一篇于斋头，庶几宗少文卧游云尔。

天启元年辛酉季秋，长白山人漫题。

看云

《志》曰："长白山者，以云气长白，故名此。"亦不暇深考。但天欲雨，则云辄从石罅中出，蒸蒸然似釜中气。顷之弥弥漫峰岫间，山失全体矣。余尝问老僧云："此雨兆乎？"曰："雨者多闻，亦否验之。"良然。当氤氲袅动之际，如白绵万片，手可捉取，衣袖皆湿，杖履可穿，真奇观也。

餐霞

长白有高峰二，曰凤凰、会仙。日初出时，则霞光射绝壁之上，秀色可餐。至夕阳返照，晚霞散绮，紫翠万状，眩人目睛。语曰："流霞亘空，泉石若绘。"长白有之。

眺月

子美诗云："四更山吐月。"说者以为妙，有画意。一冰轮耳，挂之松岭萝磴之间，别有一段清景。余尝过同辈斋头，见山色环绕，辄以手东指曰："月

① 底本此条下有"计三十二条"。

出东山之上。”复以手西指曰：“西山朝来，大有爽气。”坐客首肯。此亦长白实录也。

对雪

峰头削玉，岩谷飞琼。开窗四顾，何殊与姑射仙人坐对耶？往年吾里中范生，冬月入此山，使两苍头挽车载酒脯以上。时大雪深尺许，蹊径素绝，车枳崖谷间，不可行，苍头苦之。范生为余道其状，予曰：“车轮之摧不足言可惜，踏碎琼瑶万片耳。”

转石

余尝拉友四五人闲行，每造山巅。巅有石可斗大者甚多，同辈辄转石为戏。有老衲莲宝池者，脱帽露顶，着短后衣，两手取大石，向悬崖间掷下。石飞舞半天落涧谷，有声如雷，至平坡犹走数百步而后止。樵人皆奔避不遑，众哄然以为笑乐。远而望之，宝池若猴子弄丸千仞之上，余不觉为之绝倒。

疏泉

有泉迤逦自南来，至悬崖间，泉或不通。僧横置石槽其上，如古人剖竹引泉之法。春来山溜泠泠，穿范文正公祠而北。僧家有为圃者，任意引之。此最宜凿池栽花，而诸衲皆俗甚，一派清流，置之无用，山灵应是笑人。

汲涧

寺之西，涧水潺潺，大旱不涸，味甘冽，可烹茶。涧中石累累不可计，无纤尘侵水。水底藻荇皆纯绿，游鱼历历可数。僧家汲之，日饭甘露醍醐而不自知也。吾辈两手掬来，便自可饮，不须由瓢也。至濯足洗耳，无事不佳。涧有小蟹，可捉取佐酒。

观涛

夏秋之交，大雨歇则诸山之水汇为巨浸，澎湃汹涌，建瓴而下。此时宜向西涧扶杖，往观浊浪奔腾。广陵八月之涛，仿佛可想。

采药

兹山药材最多，殆数十种有奇。而寺僧绝懒，不复采取，真可惜也。莲宝池说往日有一山氓，每年撷而售于医家，得数十金。此氓别无生计，赖此糊口，以此终身。古人有掘枸杞而仙，服菖蒲而寿者，岂曰小补？余尝取苍术柏叶烧之，香满一室，此身如坐天台雁荡间也。

斫柴

山柴之价甚廉，吾辈山居所可易办者此耳。秋来扫叶煮酒，尤是雅事。

收茶

长白不产茶，而石上有花，作碧绿色，一名石衣，盖雨余湿热之气所结。扫下用水净洗，淘去土气，烹泉点之，色如金，性冷去痰。今蒙茶亦此类也。

伐木

山有白杨之属，往往参天。此木最直，吾辈欲构数椽，不患无所取材。往往见樵者腰斧入翠微中，丁丁之声，传空谷间，尤是山中妙景。

礼佛

醴泉之刹，说者以为创自志公。今殿东有古碑，剥落不甚可读。其上诸檀越氏，皆唐人也。僧家亦多供佛，吾辈旦晚听钟磬悠悠出藤萝间，六根清净，五蕴皆空，恍然如与天竺古先生游也。

携僧

醴泉之僧苦无通内典及晓诗词者，但人人俱好米汁。吾辈或小酌，或闲行，不可无此辈。一两人参其中，纵乏风雅，亦助幽意，是亦东坡佛印之遗躅也。

访樵

山居所偶者，非老衲则樵人耳。天气晴明，出门纵步，宜于幽径之间，踌躇邂逅，闲谈半日，胜似长安道中与辇上贵人磬折也。

牧羊

长白饶水草，宜牧。每见童子操箠，驱群羊历历过高岭之上，如柳絮乱滚，真可入画。牛体痴重，稍不便于崎岖。或登悬崖，进退维谷。忽拉然若崩石，须臾齑粉矣。闻之牧人云，牛失足坠悬崖，四蹄拘挛如猬，他畜则不然。

赏花

山中无名花，颇多桃李耳，春来胜开，漫若丹霞。藤花亦艳。至山葩野卉，满谷生香，惜不知名耳。吾辈几上置胆瓶一枚，撷取数枝插瓶中，亦自嫣然。

藉草

山中细软之茵，到处而是。信步行，随意坐，罗景纶所谓“与麋鹿偃息于丰草长林间”，不复知人世有车尘马足之扰扰矣。

抱琴

长松流水之间，风清月白，宜抱琴坐磐石上，弹一两曲。山空人静，幽响泠泠，天籁之鸣，应不过此。

沽酒

空山清寂，须得村酿数家，小径深林之中，青帘高挂，不惟破愁，兼以点景。昔人诗有云：“自携瓶去沽村酒，却着衫来做主人。”真是妙事。

灌园

寺僧慵而掘，不善为圃。如择地一方，周遭筑短垣，中构草亭，栽松柏数株。而以野叟抱瓮其间，不惟烹葵煎韭，可供幽人之餐。而青翠满眼，生意盎然。倚杖而立，山色当轩，水声绕槛，金谷兰亭，何足道哉？

种田

山田瘠确然，高下层层，兼以树石之胜，颇有画意。每见老农及衲子荷篠负耒，朝夕往来林麓间，未尝不遐想乎武陵桃花源也。

叠墙

山家多叠石为垣，结茅其中，此自是幽居之胜。如更得疏帘挂月，曲槛栽花，构小楼一间，缥缈空翠间，便可作平地神仙矣。

构亭

此山胜地最多，可亭可台，而卒寥寥无一。撷奇揽秀者，非惟厄于贫。或亦高人少耳。东崖旧有亭盖，王明府所建，今废而址尚在。余意欲择诸岭及林麓幽绝处，结一十大亭，四面轩敞，杯邀夕月，帘卷朝霞。岩居川观之士，或亦有取焉。

翻经

佛书中有解脱处，众生缠缚于恩爱利名之中，如蚕作茧，终无出头处。佛氏无生，业已无生，有何缠缚？众生如不恋躯壳，不恋妻子，不恋财帛，澹然于天地之间，谁能为我桎梏者？即此是佛。佛，西方圣人也，大慈大悲，故不惮谆恳，为十方说法。山居清闲，爇檀旃，开贝叶，亦苦海之津筏也。

参禅

山中作一小室，内悬古钟磬，供古铜佛一樽。地下置一蒲团，倦时或趺坐少时。焚好香数片，冥心息虑，此亦吾辈入道之渐。

题诗

长白饶峰岭林麓之胜，松风涧水之清，佛刹僧居之幽，烟岚云雾之幻。闲中得句，其可入奚囊者何限。若能刻画风月，啸傲林丘，犹胜仆仆长安道中作应酬诗文耳。

榻碑

文正公祠四壁多题咏，虽冗杂不堪，间亦有佳句。又多碑文，寺僧亦有工榻者，闲时榻数本，遗好事者。或存巾笥，不然渐就剥蚀可惜。

弄笛

衲子虽不通内典，却能弄笛。而以笙箫间之，笛声最高，真有裂石之响。僧雏初学曲者，临风三弄，断续于烟岚林木之中。山空人静，尘世之嚣，邈然隔绝，可谓仙境。诸衲又有善《海青拿天鹅》之曲者，余尝清夜邀其一奏。其初有声寥寥，若孤鸣者，已又嘈嘈若群鸣者。辄又孤鸣，辄又群鸣，如此数次，声渐多渐急。俄而参差历乱，作惊飞状。亡何，扑剌崩奔，若扼吭洒血于霄汉间者。余不觉为之倾听，曲终击节者久之。

晒衲

宋人诗有“破衲遥以挂树猿”之句，前辈亦有云：“松梢零落飘金粉，童子枝头晒衲衣。”此亦招提幽事也。

弈棋

古称烂柯之事，虽或出附会，亦足见仙家之所以销日月者。山中磐石，到处有之。老树浓阴，团团覆羃。若得一二闲人，终日坐隐，何让橘中之乐。

断齑

文正公断齑，本是贫儒常事，而千古辄为美谈。物以人重，此亦齑之遭也。余尝使宝池上人撷而烹之，细软可啖，得名不虚耳。文正公曾为作赋曰：“陶家甓内，腌成碧绿青黄；措大口中，嚼出宫商角徵。”虽戏言，亦实录也。

附录一　杨梦衮简谱

万历二年（1574）甲戌　一岁

杨梦衮，字龙光，一字国华，号岱宗，又自号长白山人、长白居士、长白山樵。生于济南府青城县（治今山东省淄博市高青县青城镇）徐霞寨。

曾祖廷相（？—1548），字国卿，别号忠轩，又号养浩子。正德己卯（1519）举人，官至河南怀庆府同知，有官声。

乾隆《怀庆府志》："杨廷相，青城人，举人，（嘉靖）二十年任。"民国《青城续修县志》："杨廷湘[1]，己卯举人，授汉中府通判。清而有执……民为立生祠。升怀庆府同知，审编均役，多惠政。比挂冠归，终日手一编，澹如也。祀乡贤。以梦衮贵，赠工部尚书。"《明奉政大夫河南怀庆府同知曾祖考杨公忠轩先生行状》："公讳廷相，字国卿，别号忠轩，又一号养浩子。世为济南之青城人。"《祖考乾泉公暨祖妣孟氏行状》："怀庆君谢政而东。嘉靖戊申，不禄。"

祖永祉（1524—1587），字伯嘏，号乾泉，又号云斋。曾于会亭、茌山等地任小吏。

《祖考乾泉公暨祖妣孟氏行状》："大父既失怙，操家秉势，不得篝灯，遂纳赀臬司，乘传驰四方者数十年。已倦游，坚不出，劝之不可，则强之，始首肯如铨部云。万历辛巳，授会亭置陲使者。无何，太夫人张讣闻，扶服归。甲申，服除，再授茌山。茌故子午孔道，辇上贵人则时时軫相接。大父其具牛酒郊迎，宾至如归。邑大夫王公国弼问知家世，善遇之。及王擢侍御去，数自都下寓书相起居。居三年，迁鲁藩广资库大使，病未赴……大父讳永祉，字伯嘏，别号乾泉，有一号云斋。先大母卒，卒时六十四岁，万历丁亥四月二十五日也，诞辰则嘉靖甲申四月二十一日。"

父余庆（1548—1604），曾名子桂，字衍甫，号裕庵，增生，未仕。

《先考裕庵公行状》："先严讳余庆，字衍甫，别号裕庵……少从王绩泉先生受《尚书》，出游辄负笈从之。隆庆己巳，补博士弟子员，结社里中，刻意制举义。万历丙子应省试。己卯补增生，再应省试。困阳九不遇也……不讳夕万历甲辰正月十二日也，距生于嘉靖戊申八月二十八日，得年五十有七。"《与于泰老》："讳子桂者，即先君，后改名。"

---

① 湘，应作"相"。

母刘氏（1553—1620），邑人刘震亨女。

《先慈行状》：“先慈姓刘氏，享年六十八岁，处士震亨女。及笄适先君。先君治博士家言，补增生，屡困场屋。先慈纺绩佐灯火。后先君志竟不遂。先慈又转而课不肖，殷殷如农之望岁焉。”

妻王氏（1589—1626），邑诸生王继周之女。

《明赠诰一品夫人亡妻王氏墓志铭》：“一品夫人王氏者，削籍尚书杨梦衮妻也。不肖衮十七岁为诸生，弱冠犹未婚也。邑中故家温饱者，见贫士则望望去之。先君为之择配，迟之数年，乃得夫人。父曰：‘继周，邑诸生，早卒，母孟氏爽而贤。’夫人十四而归余，攻苦食淡，事其舅姑。舅卒，与其姑形影相吊也”。

妾于氏，生卒年不详。

乾隆《重修青城县志》：“国朝于氏，杨司空梦衮妾，年十七归司空。历十余年，司空没，氏苦节自守，日诵《法华》诸经。历三十余年，六十五卒。”

按：康熙《武定府志》作王氏，当与正妻王氏混淆。

万历十一年（1583）癸未　十岁

三月二十三日，妻王氏出生。

《明赠诰一品夫人亡妻王氏墓志铭》：“夫人生于万历十一年三月二十三日。”

万历十五年（1587）丁亥　十四岁

四月二十五日，祖父永祉赴任茌山，不久去世。

《祖考乾泉公暨祖妣孟氏行状》：“卒时六十四岁，万历丁亥四月二十五日也。”

万历十七年（1589）己丑　十六岁

正月二十日，同父余庆奉祖父永祉灵柩卜葬。

《祖考乾泉公暨祖妣孟氏行状》：“先君及不肖以万历己丑九月二十九日葬大父于城北之新茔。”

万历二十二年（1594）甲午　二十一岁

秋，应试历下。读王世贞、李攀龙文集，自此倾心古文辞。

《岱宗藏稿自序一》：“弱冠，甲午秋，应试历下。坐书肆中，偶见《弇州山人四部稿》……于是复购于鳞集读之……余执鞭一念，终不肯移。”

同范经济交游始于本年。

《祭兰泉范翁茂才文》：“盖自甲午与翁游，迄今二十余年矣。”《兰泉长者传》：“余是时在诸生中，颇负声名。翁招余于塾，与伯仲同笔砚者数岁，并辔联床，无间也。”

万历二十四年（1596）丙申　二十三岁

秋，作《万历丙申秋过故居志感》。

本年，娶妻王氏。

按：《明赠诰一品夫人亡妻王氏墓志铭》云“夫人十四而归余”，以王氏万历十一年生人计，其应于本年归杨。

万历二十五年（1597）丁酉　二十四岁

春，客历下，偕王生游华不注山，作《游华不注山记》。

《记》云：“万历丁酉春，余客历下，约同舍生造其岭，同舍生难之，余遂独往。已有王生者，愿与偕。”

秋，应试济南。饮于刘岱旧宅，后作《饮刘鲁峰先生宅记》。

《记》云：“丁酉秋，余应试济南，齐河令郭绍篪先生招饮。盖尝秉铎吾庠，乃假馆于鲁峰先生家。”

万历二十七年（1599）己亥　二十六岁

秋，送别时任知县高知俭另赴他任，作《送高明府之阶州》《送太初高明府擢守阶州序》。

按：据清光绪《阶州直隶州续志》载，知俭于万历年间任阶州知州，详年不明。又据清嘉庆《武阶备志》载，知俭于万历十七年赴任阶州。然此年梦衮年方十三，写作诗文赠别离任知县几无可能。民国《青城县志》未载知俭任青城知县起止年份，然有万历二十七年知俭重修县治学宫事。道光《济南府志》亦如是载录。故可推断高知俭曾于本年知青城县，梦衮送知俭赴任阶州亦不早于本年。嘉庆《武阶备志》所载“十七年”或为“二十七年”之误。又《送高明府之阶州》有“骊驹歌罢泪阑干，回首关河木叶丹”“騑騑五马使君行，塞上秋高递雁声”等句，故送知俭事当于秋季。

本年，有南行事。

《魏孝廉孟子句读音训题辞》：“岁在已亥，余适南行，偶见徐生之一册，爰为孟氏七篇，蝇头小楷，墨雾霏霏，兔颖余辉，丹霞灿灿，洞人心目，作我典刑。”

万历二十八年（1600）庚子　二十七岁

二月十九日到二十七日，从父经邹平之阳丘校艺，作《邹平道中记》。

《记》云：“万历庚子春，学使者校艺阳丘，檄诸生毕来受赏罚。余以二月十九日从先君促装，道出邹平……是日折号，学使者以余首诸生。二十一日发落。二十二日旋，暮宿水牛韩家。二十三日抵家。”

秋，赴历下应秋试。

《魏孝廉孟子句读音训题辞》：“及庚子之秋，值有会城之役，即构善本，摹为指南。”

十月，作《魏孝廉孟子句读音训题辞》。

《题辞》:“万历二十八年十月望日，长白居士题。”

冬，儿暹出生。

《藏稿自序三》:“余以万历之壬子秋下第……是时先慈在堂，儿暹十三岁矣。”

按：以万历四十年十三岁推算，暹当为此年生人。《哭亡子暹十首其五》有句“庚子冬之亥，初旬十日前”。

本年，梦衮课读于於陵，据平日所得奇闻故事，效仿《齐谐》《夷坚》体制作《锦川野史》一书。多年后为该书作序，即《锦川野史序》。

万历二十九年（1601）辛丑　二十八岁

四月十五日，祖母孟氏卒。

《祖考乾泉公暨祖妣孟氏行状》:“大母生以嘉靖丁亥正月二十日，卒以万历辛丑四月十五日，得年七十有五。”

六月十日，青城县治突遭暴雨，引发水灾。翌日梦衮携友登城体察灾情，作《水灾记》。

民国《青城县志》:“二十九年夏，大水，四关外漂，没庐舍数千间。”《记》云：“万历二十九年，岁在辛丑，六月十日，薄暮天色陡异……俄而暴雨集矣，悬河倒峡，一泄如注。”

万历三十年（1602）壬寅　二十九岁

正月三日，作《万历壬寅正月三日试笔》。十二日，作《雪后小园清眺时壬寅正月十二也》。

参与纂修《青城县志》。

按:民国《青城县志》:“旧志未知始于何年，明神宗癸丑（即万历四十一年）毁于火。万历三十年，邑人杨司空梦衮重修，时尚为诸生。（旧志）文赡事该，信良史才，惜多残缺。”“王仪，湖广汉阳县举人，万历三十八年任。时县志久缺，公取邑人杨梦衮所著县志参互考订，刊之，使一邑文献不至湮没无传，厥功甚大也。”“县志久缺，公为诸生时修之。”又梦衮《青城县志序》云：“青城旧有志二卷，万历癸丑夏，毁于回禄。邑大夫王公属学博及多士修志。志成，不佞读之，窃有慨与中也。”

万历三十二年（1604）甲辰　三十一岁

正月十二，父余庆卒。

三月四日，奉祖母孟氏灵柩与祖父永祉合葬。

《祖考乾泉公暨祖妣孟氏行状》:“而不肖以万历甲辰三月四日奉太母柩与

大父合。"

秋，作《甲辰秋日忧居》。

冬，青城知县张养正考绩，梦衮作《赠澄源张明府部院交奖序》《张澄源明府奏最二十五韵为赠》等。

《青城张明府去思碑》:"莅政五载，两台使者交章荐也。岁甲辰冬，考绩。"

万历三十三年（1605）乙巳　三十二岁

秋，青城知县张养正离任，梦衮作《口碑录序》。《青城张明府去思碑》所作时间亦不早于本年。

《碑》云:"乙巳秋,荷纶绋,士大夫竞以言赠。"《序》云:"邑大夫张公考最，荐绅先生竞以言赠。公手一帙谓余曰：'诸君子得无过情欤哉？若之何其使我徒以名胜也。'"

本年，高苑知县孟习孔赴任曹县，梦衮作《高苑孟明府调曹县序》为赠。

康熙《曹县志》:"孟习孔，字古徒，湖广武昌人，进士。万历三十三年任。"

万历三十四年（1606）丙午　三十三岁

秋，作《山东武举乡试录后序》。

《序》云："岁丙午秋，侍御闻公檄六郡材官骑士及良家子校之，录其合式者六十人。"

万历三十六年（1608）戊申　三十五岁

春，作《戊申春日自嘲》。

按：《戊申春日自嘲》有句："穷愁如絮飞满天，问岁三十有五年。"若以万历五年生人计，梦衮此年应为三十二岁。

本年，邑人广东高州府原知府韩容卒，梦衮作《明晋阶中宪大夫广东高州府知府岱野韩公墓志铭》。

《墓志铭》云："万历丁未，里中二千石韩公卒。越明年戊申，季子元兴持所草状请铭。"

为邑人四川原按察司副使韩一右撰写奏记，即《韩公乡贤事实》。

万历三十七年（1609）己酉　三十六岁

习静邹平长白山中，与同侪结社其中。

秋，应试历下。

《庄苏之间》:"岁在己酉，余应试历下。"

万历三十八年（1610）庚戌　三十七岁

八月，抱病，作《南华仙人歌》《拟杜少陵同谷七歌》自遣。

按：《南华仙人歌》有句"我今行年三十七"，《拟杜少陵同谷七歌其一》有句"有客有客三十七"。若以万历五年生人计，梦衮此年应为三十四岁。

本年，时任青城知县张应吾赴任阳丘（即章丘），梦衮作《赠心严张明府调阳丘序》为赠。

按：另有《赠阳丘张明府考绩序》《重赠阳丘张明府考绩序》《阳丘张明府奏最承恩长歌为赠》《阳丘张明府奏最》诗文四种，应作于辛亥之后。

青城邑尉钟公入觐，梦衮作《赠邑尉钟公入觐序》为赠。

《序》云："钟公佐长吏为治，骎骎著能声。庚戌，偕长吏岁入觐。其行也，谊当有一言。"

万历三十九年（1611）辛亥　三十八岁

寒食，之章丘，独游女郎山。

《游女郎山记》："岁辛亥寒食，乃携酒往游。"

万历四十年（1612）壬子　三十九岁

秋，秋闱落第，抑郁成疾，病笃几死。作《壬子秋下第十首》《壬子秋卧病十首》《壬子秋应试偶成五绝》。

《藏稿自序三》："余以万历之壬子秋下第，郁郁不乐，忽得危症。"《日观峰诗稿跋》："壬子秋，余自棘围罢归，郁郁不乐。未几，疾作。久之，渐入膏肓，鼻息一线如蛛丝断续。"

儿暹当于本年末夭亡。作《哭亡子暹十首》。

《藏稿自序三》："未几，儿暹夭折。身在矣，后事依然无人料理也。"

万历四十一年（1613）癸丑　四十岁

孟春，作《癸丑孟春夜酌东董丈》。

本年，时任青城知县王仪离任，梦衮作《赠凤来王明府两院交奖序》。

《序》云："邑大夫王公，分符吾土，盖三易寒暑矣。"又据民国《青城县志》载王仪于万历三十八年任青城知县，故梦衮作序应为本年事。

万历四十二年（1614）甲寅　四十一岁

冬十一月十二日，作《羊角花说》。

《说》云："仲冬，日初霁，余负暄坐斋头，偶有此花滚来面前……万历甲寅冬十一月十二日漫书。"

邑人范经济卒，作《兰泉长者传》《祭兰泉长者范翁茂才文》。

万历四十三年（1615）乙卯　四十二岁

夏，游邹平，之张延登别业，作《乙卯夏游邹平北墅漫成十绝》。《游唐李庵记》亦作于此时。

《游唐李庵记》："余以乙卯正月游邹平。入夏，客有曹生者，读书山中，邀给谏张公为唐李庵之游，张公拉余与俱。友五人，曰赵，曰孙，曰王，曰董，曰张，皆乘款段，先张公行。"

之历下，同刘绳廉、王琨往游千佛山，作《游千佛山记》。

《记》云："乙卯夏，余往游。马联辔者，邹平刘、商河王也。"

之章丘，复游女郎山，作《游女郎山记》。

《记》云："乙卯复游，其上宫观颇加增饰。山固有三阳洞，窈窕可容数十人，夏月冷气侵人。"

秋，秋闱落第。应耿侍御与朱公子之邀，于十月北上京师，作《游都门记》二十。

《记》云："万历乙卯秋，余下第归，郁郁不乐。是时，新城耿侍御在都门。朱公子以书邀余壮游天府，以舒闷怀。余慨然许之，遂于十月中束装而北。"

季冬，之京师，拟刊刻《岱宗藏稿》，未果。作《岱宗藏稿自序一》。

《藏稿自序三》："乙卯冬间抵京，欲托友人某为之，不果。"

万历四十四年（1616）丙辰　四十三岁

春，新城儒学东斋重修工毕，梦衮作《新城儒学重修东斋记》。

《记》云："学博阎君来自关中，东斋颓甚，诸生请新之。会岁祲，旋罢。万历丙辰春始毕其役。"

初夏，作《丙辰初夏同胡怀老过刘竹潭浅清庄分韵得虞字》。

冬，在新城。

《羊角花说》："丙辰冬，在新城，会医者李寿山，云此草名羊儿腾，俗名羊角飘。"

本年，新城县令杨名时考绩，梦衮作《赠新城杨明府考绩序》为赠。

康熙《新城县志》："杨名时，河南商丘人，进士。放赈有法，持已廉慎。四十二年任。"又《序》云"杨公来自中州，令新城者三载矣"。故考绩赠序一事当于本年发生。

万历四十五年（1917）丁巳　四十四岁

正月，之邹平长白山中读书，居住半年，游览邹平诸胜，作《游长白山记》。《游伽峪记》《游黄山记》《游山说》《素绚说》等，亦作于此时。

《游长白山记》云："丁巳春，复往游，居半岁许。"《游山说》："丁巳仲春，长白山人书于醴泉精舍。"《素绚说》："丁巳仲春，廿三日题。"

万历四十六年（1618）戊午　四十五岁

夏，偕同辈拜谒博士师徐一凤。

《送徐先生之日照序》："万历戊午夏，徐先生来为博士师也，则馆于招提中。当是时，余尚为诸生，于是拉同辈往谒之。"

秋，之历下，参加秋试，名列乡魁。

《赠默庵潘老师考绩序》："戊午秋，梦衮以铅椠出潘先生门下也。"

九月，有感于官场风气冗杂，于历下白雪楼中作《同袍约》自志，有序。

十月，旋家。

《先慈行状》："不肖既捷乡书，戊午十月终旋家。"

十一月仲冬，之曹州拜谒恩师潘永澄。

《赠默庵潘老师考绩序》："仲冬，谒先生于曹而神明之奕奕载道"。《先慈行状》："十一月有曹州之行，谢座师潘也。"

十二月，抵京准备来年春闱。

《先慈行状》："十二月抵都门。"

本年，欲刊刻诗集，未果。

《藏稿自序三》："至戊午叨贤书，乃取诗集付书林某寄留都梓之，而某乃无信行人也，遂化为乌有。"

万历四十七年（1619）己未　四十六岁

春，中二甲进士，选入翰林院，授庶吉士，编修国史。

二月，应试都门春闱，后返家。中二甲进士，闻报复抵都门。

《先慈行状》:"明年己未二月场事毕，旋家。南宫闻报，又赴都门。观政毕，候考馆之命。"

仲春，于西山白云寺作《素心言序》。

仲夏，作《尚白草序》。

季夏，作《王梦符柯亭稿序》。

本年夏，生一子，无何夭亡。

《先慈行状》："不肖举数子，皆殇。己未夏，又举一子，复不育。"

七月，作《峨眉山新铸鎏金佛像募缘疏》。

《疏》云："万历己未秋七月初五日，长白居士题。"

十月，返家。

《先慈行状》："己未夏十月，终复旋家。"

孟秋，作《日观峰漫咏序》。另有《日观峰诗稿跋》，亦当作于此时。

十二月，携家眷之京赴任。

《先慈行状》："先慈业已念不肖不置，抑郁成疾，少间复作，十二月勉强同抵都门。"

本年，刊刻部分诗文，汇为《岱宗小稿》。

《藏稿自序三》:"己未叨一第，稍稍出小诗小文付剞劂，而全集固未之及也。"

万历四十八年（1620）庚申　四十七岁

二月三日，入选庶吉士。

《明神宗实录》:"辛亥，改授考选进士。倪启祚、丁进、施兆昂、姚明恭、侯恪、张翀、吴士元、杨梦衮……为庶吉士，与同一甲进士孔贞运等送翰林院进学。”

春，潘永澄于曹州守任上考最，曹州王学博征言为赠，梦衮以学生身份作《默庵潘老师考绩序》。本年又作《重赠默庵潘老师考绩序》。

《默庵潘老师考绩序》：“庚申春，先生考最。天子赐玺书，赠其先人官，太师母始称太宜人云。是时，不肖衮已捷南宫，谬读中秘书，而曹之学博王君来征言为赠。”《答王学博》：“台丈自是人豪，南溟九万，转盼间事耳。远辱翰贶，悚仄益增。潘老师考满文，敢不唯命。”

二月三十日，梦衮母刘氏卒，享年六十八岁。梦衮扶榇东归。

《先慈行状》：“先慈生于嘉靖三十二年四月初七日未时，卒于万历四十八年二月三十日亥时。”

十月十八日，奉母灵柩下葬。

《先慈行状》：“本年十月十八日葬于城北祖茔之次。”

天启元年（1621）辛酉　四十八岁

本年初，作《赠巍石陈老师恩荣序》。

《序》云：“新圣人御宇，世道清朗，恺泽旁流。”又据《明熹宗实录》天启元年二月二十七日“山东布政使司左参政陈瑛为江西按察使备兵徽安”，可知作序一事不早于上年八月，不晚于本年二月。

季秋，回忆为诸生时的山居生活，作《山居纂》，有序。

天启二年（1622）壬戌　四十九岁

秋，重阳作《壬戌秋重阳漫题》。

本年，博士师徐一凤之日照，梦衮作《送徐先生之日照序》。

《序》云：“张程二先生去已久，独先生在吾庠者五年，今乃有日照之迁。”前文已知徐一凤以万历戊午来青城，故迁日照当在此年。

本年，作《赠毛君佐明恩选序》。

《序》云：“今上登极之二年，毛君始以明经首膺恩选。”

天启三年（1623）癸亥　五十岁

春，作《赠青阳张孝廉仲子籍博士序》。

《序》云：“今上御极之二年，学使者校士二东，次公辄以尺幅籍博士弟子员。冬杪，孝廉公乃率次公章服而枉余也。今春，客有征言为赠者，以孝廉之德之硕，诸子之才之隽，不佞实醉心焉。”

本年春至孟秋，时任青城知县李洵璀欲刻《岱宗藏稿》，复未果。作《藏稿自序二》。

《藏稿自序二》：“李明府名家也，过为余计不朽。顾余言何能为不朽，亦唯是明府实为玄晏先生哉，能不朽我耳。”《藏稿自序三》：“癸亥春，李明府每为余计不朽，欲梓之浙中，复不果。”

秋，服除起复，之京师，入读中秘。

《明赠诰一品夫人亡妻王氏墓志铭》：“癸亥余起复，与夫人如京师。”《藏稿自序三》：“秋间抵都门，复入读中秘。”

本年复读《崆峒集》，并题附录。

天启四年（1624）甲子　五十一岁

正月十八日，出补兵部给事中，始督修三大殿重修工事。

《藏稿自序三》：“甲子春，授谏垣，人事渐冗。”《明熹宗实录》：“癸酉，庶吉士授官……杨梦衮、刘先春、王明玉、杜三策、陈维新为兵科给事中。”《明赠诰一品夫人亡妻王氏墓志铭》：“甲子，出补兵科给事中，有巡视大工之役也。三朝之旷典，而余以天启之四年受事。”

六月，左副都御使杨涟参劾魏忠贤，罗列罪状二十四条。诸位朝臣参与后续弹劾，梦衮亦与焉，作《劾魏阉疏》。后遭罚俸三月。

《明史纪事本末》：“六月，左副都御史杨涟参魏忠贤二十四罪……自涟上疏之后，继上者捆至，如科臣陈良训、魏大中、许誉、刘茂、傅櫆、陈熙昌、周之纲、杜三英、杨梦衮……”《劾魏阉疏》：“天启四年，给事中杨梦衮题为灾异示警，乞俯纳忠言事……疏上罚俸三月。”

本年春夏，第三次谋刻《岱宗藏稿》，终成书。作《藏稿自序三》。

《藏稿自序三》：“春夏间，幸未补官，乃于驹隙尽搜箧中之藏致之。留都灾木，傥片语不朽，精神便常留天地间。余老矣，即旦夕填沟壑，固无身后虑也。天启四年，岁次甲子孟夏，长白山人杨梦衮题。”

天启五年（1625）乙丑　五十二岁

九月九日，加太常少卿。

《明熹宗实录》：“加恩文武诸臣大臣。科道部属，赉银加升二级者，兵科给事中杨梦衮加太常寺少卿……”《太常续考》：“杨梦衮，山东青城人，己未，天启五年任。”《明熹宗实录》：“九月十七日以门工叙劳。升兵科给事中杨梦衮为太常寺少卿……各照旧巡视管事。”

十一月七日，以殿功加恩，升太仆寺卿。

《明熹宗实录》：“升太仆寺卿崔呈秀为工部右侍郎，加光禄寺卿李养德通政使，升太仆寺少卿杨梦衮为太仆寺卿，以殿工加恩也。”

天启六年（1626）丙寅　五十三岁

本年，有疏再为殿工请银。

《明熹宗实录》：“查视工程太仆寺卿杨梦衮以工紧用匮，请酌处以佐急需。”

正月十八日，有奏。

《明熹宗实录》:“监察工程太仆寺卿杨梦衮等奏,收放过宗藩文武助工银八十三万一千四百五十七两零。上报闻。”

四月十八日,有疏。

《明熹宗实录》:“工科给事中杨梦衮疏,言廪生纳银准贡,原为大工而开,今后不得袭旧例纳交节慎库,宜令俱诣内库,交银收放销算皆可按籍而稽。从之。”

五月十八日,因流言指摘上疏,请求辞官返乡,未获允。

《明熹宗实录》:“己未,督察工程崔呈秀、杨梦衮俱以天变陈言,有暗相指摘者,具疏求去。因言新复商税、拖欠物料、捐俸助工三事。”

六月十四日,妻王氏卒于京城。

《明赠诰一品夫人亡妻王氏墓志铭》:“卒于天启六年六月十四日,得年四十四岁。”

十月十五日,加工部尚书。

《明熹宗实录》:“太仆寺卿仍管兵科给事中事杨梦衮加升工部尚书……”

天启七年(1627)丁卯　五十四岁

八月二日,以宁锦大捷,加太子太保。

《明熹宗实录》:“吏部随复宁锦功恩。得旨:……孙杰、杨梦衮、张晓各加太子太保,照旧管事。”

十五日,以殿工,再加少保。

《明熹宗实录》:“工部尚书薛凤翔题叙殿工。得旨:……孙杰、杨梦衮各加少保兼太子太保,荫一子中书舍人,赏银五十两,大红纻丝三表里。”

十一月十一日,上疏乞假返乡安葬亡妻王氏,未允。

《史语所藏钞本崇祯长编》:“工部尚书杨梦衮再疏乞假不允。”

二十日,再上疏乞骸骨,获允。

《明熹宗实录》:“工部尚书杨梦衮、孙杰,左副都御史李夔龙免。”《圣朝新政要略》卷四:“十二月初五日……工部尚书杨梦衮被劾准回。”《崇祯长编》:“十二月六日,工部尚书杨梦衮免。”

崇祯元年(1628)戊辰　五十五岁

二月二日,御史张鑛上言弹劾魏党,杨梦衮在列。

《崇祯实录》:“甲午,江西道御史张矿上言:‘臣甲子年初入班行,缙绅中有通内者,犹厌然畏人知,盖尚知有廉耻不意。后来愈趋愈下,忠贤之气焰日炽日昌,而附忠贤者之精神亦日新月异……其一等梯荣干进之夫,彼见株守者,循资而积俸何如径趋者一岁而九迁,遂不惜以枉尺之谋,为直寻之阶,如杨梦衮、李养德等是也……’”

十八日,张鑛再疏,请削梦衮官籍,崇祯帝从之。

《崇祯实录》："江西道御史张镳疏……拟刘志选罪，削杨梦衮、李养德籍，下法司勘。皆从之。"

梦衮于乡听闻削籍旨令，上疏辩驳，事见《明赠诰一品夫人亡妻王氏墓志铭》《疏》。

十月二十二日，亡妻王氏灵柩下葬。

《明赠诰一品夫人亡妻王氏墓志铭》："以崇祯元年之十月二十二日葬祖茔之次。礼命妇一品者，当赐葬祭，而余罪废之人，不得徼异数为地下光。夫人有知，目不瞑矣。"

崇祯二年（1629）己巳　五十六岁

正月二十一日，崇祯帝颁布《钦定逆案》，梦衮以颂美，削籍为民。

《崇祯实录》："定逆案。上谕略曰：'……一颂美，津津不置引上言德政律减等削籍者五十一人潘汝祯、朱童蒙、李春茂、顾秉谦、郭允厚、杨梦衮……"

崇祯四年（1631）辛未　五十八岁

冬，梦衮于隐居中得知吴桥兵变，心绪愁苦。

崇祯五年（1632）壬申　五十九岁

春，抱病。自知限期将至，作《长白山樵墓志铭》自志，留嘱不入先人墓，请葬于长白山麓，并将所著书稿尽数焚毁。寻终。

《长白山樵墓志铭》："辛未冬，济上兵变起，樵忽忽不乐。明年春抱痾，食不下咽者数月，曰：'吾其死乎？负桃花源约矣！'或曰：'子死，谁当志子？'曰：'嘻！若敖也，不可为子；胥靡也，不可以为臣。敢辱名公笔。'乃援笔自志，曰：'长白山樵，无名氏。以某年某月某日生，以某年某月某日死。惭负四朝，虚延六帙。小草无补，爨桐堪伤。死不宜入先人墓，当以槁埋之长白之麓，以片石题其神道，曰六林樵冢足矣。'樵所著书甚多，将死，或请广其传。樵尽取焚毁，曰：'焉用文之。'"

乾隆《青城县志》："自号长白山樵，以崇祯壬申赍恨而殁。"

后迁葬与于青城县西北二里处，年月无考。

乾隆《青城县志》："杨司空梦衮墓，在城西北二里许。"

附录二　岱宗藏稿补遗

长白山樵墓志铭

长白山樵者，不知何许人，尝往来长白醴泉间，闻涧流泠泠。见岚翠扑人眉睫，欣然乐之曰:“人间世火坑中乃有此清凉境界！”坐磐石上，辄终日不去，与衲子牧竖班荆藉草，翛然适也。雅不欲言其姓名。樵初意欲结茅长白以老已。而长白浅，欲觅深林邃壑，人迹夐绝，如桃花源者而居之。矫首云外，若昂昂野鹤，惟恐为樊笼所羁者。

客曰：“夫夫也，巢许之流欤？”识者曰：“非也，樵盖有托而逃者。”樵当熹庙时，曾督修三殿，累官大司空，加宫保衔。晋少保前，此为太仆卿，为太常少卿，为给事中，为翰林，至贵显者。后言者丑诋其附珰侵帑，名挂爰书，罪废不齿。天子神武执法如山，率不许人置辩。而樵居官实不敢受人一文钱，居言路首劾魏珰，反复千数言。疏上，罚俸三月，昭昭在人耳目也。一旦长安风波起，含血喷人，一网打尽。樵乃叹曰:“吾不意半世硁硁，老来作负途豕也。吾不敢再见海内贤豪矣。”于是屏迹山林间，自号长白山樵，慨然思与渔父啸，做江潭客也。居恒诵《世弃君平》。君平弃世二语谓其友曰：“子知吾志否？吾将敕断家事，楚弓塞马，蕉鹿黄粱，一笔勾却，空斋绳床，如王摩诘扫地焚香，如韦苏州斗水卷石，如白乐天寄斋种竹，如王子猷北窗高卧。如陶彭泽抚琴动操，诸山皆响，如宗少文棋枰在右，酒杯在左。玩弄烟霞，逍遥日月。此吾颐老第一妙诀。吾侪久居尘世，如蜣螂转丸，浑身是秽，须净洗心源。寒潭秋月，不受纤埃。假令红尘一点飞入，譬眼中着屑翳我明，吾事败矣。吾欲觅深林邃壑，人迹夐绝，如桃花源者，而居之以此。”此友曰：“善哉，政恐尘缘惟易割也。”樵曰：“会当割之。”樵有傲骨，不好仰为攀，俯为结。在朝泛泛如水中凫。尝曰:“所不为百足虫者，死其僵乎？”为人不立城府，生平多疏多旷，多懒多散，多迂多拙，多率多直，是用为人所欺、所负、所卖，而市井轻薄子其或乘机斗捷，操戈反噬。樵曰：“吾汉阴丈人也，如彼山中狼何哉？”

樵无兄弟，幼与父聚首茅檐纸窗之下，同治博士家言。即樵为诸生有声，父日夜望其成立，竟未及见而殁。母及见之，又未及禄养而殁。妻卒官邸，六子皆殇，只二女，一适范，一适韩。天下孤苦，至樵而极。

辛未冬，济上兵变起，樵忽忽不乐。明年春，抱疴，食不下咽者数月，曰:

“吾其死乎？负桃花源约矣！”或曰：“子死，谁当志子？”曰：“嘻！若敖也，不可为子；胥靡也，不可以为臣。敢辱名公笔。”乃援笔自志，曰：“长白山樵，无名氏。以某年某月某日生，以某年某月某日死。惭负四朝，虚延六帙。小草无补，爨桐堪伤。死不宜入先人墓，当以藁埋之长白之麓，以片石题其神道，曰‘云林樵塚’，足矣。”樵所著书甚多，将死，或请广其传。樵尽取焚毁，曰：“焉用文之。”

铭曰：“樵非凡亦非仙，古之人有投湘而死者，吾殊不以为然。负薪行歌，聊以卒其天年，乐哉。斯阡比之江鱼之腹不少便便乎？”（民国《青城续修县志》）

明诰赠一品夫人亡妻王氏墓志铭

赐进士第、柱国、光禄大夫，原任少保兼太子太保、工部尚书夫杨梦衮撰文，并撰书丹。

一品夫人王氏者，削籍尚书杨梦衮妻也。不肖衮十七岁为诸生，弱冠犹未婚也。邑中故家温饱者，见贫士则望望去之。先君为之择配，迟之数年，乃得夫人。父曰：“继周，邑诸生，早卒，母孟氏爽而贤。”夫人十四而归余，攻苦食淡，事其舅姑。舅卒，与其姑形影相吊也。余困诸生中几二十年，尝负笈出游。夫人日守空闺，无怨言。岁戊午，余始举于乡，明年成进士，入翰林。庚申，夫人之姑卒。癸亥，余起复，与夫人如京师。甲子，出补兵科给事中，有巡视大工之役也。三朝之旷典，而余以天启之四年受事，至七年而事竣，累升工部尚书，加宫保衔。而夫人亦由孺人而淑人，而夫人，而一品夫人。盖人世之所迟回，数十年不能邀致者。一旦骤得之，余亦自知犯造物之忌矣。先是，衮补给事中，是逆珰魏忠贤横甚，衮疏其罪，告先帝曰：“忠贤，掖庭蝨贼也，宜早除之。为忠贤者，亦宜鉴王振、刘瑾为前车。”疏入，罚俸三月。及衮督工，忠贤耽耽视也，屡伺不允，几以小已殉一官。虽幸脱虎口，而夫人亦奄然逝矣。工完，先帝宾天。今上初登大宝，不敢以请。少间，五疏乞骸，乃得持夫人之丧以归。是时，忠贤已死，波及者众。衮归席未及暖，御史以附珰为言，主上置不问。继又以委官张凌云等干没金钱数百万，罪坐巡视者，突有削职勘之旨。闻报之夕，诸亲来慰问，竟彷徨莫知所为。余乃取劾忠贤及凌云二疏示之，出斗酒饮客。客醉，发上指冠，慷慨悲歌。而余二幼女及诸婢子竟不问客之扼腕者何事，而余亦竟不以告也，内阃若无人者然。

呜呼！二十年而为诸生，夫人与我共贫贱；十年为官，夫人与我公恩荣。今日之事，余则自当之耳，夫人不与我共焉。余于是羡死者之乐矣。余老矣，家无五尺之童，夫人之丧，余临穴而送归地下。异日者，余一旦填沟壑，竟不知待不知名之者何人临穴而送也。

夫人聪慧明察，人不能欺，才辩有过人者。居恒好听人诵书史及稗官小说，入耳即解。善记忆授之诗句，终身不忘。即一家之老幼生辰忌旦，余尽懵如，夫人历历如指掌。综理家政，内助居多，独其性刚心傲，意少拂，则词色辄以胜气出之。余每折之，曰："如行且荷纶绋，彼宜人、安人、淑人，三字作何解乎？"余孑然一身，藐无兄弟，中年有五丈夫子，皆横遭夭折。为箕裘计，不得已而卜妾，而夫人直以谓得志之秋，欲弃糟糠，淫纵宜逞也。是与余大相左者数年，而余始信齐家之难耳。夫人素健，丙寅六月，忽项后发肿，数日而溃。延三医技穷，竟不起。属纩之前数日，余就榻前，问曰："何以嘱我？"曰："加餐。"其兄初聘以例贡，适候选都门，问曰："何以嘱我？"曰："孝母。"又曰："恤孤。"盖指亡弟初召女也。落落数言，简切类如知道者。

夫人生于万历十一年三月二十三日，卒于天启六年六月十四日，得年四十四岁。生五子，长名暹，小字佛奴，聪慧能读书，十四岁夭；次仙奴，殇于痘；余或周岁，或数月耳。女三，一殇；一适增生范无违，男廪生胤昌；一许聘廪生韩元节，男儒生士藩。以崇祯元年之十月二十二日葬祖茔之次。礼命妇一品者，当赐葬祭，而余罪废之人，不得徼异数为地下光。夫人有知，目不瞑矣。

铭曰："原之西，惟尔之栖；原之北，惟尔之魄。尔则已矣，我则彷徨。必蒿目而忧者，能如尔之逍遥于无何有之乡。"（民国《青城续修县志》）

劾魏阉疏

天启四年，给事中杨梦衮题为灾异示警，乞俯纳忠言事。

臣一介寒素，蒙神祖拔置中秘，皇上有破例而移之锁闼之间，藜灯梧掖，世以为荣。臣顾不及此，而一旦滥竽其中，国家不负士第，恐士负国家耳。臣言官也，宜言事主，不敢以不言误主。谨按东厂太监魏忠贤，心窃忧之，非忧众正不能胜一邪，日后有反噬之祸，直谓国是如乱麻，众口如鼎沸，日哄日激，诚恐致生事端，其所损于国体非小，不意约结之人心尚未以瓦解见，而震怒之天心先以冰雹告矣。夫天道幽远，冰雹之灾难以臆决，但为灾不为祥，则五尺之童亦知之矣。皇上惕惕修省，皇上不省则己省之，将取已往之事省之乎，抑取未来之事省之乎？知必取目前者省之，而目前之事孰有过于忠贤一节？

臣初入垣，不悉忠贤为何如人，但据群臣所言，有目为权珰者、逆珰者、恶珰者、罪珰者，惟皇上则称为忠直。夫忠贤而忠直也，何不为顺而为逆，何不为善而为恶，何不为功而为罪，何不以权归之朝廷而手握太阿，意欲何为？逆人、恶人、罪人、权人而日在君侧，言官不能纠，卿寺不能格，辅臣不能除，皇上不能制计，惟有天变可以震怒而谴告之耳。古来犯座之星，应在隐逸；随车之雨，应在循良，孰谓今日之冰雹不应在权珰乎？盖天有雨露，便有风雪；君有恩降，便有法纪。灾异之来，谓天不爱皇上，不可；法纪之彰，谓皇上不爱群臣，亦不可。何独至于忠贤而直欲有恩泽无法纪也？譬诸世之鞠子者，衣不欲过厚，食不欲饱，嗔喜不欲过恣，恐伤其脾胃而坏其气习。或狂悖则作色，叱而挞焉，所以偕之大道，闲去其邪心，是真能爱子者。皇上之于忠贤，不啻属毛离里然，欲饱则饱，欲嗔则嗔，任其炰烋而莫可谁何，得无以养骄子者养成逆子乎？然皇上非真不识忠贤也，直以为此吾家奴耳，朕将厚施恩，薄施惩，聊以酬曩日青宫勤劳，人言何藉藉也，独不思家有奴亦有子。国人，皇上赤子也，且不论诸大夫之言何如，而国人皆曰可杀矣。不信赤子信苍头，皇上不惧失国人之心耶？

顷诸臣之言可备矣。臣所见独与诸臣异，诸臣不过曰忠贤为负隅之虎，莫之敢撄。君侧一日有此人，则君侧一日不靖。臣以为此见及内，未见及外也。诸臣又不过曰忠贤为出柙之虎，飞而食人，天下一日有此人，则天下一日不宁。臣以为此见及显，未见及微也。臣请以天下之大势言之。天下之大势，辇毂为内，环海为外，肘腋为显，萧墙为微。当今国家多事之时，草泽中有鱼书狐鸣，边关上有狼奔豕突。其伏而欲动者，无日不伺，朝廷之举动。我自开衅端，坚护一刑余之人而牢不可拔，致令议论蜂起，人心鸡骇。乌知奸雄之不藉此为名，长戟指阙，而一旦生意外之虞乎？

臣曩居里，时值东鲁妖寇之讧。其中渠魁有为檄者，遍告远近，称说贪官污吏，蚕食编氓，特举义旗，为百姓清此蟊贼。今忠贤亦蟊贼也，圣明若不早断，海内傥有欲除君侧之恶者，揭竿斩木，哄然而起，皇上何词以应之？盖内是见形，外只是捕影；内是闻声，外自是传响。讹言四布，人心动摇。必且谓群臣去佞，有拔山之难，皇上从谏，无转圜之速，人怨天怒，岂是细乎？皇上不去忠贤，不过牵于畴昔之爱，恋不忍割，别无他意。乃天下事卒至溃乱，不可收拾，是皇上无故而甘为忠贤受谤，无故而坐视忠贤兴戎也。大都公怒难犯，天变难挽，今舟中之敌国，虽未鸣张，海内之隐忧，则已蠢动。物议未息，而天谴继之。人言不足惜矣，天变亦不足畏与？祖宗之法亦不足法与？高皇帝旷古神识，谆谆垂训，不许内侍预政典兵。皇上取太阿而倒授以柄，臣初不解。臣观古灾异，人为甚天，次之有人心之变，而后有天心之变。连岁辽左、黔中羽书旁午，兵饷纷纭，剥皮及肉，剥肉及骨，剥骨及髓，恨不能一朝抉散。此人心之大不祥，而灾异之尤也。

忠贤适逢其会，想亦戾气所生。皇上如爱忠贤，岂宜宜爱之极而反成杀。忠贤如自爱，岂宜宜福之极而反媒祸？忠贤，愚人也，皇上天纵之圣，独不能料事于未然，寝祸于未萌耶？皇上试召忠贤而面谕之曰:“人情欲安乎，欲危乎，欲醒乎，欲迷乎？天人共愤，尔日以身为招射之的，不抽身早退乎？”该看忠贤作何置对。忠贤亦宜猛省，使人取王振、刘瑾事迹，诵读一编，看振、瑾辈如何开端，如何结局，岂鬼神不贷于振、瑾，上帝独宽于忠贤乎？而忠贤之心亦可灰冷矣。臣为忠贤计甚于忠贤自为计，且皇上亦明言之出于不得已矣。大凡诸臣一番之抗疏，不知费几番之踌躇。盖曰：得罪于忠贤，齿马投鼠，其罪小；得罪于青史，加以浮沉之名，笔诛口伐，其罪大。得罪于君父，批鳞逆耳，其罪小；得罪于上天，加以尸素之诛，雷轰电鉴，其罪大。一段苦心，皇上业已鉴之审矣，何不曲体之耶？

臣抑又感焉，言官小臣，能渎天听不能转天心，辅臣于阴阳称调燮，于鼎鼐称调和，而于权珰又称调停。想不见不闻之中，不疾不徐之妙，有出于诸臣意表者，而非臣所能窥也。但目前人心既如彼，天变又如此，似不宜和光同尘之伎俩，委蛇于其间，而以利器拱手授之宵小辈也。皇上积诚以动天，辅臣积诚以动皇上，皇上纳忠剪逆，挽回天变，收拾人心，万代瞻仰，在此一举。臣草野不识忌讳，不胜悚息待命之至。（民国《青城续修县志》）

疏

原任少保兼太子太保工部尚书今削籍听勘杨梦衮谨揭为剖分心迹，辨明钱粮事职。

三月初一日接邸报，见台中张道长一疏参劾附珰之辈，内谓职借搜括以趋捷径，密迩崔呈秀，投身魏忠贤，设立内库，银归私橐，以差官催督为生事，以天变自陈为怨怼。又一疏复有纵容委官张凌云扣克制钱等语。

已奉旨削籍听勘矣，自当静听处分，不宜哓哓喙喙，以渎台台之听。然事关钱粮，又关名节，不得不辨。请一一剖分，以俟公论之定焉。当职之初入垣也，见逆珰横恣，且疏直纠，先帝切责职，而罚职俸者三月。原疏具在可按也。投身忠贤者，固如是乎？且以参珰罚俸之人，岂不明明得罪于忠贤，谁谓其不修睚眦之愤，而职犹欲借大工以为速化之地乎？及大工之差着落于职矣，命已下矣，敢推委而不受乎？业已受矣，如殿不成，工不完，职便可以拂衣否？如欲完工，能不括搜否？是借此为公忠否？又如侵欺钱粮，忠贤能私庇职而不下毒手否？巡视大工科道各一员，职先以天启四年秋间受事，及明年，而崔呈秀钻营此差，遂与职同掌一印。有欲远之而不可得者，是职之愿与之密迩否？工程初动，先帝发出各宫及各王府及内监助工银两若干，大司空董葆元疏请银贮何处，先帝敕贮内库，以便收放，是果职之愿便已私否？大凡助工之银，其收放有科有道有见。工主事有总理内监，有委官员役，森然环列，收之日则解官一一交入，放之日则铺商一一领出，不啻十目十手，一开一闭，锁钥封条公同验过，谓尽饱职之私橐可乎？且银库在中，何由而入职之私橐乎？将袖以归乎？盗以去乎？差四御史催督各处，物料钱粮系《大明会典》旧制，谓创自职可乎？呈秀搜括及于吏书顶首银两；大司马王射斗天变陈言疏中，有锁屑零杂，冬官尽以入告之语。是时，呈秀为工部尚书，而职为太仆卿，冬官二字直指呈秀。呈秀衔之，而射斗虽以去此，人所共知，与职何干乎？职之自陈，又何怨何怼乎？呈秀改铸大钱，几致鼓噪之变汹汹，委官张凌云躯干魁岸，呈秀出入藉为护卫，后遂使之监鼓铸之事，以饱其欲而酬其劳。因此凌云得以恣其、溪壑渔猎之私，是呈秀纵之也，而归罪于职可乎？凌云之革职，职实参之，原疏具在，纵之者固如是乎？大钱一事，呈秀与凌云专主之，职前者销算钱粮之日，已明说此项与职不相干涉，原疏具在。其扣克制钱，奈何不问之呈秀而问之职乎？呈秀官衔有兼管钱法四字，而谓凌云之扣克，是职之纵容乎？张道长疏辄据工科郭掌科疏，称侵欺银至百余万，钱至四百余万，模糊奏缴，以为职罪。及职查郭掌科原疏，云委官张凌云、陈大同等凭借崔呈秀之威灵，侵欺助工银不下百余万，是明明说呈秀纵容而非职纵容也，不然何不说凭借职之威灵也？有原疏云张凌云、陈大同发助工银四十六万五千余两，送局换钱或银一两，或作钱五百五十文，或六百文，或六百七十文不等，给散夫匠每两给钱五百文，共扣克制钱四百万有余入己。辄敢朦胧奏缴，是明明说凌云奏缴而非职之奏缴也。前者职销算钱粮之日，职即行票，凌云说铸钱一事本与本部无干。今凌云自造清册奏缴有文移可查。今郭掌科明以朦胧之罪罪凌云，而张道长乃以模糊加之职，何也？凌云奏缴之日，职束装之日也。其中敝端，自有科臣纠举，而乃以去后之身，受纵容之名耶？且事后之吹索甚易，而日前之扫除最难。逆珰奸疏，是何等气焰，狐鼠之纵横，明明凭借城社。当先帝在时，更无一人请尚方以诛之者，职之三尺独能行于二奸之羽翼乎？至于收放钱粮之大数，职已具疏奏缴。中间款项颇多，自有清册及对同文簿，或在缮司，或在见工，或在各差，或已解到，或未解到，条分缕晰，一一可查。职得而侵欺之乎？且冬官胪列，山西厂则有王灿生，台基厂则有陈曲江，神木厂则有袁古余，琉璃黑窑则有杨云门，灰石作则有冯六符，东西行则有汤鹿河，三山则有何八桂，翠花山则有田三义，通惠河则有徐虞询，小车户则有孙旭海，见工则有张太素，缮司则有李涵初。凡钱粮收放，职总其网，诸臣分其目。职杜能一手障天而尽入私橐乎？及差郭掌科原疏云，解官少银三万四千五百余两，无有下落，此银将归谁氏之囊橐乎？则解官当提，经收员役当究也。是明明入解官员役之囊橐，而奈何辄云饱职之私橐者，不知凡几乎？至于逆珰奸枢，事权在我，气焰薰天，举朝孰不避其凶锋，职独能抗之乎？奸枢以宫保兼总宪，自以为位在职之上，事事自作主张，专擅恣横，目中无人，动辄与职相左，力争之而不得。大工钱粮，出入通融，任意操纵，职不能抗通内之奸枢，独能抗震主之逆珰乎？职任巡视，身不离竹头木屑之间，其孰掌则然耳，谓之不能抗，则可遽谓附之可乎？国用匮乏，无奈何而条陈一二，权益设处之事，实出于万不得已，是果搜括以结欢心乎？三殿，朝廷之殿也；搜括，为朝廷之三殿搜括也。彼忠贤之所以驱使群臣，凌轹群贤者，不过仗天子之灵宠。而群臣子所以奔命不遑，争相拮据，争相捐助者，畏灵宠之天子，岂附盗弄灵宠之奸珰乎？殿工告竣，题叙加恩，举朝文武遍沾天宠。而一岁九迁，柱尺直寻之罪，独职当之乎？即有叨冒之罪，亦镌其秩，免其荫足矣，何必加以不违之名乎？

总之，职参逆珰者也，非附逆珰者也。职如果附之，则职与呈秀公一巡视，升该同升，荫该同荫，何故门工之叙呈秀轿而职马；殿工之叙呈秀玉而职犀？且呈秀三锦衣世袭，而职无一飞鱼之赐；司马之推，独及于丁忧之呈秀，而职曾不敢望其后尘者，何也？凡此，皆了然在人心目者，何待职之言耶？岂职巧附能在人之前，而邀宠独在人之后耶？大都忠贤为内廷之枭獍，呈秀为外廷之豺狼，是职以一身介于二逆之间，危如累卵，兢兢凛凛。自职掌之外，杜门谢客，一切事俱皆谢绝。凡权势利名所在之处，望而远避，尽皆付之于无厌之豺狼，而职始脱然于虎口耳。如谓稍有沾染，则职升的是何人官，害的是何人命，要的是何人钱？自缙绅以下，长安中铺商夫匠，儿童走卒，谁人无口，可执而问也。职不幸遇数十世鸿巨非常之大工，既不敢卸担，复不幸遇数百年横绝未有之匪类，又不能埋轮，身名污蔑，议论烦滋，夫复何言哉！嗟嗟大工一差，权奸借以加衔进爵，实作厉阶；而志士劳臣之点污，亦复不少。职于其间，材力最为暗劣，钱粮最为浩繁，精神力量照管不到之处，容或有之。若为侵为纵之罪，有死而不瞑目者。台中之言，或亦风闻，而未及致详乎？职席稿待罪之身，何敢深辨？唯是圣明自有明鉴，举国自有公论。伏望台台详察其心迹，而细核其生平，曲赐昭雪，使得比于人类，则职之官虽难去，职之品尚在也。即死之日，犹生之年矣。（民国《青城续修县志》）